SOMEWHERE BEYOND THE SEA

TJ Klune

Somewhere Beyond the Sea
Copyright ⓒ 2024 by T. J. Klune
Korean Translation Copyright ⓒ 2025 by Balgunsesang
Korean edition is published by arrangement with Knight Agency through Duran Kim Agency.

이 책의 한국어판 저작권은 듀란킴 에이전시를 통한
Knight Agency와의 독점계약으로 도서출판 밝은세상에 있습니다.
저작권법에 의하여 한국 내에서 보호를 받는 저작물이므로 무단 전재 및 무단 복제를 금합니다.

모든 빛의 섬
불을 품은 소년

TJ 클룬 장편소설

이민희 옮김

든

초판 1쇄 인쇄일 2025년 10월 24일
초판 1쇄 발행일 2025년 11월 13일
글 TJ 클룬
옮긴이 이민희
펴낸곳 든
출판등록 406-2019-000010호
주소 (10881) 경기도 파주시 문발로 119, 202호
메일 deunbooks@naver.com
블로그 blog.naver.com/deunbooks
인스타그램 @deunbooks
ISBN 979-11-985560-5-9(03840)
값 20,000원

잘못된 책은 구입한 곳에서 교환해드립니다.

이 이야기는 정해지지 않은
미래에 보내는 러브레터다.

부디 모두의 마음에
다정과 친절이 깃들길.

일러두기
'든'에서 출간된 모든 도서는 책날개를 뜯어 책갈피로 사용할 수 있게 디자인되었습니다.

프롤로그

아서 파르나서스는 연락선에서 내렸다. 섬에는 몇십 년만이었다. 땅에 발을 딛는 순간 아서는 그 자리에서 화르르 타오를 것 같았다. 가슴 속 불이 이토록 밝게 빛나는 느낌은 정말 오랜만이었다. 그대로 날개를 펼쳐 하늘로 날아올라 소금기 섞인 바람을 자신의 깃털로 느끼고 싶었다.

안 될 일이었다. 섬을 떠나 영영 날아가 버릴지도 몰랐다. 그에겐 돌아온 이유가 있었다.

숭숭 파인 얼굴에 지저분한 작업복을 입은 뱃사공 메를이 뱃머리에서 외쳤다. "확실히 해요. 내가 이대로 떠나면 당신은 여기 발이 묶여요. 난 해진 뒤엔 바다에 안 나오니까."

아서의 시선은 이미 저 멀리 흙길에 고정되어 있었다. 길은 숲속으로 구불구불 이어졌다. 한낮의 햇살이 이끼와 낙엽에 조금도 닿지 않을 만큼 울창한 나무숲. 시선 뒤로 귀를 가득 채우는 파도 소리. 유년 시절이 떠올랐다. 좋은 것, 나쁜 것, 모두 다.

그는 연락선을 힐끗 돌아봤다. "전 괜찮습니다. 고마워요, 메를. 큰 도움이 되었습니다. 육지로 돌아갈 일이 생기면 연락할게요."

"어떻게 말입니까? 이 섬엔 전화도, 전기도, 물도 없어요."

"이제 바뀔 겁니다. 내일 아침 10시 정각에 설비가 도착하기로 했거든요. 실어다주실 거죠?"

메를은 눈살을 찌푸렸지만, 아서는 그 두 눈에 스치는 욕심을 포착했다. "뱃삯을 더 줘야 합니다. 기름값도 비싸고, 여기 왔다 갔다 하는 데만…." 메를이 통보하듯 말했다.

"물론 충분히 보상해드릴 겁니다."

"그래요, 그렇다면 뭐." 눈을 깜빡이던 메를은 아서의 양옆에 놓인 여행 가방으로 시선을 옮겼다. 낡은 가방 하나, 새 가방 하나. "여긴 왜 왔습니까?"

구름 한 점 없는 하늘은 그 아래 바다처럼 푸르렀다. 여름의 끝자락이라 따뜻했다. 아서는 코를 간지럽히는 짠 공기를 깊이 들이마셨다. "안 될 이유가 있습니까?"

"여긴 저주받은 곳이에요. 유령이 들렸다나. 오랫동안 무인도였어요." 메를이 부르르 떨더니 난간 너머로 침을 퉤 뱉었다. "사람들이 살던 시절에 대해서는 다들 쉬쉬합니다."

"알죠." 아서가 중얼거리더니 목소리를 높였다. "메를, 혹시 멜빈이라는 분 아십니까?"

"그 사람을 어떻게? 우리 아버진데."

"역시 그랬군요."

우로보로스. 자기 꼬리를 무한 반복해서 삼키는 뱀. 어쩌면 이건 실수였을지도 모른다. 방금 떠나온 바닷가 마을은 예전과 다를 바 없었다. 분홍, 노랑, 초록색으로 은은하게 칠해진 건물들, 유유자적 오가는 휴가객들. 왜 아니겠는가? 그들은 인간인걸. 세상은 그들을 위해 만들어졌는걸.

연락선도 마찬가지였다. 몇 번 새로 페인트칠하고 너덜거리는 좌석을 교체했을 뿐이다. 뱃사공 역시 조금도 낯설지 않았다. 메를의 처진 입매와 생기 없는 눈은 멜빈을 너무 닮아 있었다.

모든 게 그대로였다.

아서만 빼고.

"한때 안면이 있었습니다." *당신도요*, 하고 아서는 덧붙일 뻔했다. 대걸레를 들고 연락선 주변을 배회하던 음침한 십 대 소년을 떠올리며.

"죽었습니다. 십 년 전에." 메를은 투덜거리듯 말했다.

"고인의 명복을 빕니다."

메를은 손을 휘휘 저었다. "어떻게 아는 사이였습니까?"

"다시 연락하겠습니다." 아서는 빙그레 웃더니 두 가방을 집어 들고 어깨를 폈다.

마침내, 기어이, 이곳에 왔다.

때가 되었다. 그는 앞으로 해나갈 시도가 헛되지 않길 바랐다.

"당신의 친절과 호의는 잊지 않겠습니다. 가볼게요."

흙길은 빽빽한 나무 사이로 구불구불 이어졌다. 그림자들이 산들바람에 살랑거렸다. 땀이 날 정도는 아니었지만 길은 기억보다 길었다. 어릴 때는 5킬로미터를 1킬로미터처럼 달렸다. 이제 아서는 마흔에 가까웠다. 나름 건강했지만 쉼 없이 달릴 수 있던 시절은 오래전에 저물었다.

아서는 어느 순간 발걸음을 멈췄다. 나무 다섯 그루가 길을 가로막고 서 있었다. 나무들 사이에는 사람 한 명이 비집고 지나갈 만한 틈새도 없었다. 하늘을 향해 곧게 뻗은 나무들은 백 년도 더 되어 보였지만, 말이 안 되었다. 아서가 마지막으로 이 길을 지났을 때는 작은 묘목조차 없었기 때문이다.

다른 무언가가 있는 게 분명했다. 그를 지켜보는 누군가가. 물론 나무들 자체는 아니었다.

아서는 가방들을 내려놓고 가운데 나무로 다가가 거친 나무껍질에 손을 댔다. "거기 있습니까? 그렇겠죠. 이건 아마 당신이 한 일일 테니까."

새가 지저귀는 소리만 들렸다.

"당신은 저를 알죠. 적어도 오래전의 저를 말입니다. 저는 여기를 더 나은 곳으로 만들려고 돌아왔습니다." 아서는 눈을 감고 나무에 이마를 댔다. "혼자서라도 해나가려고요, 그래도 당신 허락 없이는 무리예요."

나무가 진동하기 시작하자 아서는 눈을 뜨고 한 발짝 뒤로 물러났다. 낮은 굉음과 함께 길 위의 나무들이 흔들리더니 뿌리가 촉수처럼 땅을 뚫고 올라와 서로를 스르르 감싸 조였다. 주변 나무들 사이가 가까워지면서 가려졌던 길이 나타났다.

가운데 나무만 여전히 그 자리에 있었다. 가지들이 덜거덕거리고 나뭇잎들이 파르르 떨렸다. 가느다란 가지가 아서의 뺨을 훑고 나뭇잎이 코끝을 간질였다. 나무 안에서 속삭임이 들려왔다.

그 소년. 불을 품은 소년이 돌아왔군.

"네. 돌아왔어요." 아서도 속삭였다.

나무가 줄기를 뒤틀자 흙길은 갈라지고 부서졌다. 땅에서 솟아오른 뿌리는 발처럼 움직여 길옆으로 걸어가 새 자리를 잡더니, 다시 땅 밑으로 파고들었다. 나무가 빠져나간 자리는 흙이 솟아올라 메웠다. 다시 평탄한 길이 펼쳐졌다.

"고맙습니다." 아서가 고개 숙여 인사했다. "언제든 내키면 찾아오세요." 아서는 가방들을 들고 걸음을 옮겼다.

숲에서 빠져나와 28년 만에 집을 마주한 순간은 그리 특별하지

않았다. 울퉁불퉁한 벼랑 위에 자리한 집은 햇빛을 역광으로 받아 잘 안 보였다. 앞마당의 분수대에는 검푸른 곰팡이가 줄무늬처럼 끼었고, 풀밭에는 집 외벽에서 떨어져 나온 벽돌들이 처박혀 있었다. 유리가 깨진 창문들은 담쟁이덩굴에 반쯤 뒤덮였으며, 지붕 위로 높이 솟은 굴뚝은 툭 치면 쓰러질 것 같았다. 옆 뜰 정원에는 다채로운 꽃들이 무성하게 자라 정자까지 점령했다. 정자의 한 기둥에는 불을 품은 아홉 살 소년이 자신의 존재를 증명하기 위해 새긴 이니셜이 있었다.

AFB. 아서 프랭클린 파르나서스.

집에서 조금 떨어진 곳에 처음 보는 별채가 있었다. 어릴 적, 누군가의 팔에 안겨 어둠 속에서 벗어날 때까지도 못 본 건물이었다. 긴 시간 지하에 갇혀 지낸 그는 어느 날 정체 모를 차를 타고 집을 떠났다. 그 당시 아서는 아주 오랜만에 마주한 눈 부신 햇살에 강렬한 거부감을 느껴 울부짖기 바빴다.

별채는 아담했고 그동안 꿈꿔 온 집의 모습이었다. 고아원 주인이 한두 번 바뀌었다는 얘기는 들었지만, 이 별채는 척 보기에도 방치된 듯했다. 오랫동안 사람의 손길이 닿지 않았을 뿐 지내는 데에는 문제가 없어 보였다. 당분간 임시 숙소로 쓰면 될 것 같았다.

아서는 현관 계단 근처에 짐을 두고 꿈속을 거닐 듯 움직였다. 정원을 가로지르는 오솔길은 수풀과 관목이 우거져 흔적만 알아볼 수 있었다. 그는 정자를 지나 무성한 잡초를 헤치며 나아갔다. 길

은 건물 측면을 따라 뒤쪽으로 이어졌고, 이내 집의 토대에 고정된 쌍여닫이 나무 문이 모습을 드러냈다. 지하로 통하는 그 문은 녹슨 자물쇠로 잠겨 있었고, 불에 검게 그을린 흔적이 뚜렷했다. 열쇠는 그에게 있었다. 아서는 모든 열쇠를 가지고 있었다.

그는 지하실 문을 열지 않았다. 그 아래 뭐가 있는지 이미 잘 알았다. 날짜를 헤아리고자 새긴 빗금들, 자신이 발화하면서 검게 그을린 돌벽. 빛이라곤 오로지 자신의 불뿐인 끝없는 어둠.

그때 뒤에서 유령이 다가와 그의 목에 팔을 감고 귓가에 으르렁거렸다. "네가 자초한 일이야. 곧 네 분수를 알게 될 거야. 명심해, 꼬마야. 말해보렴, 넌 정체가 뭐야?"

"괴물." 그가 덤덤하게 말하자 목을 감은 팔이 사라졌다.

그가 지하실 문을 응시하는 동안 해가 서서히 가라앉았다.

무리였다. 할 수 있다는 생각은 큰 오산이었다. 모든 게 너무 벅찼다. 아서는 머리를 움켜쥐며 다시 집 앞으로 걸어갔다. 짐은 그가 놔둔 자리에 그대로 있었다.

막 허리를 굽혀 가방으로 손을 뻗을 때였다.

"아서." 마치 누군가가 바로 앞에서 말하는 듯 크고 또렷한 목소리였다.

고개를 들었지만 아무도 없었다.

아무것도 없진 않았다. 현관 계단의 낡은 발판 틈새를 비집고 자란 작고 노란 꽃이 보였다. 엄지손톱만 한 그 꽃은 햇빛에 닿고자

고집스레 고개를 내밀고 있었다.

아서는 그 앞에 다가가 쪼그려 앉고 노란 꽃잎을 손끝으로 살며시 어루만졌다. 온기. 부활. 인내. 색채. 생명. 작은 존재 속에 중요한 모든 게 담겨 있었다.

그는 미소 지었다. 아주 오랜만에 처음으로 가슴 속 무언가가 제자리를 찾은 것 같았다. "그래, 네가 할 수 있다면, 나도 할 수 있을 것 같다."

계절은 여름에서 가을로 접어들었다. 나뭇잎은 옷을 갈아입고 공기는 서늘해졌다. 아서는 현관 포치에 서서 난간을 사포질하고 있었다. 먼저 도색을 마친 창틀과 같은 흰색으로 칠할 생각이었다. 메를은 귀한 일손으로 큰 도움을 주었다. 매주 아서가 주문한 물자를 섬으로 날랐다. 다소 투덜거렸지만 보수를 받으면 누그러졌고, 아서가 몇 주 전 산 적갈색 밴에 직접 짐을 실어주기도 했다.

난간 사포질은 거의 마쳤고, 이제 부엌 타일 사이의 줄눈이 말랐는지 확인할 차례였다. 집 안으로 들어서려던 그때, 아서는 가슴 한구석에 나비의 날갯짓이 스치는 듯한 설렘을 느꼈다.

그는 길 쪽을 바라보았다.

한 여자가 고개를 기울인 채 서 있었다. 하늘하늘한 흰 드레스 차림에 맨발이었다. 뭉게구름 같은 흰 머리에 엮인 흰색, 분홍색 꽃들이 오후의 햇살 속에서 꽃잎을 펼쳤다 오므렸다. 짙은 갈색 피

부가 고왔다. 앳된 얼굴과 상반된 깊은 눈 때문인지 나이를 가늠할 수 없었다.

등 뒤에서 아서의 팔보다 긴 반투명 날개가 살짝 너울댔다. 날개에 햇빛이 들자 형형한 색들이 바닥으로 쏟아졌다. 섬세한 손끝이 파르르 떨렸다.

아서는 천천히 계단을 내려갔다. 이렇게 긴장할지 몰랐다. 무슨 말을, 어디서부터 시작해야 할지 감이 안 잡혔다.

여자의 시선이 아서에게 향했다. "정말 돌아왔구나."

기억 속 그대로였다. 부드럽고 듣기 좋은, 슬픔이 살짝 묻어나는 목소리.

"네."

"왜?"

"마음이 시켜서요." 아서의 대답은 간결했다.

여자는 예상한 대답이라는 듯 고개를 끄덕이며 아서에게 한 발짝 가까이 다가섰다. 그가 디딘 자리에서 풀이 돋아났다. 뒤에까지 이어진 푸른 잎들이 여자의 발자취를 보여주었다.

"이 집은 진작 불타 없어졌어야 해."

"그래요."

"그런데도 넌 여기 있구나."

아서는 옅게 웃었다. "네. 당신도 여기 있고요. 나와 함께."

여자는 고개를 저었다. "어떻게 그럴 수 있지? 차마 어떻게…."

그는 한숨을 쉬며 날개를 축 늘어뜨렸다. "부쉬버릴까 했어. 모두

가 떠난 후에. 여기 와서 땅을 갈라 집을 통째로 묻어버릴 생각도 했어." 여자는 손등으로 눈가를 훔쳤다.

"하지만 그러지 않았죠."

"그래. 안 그랬어. 나도 궁금해. 왜 안 그랬을까? 왜 기다렸을까? 왜 오늘 여기까지 왔을까?"

"그건 제가 답할 수 없는 문제예요. 다만 이제부터는 최선을 다해 상황을 바꾸려고요. 저는 그 아이들에게 제가 못 가졌던 걸 줄 거예요. 어디서 왔는지, 무엇을 할 수 있는지 상관없이 오롯한 자기 자신이 될 수 있는 장소요."

"너 혼자서는 못 해."

"할 수 있어요. 할 거예요."

"아니, 못 해." 여자는 아서의 손에서 사포를 빼앗았다. 낮게 구시렁거리며 계단을 올라 난간을 노려보더니 이내 고개를 숙이고 사포질하기 시작했다.

"그 드레스, 괜찮겠어요?"

여자는 멈칫했다. "당연하지. 그저 옷인걸."

아서는 한동안 우뚝 서서 그 모습을 바라보다 여자가 마침내 얼굴을 보이자 입을 뗐다. "오랜만이에요, 조이."

"안녕, 아서." 조이 채플화이트의 아랫입술이 떨렸다. "난…" 그가 숨을 몰아쉬었다. "정말 미안…."

아서가 손을 들어 저지했다. "사과할 필요 없어요, 전혀."

"하지만 나는 그때 아무런 도움이…."

"조이, 당신 탓이 아니에요. 정체를 들킬 위험이 컸잖아요. 발각되었다면 당신도 잡혔을 수 있어요."

"모르는 일이지." 조이가 난간에 시선을 고정하고 말했다.

"아마도요. 어쨌든 당신은 지금 여기 있잖아요. 그게 중요하죠."

조이가 눈시울을 붉혔다. "지치고 가난한 이들을, 자유의 숨결을 갈망하며 웅크린 무리들을, 해안에 버려진 가련한 영혼들을 나에게 보내다오."

"엠마 라자루스의 시로군요." 아서가 싱긋 웃었다. "그래요, 조이. 모두 데려올게요."

"진심이구나."

"진심이에요. 혼자여도 괜찮습니다. 전 지금까지 해온 대로 계속할 거예요. 시간이 좀 걸리겠지만, 반드시 해낼 겁니다."

조이는 아서의 곁을 떠나지 않았다.

집이 현행 규정에 부합하는 수준에 이르기까지는 거의 일 년이 걸렸다. 모든 세부 사항이 조사를 통과해야 했다. 아서는 무엇 하나라도 잘못되면 자신에게 불리하게 작용할 수 있다는 걸 알았다.

어느 날, 조이가 그에게 이제 그만하라고 말했다.

"뭐라고요?" 아서는 부엌 벽을 페인트칠하는 중이었다.

"이제 그만하라고."

아서는 고개를 저었다. "아뇨, 우린 지금 어느 때보다 바빠요. 내일 뿌리 덮개가 배달오기로 했고, 정자 작업은 시작도 안 했습니다.

아까 마루판에서 못 하나가 빠진 걸 발견했고요. 집 전체를 구석 구석 확인해야 한다는 뜻이죠."

"아서, 작업은 끝났어. 끝난 지 거의 한 달이 다 됐어." 조이가 그를 빤히 봤다. "사무실로 가. 네가 해야 할 일이 뭔지 알잖아." 조이는 부엌을 나서려다 문간에서 멈췄다. "이 섬은 원래 더 컸어. 그거 알아?"

아서는 부엌에 우두커니 서서 떠나는 조이의 뒷모습을 바라봤다.

사무실의 낡은 책상 위에는 백지 한 장이 꽂힌 타자기가 놓여 있었다. 옆에 종이 한 묶음이 보였다. 그 위 각진 글씨로 조이가 메모를 남겨두었다.

이제 집으로 데려올 시간이야.

아서는 웃었다. 웃음은 곧 흐느낌이 되었다. "두려워요. 그 어느 때보다 더."

그는 타이핑을 시작했고, 끝날 때까지 멈추지 않았다.

마법아동관리부서 귀중

제 이름은 아서 파르나서스입니다. 제안 하나 드리고자 이 글을 씁니다. 저는 마르시아스 섬에 있는 한 주택의 소유권을 인수했습니다. 지난 일 년 동안 몇몇 동료와 함께 이 집을 갈 곳 없는 마법 아동들을 위한 보금자리로 다시 한번 사용할 수 있도록 개조하고 보수했습니다. 이 작업을 기록한 사진들을 동봉하며…

아서는 열 살의 자신이 끝내 할 수 없었던 일을 해냈다. 편지를 부친 것이다. 마을 공용 우체통에 막 편지를 넣은 순간, 그는 우체국 창구에 붙은 포스터를 보고 피가 차갑게 식었다. 환히 웃는 소년과 소녀가 부모로 보이는 이들의 손을 잡고 햇볕이 내리쬐는 꽃밭을 걷고 있었다. 아서는 그 아래 굵고 선명한 문구에서 눈을 떼지 못했다.

가족 보호는 나로부터! 무언가를 보면 말하라!
마법아동관리부서 및 마법성인관리부서가 후원합니다.

아서는 서둘러 연락선으로 돌아갔다.

한 달이 지나고 두 달이 지났다. 석 달, 넉 달, 다섯 달. 아서는 절망하지 않았다. 아무리 늦어도 기다리기만 하면 응답은 올 테니까.
어느 선선한 가을날, 초인종이 울렸다.
한 남자가 한 손에는 여행 가방을, 다른 손에는 서류 가방을 들고 현관 앞에 서 있었다. 서른 즈음으로 아서의 예상보다 젊고, 인물이 훤했다. 연락선을 타고 오느라 약간 헝클어진 검은 곱슬머리,

마른 체격에 맞춘 검은 정장, 강렬한 붉은색 넥타이, 흙먼지 묻은 구두가 차례로 눈에 들어왔다.

"안녕하세요. 아서 파르나서스 씨를 찾아왔는데요."

아서가 손을 내밀었다. 사소한 시험이었다. "접니다."

남자는 잠시 망설이다 악수에 응했다. 그의 손은 단단하고 따뜻했다. 손을 떼며 그는 싱긋 웃었다. "반갑습니다. 찰스 베르너라고 합니다. 마법아동관리부서(DICOMY) 최고위 경영진을 대신해 귀하의 제안을 논의하러 왔습니다. 저희 쪽에서도 한 가지 제안을 드리려 합니다. 다소 이례적이지만 귀하가 관심을 가질 만한 내용이라 믿습니다."

갈고리에 걸린 미끼였다. 아서도 모르지 않았지만 별 수 없었다. 그는 한 발짝 물러나 찰스 베르너를 집 안으로 들였다.

얼마 후, 아서 파르나서스는 선착장에 서 있었다. 다가오는 연락선에는 한 아이가 타고 있었다. 첫 아이였다. 태양이 수평선에 낮게 걸리자 파도가 작은 불꽃으로 보였다.

"두려워?" 조이가 옆에서 물었다.

"여러 면에서요. 하지만 이 순간은 전혀요. 두려워할 이유가 없죠."

아서의 머릿속에 감미로운 목소리가 속삭였다.

두려워할 건 바로 그들이야.

아서는 그 속삭임을 마음 깊은 곳에 묻고, 가까워지는 연락선을

보며 낮게 흥얼거렸다.

"저 멀리 바다 너머 어딘가에 날 기다리는…"

1장

 6월의 따뜻한 아침, 아서 파르나서스는 눈을 뜨자마자 얼굴을 찌푸렸다. 창문으로 들어오는 햇살이 너무 강렬했다. 잠이 덜 깬 몽롱한 머릿속에 섬뜩한 생각이 스쳤다. 지난주, 악마의 아들이 태양을 지구에 박아버리겠다고 위협했었다. 폭풍우가 물러간 뒤 자신이 만든 진흙 인간에게 생명을 불어넣으려다 저지당하자 꺼낸 카드였다. 아서가 진흙투성이 소년을 발견했을 때 진흙 인간은 반쯤 완성된 상태였다. 진흙에 의식을 불어넣어선 안 된다고 말하니, 소년은 늘 그렇듯 행성 멸망으로 복수하겠다고 으름장을 놓았다.

침대에서 벌떡 일어난 아서는 자신이 잘못한 게 없다고 확신했다. 루시가 실제로 태양을 지구에 충돌시키리라 생각한 것도 아니었다. 다만, 이제 진창으로 돌아간 그 진흙 인간에게 루시가 지나치게 집착한 건 사실이었다.

침대 옆에 놓인 알람 시계를 흘깃 본 아서는 세상에 종말을 가져오는 것이 태양이 아니라 훨씬 더 끔찍한 무언가임을 깨달았다.

토요일 아침 8시 32분인데 집 안이 조용했다.

형태와 크기, 능력이 제각각인 여섯 아이들과 함께 살면서 늦잠을 자는 것은 어림없는 꿈이었다. 아이들, 특히 *이* 아이들은 시간 개념을 이해하지 못하는 듯했다. 어제만 해도 새벽 5시 반에 무정형 초록색 덩어리가 침실에 난입하더니 특유의 질척한 목소리로 코에서 검은 잉크가 뿜어져 나왔다고 외쳤다. "펜을 집어삼킨 것도 아닌데 왜 제가 잉크를 찔찔 흘릴까요? 맙소사, 제가 남자가 되었다는 뜻일까요? 천장에 묻은 잉크는 어떻게 닦나요?"

그 잉크가 사춘기의 징후임을 알게 된 덩어리 소년은 얼굴을 찡그리더니 자신에게 콧수염이나 가슴 털이 잘 어울릴지 물었다. 간신히 소년이 진정하자 다른 세 아이가 침실에 들어왔다. 아침 6시도 채 안 됐을 때였다.

이제 사십 대 중반에 접어든 아서에게 아침 6시는 예전보다 훨씬 빨리 찾아왔다. 기지개를 켜자 뼈 마디마디가 신음하고 밝은색 머리카락(흰 머리가 매일 늘어나는 듯했다)이 이리저리 뻗쳤다. 발

가락을 쭉 뻗자 등에서 경쾌하게 뚝 소리가 났다. 마지막 잠기운이 가시면서 어수선했던 머릿속이 명료해졌다.

 아이들은 어디 있지?

 그는 침대 옆자리의 볼록한 이불 둔덕을 바라봤다. 옅게 코 고는 소리와 함께 숱 적은 갈색 머리가 비죽 튀어나와 있었다. 아서는 둔덕을 흔들며 침실에 딸린 벽장 안을 눈으로 살폈다. 문은 열려 있었다. 그 방의 주인인 행성 파괴자는 없고 흐트러진 침대와 바닥에 놓인 짝짝이 양말, 벽에 걸린 깨진 레코드판만 보였다.

 "느에에?" 둔덕이 중얼거렸다. "아니요, 할머니, 저 고구마 찾기 싫어요."

 "라이너스." 아서가 둔덕을 한 번 더 흔들었다. "일어나봐. 뭔가 잘못됐어."

 라이너스 베이커가 벌떡 일어나는 바람에 아서는 침대에서 떨어질 뻔했다. 잠옷이 구겨지고 머리가 마구 헝클어진 라이너스는 눈을 부릅뜨고 두리번거렸다. "누구야? 대체 누가 할머니의 광주리에서 고구마를 훔쳤어?" 그는 눈을 깜빡였다. "내가 왜 그런 말을 했지?" 라이너스는 두툼한 배를 문질렀다. "꿈이었나봐. 잠자리에 들기 전 케이크를 먹었더니만." 그는 배에서 손을 거두며 얼굴을 찌푸렸다. "아서? 왜 그렇게 쳐다봐?"

 "사랑스러워서." 아서가 진심을 담아 말했다.

 "오." 라이너스가 얼굴이 붉혔다. "그래, 뭐, 동감이야. 그래서 날 깨웠어? 기분 좋긴 한데… 방이 왜 이렇게 밝지? 지금 몇 시야?"

"8시 반."

라이너스의 눈이 튀어나올 듯 커졌다. "아침? 말도 안 돼! 어떻게 우리가 이 시간까지 잤지? 내가 기억하기로 가장 늦게 일어난 게 6시 42분이었어. 애들이 조이랑 같이 있어서 가능했지. 그때도 기어이 애들이 돌아와서 깨웠고." 라이너스는 황급히 문으로 달려가서 고리에 걸린 파란색 가운 두 벌을 낚아챘다. "왜 아직도 침대에서 꾸물거려? 애들 찾아야지!"

아서는 침대를 벗어나 라이너스에게 다가갔다. 가운을 받아드는 대신 그의 얼굴을 두 손으로 감싸고 입 맞췄다. 라이너스는 멍하니 눈을 깜빡였다. 아서는 이런 날들이 언제까지나 이어지길 바랐다.

"뭐야?" 라이너스가 물었다.

"그냥."

"그래. 원한다면 또 해도 돼."

"그럴까?" 아서가 다시 몸을 기울였다.

라이너스가 손으로 그의 얼굴을 쓱 밀었다. "우선, 우리가 어째서 지금까지 잘 수 있었는지 알아봐야 해. 애들이 또 애먼 야생동물을 친구랍시고 집에 데려왔다면 심각한 대화를 나눠야 하겠지."

"지난번은 그렇게 나쁘지 않았잖아." 아서가 가운을 걸치며 말했다.

라이너스가 인상을 썼다. "칼리오페만한 도마뱀이 내 신발을 집어삼키려고 했어."

"당신은 평소처럼 우아하고 침착하게 대처했지. 아나콘다라고 비명을 지르면서."

"스스로 유머러스하다고 생각하는 건 알지만, 지금은 농담할 때가 아니야. 당황해야 할 때라고."

"아무 일 없는데 우리가 과민 반응하는 걸 수도 있어." 아서는 어느 정도 합리적으로 들리길 바라며 말했다.

라이너스가 눈알을 굴렸다. "당신도 나만큼 잘 알잖아. 이건 과민 반응이 아니야. 그때 기억나? 탈리아가… 칼리오페는 어딨지?"

칼리오페. 일명 요물. 고양이지만 아서가 지금까지 본 어떤 고양이와도 달랐다. 풍성하고 윤기 나는 털로 인해 실제보다 훨씬 커 보이는 크기나 가슴에 작은 하얀 털 무늬만 제외하면 온통 새까만 모색 때문만은 아니었다. 칼리오페가 특별한 건 선명한 초록색 눈 때문이었다. 그 눈으로 늘 관찰하고 감시하며 존재 가치가 없다고 판단한 이를 제거할 흉계를 꾸미는 듯했다. 아서는 인간들이 자신의 반려동물을 의인화하고 그 지능을 찬양하는 경향이 있다는 걸 알고 있었지만(우리 애는 천재야! 내가 훈련한 거 고작 반년 만에 뗐어!) 칼리오페는 아예 차원이 다른 존재였다. 아서는 이 고양이가 말귀를 알아들을지도 모른다고 생각했다. 고양이답게 자기가 내키는 대로만 행동하지만 말이다.

칼리오페는 밤마다 그들의 침대 끝자락에 몸을 말고 누워, 그들이 다리를 조금이라도 움직이면 하악질로 경고했다. 지금 그 자리에는 샐이 손뜨개로 떠준 담요와 검은 털들만 남아 있었다. 샐이 그 담요를 선물했을 때 칼리오페는 온 집 안이 울릴 만큼 크게 야

옹거리며 기뻐했다.

"아마 애들하고 같이 있을 거야." 아서가 말했다. "애들은 무사하겠지. 칼리오페가 철저히 감시할 테니까."

"그건 맞아." 라이너스가 말했다. "칼리오페 앞에서 애들을 건드리려고 하는 사람이 불쌍하지. 고양이한테 눈을 잃으면 아주 고통스러울 테니까."

긴 복도는 조용했다. 아이들의 방은 모두 문이 열린 채 비어 있었다. 샐의 방은 창가에 책상이 자리했고, 책상 위 원목 보관함에는 크리스마스에 아서와 라이너스가 선물한 타자기가 고이 담겨 있었다. 천시의 방은 온수 파이프를 통해 바다에서 끌어온 따뜻한 염수가 바닥으로 흘러들어 짠 내가 은은하게 났다. 피의 방은 천장에 식물이 주렁주렁 매달려 있고 벽면은 아이들이 각자 솜씨를 발휘해 그린 나무들로 숲을 이뤘다. 루시의 나무는 해골처럼 보였고 탈리아의 나무는 갈색 막대 위에 얹힌 초록색 솜사탕 같았다. 정원 노움 탈리아의 방은 의외로 식물이 전혀 없었고, 벽마다 코르크판을 붙여 멋진 원예 도구들을 전시해 놓았다. 마지막으로 시어도어의 방. 아서는 천장 해치에 달린 사다리를 타고 올라가 어둑어둑한 다락방 안을 들여다봤다. 둥지에 담요와 수건 몇 장, 그리고 지난 3주간 와이번이 애지중지하던 벽돌 한 장이 있을 뿐이었다.

아서는 당황하고 싶지 않았지만 아이들의 행방이 묘연하자 심장이 차게 식는 기분이었다. 낯선 이가 섬에 무단으로 접근했다면

조이가 진작 경고했을 테지만, 그렇다고 걱정이 가시지는 않았다.

"누구 있어?" 라이너스가 사다리 아래에서 외쳤다.

"아니." 아서가 다시 내려가며 말했다.

"어딨을까? 허락 없이 어딜 가진 않았을 텐데…."

그때 아래층에서 쿵 소리가 났다. 이어서 꽝 소리까지.

"부엌." 아서와 라이너스가 동시에 외쳤다.

아래층으로 가는 계단에 이르자 아서와 라이너스는 한시름 놓았다. 난간 너머로 계단 맨 아래 칸에 앉은 피가 보였다. 불꽃처럼 붉은 머리를 느슨하게 묶은 숲 정령은 반바지와 녹색 탱크톱 차림이었다. 창백한 어깨에는 주근깨가 성성했고 등 뒤로 날개가 살랑거렸다. 피는 열두 번째 생일을 기점으로 나무처럼 쑥쑥 자라고 있었다.

그 앞에는 천시, 양팔 대신 빨판이 다닥다닥 붙은 두 촉수를 지닌 무정형 녹색 소년이 서 있었다. 가느다란 더듬이에 달린 두 눈이 통통 튀기듯 움직였다. 천시는 허리(혹은 가슴)를 조인 트렌치코트 차림이었는데, 아서와 라이너스는 그 이유를 금방 알 수 있었다.

"위에서 들었을까?" 천시가 푹 젖은 스펀지를 양동이에 짜내는 듯한 목소리로 물었다.

"쉿, 조용히 말해." 피가 말했다.

천시가 더듬이를 움츠리며 두 눈을 부릅떴다. "위에서 들었을까?"

"아니." 피가 천시의 코트 자락을 잡아당기며 말했다. "두 사람 다

잘 때 코를 골거든. 내 생각엔 아무것도 못 들었을 거야."

라이너스는 콧김을 훅 내뱉고 아서는 웃음을 참았다.

"오, 혹시 나도 코 골까?" 천시가 말했다.

"넌 남자애니까 아무래도 그렇겠지. 트렌치코트는 왜 입었어?"

천시는 뽐내듯 몸을 부풀렸다. "작전 수행 중이잖아. 이렇게 입는 건 상식이지." 그는 코트 깃을 세웠다. "비밀 요원 천시입니다."

"너 호텔 직원 되고 싶은 거 아니었어?"

"난 둘 다 할 수 있어. 세상을 구하면서 손님의 짐도 옮길 수 있지. 어디서 읽었는데 그런 걸 잠복근무라고 하더라." 천시의 눈이 360도 회전했다. "내가 아무한테도 말하지 않은 사실 하나 말해도 될까?"

"그럼." 피가 대답했다. "뭔데? 너 괜찮아?"

천시는 피를 향해 촉수를 펄럭였다. "괜찮고말고. 아니, 그 이상이야. 난 아주 *비범해*."

라이너스가 팔꿈치로 아서를 슬쩍 찔렀다. "들었어?" 그가 흥분한 목소리로 속삭였다. "내 어휘 수업이 효과가 있나봐."

"그러니까 경이로움을 불러일으킨다는 뜻이지." 천시가 덧붙였다.

피가 웃었다. "무슨 말을 하고 싶은데?"

"아아. 혹시 너도 숲길 걷다가 바닥에 떨어진 솔방울을 발견했는데 주변에 먹지 말라고 말리는 사람이 아무도 없던 적 있을까?"

"있긴 한데…."

"헐, 대박." 천시가 탄성을 터뜨렸다. "나도! 나만 그런 줄 알았어.

이제 좀 후련하다."

"먹었어, 그 솔방울?"

"먹었지." 천시가 자랑스럽게 말했다. "맛이 어땠는지 알아?"

"짐작도 안 가는걸."

천시의 눈이 앞으로 기울어져 피의 얼굴 앞에 멈췄다. "저번에 기억나? 탈리아가 피칸 파이를 만들려고 했는데 피칸이 없어서 무지개 별사탕을 뿌렸던 거? 라이너스가 이가 썩을 거라고 했지만 우린 다 먹었고 알록달록한 냄새가 안 가셔서 3일 동안 잠 못 잤던 거?"

"솔방울이 그런 맛이었어?" 피가 얼굴을 찡그리며 물었다.

"아니, 그냥 갑자기 그 생각이 나서. 솔방울 맛은 별로였고 씹는 데 아주 오래 걸렸어."

피가 기침을 터뜨렸다. 웃음을 참으려고 억지로 내는 소리 같았다. "그걸 끝까지 먹었어?"

천시는 왼쪽 눈과 오른쪽 눈을 차례로 깜빡였다. "으응, 왜?"

"암컷 솔방울에는 피놀리라는 식용 씨앗이 있어." 피가 설명했다. "약간 달콤하고 고소해. 이탈리아에서는 피놀리 비스킷을 만들기도 하고."

천시의 피부가 솔잎 색으로 어두워졌다. "암컷? 내가 여자애를 먹었다는 걸까? 오 맙소사." 천시는 촉수를 내저으며 고개를 뒤로 젖혔다. "일부러 그런 건 아니야! 내가 솔방울 위로 넘어졌는데 개가 그냥 내 입에 들어갔달까…?"

"오 이런." 라이너스가 중얼거렸다. "한마디도 하지 마. 파르나서

스. 단 한마디도."

"그런 게 아니야." 피가 말했다. "식물은 암수 구분이 있기도 하지만 너나 나와 같은 방식으로는 아니야. 식물은 우리와 다른 생물이야. 대부분 자웅 동주, 즉 암수가 한 몸이지. 장미도 그렇고 백합도 그렇고. 식물의 암컷이라고 하면 씨앗을 생산하는 쪽이라는 뜻이야."

천시는 눈을 깜빡였다. "아아, 알겠어. 솔방울을 먹는 건 사람을 먹는 것하고 다르다는 거지?"

"어, 그래."

"오, 다행이야." 어두웠던 천시의 피부가 완두콩 색으로 밝아졌다. "사람들은 이미 날 충분히 무서워하니까."

"아니." 라이너스는 중얼거리며 벌떡 일어났다.

아서가 그의 손목을 부드럽게 잡아당기며 고개를 저었다.

라이너스의 입매가 일그러졌다. "천시가 저렇게 생각하는 걸 그냥 두고 볼 수…"

"알아." 아서가 나지막이 말했다. "하지만 피에게 기회를 주자."

피가 천시의 트렌치코트 자락을 잡아 자기 쪽으로 끌어당겼다. 천시의 두 촉수가 피를 감쌌고 더듬이에 달린 눈은 피의 정수리에 올려졌다. "무슨 일 있었어?"

천시가 한숨을 쉬었다. "아마도."

"얘기하고 싶어?"

"아마도."

"마음의 준비가 안 됐다면 꼭 지금 얘기하지 않아도 돼." 피가 천시의 등을 쓸어내렸다.

"별거 아니야." 천시가 중얼거렸다. "호텔에 어떤 여자가 왔는데, 여행 가방이 일곱 개나 되더라고." 천시는 아련하게 말을 이었다. "스완슨 씨가 다른 손님을 응대하느라 바빠서 내가 도우러 갔거든."

스완슨 씨는 그 호텔의 수석 직원이자 천시의 영웅이었다.

"너라면 당연히 그랬겠지."

"내가 가방들을 옮겨주겠다고 했더니 그 여자가 비명을 질렀어. 웬 갯민숭달팽이가 자기 물건을 훔치려 한다면서."

"갯민숭달팽이?" 피가 씩씩거렸다. "그 여자 아주 운이 좋아야겠는데?"

"그치?" 천시가 포옹을 풀며 말했다. "스완슨 씨가 소란을 듣고 다가왔어. 나 대신 그 여자 가방을 옮길 줄 알았는데, 어떻게 하셨는지 알아?"

"어떻게 했는데?"

"이 품격 있는 시설은 당신 같은 사람을 환영하지 않는다면서 호텔에서 내쫓았어!"

"와!" 피가 아서의 마음을 대변하듯 탄성을 질렀다. "그 여자 완전 뚜껑 열렸겠다."

"어, 진짜 폭발하는 줄 알았다니까. 점심시간에는 스완슨 씨랑 샌드위치를 먹으면서 그가 이제껏 만났던 호텔 직원들 얘기를 들었어."

"그런데?"

"이해가 안 돼. 나는 그저 돕고 싶었을 뿐이야. 내가 이렇게 생긴 건 내 잘못이 아니잖아. 나는…"

"지나치게 잘생겼다고?"

천시가 입을 쩍 벌렸다. "뭐?"

"너 잘생겼어. 게다가 특별해. 너처럼 생긴 사람은 네가 유일하니까. 네 눈? 어휴, 말도 마, 끝내주게 멋지니까. 우리 중 누가 너만큼 트렌치코트를 소화하겠어? 내가 네 호텔 직원 모자 썼을 때 얼마나 우스꽝스러웠는지 기억 안 나? 네가 쓰면? 당장 여행 가방을 싸서 맡기고 싶다니까."

"내가 짐을 잘 옮기긴 해."

"맞아. 그런 일이 또 일어나지 않는다고 장담할 순 없지만, 명심해. 그건 네 탓이 아니라 그들 탓이야."

"난 괴물이 아니야."

"아니지. 넌 천시야. 내가 아는 천시 중 최고지."

"지나치게 잘생겼고."

"그렇고말고."

"그리고 난 솔방울을 마음껏 먹을 수 있어. 솔방울은 사람이 아니니까."

"화장실에서 기분이 썩 좋진 않을 거야."

"나는 모든 변을 기분 좋게 보니까 괜찮아!"

부엌에서 또다시 쾅 소리가 났다. 어느 작은 악마가 화려한 욕을 쏟아냈다. 분명 이 집에서 배우지 않은 말이었다. "이 썩은 당나귀

부랄 같으니!"

"따라와." 아서가 속삭이며 라이너스를 끌고 복도 한복판으로 되돌아갔다. 아서는 라이너스를 향해 윙크하더니 두 팔을 머리 위로 쭉 펴며 요란하게 하품했다. 그러고는 온 집 안에 다 들리도록 목소리를 높였다. "와, 정말 푹 잤어, 안 그래, 라이너스?"

"정말!" 라이너스는 거의 소리를 질렀다. "부엌이 어떤지 전혀 신경 쓰지 않고 늘어지게 잤어!"

"비상! 비상!" 천시가 외치자 아서와 라이너스는 웃음을 꾹 참았다. "비상! 닭들이 둥지로 돌아오고 있다!"

부엌에서 다시 쿵 소리가 났다. "아직 준비 안 됐어!" 루시가 소리쳤다. "닭들을 기절시켜!"

아서와 라이너스가 계단참에 이르자 피와 천시가 그들을 올려다보며 천진난만하게 웃었다.

"좋은 아침. 피, 천시, 잘 잤니?" 아서가 계단을 내려가며 경쾌하게 인사했다.

"아주 잘 잤어요." 천시는 들뜬 목소리였다. "더 좋은 건, 우리가 불법적인 일을 저지르고 있지 않다는 거예요!"

"아직은 말이지." 라이너스가 말했다.

아서와 라이너스는 피와 천시를 번갈아 안아주었다. 두 아이는 찰싹 안겨 좀처럼 떨어지지 않았다. 겨우 포옹을 마친 뒤 라이너스가 입을 뗐다. "아침이 정말 순식간에 지나갔네. 벌써 이 시간이라니. 혹시 뭐 아는 거 있어?"

"누구, 저희요?" 피가 눈을 깜빡이며 물었다.

"무슨 말인지 전혀 모르겠어요." 천시가 시치미를 뗐다.

"흠, 그럼 아침 식사 차려야겠다. 라이너스, 다른 애들 좀 찾아봐. 난 지금 부엌에 가서…."

피와 천시가 황급히 부엌 쪽으로 달려가 문 앞을 가로막고 섰다. "안 돼요." 피가 말했다. "여긴 바빠요."

쌍여닫이 문에 난 둥근 창 너머로 비늘 덮인 꼬리가 번쩍 지나갔다. 거품기를 움켜쥔 발톱도. 잠시 후, 창에 사랑스러운 얼굴이 불쑥 나타나더니 눈을 휘둥그레 떴다. 샐은 곧 사라지고 루시가 외치는 소리가 들렸다. "바로 문밖에 있다니 무슨 소리야?"

"우리 정말 큰일 났어." 어딘가에서 탈리아의 목소리가 들렸다. "어쩌다 천장에 반죽이 묻었지?"

"조준했으니까." 루시가 말했다.

"아 맞다!" 천시가 우렁차게 말했다. "아서와 라이너스에게 할 얘기 진짜 많았는데!"

"두 가지만 대 봐." 라이너스가 팔짱을 끼고 말했다.

"감자. 포르투갈." 천시가 즉시 답했다.

"그것들이 왜?" 아서가 물었다.

"전혀 모르겠어요." 천시는 한숨을 푹 내쉬었다. "미안, 피. 이게 최선이었어."

"뭐라도 했잖아. 들켰으니 솔직해지는 게 나아." 피는 라이너스와 아서를 향해 눈을 부릅떴다. "한마음 한뜻이었으니 외출 금지

령을 내린다면 우리 모두에게 내려야 해요."

"비장하게 들리는구나." 아서가 말했다.

"적잖이 우려스럽기도 하고," 라이너스가 덧붙였다.

"잠깐 기다려요." 피는 천시의 촉수를 붙잡고 뒷걸음으로 쌍여닫이 문을 밀어 날름 들어갔다. 피는 안쪽을 가리려고 최선을 다했지만, 아서와 라이너스는 빼꼼 열린 문틈으로 부엌 안을 엿볼 수 있었다.

문이 닫히자 라이너스가 말했다. "벽에 빨간 건 뭐였어?"

"케첩 같던데. 멋지지 않아?"

"당신과 나는 멋지다는 표현의 정의가 아주 다르네."

"당신도 따로 어휘 수업 좀 들어야겠어." 아서가 놀렸다.

안쪽에서는 딱 자신들답게 군 여섯 아이들이 수군거리느라 바빴다.

"다 들켰어!" 천시가 속삭이듯 외쳤다. "우린 끝났어."

"루시, 대체 저 조리대에 뭔 짓을 했어?" 피의 미간에 주름이 잡혔다.

"달걀 깨는 게 쉽지 않더라고." 루시가 어깨를 으쓱였다. "칼리오페가 걸어와서 끈적끈적한 발자국도 남겼고."

"천장은 왜 저래?" 천시가 물었다.

"버터를 측정하다가 실수로 중력을 뒤집었어."

천시가 고개를 끄덕였다. "요리는 힘드니까 요리사들은 그런 일을 자주 겪겠네."

시어도어가 요란하게 쩍쩍거리자 샐이 맞장구쳤다. "시어도어 말이 맞아. 이 난장판을 만든 장본인인 우리가 책임져야 해."

"난장판을 만든 건 루시야." 탈리아가 말했다. "루시 혼자 달걀 깨는 재미를 누리는 게 불공평해서 나도 조금 동참했지만."

"내가 하나 깨보라고 주니까, 네가 벽에다 던졌잖아!"

"어차피 우린 한배를 탔어." 샐이 말했다.

"맞아." 천시가 동의했다. "우리 모두 외출 금지야. 나랑 함께할 사람? 왜 아무도 촉수를 안 들어?"

시어도어가 쩍쩍 목을 울린 뒤 낮게 그르렁거리자 아이들은 웃음을 터뜨렸다.

"그래, 라이너스라면 그럴 거야." 피가 말했다. "얼굴도 빨개질 테고."

문밖에서 가만히 듣던 라이너스가 코웃음을 쳤다. "흥, 두고 보라지."

"얼굴이 좀 빨간데." 아서가 속삭였다. "어디 아파, 라이너스?"

"당신의 그런 반응 때문에 애들이 날 더 놀리잖아."

"피, 나가서 잠시 시간을 끌어줘." 안에서 샐이 말했다. "그동안 다들 최선을 다해 여길 치우자. 서둘러."

피가 부엌문을 빠져나와 활짝 웃었다. 아서와 라이너스가 한마디도 못 들었다고 확신하는 눈치였다. "기다려줘서 감사해요, 정말로."

"고맙긴. 이제 들어가도 될까?" 아서가 말했다.

피가 뒤를 힐끗 돌아봤다. "어, 그게 아직… 아 참! 라이너스, 물어보고 싶은 아주아주 중요한 내용이 있어요. 지난 몇 분 동안 계속 생각하던 질문이에요."

"말해보렴."

"그러니까, 그게 말이죠." 부엌 안에서 무언가 쿵 떨어지는 소리에 피가 움찔했다. 아서가 지적하기 전에 피가 불쑥 내뱉었다. "인간의 장기요!"

라이너스가 끙 앓는 소리를 냈다. "또? 대체 몇 번을 말해야 해? 탈리아가 뭐라든 난 '심폐소생술 거부 각서'에 서명 안 해. 내 간, 신장, 폐를 적출하는 것도 안 돼. 왜 내 장기가 장미에 좋은 비료가 되리라고 생각해? 절대 아니야."

"저도 탈리아한테 그렇게 말했어요. 그건 시간이 해결해줄 테니 참고 기다리기만 하면 된다고요."

아서가 목소리를 낮췄다. "피, 네가 아까 천시를 위로하는 걸 들었다."

피는 불편한 듯 몸을 꿈지럭거렸다. 피는 속이 몹시 깊은 아이였다. 피는 다른 아이들을 사랑하고 전적으로 지지했으며 배려심이 넘쳤다. 다소 방어적인 성향으로 칭찬받거나 관심의 중심이 되면 부담스러워했다. 조금이라도 과하게 칭찬하면 손사래를 치며 화제를 돌렸다. 아서는 하루에 한 번은 피에게 진심 어린 칭찬을 건네려고 노력했다.

"별거 아니었어요. 대화 상대가 필요한 천시 곁에 마침 제가 있었을 뿐이에요. 누구라도 똑같이 했을 거예요." 피는 시선을 피하며 어깨를 으쓱했다.

"아마도. 그래도 천시는 그 얘길 나나 라이너스에게 하지 않았어. 오직 너에게 털어놨지. 네가 기쁨만 아니라 고민까지 나눌 수 있는 친구니까."

"걔는 그런 고민을 해서는 안 돼요. 상황이 나아질 줄 알았어요. 나아질 거라면서요." 피가 불퉁하게 대꾸하더니 곧장 한숨을 쉬었다. "죄송해요. 제가 지나쳤어요."

"하나도 안 지나쳤어. 분명 우리가 너희에게 나아질 거라고 했지. 이런 일에는 시간이 걸린다는 말보다 더 좋은 대답이 있으면 좋았을 텐데, 미안하다." 라이너스는 피의 손을 잡았다.

피가 라이너스를 올려다본 순간, 아서는 평소 강인한 태도와는 다른 피의 눈빛에 놀랐다. 피는 어쩌다 한번씩 갑옷 아래 감춰둔 여린 소녀의 모습을 살짝 드러냈다. 아서는 그런 순간들을 시어도어가 자신의 보물인 단추를 대하듯 소중히 여겼다. "괜찮아요, 라이너스. 고마워요."

라이너스는 피의 손을 꽉 쥐었다. "천만에. 이제 부엌을 보러 갈까? 아니면…"

그가 말을 마치기도 전에 루시가 기쁨의 환호성을 질렀다. "이제 불을 뿜을 수 있다고, 시어도어? 미친! 다 홀랑 태워버리자!"

"나설 때가 됐어." 아서가 말했다.

"늦잠을 자면 이런 일이 벌어지네." 라이너스가 꿍얼거렸다. "한 시간만 방심하면 누군가가 불을 뿜는다니."

2장

아서가 부엌문을 밀어젖히자 문짝들이 벽에 덜컹 부딪혔다. 오가던 말들이 뚝 끊기며 모두 얼어붙었다.

가장 먼저 루시. 혀끝을 잇새에 빼문 채 의자를 끌고 부엌을 가로지르던 중이었다. 위험한 일을 벌일 때면 으레 그러듯 두 눈은 붉게 빛나고 머리는 검은 뿔처럼 양쪽으로 뻗쳤다. 축 늘어진 흰 면티와 해진 체크무늬 반바지에 프릴이 달린 분홍색 앞치마를 두르고 있었다.

그 옆에는 탈리아. 땅딸막한 정원 노움은 달걀을 열두 개쯤 안고 있었다. 가슴까지 오는 풍성한 흰 수염은 끝이 고리처럼 말렸고, 빨간 고깔모자 아래 흰 곱슬머리가 빼꼼 나왔다. 검정 벨트가 달린 파란 조끼, 무릎까지 오는 갈색 바지, 노른자로 보이는 얼룩이 묻은 검정 장화 차림이었다. 햇볕에 그은 까무잡잡한 얼굴과 손이 정원에서 보낸 긴 시간을 증명했다. 푸른 눈이 가늘어지면서 앵두 같은 입술이 오, 하고 벌어졌다.

다음은 샐. 눈 깜짝할 사이에 소년에서 작고 복슬복슬한 개로 변신할 수 있는 셰이프시프터. 올해 열다섯 살인 샐은 최연장자로 다른 아이들이 곧잘 따랐다. 조용하던 소년은 점점 더 자기 목소리를 냈고, 누구든 사로잡을 만한 글을 썼다. 어느새 키가 라이너스만큼 훌쩍 크고 이마와 코에 난 여드름에 울상을 짓는 사춘기 십대 소년이었지만, 검은 눈동자에는 나이를 초월한 성숙함이 엿보였다. 황갈색 반바지와 자개단추가 달린 노란색 반소매 셔츠는 짙은 갈색 피부와 잘 어울렸다. 길어진 머리는 조이가 가르쳐준 대로 가닥가닥 꼬았다.

천시는 바닥에 놓인 걸레통에 들어앉아 있었다. 통 안의 비눗방울이 더듬이에 달린 두 눈 사이까지 날아가 묻었다. 그 위 조리대에 앉은 음험한 고양이 칼리오페는 앞발에 묻은 반죽을 핥으며 아서를 무심하게 바라보았다. 꼬리가 불길하게 살랑거렸.

이어서 시어도어. 주둥이를 쩍 벌려 날카로운 이를 드러낸 채 고개를 뒤로 젖히고 쭉 찢어진 콧구멍에서 연기를 뿜어내던 와이번이 아서를 보자마자 턱을 딱 다물고 나오려던 무언가를 삼켰다. 하지만 이내 검은 연기를 캑캑 내뱉으며 증거를 인멸하고자 미친 듯이 날개를 퍼덕였다.

"어, 제가 설명할까요?" 루시가 말했다.

"할 수 있겠니?" 아서가 상냥하게 물었다. "듣자 하니 시어도어를 부추겨 불을 지르려던 것 같은데."

"정확해요! 역시 절 너무 잘 아세요. 어차피 이건 불에 타도 괜찮은 의자잖아요? 라이너스의 의자지만, 저번에 저한테 서서 먹는 게 좋다고 했거든요."

라이너스는 코웃음을 쳤다. "난 그런 말 한 적 없다."

"시어도어." 아서가 말했다. "사실이니? 불을 뿜을 수 있다는 게?"

와이번은 샐을 힐끗 보았다. 샐이 고개를 끄덕이자 시어도어는 날개를 펴고 고개를 위아래로 움직이며 쩍쩍대고 그르렁거렸다. 시어도어는 며칠 전 잠을 자다 가슴 깊은 곳에서 기묘한 빛이 피어오르는 듯한 느낌을 받았다. 피부에 정전기가 일어난 것처럼 간지러웠지만 곧 사라지겠거니 하고 대수롭지 않게 여겼다.

그런데 바로 오늘 아침, 일어나 기지개를 켜며 하품하는데 입에서 작은 화염이 뿜어져 나왔다. 아프진 않고, 뭉친 근육을 풀 때처럼 시원했다고 시어도어는 쩍쩍거리며 덧붙였다. 그러고서 아서조차 답을 알 수 없는 질문을 던졌다.

"글쎄." 아서는 턱을 두드리며 말했다. "와이번이 용의 후손이긴 하지만 불을 뿜지는 못한다고 알고 있다. 라이너스, 와이번이 불

을 생성한다는 말 들어본 적 있어?"

"아니." 라이너스가 뒤에서 말했다. "물론 시어도어가 내가 아는 유일한 와이번이긴 하지만, 그렇게 진화하진 않았다고 책에서 읽었어. 발화성 물질을 분비하는 분비샘이 없다고."

"녹색이에요." 걸레통 안에서 천시가 말했다. "저처럼요."

"녹색 불이라." 아서가 말했다. "조절할 수 있니?"

시어도어는 잠시 망설이다 고개를 끄덕였다.

아서는 한 발짝 물러나며 말했다. "괜찮다면 보여줄래?"

시어도어는 두 발로 뛰며 한 바퀴를 빙글 돌았다. 타일 바닥이 발톱과 부딪혀 딸깍거렸다. 누가 봐도 신이 난 기색이었다. 그러더니 한쪽 날개를 펄럭이며 다들 한 발짝 물러서라는 신호를 보냈다. 라이너스는 실내에서 불을 뿜는 건 적절하지 않다고 의견을 냈지만, 모두가(아서까지) 야유를 퍼부었다. 라이너스는 마지막 시도로 최근 실내 화재 사건(탈리아의 생일 파티. 촛불은 넘치고 소화기는 부족했다)을 상기시켰다. "그러니까 그냥 밖에 나가서…"

시어도어가 고개를 뒤로 젖히고 눈을 가늘게 떴다. 무지갯빛 파동이 등의 검은 비늘을 가로질러 머리로 향했다. 아이가 입을 벌리자 친숙한 냄새가 났다. 곧 녹색 화염이 화르르 뿜어져 나왔다. 열기가 어마어마했다. 불길은 몇 초 만에 사그라들고 연기만 남았지만, 시어도어는 몹시 만족한 듯 가슴을 부풀리고 두 발로 깡충깡충 뛰었다.

식탁 위 플래카드에 불이 붙기 전까지. 아서가 황급히 그 주위를 돌며 손으로 불을 빨아들였다. 타닥거리며 구체가 된 불은 그가 주먹을 쥐자 소멸했다.

"잘했다, 시어도어." 아서가 적절히 칭찬했다.

"한 번 더!" 루시가 주먹을 내지르며 외쳤다. "한 번 더!"

"이래서 집 안에서 불을 뿜으면 안 돼." 라이너스가 허리춤에 손을 얹고 말했다. "그렇게 막무가내로…" 라이너스가 미간을 좁혔다. "왜 식탁 위에 '생일 축'이라고 적힌 플래카드가 있어?"

"원래는 '생일 축하'여야 하는데요." 샐이 목덜미를 긁적이며 말했다.

"난 '생일 축'이 더 마음에 들어." 탈리아가 걸레통에 달걀들을 던져 넣으며 천시를 달걀탕으로 만들었다. "멍청하고 멋지게 들려. 루시처럼."

"생일 축!" 루시가 외쳤다.

"내 이럴 줄 알았어." 피가 꿍얼거렸다.

"오 이런." 천시가 달걀들 속에서 속삭였다. "그렇다면 생일 축하 노래를 어떻게 불러야 할까? 생일 추욱 합니다? 이상하잖아."

라이너스는 고개를 저었다. "오늘은 누구 생일도 아니야. 다음은 천시의 생일인데 8월이잖아."

아서는 문득 이 모든 일의 진상을 깨닫고 눈을 감았다. 난장판이 된 부엌은 아이들 스스로 준비한 일에 비하면 아주 사소한 대가였다.

아서가 눈을 떴을 때 샐이 말했다. "라이너스 생일이잖아요."

라이너스가 헛웃음을 내뱉었다. "그럴 리가. 내 생일은…" 그가 손가락을 접으며 입을 뻐끔거렸다. "잠깐, 오늘이 몇 월 며칠이야?"

"6월 8일." 아서가 중얼거렸다. "당신 생일."

라이너스는 부엌을 둘러봤다. '생일 축' 플래카드는 여전히 약간 연기가 나고 있었지만, 그 아래 식탁에는 자리마다 식기가 차려져 있었다. 한가운데에는 반쯤 탄 소시지와 베이컨, 달걀부침(껍데기 조각 첨가), 통조림 캔 모양을 그대로 유지한 베이크드 빈즈, 탈리아의 정원에서 수확한 토마토와 버섯, 누군가가 한 입씩 베어먹은 듯한 토스트가 쌓여 있었다.

"날 위해 차렸어?" 라이너스가 가슴에 손을 얹고 속삭이듯 물었다.

"제 아이디어였어요." 탈리아가 말했다. "고맙다는 인사는 됐고요."

"모두 힘을 보탰어요." 샐이 시어도어를 어깨에 얹고 말했다. "각자 맡은 역할도 있었어요."

"피와 제가 보초를 섰어요." 천시가 눈을 반짝이며 말했다. "쉽지 않았지만, 고맙다는 인사는 괜찮아요."

"이러지 않아도 되는데." 라이너스가 물기 어린 미소를 지었다.

"생일만 축하하는 자리가 아니에요." 탈리아는 라이너스의 손을 잡고 식탁으로 이끌었다. 루시가 라이너스의 다리 뒤로 의자를 찔러넣어 거칠게 앉혔다.

"또 뭐가 있니?" 아서가 샐에게서 빗자루를 가져간 뒤 아이들에게 식탁에 앉으라고 손짓했다. 난장판은 이따가 수습하기로 했다. 천시는 내일 다시 달걀탕이 되어 보고 싶다며 걸레통에서 나왔다.

"송별회요." 피가 말했다.

우뚝 멈춘 아서가 한숨을 훅 내쉬고 빗자루를 곳간에 넣은 뒤 돌아섰다. 모두 자기 자리에 앉아 있었다. 긴 식탁 끝에 앉은 라이너스의 오른쪽에 루시, 피, 탈리아가, 왼쪽에 천시, 샐, 시어도어가 앉았다.

"송별회. 그렇구나." 아서는 식탁 주위를 돌며 한 명씩 어깨를 어루만진 다음 라이너스의 맞은편 자리에 앉아 식탁 위에 두 손을 포갰다.

"며칠만 떠나는데도 송별회야?" 라이너스가 물었다. 아서는 그 가뿐한 목소리 아래에 감춰진 걱정의 기류를 읽었다. 아서도 그 마음에 공감했지만 이유는 조금 달랐다.

라이너스는 단 사흘이라도 아이들을 두고 떠난다는 생각에 초조해했다. 내일 떠나서 모든 게 순조롭게 진행되면 수요일에는 돌아올 수 있었다. 라이너스는 이 섬에 온 지 일 년도 채 안 되었다. 반면 아서는 라이너스보다 훨씬 오랫동안 이 섬과 마을을 벗어나지 않았다. 그는 익숙한 세계 너머로 발을 들이는 일에 긴장하고 있었다. 아서답지 않았지만 그들이 하려는 일은, 적어도 그렇게 공개적으로는 한 번도 해본 적 없었다.

"한 번도 우릴 두고 떠난 적 없잖아요." 루시가 포크로 소시지를 찍으려다가 식탁 너머로 날렸다. "그 사이에 무슨 일이 벌어져서 제가 악당이 되어 세상을 장악해야 한다면요?"

"너희들끼리만 있는 건 아니잖아." 아서가 말했다. "너희에게는…"

"우리가 있지." 부엌 입구에서 들려온 목소리에 다들 그쪽을 바라봤다. 조이 채플화이트가 문간에 기대어 있었다. 머리에 엮인

꽃들은 화사하게 피었고 보라색 드레스 밑자락에도 분홍색 꽃이 만발했다. 조이는 넉넉한 주머니에 두 손을 찔러 넣은 채 아서를 향해 윙크했다.

"어머, 생일 축? 저건 새롭네."

또 다른 목소리의 주인인 헬렌 웹이 발뒤꿈치를 들고 조이의 뺨에 입 맞췄다. 마을 시장이자 탈리아가 즐겨 찾던 철물점 주인이기도 한 헬렌도 이제 이 집에서 한 자리를 차지했다. 아서는 어렸을 때 자신에게 아이스크림을 건네주던 눈이 크고 예쁜 소녀를 떠올렸다. 말랐던 그는 이제 보기 좋게 살이 올랐다. 늘 해진 셔츠에 데님 멜빵바지를 입고 장화를 신고 다녔다.

아이들은 저마다 큰 소리로 인사를 건넸고 그 소란스러운 불협화음에 아서는 웃음이 터졌다. 한때 이곳에 자신과 조이, 막연한 꿈뿐이던 조용한 시절이 까마득했다.

"우리가 함께 있을 거다." 조이가 탈리아와 아서 사이 빈자리에 앉으며 말했다. 헬렌은 싱크대 위 창턱에 앉아 있는 칼리오페를 쓰다듬었다. 칼리오페는 평소보다 오래 참았지만 이내 앞발을 들어 헬렌의 손등을 밀어냈다. *고맙지만 이제 됐어*, 하는 듯이.

"그래." 헬렌이 하나 남은 빈자리에 앉으며 말했다. "정말 재밌을 거야. 필요한 건 조이하고 나한테 말만 해."

"뭐든지요?" 루시가 사랑스럽게 물었다.

"합리적인 수준에서." 아서가 말했다.

"지루한 합리." 루시는 토스트 한 조각을 집어 들고 반항적으로 씹으며 꿍얼거렸다.

"조이네 집에서 지내면 안 될까요?" 천시가 물었다. "제가 그 나무 해먹에 누울 차례거든요."

"아니거든." 탈리아가 말했다. "넌 저번에 누웠잖아. 이번엔 내 차례야."

아서가 날카롭게 헛기침했다.

"아니면 공유하든지." 탈리아가 뚱하게 덧붙였다.

"좋아." 천시는 질척한 베이크드 빈즈 탑을 살폈다. "이제 내 몸에서 잉크가 나와, 명심해. 루시 말로는 몽정이라는데, 몽정이란 건 원래 밤에만 하는 거 아니야?"

"루시." 라이너스가 엄하게 주의를 주었다.

"다들 먹자." 아서가 말했다. "할 얘기가 많으니 배부터 든든히 채우는 게 좋겠다."

"왜 베이컨에서 피가 나지?" 조이가 물었다.

"피 아니에요." 샐이 설명했다. "루시는 진짜 피를 원했는데 진짜 피를 어떻게 구할지 몰라서 그냥 옥수수 시럽과 초콜릿 시럽, 빨간 식용 색소를 섞었어요."

루시는 눈알을 굴렸다. "진짜 피를 구할 수 있지만, 아서가 금지했죠."

"그랬지." 아서가 담백하게 말했다.

"꽤 먹을 만해 보이는걸." 라이너스가 말했다. "아서, 그 베이컨 먼저 먹어볼래?"

"오, 당신 생일인데 당신이 먼저 맛을 봐야지."

"괜찮아, 당신 먼저."

"마음은 고맙지만 그럴 수야 없지. 어서 들어."

"내 요리가 이렇게 인기가 많다니!" 루시가 감탄했다. "이게 바로 신이 된 기분이겠군요. 참! 어떤 교회에서는 예수의 피와 살을 나눠 먹기도 한대요. 흥미롭지 않나요?"

"오, 맙소사." 천시가 중얼거렸다. "난 그냥 솔방울이나 먹을래."

"정말 흥미롭구나." 라이너스가 말했다. "그래, 그 베이컨 좀 덜어 줄래?"

"피 흘리는 내장 하나 나갑니다!" 탈리아가 쟁반에서 포크로 베이컨 한 덩이를 찍어 피에게 건넸고, 피는 고기 냄새를 맡고 얼굴을 찡그리더니 다시 루시에게 건넸다. 루시는 베이컨을 받아 라이너스의 접시에 올렸다.

라이너스가 베이컨을 이리저리 살피는 사이 루시가 바짝 몸을 기울이고 크게 속삭였다. "사랑으로 만들었어요."

움찔한 라이너스가 크게 심호흡하고 붉게 젖은 베이컨을 입으로 가져갔다. 루시는 베이컨을 천천히 씹는 라이너스를 뚫어지게 주시했다. 라이너스의 얼굴에서 무수한 감정이 스쳤다. 공포, 혐오, 혼란, 놀라움, 다시 혐오, 마지막으로 허탈한 수용.

"어때요?" 루시가 물었다.

라이너스는 입 안에서 잘게 부순 베이컨을 꿀꺽 삼켰다. "놀랍게도 먹을 만해." 그는 한 입 더 베어 물었다. "고맙다."

"모두에게 피 흘리는 내장을!" 루시가 외치며 생일 아침 만찬의 본격적인 시작을 알렸다.

식사를 어느 정도 마치고 아서가 목을 가다듬자 모두 그를 주목했다. 심지어 샐의 무릎에 앉은 칼리오페마저 아서를 쳐다보았다.

아서는 신중하게 말을 골랐다. "다들 알다시피 라이너스와 나는 앞으로 며칠간 섬을 떠난단다. 우리가 하려는 일을 너희가 확실히 이해했으면 해."

"증언하잖아요, 정부 앞에서." 피가 말했다.

"그래, 맞아. 이 섬에서 보낸 유년 시절을 진술해달라는 요청을 받았거든."

시어도어가 짧게 목을 울렸다. *왜요?*

"왜냐면…" 아서가 잠시 뜸을 들였다. "사람들이 내 사연을 듣고 과거로부터 배울 기회가 있다면 그 기회를 놓치고 싶지 않거든. 너희도 내가 이 섬, 바로 이 집에서 무엇을 겪었는지 알지. 그 경험이 어떻게 끝났는지도."

"그 지하실이요." 샐이 중얼거렸다.

목이 쉬도록 악을 쓰고, 주위에서 불길이 치솟고, 매캐한 연기가 자욱했던 기억이 스쳤지만, 아서는 애써 억누르지 않았다. 그 기억에 숨 쉴 틈을 주었다. 수십 년 묵은 분노가 부글거렸지만 타오르지는 않았다. 아이들은 아서가 이 섬에서 보낸 시간을 알 만큼 알고 있었다. "그래, 그 지하실, 이 집, 이 섬, 우리를 위한 길이 뭔

지 안다고 자부했지만 몰랐던 책임자들."

"그래도 결국 이곳에 돌아왔잖아요." 탈리아가 말했다.

"맞아." 아서가 동의했다. "사람과 마찬가지로 장소도 우리에게 막강한 힘을 휘두를 수 있어. 정체성만으로 차별과 억압을 정당화하는 부당한 권력 말이지. 세대 간 트라우마가 뭔지 아니?"

"한 집단이 나쁜 일을 겪으면 다음 세대에도 그 영향이 미치는 거요." 샐이 대답했다.

"그래, 샐. 간단히는 그렇게 말할 수 있지." 아서는 식탁 맞은편에 앉은 라이너스를 바라봤다. 라이너스는 따뜻하게 미소 지으며 고개를 끄덕였다. "난 어렸을 때 학대와 핍박을 받았어. 너희도 모두 어떤 형태로든 그런 경험이 있잖니. 내가 없애주고 싶지만 그럴 수 없고, 설사 그럴 수 있더라도 나에게 그럴 권리가 있는지 모르겠다. 과거는 너희의 엄연한 일부야. 아무리 고통스러운 기억이라도 너희에게서 그걸 빼앗고 싶지 않아. 그래서 나는 차선책으로, 내 목소리를 통해 이 섬뿐 아니라 아직 집을 찾지 못한 이들을 향한 관심을 불러일으키고 싶어."

"우리 얘기를 하나요?" 피가 물었다.

"그래." 아서가 말했다. "너무 자세히는 아니어도, 너희 각자가 얼마나 훌륭하게 성장했는지 사람들이 알아야 한다고 생각해. 하지만 안심하렴. 너희 비밀은 안전하니까."

"아서는 너희를 자랑하고 싶어해." 헬렌이 말했다. "너무 겸손해서 인정하지 않을 뿐이지."

아서가 픽 웃었다. "그래, 그런 것 같구나. 정말 너희를 얼마나 자랑하고 싶은지 몰라. 샐이 글을 얼마나 잘 쓰는지, 천시가 얼마나 유능한 호텔 직원인지, 루시가 음악에 대해 얼마나 많이 아는지, 피가 나무를 얼마나 사랑하는지, 탈리아가 정원을 얼마나 잘 가꾸는지, 그리고 어떤 와이번도 시어도어만큼 다채로운 보물창고를 가지고 있지 않을 거야."

"우리는 정말 대단해요." 천시가 맞장구쳤다. "이제 제 몸에서 잉크가 나온다고 말해도 괜찮아요."

"참고하마." 아서가 덤덤하게 말했다. "이건 나나 우리만의 문제가 아니야. 더 넓은 마법계와 우리가 바라는 앞날에 관한 문제지. 어떤 정책들은 반드시 바뀌어야 하고, 어떤 법들은 반드시 폐지되어야 해. 누구나 떳떳하고 자유롭게 살 수 있는 세상을 위해서."

"쉽지 않은 일 같네요." 탈리아는 수염 끝을 잡아당기면서 말했다. 열심히 생각할 때 하는 행동이었다.

"맞아, 쉽지 않은 일이야." 아서는 아이들을 차례로 바라봤다. "거짓말은 안 하마. 앞으로의 길은 순탄하지 않아. 내가, 우리가 무슨 말을 하든 받아들이지 않으려는 사람들은 항상 있을 거야. 그들은 같은 생각을 지닌 사람들에 둘러싸여 듣고 싶은 의견만 듣고, 편견을 끝없이 강화하지. 우리는 반드시…"

"우리도 똑같지 않나요?" 샐이 불쑥 묻자 모두가 샐을 쳐다봤다. 아이는 움찔하며 몸을 움츠리려다가, 이내 어깨와 허리를 반듯이 폈다.

"자세히 말해주겠니, 샐?"

샐은 포크로 접시의 음식물을 뒤적거렸다. "우리도 같은 생각을 지닌 사람들에 둘러싸여 있잖아요. 우리 모두 같거나 비슷한 것을 원해요. 우리가 그들과 어떻게 다르죠?"

"훌륭한 지적이야." 아서가 말하자 샐은 입술을 씰룩이며 얼굴을 붉혔다. "네 말이 맞아. 그렇기에 나는 우리의 진실을 이 집에서 꺼내 아직 들을 준비가 안 된 사람들에게 들려줘야 해. 우리 중 하나, 가령 샐이 잔잔한 호수에 조약돌 하나를 던진다고 상상해보자. 그러면 어떻게 될까?"

"파문이 일겠죠." 피가 말했다.

"그래. 그럼 피, 너도 돌을 집어서 샐과 함께 던지면 어떻게 될까? 나머지도 똑같이 하면? 파문은 서로 겹치고 부딪히며 더 넓고 크게 퍼져나가겠지. 우리가 계속 그렇게 하면 결국 얼마나 멀리 퍼지겠니?"

샐은 고개를 끄덕였다. "우리는 계속 돌을 던져야 해요. 누군가가 들을 때까지."

"그냥 그들에게 돌을 던지면 안 돼요?" 탈리아가 말했다. "좋은 돌을 낭비하지 말고."

"폭력은 결코 답이 될 수 없어." 아서가 말했다.

탈리아는 사랑스럽게 웃었다. "하지만 질문은 될 수 있죠."

"그렇긴 하지." 아서가 인정했다. "하지만 난 우리의 목소리가 우리가 가진 가장 강력한 무기라고 믿는다. 너희와 날 위해 내 목소리를 이용할 거야. 혐오는 시끄럽지만, 우리 목소리가 더 크게 울

려 퍼지도록."

"만약 그들이 듣지 않으면요?" 피가 물었다. "신경도 안 쓰면요? 그들이 여기 와서 우리를 다시 데려가려고 하면요?"

"그렇게는 못 해." 조이가 말하자 머리의 꽃잎들이 벙긋거리며 열렸다 닫혔다. "이 섬과 나는 하나야. 허튼 마음을 품고 이 섬에 오는 자는 험한 꼴을 당할 각오를 해야 한다."

"우리가 아니면 아무도 나서지 않을 테니, 우리는 시도해야만 해." 아서는 헬렌과 조이가 주고받는 은밀한 눈빛을 포착했다.

시어도어가 깍깍대고 그르렁거렸다. 눈이 빛나고 혀가 날름거렸다.

아서는 눈을 감고 길게 심호흡했다. 다시 눈을 떴을 때, 모두가 자신을 바라보며 대답을 기다리고 있었다. 그는 빙그레 웃었다. "아니, 시어도어. 입양 청원에 영향을 미치진 않아."

"아서는 우리의 아빠가 되고 싶으니까요." 천시가 말했다.

너무나 정확한 아이의 말이 놀라웠다. "그래. 세상 그 무엇보다도."

"라디오로 들을 수 있다고 했죠?" 피가 물었다.

"그래." 아서가 말했다. "너희가 들어도 괜찮을지 모르겠구나."

"왜요?" 탈리아가 물었다. "제 정원을 제대로 묘사하는지 확인해야 하는데. 제 베고니아를 꼭 언급해주세요. 정말 자랑스럽거든요."

"자랑스러울 만하지." 라이너스가 말하며 아서를 힐끗 봤다. 아서가 고개를 끄덕여 보이자 라이너스가 말을 이었다. "하지만 이런 일은 복잡해. 아서는 불공평하거나 무례한 질문을 받을 수도

있어. 아서도 나도 각오하고 있지만, 각오한다고 해서 더 수월해지는 않으니까." 라이너스는 씩 웃었다. "모든 일이 잘 풀리면, 누군가를 데려올 거야."

"데이비드." 샐이 말했다.

탈리아가 눈알을 굴렸다. "또 다른 남자애죠. 이 집에는 고추가 너무 많아요."

"나는 고추 없어." 천시가 말했다. "총배설강에 가깝지."

"그게 뭐야?" 피가 물었다.

"아! 이건…."

"밥 먹는 식탁에서 그런 얘기는 좀 그렇네." 라이너스가 말했다.

"전 괜찮아요." 천시가 말했다. "전 제 몸이 좋거든요. 느적느적하죠."

헬렌이 정리에 나섰다. "그래. 너희도 내가 그랬듯이 데이비드를 만나 기뻤으면 좋겠다. 지금 그 애는 임시 보호자들의 보살핌 속에서 재능을 꽃피우고 있다고 들었어. 너희와도 잘 어울릴 거야."

"왠지 두렵게 들리네요." 라이너스가 중얼거렸다.

시어도어가 고개를 위아래로 흔들며 질문을 던졌다.

"모르겠다." 아서가 말했다. "현재로선 그 애가 이곳에서 살고 싶어 하는지 몰라 입양 청원서에 포함하지 않았어. 이 집은 그 애가 잠시 거쳐 가는 정거장이 될 수도 있지. 그렇더라도 우린 데이비드를 똑같이 환영하고 이곳에서 좋은 시간을 보내게 할 거야. 우리가 지난 몇 주 동안 열심히 방을 준비했잖니. 자기만의 공간을 갖는 건 시작을 위한 중요한 첫걸음이야. 하루하루 한 걸음씩 천천히. 그게 지금 내가 할 수 있는 최선의 말이다."

오븐 타이머가 땡 울리자 루시의 얼굴이 환해졌다. "내 시나몬 롤! 오예!" 루시는 벌떡 일어나 의자를 넘어뜨리며 오븐을 향해 달려갔다.

대화는 거기까지였다.

부엌을 빠르게 정리한 뒤, 아이들은 라이너스에게 '생일 축' 선물을 받기 전까지 눈을 감으라고 요구했다. 라이너스가 순순히 눈을 감고 허리를 구부리자 루시가 얼굴 앞에서 손을 흔들며 앞이 안 보이는지 확인했다. 아서도 덩달아 똑같이 해야 했다.

아이들이 선두에 섰다. 조이가 라이너스의 손을 잡아끌고, 아서가 라이너스의 허리춤을 붙잡고 뒤따랐다.

거실에 이르자, 셀의 지시에 따라 조이가 눈 감은 아서와 라이너스의 자세를 바로잡았다. 루시와 탈리아가 몇 초부터 셀 건지 다투었다. 루시는 3에서 시작하자고 했고, 탈리아는 5백만에서 시작하자고 했다. 둘은 7로 타협했다.

"알았어." 탈리아가 말했다. "칠, 육,"

나머지도 동참했다.

"오, 사…"

"삼이일!" 루시가 외쳤다.

아서는 라이너스가 먼저 눈을 뜰 때까지 기다렸다. 어쨌거나 그의 생일이니까. 라이너스가 숨을 들이켜며 아서의 손을 꽉 쥐었다.

아서가 눈을 떠 보니 벽난로 위에 선물이 걸려 있었다.

하얀 바탕에 알록달록한 꽃무늬가 그려진 원형 나무 액자였다. 액자 안에는 라이너스와 아이들이 함께한 순간을 찍은 사진들이 담겨 있었다. 샐과 나란히 책을 읽는 라이너스, 탈리아와 정원 잡초 더미 옆에 엎드려 풀을 뽑는 라이너스, 천시와 마을 호텔 앞에 선 라이너스(천시는 직원 모자를 삐딱하게 썼다), 시어도어와 엉덩이를 들어올린 채 소파 아래 머리를 집어넣은 라이너스(시어도어의 꼬리가 흐릿하게 잡혔다), 탐험가 복장으로 피와 숲속을 걷는 라이너스. 맨 아래 사진에는 조이와 아이들이 집 앞에 서 있었다. 모두 활짝 웃는 얼굴이 해사하게 빛났다. 맨 위의 사진은 조이와 아이들이 웃으며 지켜보는 가운데 아서와 라이너스가 춤을 추는 모습이었다.

사랑스러웠다. 그 무엇으로도 형용할 수 없을 만큼 사랑스러웠다. 어느 누가 이 아이들을 바라보며 오직 두려움만 느낄 수 있을까?

원형 액자 한가운데의 또 다른 사각 액자 안에는 시가 적힌 종이가 들어 있었다.

날 봐.

날 있는 그대로 봐. 난 마법이야. 인간이면서 인간이 아니야.

날 봐.

난 소년이야. 소녀야. 난 모든 것이면서 동시에 아무것도 아니야.

날 봐.

당신은 날 보고 뒷걸음질 쳐. 고함을 질러.

날 봐.

나는 피를 흘려. 아픔을 느껴.

당신은 내가 보이지 않길, 존재하지 않길 원해.

당신은 내가 당신의 눈, 귀, 마음에서 멀어지길 원해.

당신은 내 기쁨을, 내 빛을 앗아가길 원해.

무채색 신념을 지닌 무채색 세상을 원해.

내가 희미해지길 원해.

하지만 나는 매 순간 내 존재를 뚜렷이 느껴.

나는 사라지지 않아.

나는 무채색 세상에 갇히지 않아.

난 빛이야. 불씨야. 태양이야.

빛만 남을 때까지 그림자를 태워버릴 거야.

결국 당신은 날 보게 될 거야.

"마음에 들까요?" 천시가 물었다. "정말 열심히 만들었어요. 사진들은 조이가 도와주었지만 나머지는 우리가 다 했어요." 시어도어가 요란하게 짹짹대자 천시가 덧붙였다. "시 빼고요. 시는 샐이 썼어요." 아서는 목이 메 말을 할 수 없었다.

라이너스가 겨우 갈라진 목소리로 물었다. "날 위해 만들었어?"

탈리아가 얼굴을 찡그렸다. "그럼요. 생일 선물이라고 했잖아요." 탈리아는 눈을 가늘게 뜨고 그를 살폈다. "오 이런. 또 까먹었어요? 인간 나이로 마흔하나면 늙긴 했죠. 조만간 라이너스를 그

시설에 보내야겠네요. 다 함께 방문하겠다고 약속만 하고 절대 방문하지 않는 집이요."

"라이너스는 이미 집이 있잖아." 천시가 어리둥절해서 물었다. "왜 다른 집에 보내?"

멀찍이 서 있던 헬렌이 훌쩍이며 멜빵바지 주머니에서 손수건을 꺼냈다.

"당신이 가족인 걸 보여주고 싶었나봐." 조이가 라이너스에게 말했다.

"그런 것 같네요." 라이너스가 손등으로 눈물을 닦고 웃었다. 비 온 뒤에 뜬 해처럼 환하게. "난… 도시에 살 때, 끝없이 펼쳐진 푸른 바다처럼 온갖 빛깔로 가득한 곳들을 꿈꿨어." 라이너스는 아이들을 하나하나 바라보았다. "놀랍게도 그 빛깔은 바다나 나무, 심지어 섬에서 나온 게 아니었어. 바로 너희들에게서 나온 것이었어." 라이너스는 눈을 빠르게 깜빡이며 목에 힘을 주었다. "최고의 생일이야. 고맙다. 태어나 가장 행복한 날을 만들어줘서."

라이너스는 아서의 손을 놓고 아이들을 최대한 많이(셋!) 번쩍 안아 올렸다. 나머지 아이들도 팔다리에 주렁주렁 달라붙었.

아서는 그들이 포옹을 풀 때까지 기다렸다가 자신도 낯설 만큼 쉰 목소리로 말했다. "액자 아래쪽에 사진 자리 하나가 비었네?"

샐이 아서를 보고 말했다. "데이비드 자리에요. 데이비드가 여기 왔을 때 소외감을 느끼지 않았으면 해서요."

아서는 눈을 감고 숨을 골랐다.

3장

 일요일 이른 아침, 기차는 예정대로 도착했다. 검은 증기 기관이 청록색 객차 여섯 량을 이끌고 마르시아스 역에 이르렀다. 검은 하늘은 잔뜩 찌푸렸고, 햇살은 옅은 구름을 붉게 물들였다. 폭풍이 몰려올 낌새였다. 아이들이 작별 인사를 하려고 라이너스와 아서 앞에 모였다.
 "조이 말 잘 들을 거지?" 아서가 낯선 긴장감을 느끼며 말했다. "말썽 피우지 않고?"

루시가 해맑게 웃었다. "오, 꿈도 안 꿀게요. 맹세해요."

"부디 그 어떤 사망, 파괴, 폭발 소식도 들려오지 않길 바랄게." 라이너스가 말했다.

"아무것도 터지지 않게 할게요." 샐이 말했다. 어깨 위의 시어도어가 샐의 귀를 잘근잘근 물었다. "탈리아가 수류탄을 반납했으니 그리 어렵지 않아요."

"아직도 분해." 탈리아가 눈을 치뜨고 말했다.

"한 시간에 한 번씩 전화해요." 루시가 요구했다. "제가 그동안 뭐 했는지 알려 줄 테니까요. *아주 자세하게.*"

"선물 꼭 사와요." 탈리아가 말했다. "만약 그 선물 중 하나가 다른 선물보다 두 배 정도 비싸도 따지지 않을게요. 이를테면 아름답고 재능 있는 노움을 위한 선물이요."

시어도어가 그르렁거리자 라이너스는 버려진 단추를 발견하면 와이번의 보물창고에 가져다주겠다고 약속했다. 흥분해서 날아오른 시어도어가 땅에 긴 그림자를 드리우며 하늘을 맴돌았다.

다른 아이들이 요구 사항을 늘어놓는 동안, 샐이 아서를 보고 옆으로 고갯짓했다. 아서는 샐을 따라 플랫폼 한쪽의 기둥 근처로 갔다.

"왜 그러니? 무슨 일 있어?" 아서가 물었다.

샐은 어깨를 으쓱했다. "아뇨, 그런 게 아니라…" 샐은 플랫폼 너머 굽이굽이 펼쳐진 모래언덕과 따뜻한 바람에 고개 숙인 갈대들을 바라봤다. "그냥 하고 싶은 말이 있어요."

"뭐든 말하렴." 아서가 고개를 끄덕이며 말했다.

샐은 심호흡하고 입을 뗐다. "우린 아서의 증언을 듣기로 했어요. 라디오로."

"그러니? 너희 다?"

"네."

긴장감이 목덜미를 훑고 지나갔지만 그가 느끼는 자랑스러움과는 비교할 수 없었다. 아서는 샐이 얼마나 큰마음을 먹었는지 알았다. 샐은 많은 진전을 이뤘지만 여전히 가끔 극심한 의심에 휩싸였다. "모두 동의했단 말이지?"

"네." 샐은 불편한 듯 짝다리를 바꿔 짚으면서도 단호하게 말했다. 그러더니 한숨을 쉬었다. "가끔은 아서를 이해할 수 없어요."

아서가 건조하게 웃었다. "그런 말 자주 듣지."

샐은 한쪽 눈썹을 치켜올렸다. "고치려고 노력하셔야겠네요."

"건방지긴."

"우릴 싫어하는 사람들로부터 보호하고 싶은 마음은 이해해요. 진심으로요. 그런데 그 사람들이 우리가 누군지 알도록 목소리를 내야 한다고요?"

"아이러니하지." 아서가 인정했다.

"아서는 우리를 영원히 보호할 수 없어요." 그 순간 아서는 심장을 찌르는 슬픔을 느꼈다. "마음은 알지만, 그러면 우리가 어떻게 세상을 배우겠어요? 보호받기만 하면 어떻게 힘을 보태 잘못된 것들을 고치겠어요?"

"넌 아직 어리잖아." 아서의 긴장감이 두근거림에서 쿵쾅거림으

로 바뀌었다. "너희 모두."

"전 열다섯 살이에요." 샐이 지적했다. "어리다고 하면 어리지만, 우리 모두 언제까지나 어리진 않아요. 우릴 믿는다면서요. 그렇다면 우리 스스로 결정을 내릴 수 있도록 믿어줘야 하지 않나요?"

아서가 뒤를 흘깃 돌아봤다. 천시의 활기찬 목소리가 플랫폼에 울려 퍼지고 있었다.

"이건 우리 일이잖아요, 아서. 무슨 말이 오가는지 우리가 알 권리가 있지 않나요?"

"맞아." 아서가 나지막히 말했다. "샐, 난…" 그는 고개를 저었다. "그래, 너희는 알 권리가 있어." 아서는 샐의 어깨에 손을 얹었다. "너희 뜻을 존중할게. 다만 조이와 헬렌이 있는 자리에서 들으렴. 그들이 너희의 이해를 도울 수 있도록 말이야. 나나 라이너스에게 질문이 있다면 돌아와서 대답하마."

샐은 안심한 듯 고개를 끄덕였다.

"그게 다니?" 아서가 조심스럽게 물었다.

샐은 목을 가다듬고 허공에 시선을 던졌다. "그, 입양 말인데요," 샐이 얼굴을 찡그렸다. "아마 저는 나이가 너무 많아서…."

"네가 한 살이든 백 살이든 상관없어. 우린 한 가족이야. 그 어떤 것도 그 사실을 바꾸지 못해."

샐은 숨을 혹 뱉으며 어깨를 늘어뜨렸다. 샐이 다시 아서를 마주 봤을 때(그는 이제 아서를 올려다보지 않아도 될 만큼 컸다), 그 눈빛에는 확신이 서려 있었다. "저는 제 부모님을 몰라요. 기억도 못

할 만큼 어릴 때 돌아가셨으니까요. 하지만 아서는 제 곁에 있겠다고 했고 그 약속을 지켰죠."

"진심이었다." 아서가 말했다.

기차가 날카롭게 기적을 울리며 출발이 임박했음을 알렸다. 아서가 고개를 휙 돌렸을 때 샐이 불쑥 말했다. "사랑해요, 알죠? 자주 말하진 않지만요."

아서는 샐을 꽉 끌어안았다. "알아. 나도."

금장 단추가 달린 깔끔한 제복을 입은 건장한 승무원이 열차 밖으로 몸을 쭉 빼고 외쳤다. "모두 탑승하세요! 마르시아스발 열차 곧 출발합니다!"

그들은 마지막으로 아이들을 안아준 뒤 여행 가방을 집어 들고 열차에 올랐다.

열차가 서서히 출발하는 순간에도 아서는 자리에 앉지 않았다. 객차 칸과 칸 사이를 내달리며 선로를 따라 뛰는 아이들을 향해 미친 듯이 손을 흔들었다. 시어도어는 바람을 타고 따라왔다. 곧 기차에 속도가 붙자 아이들은 빠르게 멀어졌다. 아서는 창밖에 몸을 내밀고 외쳤다. "사랑한다! 너희 모두!"

아이들의 대답은 기차 소리와 따뜻한 바람에 묻혔다.

아서는 무릎을 짚고 숨을 골랐다. 라이너스가 다가와 그의 어깨를 부드럽게 쥐었다. "한 번도 애들 곁을 떠난 적 없어서 이렇게 어려운 일일 줄 몰랐어." 아서가 속삭였다.

"절대 쉬운 일이 아니지." 라이너스가 아서의 등에 이마를 대고

말했다. "하지만 잘 기다리고 있으리라 생각하면 견딜 만할 거야."

아서는 몸을 돌려 라이너스를 품에 안았다. "마치 심장을 두고 온 것 같아."

아서는 목덜미로 라이너스의 웃음을 느꼈다. "당신이 이렇게 제정신이 아닌 모습은 처음 봐. 이 유쾌한 사람아, 당신이 잘 가르쳤으니 애들은 괜찮을 거야. 자, 자, 이제 진정하고 앉아. 더 빨리 도착할수록 더 빨리 돌아갈 수 있을 테니까."

기차가 덜컹거리며 달리는 사이 빗방울이 떨어지기 시작했다.

도시는 아서가 기억하던 그대로였다. 엄청나게 시끄럽고 도로마다 차들이 빼곡했으며 거리엔 우산을 쓴 사람들이 분주하게 오갔다. 어둑해진 하늘 아래 건물들은 검고 삭막했다. 열차에서 내리자마자 그는 다른 세상의 이방인이 되었다. 바다 냄새도, 절벽에 부딪히는 파도 소리도 없었다. 경적 소음과 함께 휘발유와 타이어 냄새가 덮치자 아서의 내면 어딘가, 지하실에 갇혔던 아이가 다시 열차에 오르라고 악을 썼다.

뒤에서 나타난 라이너스가 끝없이 내리는 비에 불평했다. "그래도 이번엔 우산을 챙겼지." 라이너스를 따라 아서도 열차 플랫폼의 벽시계를 확인했다. 한낮이었다.

"호텔로 가?" 아서가 라이너스의 가방까지 들고 물었다.

라이너스가 우산을 펼치고 다시 자기 짐을 가져갔다. 아서를 바라보는 그의 이마에 의미심장한 주름이 졌다. "먼저 보여줄 게 있는데, 같이 갈래? 버스 타야 해."

아서는 어디든 따라가겠다고 말했다. 라이너스는 (미소를 감추지 못하면서도) 눈알을 굴렸다. "완전 라이너스바라기네. 가자."

버스를 타고 40분쯤 달렸다. 승객으로 꽉 차있던 버스는 갈수록 한산해졌다.

"거의 다 왔다." 라이너스가 손을 뻗어 천장에 매달린 줄을 잡아당기자 버스 앞쪽에서 벨이 울렸다. 버스는 속도를 늦추며 작은 정류장 앞에 정차했다.

비는 그치지 않았다. 라이너스와 아서는 큰 웅덩이를 피해 버스 계단 마지막 칸에서 훌쩍 뛰어내려야 했다. 떠나는 버스를 향해 아서가 손을 흔들었다. 아무도 손을 마주 흔들지 않았다.

"마음 쓸 필요 없어." 라이너스가 말했다.

"아마도. 그래도 예의는 지켜야지." 아서는 주위를 둘러보았다. 저 멀리 도시의 건물들이 회색 하늘을 향해 거인들처럼 솟아 있고, 그들 주변에는 벽돌과 나무로 지어진 단층 주택들이 늘어서 있었다. 교외라서 도심보다 훨씬 조용하고 오가는 차도 많지 않았다.

"이쪽이야." 라이너스가 우산을 펴며 말했다.

그들은 인도를 따라 이동했다. 라이너스는 긴장감에 굳은 표정이었다. 아서는 목적지가 어딘지 묻고 싶었지만 길가에 늘어선 나무들이 시선을 사로잡았다. 섬에 있는 나무들과 전혀 달랐다. 여

름인데도 나뭇잎은 색이 다 빠져나간 듯 칙칙하고 어두웠다. 라이너스에게 말하려던 그때, 한 거리로 이어지는 표지판이 눈에 들어왔다. 헤르메스 웨이.

"당신이 살던 곳이구나."

"맞아." 라이너스가 딱딱하게 말했다. 거리에 접어들자 화물 트럭이 지나가며 그들의 발치에 물을 튀겼다. 날이 이렇게 흐렸는데 불을 켜둔 집이 없어 이상했다. 직장인들도 어두운 집보다 밝은 집으로 돌아오고 싶지 않을까?

곧 목적지에 도착했다. 라이너스는 어느 집 앞에 멈췄다. 헤르메스 웨이 86번지. 벽돌 토대에 암청색 판자벽으로 이뤄진 아담한 집이었다. 하얀 난간을 두른 현관 포치에는 비를 피해 앉을 수 있는 흔들의자가 있었다. 화단에는 꽃 대신 멋없이 자란 덤불만 무성했다.

"여기야." 라이너스는 아서가 싫어하는, 제 나이보다 늙어 보이는 쓸쓸한 표정으로 집을 바라보며 나직하게 말했다.

"멋지네."

"그래?"

"꽤 작네. 어떻게 이 집이 당신을 담을 수 있었는지 모르겠어."

라이너스가 웃으며 눈을 흘겼다. "나 3킬로그램 뺐다고 말 안 했나?"

"그런 뜻이 아니었다는 거 알잖아. 난 당신 뱃살을 사랑하는걸. 그냥 이 집은 당신하고 안 어울려."

"한때는 어울렸지. 이게 내 집이었어."

"아직 당신 소유지?"

"아직은. 옆집 사는 클래퍼 여사의 손자 부부한테 넘길 예정인데, 지금 외국에 나가 있거든. 돌아오면 매매 절차를 마무리하려고. 자, 가자. 집 안까지 들어갈 필요는 없지만."

"뭘 하러 왔는데?" 아서가 라이너스를 따라 진입로에 들어서며 물었다.

라이너스는 고개를 수그렸다. "약속한 게 있어."

"우리는 늘 지킬 약속이 있지."

"그래." 두 사람은 현관 포치 앞에 멈췄다. 빗방울이 투둑투둑 우산을 두드렸다. "일단 우리 가방들 좀 포치 아래 옮겨줄래? 피와 탈리아 말로는 그리 오래 걸리지 않는대."

"그 둘과의 약속이라면 반드시 지켜야 하지." 아서가 순순히 포치 계단을 올라 가방들을 놓고 내려오니, 라이너스는 우산을 켠 반대쪽 손에 작은 천 주머니를 들고 있었다. 그는 집을 올려다보며 고개를 절레절레하더니 잡초가 무성한 화단으로 갔다.

라이너스는 아서에게 우산을 건네고 주머니의 녹색 끈을 잡아당겨 열었다. 씨앗들이 안에 들어 있었다. 둥글거나 네모진 모양으로 모두 검은 바탕에 흰 반점들이 있었다.

"심을 필요도 없댔어." 라이너스가 씨앗을 한 움큼 쥐어 화단에 세 번에 걸쳐서 뿌렸다. 이내 주머니를 비운 라이너스는 이마를 찡그리며 화단에서 물러났다. "1, 2분이면 된다고 했어."

"뭐가?" 아서가 기대에 차서 물었다.

그때 젖은 흙 위에 떨어진 씨앗 하나가 꿈틀거리기 시작했다. 아서는 아이들이 해변에서 파낸 모래벼룩이 떠올랐다. 자잘한 다리를 지닌 회색 갑각류. 그 씨앗을 시작으로 다른 씨앗들도 하나둘 흙 속으로 파고들었다. 마지막 씨앗까지 땅속으로 사라지자 곳곳에서 작은 거품이 솟아올랐다. 그 거품들은 사과만큼 부풀어 오르다가 어느 순간 톡 하고 터졌다. 아서는 초록빛이 감도는 익숙한 마법의 기운을 느꼈다. 노움과 숲 정령이 생명을 탄생시키는 싱그러운 에너지.

발밑의 땅이 포치 난간을 흔들 정도로 우르르 진동했다. 라이너스는 아서의 손을 잡고 한 발짝 뒤로 물러섰다. 작은 줄기가 흙을 가르고 나오며 무채색이었던 자리를 생생한 초록빛으로 물들였다. 이내 끙 하며 애쓰는 소리와 함께 식물들이 흙을 뚫고 우후죽순 자라났다.

모든 게 채 일 분도 걸리지 않았다. 진흙투성이 황무지에 분홍색, 파란색, 흰색, 주황색 꽃이 수십 송이 피어났다. 잎과 줄기는 가짜처럼 보일 만큼 선명한 초록색이었다. 꽃들은 하늘을 향해 꽃망울을 터뜨리며 빗방울을 흡수했다. 중앙에 활짝 핀 꽃은 성인 남자 키를 훌쩍 넘는 거대한 해바라기였다. 복잡하고 정교한 마법 작품이 이렇게 간단하게 완성되는 모습은 정말이지 경이로웠다. 아이들의 힘이 강력한 줄 알고 있었지만(애초에 그래서 아서에게 보내지지 않았던가?) 눈으로 직접 확인하니 아서는 숨이 턱 막혔다.

"긴장돼." 아서가 나직하게 말했다.

라이너스는 그 고백을 기다렸다는 듯이 웃었다. "당신은 옳은 일을 하고 있어." 그가 아서에게 몸을 기댔다. 따듯하고 안정적인 무게

감이 느껴졌다. "마음껏 긴장하고 두려워해, 아서. 나도 그러니까."

　아서와 라이너스는 다음 날을 위해 하루를 일찍 마무리하기로 했다. 돌아가는 버스는 아까와 다르지 않았다. 낡은 좌석에 버려진 신문만 빼고. 아서는 신문에서 자신의 몇십 년 전 얼굴을 흑백으로 마주했다. 지금보다 긴 밀짚 빛깔 머리에 건방진 미소를 띠고 있었다. 사진 위에는 굵고 진한 글씨로 이렇게 적혀 있었다.

　아서 파르나서스는 누구인가?
　마법적 존재에 관한 획기적인 증언을 앞두다

"글쎄, 누구일까?" 아서는 중얼거렸다.
"뭐라고?" 라이너스가 뒤에서 나타나며 물었다.
　아서가 몸을 돌려 신문을 가렸다. "좀 더 뒤로 가서 앉자."
　도심으로 돌아왔을 때는 이미 어둠이 깔린 뒤였다. 빗발은 수그러들었다. 여름인데도 섬의 겨울처럼 공기가 스산했다.
　그들은 저녁거리를 포장했다. 아서가 브라운소스를 추가로 요청하자 라이너스는 질색했다. "취향도 가지가지야." 마치 자신은 케첩을 필요 이상 많이 뿌리지 않았다는 듯이.
　그들이 묵을 곳은 번화가 모퉁이에 있는 〈로즈 앤드 쏜〉이라는 오래된 호텔로, 검은 외관에 가시로 둘러싸인 금색 장미 한 송이가 새겨진 석조건물이었다. 일자로 이어진 눈썹에 비뚤어진 미소를

먼 호텔 직원이 문을 열어주며 고개 숙여 인사했다.

　빠르게 체크인을 마친 둘은 방에 짐을 내려놓자마자 마치 약속한 듯 동시에 전화기로 손을 뻗은 서로의 모습에 웃음을 터뜨렸다. 아이들과의 통화는 30분 동안 이어졌다. 각자 일요일을 어떻게 보냈는지 자세히 설명하려 했기 때문이다. 아서는 아이들의 목소리에 기운이 나면서도 당장 날개를 펼치고 이곳을 떠나 바다 냄새를 맡을 때까지 훨훨 날아가고 싶은 절박한 충동이 일었다.

　특히 천시가 데이비드를 만났는지, 키가 얼마나 큰지 물었을 때 그랬다. 천시는 설인이 3미터 이상 자랄 수 있다고 책에서 읽었다며 부엌 맨 위 선반에서 무언가를 꺼낼 때 큰 도움이 될 것 같아서 물어봤다고 덧붙였다. 아서는 데이비드를 만나면 바로 보고하겠다고 답했다. 내일 아침, 점심, 저녁에 다시 전화하겠다는 약속과 함께 전화를 끊고 침대 가장자리에 앉아 허공을 응시했다. 반쯤 먹다 만 식사는 어느새 식었다. 어차피 식욕도 없었다.

　통화 후 욕실에 갔던 라이너스가 묘한 표정으로 돌아왔다. 셔츠 단추를 반쯤 풀어 창백한 피부와 희끗희끗한 가슴 털을 드러낸 채였다.

　아서가 얼굴을 찌푸렸다. "무슨 일이야?"

　라이너스는 고개를 저으며 검지를 입술에 대더니, 침대 맞은편 책상으로 가서 라디오를 켜고 음악 채널에 다이얼을 맞췄다. 리틀 앤서니가 베개 위 눈물 자국과 마음의 고통에 대해 노래하고 있었다. 라이너스는 볼륨을 최대치로 올리고 아서에게 따라오라고 손짓했다. 아서는 군말 없이 침대에서 일어나 벽장으로 향했다. 라

이너스는 아서를 벽장 안에 밀어 넣고 등 뒤로 문을 닫았다. 아서는 어둠 속에서 라이너스의 얼굴을 간신히 알아볼 수 있었다.

"조금만 밝게 할 수 있어?" 라이너스가 속삭였다.

아서가 손을 들어 올리자 검지 끝에서 작은 불꽃이 피어올랐다. 라이너스의 얼굴이 환히 빛났다.

"우리가 이 호텔에 묵는 거 또 누가 알지?"

아서가 눈을 깜빡였다. "조이와 헬렌. 애들. 왜?"

"세면대 위 조명 전구가 하나 나갔길래 수명이 다했나 했는데 헐겁게 끼워져 있더라고. 조여두려고 돌리는데 자꾸 헛도는 거야. 뭔가가 있나 해서 소켓을 들여다보다가 이걸 발견했어." 그는 주먹을 펼쳤다. 손바닥에는 금속 부품이 섞인 검은 플라스틱 파편들이 있었다. 분리된 녹색 전선도 보였다.

"이게 뭔데?" 아서가 라이너스의 손을 내려다보며 물었다.

"도청기." 라이너스가 속삭였다. "내가 방금 부숴버렸지만. 누군가가 우리 말을 엿듣고 싶어 하나봐."

"정말?" 아서는 믿을 수 없어 웃음을 터뜨렸다. "그건 좀 과하지 않아?"

"당신은 정부를 잘 몰라. 나는 그들이 내일 일의 주도권을 잡기 위해 얼마든지 이런 짓을 할 수 있다고 봐." 라이너스는 손바닥의 반동으로 플라스틱 조각을 툭 쳐올렸다. "내 이름으로 예약했으니 우리가 묵는 곳을 쉽게 알아낼 수 있었겠지. 그 말은…"

"이 방이 무작위로 배정받은 방이 아니라는 뜻이지." 아서가 벽

75

에 등을 대고 생각에 잠겼다. "더 있을까?"

"물론이지. 방을 바꿔야겠어. 아니, 호텔을 바꿔야 해."

"아니면," 아서가 벽에서 몸을 떼어내며 신중하게 말했다. "재미를 좀 봐도 되고."

라이너스가 눈을 부릅떴다. "무슨 생각이야?"

그들은 다시 침실로 돌아갔다. 리틀 앤서니가 다음 곡을 팻시 클라인에게 넘겼다. 완벽했다.

아서는 라이너스의 손에서 도청기 파편들을 거둬 책상에 놓았다. 오른발로 바닥에 원을 그리듯 천천히 몸을 돌린 뒤 라이너스를 빤히 보며 한 손은 가슴 앞에, 다른 손은 뒤로하고 허리를 숙였다. "한 곡 추시겠습니까?" 물으며 손을 내밀자 마침 팻시 클라인의 〈당신은 내게 속해 있어요〉가 흘러나왔다.

라이너스는 콧김을 뿜으며 눈알을 굴렸지만, 입꼬리가 씰룩거렸다. "지금? 정말? 하지만…"

"우리는 내일을 걱정할 수도 있고 춤을 출 수도 있어. 난 내가 어느 쪽을 원하는지 알아."

라이너스는 잠시 그를 바라봤다. '내가 어떻게 거절할 수 있겠어?'

아서는 라이너스의 허리춤에 두 손을 얹고 그를 끌어당겼다. 라이너스는 아서의 어깨에 두 팔을 두르고 그의 뒷머리를 쓰다듬었다. 두 사람은 녹색 카펫 위에서 한 몸이 되어 움직였다. 아서는 라이너스의 이마에 자신의 이마를 대고 속삭였다. "기쁨이 어떤 소리인지 들려주자고. 아마 그들도 어렴풋이나마 배울 거야."

4장

    18세기 후반에 고딕 복고조 양식으로 지어진 정부 청사 '밴디크로스'가 그들 앞에 불길한 위용을 드러냈다. 뾰족한 지붕 양쪽으로 두 탑이 솟아 있고, 거대한 정문 위로 겹겹의 아치형 장식이, 그 위로는 스테인드글라스로 이뤄진 둥근 장미꽃 무늬 창이 자리했다. 창 중앙에는 오각형 별이 새겨져 있었다. 건물은 아름다우면서 동시에 위협적인 분위기를 풍겼다. 낮게 깔린 안개가 도로와 거리를 따라 스멀스멀 기어다녔다.

입구의 넓은 돌계단에는 우산과 함께 카메라나 마이크를 든 기자들이 모여 있었다. 스무 명도 넘어 보였지만, 정작 아서가 예상치 못한 인파가 더 많이 몰렸다.

거리로 몰려나온 어른과 아이, 마법적 존재와 비마법적 존재가 섞인 군중이 교통을 마비시켰다. 아서와 라이너스가 먼발치에서 지켜보는 동안 그들은 손팻말을 들고 구호를 외쳤다. "마법적 존재의 권리도 인권이다! 마법적 존재의 권리도 인권이다!" 한데 뭉쳐 행진하는 군중을 향해 기자들이 카메라 셔터를 누르고 질문을 내질렀다. 그들 너머에는 경찰 바리케이드가 늘어서서 반대 시위대를 막아서고 있었다. 반대 시위자들은 성난 표정으로 조롱과 분노를 쏟아냈다. 그들 역시 손팻말을 들고 있었다. 케케묵은 문구가 보였다. 무언가를 보면 말하라.

"후문으로 들어갈 수 있나보자." 라이너스가 걱정스러운 듯한 말투로 말했다. "아직 시간 있어."

아서가 고개를 저었다. "난 숨지 않아, 라이너스. 떳떳하니까. 당당히 고개를 들고 정문으로 걸어 들어갈 거야."

"그러다 누가 당신을 해치려 하면?"

"그들은 내가 뭘 할 수 있는지 보게 되겠지." 아서가 굳은 목소리로 말했다. "난 더 이상 어린애가 아니야. 능력을 통제할 수 있어."

"알아." 라이너스가 다소 힘없이 말했다. "하지만 당신에게 아무 일도 일어나지 않았으면 해."

"당신은 섬에 온 지 얼마 안 돼서 나에게 일침을 가했어. 내가 아이들을 마을과 단절시켰다고. 아이들이 섬에 숨어 지낼수록 세상에 나서는 일은 점점 더 힘들어질 거라고. 섬은 영원한 안식처가 될 수 없고, 바깥세상은 언젠가 마주해야 할 곳이라고."

"확실히 내가 한 말처럼 들리네." 라이너스가 마지못해 말했다. "당신을 무작정 보호하려 들지 말란 말이지?"

"맞아. 두려움 속에 살면 두려움에 지배당해. 두려움에 짓눌린 결정을 내리게 돼. 나는 이제 그렇게 살지 않을래. 남들처럼 정문으로 걸어 들어갈래."

"그래. 그 권리를 뺏을 생각은 추호도 없어. 그렇게 들렸다면 사과할게. 난 그저…"

"걱정돼서 그랬지."

"그래."

아서는 손을 뻗어 라이너스의 넥타이를 쓸어내렸다. 그는 DICOMY를 떠난 뒤 처음으로 정장을 입었다. 넥타이는 불처럼 아름다운 다홍색이었다. 라이너스가 특별히 그 넥타이를 고른 이유는 아서도 짐작 가능했다. 비에 젖은 잿빛 도시에 작은 횃불을 밝히는 듯한 느낌이었다.

아서 역시 정장 차림이었다. 남색 재킷과 바지에 받쳐 입은 셔츠는 탈리아의 정원처럼 꽃무늬가 올망졸망했다. 목깃의 단추는 플라스틱에서 황동 단추로 바꿔 달았고, 넥타이는 어느 호텔 직원처럼 근사한 초록색이었다. 발목 위로 댕강 올라오는 바지 아래 포

메라니안이 수놓인 회색 양말이 드러났다. 셔츠에는 숲 정령이 키운 나무에서 딴 작은 금빛 잎을 핀으로 달았고, 재킷 주머니에는 붉은 악마의 뿔이 달린 검정 손수건을 꽂았다.

"조심해." 라이너스가 말했다. "방심하지 마. 대가로 얻는 것보다 더 많은 것을 주지 마. 부디, 루시가 수집하는 동물 두개골에 대해서는 언급하지 마. 프로 정신이 중요해. 진실을 약간 왜곡하더라도 책잡힐 여지를 주면 안 돼."

아서가 그의 이마에 입 맞췄다. "알았어. 어서 가자. 더 빨리 도착할수록 더 빨리 끝낼 수 있을 테니까."

아서는 턱을 높이 들고 정장 재킷을 채우며 물웅덩이를 피해 건널목을 건넜다. 오래된 카메라를 목에 걸고 계단 중간에 서 있던 건장한 곱슬머리 남자가 아서와 라이너스를 가장 먼저 포착했다. "아서 파르나서스!" 그는 흥분한 얼굴로 허둥지둥 계단을 내려오다 넘어질 뻔하며 소리를 질렀다. 카메라 플래시가 마구 터졌다. "파르나서스 씨! 적그리스도가 세상의 종말을 획책하고 있다는 소문이 사실입니까?"

그 말은 순식간에 파문을 일으켰다. 온 세상이 멈춘 듯한 정적이 흐르더니 기자단, 지지 시위대, 반대 시위대가 한꺼번에 소리를 지르며 마이크와 팻말을 쳐들었다.

사람들은 밴디크로스를 향해 나아가는 아서와 라이너스를 순식간에 둘러싸더니 손을 뻗어 그들의 어깨, 팔, 손, 등을 건드렸다.

뒤에서 누군가가 밀쳐 고꾸라질 뻔한 라이너스를 아서가 간신히 일으켜 세웠다. 사방에서 질문이 쏟아지고 그 너머에서 반대 시위대가 구호를 연신 외쳐댔다. "무언가를 보면 말하라!"

돌계단을 반쯤 올랐을 때 아서가 멈춰 서서 뒤를 돌아봤다. 플래시가 마구 터지자 두 손을 들어 저지했다. 라이너스가 그 옆에 붙어 섰다.

"짧게 말하겠습니다." 아서가 목소리를 높여 말했다. "오늘 밴디크로스에 초대받아 마법관리부서와의 경험을 이야기할 수 있게 되어 영광입니다."

"적그리스도는 어딨습니까?" 누군가가 외쳤다. 그들을 처음 발견한 그 남자 같았다. "악마의 자식이 지구를 달걀처럼 쪼개지 않으리라 장담할 수 있습니까?"

"오." 아서가 말했다. "그럴 리가요. 그 아이는 아직 달걀도 제대로 못 깨니 행성을 두 쪽 내려면 꽤 오랜 시간이 걸릴 겁니다."

모두가 경악한 얼굴로 그를 쳐다봤다.

"당신 유머 감각에 대해 내가 누누이 말했지?" 라이너스가 잇새로 말했다. "지금은 웃기려고 할 때가 아니야!"

"어이쿠." 아서가 한숨을 쉬고서 다시 목소리를 키웠다. "농담이 변변찮아 죄송합니다. 질문에 답하자면, 지구가 조만간 파괴될 일은 없습니다."

"앞으로도 영원히요." 라이너스가 큰 소리로 덧붙였다.

"아무렴요."

아서의 시야에 열한 살쯤 되어 보이는 여자아이가 들어왔다. 부모 사이에서 '마법은 세상을 아름답게 합니다'라고 적힌 반짝이는 팻말을 들고 있었다. 아서를 향해 수줍게 손을 흔드는 꼬마에게 윙크로 화답하자 아이는 활짝 웃었다. 희망.

한 여성이 고른 치열을 번뜩이며 아서에게 마이크를 내밀었다. "데일리 뷰의 데이나 저긴스입니다. 파르나서스 씨, 오늘 여기 왜 오셨죠?"

아서는 마이크 가까이 몸을 기울였다. "초대받았으니까요."

여자는 오른쪽 눈가가 살짝 떨렸지만 프로답게 표정을 유지했다. "그 이유는요? 전 세계 수많은 사람 중에 왜 당신이죠?"

"그건 절 초대한 사람들에게 할 질문 아닙니까?"

여자는 물러서지 않았다. 다른 기자들이 질문을 쏟아내기 시작하자 한층 더 날카롭게 내질렀다. "당신이 불사조라서 가장 위험한 아이들을 소유했기 때문 아닌가요?"

다른 기자들은 모두 입을 다물었다.

"소유?" 아서가 눈을 가늘게 뜨고 되물었다. "그 아이들은 물건이 아닙니다. 당신과 나처럼 사람입니다. 다른 어떤 아이보다 더 위험하지 않습니다."

"그건 사실과 다르지 않나요? 당신이 데리고 있는 아이들은 평범한 아이들이 못하는 일을 할 수 있죠. 우리 구독자들은 당신이 마법 아동들을 어떻게 단속하고 있는지 알 자격이 있어요."

"단속?" 라이너스가 끼어들었다. "단속하다뇨? 그게 무슨 망발입

니까? 맙소사, 당신들 대체 뭐가 문제입니까?" 라이너스는 가슴을 부풀리며 기자들을 노려봤다. "아서 파르나서스가 이 자리에 와 준 것만으로 행운인 줄 아십시오. 당신들이 평생 가도 못 할 일들을 해낸 사람이니까. 내 말 인용해도 좋습니다." 라이너스는 밴디크로스 입구를 향해 돌아섰다.

기자들은 곧바로 더 많은 질문을 쏟아냈다.

라이너스는 힐끗 돌아보며 쓴웃음을 지었다. "수고들 하십시오." 그러고는 아서를 계단으로 밀어 올리며 꿍얼거렸다. "불나방 같은 인간들."

"아아, 프로 정신이란." 아서가 긴장을 풀 겸 라이너스를 놀렸다. "잃어버린 예술이지."

"입 다물어." 라이너스가 투덜거렸다. "그들은 군침을 질질 흘리고 있어. 이제부터 더 심해질 거야."

밴디크로스의 내부는 외관만큼이나 인상적이었다. 로비의 크림색 대리석 바닥 위로 우람한 목제 기둥들이 드높은 반원통 천장을 떠받치고 있었다. 빗방울이 스테인드글라스를 두드렸다. 햇살이 내리쬐는 날에는 어떤 빛깔의 만화경이 펼쳐질지 아서는 궁금했다. 장엄하지만, 인위적이었다. 이 거대한 홀에 들어서는 누구라도 화려한 웅장함에 압도당할 것만 같았다. 하지만 아서는 대리석처럼 차가운 느낌만 받았다.

남녀를 불문하고 잘 차려입은 사람들이 심사대 앞에 줄지어 서

있었다. 한 단 높이 마련된 데스크 뒤에서 경호원들이 입장권을 확인했다. 추첨을 통해 방청 자격을 얻은 기자들과 일반인들이 섞인 줄은 빠르게 움직였다. 라이너스에 따르면 이번 공청회를 향한 관심이 매우 뜨거워서 수만 명이 추첨에 참여했으며 일반인, 언론인, 정부 관계자를 통틀어 수백 명이 참석할 것이라고 했다. 아서는 그 열기를 이해했다. 마법적 존재를 위해 고안된 정부 프로그램에 마법적 존재가 공개적으로 반대 발언할 기회를 얻는 일은 흔치 않았다.

어느 줄에 서야 할지 고민하고 있는데, 남아시아계로 보이는 여자가 초초한 표정으로 그들 앞을 가로막았다. 검정 재킷에 격자무늬 치마를 입고 새카만 머리를 느슨하게 묶은 모습이었다. 품에 안은 두툼한 서류철 사이로 종이들이 지저분하게 튀어나와 있었다. "아서 파르나서스 씨, 라이너스 베이커 씨?"

"예?" 라이너스가 경계하며 대꾸했다.

"저는 라르미나라고 해요. 모셔 오라는 요청을 받았습니다."

라이너스가 눈살을 찌푸렸다. "누가 요청했는데요?"

여자는 주위를 두리번거리더니 몸을 가까이 기울이며 목소리를 낮췄다. "친구요."

"흥미롭군요." 아서가 말했다. "여긴 우리 친구가 없는 줄 알았습니다."

라르미나는 입술을 깨물었다. "꼭 여기 있는 모두가…" 그러더니 고개를 내저었다. "따라오시죠. 가야 할 곳으로 모셔다드리겠습니다."

아서가 그를 물끄러미 바라봤다. 라르미나는 눈을 피하지 않았다. "그럼 앞장서시죠."

"고맙습니다. 시간 내주신 보람이 있을 거예요." 안심한 기색으로 라르미나가 휙 발걸음을 돌려 오른쪽 벽 끝에 있는 젊은 경호원을 향해 걸어갔다. 'VIP 전용'이라는 팻말을 내건 그의 데스크 앞에는 아무도 없었다.

"제 동행입니다."

경비원이 덥수룩한 눈썹을 치켜세우며 데스크 너머로 상체를 수그렸다. "이들은…"

"맞아." 라르미나가 속삭였다.

남자는 아서에게서 좀처럼 눈을 떼지 못했다. "확실해, 라르? 들키면 우리 둘 다 위험해져."

"던컨. 얘기했었잖아. 괜찮을 거야. 들여보내줘. 시간이 별로 없어."

"알았어, 알았어." 그는 안쪽으로 손짓했다. "통과하세요. 라르미나만 따라가시죠."

아서와 라이너스는 라르미나를 따라 계단을 올라 짙은 주황색 카펫이 깔린 긴 복도로 들어섰다. 양 벽에 늘어선 문 옆에는 각각 명패가 붙어 있었다. 아서가 신문으로 익히 접한, 헛된 공약만 남발하는 정치인들의 이름이었다.

그들은 경호원 두 명이 지키고 있는 황금색 엘리베이터 앞에 이르렀다. 라르미나는 그들에게 고개를 끄덕여 보이고는 상행 버튼을 누른 뒤 손목에 찬 금색 시계를 내려다봤다. "오래 걸리지 않을 거예요."

잠시 후, 띵 소리와 함께 엘리베이터 문이 열렸다. 아서와 라이너스는 라르미나를 따라 탑승했다. 문이 닫히자 라르미나는 블라우스 안에서 목걸이를 끄집어내더니, 끝에 달린 작은 열쇠를 엘리베이터 조작 패널의 홈에 끼워 돌린 다음 번호 없는 버튼을 눌렀다.

엘리베이터가 올라가기 시작했다. 2층, 3층, 4층. 아서가 설명을 요구하려던 찰나, 라르미나가 패널 왼쪽의 큼직한 빨간 버튼을 눌렀다. 엘리베이터는 부르르 떨다가 4층과 5층 사이에 끼익 멈췄다.

"여긴 이 건물의 몇 안 되는 사각지대 중 하나예요. 건물 전체가 감시 하에 있거든요. 사방에 카메라가 설치되어 있습니다."

"여긴 없습니까?" 아서가 천장을 올려다보며 물었다. 적어도 그의 눈에는 카메라가 안 보였다.

"네. 카메라도, 도청기도 없습니다. 이건 비밀스러운 층으로 이동하는 엘리베이터거든요. 은밀한 회의가 진행되는, 알 사람만 아는 기밀이 오가는 곳이죠."

"그런데 우린 지금 그 엘리베이터에 갇혀 있군요." 라이너스가 말했다.

"적어도 이렇게 하면 그저 엘리베이터가 고장 난 것처럼 보일 테니까요."

라이너스는 팔짱을 꼈다. "신중한 접근은 고맙지만 우린 당신을 잘 몰라요. 당신이 누굴 위해 일하는지…."

"제 아내는 마법적 존재예요." 라르미나가 얼굴을 붉히며 불쑥 말했다. "그 사람은… 아니, 그 사람이 어떤 능력을 지녔는지는 중요하지 않습니다." 목소리에 격한 자부심이 묻어났다. "전 그 사람을 위해 뭐든 할 수 있어요."

"이런 데서 일하는 것까지 말이죠." 라이너스가 중얼거렸다.

"특히 이런 데서 일하는 거요." 라르미나가 쏘아붙이더니 또 당황했다. "죄송해요, 제가…."

"사과할 필요 없어요. 당신을 비방한 게 아니라 그저 관찰했을 뿐이에요." 라이너스는 피식 웃었다. "제가 잘하는 일이죠."

"아내 분 성함이?" 아서가 물었다.

"미니."

"그런 헌신을 받는다면 정말 특별한 사람이겠군요."

"맞아요. 시간이 정말 촉박하네요. 그냥 들어주세요, 중요한 전언이에요. 그분이 절 믿고…"

"그분이라뇨?" 라이너스가 물었다.

"도린 블로드웰 씨요."

라이너스가 깜짝 놀랐다. "최고위 경영진 집무실의 비서, 그 도린이요?"

아서도 그 이름이 낯설지 않았다. 언젠가 라이너스가 풍선껌 비서라고 불렀던 여자였다.

"네, 그분이요. 직접 인사하길 원하셨는데 다른 부서로 발령이 났습니다. 자세히 말씀드릴 순 없지만, 현실은 항상 보기보다 복잡하기 마련이니까요. 블로드웰 씨는 이번 공청회에 관한 어떤 정보를 입수했습니다. 그분은 이 정보가 두 분에게 유용하리라 생각해요."

"왜 우리가 당신을 믿어야 하죠?" 라이너스가 물었다. "아니면 블로드웰 씨를요? 어쨌거나 당신들은 우리에게서 정보를 캐내려는 정부 밑에서 일하잖습니까."

"그런 반응이실 줄 알고, 그분이 이걸 전해달라고 하셨습니다." 라르미나는 서류철에서 네모난 천 조각을 꺼내 라이너스에게 내밀었다.

떨떠름한 표정으로 물건을 건네받은 라이너스가 얼어붙었다.

"뭔데?" 아서가 물었다.

라이너스는 놀란 표정으로 아서를 향해 천 조각을 들어 보였다. 아서는 그것을 단번에 알아보았다.

주름지고 닳아 빠졌지만, 여전히 새하얀 모래사장과 푸르른 바다 사진이 담긴 마우스패드였다. 바로 어제까지 그런 풍경을 보지 않았다면 비현실적으로 느꼈을 게 분명했다. 바다 위에 세련된 필기체로 이렇게 적혀 있었다.

이곳에 있고 싶지 않나요?

아서는 그곳에 있고 싶었다. 간절하게.

"당신이 말해주었었지." 아서가 나직이 말하자 라이너스의 아랫입술이 떨렸다. "당신의 작은 도피처였다고."

"그래." 라이너스가 갈라진 목소리로 말했다. "DICOMY를 견딜 수 있게 해준 몇 안 되는 물건 중 하나였지." 라이너스는 손가락으로 파도의 흰 물결을 덧그렸다. "꿈에 그칠 줄 알았어." 그러더니 라르미나를 보고 말했다. "하려던 얘기하시죠."

"공청회가 격상되었어요. 이제 아서 씨는 최고 중대사 위원회의 위원 네 명과 마주하게 됩니다."

라이너스의 얼굴에서 핏기가 가셨다. "농담이겠죠."

"저도 그랬으면 합니다." 라르미나가 침통하게 말했다. "오늘 아침 일찍 떨어진 소식이에요."

"그게 뭔데?" 아서는 라이너스만큼 정부 행정 조직을 잘 알지 못했다.

라이너스는 좁은 공간에서 서성거렸다. "황당한 일이야. 위원회도 상황에 따라 등급이 있어. 사소한 제안 위원회, 적절한 안건 위원회, 진지한 질의 위원회."

"오, 모호하기 그지없네." 아서가 말했다.

"그래. 정부잖아. 뭘 기대해? 투명성은 유권자들에게 내세우는 환상일 뿐이야. 최고 중대사 위원회는 아주 심각한 사안을 다루고자 소집돼. 대테러 계획 바로 아래 단계지."

"그렇게 나쁘지만은 않습니다." 라르미나는 그 정보를 전달한 사실만으로 죄책감을 느끼는 듯했다. "위원 중 두 명은 마법 공동체를 억압하는 일부 법률을 폐지하는 데 지지 의사를 표명했어요."

"일부. 전부는 아니고요." 라이너스가 말했다.

라르미나는 씁쓸하게 웃었다. "당신도 얼마 전까지 공무원이었잖아요, 일이 어떻게 돌아가는지 벌써 잊으셨습니까?"

"안 잊었습니다. 그래서 우리가 지금 여기 있는 거고요. 불을 지피기 위해서요."

"비유적으로요? 아니면 말 그대로요?"

"그래서 우리가 알아야 할 정보가 뭡니까?" 아서가 단도직입적으로 물었다.

"제닌 로더."

들어본 듯한 이름이었지만 그뿐이었다.

물론 라이너스는 달랐다. "교육부 장관이요? 그 여자가 무슨 상관이죠?" 아서의 혼란을 감지하고 라이너스가 설명했다. "전직 교사야. 헌정 사상 최연소 교육부 장관이지. 인맥이 넓어 출세도 빨랐어." 그는 얼굴을 찌푸렸다. "직접 만난 적은 없지만 들리는 얘기들은 꽤 불쾌했어. 퀴어 가정 자녀가 공개 석상에서 자기 가족 얘기하는 걸 불법화하자는 법안을 지지하기도 했지. *정상* 가정에서 자란 아이들에게 혼란을 줄 수 있다면서. 심지어 트랜스젠더 아이들의 의료 접근성을 차단하자고 주장하기도 했고."

"정치인들이란 대게 끔찍하군." 아서가 말했다.

"대부분 그렇습니다." 라르미나가 말했다. "로더는 더 심해졌어요.

그는 현재 가장 뜨거운 이슈들에 뛰어들고 있어요. 일각에서는 그가 급진주의자가 되었다고 하는데, 블로드웰 씨 생각은 달라요. 로더가 갑자기 마법 공동체에 관심을 보이는 데엔 다른 목적이 있다고 생각합니다. 소문에 의하면 좀 더 궁극적인 목표 때문에요."

"그게 뭐죠?" 아서가 물었다.

"총리직과 그에 따르는 모든 권력이요."

"당신은 왜 우릴 도와주려는 겁니까?" 아서가 물었다. 점점 커지는 불안보다 호기심이 앞섰다. "블로드웰 씨도 마찬가지고요."

"너무 늦기 전에 뭔가 바뀌어야 하니까요. 우리는 지금 큰 갈림길에 서 있습니다. 일을 바로잡기 위해 나름대로 최선을 다하지 않으면 어떻게 집에 가서 아내 얼굴을 보겠어요? 어떻게 아내 앞에 당당히 서겠어요? 전 미니를 절대 실망시키고 싶지 않습니다." 라르미나는 말을 마치고 숨을 몰아쉬었지만 눈빛은 누그러지지 않았다.

라이너스는 잠시 망설이다 물었다. "당신 말이 진짜라면, DICO-MY가 어떻게 당신이나 도린의 배임을 발각하지 못했죠?"

라르미나는 쓴웃음을 지었다. "우린 남자들을 잘 압니다. 살짝 미소 짓고, 팔을 쓰다듬고, 말을 열심히 들어주면 남자는 자기가 신이 여자에게 내린 선물이라고 믿죠. 우리는 그저 지능 없는 인형들이고요." 그는 눈을 부릅뜨고 입술을 삐죽였다. 여린 외모 속 강철 같은 면모가 드러났다. "그게 권력자들의 약점입니다. 늘 자

기 비밀을 알 만한 아랫사람들을 과소평가하는 실수를 범해요."

"그래도 꽤 위험할 텐데요." 라이너스가 말했다.

"다 함께 옳고 그른 것 중에 선택해야 할 때가 있습니다. 생각보다 그때가 가까워진 듯한데, 우리가 준비되어 있는지 모르겠어요. 로더의 행보가 이대로 이어지면 당신들도, 당신들의 자녀도, 누구도 안전하지 않아요. 이 공청회는 마법아동관리부서, 마법성인관리부서(DICOMA), 또는 최고위 경영진의 관행을 비난하고 바로잡기 위한 자리가 아닙니다. 이건 홍보 캠페인이에요."

"그 목적은요?" 라이너스가 물었다.

"아서 파르나서스라는 한 사람의 평판을 완전히 무너뜨리는 것이죠."

라이너스와 눈빛을 교환한 뒤, 아서는 라르미나를 돌아보며 단 한마디를 뱉었다. "왜요?"

5장

"공식 기록을 위해 성함을 말씀해주십시오."

"아서 프랭클린 파르나서스."

"파르나서스 씨, 오늘 증인으로서 이 자리에서 진실만을 말할 것을 맹세합니까?"

"예."

"대변인 없이 직접 임하기로 하셨죠?"

"예."

"대변인을 대동할 권리가 있다는 내용을 인지하셨고요?"
"예."
"귀하의 발언이 전국에 생중계되고 있음을 숙지하셨습니까?"
"예."

남자는 등받이가 높은 의자에 앉아 테이블 위에 양손을 포갰다. 나머지 남성 위원 한 명과 여성 위원 두 명도 아서보다 약 일 미터 높은 석조 단상에서 비슷한 의자에 앉아 강렬한 핀 조명을 받고 있었다. 그 외 장내는 어둑했다. 아서 앞의 작은 테이블에는 마이크, 물 한 잔, 반쯤 빈 물병이 놓여 있었다. 벽에 달린 전자 판독기에서 빨간 글자가 흐르며 방청객 전원에게 소란이나 방해 행위는 의도와 관계없이 즉시 퇴장 조치 된다고 알렸다.

'네더위크'라고 불리는 이곳은 짙은 나무와 돌로 이뤄진 거대한 복층 강당이었다. 마치 도시를 뒤덮은 무채색이 이 엄숙한 공간에 스며들어 머그잔의 커피 찌꺼기처럼 음침한 흑갈색만 남긴 것 같았다. 벽과 바닥은 삐걱거리며 신음했다. 유리 돔 천장 너머로 비를 뿌리는 먹구름이 보였다. 실내에 짙게 스민 비 냄새가 고목과 양피지 냄새와 뒤섞였다.

수백 명이 모인 것치고 장내는 몹시 조용했다. 아서 뒤로 기자들과 일반인, 몇몇 선출직 공무원이 줄줄이 앉아 있었다. 아서는 고개를 돌리지 않아도 라이너스가 자신의 바로 뒤, 목제 난간 너머에 있다는 걸 알 수 있었다. 위층엔 정부 인사들로 가득했다. 어두워서 얼굴은 안 보이지만 서로 몸을 기울인 채 소곤거리고 있었다.

아서는 오직 자기 앞에 앉은 네 인물에게만 집중했다. 먼저 말했던 남자는 주름이 자글자글하고 백발이 성성했다. 동료들과 마찬가지로 검은 가운을 입었는데 소매가 너무 길어 손등을 덮었다. 앞에 놓인 명패에는 버튼이라고 적혀 있었다.

옆에 앉은 인물은 노년 여성이었다. 분홍색 솜사탕 같은 머리, 금테 안경과 비즈 목걸이가 눈에 띄었다. 짙게 칠한 아치형 눈썹이 놀란 듯한 인상을 주었다. 명패에는 해버스포드라고 적혀 있었다.

세 번째 인물은 술집에 가면 신분증을 제시해야 할 만큼 젊어 보였다. 젤을 발라 뒤로 넘긴 검은 머리가 조명 아래 빛났다. 그는 수많은 사람을 보고 긴장했는지 손톱을 마구 물어뜯었다. 명패에 쓰인 이름은 샐로였다.

마지막 인물. 제닌 로더. 서늘한 눈빛으로 위층을 흘낏 본 것 외에는 청중을 의식하지 않았다. 아서와 비슷한 나이에 키가 큰 제닌 로더는 활짝 웃으며 착석했다. 어깨까지 오는 차분한 적갈색 머리에 지극히 평범한 외모지만 왠지 아서의 간담을 서늘하게 하는 구석이 있었다. 어깨를 쫙 펴고 등을 꼿꼿이 세운 완벽한 자세 때문일지도 몰랐다. 아니면 아서에게 눈길도 주지 않고 자기 앞에 놓인 서류 더미에 집중하는 모습 때문일지도 몰랐다. 버튼, 해버스포드, 샐로 앞에도 서류가 있었지만 그 양이 로더에 훨씬 못 미쳤다. 로더의 서류철에는 색색의 인덱스가 빼곡했다. 그것들이 무엇을 의미하는지 아서는 알 수 없었다.

연륜에 따라 버튼이 대표로 발언했다. "오늘 최고 중대사 위원회는 언제나 명확한 해답을 찾기 어려운 질문 앞에 섰습니다. 적어도 과반수 합의를 이끌어낼 만한 답 말입니다. 마법 공동체는 앞으로 어떻게 나아가야 할까요? 이 문제는…"

아서는 몸을 숙여 마이크에 대고 목을 가다듬었다.

청중 사이에 억눌린 웃음이 맴돌았다.

버튼이 눈썹을 찌푸렸다. "예?"

"말씀 중에 죄송합니다만," 아서가 말했다. "앞서 제가 진실만을 말하기로 맹세했으니, 공정성을 위해 위원님도 그렇게 해주시길 부탁드립니다."

숨죽인 웃음은 웅성거림으로 번졌다.

"무슨 뜻입니까?" 버튼이 쏘아붙였다.

아서가 마이크를 조정했다. "방금 과반수가 합의한 답이 없다고 하셨는데, 6년 전 정부가 후원한 여론조사에서 응답자의 51퍼센트가 모든 마법적 존재는 인간과 동등한 권리를 지녀야 한다고 답했습니다. 이미 알고 계시겠죠. 마법적 존재의 참여가 배제된 조사지만 응답자의 51퍼센트는 엄연히 과반수입니다. 따라서 과반수가 합의한 답이 있다는 점을 명시해야 합니다." 아서는 미소 지었다. "물론 그 조사 결과에 대한 정부의 대응이 '무언가를 보면 말하라' 캠페인이었기에 다소 혼란이 있다는 점은 이해합니다."

"파르나서스 씨." 버튼이 엄숙하게 말했다. "이 절차에는 순서가 있습니다. 직접 질문을 받지 않는 한 발언을 자제해주십시오. 알겠습니까?"

아서가 고개를 끄덕였다.

버튼은 잠시 틈을 두고 다시 말을 이었다. "우리는 지금 기로에 서 있습니다. 이 공청회의 목적은 마법 공동체를 관리하는 현행 규칙과 규정에 어떤 변경이 필요한지 결정하는 것입니다. 언론에 수차례 보도된 바와 같이 최근 DICOMY와 DICOMA가 집중 조사를 받고 있습니다. 최고위 경영진이 해체된 후 두 부서는 안정적인 지도력이 부재한 상태입니다." 그는 손깍지를 꼈다. "파르나서스 씨는 오늘 증인으로 이 자리에 섰습니다. 과거 정부에서 승인한 고아원 출신일 뿐 아니라 현재 마르시아스 섬에 있는 바로 그 고아원의 원장이라는 독특한 이력 때문이죠." 그는 파일을 살폈다. "현재 여섯 명의 아동이 이곳을 점거하고 있으며…"

"살고 있습니다." 아서가 말했다.

버튼이 콧잔등을 구겼다. "뭐라고 했습니까?"

아서가 마이크로 몸을 기울였다. "방금 '점거'라는 표현을 쓰셨는데요, 아이들은 무슨 침략군처럼 우리 집을 차지한 것이 아닙니다. 아이들은 그곳에 살고 있습니다. 의미론적인 문제일 수 있지만, 저는 용어가 중요하다고 생각합니다."

"파르나서스 씨, 마지막으로 경고하겠습니다. 난 방해받는 걸 싫어합니다."

"알겠습니다. 하지만 다른 이들이 불쾌감을 느낄 수 있는 표현은 삼가셨으면 합니다."

버튼이 아서를 노려보았다. "누가 불쾌감을 느낍니까?"

"제가 느낍니다. 그리고 말씀하신 여섯 아이들에게도 이름이 있습니다. 안녕, 루시. 안녕, 천시. 안녕, 탈리아. 안녕, 시어도어. 안녕, 샐. 안녕, 피." 이어서 마음속으로 덧붙였다.

안녕, 데이비드. 널 잊지 않았단다.

"다들 듣고 있답니다." 청중이 수군거리자 아서가 부연했다. "아이들이 라디오에서 자기 이름을 듣는 건 흔한 일이 아니거든요. 아이들 말고도 많은 마법적 존재들이 지금 저희 말을 듣고 있을지 모릅니다. 그러니 특별히 표현을 조심해주시길 당부합니다."

"우리도 그쪽 공동체가 얼마나 불안정한지 잘 알고 있습니다." 해버스포드가 처음으로 입을 열었다. 아서의 예상보다 더 중후한 목소리였다. 그는 안경을 콧등으로 밀어 올렸다. "이 공청회의 목적 중 하나가 그런 불안과 혼란을 누그러뜨리는 것이죠. 우리는 적이 아닙니다, 파르나서스 씨. 이해하시죠?"

"아, 유감스럽게도 아까 제가 한 말을 정정하겠습니다." 아서가 말했다. "말도 중요하지만 행동이 훨씬 더 중요합니다. 백 마디 말도 실천하지 않으면 아무 의미가 없으니까요. 안 그런가요?"

"물론입니다." 버튼이 떨떠름한 표정으로 말했다.

"제가 왜 '적'이라는 단어를 여러분과 다르게 정의 내리는지는 정부가 마법 공동체를 대하는 방식을 보면 아실 겁니다."

버튼은 말을 더듬고, 샐로는 얼굴이 누렇게 뜨고, 해버스포드는 한숨을 내쉬고, 로더는 그저 등을 꼿꼿이 세웠다. 모두 아서에게

서 시선을 떼지 않았다.

"파르나서스 씨." 해버스포드는 차분하게 말했다. "당신은 충분히 그렇게 느낄 권리가 있습니다. 당신이 겪은 일을 이해할 수 있다고 말하진 않겠어요. 그건 특권을 바탕으로 한 거짓일 테니까요."

아서는 고개를 끄덕였다. "인정해주셔서 감사합니다."

"그렇지만, 서론을 넘어가지 못하면 아무 진전도 이룰 수 없습니다. 다른 위원님들도 동의한다면 파르나서스 씨의 증언을 듣기 전까지 모두 긴 말은 자제하는 편이 좋겠습니다. 어쨌거나 우리가 여기 모인 이유는 파르나서스 씨의 이야기를 듣기 위해서 아닙니까?"

"이런 일에는 응당 따라야 할 절차가 있습니다." 버튼이 반박했다.

"있죠." 해버스포드가 동의했다. "하지만 지금 우리는 미지의 영역에 서 있고, 절차에 의존해서는 앞으로 나아가기 어렵습니다. 저는 말씨름보다 우리가 듣고자 하는 이야기를 듣고 싶습니다." 해버스포드는 샐로와 로더를 바라봤다. "찬성하십니까?"

"예." 샐로가 갈라진 목소리로 답했다. "그게 유익할 것 같네요."

로더는 그저 고개를 끄덕이며 앞에 놓인 서류철을 손가락으로 두드렸다.

버튼은 심기가 불편해 보였다. "좋습니다. 하지만 근거 없는 비난이 난무하는 상황을 두고 보지는 않겠습니다."

"맹세컨대 제가 제기할 모든 문제에는 마땅한 근거가 있습니다." 아서가 말했다. "제가 모두 직접 보고 겪었기 때문이죠."

버튼은 콧방귀를 뀌었다. "그러시겠죠. 좋습니다, 파르나서스

씨. 이제 무대는 당신 겁니다. 시간 현명하게 쓰시죠."

아서는 뒤에서 라이너스가 중얼거리는 소리를 들었다. "너나 잘해, 이 허례허식에 찌든 놈아."

아서는 기침하는 시늉으로 미소를 가렸다. "감사합니다." 이 자리에 모인 수백 명뿐 아니라 전국, 아니 전 세계가 자신을 주목하고 있음을 알면서도, 아서는 뒤의 남자와 앞의 네 사람, 그리고 집에서 라디오 앞에 모여 재잘대고 있을 아이들에게만 집중했다.

이 순간을 얼마나 기다렸지? 라이너스와 함께한 뒤로 몇 달? 아니, 그보다 훨씬 오래전부터였다. 다른 아이들과 함께 구조되길 바라며 편지를 썼던 소년이 감히 자유를 꿈꾼 죄로 지하실에 갇힌 나날로부터 몇십 년이 흘렀다. 지금껏 애타게 기다려온 순간이었다. 아서는 몹시 긴장했지만 자신 앞의 네 사람에게 드러내 보일 생각은 없었다.

아서는 말문을 열었다.

"어렸을 때 저는 DICOMY 소속 고아원 원장에게 학대당했습니다. 신체적 학대뿐 아니라 정서적 학대도요. 원장은 우리가 본질적으로 열등한 존재이며 우리에게 분수를 알려주는 일이 자신의 사명이라고 누누이 말했죠. 기본적인 권리의 침해는 갈수록 심해져서, 어린 저조차 무언가가 바뀌어야 한다고 판단했습니다. 우리도 사람인데 다르다는 이유로 고통받아서는 안 된다고요. 그래서 그 나이만이 품을 수 있는 지혜와 용기로 자초지종을 편지에 적어 힘 있는 사람들에게 보내려 했습니다. 지금 제 앞에 앉은 분들이 대변하는 바로 그 정부에 감히 도움을 요청한 결과가 무엇이었는 줄 아십니까? 감금이었습니다. 저는 창문도 없고 조명도 없는 지하실에서 6개월을 보냈습니다. 매일 하루에 한 끼만 먹고, 양동이를 화장실로 사용하며, 곰팡이투성이 매트리스에서 잠을 청했습니다. 달리 시간을 보낼 방법이 없어 제 안의 불빛에만 의지해 벽의 균열을 헤아렸습니다. 책도 없고, 숙제도 없고, 찾아오는 사람도 없고, 떠날 수도 없었습니다."

아서는 잠시 숨을 고른 뒤 말을 이었다. "처음 며칠은 악을 쓰고, 그다음 주에는 불덩이처럼 앓았습니다. 그다음 주는 너무 심하게 맞아 한동안 제대로 숨을 쉴 수 없었습니다. 원장은 제 탓이라고 했습니다. 당해도 싸다고요. 제가 말을 듣지 않아 매를 벌었다고요. 그는 저를 위한 길이 뭔지 안다고 했습니다. 어쨌거나 그는 어른이고, 공무원이라 어린 저는 그 말을 믿을 수밖에 없었습니다. 시간은 종잡을 수 없이 흐르고 또 흘렀습니다. 저는 정신을 놓지 않으려고 벽에 금을 그어 날짜를 표시했습니다. 하루하루 빠짐없이 날짜를 헤아려야만 했습니다. 미치지 않고 버틸 유일한 방법이었으니까요. 하지만 끝내 정신이 혼미해져서 몇 달이 아니라 몇 년이 흘렀다고 착각하기도 했습니다. 아, 이야기가 너무 앞서 나갔네요. 제가 마르시아스 섬에 도착한 건 일곱 살 때였습니다. 가진 것도 없고, 아무도…"

아서는 2시간 46분 동안 쉬지 않고 증언했다. 장내는 숙연했다.

빗소리와 아서의 음성 외에는 간간이 숨을 들이켜거나 쿵쿵거리는 소리뿐이었다. 끝 무렵에 목이 쉰 아서는 물 한 모금으로 화끈거리는 목구멍을 달랬다. 속이 후련하고 응어리가 조금은 풀리는 것 같았다. 맘속에 남아 있는 분노는 작고 희미했다.

그는 증언 내내 앞에 있는 네 위원들에게 시선을 고정했다. 버튼은 엄숙한 표정을 유지했고 샐로와 해버스포드는 펜으로 쉼 없이 무언가를 적었다. 로더는 눈앞에 쌓인 서류를 무시하고 경청하기만 했다. 아서는 로더가 권력에 눈먼 정치인에 불과하다는 라르미나의 생각이 틀렸기를 내심 바랐다.

"감사합니다, 파르나서스 씨." 해버스포드가 말했다. "뜻밖의 통찰을 얻었네요. 이 자리에서 그렇게 솔직히 이야기하는 것이 얼마나 힘드셨을지 상상도 안 가지만, 인정받아 마땅합니다. 계속하기 전에 잠시 머리를 식히겠습니까?"

"아뇨, 괜찮습니다." 아서가 목을 가다듬었다. "원하시면 계속해도 좋습니다."

"그렇게 하죠." 버튼이 서류를 훑어보며 말했다. "파르나서스 씨, 당신은 학대한 전임 원장에게 불리한 증언을 했죠?"

"맞습니다."

"그는 견책받고, 해고당하고, 유죄판결을 받았죠?"

아서는 버튼의 의도를 파악하고 도전에 응했다. "네, 꼭 그 순서는 아닙니다. 그는 유죄판결을 받고, 견책받은 뒤 해고당했죠. 제가 알기로 그는 DICOMY 내부 조사와 형사 소송이 진행되는 동안 유급 휴직 상태였습니다. 3년 집행유예를 선고받고 나서야 고용 계약이 해지되어 급여를 받을 수 없게 됐죠."

"당시 미성년자였기에 당신의 증언은 기밀로 유지됐습니다. 어떤 정보도 공개되지 않았어요."

"맞습니다. 하지만 그건 제가 미성년자라는 사실보다 DICOMY의 체면 유지와 더 관련 있었다고 생각합니다."

"그렇게 생각하는 증거가 있습니까?"

"충분한 경험을 바탕으로 한 가정입니다."

"없다는 뜻이군요." 버튼이 말했다. "파르나서스 씨, 조사 결과 마법아동관리부서의 과실이 밝혀진 뒤 정부와 합의하셨죠? 합의금이 얼마였습니까?"

"이미 알고 계신 것처럼 들립니다만."

"질문에 답하세요, 파르나서스 씨."

아서는 미소 지었다. "백만 파운드입니다."

"백만 파운드." 버튼은 마치 득점을 올렸다는 듯이 호기롭게 말했다. "상당한 금액 아닙니까? 특히 아이에게 말입니다. 파르나서스 씨, 당신이 겪은 시련에는 공감하지만, 충분한 보상을 받은 사실 역시 명백합니다. 이제 당신은 금전보다 복수를 원하는 것 같군요."

"그렇게 볼 수도 있겠습니다. 그저 정부가 묵인한 수년간의 학대를 속죄하는 의미로 건넨 합의금을 받았다고 볼 수도 있고요."

"저기, 이보세요." 샐로가 눈을 부릅뜨며 말했다. "정부가 학대를 묵인한 적은 단연코 없습니다. 그 발상 자체가 역겹고 터무니없

어요. 《규칙 및 규정집》에는 인간이든 마법적 존재든 미성년자는 무조건 안전하게 보호되어야 한다고 분명히 명시되어 있습니다."

"이상하군요." 아서가 말했다. "제가 섬에서 벗어난 뒤 삼십 년간의 공공 기록에 따르면 DICOMY에서 미성년자를 학대한 혐의로 기소된 원장은 76명이었습니다. 그중 27명이 해고되었고 5명은 자발적으로 물러났지만 퇴직금을 받았습니다. 나머지 원장들은 감수성 교육이란 과정을 거친 뒤 재배치되었지만 그중 절반 이상에서 추가 혐의가 드러났습니다. 현재까지도 12명의 원장이 전국 각지의 고아원에서 여전히 활동 중입니다." 아서는 버튼, 해버스포드, 샐로, 로더를 차례로 바라봤다. 그의 눈동자는 폭풍우 치는 하늘처럼 잿빛이었다. "정부가 묵인한 게 아니라면 DICOMY는 아이들을 폭력으로 다스려야 한다고 생각하는 사람들만 채용하는 불운을 타고났다는 뜻이겠죠."

"그 정보는 어떻게 얻었습니까?" 버튼이 언짢은 표정으로 물었다. "공공 기록에 그렇게 구체적으로 기록되어 있지는 않을 텐데요."

물론 라이너스 베이커라는 사람이 DICOMY를 떠나기 전까지는 기밀이었다. 하지만 아서는 그 사실을 말하지 않았다. "부인하십니까?"

샐로는 가슴을 부풀렸다. "여기서 심문받는 대상은 우리가 아닙니다, 파르나서스 씨. 당신이죠."

청중이 웅성거리기 시작했다. 해버스포드가 샐로에게 눈을 흘기고는 다시 아서를 돌아봤다.

아서가 한쪽 눈썹을 올렸다. "저는 이 자리가 자발적 증언을 하는 자리이지 심문받는 자리인 줄 몰랐습니다. 최고 중대사 위원회의 심문을 받을 줄 알았다면 준비를 달리했을 것입니다."

"그런 뜻이 아니었습니다." 샐로가 말했다.

"당신은 학대를 주장하죠." 버튼이 말했다.

아서는 고개를 끄덕였다. "주장이 아니라 진술입니다만, 네. 제가 비슷한 경험을 한 사람들을 대변하지는 않아도 저는 제 경험을 이야기할 수 있고, 이야기하려 합니다. 학대로 인한 고통은 누적됩니다. 육체적이든 정신적이든, 늘 새로운 타격이 미처 아물지 못한 상처에 가해집니다. 무언가를 내어줄 수밖에 없을 때까지 계속 쌓입니다."

"당신은 그로 인해 엄청난 액수의 돈을 받았습니다."

"위자료죠." 아서가 목을 가다듬었다. "잠깐이라도 제가 돈을 위해 위증하리라고 생각하셨다면 큰 오산입니다. 저는 여러분이 진실과 정의의 중재자란 것을 알기에, DICOMY가 원장들의 학대를 인지했을 뿐 아니라 묵인했다고 덧붙이고 싶습니다."

"설령 그게 사실이라 해도, 그런 종류의 행위를 허가하거나 승인했다고 할 수는 없습니다." 샐로가 말했다.

"여러분은 자녀가 있으십니까?" 아서는 대답을 기다리지 않고 말을 이었다. "저는 여섯 명 있습니다. 아이들, 특히 어린아이들은 옳고 그름의 차이를 잘 모릅니다. 종종 '안 돼'라고 말해야 하죠. 그 말에 '왜요?'라고 묻지 않는 아이를 보신 적 있으십니까?"

방청객 몇 명이 웃었다. 어쩌면 몇 명 이상이었다. 고무적이긴 하지만 사람들은 언제든 표정을 바꿀 수 있었다.

"그건 자연스러운 일입니다." 아서는 말을 이었다. "아이들의 놀라운 두뇌는 계속 발달하고 있으니까요. 아이들에게 안 된다고 말할 때는 그 이유와 맥락, 한계를 알려줘야 합니다. 그래야 아이들은 배웁니다. 아이가 해서는 안 되는 행동을 했을 때 아무 말도 하지 않는다면 아이는 허락으로 받아들이기 마련입니다. 예의《규칙 및 규정집》에도 아이에게 '안 돼'라고 말하는 것이 아이의 성장에 필수라고 명시되어 있죠. 따라서 저는 정부의 일원인 여러분께 묻습니다. 왜 권력관계를 이용하는 성인들에게는 '안 돼'라고 말하지 않죠? 그들이 '왜?'라고 따질까봐 우려되십니까? 그럴 필요 없습니다. 그들은 그 이유를 알 만큼 아는 어른이니까요."

"저도 어렸을 때 잘못하면 벌을 받았습니다." 버튼은 눈을 가늘게 뜨고 말했다. "엇나갈 때마다 아버지가 회초리를 들었는데, 보다시피 저는 번듯하게 자랐습니다."

나라면 그렇게까지 하진 않을 겁니다.

아서는 그 말을 속으로 삼켰다. 이미 자신은 외줄을 타고 있었고, 그 외줄은 기대만큼 팽팽하지 않았다. "유감입니다. 진심으로요. 인간이든 아니든 아이에게 벌을 주려고 매를 들어서는 안 됩니다. 반려동물을 때리는 건 잔인한 짓이라고 인정하면서 아이를 때리는 건 번듯하게 키우기 위한 훈육이라고 생각해서는 안 됩니다."

버튼은 코웃음 치며 손을 휘휘 내저었다. "당신은 자녀 양육법을 알려주러 온 게 아닙니다."

"맞습니다, 아니죠. 저는 아이들이 고통받고 있다는 증거를 제시하고자 여기 왔습니다. 그 사실만 해도 여러분은 깊이 헤아려야 합니다. 아무에게도 사랑받지 못한다는 느낌이 어떤지 아시는 분 있으십니까?"

무겁고 날 선 침묵이 흘렀다.

"물론 없겠죠. 여러분에게는 가족과 친구가 있으니까요. 아무도 날 원하지 않는다는 끔찍한 느낌은 결코 알 수 없겠죠. 저는 압니다. 그 기분을 기억합니다. 어떤 아이도 그런 기분을 느껴서는 안 됩니다. 아이들은 우리의 미래입니다. 그런데도 매일 밤 수많은 아이가 DICOMY가 승인한 고아원에서 다정한 말 한마디, 따뜻한 손길 한 번 받지 못한 채 잠자리에 듭니다." 아서는 고개를 내저었다. "아이들을 그런 궁지로 실컷 몰아넣고서 어떻게 그 아이들이 위험한 존재라고 주장할 수 있습니까?"

섈로가 기운 빠진 표정으로 목을 가다듬었다. "아이들 얘기가 나와서 말인데, 당신은 지금 여섯 명의 아이를 보유하고 있죠."

"전 그 아이들의 주인이 아닙니다." 아서가 침착하게 말했다. "저는 아무도 보유하고 있지 않습니다. 다시 말씀드리지만, 용어는 중요합니다."

"그 아이들이 현존하는 가장 강력한 마법적 존재 중 일부라는 사실에는 변함이 없습니다. 그 아이들은 아직…"

"아이들이죠." 아서가 말했다.

"아직 알려지지 않은 수준의 마법을 부릴 수 있는 아이들입니다." 샐로는 서류를 살폈다. "예를 들어 천시 말입니다. 그 애는 정확히 무엇이죠?"

아서는 어깨를 으쓱했다. "우리도 모릅니다. 정말 멋지지 않습니까? 구체적인 대답을 원하신다면, 천시는 최고의 호텔 직원 중 하나랍니다."

"어떤 호텔이 그 애를 고용한답니까?" 버튼이 물었다. "외양이 아주 이질적인데요."

"어떤 호텔이 고용하지 않겠습니까? 그 애를 고용하는 호텔은 운이 좋은 겁니다. 그리고 이질적이라는 말보다는 독특하다는 표현이 좋겠습니다. 믿을 만한 소식통에게 들었는데, 그 애는 '지나치게' 잘생겼거든요."

"그리고 탈리아, 정원 노움이라고요."

"네. 하지만 그 이상의 존재입니다. 당차고, 재밌고, 보호 본능이 강하고, 더없이 완벽한 무덤을 팔 줄 압니다. 오, 그리고 어느 정원보다 멋진 베고니아를 키우고요."

뒤에서 들려오는 익숙한 웃음소리에 아서의 입꼬리도 씰룩였다. "시어도어." 해버스포드가 말했다. "와이번이네요."

"제가 만나본 아이 중에 손꼽히게 똑똑한 아이입니다. 그 애의 보물창고는 타의 추종을 불허하죠. 최근에는 넘어지지 않고 착지하는 법도 배웠습니다. 아주 인상적이었어요."

해버스포드가 웃었다. "샐은요?"

"말 그대로 쑥쑥 크는 게 눈에 보이는 재능 있는 작가입니다. 그 애는 자기만의 목소리를 찾고 있어요. 앞으로 얼마나 성장할지 정말 기대가 됩니다."

샐로가 제 앞의 서류를 두드렸다. "자신의 증상을 옮길 수 있다고요. 상대방을 물어서."

"그럴 수 있습니다. 단 한 번 그랬고요. 먹을 것을 가져가려다 어른에게 맞은 뒤 공포에 질려서요. 다음은 누구입니까? 피? 아직 열 살도 안 됐는데 이미 나무를 키워낼 줄 알고, 든든한 누이 역할을 멋지게 해내는 숲 정령이죠." 아서는 날카롭게 웃었다. "아, 어쩌면 특정 아이를 염두에 두고 얘기를 꺼내셨을지도 모르겠습니다. 루시에 대해 더 잘 알고 싶으십니까?"

라르미나와 도린이 옳았다. 이 공청회의 목적은 아서의 경험이나 DICOMY의 악행에 관한 진상 규명이 아니었다. 정보 수집이었다. 아서는 이 자리를 통해 좋은 결실을 얻을 수 있으리라 착각하고 그들의 손아귀에 놀아났다.

벽과 바닥이 삐걱거리는 소리만 빼고 네더위크에 숨 막힐 듯한 정적이 이어졌다.

"적그리스도." 버튼이 마침내 얼굴을 찡그리고 말했다.

"우리는 그 표현을 쓰지 않습니다." 아서가 말했다. "잘못된 표현이라고 느껴서가 아니라, 세간에서 그 표현을 종말의 대명사로 여기기 때문입니다. 저는 제 아이들에게 그런 허튼소리를 믿게 하고 싶지 않습니다."

"허튼소리요?" 샐로가 말꼬리를 잡았다. "그런 존재는 전무후무합니다. 그 애가 더 자라면 무슨 일을 할 수 있을까요? 세상이 자신의 욕망과 변덕에 따라 움직이지 않는다면요?"

"DICOMY 파일에 기록된 내용 이상으로 제 아들을 아는 것처럼 말씀하시니, 따로 요점이 있는 것처럼 들리는군요. 이 아이들이 DICOMY 관할 하의 제 경험과 무슨 관련이 있습니까?"

"요점이 있죠." 감미로운 목소리에 아서가 고개를 들었다. 제닌 로더가 고개를 갸웃하고 미소 지었다. 불쾌한 냄새를 맡은 것처럼 코에 살짝 주름이 잡혔다. "방식이 좀 투박했지만, 제 동료가 말하고자 하는 바는 당신의 전문 영역에 속합니다, 파르나서스 씨. 적어도 제가 알기로는요."

"그게 뭐죠?"

"철학적 딜레마요. 당신이 적… 루시를 언급했으니, 일련의 질문은 타당하다고 생각합니다. 당신은 그들의 원장이니까요." 로더는 얼굴을 찌푸렸지만, 가식처럼 느껴졌다. "오, 원장이라는 용어도 안 되겠군요. 그 함의! 정확하게 부르기로 하죠. 당신은 잠재적으로 위험한 마법 아동의 후견인으로서 무고한 사람들이 해를 입지 않도록 행동해야 할 도덕적 의무가 있습니까?"

오, 이건 문제가 되겠군. 아서는 생각했다.

"그건 공리주의를 따르느냐 의무론을 따르냐에 따라 다릅니다. 공리주의는 목적이 수단을 정당화한다고 믿으며 행동 자체보다 행동의 결과에 큰 가치를 둡니다. 결과 지향적인 사상이죠.

DICOMY와 DICOMA의 방침처럼요."

버튼이 발끈해서 혀를 찼지만, 로더가 손을 들어 보이자 입을 꾹 다물었다.

아서는 말을 이었다. "저는 행동의 결과보다 동기가 중요하다는 칸트의 의무론을 따르는 편입니다. 결과에 상관없이 행동 자체가 윤리적이어야 하며 그릇된 행동은 결코 옳은 결과로 이어질 수 없다는 이론이죠."

"DICOMY도 그렇게 설명할 수 있지 않을까요?" 로더는 양손 끝을 마주 대고 턱을 괴며 아서에게 눈을 떼지 않은 채 곱게 웃었다. "아쉽게도 그건 오늘 다룰 의제가 아니죠. 제 생각엔 우리가 잠시 길을 잃은 것 같군요. 어쨌거나 이 자리의 주인공은 아이들이 아니라 아서 파르나서스니까요. 그는 기꺼이 DICOMY의 관할 하에 있던 시절의 끔찍한 이야기를 들려주었고, 저는 그 용기에 박수를 보냅니다." 로더의 미소에 끈끈한 동정심이 묻어났다. "이 자리에 오기 쉽지 않았을 겁니다."

살갗이 따끔거렸다. 아서는 호흡을 다스리려고 애썼다. "쉽지 않았지만, 앞서 말했듯이 중요한 일이니까요."

"그렇죠." 로더가 말했다. "저는 당신이 아이들을 모두 입양하길 원하기 때문에 피후견인들에 관한 이야기를 듣는 게 적절하다고 생각하지만 당신 말처럼, 그들은 아직 아이들이죠."

"맞습니다."

"그들의 친부모는 모두 사망했고요."

압박이다. 로더는 아이들이 듣고 있다는 사실을 알고 있었다.

"충분히 예상하셨듯이요."

"왜 이 아이들이죠?"

아서는 눈을 깜빡였다. "무슨 말씀이신지…."

"DICOMY에 등록된 전 세계 모든 아이 중에서 왜 이 여섯이죠?"

"집이 필요한 아이들이기 때문입니다."

"그게 이유 중 하나겠지요." 로더가 말했다. "하지만 당신은 어떻습니까, 파르나서스씨? 당신은 아이가 아닙니다. 이런 말을 하기 괴롭지만, 당신이 겪은 모든 일을 생각하면 당신은 DICOMY와 DICOMA가 몹시 못마땅할 텐데요. 오늘 증언을 들으니 마땅히 그럴 만합니다."

"동의합니다. 못마땅하다는 표현은 완곡하게 느껴지지만요."

"물론이죠." 로더가 피식 웃었다. "다시 원점으로 돌아가볼까요?" 그는 대답을 기다리지 않고 고개를 숙여 눈 앞에 펼쳐진 파일을 내려다보았다. 어느 틈에 보랏빛 반달 모양 안경을 코끝에 걸치고 있었다. "부모님은 돌아가셨고, 형제자매도 없고, 친척도 없고, 일곱 살에 고아원에 입소했군요." 그는 혀를 쯧 차며 고개를 절레절레했다. "얼마나 슬프고 끔찍한 일입니까. 생각만 해도 가슴이 미어지는군요. 당신은 불사조라고 기록되어있는데, 맞나요?"

말이 채찍처럼 몰아쳤지만, 그게 로더의 목적이었다. 중심을 잃게 하는 것. "예, 맞습니다."

로더는 고개를 끄덕였다. "놀랍군요. 증명해보실래요?"

잿빛 하늘 아래 바닷바람처럼 낮은 웅성거림이 군중을 휩쓸었다. "뭐라고 하셨습니까?"

로더는 눈을 동그랗게 떴다. "오, 제가 너무 모호하게 말했나요? 다시 한번 말씀드리죠, 파르나서스 씨. 당신이 정말 불사조가 맞는지 보여달라는 겁니다. 무리한 요구라고 생각하진 않습니다. 지금까지 DICOMY나 DICOMA의 누구도 당신이 불사조라는 증거를 본 적 없고, 증거가 있더라도 간접 보고에 불과하니까요."

해버스포드가 목을 가다듬었다. "위원님, 제 생각엔…."

로더는 그를 무시했다. "파르나서스 씨?"

아서는 잠시 망설이다 손바닥을 천장을 향해 들어 올렸다. 청중은 자세히 보려고 기웃거리며 몸을 들썩였다. 그의 손 위로 촛불만 한 작은 불이 나타나 살랑거렸다. 다시 주먹을 쥐어 꺼뜨리자 손가락 사이로 작은 연기가 피어올랐다.

로더가 눈을 깜빡였다. "그게 답니까? 그게 당신이 할 수 있는 일이에요?" 그가 다시 혀를 찼다. "조금 실망한 건 인정해야겠군요. 서류 상엔 당신이 불사조의 형상을 취할 수 있을 뿐 아니라 그것이 당신의 통제 하에 독립적으로 행동할 수 있다고 적혀 있는데요. 당신이 방금 보여준 건 단순한 묘기네요." 로더는 한숨을 쉬며 의자에 기대앉았다.

아서는 로더가 자신을 들쑤시려 한다는 걸 알면서도 발끈했다. "전 당신의 꼭두각시 노릇을 할 생각 없습니다. 본인이 우월하다고 생각하겠지만…"

로더가 눈을 치떴다. "파르나서스 씨, 저는 삶의 배경이나 지위 고하를 막론하고 모든 사람을 포용하는 데 자부심을 가진 사람입니다. 중상모략에 불과한 주장은 용납하지 않겠습니다. 사실관계를 확인하는 건 제 책무고, 저는 그 일을 가벼이 여기지 않습니다. 서류가 잘못된 건가요? 인정하긴 싫지만 DICOMY와 DICOMA는 여러 실책을 저질렀습니다. 최고위 경영진만 해도 그렇죠. 말이 나와서 말인데, 파르나서스 씨, 왜 그들이 마르시아스 섬 고아원 운영을 계속 승인했는지 아십니까?"

"유감스럽게도 독심술은 제 능력이 아닙니다."

"그건 우리 모두 감사한 일이죠." 로더가 말을 이었다. "최고위 경영진이 당신에 관해서는 얼렁뚱땅 넘어간 게 이상합니다." 로더의 눈이 반짝였다. "찰스 베르너가 연루되어있지 않다면요. 당신은 그를 잘 알았죠. 혼동을 피하고자 덧붙이자면, 그와 아주 가까운 사이였다는 뜻이에요."

"그게 지금 무슨 상관입니까?"

"부인하십니까, 파르나서스 씨?"

"베르너 씨와 한때 교제했던 것은 사실입니다. 하지만 당시 그는 저 몰래 절 이용해 자신의 경력을 쌓고 있었습니다."

"한 사람 더 있죠." 로더가 마치 브런치를 먹으며 대화하듯이 여유로운 목소리로 말했다. "마법아동관리부서의 전 직원이었던 라이너스 베이커. 현재 그와 연애 중이시죠?"

"그렇습니다만…"

로더는 의자에 기대앉았다. "본인의 즐거움을 위해 우리 직원들을 현혹하는 경향이 있는 것 같군요. 당신 때문에 우리가 더는 소중한 직원을 잃지 않았으면 합니다. 보호자가 연애 상대를 자주 바꾸면 아이들에게도 좋지 않을 테고요. 흥미로운 질문이 하나 있는데요, 로런스 베이커, 아, 실례." 로더가 서류를 다시 내려다봤지만 아서는 그게 모두 쇼라는 걸 알았다. "라이너스 베이커가 당신을 위해 마르시아스 섬 조사 보고서를 조작한 게 사실인가요?"

해버스포드는 깜짝 놀란 표정이었다. "금시초문인데요. 그런 일을 암시하는 어떤 증거도 보거나 들은 적 없습니다만. 위원님, 파르나서스 씨에게 정확히 어떤 혐의를 제기하려는 겁니까?"

로더는 글씨 빼곡한 종이 한 장을 들어 보였다. "작년에 최고위 경영진이 해체된 후, 찰스 베르너는 아서 파르나서스에 대한 자신의 날카로운 통찰을 기록으로 남겼습니다. 그는 파르나서스와 베이커에게 위협을 느껴서 자신을 비롯한 경영진이 마르시아스 섬 고아원을 폐쇄하지 않기로 합의했다고 주장했습니다. 파르나서스가 사실상 마법 아동들을 전쟁 병기로 양성하고 있다는 의혹과 함께요."

네더위크 곳곳에서 소란이 터졌다. 아서 주변의 사람들은 벌떡 일어나 주먹을 치켜들고 고함을 질렀다. 플래시가 번쩍이고 셔터 소리가 난무했다. 사람들은 서로 뭐라 뭐라 악을 써댔다. 위층에 있는 사람들은 발을 쿵쿵 구르고 손으로 난간을 내리쳤다.

"정숙!" 버튼이 버럭 외쳤다. 사람들은 꿈에서 막 깨어난 것처럼

빠르게 눈을 깜빡였다. "이 절차가 끝날 때까지 어떠한 소란도 용납하지 않겠습니다. 또다시 방해하는 분은 즉시 퇴장입니다. 이해하셨습니까?"

청중은 자리에 앉았다. 팽팽한 긴장감에 아서는 숨이 막힐 지경이었다.

"파르나서스 씨?" 로더가 다정한 말투로 물었다. "이 의혹에 대해 답변해 주시겠습니까?"

"의혹이요." 아서가 되뇌었다.

"네, 아이들에 대해서요. 아이들을 양성하고 있나요?"

"죄송하지만, 양육이란 말을 잘못 쓰신 거 아닙니까?"

"아닙니다." 로더가 다시 한번 웃으며 말했다. "다시 묻겠습니다. 아이들을 양성하고 있습니까?"

"어떤 목적으로 말입니까? 사람답게 살도록? 좋은 사람이 되도록? 제도화된 편견에도 사랑과 수용을 실천하도록? 그런 뜻이라면 맞습니다. 저는 그들을 양성하고 있습니다."

샐로가 불편한 듯 자세를 고쳤다. "당신이 전쟁을 위해 그 아이들을 훈련하고 있느냐는 말이에요."

"저는 여러분과 전쟁할 생각이 추호도 없습니다." 아서가 태연하게 말했다. "두뇌 싸움이라면 모를까요. 그렇다면 여러분은 철저히 비무장 상태고요."

여기저기서 숨을 집어삼키는 소리가 났다. 격앙된 속삭임이 창문을 두드리는 빗소리 속에 섞여 들었다.

"이보십시오." 버튼이 말했다. "발언에 주의를 기울이길 바랍니다. 이 자리는…"

"파르나서스 씨." 로더가 나서자 버튼은 말꼬리를 흐렸다. "제가 당신에게 깊이 공감하고 있다는 사실을 아셔야 해요. 저만 그런 것도 아니죠. 오늘 당신의 증언을 들은 사람이라면 누구나 그 뛰어난 말솜씨에 감화되었을 겁니다. 질문 하나만 더 하겠습니다." 로더는 핏빛 서류철을 펼쳤다. "마르시아스 섬에서 벗어난 뒤 당신은 최소 일곱 곳의 고아원을 전전했습니다. 18세가 되자마자 독립했고…"

"그날 아침 일찍 쫓겨났죠." 아서가 말했다. "당시 원장이 DICOMY가 제게 지급한 위자료를 갈취하려고 시도한 뒤에 말입니다. 그에게는 불행하게도, 그 돈은 제 스물한 번째 생일까지 신탁에 맡겨져 있었죠."

"딱하기도 하지." 로더가 말했다. "당신이 법적 의무에 따라 마법성인관리부서에 등록하지 않은 이유 중 하나가 그 때문이었겠네요. 당시 기록에 따르면, 당신은 부서 담당자와의 면담에 스물네 번이나 불참했어요. 스물한 살부터 마르시아스 섬에 돌아온 약 마흔 살까지 당신은 어디서 무얼 했나요?"

이렇게 될 줄 알았어야 했다. 그들은 아서를 위험하고 몰상식한 존재로 보이게끔 총력을 기울일 게 뻔했다. 아서는 자신이 그들보다 똑똑하다고 믿었고 내심 이번 일을 계기로 사람들 인식이 실제로 개선되리라 기대했다. 그를 수렁에 몰아넣은 건 다른 누구도

아닌 자신의 자만이었다. 그가 그 세월 동안 무얼 하며 살았는지 아무도 몰랐다. 조이나 라이너스조차도. 부끄럽지는 않았다. 다시 돌아가도 똑같은 선택을 했을 테니까.

아서는 신중하게 말을 골랐다. "여행을 많이 다녔습니다. 담장 너머 세상이 궁금했으니까요."

"여행 중에 다른 마법적 존재를 만난 적 있나요?"

"물론이죠."

로더는 기꺼운 듯 고개를 끄덕였다. "그들에게 어떤 식으로든 도움을 주었나요?"

"도움을 정의해주시죠."

로더는 입을 떡 벌렸다. 역시 계산된 표정이었다. "최고 중대사 위원회 앞에서 말꼬리를 물고 늘어지려는 겁니까? 파르나서스 씨, 그게 얼마나 용납할 수 없는 행위인지 아시죠?"

아서는 두 손을 들었다. "고발하려면 하시죠."

"원하시는 대로. 파르나서스 씨, 당신은 마법적 존재들의 은거를 돕고, DICOMY와 DICOMA의 탐지를 피해 미등록 존재로 살게 했나요?"

"네."

웅성거림은 무시했지만, 아서는 뒤통수에 꽂히는 라이너스의 시선을 느낄 수 있었다.

"위법인 걸 알면서도 그랬나요?"

"네."

"만약 당신이 오늘 여기 없었다면, 몇 년 전 마르시아스 섬으로 돌아가지 않았다면, 계속 이 위대한 국가의 법을 무시하고 마법적 존재들을 도왔으리라고 봐도 무방할까요?"

"네."

그러자 로더는 뜻밖의 질문을 던졌다. "그 기간 또는 그 이후에 다른 불사조를 도운 적 있나요?"

"답변하지 않겠습니다."

그의 뒤에서 웅성거림이 점점 커졌다.

로더는 한숨을 쉬었다. "파르나서스 씨. 우리에게 정직하지 않으면 우리가 어떻게 돕죠? 우린 당신이 생각하는 것처럼 사악한 주모자가 아니에요. 공식 기록에 따르면, 당신은 전 세계에 알려진 유일한 불사조입니다. 알고 계셨나요?"

"네."

"정말 외로웠겠네요. 연대감과 소속감을 얻기 위해 같은 무리를 찾는 행위는 충분히 이해할 수 있습니다." 로더는 이내 말썽꾸러기 자녀를 꾸짖는 엄마처럼 단호한 표정을 지었다. "그렇다고 해서 자경단처럼 행동할 권리는 없어요. 특히 우리가 지키고자 하는 모든 걸 훼손하려고 할 때는 더더욱이요. 득보다 실이 크다는 생각 안 해보았나요?"

"단 한 번도요."

로더의 이마에 주름이 잡혔다. "한 번도요? 죄책감 같은 건 없었나요? 당신의 매혹적인 머릿속 깊은 곳에서 한 번이라도 심사숙고

119

하라는 외침이 들린 적 없나요?"

"없습니다. 가진 게 아무것도 없는 이들에게 의식주를 제공하는 것이 정부의 돈을 가장 요긴하게 쓰는 방법이라 생각했습니다. 아, 정정합니다. 제 돈이죠."

로더는 눈을 번뜩였지만 말할 때 목소리는 차분했다. "때때로 그것은 사람들을 불법 이주시키는 행위를 의미했고요."

"네."

"등록되지 않은 사람들이요."

"네."

"그들이 법을 따르지 못하게 말이죠."

"그들을 통제하기 위한 법 말입니까?" 마침내 분노가 치밀어 올라 아서가 쏘아붙였다. "정부가 사회에서 *정상*으로 규정한 사람만 국민으로 간주한다는 사실을 끊임없이 일깨우는 법이요? 저는 그 법이 어떤 결과를 낳는지 직접 보고 겪었습니다. 제가 여기 온 이유를 잊으셨습니까?"

"잊지 않았어요." 로더가 말했다. "누구도 겪지 말아야 할 안타까운 일들이 있었음을 저부터 시인하겠습니다. 다른 분들도 동의하리라 확신하고요."

샐로는 격하게 고개를 끄덕였고, 해버스포드는 로더를 의심 어린 눈초리로 바라봤으며 버튼은 당장이라도 네더위크를 벗어나고 싶다는 표정이었다.

"아셨죠?" 로더가 말을 이었다. "그러니 제 생각에는…"

아서는 마이크 가까이 몸을 기울였다. "그럼 사과하시죠."

그 한마디가 로더의 허를 찔렀고 가면에 금을 냈다. 잠깐 동안 동정 어린 표정이 사라지고 시커먼 분노가 번뜩이더니 이내 곧 다시 차분해졌다. "당신은 백만 파운드의 보상을 받았죠." 그가 태연하게 말했다.

"맞습니다." 아서가 말했다. "하지만 저는 저와 다른 아이들을 학대한 원장에게 단 한마디의 사과도 듣지 못했습니다. DICOMY와 DICOMA를 비롯해 정부 관계자 누구에게도요. 여러분은 무슨 일을 하든 여론을 고려하시죠? 정부의 일원니까요. 따라서 제가 받은 대우에 대한 사과뿐 아니라 여러분의 규정, 규칙, 법으로 인해 신체적, 정신적, 심리적으로 피해 입은 모든 마법적 존재에게 사과길 요청합니다. 아이들에 관해 얘기하고 싶으십니까? 그들은 지금 수많은 마법적 존재들과 함께 여러분의 말을 듣고 있습니다. 여러분이 우리를 위하고 아낀다고 믿어야 하는 이유를 제시하세요. 그 아이들의 안녕을 바라며 앞으로는 믿음을 저버리지 않겠다는 확신을 주세요. 여러분이 초래한 피해에 대해 사과하세요."

"파르나서스 씨." 해버스포드가 말했다. "이해합니다, 진심으로요. 이제 잠시 과열된 분위기를 식히고…"

로더는 기세를 누그러뜨리지 않았다. "당신은, 어느 시점이든, 누군가에게 싸우는 법을 가르친 적 있나요?"

아서는 표정 관리가 점점 더 어려워졌다. "저는 그들에게 스스로 보호하는 법을 가르쳤습니다."

"대답을 회피했다는 사실을 공식 기록으로 남기겠습니다. 파르나서스 씨, 당신은 세상에서 가장 위험하다고 알려진 마법 아동들을 훈련하고 있습니까? DICOMY 전 직원 라이너스 베이커씨와 함께 입양을 통해 소유하려 하는 아이들을요?"

이 여자는 대체 무슨 자격으로 이러는 걸까?

"소유라니요, 그런 언사는…"

로더가 언성을 높여 말을 끊었다. "라이너스 베이커가 한 달간 섬을 시찰하는 동안이나 그 이후에 당신에게 기밀 정보를 누설했나요?"

"그런 식의 질문은 굉장히 유감입니다. 당신은…"

"조이 채플화이트. 베이커 씨가 직접 작성한 보고서에 따르면 이 미등록 섬 정령은 매우 강력하며 마르시아스 섬의 아이들과 접촉할 뿐 아니라 그들의 교육에도 적극적으로 관여하고 있다고 하네요. 맞나요?"

"네, 그리고 그는…"

"물론 그 문제는 다시 적그리스도로 이어지죠. 루시. 남자아이답지 않은 이름이네요. 본명으로 부르는 게 어떨까요? 루시퍼. 악마의 아들이라고 알려진 자. 이 소년은…"

"고작 일곱 살입니다." 분노가 뜨거운 납덩이처럼 가슴을 달궜다. "음악과 베이킹을 좋아하고 자신이 원해서 선하기로 택한 소년이고요."

"그게 얼마나 갈까요?" 로더가 물었다. "예를 들어 입양이 성사되지 않으면 어떻게 되나요? 그 아이가 보복으로 무슨 짓을 할까요?

온 국민을 자기 뜻대로 부릴까요? 온 도시를 혼란에 빠뜨릴까요? 아니면 독재자가 되어 온 세상에 암흑시대를 불러올까요?"

아서는 의자를 끽 뒤로 밀며 일어섰다. "아이입니다. 그들 모두요. 생각하고 말씀하시는 겁니까? 왜 우리가 평생 해명해야 할 근거 없는 비난으로 여론에 영향을 미치게 만듭니까? 당신은 그럴 자격이…"

"내게 자격이 있다는 걸 알게 될 겁니다." 로더가 말했다. "아이들이라는 건 저도 인지하고 있어요, 파르나서스 씨. 하지만 스스로 법 위에 있다고 믿는 사람이 이끌면 아이들도 위험한 길을 갈 수 있지요."

"어떻게 감히." 아서가 차갑게 대꾸했다. "선의의 표시로 여기 왔건만…"

"당신이 여기 온 건 우리가 허락했기 때문이에요." 로더가 날씨 얘기를 하듯 가볍게 말했다. "오늘 알아야 할 정보는 다 얻은 것 같군요. 감사합니다, 파르나서스 씨. 오늘 당신의 증언은 귀한 통찰을 제공했어요. 오늘 들은 모든 얘기를 고려하여 최선의 조치를 결정하도록 하겠습니다." 로더가 다시 미소 짓자 아서의 피가 차게 식었다. "아직 정식으로 발표되진 않았지만, 제가 오늘 미리 공개해도 허먼 카마인 총리님은 개의치 않으실 것 같군요." 로더가 새하얀 치아를 드러내며 활짝 웃었다. "지난주에 저는 최고위 경영진에 대한 조사가 계속되는 동안 마법 아동 및 성인 관리부서의 임시 책임자로 임명됐습니다. 총리님이 저를 믿고 맡겨주셔서 영광이에요. 곧 새로운 조사관이 마르시아스 섬을 방문하여 이모저

모를 철저히 조사할 예정입니다. 저의 첫 번째 지시죠. 기어이 보고서에 사견을 담았던 과거 조사관들과 달리 새 조사관은 그런 문제가 없을 겁니다." 로더가 피식 웃었다. "이번 조사관은 남성이 아니니까요. DICOMY 직원에 한해 방해 요소가 되는 당신의 성향을 고려해서 말이죠."

"당신은 도대체 뭐가 문젭니까?" 누군가가 빽 외쳤다. 아서가 돌아보니, 라이너스 베이커가 앞의 난간을 꽉 움켜쥔 채 서서 부들부들 떨고 있었다. "당신의 무례함과 몰상식함에 치가 떨리는군요. 이 촌극은 길이길이 기억될 겁니다. 당신이 어떤 인간인지 모두가 똑똑히 알게 될 겁니다."

"정숙!" 버튼이 마이크에 대고 소리쳤지만 기자들이 질문을 쏟아내기 시작했고, 온갖 말이 혼란스럽게 뒤섞였다.

로더는 모두 무시하고 목소리를 키웠다. "이번 조사의 핵심은 탈리아, 피, 루시, 샐, 시어도어, 천시, 데이비드 등 아이들이 마르시아스 섬에서 안전한지 여부입니다. 아이들이 위험한 환경에 놓였다면 다른 시설로 보내는 게 좋을지 판단해야겠죠. 마법적 존재든 아니든 모든 아이의 안전은 DICOMY의 최우선 과제입니다. 아동이 학대받거나 감금되거나 모종의 훈련을 받는다고 밝혀진다면 당장 보호해야 해요. 폭력의 악순환은 반드시 끊어야 하죠. 우리가 알기로 아서 파르나서스는 그 아이들을 가둬놓고 있습니다. 본인이 과거에 당한 것처럼요. 파르나서스 씨, 다시 한번 보여주시겠습니까? 그 새?"

아서는 자신이 놀아나고 있다는 사실을 알았다. 로더는 그를 자극해 자제력을 잃게 만들어 자신이 의도한 대로 그가 위험한 존재임을 증명하려 했다. 그는 로더가 원하는 바를 모르지 않고, 최선을 다해 참았지만, 그가 자신의 아이들에게 위협이 된다는 암시는 선을 넘었다.

내가 뭘 할 수 있는지 보고 싶다고? 원한다면 보여주지 뭐. 모두에게 보여주지.

아서의 팔뚝에서 밝은 불이 치솟아 재킷 소매를 집어삼키자 위층의 누군가가 비명을 질렀다. 작은 태양처럼 흰 중심을 품은 불꽃이 손바닥을 지나 손끝까지 화르르 번졌다. 잠에서 깨어난 불사조가 이글거리는 눈을 천천히 깜빡이며 꿈틀거렸다. 로더의 이야기와는 달리 둘은 서로 독립된 존재가 아니었다. 남자는 괴물이었고, 괴물은 남자였다. 둘은 하나였다. 두 팔이 맹렬하게 타오르는 주황색 날개로 변하기 시작했을 때 아서가 느낀 분노 섞인 안도감은 모든 걸 집어삼킬 듯 압도적이었다. 시야가 선명해지고 피가 끓어오를 듯 뜨거워졌다. 각 날개의 길이는 최소 3미터 이상이었으며, 불똥이 바닥에 뚝뚝 떨어져 푸른 불꽃을 일으키다 사라졌다. 아서가 두 팔을 벌리자 불사조가 날카롭게 울부짖으며 돔 유리를 뒤흔들었다. 커다란 부채꼴 꽁지깃이 삐거덕거리며 뼈 부딪히는 소리를 냈다.

아서는 불사조에게 자신의 전부를 내어줄까 생각했다. 냉철한 논리와 이성보다는 덜 복잡한 본능에 끌렸다.

날아.

아서 파르나스가 생각했다.

날아.

불사조가 생각했다.

괴물의 생각은 말이 아닌 불에 휩싸인 일련의 이미지로 다가왔다. 날개를 활짝 펼쳐 위아래로 펄럭이며 바닥을 박차고 날아오른다. 훨훨. 지글거리는 열기가 돔 유리를 깨뜨리고 녹인다. 잿빛 하늘 속 자유. 빗방울들이 깃털에 스치며 칙 소리를 낸다.

불사조에게 굴복해 날아가려는 찰나 무언가가 그의 옆얼굴을 때리고 테이블 위로 떨어졌다. 마우스패드였다. 가장자리가 말린 채 연기가 피어오르고 있었다. 그 문구가 보였다.

이곳에 있고 싶지 않나요?

아서는 홱 고개를 돌렸다.

그의 뒤에 있던 군중들은 열기를 피하려고 일어나 너나 할 것 없이 위쪽으로 이동하고 있었다. 의자들이 뒤집혀 나뒹굴었다. 사람들은 두 손을 쳐들고 고함을 질렀다. 다들 겁에 질려 있었다. 잠깐이라도 아서가 그 광경을 즐기지 않았다고 할 수 있을까? 불사조가 도망가는 사람을 보며 이번에는 즐거워서 울부짖지 않았다고 할 수 있을까?

그렇다고 할 수 없었다. 그도, 괴물도.

한 남자가 시야에 들어왔다. 남자는 눈앞에 우뚝 솟은 괴물을 긴장한 눈으로 올려다봤지만, 뒤로 물러서거나 도망치려 하지 않았다. 열풍에 머리를 휘날리고 넥타이를 펄럭이며 그 자리에 굳게 버티고 서 있었다.

아서는 그를 향해 완전히 돌아섰다. 라이너스가 불타는 새를 마주한 것은 지난해 섬에 도착한 이후 두 번째였다. 불사조는 그를 향해 거대한 고개를 숙이더니 눈높이에서 눈을 빠르게 깜빡이며 날카롭게 목을 울렸다. 라이너스가 손을 내밀자 불사조는 그 손바닥에 부리를 비비고 깍깍거렸다. 눈꺼풀이 파르르 떨렸다.

"자, 자." 라이너스가 나지막이 말했다. "뭐하러 소란을 피워? 당신은 어떤 모습이든 좋은 사람이야, 아서."

"라이너스." 아서와 불사조가 동시에 말했다. 남자의 음성은 또렷하고 괴물의 음성은 그르렁거림에 가까웠다.

"돌아와." 라이너스가 말하자 불사조는 그의 손에 머리를 부딪쳤다. "충분히 보여주었고 이제 때가 됐어, 아서."

그가 눈을 감자 새는 다시 한번 날카롭게 울부짖으며 자신의 힘을 만방에 떨치더니, 아서의 머리 위로 고개를 숙이며 날개를 접었다. 불사조가 다시 가슴 안으로 들이닥치자 온몸이 타들어 가는 느낌이 들며 팔다리가 경련을 일으켰다. 괴물은 밝은 섬광과 함께 매캐한 연기 냄새를 남기고 사라졌다.

아서는 라이너스를 향해 비틀거리며 한 걸음 내디뎠다. 라이너스는 두 손을 뻗어 난간을 사이에 두고 그를 끌어안았다. 아서는

한숨을 내쉬며 라이너스의 어깨에 이마를 묻었다. "괜찮아?" 라이너스가 속삭였다.

"응."

"좋아, 그럼 잘 들어. 로더가 말실수했어."

신경이 바짝 곤두섰지만 아서는 고개를 들지 않았다. "무슨?"

"아이들. 로더는 모든 아이의 이름을 언급했어."

아서가 눈을 찌푸리며 라이너스의 품에서 벗어났다. 위협이 사라졌음을 서서히 인지한 사람들이 그들을 주시하며 하나둘 자리에 앉고 있었다. "무슨 뜻이야?"

"데이비드. 로더가 데이비드를 이야기했어."

잠시 아서는 이해하지 못했다. 여태 아이들 이름이 한 번씩은 언급됐으니까. 데이비드는 왜….

깨달음이 머리를 강타했다. 데이비드에 대해 아는 사람은 아이들과 조이, 헬렌 그리고 데이비드의 임시 보호자들뿐이었다. 원래라면 로더는 데이비드에 관해 알 수 없었다. 도시에 도착해 아서와 라이너스가 데이비드를 언급한 때는 어젯밤 호텔에서 도청기를 발견하기 전이 유일했다.

아서가 빙글 돌아서자 라이너스의 손이 아서의 팔을 쓸어내리며 손가락을 살짝 얽고 떨어졌다. 제자리로 돌아가는 데는 몇 초밖에 걸리지 않았지만, 그 사이 아서는 통제력을 되찾았다.

의자째 뒤로 넘어진 샐로는 이제 테이블 뒤에 웅크리고 있어서 정수리밖에 보이지 않았다. 버튼은 눈과 입을 크게 벌린 채 넋이

나갔고, 해버슨포드는 얼굴을 두 손에 묻고 어깨를 떨고 있었다.

로더는 변함없이 엄지를 맞대고 두 손을 깍지 낀 채 앉아 있었다. 그의 눈빛은 '허기'라고 밖에 표현할 수 없었다. 아서는 그가 뻔히 원하는 먹잇감을 줘버린 자신을 자책했다.

위층과 아서 뒤에서 부산스럽게 자리에 앉던 사람들은 로더가 입을 열자 일제히 움찔했다. "정말 대단한 볼거리였습니다." 짙은 숨소리가 마이크에서 날카로운 금속음을 일으켰다. "이제, 아서 파르나서스가 돌보는 아이들의 안전과 복지를 우리가 왜 그렇게 걱정했는지 모두 이해하셨길 바랍니다. 그가 얼마나 강력해 보이는지, 얼마나 다혈질인지 고려하면 그의 의도를 의심하는 게 당연하지 않나요?" 로더는 자리에서 벌떡 일어났다. 의자는 흔들렸지만 넘어지진 않았다. "충분히 봤습니다, 파르나서스 씨. 최고 중대사 위원회는 당신의 증언에 사의를 표하며 오늘 우리가 알게 된 바를 심사숙고하겠습니다. 시설 조사에 관한 내용은 곧 연락드리죠. 지금부터 어떠한 위계 행위도 반정부 행위로 간주하며, 해당 고아원에서 아동들을 퇴소시키고 원장 직위를 박탈하는 등 상응하는 조치를 취하고자 합니다. 즐거운 오후 되십시오."

말을 마친 로더는 단상에서 내려가 기자들에게 둘러싸였다. 버튼은 입을 굳게 다물고 천천히 일어났다. 샐로는 의자를 바로 세우고 넋 나간 표정으로 털썩 앉았다. 해버스포드는 허공을 응시하며 눈앞에 놓인 서류를 손가락으로 툭툭 쳤.

"위원님." 아서가 소리 높여 불렀다.

로더가 그를 향해 고개를 돌렸다. 모두가 그랬다. 모두가 숨죽여 기다렸다.

아서가 재킷 주머니에 무언가를 꺼내 테이블 위에 떨궜다. 검은 플라스틱 파편들과 녹색 전선이 테이블 위로 달그락 떨어졌다. "이건 당신 것 같습니다."

로더는 고개를 갸웃거리며 정치인다운 미소를 지었다. "장담컨대 난 그게 뭔지…"

"당신이 내 호텔 방에 심어 놓은 도청 장치입니다." 아서가 말하자 해버스포드, 버튼, 샐로가 일제히 로더를 바라봤다.

로더는 웃음을 터뜨렸다. "또 근거 없는 비난이군요, 파르나서스 씨? 병원 상담을 진지하게 고려하는 게…"

"당신은 내가 뭘 고려해야 할지 결정할 자격이 없습니다. 즐거운 오후 되시길."

그는 몸을 돌려 나무로 된 문을 향해 저벅저벅 걸어갔다. 라이너스가 그 옆에 따라붙었다. 모두의 이목이 쏠리고, 카메라 플래시가 터지고, 기자들이 쉼 없이 질문을 쏟아냈다. 아서와 라이너스는 그 모든 걸 뒤로하고 네더위크를 떠났다.

6장

  라이너스는 추가 도청 장치나 기자들이 숙소로 찾아올지를 걱정하지 말고 호텔을 옮기자고 했다. 아서는 자기만의 생각에 잠긴 채 지친 낯으로 동의했다. 두 사람은 별 대화 없이 짐을 챙겨서 호텔을 떠났다. 비는 꾸준히 내렸다. 라이너스의 주도로 시내버스에 오른 두 사람은 손을 맞잡은 채 한 시간 가까이 이동했다. 아서는 창밖으로 지나가는 도시를 바라봤다.
  "거의 다 왔어." 반쯤 졸던 아서는 라이너스의 말에 퍼뜩 깼다.

"전화부터 해야 해. 애들이 조이와 헬렌을 들볶고 있을 거야."

"궁금한 게 많은 눈인데."

버스가 서서히 속도를 줄이며 삐걱거렸다. 라이너스는 고개를 저었다. "나중에. 전화하고 방 잡고, 짐 푼 뒤에 얘기하자."

아서는 고개를 끄덕이고 라이너스를 따라 버스에서 내렸다. 그들은 빠르게 인도를 가로질러 전날 묵은 곳보다 허름한 호텔로 향했다. 짐을 들어주는 직원도 없고 입구에 화려한 간판도 없었다. 백화점과 시끄러운 펍 사이에 자리한 작은 건물이었다.

로비에 무료 전화기가 놓여 있었다. 라이너스는 수화기를 들고 익숙한 번호로 전화를 걸었다. 아서는 발치에 가방을 내려놓고 가까운 벽에 기대어 작은 신호음에 귀를 기울였다.

세 번째 신호음에 조이가 응답했다. 조이의 벼락같은 노성에 라이너스가 움찔하며 귀에서 수화기를 떼어내자 아서는 숨죽여 웃었다.

"그 파렴치한." 조이가 으르렁거렸다. "아직 내 섬에 얼굴을 들이밀지 않은 걸 다행으로 여겨야 해. 내 눈에 띄기만 하면 산 채로 뒤집어 까서… 아니, 루시, 루시! 비유였어. 실제로 사람을 뒤집어 까면 안 돼. 그건 사람을 해쳐도 된다는 게 아니야." 조이는 한숨을 쉬었다. "그래, 내가 말을 잘못하긴 했는데, 살인 얘기가 나올 때마다 루시가 얼마나 득달같이 찬성하는지에 대한 논의가 필요해."

"별일 없는 것 같네요." 라이너스가 덤덤하게 말했다. "애들이 다 들었나요?"

"다 들었어." 조이가 목소리를 낮췄다. "로더가 지껄이기 시작했을 때 헬렌하고 내가 주의를 돌리려고 했는데 꿈쩍도 안 하고 듣더라고. 아서는 어때?"

벽에서 몸을 뗀 아서가 수화기를 두고 라이너스와 머리를 맞댔다. "전 괜찮아요, 조이. 조금 피곤하긴 한데 하룻밤 푹 자면 괜찮아질 거예요."

"정말이야, 라이너스?" 조이가 물었다.

"네, 아서는 괜찮아요."

"당신은?"

"열받았죠. 답답하고. 걱정되고."

"그럴 만해. 정말이지 악몽 같은 인간이더군."

"애들은 어때요?" 아서가 물었다.

"애들은 절대 나한테 배운 적 없는 말들을 했지. 탈리아는 그들을 '머드 거즐러'라고 부르던데, 무슨 뜻인지는 잘 모르겠지만 그 말을 할 때 아주 단호한 표정이었어."

아서가 킥킥 웃었다. "노움 사이에서는 최악의 모욕이죠. 꽃을 기를 흙을 먹어 치울 만큼 막돼먹었다는 뜻이거든요. 저도 탈리아한테서 못 들어본 욕인데 기회를 놓쳐서 안타깝네요. 정말 유쾌했을 거예요."

"그래, 그렇게 말할 수도 있지." 조이가 말했다. "솔직히 그때부터 통제가 안 됐어. 심지어 샐마저 몇 마디… 루시, 탈리아. 그거 무덤 파는 장비 아니지? 살인은 안 된다고 했잖아!"

아서는 모두가 몹시 그리웠다.

"스피커폰으로 바꿔주실래요?" 라이너스가 물었다. "잠깐이면 되어요. 자세한 이야기는 모레 집에 돌아가서 차분히 하는 게 좋겠어요."

"잠깐, 얘들아! 아서와 라이너스가 너희와 얘기하고 싶대. 시어도어, 아서가 실내에서 불을 일으켰다고 해서 너도 똑같이 할 수 있는 건 아니야. 샐, 내가 시어도어 좀… 천시, 너 지금 솔방울 먹고 있니?"

"피가 식인 행위 아니랬어요. 그리고 이걸 먹으면 변이 재밌게 나오거든요!"

"내가 씨앗만 먹는 거라고 했잖아!"

"정말 못 말리겠다. 자, 스피커폰이야." 조이가 중얼거리자 아서와 라이너스는 마주 보고 실없이 웃었다.

"라이너스?" 탈리아가 불렀다.

"그래?"

"라디오 중계에 따르면 라이너스가 아서의 뒤통수에 뭘 던졌다고 하던데요."

아서는 무기력한 라이너스의 시선을 느끼자 어깨를 으쓱했다.

"그래, 그랬지." 라이너스가 아서를 노려보며 말했다. "하지만 그건 단지…"

"누군가의 주의를 끌기 위해서라면 폭력이 허용되는군요. 알겠어요."

"얘들아." 아서가 말했다. "분명 궁금한 점들이 있겠지. 돌아가면 최선을 다해 답해줄게. 지금 중요한 건…"

"우선 하나만 답해주세요." 수화기 너머에서 셸이 잠긴 목소리로 말했다.

"뭔데?"

"괜찮으세요?"

"괜찮다." 아서는 화끈 달아오르는 눈을 깜빡이며 말했다. "너희 목소리를 들으니 훨씬 낫네. 걱정 마. 라이너스와 함께 있으니까. 누구든 라이너스를 건드리면 화를 면하지 못해."

"당연하지." 라이너스가 사납게 말했다.

조용히 식사를 마친 뒤 아서는 샤워실에서 한참 뜨거운 물줄기를 맞으며 차근차근 생각을 정리했다. 긴 샤워를 마친 그는 잠옷 반바지와 낡은 티셔츠를 입고 방으로 돌아갔다.

라이너스가 불을 끄자 길 건너 약국의 파란 네온사인이 유일한 불빛이었다. 침대 머리맡에 기대어 앉은 라이너스가 이불을 걷고 옆자리를 두드렸다. "자. 내일은 또 다른 날이고, 중요한 날이니까."

"데이비드." 아서가 침대에 올라 두 사람의 머리끝까지 이불을 끌어 덮었다. 천 너머로 파란 네온 불빛이 희미하게 고동쳤다. 잠시나마 바다에 있다고 착각할 수 있었다.

라이너스가 아서를 끌어당겨 자기 가슴에 기대게 했다. 그의 심장 박동은 느리고 안정적이었다. 아서는 기분 좋은 쿵, 쿵, 쿵 소리를 들으며 천천히 심호흡했다.

"그들은 데이비드에 대해 알고 있어. 이름뿐일지도 모르지만."

"바뀌는 건 없어."

"과연 없을까?" 라이너스가 손가락을 세워 아서의 두피를 마사지하며 물었다. "데이비드를 데려가기 싫은 건 아니지만, 그들이 또 다른 조사관을 보내면 그 애가 위험해질 수 있어. 우리가 그 애를 위태로운 상황에 놓이게 해도 될까?"

"그 애는 지금 있는 곳에 머물 수 없어." 아서가 중얼거리며 다리를 쭉 뻗어 라이너스의 다리에 걸쳤다. "당신도 알잖아. 헬렌이 어디까지나 임시 보호처라고 했어. 데이비드는 성장할 수 있는 공간이 필요해. 조사관이 오면 숨겨야 할 수도 있지만, 난 예전에 더 적은 자원으로 더 많은 일을 해냈어."

라이너스의 몸이 살짝 굳었지만 심장 박동은 여전히 차분했다. "그랬지."

"그래."

라이너스가 망설이다 다시 입을 열었다. 신중하게 말을 고르는 듯했다. "한때 비밀리에 사람들을 이주시키는 개인이나 집단이 있다는 소문을 들었어. 내가 DICOMY에서 일하기 시작했을 무렵이지. 그 소문은 금세 관료주의라는 기계에 삼켜졌어. 내가 그랬듯이."

아서는 어디서부터 말해야 할지 몰랐다. "나는… 어렸어. 냉소적이었고, 분노에 차 있었지. 아무도 우리 말을 들어주지도 우릴 보호해주지도 않았어. 정부는 마을과 도시를 샅샅이 뒤져 미등록자들을 색출하는 프로젝트를 대대적으로 벌였어. 일부러 세간의 이

목을 끌면서. 기록하고 추적하기 위해서."

"기억나." 라이너스가 떨리는 목소리로 속삭였다. "별로 환영받지 못한 조치였고, 결국 몇 년 뒤 프로젝트를 중단했지."

"비마법적 존재 사이에서 아주 근소한 차이로 호응을 못 얻었지." 아서가 씁쓸하게 말했다. "우리의 말은 안중에도 없었어."

"그래서 직접 나섰구나."

"그래."

"얼마나 많은 사람을 도왔어?"

"글쎄, 세어보진 않아서."

"한 명 이상?"

"오, 훨씬 이상."

"당신은 그들을 보호하려고 이곳저곳으로 보냈잖아."

"노력했어."

"왜 멈췄어? 섬으로 돌아가기로 결심한 이유가 있었을 텐데."

"지쳤었어. 집이라 부를 곳이 없다는 사실도, 혼자 지내는 것도, 애써 버텼는데 결국 외로움이 날 갉아먹기 시작하더니 공허함과 허무함만 남겼지."

"불은 영원히 타오를 수 없으니까."

"곡괭이로 산을 깎아내리는 기분이었어. 진전이 있는 건 알았지만…."

"고갈되는 기분이었겠지. 나라도 그랬을 거야."

"고마워." 아서가 속삭였다. "점점 힘에 부쳤어. 그럴수록 실수를

저지를 여지가 늘어났고. 나 때문에 다른 사람이 위험해지는 건 원치 않았어."

"그래서 섬으로 돌아갔구나." 라이너스가 아서의 머리를 어루만지며 말했다. "모든 게 시작된 곳으로."

"시크 파르비스 마그나."

"시작은 미약하나 끝은 창대하리라."

아서는 고개를 끄덕였다. "그때도 지금도 바라는 바야. 난 완벽한 사람이 아니야, 라이너스. 결점투성이야. 모든 답을 지닌 것처럼 보여도 그렇지 않아. 무모하고 고집스러워. 실수도 하고 걱정도 많지. 난 늘 애들을 걱정해. 애들이 잘 때도, 달릴 때도, 먹을 때도, 웃거나 울거나 재채기할 때도, 질문할 때나 대답할 때도, 내가 대체 왜 그럴까?"

라이너스는 픽 웃었다. "왜긴 왜야, 아버지니까."

고개를 든 아서가 라이너스를 보며 눈을 깜빡였다. "뭐?"

"아버지라서 그런 거라고. 그 애들은 당신이 있어서 행운이야."

"정말 그렇게 생각해?" 아서가 적잖이 놀라며 물었다.

"당연하지. 나는 당신이 결점이라 부르는 것들을 사랑하니까. 그것들은 당신의 일부고, 지금의 당신을 만들었으니까, 아서. 당신을 아끼고 잘 아는 사람들 눈에 당신은 언제나 최선을 다하는 사람이야. 우스꽝스러운 위원회에겐 별 의미가 없을지 몰라도 난 당신을 위해 지구 끝까지 갈 수 있는 여섯 아이들을 알아. 그 일로 당신을 비난하는 인간이 있다면 내가 절대 가만두지 않겠어."

아서가 기분 좋게 웃었다. "그렇다면 당신 말을 믿어야겠네."

"그래야지. 나도 확신을 품고 말할 때가 있거든."

"알아. 이제 당신은 나에 대해 알아야 할 모든 걸 알았어. 더는 해 줄 말 없어."

"사실, 하나 있어."

아서가 얼굴을 찡그렸다. "뭔데?"

라이너스는 꾸물꾸물 침대를 빠져나가 옷장으로 갔다. 여행 가방을 뒤져서 무언가를 찾은 그는 일어나서 옷장 문을 닫고, 문고리에 손을 얹은 채 잠시 망설였다.

"라이너스?"

라이너스는 아서가 뒤에 있는 걸 깜빡했는지 화들짝 놀랐다. 발걸음을 돌려 침대를 마주 보고 선 그는 사뭇 초조해 보였다. 여행 가방에서 꺼낸 물건을 등 뒤로 숨긴 채 천천히 침대에 다가갔다. "한동안 생각해온 건데. 당신이 내 머릿속에 그 생각을 심었으니 이다음에 벌어질 일은 당신 책임이라는 사실만 기억해."

"무슨 일이든 내가 다 책임질게." 아서는 라이너스가 왜 그렇게 긴장했는지 알 수 없었다. 이유는 몰랐지만 왠지 걱정보다는 미풍만 불어도 날아갈 것만 같은 기분에 휩싸였다.

침대 매트리스에 다리를 붙이고 선 라이너스는 안절부절못하는 기색이었다. 아서가 괜찮냐고 물으려는 순간 라이너스는 숨을 깊게 내쉬고 어깨를 펴더니 온화하게 미소 지었다. 아서의 가슴이 두근거렸다.

"사랑해." 라이너스가 말했다. "당신은 전혀 예상치 못한 방식으로 내 무채색 삶에 다양한 빛깔을 불어넣었어. 당신, 아이들, 조이가."

"이미 당신 안에 모든 빛깔이 존재한 걸."

"어쩌면. 하지만 숨겨진 걸 발견해 끌어낸 건 친절과 인내였어. 집이었지. 비현실적이었지만 당신 덕분에 현실이 된 집."

라이너스가 등 뒤에 감췄던 손을 내밀었다. 손바닥 위에 작고 검은 상자가 놓여 있었다. 그가 상자를 열자, 작은 청록색 보석 일곱 개가 줄지어 박힌 은색 반지가 드러났다.

아서는 반지를 향해 떨리는 손을 뻗었다. "오늘 그 얘기를 다 듣고도? 그래도?"

"그래도." 라이너스가 단호하게 말했다. "내일도. 모레도. 언제가지나. 난 당신을 택할 거야, 아서." 라이너스는 시선을 돌렸다. "당신이 날 받아준다면 말이야. 부족한 거 알지만, 최선을 다하고 있어. 엉뚱한 고양이가 딸렸고, 가끔 까탈스럽게 굴지만…."

"인정하네?"

라이너스가 오만상을 찌푸렸다. "그 자질을 높게 평가하는 사람들도 있거든."

"나도 그런 사람 중 하나야. 사실 나는 그들보다 당신을 더 높게 평가해. 그거 내 반지야? 괜찮다면 한번 껴보고 싶은데." 아서는 손을 뻗어 손가락을 까딱거렸다.

라이너스는 간신히 상자에서 반지를 꺼내 아서의 손가락에 끼워주었다. 마디를 지날 때 약간 빡빡했지만, 반지는 완벽하게 맞았다.

아서는 무언가가 떠올랐다. "탈리아."

지난달, 봄의 끝자락에 이르러 탈리아는 아서를 자신의 정원에 초대했다. 아서는 꽃 한 송이, 풀잎 한 장에 감탄사를 연발하며 올해 정원이 역대 최고라고 칭찬했다. 탈리아는 당연히 그렇다고 답했다. 아마 현존하는 정원 가운데 최고일 거라며, 누구든 동의하지 않는다면 자신이 가장 좋아하는 삽과 진한 만남을 갖게 되리라고 덧붙였다.

정원 구경을 마치기 전 탈리아는 노움의 풍습이라며 풀잎 하나를 아서의 약지에 묶었다. 봄에게 작별 인사를 하는 의식이라고 했다. 아서는 노움에 관해 알 만큼 안다고 생각했는데 그런 의식은 처음이었다. 더 의뭉스럽게도 탈리아는 풀잎이 찢어지지 않게 조심하며 곧바로 손가락에서 뺐다. 왜 도로 가져가느냐고 묻자 신경 쓰지 말라는 대답이 돌아왔다.

"탈리아." 라이너스가 인정했다. "당신이 깜빡 속았다던데."

"고 앙큼한 녀석."

"그래서?"

"그래서?" 아서가 장난기 어린 표정으로 되물었다.

라이너스가 두 손을 쳐들었다. "내가 청혼했잖아!"

아서는 손에 낀 반지를 내려다봤다. "사실, 안 했는데."

"뭐? 당연히, 내가, 내가 반지를 주고… 물어보지도 않았다고?" 그는 두 손에 얼굴을 묻고 신음했다. "완전히 바보처럼 굴었네."

"라이너스?"

라이너스가 한숨을 내쉬며 얼굴에서 두 손을 떼고 고개를 들었다.
"그래."
"그래?"
"그래. 당신, 우리, 이 모든 것에 동의해."
라이너스가 활짝 웃었다. 어둠을 쫓아내는 눈 부신 태양처럼. 강인한 마음과 변함없는 진심을 지닌 참으로 사랑스러운 남자였다. 아서는 자신이 그런 사람에게 충분하길 바랐다. 라이너스가 다시 침대 위로 올라오자 아서는 그의 얼굴을 붙잡고 진하게 키스했다.
"그래." 아서가 다시 말했다. "그래, 그래, 그래."

다음 날 정확히 오전 11시 반, 아서와 라이너스는 체스터힐 레인 349번지의 빨간 나무 문을 특정 박자로 두드렸다. *딴따라라딴 딴딴.* 집 자체는 평범했다. 허름하진 않아도 세월의 흔적이 느껴졌다. 미색 벽은 금이 갔고 현관 포치에는 새 페인트칠이 필요해 보였다. 처마에 매달린 이 빠진 도자기 화분에서 자라는 담쟁이덩굴이 포치 바닥을 향해 뻗어 있었다. 집 안에서 사람들이 말하고 돌아다니는 소리가 새어 나왔고 큰 웃음소리가 뒤를 이었다.

동네의 다른 집들과 좀 떨어져 있었는데, 길고 구불구불한 진입로 주변에 풀과 나무가 무성했다. 현관 포치에서는 다른 집들이 보이지 않았고 집 뒤편으로는 높은 울타리가 뒷마당을 둘러싸고 있어 염탐의 가능성을 차단했다.

아서가 노크하자마자 내부의 기척이 뚝 멎었다. 아무 응답 없이

일 분이 흘렀다.

"정말 여기 맞아?" 라이너스가 물었다. "헬렌이 일러준 방식으로 노크한 것도 맞고?"

"맞는데." 아서가 문을 바라보며 고개를 갸웃거렸다.

"어쩌면…."

문 위쪽의 작은 미닫이창이 열리더니, 녹슨 철근을 닮은 눈썹과 이끼 색 눈이 드러났다.

"팻말 못 봤소?" 깊고 걸걸한 목소리가 따졌다.

문 옆 팻말에는 검은 글씨로 '잡상인 금지'라고 적혀 있었다.

"봤습니다." 아서가 말했다. "하지만 무시하기로 했죠."

눈가에 주름이 졌다. "그래? 그럼 당장 꺼지시지. 당신네가 뭘 팔든 우린 필요 없으니까."

라이너스가 발끈했다. "우린 꺼질 생각 없습니다. 뭘 팔 생각도 없고요."

"감히 누굴 속이려고." 남자가 말했다. "딱 봐도 잡상인처럼 생겼구먼."

"제 이름은 라이너스 베이커입니다. 이쪽은 아서 파르나서스고요. 방문하기로 했었는데요."

미닫이창이 쾅 닫혔다.

라이너스가 문에서 한 발짝 물러섰다. "거참 무례하네. 우리가 주소를 잘못 알았나? 세 번이나 확인했는데…."

문이 벌컥 열렸다. 아서가 살면서 본 사람 중 가장 커다란 사람이

출입구를 가득 채우고 그들 앞에 우뚝 서 있었다. 조거 팬츠에 낡고 빛바랜 셔츠를 입었는데 불룩한 배 부위가 팽팽했다. 곱슬머리는 굵고 붉은 눈썹과 잘 어울렸다. 주근깨가 수두룩한 얼굴이 환하게 웃었다. 서른 즈음의 유쾌해 보이는 남자였다.

"그냥 장난이었어요." 커다란 주근깨 남자가 말했다. "누군지 압니다, 당연히 알죠." 그는 두 사람을 향해 거대한 손을 뻗었고, 아서가 먼저 잡았다. 무쇠 같은 아귀힘에도 아서는 움찔하지 않았다. 라이너스도 마찬가지였다. "라디오 들었습니다." 그러더니 그가 집 안쪽을 향해 외쳤다. "괜찮아, B! 오경보였어!"

이내 집 안에서 다시 목소리들이 새어 나왔다. 남자가 밖으로 나와 문을 닫았다. 그는 라이너스와 아서를 지나쳐 포치 가장자리에 서서 밖을 바라봤다. "비가 억수같이 오네요. 해를 본 지 정말 오래됐어요."

"당신이 제이슨이군요." 라이너스가 헬렌에게 들은 이름을 꺼냈다.

그는 고개를 끄덕였다. "네, 그 애를 데리러 왔군요."

"데이비드요." 아서는 문을 눈짓했다. "안에 있습니까?"

제이슨은 그들을 마주 보았다. 얼굴에는 웃음기가 가시고 경계심이 서렸다. "좋은 분들이라고 헬렌한테 들었습니다."

"헬렌은 너무 친절하죠." 아서가 말했다.

"다른 애들도 데리고 있다고 하던데."

"네." 라이너스가 말했다. "어제 공청회를 들었다면 대충 아시겠네요."

제이슨은 한 손으로 얼굴을 문질렀다. "들었습니다. 일이 그렇게 흘러갈 줄 알았나요? B가 꽤 화를 냈어요."

"B가 누구죠?" 라이너스가 물었다.

"내 파트너, 바이런이요. 논바이너리죠. 성별 따지려면 지금 돌아가십시오. B를 걸고넘어지는 사람은 절대 우리 집에 들일 수 없으니까."

"아무 문제 없습니다." 아서는 그를 안심시켰다. "우리는 누구나 있는 그대로 받아들이니까."

제이슨은 그를 한참 바라보다 고개를 끄덕였다. 아서도 눈을 피하지 않았다. "그럴 거라 예상했지만, 조심해서 나쁠 것 없으니." 그는 문을 힐끗 봤다. "어제 일은 유감입니다. 물갈이만 했을 뿐 최고위 경영진은 건재해 보입디다. 오늘 자 신문 봤습니까?"

"일부러 무시했습니다." 라이너스가 말했다.

"그럴 만도." 제이슨이 말했다. "대부분 아서 파르나서스를 음험한 존재로 비췄습니다. 편리하게도 그가 말한 모든 걸 무시하고 마지막에 잠깐 보인 능력에만 집중했더군요. 사진이 쫙 깔렸어요. 일각에서는 호텔 방 감청 의혹을 매우 심각하게 받아들이지만…" 그는 어깨를 으쓱했다. "뭐, 나라도 똑같이 했을 겁니다. 상대가 누군지 제대로 보여줘야죠." 그는 갑자기 씩 웃었다. "B한테는 내가 그렇게 말했다고 하지 마시길요. B는 이미 잔뜩 화가 났고, 심기를 거스르는 사람은 나라도 봐주지 않을 테니까."

아서는 제이슨의 목소리에 담긴 애정에 피식 웃었다. "감히 거스

르지 못할 분인가봅니다."

"여기 몇 명이나 있나요?" 문틈으로 웃음소리가 들리자 라이너스가 물었다.

제이슨의 불신 어린 눈초리에 아서는 동질감을 느꼈다. "당신들은 조사차 온 게 아니잖습니까." 그가 손을 들어 라이너스의 말문을 막았다. "그래요, 좋은 분들이라고 헬렌이 보증을 섰지만, 요즘은 누군가를 신뢰하기가 쉽지 않아서. DICOMY에서 일했던 사람이라면 특히나."

라이너스가 뻣뻣하게 고개를 끄덕였다. "이해합니다."

제이슨은 라이너스가 그렇게 쉽게 인정할 줄 몰랐다는 눈치였다. "잘 들어요, 이미 잘 아시겠지만 이건 조금도 방심할 수 없는 일입니다. 우리뿐 아니라 다른 사람들, 특히 도움이 필요한 사람들을 돕는 일이니까. B와 나는 성인들을 돕습니다. 아이들은 등록이 안 된 경우가 많아서 조사관이 방문하면 설명하기 더 어렵죠." 그는 난간 밖으로 침을 퉤 뱉고는 손등으로 입을 닦은 뒤 아서를 흘끗 쳐다봤다. "하지만 오랜 친구를 위해 예외를 두었습니다."

"헬렌이요." 아서가 말했다.

제이슨은 고개를 끄덕였다. "네, 좋은 분이죠. 몇 달 전부터 새로운 삶을 살게 된." 그가 라이너스를 향해 턱짓했다. "당신 덕분이라고 들었는데."

"오히려 그분이 제 비눗방울을 터뜨려주었죠." 라이너스가 말했다.

제이슨이 눈썹을 치켜올렸다. "자초지종은 모르겠지만, 헬렌은 거듭

신뢰를 증명했죠. 자기 마을이 전보다 더 수용적으로 변했다면서."

"맞습니다." 아서가 말했다. "아직 갈 길이 남았지만 점점 나아지고 있어요."

"다행입니다. 헬렌이 우리한테 남자아이를 하나 보호해달라고 부탁했죠. '한 쌍의 잉꼬부부에게 아이 하나 더 품으라고 설득하는 동안만이면 된다면서." 그는 눈썹을 꿈틀거렸다. "그게 당신들이죠?"

아서가 손을 들어 올리자 반지에 박힌 초록색 보석들이 은은하게 빛났다. 라이너스는 끙 앓았다.

제이슨이 고개를 숙여 반지를 들여다보고는 휘파람을 불었다. "이야! 훈훈하네요. 사랑, 세상을 움직이는 원동력이죠." 그가 물러서자 아서가 반지 낀 손을 내렸다. "그래서, 헬렌 말이 맞나요? 아이 하나 더 품을 자리 있어요?"

"있습니다." 아서가 말했다. "충분히요. 우리 아이들도 데이비드와 함께 지내게 되어 저희 둘만큼이나 기뻐하고 있습니다."

"우리가 데리러 오는 거 데이비드도 알고 있나요?" 라이너스가 물었다.

제이슨은 픽 웃었다. "알다마다요. 긴장과 흥분 사이를 쉼 없이 오가고 있죠. 계속 데리고 있고 싶지만, 우리는 여력이 없어요. 공간도 여의치 않고. 당장 아이에게 줄 수 있는 게 많지 않아요. 무엇보다 아이는 아이들과 어울려야 하니." 그는 한숨을 쉬었다. "조만간 우리가 수용 중인 성인들에 대한 방문 점검도 있을 예정이에요. 정부에 들킬 위험을 감수하느니 차라리 그 아이가 여기서 멀

147

리 떠났으면 하고."

"하지만." 아서가 뒷말이 있음을 짐작하고 말했다.

"하지만." 제이슨이 말을 받았다. "당신들도 들었잖아요. 로더가 그 애 이름을 알더군요." 그는 아서와 라이너스를 원망하듯 노려봤다. "탐탁지 않아요. 그쪽도 우리와 같은 처지고 그쪽은 조사관이 작정하고 아이들을 들여다볼 텐데, 그 일이 어떻게 풀리겠습니까?"

"우리도 상황을 인지하고 있습니다." 라이너스가 말했다. "계획도 마련해두었고요."

"예를 들면?" 제이슨이 물었다.

"섬은 많은 비밀을 품고 있습니다." 아서가 말했다. "데이비드의 안전과 복지가 우리 모두에게 최우선 과제라는 점을 믿어주세요."

제이슨은 천천히 고개를 끄덕였다. "두고 보겠습니다, 파르나서스 씨. 그 애한테 무슨 일이 생기면 날 상대해야 합니다. 내가 당신이나 B처럼 마법을 쓸 순 없지만 그렇다고 호락호락하진 않습니다."

정곡을 찌르는 위협이었고, 아서는 허투루 듣지 않았다.

"적응은 잘하던가요?" 라이너스가 물었다. "헬렌 말로는 아주 조용한 아이라던데, 이곳에 와서 어려워하지는 않았나요?"

제이슨이 허리를 굽히고 무릎을 치며 껄껄 웃었다. "조용해요? 물론 처음 며칠은 그랬는데, 지금 데이비드는 얌전함과 양극단에 있죠." 그는 문으로 다가가 손잡이에 손을 얹고는 묘한 미소를 지으며 그들을 돌아봤다. "그 애는 좀… 극적인 경향이 있어요."

"극적?" 라이너스의 미간에 작은 주름이 생겼다. "헬렌이 조용하고 내성적인 아이라고 해서 그런 줄 알았는데요."

"그랬죠." 제이슨이 동의했다. "지금은 아닙니다. 조언 하나 할까요? 그냥 끝날 때까지 지켜보세요."

"뭘 말입니까?" 라이너스가 물었다.

제이슨이 씩 웃었다. "특별한 경험이 기다리고 있어요."

집의 내부는 외관보다 훨씬 나아 보였다. 넘쳐나는 책장과 여기저기 널린 의자 등은 어수선했지만, 바닥은 먼지 한 점 없이 깨끗하고 은은한 레몬 향이 공기 중에 감돌았다.

라이너스와 아서는 제이슨을 따라 짧은 복도를 지났다. 오른쪽은 부엌이었다. 산업용 크기의 가전제품들이 있고, 갈라진 리놀륨 바닥에 놓인 긴 원목 식탁의 벤치형 의자에 성인 두 명이 나란히 앉아 있었다. 한 명은 김이 모락모락 나는 컵 위로 고개를 숙였고, 다른 한 명이 그의 등을 어루만지며 조용히 속삭이고 있었다. 희고 긴 머리를 굵은 녹색 끈으로 아무렇게나 올려 묶은 그가 고개를 들었다. 청록색 반소매 블라우스에 슬랙스 차림이었다.

"저 사람이 B입니다." 제이슨이 흐뭇하게 속삭였다.

B, 바이런은 옆 사람의 등에서 뗀 손을 천장으로 들어올렸다. 손끝에서 빛이 나기 시작하더니 은은한 빛깔의 구체가 형성됐다. 곧이어 구체가 허물어지고 그 안에서 황금빛 나비가 날아올랐다. 나비는 부엌을 가로질러 날아와 제이슨의 오른뺨을 스치더니, 작게 펑 터지며 신기루처럼 반짝이를 흩뿌렸다.

"나비 키스." 제이슨이 B를 향해 윙크하며 말했다. "제가 제일 좋아하는 인사죠."

바이런은 싱긋 웃고 다시금 옆에 앉은 남자의 등을 쓸어내렸다.

왼쪽은 거실이었다. 안락의자들과 어마어마하게 큰 소파에는 사람들이 앉아 있었다. 나이 든 여자 두 명은 책을 읽고, 젊은 남자 한 명은 고개를 뒤로 젖혀 천장을 응시하고 있었다.

"생각보다 공통점이 많죠?" 제이슨이 팔꿈치로 라이너스를 살짝 찌르며 속삭였다. "흥미롭지 않습니까?"

아서와 라이너스는 그를 따라 집 안으로 더 깊이 들어갔다. 오른편의 문 안쪽에서 희미한 노랫소리가 들렸다. 아서가 묘한 끌림을 느끼고 다가서는데 제이슨이 부드럽게 그를 저지했다. "세이렌이에요." 그가 나지막이 말했다. "여기 온 지 얼마 안 됐죠. 아직 적응 중입니다."

복도 끝으로 그들을 안내한 제이슨이 방문을 열기 전에 잠시 멈췄다. "데이비드는 우리 방에서 지내고 있습니다. 아직 혼자 자는 걸 불안해하는 느낌이었어요. 우리 방 한쪽에 칸막이와 침대를 마련해주었습니다. 준비됐나요?" 그는 대답을 기다리지 않고 문을 밀고 들어갔다.

방 안은 어두웠다. 오른쪽의 커다란 창에 두꺼운 커튼이 쳐져 있어서 빛이 거의 들지 않았다. 맨 안쪽의 거대한 침대에는 이불과 베개가 높이 쌓여 있었다. 왼쪽으로는 불 켜진 붙박이 옷장이 있고, 그 옆에 나무 가림막이 보였다. 가림막 위에 '데이비드'라고 적

흰 종이가 비뚜름히 붙어 있었다.

낡은 나무 바닥에는 두꺼운 흰색 털실 더미가 피투성이 진분홍색 드레스에 파묻힌 채 놓여 있었다.

적어도 데이비드라는 설인을 처음 봤을 때 아서는 그렇게 생각했다.

소년은 눈을 감고 있었다. 얼굴을 뒤덮은 순백색 털에 검은 속눈썹이 검댕처럼 보였다. 푸르스름한 입술 사이로 회색 혀를 축 늘어뜨리고 있었다. 예상대로 소년은 컸다. 천시처럼 아서도 설인에 관해 알아보았다. 설인은 3미터 넘게 자랄 수 있지만 보통 2.5미터를 넘지 않았다. 열 살인 데이비드는 이미 1.5미터는 되어 보였다.

근사한 털은 말할 것도 없었다. 데이비드는 머리끝부터 발끝까지 가닥가닥 굵게 꼬아 늘어뜨린 길고 흰 털로 뒤덮여 있었다. 손과 발은 인간처럼 다섯 개씩인데 짧고 날카로운 검은 손발톱이 달렸다. 머리에는 마구 헝클어진 금발 가발을 얹어놓았다.

무엇보다 드레스를 넓게 물들인 핏자국이 충격적이었다. 데이비드의 가슴 털과 심지어 가발에도 붉은 피가 조금 묻어 있었다.

라이너스가 헛숨을 들이키며 아이에게 다가가려 하자 제이슨이 그의 팔을 잡고 고개를 저었다. 그러고는 입술에 손가락을 대고 짧게 헛기침했다.

바닥에 누운 소년이 경련을 일으키더니, 눈을 감은 채로 입술을 달싹였다. "제이슨, 제이슨." 소년의 목소리는 얼음 깨지는 소리처럼 차갑고 날카로웠다.

"그래, 데이비드."

"준비됐나요?"

"그래."

"좋아요."

제이슨이 뒷벽으로 가 스위치를 누르자 천장에서 핀 조명이 데이비드를 비췄다. 데이비드의 드레스와 가슴을 물들인 피가 촉촉이 빛났다. 그 피는 라이너스의 생일상에 올랐던 것과 비슷한 혼합물이라고 아서는 짐작했다.

제이슨이 목을 가다듬고 입을 열었다. "사립 탐정 더크 대서는 문을 열고 들어선 여자를 보자마자 동요했다. 그 외모와 자태가 4년 전 '야수'라고만 알려진 살인마에게 빼앗긴 사랑하는 애거사를 떠올리게 했기 때문이다. 그리고 사흘 뒤, 죽은 애거사와 똑같은 모습의 시신을 발견한 더크 대서는 독한 쓴잔의 맛과 복수의 열망만을 느꼈다."

"그게 무슨." 라이너스가 중얼거렸다.

"플래시백." 제이슨이 말하자 데이비드는 벌떡 일어나 옷장으로 달려가 문을 쾅 닫았다. 잠시 후 옷가지가 나뒹구는 소리와 데이비드가 혼잣말하는 소리가 뒤섞여 들렸다. "내 중절모 어딨지? 아하!"

문이 벌컥 열렸다. 드레스는 사라지고(턱과 가슴의 털에 약간의 '핏자국'이 남았지만), 삐딱하게 쓴 중절모와 바닥에 끌리는 트렌치코트가 그 자리를 대신했다. 데이비드는 분필로 보이는 것을 빨아들이는 시늉을 하더니 수증기 같은 입김을 뿜어냈다.

데이비드는 코트 자락을 밟고 넘어질 뻔하면서 서둘러 책상으로 가 의자에 앉아 털북숭이 발을 책상 위에 걸쳤다. 분필을 한 번 더 빨아들이고 코와 입으로 차가운 김을 뿜어냈다.

"여느 날과 다름없는 하루였다." 데이비드는 낮고 갈라진 음성으로 말했다. "싸구려 위스키를 마시고 악몽에 시달리는 밤을 보낸 뒤 머리를 뒤흔드는 두통이 찾아왔다. 도박 중독으로 어느새 빚이 눈덩이처럼 불어났다. 서랍에 쌓인 미납 청구서들이 내가 빌어먹을 정신을 차리기를 기다리고 있었다."

"데이비드." 제이슨이 엄하게 주의를 주었다.

데이비드는 그를 무시했다. "캐비닛에 있는 병이 나를 유혹했다. 해장술 한잔하라며. 그 부름에 응답하려는 순간, 그 여인이 들어왔다."

데이비드는 다시 옷장으로 달려가 문을 쾅 닫았다.

옷장 문이 열렸을 때 데이비드는 다시 금발 가발에 드레스 차림이었다. 푸른 눈동자가 라이너스와 아서, 제이슨을 차례로 훑고 지나갔다. 그러더니 데이비드는 짝다리를 짚고 서서 가성이 섞인 목소리로 말했다. "당신이 더크 대셔, 비범한 사립 탐정인가요? 내 이름은 재클린 세인트 바르톨로뮤예요. 매우 부유하고 매혹적인 과부죠."

라이너스가 기침을 터뜨렸다.

재클린 세인트 바르톨로뮤는 말을 이었다. "내 남편, 데베로 세인트 바르톨로뮤 백작을 살해한 괴물을 찾기 위해 당신을 고용하고자 해요. 당신도 찾고 있다고 들었어요. 그 야수."

다시 옷장. 비명과 함께 덜컹거리는 소리가 났다. 돌아온 데이비드

는 드레스 위에 트렌치코트를 걸치고 가발을 중절모 아래 대충 쑤셔 넣은 모습이었다. 약간 지쳐 보였으나 표정은 결연했다. 아이들이 늘 그렇듯 이 오락가락은 한동안 이어졌지만 아서는 한 번도 끼어들 생각을 하지 않았다. 데이비드는 제 기량을 발휘하고 있는 듯했다.

 데이비드는 책상에 앉아 두 손에 얼굴을 묻었다. 아무 일도 일어나지 않자, 잇새로 조용히 속삭였다. "대사를 잊었군요."

 "아이고, 미안." 제이슨이 말했다. "따르릉. 따르릉."

 "전화벨 소리에 정신이 번쩍 들었다." 더크 대셔가 똑바로 앉으며 말했다. "의뢰를 받은 지 사흘이 지났는데도 사건 해결에 한 발짝도 다가가지 못했다. 돌파구가 필요하던 차였다." 데이비드는 엄지와 새끼손가락을 펼쳐 귀에 댔다. "더크 대셔입니다."

 "대셔 씨!" 통화 상대방인 재클린이 울부짖었다. "야수가 왔어요! 악, 살려줘요, 으악!"

 극적 긴장감과 개연성을 위한 필수 장면들이 10분 더 이어졌다. 마침내 데이비드(더크 대셔)는 소름 끼치는 광경, 즉 야수의 희생자인 재클린 세인트 바르톨로뮤의 시신을 마주하고 얼어붙었다.

 더크 대셔는 주먹을 하늘로 치켜들고 외쳤다. "안 돼애애애애!"

 제이슨이 문고리를 덜컹거렸다.

 더크 대셔는 옷장을 홱 바라보며 중절모 아래 눈을 가늘게 떴다. "누가 왔군. 야수인가?" 그는 비뚤어진 송곳니를 드러내고 똑바로 섰다. "나와 맞서라, 야수! 애거사와 재클린에게 한 짓의 대가를 치르게 해주마!"

데이비드는 옷장으로 달려가 모자와 트렌치코트를 벗었다. 잠시 후 더크 대셔 차림을 한 인형이 튀어나왔다. 제이슨이 인형을 방 한복판에 놓고 그들에게 돌아왔다. 아서가 한쪽 눈썹을 치켜올렸다.

제이슨은 어깨를 으쓱했다. "독립 제작물이라서요."

"나는 놈과 마주할 준비가 되어 있었다." 옷장에서 더크 대셔의 대사가 흘러나왔다. "내 사랑, 내 맨정신, 내 목적의식을 앗아간 괴물. 놈과 나, 둘 중 하나는 여기서 살아 걸어 나오지 못할 것이다."

그때 데이비드가 옷장에서 나타났다. 아무것도 입지 않은 채 치렁치렁한 털을 들썩이며 손발톱을 길게 드러내고 쿵쿵 걸어 나왔다. "더크 대셔." 야수가 된 데이비드가 혀를 날름대며 사납게 으르렁거렸다. "여기 올 줄 알았다. 우리 모두 내면에 괴물을 품고 있지. 그렇지만 난 너와 다르게 내 안의 괴물에게 자유를 주었어."

아서는 고개를 살짝 꺾고 미간을 찌푸렸다.

야수는 인형에게 달려들어 코트를 갈기갈기 찢더니 고개를 뒤로 젖히고 이를 드러낸 채 격렬하게 도리질 치며 중절모를 물어뜯었다. 인형은 데이비드와 함께 쓰러졌다. 설인이 무시무시한 공격을 멈췄을 때 인형인 더크 대셔의 머리는 방을 가로질러 날아가고 몸은 바닥에 나뒹굴었다.

데이비드는 천천히 일어나 스포트라이트의 중앙에 섰다. "괴물은, 나다. 끝."

그가 허리를 굽혀 절했다.

제이슨이 열렬히 박수를 보냈다. 아서와 라이너스도 뒤를 이었다.

아서는 데이비드의 태도에 변화가 있음을 눈치챘다. 박수 소리가 계속되자 데이비드는 몸을 움츠리고 눈을 가리는 털을 쓸어 넘기며 시선을 피한 채 몸 둘 바를 몰랐다.

제이슨이 아이에게 다가가 어깨를 두드렸다. "훌륭했어. 역대 최고의 공연이야."

데이비드는 어깨를 으쓱하더니 아서와 라이너스를 힐끗 보고 시선을 돌렸다. "몇 번 실수했어요."

"티도 안 났어." 제이슨이 안심시켰다. "설사 실수했더라도 뭐라고 해야 하지?"

데이비드가 눈알을 굴렸다. "최선을 다했다면 나머지는 중요하지 않아요."

"맞아." 제이슨이 활짝 웃으며 그를 내려다봤다. "그 드레스 덕분에 공연이 한층 확 살던걸. B가 구해다주었니?"

데이비드가 고개를 끄덕였다. "재클린에게는 끝내주는 드레스가 필요하다고 했죠." 그러더니 제이슨의 손을 잡아끌었다. 제이슨이 상체를 수그리자 그의 귓가에 뭐라고 속삭였다.

제이슨이 고개를 끄덕였다. "그래, 그래. 설마! 그건 네가 물어봐야 할 것 같은데? 내 생각엔 전혀 개의치 않을 것 같다만."

데이비드는 당황한 표정으로 고개를 격하게 내저었다.

"넌 할 수 있어. 알지?" 제이슨은 상체를 똑바로 세웠다. "데이비드, 이쪽은 아서 파르나서스 씨야. 이쪽은 라이너스 베이커 씨. 자, 예의를 지키되 궁금한 게 있으면 뭐든 물어도 좋아. 좋은 사람은 질문을 꺼리지 않으니까."

데이비드는 여전히 제이슨의 손을 잡은 채 한숨을 푹 쉬었다. 그러더니 발치를 내려다보고 입을 달싹이며 들릴 듯 말 듯 중얼거렸다.

"다시 한번 말해주겠니?" 라이너스가 부드럽게 물었다. "내 청력이 예전 같지 않아서 말이야."

데이비드는 바닥을 향해 얼굴을 찡그렸다. "이 정도면 그 학교에 들어갈 수 있나요? *평범*하지 않다는 건 알지만 정말 열심히 준비했어요."

아서는 고개를 갸웃하고 라이너스는 얼굴을 찡그렸다. "뭐라고?"

제이슨은 데이비드의 어깨에 한 손을 얹었다. "여기 이 친구는 여러분이 운영하는 학교에 입학하려면 공연을 해야 한다고 생각했나봅니다. 자기가 얼마나 재능 있는지 보여줘야 한다고요." 그의 말투는 칭찬 외에는 용납하지 않을 것처럼 강경했다.

아서는 턱을 문질렀다. "우리가 생각이 짧았네요."

데이비드가 고개를 번뜩 쳐들었다. "죄송해요! 저 다른 것도 할 수 있는데…."

아서가 싱긋 웃었다. "아니, 데이비드. 너는 사과할 필요 없다. 오히려 사과받아야 할 사람이지."

데이비드는 눈을 깜빡이며 제이슨을 올려다보다가 다시 아서를 바라봤다. "정말요?"

아서는 고개를 끄덕였다. "뭔가 오해가 있었나보다. 분명 멋진 공연이었지만 우린 널 평가하러 온 게 아니야. 우리는 오히려 네

가 왜 우리를 선택해야 하는지 설득하러 왔어."

데이비드의 입이 벌어졌고, 잠시 후 딱 소리가 나게 닫혔다. "제가 선택한다고요?"

"그래." 라이너스가 말했다. "선택권은 너에게 있어. 우리가 널 심사하는 게 아니라 네가 우리를 심사한다고 생각하렴. 궁금한 건 뭐든 물어봐. 대답할 수 있다면 대답할게." 라이너스가 말하는 사이 아서는 의자에 앉아 다리를 꼬았고, 라이너스는 말을 마친 뒤 아서의 어깨에 손을 얹고 섰다.

데이비드는 의심스러운 눈빛으로 그들을 바라봤다. 제이슨은 여전히 그 옆을 지키고 서 있었다. "취침 시간은 몇 시에요?" 데이비드가 물었다.

"9시." 아서가 대답했다. "성장기 아이는 푹 자야 하거든."

"숙제가 있나요?"

"그래, 양이 많지는 않아." 라이너스가 말했다. "지금은 짧은 여름 방학 중이니까 네가 그동안 공부를 소홀히 했다면 따라잡을 여유가 있어."

데이비드가 침울한 표정을 지었다. "모두 먹을 만큼 식량이 충분한가요?"

"충분해." 아서가 말했다. 아이가 식량 불안을 안다는 사실에 아서는 가슴이 욱신거렸다. "가끔 달걀 몇 알을 빼곤 낭비하지 않으려고 노력하지만, 배를 주릴 일은 없어. 다행히 피가 과일나무를 아주 잘 키우고 탈리아도 텃밭에 채소를 심을 계획이지."

"오." 데이비드가 말했다. "정령하고 노움이요?"

고개를 끄덕인 아서는 잠자코 기다렸다. 아이들을 잘 아는 그는 데이비드의 머릿속에 잡생각들이 휘몰아치고 있음을 짐작했다. 스스로 꺼내지 않으면 조언이 가닿지 않을 수 있었다.

오래 기다릴 필요는 없었다. 데이비드는 발톱으로 나무 바닥을 획획 긁으며 말문을 뗐다. "다른 애들 말이에요. 전 그 애들이…" 아이가 한숨을 내쉬고 몸을 배배 꼬았다. 얼굴 근처 털이 치렁거렸다. "전 친구를 사귄 적 없어요. 제이슨하고 B, 그리고 헬렌은 몇 번 만난 적 있지만, 그 외에는 없어요. 그러니까 어른 말고, 아이들이요." 데이비드는 얼굴을 찡그렸다. "친구를 못 사귀는 건 아니에요. 전 찌질이가 아니에요. 한 번 시도한 적도 있고요."

"친구를 사귀려고?" 아서가 가볍게 물었다.

데이비드는 고개를 끄덕였다. "네, 근데…" 아이는 움츠렸다. "잘 안 됐어요. 애들이 괴물 놀이를 하길래 저도 같이 놀고 싶었어요. 쿵쿵거리며 걷고, 으르렁거리고, 가상의 사람들을 잡아먹고."

"오." 아서가 목에 손을 대고 말했다. "몇 명이나 먹을 수 있니?"

"적어도 열 명이요." 데이비드가 주먹에 입김을 불고 가슴에 문지르며 말했다. "제 기록은 스물네 명이지만 자랑하고 싶지 않아요."

"맞아." 라이너스가 말했다. "자신감은 고요하고 불안감은 시끄러운 법이니까."

"저분은 원래 저렇게 말하나요?" 데이비드가 아서에게 다 들리게 속삭였다.

"그래. 내가 듣기에도 주옥같은 말을 자주 하지."

"나는 굴 같은 사람이거든." 라이너스가 의기양양하게 말했다. "별 볼 일 없어 보여도 속을 들여다보면 보물이 숨겨져 있단다." 그러더니 미간을 찌푸렸다. "설마 방금 칭찬이 아니었나?"

"당신이 굴로 변해도 사랑해줄게." 아서가 약속했다.

"웩." 데이비드가 질색했다. "어쨌든 저는 아이들이 괴물 흉내를 내고 싶다면 진짜 괴물에게서 배우고 싶어 할 줄 알았어요."

아서는 데이비드의 말을 머릿속에 담아두었다. 거리낌 없이 '괴물'이란 단어로 자신을 묘사하는 아이는 처음이었다. 천시에게 그 단어는 모욕이었다. 남들은 그렇게 볼지언정 천시는 자신을 괴물로 보지 않았다. 하지만 데이비드는 그 말을 좋아했고, 기꺼이 썼다. 아서는 다른 아이들이 자신을 괴물이라고 여기지 않도록 오랫동안 노력해왔다. 데이비드의 기쁨과 아서가 아이들에게 전달하고자 했던 이야기들이 어떻게 어우러질 수 있을까?

"그런데?" 데이비드가 갑자기 입을 다물자 라이너스가 물었다. 제이슨은 잠자코 듣고 있었다.

데이비드는 시선을 내리깔았다. "어떤 남자애가 제가 별로 안 무섭다고, 그냥 징그럽고 지저분하고 벼룩이 있을 거라고 했어요. 저는 털 관리를 잘해서 벼룩이 전혀 없는 데도요." 아이는 쓰게 웃었다. "털 관리는 필수에요. 안 하면 난리가 나니까요. 그런데 그 애가 제 털을 잡아당기기 시작했고… 저는 기분이 안 좋았어요."

"그랬겠지." 아서가 말했다. "누구든 허락 없이 타인의 몸을 만져서는 안 돼. 네 털도 네 몸의 일부고, 그걸 함부로 잡아당기는 건 용납할 수 없는 일이다."

"아무튼요." 데이비드가 꿍얼거렸다. "제가 으르렁거리니까 애들이 비명을 지르며 도망쳤어요. 누가 아쉬울까요? 저는 하나도 안 아쉬웠어요. 지금도 그렇고요. 혼자서도 할 수 있는 게 얼마나 많은데요."

아서는 그 말에 깃든 혼란과 상처를 느꼈다. 데이비드의 사연은 그리 낯설지 않았다. 배경과 상황은 다를지언정 모든 아이가 한 번쯤은 데이비드가 겪은 일을 경험하지 않았던가? 손가락질받고, 놀림감이 되고, 전시물처럼 만져지고.

아서가 입을 열었다. "마르시아스는 다르다는 걸 알게 될 거야. 블록이나 돌로 만든 도시를 부수면서 사람을 잡아먹는 척하고 싶다면 그렇게 할 수 있어. 같이 놀고 싶은 아이도 몇 명 있을 것 같은데."

"정말요?" 데이비드의 목소리에 담긴 희망에 아서는 가슴이 저렸다.

"정말로."

데이비드가 아랫입술을 깔짝거렸다. "혹시… 혹시…."

"천천히 말하렴."

데이비드가 눈을 부릅떴다. "아이를 때린 적 있나요?"

"없다."

"서랍에 손가락을 끼우고 세게 닫는다든지…."

"그런 일 절대 없다."

데이비드가 차가운 눈으로 아서를 훑어봤다. "바지가 너무 짧아요." 심술궂고, 할퀴려는 의도였지만 아서는 담담하게 받아들였다.

아이는 마음을 열면서도 경계를 거두지 않았다. 데이비드를 탓할 수 없었다. 어쨌거나 그들은 낯선 사람들이었다.

"그래, 그런 말 자주 듣는다. 내 양말은 마음에 드니?" 오늘 아서는 다양한 모양과 크기의 눈송이가 수놓인 하늘색 양말을 신었다.

데이비드가 눈살을 찌푸렸다. "저 때문에 신었어요? 제가 설인이라서요? 그런다고 제가 당신을 좋아하지 않아요."

"데이비드." 제이슨이 엄한 목소리를 냈다.

데이비드는 어깨를 으쓱한 뒤 흘리듯 죄송하다고 말하며 바닥에 떨어진 인형의 머리를 집어 들었다.

"양말 때문에 누군가를 좋아한다는 말은 들어본 적 없다." 아서가 말했다. "누가 그렇게 쉽게 호감을 사겠어? 하지만 진정하렴, 데이비드. 이 양말은 널 위해 신은 게 아니라 날 위해 신은 거니까. 나에겐 '양말 이슈'라는 게 있거든."

"그게 뭔데요?" 데이비드는 관심 없는 척 하려고 애썼지만 실패했다.

"꽤 난감한 일이야. 요즘 양말은 우리가 네 나이 때 신던 양말과 달라. 멋진 디자인이 많은데 바지가 너무 길어서 보여줄 수가 없단 말이지."

"묻지도 않고 신발을 벗는 건 상당히 무례한 행동이고." 라이너스가 덧붙였다.

"맞아." 아서가 말했다. "어떻게 그러겠어?"

"어휴. 아무리 멋진 양말을 신었더라도 지킬 건 지켜야지."

데이비드의 고개가 테니스 경기를 보듯 두 사람 사이를 오갔다.

라이너스가 데이비드를 바라보며 말했다. "그래서 아서는 모두가 멋진 양말을 보고 즐길 수 있도록 바지를 짧게 입는 거란다."

"암, 그렇고말고." 아서는 또다시 라이너스에게 반한 자신을 발견하고 속으로 웃었다. 늘 너무 바빠 생각할 겨를 조차 없었지만, 라이너스를 만나기 전 아서는 피부를 파고드는 추위를 자주 느꼈다. 날카롭게 얼어붙은 외로움이라는 바늘이 그의 살갗을 찌르고 또 찔렀다. 라이너스가 그의 삶에 들어오고 나서야 그를 괴롭힌 추위가 녹아내렸다. "이는 우리가 매일 사람들과 상호작용할 때마다 겪는 상황과 다르지 않아."

데이비드가 어리둥절해서 물었다. "사람들 바지가 너무 긴가요?"

"맞아. 여기서 내가 말하는 바지는 확고하게 정해진 방식을 의미해. 그들은 그저 바짓단을 끌어올려 그 안에 숨겨진 개성을 찾아내기만 하면 돼." 아서는 자신의 눈송이 양말을 드러냈다. "하지만 데이비드, 이 양말은 보통 양말이 아니야. 아무 때나 신으면 엄청나게 끔찍한 저주를 받게 되거든."

그 말에 데이비드는 흥분을 한 박자 늦게 감추고 말았다. "참나. 누가 양말 따위에 저주를 걸어요?"

아서가 웃었다. "흥미로운 질문이구나. 내가 네 나이보다 더 오래 고민한 질문이기도 하고. 안타깝게도 아직 수수께끼를 풀지 못했어. 확실한 건 목요일과 일요일, 홀숫날, 또는 11월의 오후 3시에 이 양말을 신으면 양말이 사라진다는 사실뿐이야."

163

데이비드가 얼굴을 찌푸렸다. "그렇게 나쁜 저주는 아닌데요."
"내 발과 함께 말이야."
라이너스는 탄식했다. "농담 아니야. 우린 11월 23일 목요일을 결코 잊지 못할 거야."

데이비드는 벌린 입을 다물지 못했다. 인형 머리가 바닥에 떨어져 침대 아래로 데구루루 굴러갔다.

"맞아." 아서가 진지하게 말했다. "그러니까 이 양말은 꼭 너의 호감을 사려고 신은 게 아니라 오늘이 목요일도, 일요일도, 홀숫날도, 11월도 아니라서야."

데이비드의 시선이 아서의 양말로 내려갔다. "대박. 저도 저주받고 싶어요. 진짜 재밌을 것 같아요."

"그치? 하지만 적어도 당분간은 우리 모두 발이 붙어 있다는 사실에 감사하자. 자, 다시 네 질문으로 돌아가자. 대답하기 전에 뭐 하나 보여줄까?"

데이비드의 눈빛에 다시 경계심이 서렸다. "뭐요?"

"불." 아서가 천장을 향해 손바닥을 들어 올렸다. 살짝 힘을 주자 손에서 짙은 주황색 불꽃이 피어났다. 불꽃은 두 가닥으로 갈라져 서로 꼬이며 타올랐다.

데이비드의 눈이 불빛을 반사하며 큼지막하게 벌어졌다. 시린 푸른색과 뜨거운 주황색이 교차하는 순간 아서는 전율이 등골을 타고 내려오는 감각을 느꼈다.

"저도 할 수 있을 것 같아요." 데이비드가 말했다.

"뭘 말이니?" 라이너스가 물었다.

데이비드는 방 안을 이리저리 훑어보더니 아서처럼 손을 들어 올렸다. 손바닥에서 푸른빛을 띤 얼음 결정이 솟아오르자 라이너스는 숨을 들이켰다. 데이비드는 오만상을 찌푸리며 집중했다. 얼음은 두 가닥으로 갈라졌고, 데이비드가 이를 갈며 끙끙거린 지 일 분 뒤, 얼음 가닥들은 이중 나선을 형성하며 빠르게 회전했다. 아서는 눈앞에 작은 불을 두고도 그 찬 기운을 느낄 수 있었다.

오래가지는 않았다. 얼음이 저절로 깨지고 작은 결정들이 바닥으로 흩날렸다. 데이비드는 화들짝 놀라 손을 뒤로 빼고 아랫입술을 깨작였다. "저는 따라 한 것뿐이니까 화내지 마세요."

아서는 주먹을 쥐어 불을 껐다. 손가락 사이로 검은 연기가 새어 나왔다. "보여줘서 기쁘구나." 그는 손을 내리고 기다렸다.

마침내 데이비드가 입을 열었다. "제 선택이죠. 저에게 달린."

"맞아." 아서가 동의했다. "네가 원하는 만큼 마르시아스에 머물러도 돼. 고민이 많겠지. 안다. 하지만 안심하렴, 데이비드. 네가 어떤 결정을 내리든 너에게 불리하게 작용하지 않을 테니까. 자기 결정권을 빼앗긴 기분이 어떤지 잘 알아. 그런 일은 절대 없을 거라고 약속하마. 네가 너답게 군다는 이유로 불이익을 받지 않을 거야. 다만 뭐든 우리 눈치 보지 말고 솔직하게 말해주길 바란다."

데이비드가 머뭇거렸다. "어제요."

"공청회 말이지."

데이비드는 움찔했지만 밀어붙였다. "그 여자가 당신이 유일하

게 남은 불사조랬어요."

"맞아."

"그렇다면 당신의 부모님은…."

"돌아가셨다." 아서가 부드럽게 말했다. "하지만 사라지진 않았지. 내 어머니는 좋은 분이었어. 친절하고 다정했지. 아버지는 무뚝뚝했지만 나름대로 나를 사랑했다는 걸 알아. 그분들은 내 기억 속에 살아있고, 힘겨울 때마다 내 삶이 사랑의 토대 위에 세워졌다는 사실을 일깨워주지. 그 기억은 지친 영혼을 달래주는 연고란다."

"저도 그래요." 데이비드는 놀란 마음을 감추지 못하고 속삭였다. "제 부모님은…" 아랫입술이 떨렸다. "아빠는 잘 기억 안 나는데 엄마는 계피 냄새가 났어요. 그리고 저에게 노래를 불러주곤 했어요." 데이비드는 눈을 빠르게 깜빡였다. 눈가에 작은 얼음 결정이 생겼다. "엄마가 저한테 마지막으로 한 말이 아직도 기억나요."

"그래?" 아서가 말했다. "소중한 추억이겠구나."

"아뇨, 아니에요." 데이비드가 겁에 질린 눈빛으로 말했다. "엄마는 저한테 도망치라고 했어요."

그날 밤, 자정 직전 호텔 방의 전화벨이 울렸다. 다리를 얹고 잠을 청하던 라이너스와 아서는 벌떡 일어났다. 라이너스가 먼저 수화기를 집어 들었다. "조이? 무슨 일이에요?"

아서는 곁에 다가가 귀를 기울였다. 상대방은 조이가 아니었다.

"아이가 결정을 내렸어요." 제이슨이 말했다.

7장

기차를 타 본 적 없다는 데이비드는 철로에 선 기관차와 역을 오가는 사람들, 포옹하며 작별 인사를 나누는 사람들을 보고 흥분을 가누지 못했다. 몇몇 사람이 아서를 수상한 눈으로 힐끔거렸다. 그럴 만했다. 아서의 얼굴이 전국의 주요 신문에 도배되었다. 이런 상황에서 미등록 상태의 아이와 함께 다니는 것은 위험했다. 아서와 라이너스는 로더와 DICOMY가 자신들을 미행할지도 모른다는 생각에 기차표를 더 이른 표로 바꿨다.

신분을 숨길 묘안은 데이비드가 떠올렸다. 발바닥에 얼음덩이를 키워내 어른처럼 보이게 만들었다. 이제 데이비드의 키는 180센티미터를 웃돌았다. 걸음을 뗄 때마다 젖은 발자국이 남았는데 다행히 아직 비가 내려서 티가 안 났다. 하지만 데이비드가 걸친 특대형 트렌치코트, 분홍색 띠가 둘린 중절모와 반사식 선글라스, 얼굴 면적보다 넓고 끝이 말려 올라간 가짜 콧수염은 눈에 안 띄기가 어려웠다.

우스꽝스럽긴 했지만 데이비드는 자신의 변장에 자부심을 느꼈다.
"우리 저거 타나요?" 데이비드는 숨을 거칠게 쉬며 기차를 향해 더걱 더걱 더걱 다가갔다.

"그래." 아서가 말했다. "종착역까지 쭉. 긴 여정이 되겠지만 그만한 가치가 있을 거다."

"열대 섬으로 가는 거죠." 데이비드가 미심쩍은 표정으로 기차를 바라보며 말했다. "사시사철 따뜻한 곳이요. 설인이 살기에 딱 좋겠군요."

라이너스가 당황했다. "안심하렴, 우리가 최선을 다해…"

데이비드가 콧수염을 배배 꼬았다. "참 안심이 되네요." 기차가 요란하게 기적을 울리자 데이비드의 얼굴에 화색이 돌았다. "엄청 시끄럽네요. 얼마나 빨리 달릴까요? 달릴 때 뛰어내려도 죽지 않을까요? 철로에 서 있다가 달려오는 기차에 부딪히면 온몸이 터지겠죠? 아마 피와 내장이 몇 미터나 날아갈지 몰라요."

그 앞을 지나가던 여자가 딸아이의 어깨에 감싸고 데이비드를 노려보며 큼, 하고 목을 울렸다. "저기요, 아이들이 듣거든요."

데이비드가 고개를 획획 돌렸다. "아이들이요? 어디요? 아이들은 멸종했다고 들었는데요. 누가 신문사에 전화 좀…"

라이너스가 데이비드 앞에 나서며 말했다. "주의하겠습니다. 좋은 하루 보내십시오."

엄마에게 이끌려 가면서 여자아이가 키득거렸다.

"주의를 끌면 안 돼." 라이너스가 데이비드에게 단호하게 말했다. "지금 여기서는."

데이비드는 불퉁한 표정으로 팔짱을 꼈다. "제이슨 집에서 한 말은 다 뭐죠? 제가 저답게 군다는 이유로…"

"모두 진심이었다." 아서가 말했다. "그게 우리가 너에게 바라는 전부야, 데이비드. 하지만 우리처럼 생각하지 않는 사람도 있단다. 널 의심하고 못마땅하게 보는 사람들이 많아. 그들에게 아주 작은 명분도 주지 마."

"그건 제 탓이 아니잖아요." 데이비드가 반박했다. "남들이 절 어떻게 생각하는지 제가 왜 신경 써야 하나요? 그들이 절 두려워한다면 그럴 이유를 주죠, 뭐."

"무엇을 위해서?" 아서가 조심스럽게 물었다.

데이비드는 어깨를 으쓱했다. "두려움은 자기도 몰랐던 면을 일깨우잖아요. 심지어 자기가 생각했던 것보다 더 용감해질 수도 있어요. 두려움이 항상 나쁜 것만은 아니에요." 데이비드는 얼음덩이로 바닥에 긁어댔다. "적어도 저는 그렇게 생각해요."

"확실히 그렇게 볼 수도 있구나." 라이너스가 말했다. "앞으로 차분히 대화를 나눌 시간이 많을 거야. 그때 네 얘기를 귀 기울여 들을게, 데이비드. 너도 우리의 이야기에 귀 기울여줘. 알겠지?"

데이비드는 한참 망설인 끝에 중얼거렸다. "알았어요."

"좋아." 아서가 자신의 가방과 데이비드의 가방을 집어 들었다. 그날 아침 제이슨에게 건네받았을 때 가방은 아서의 예상보다 훨씬 가벼웠다. 데이비드는 가진 게 별로 없었다. 하긴 언제나 그렇지 않았던가? 탈리아, 루시, 샐, 피, 천시, 시어도어도 생존에 필요한 최소한의 물건만 지니고 왔다. "곧 알게 되겠지만 열차 내부도 외관만큼이나 매력적이란다. 버스랑은 좀 다르지. 버스 타본 적 있니? 며칠 전에 보니까 버스에는 운전 기사에게 신호를 보낼 수 있는 멋진 줄이 있더구나."

그때 무언가가 아서의 눈을 끌었다. "잠깐만, 라이너스, 미안한데 데이비드 데리고 먼저 탑승할래?"

"괜찮아?"

"응. 곧 따라갈게."

라이너스는 더 묻고 싶은 표정이었지만 곧 데이비드의 손을 잡고 열차로 이끌었다.

"왜 저러는데요?" 데이비드가 물었다.

"별일 아닐 거야. 여기 네 승차권이야. 잃어버리지 마."

"저한테도 승차권이 있어요?"

말을 마친 아서는 곧장 돌기둥을 향해 걸어갔다. 크고 굵은 글씨

로 적힌 포스터가 붙어 있었다.

가족을 안전히 지키고 싶나요? 무언가를 보면 말하세요.

아무도 이쪽을 안 보는 걸 확인한 그는 기둥에서 포스터를 뜯어내어 손안에서 구겼다. 손가락 사이로 연기가 새어 나왔다. 손을 펴자 재가 바닥에 떨어졌다. 아서는 뒤도 돌아보지 않고 기차로 향했다.

데이비드는 약 한 시간 동안 창문에 얼굴을 바짝 붙이고 눈에 보이는 모든 걸 말했다. 집과 나무, 비에 젖은 풀밭, 이상한 돌무더기, 포치 흔들의자에 앉아 서 손을 흔드는 노인. 승무원이 표를 검사하러 왔을 때, 데이비드는 이제 기차 여행은 식은 죽 먹기라며 자신이 세 장을 모두 검사받겠다고 했다. 승무원은 태연하게 데이비드가 내미는 승차권을 한 장씩 건네받았다.
"휴가 가시나요?" 승무원이 물었다.
"그런 셈이죠." 라이너스가 대답했다.
"전 납치당한 게 아니에요." 데이비드가 말했다. "저는 어른이거든요. 세금을 내고, 빨래를 하고, 이유 없이 우울해지죠."
승무원은 당황한 기색 없이 말을 받았다. "그렇군요! 저 또한 이 삶이 언제 끝날지 몰라 우울하답니다. 임박한 죽음을 자각하면 삶이 더 흥미로워진다고 생각했는데, 아직 그 가설을 증명하진 못했죠. 그럼 즐겁고 편안한 여행 되시길 바랍니다. 저희가 도울 수 있

는 일이 있다면 언제든지 알려주세요. 감사합니다."

"전 영영 인간을 이해하지 못할 거예요." 승무원이 떠난 뒤 데이비드가 마주 앉은 아서와 라이너스에게 말했다.

기차가 덜컹거렸다. 회색빛 세상이 스쳐 지나가는 유리창 위로 빗방울이 복잡한 무늬를 그리며 맺혔다. 마치 술 취한 사람이 제작한 지도 같았다.

"누구도 이해 못 할 거야." 라이너스가 말했다.

출발한 지 두 시간이 지나자 데이비드는 별말 없이 모자를 비스듬히 쓴 채 좌석에 푹 기대앉았다. 데이비드의 얼음 신발이 녹아 바닥에 작은 웅덩이가 생겼다. 라이너스는 외투 안에서 손수건을 꺼내 웅덩이 위로 떨궜다. 데이비드는 눈치를 못 챘다.

세 시간이 지나자 데이비드는 안절부절못하며 다리를 들썩이고 손가락 관절을 꺾었다. 누가 웃는 소리가 나면 화들짝 놀라 주위를 획획 둘러봤다.

"긴장해도 괜찮다." 아서의 말에 데이비드는 몸을 홱 돌리다가 좌석에서 거의 떨어질 뻔했다.

"긴장이라뇨? 전 긴장 안 해요. 워낙 강심장이라."

"내가 착각했구나." 아서가 고개를 살짝 기울이며 말했다. "이다음에 펼쳐질 일들을 걱정하는 줄 알았거든."

"하." 데이비드가 떨리는 손을 내저었다. "그런 건 생각하지도 않았어요." 아이는 좌석 팔걸이의 갈라진 부분을 손으로 뜯었다. "만약 생각했다면, 다른 애들이 저를 안 좋아하면 어떻게 될지 궁금해서 그랬을 거예요."

"아, 심각한 고민이구나." 아서가 말했다. "왜 다른 애들이 널 안 좋아하겠니?"

"모르겠어요." 데이비드가 눈을 내리깔았다. "전 좀… 저니까요. 그게 잘못된 건 아니지만요." 데이비드가 재빨리 덧붙이며 손가락 관절을 꺾었다. 얼음 깨지는 소리가 났다.

"잘못된 거 없어." 라이너스가 단호하게 말했다. "넌 너로서 충분해."

"오, 좋은 말이네요. 저도 그렇게 생각했어요." 데이비드는 허벅지 사이에 두 손을 끼웠다.

아서는 속으로 초를 셌다.

일, 이, 삼, 사.

"그들이 절 싫어하면 어쩌죠?" 데이비드는 자기 입에서 그런 말이 나왔다는 게 어이가 없는 듯 헛웃음을 터뜨렸다. "그러니까, 그럼 곤란하잖아요?"

"그들?" 라이너스가 물었다. "다른 애들? 맙소사, 걱정도 팔자구나. 걔들도 널 만나길 고대하고 있어."

데이비드가 코웃음을 쳤다. "절 알지도 못하잖아요."

"그렇지." 라이너스가 동의했다. "하지만 우리도 널 잘 몰랐는데 넌 지금 여기 있잖아. 최악의 결과만 떠올리면 현재 상황에서 좋은 점을 알아보는 능력이 흐려질 수 있어."

데이비드는 고개를 끄덕이고 창밖으로 시선을 돌렸다. 어느새

173

비가 멎었다. 회색 배경 뒤로 푸른빛이 살짝 보였다.

"하지만 만약에… 와, 저게 뭐죠?" 데이비드는 차창에 얼굴을 바짝 대고 물었다. 아서는 라이너스와 함께 데이비드의 시선을 따라 차창 너머를 바라봤다.

새 떼가 기차 옆에서 날았다. 몸은 희고 머리는 누르스름하고 날개 끝은 검은 새들이 적어도 스무 마리는 되었다. 열차 안에서는 들리지 않았지만 새들은 부리를 벌리고 울며 바람을 타고 날았다.

"북방가넷이야." 라이너스가 말했다. "내륙에서는 보기 어렵지. 보통 절벽에 집을 짓거든. 곧 만날 수 있어. 섬에 많이 서식하니까."

"와." 데이비드는 새들이 점점 더 높이 날아올라 태양을 가리는 모습을 지켜봤다.

기차 플랫폼 근처에는 호텔의 소형 버스 한 대와 반짝이는 렌터카 몇 대가 줄지어 휴가객들을 태우고 떠나길 기다리고 있었다. 열차에서 내린 사람들은 챙이 크고 화려한 모자를 쓰고 플랫폼 주변 백사장에 맨발을 파묻으며 흥분을 감추지 못했다. 부모와 조부모는 아이들에게 플라스틱 양동이와 삽을 챙겨주며 얌전히 좀 굴라고 타일렀다. *어쩌다 이마에 잼이 묻었니?*

데이비드, 아서, 라이너스가 마지막으로 열차에서 내렸다. 아서가 데이비드의 가방을 들고 먼저 따사로운 햇살 안으로 발 딛고 헬렌의 낡은 트럭을 찾아 두리번거렸다. 뒤이어 라이너스가 그의 옆에 서서 하늘을 올려다봤다. "아아, 훨씬 낫군. 자, 데이비드, 이제

… 데이비드?"

두 사람이 뒤를 돌아보니 데이비드는 아직 열차 승강대 마지막 칸에서 난간을 잡고 있었다. 더 내디딜 듯 말 듯 한 발을 들어 올린 채였다.

"괜찮니?" 라이너스가 물었다.

"제 방식대로 하는 중이에요. 잠시 시간을 주세요."

거의 4분이 걸렸지만 마침내 데이비드의 얼음덩이 발이 플랫폼에 닿았다.

칙 소리와 함께 얼음 주위로 김이 피어올랐다.

"오, 이런."

"괜찮아." 라이너스가 말했다. "걱정 마. 거의 다…"

데이비드가 승강대에서 풀쩍 뛰어 플랫폼에 쿵 착지했다. 발밑의 얼음이 지글지글 끓으며 시멘트 바닥에 작은 웅덩이를 만들었다.

"봐요." 데이비드가 자랑스럽게 말했다. "제가 할 수 있을 줄 알았어요. 혹시 쪼그라들지도 모른다고 생각했거든요? 얼음이 열기에 녹듯이요. 하지만 그건 말도 안 되죠? 열대 섬에 설인을 데려가는 것처럼요? 그래도 선글라스를 써서 쿨해 보이긴 하네요." 데이비드는 플랫폼 가장자리로 달려가더니 쭈그리고 앉아 작은 게 한 마리가 바위 사이를 기어가는 모습을 구경했다.

"조용하고 내성적인 아이? 말수가 별로 없다고?" 라이너스가 중얼거렸다.

아서가 어깨로 라이너스의 어깨를 툭 쳤다. "후회 없어?"

"오, 많지. 하지만 저 애에 관한 건 하나도 없어."

"애들이 무척 좋아할 거야."

"그래서 걱정이야. 루시가 너무 좋아할 것 같아." 라이너스는 몸서리치며 한숨을 내쉬었다. 폭발이나 벽에 튄 피 같은 루시가 친 화려한 사고를 떠올린 모양이었다. "벌써 머리카락이 빠지는 기분이야."

아서가 위로하기도 전 흰 타이어를 장착한 낡은 트럭이 플랫폼 옆에 멈춰 섰다. 문이 삐걱 열리고, 마르시아스 마을 시장이 트럭 보닛에 손을 얹고서 그들을 향해 미소 지었다. "이런, 이런, 이런." 그가 쾌활하게 말했다. "이게 누구신가!"

고개를 든 데이비드의 얼굴에 웃음꽃이 피었다. "헬렌!" 아이는 플랫폼에서 훌쩍 뛰어내려 그를 향해 달려갔다. 얼음덩이가 바닥에 부딪혀 부서지며 키가 한 뼘은 줄었다. 아이는 마지막 몇 발짝을 남기고 점프해 헬렌에게 안겼다. 헬렌은 데이비드를 안고 빙글빙글 돌며 웃었다. 기차, 새, 바다에 대해 조잘거리는 아이를 내려놓고, 헬렌은 계단을 내려오는 라이너스와 아서를 향해 윙크를 보냈다.

"그러고 나서 제가 그 남자한테 표를 건넸더니 작은 기계로 표에 구멍을 뚫어서 제가 엄연히 승객임을 인정했어요!" 데이비드가 헬렌을 향해 환히 웃었다. "아무도 저한테 내리라고 할 수 없었죠!"

"그랬구나. 여행이 즐거웠다니 기쁘네. 와, 지난번에 봤을 때보다 정말 많이 컸다."

"2센티미터요." 데이비드가 작은 가슴을 부풀리며 자랑스럽게 말

했다.

"대단하구나." 헬렌이 고개를 들었다. "라이너스, 아서. 집에 온 걸 환영해. 보고 싶었다는 말로는 부족해." 헬렌은 라이너스가 입을 열기도 전에 손을 들어 저지했다. "그래, 집은 멀쩡하고 눈이나 팔다리를 잃은 사람도 없어."

"손가락 발가락은요?" 라이너스가 물었다.

"빠짐없이 다 있어. 그리고 탈리아가 전해달랐는데, 선물 안 사 왔다면 도로 기차에 올라서 사 올 때까지 돌아오지 말래."

라이너스가 씩 웃었다. "그랬겠죠."

그들은 비좁은 트럭에 일렬로 몸을 실었다. 헬렌이 운전대를 잡았다. 바로 옆에 앉은 아서는 긴 다리를 가슴에 닿을 만큼 구부려 몸을 작게 만들었다. 그다음엔 라이너스, 맨 끝에는 데이비드가 앉았다. 아이는 창문에 얼굴을 바짝 붙인 채 눈에 보이는 모든 것에 관해 묻고 떠들었다. 딱히 답을 원하는 눈치는 아니었다.

"저 우산 좀 봐요! 엄청나게 커요. 저건 뭐죠? 모래언덕에서 썰매를 타나요? 그런 걸 할 수 있는지 몰랐네요. 바다는 왜 이렇게 크죠? 바다에 괴물이 살까요? 당연히 살겠죠. 큰 이빨에 빨간 눈을 반짝이며… 맙소사, 저 야만인들이 뭘 먹는 건가요?"

"스노 콘이야. 얼음을 눈처럼 갈아서 시럽을 뿌린 간식이지." 라이너스가 말했다.

데이비드는 눈을 크게 뜨고 그를 돌아봤다. "세상에서 가장 완벽한 얼음에 그런 짓을 한다고요?" 아이는 이를 드러냈다. "죽여버리

177

겠어요. 다 죽이겠어요. 하하, 농담이에요." 그러고는 웅얼거렸다. "거의요."

"스노 콘은 싫다 이거지. 참고하마." 아서가 말했다.

트럭은 부둣가로 이어지는 마을의 번화가로 접어들었다. 거리에는 수영복, 반바지, 꽃무늬 셔츠를 입은 사람들로 가득했다. 사람들은 상점 유리창 너머로 형형색색 도자기, 바다 유리 공예품, 갓 만든 퍼지를 구경했다. 햇볕과 서핑으로 붉게 달아오른 아이들이 사탕 가게에서 사탕을 퍼담았다. 어떤 사람들은 신선한 해산물을 파는 식당 앞에 앉아 민트 잎을 넣은 투명한 음료를 홀짝였다.

아서가 데이비드에게 감상을 물으려는 찰나 아이가 몸을 꼿꼿이 세우고 어안이 벙벙한 표정을 지었다. "어떻게?"

"왜 그러니?" 라이너스가 물었다.

"저 사람들이요. 저들은…."

트럭이 마르시아스를 통틀어 두 개뿐인 신호등 중 하나에 멈춰 섰을 때 아서는 데이비드의 시선을 따라갔다. 모퉁이에 한 가족이 서 있었다. 손을 맞잡은 건장한 여자 둘과 작은 아이 셋. 모두 이마 중앙에 커다란 눈이 하나씩 있었다.

"사이클롭스야." 헬렌이 말했다. "어제 만나봤지." 신호등 불이 바뀌고 트럭이 덜컹거리며 교차로를 지났다. "사랑스러운 가족이야. 친구들한테 이 작은 마을에 관한 얘기를 듣고 직접 보러 왔대."

데이비드는 헬렌을 향해 천천히 고개를 돌렸다. "하지만 그냥… 걸어 다니고 있는데요. 다른 사람들처럼."

"뭐가 문제니?" 헬렌이 다정하게 물었다. "그들도 휴가를 즐길 권리가 있는데."

데이비드는 고개를 저었다. "아무도 그들에게 숨어 다니라거나 여기서 꺼지라고 소리 지르지 않잖아요."

"그게 마땅하니까." 라이너스가 말했다. "여긴 네가 가본 곳들과 달라, 데이비드. 몇 주 전에는 사랑스러운 드라이어드 가족이 마을을 방문했어. 나무 요정들 말이야. 피가 그동안 섬에서 어떤 나무들을 키웠는지 구경하고 싶다면서."

"숲 정령이요?" 데이비드가 물었다.

"그래." 라이너스가 너털웃음을 터뜨렸다. "피가 그렇게 흥분한 건 처음 봤어. 애써 심드렁한 척했지만 드라이어드처럼 중요한 존재들이 자기 나무들을 보러 온다는 사실에 자부심을 느끼는 게 보였지." 라이너스는 목을 가다듬었다. "늘 이랬던 건 아니야."

"맞아." 헬렌이 손가락으로 운전대를 두드리며 말했다. "일 년 전만 해도 마르시아스는 다른 곳과 다르지 않았어. 정부 선전이 넘쳐났고, 사람들은 이의를 제기할 용기가 없거나 정부가 하는 말을 실제로 믿었단다. 나 역시 마찬가지였고."

"하지만 더는 아니죠." 데이비드가 말했다.

"아니지." 헬렌은 아서와 라이너스를 향해 능글맞은 눈빛을 보냈다. "날 감싸고 있던 비눗방울이 터졌달까. 감사한 일이지. 시장으로서 나는 마르시아스가 모두를 환영하는 곳이 되길 바라니까. 반대하는 사람도 있긴 했지만 나는 그들에게 더 크고 넓은 세상이 있

으니 나가서 좀 보라고 권유했지."

"노먼에게 이 마을에서 썩 꺼지라고 말했던 것 같은데요." 라이너스가 일깨웠다.

"후회 없어. 놈을 안 보게 되어서 속이 시원해."

"우린 무언가를 만들어 가고 있단다, 데이비드." 아서가 말했다. "이 마을이 누구나 두 팔 벌려 환영한다는 이야기가 더 멀리 퍼질수록 우리 모두 더 나은 삶을 살게 될 거야."

난 그런 곳을 꿈꾼단다.

바다를 향해 달리는 동안 아서는 속으로 덧붙였다.

"저기까지 어떻게 가요?" 트럭이 바다로 길게 뻗은 선착장 근처에 멈추자 데이비드가 물었다.

저 멀리 숲이 울창한 섬이 보였다. 그 섬에 누가, 무엇이 기다리는지 아는 아서는 강한 끌림을 느꼈다. 고작 사흘이 지났을 뿐이지만 섬에 돌아온 후 가장 오래 자리를 비운 기간이었다. 어서 익숙한 땅을 밟고 집 안의 떠들썩한 기운을 느끼고 싶어 몸이 달았다.

"연락선을 타야 해." 라이너스가 말했다. "메를도 우릴 보면 기뻐할 거야."

"그럴 수도." 헬렌이 말했다. "하지만 배는 다음에 타자. 뭐하러 굳이 메를을 귀찮게 해? 우린 데이비드에게 색다른 경험을 선사하기로 했어."

그러고는 트럭에 시동을 걸었다.

라이너스가 아서의 손을 꽉 잡았다. "이럴까봐 걱정했어요."

"뭐 하는 건데요?" 데이비드가 물었다.

트럭이 갓돌을 뛰어넘으며 앞으로 돌진하자 아서는 혀를 깨물 뻔했다. 데이비드는 비명을 질렀다. 괜찮다고 안심시키려는 찰나 데이비드가 주먹을 치켜들고 힘차게 외쳤다. "좋았어!" 아이는 안전띠가 허용하는 한 몸을 최대한 수그리고 대시보드에 두 손을 얹었다. "물속으로요? 끝내준다!"

트럭은 긴 선착장을 내달렸다. 타이어 아래로 나무 널빤지가 덜컹거리자 모두 엉덩이가 들썩였다. 데이비드는 차 지붕에 머리를 부딪칠 뻔했다. 선착장의 끝에 가까워지자 헬렌이 액셀을 힘껏 밟았다. 엔진이 신음을 토했다. 데이비드는 낙하를 앞둔 롤러코스터를 탄 것처럼 두 팔을 번쩍 들었다.

"살맛 난다!" 트럭이 선착장을 벗어나는 순간 데이비드는 기쁨에 겨워 외쳤다.

탑승자 모두 무중력 상태처럼 앉은 자리에서 붕 떴다. 트럭은 바닷물에 삼켜지는 대신 타이어가 딱딱한 바닥에 부딪히는 소리와 함께 착지했다. 아서가 고개를 돌려보니 데이비드와 라이너스는 눈을 질끈 감고 있었다. 라이너스가 먼저 눈을 떴다. "이 감각은 절대 익숙해지지 않아."

"우리 죽었나요?" 데이비드가 눈을 감은 채 물었다. "죽는 게 어떤 느낌인지 잘 모르겠지만 죽은 것 같지는 않아서요."

"안 죽었다." 아서가 말했다. "보렴."

데이비드는 눈을 한 쪽씩 뜨고 눈 앞에 펼쳐진 하얀 도로를 바라

보며 숨을 헐떡였다. 헬렌은 와이퍼를 켜서 앞 유리에 튄 바닷물을 닦았다.

"어떻게 했어요?" 데이비드가 물었다.

"내 사랑 조이." 헬렌이 흐뭇하게 말했다. "네가 곧 만나게 될 섬 정령이야. 바다에서 소금을 모아 널 위해 길을 만들었단다."

"왜요?"

"그러고 싶어서. 네가 집에 온 걸 환영하는 조이만의 방식이지." 아서가 말했다.

아서는 이렇게 눈앞에 있어도 그리울 수 있을까 싶었다. 섬을 이룬 그 모든 것이.

"집." 데이비드가 창문을 내리며 웃었다. 아이는 창밖에 얼굴을 내밀고 눈을 감았다. 소금기 섞인 바람에 털이 나부꼈다.

소금이 모래로 바뀌고 바람에 흔들리는 나무들 사이로 새소리가 들리면서 데이비드는 조용해졌다. 눈을 크게 뜨고 창밖의 풍경을 바라보았고 오르막길을 올라 집을 마주하고 나서야 입을 뗐다.

"이 집이에요?" 데이비드가 확신 없는 말투로 물었다.

"그래." 트럭이 멈추자 아서가 말했다.

그때 현관문이 열리고 조이가 나타났다.

"저분은 날개가 있네요." 조이가 포치에서 땅으로 사뿐히 발을 딛자 데이비드가 흥분해서 속삭였다. "멋지다."

조이가 운전석 문을 열고 연인을 맞이했다. 헬렌은 뒤꿈치를 들고 조이에게 쪽 소리 나게 입 맞췄다. 조이는 헬렌의 이마에 내려온 머리카락 한 올을 뒤로 넘겨주었다.

아서도 차에서 내려 두 팔을 쭉 뻗었다. 허리에서 우두둑 소리가 났다. 데이비드도 라이너스의 도움을 받으며 트럭에서 내렸다.

"저 외투 입어야 하나요?" 데이비드가 물었다.

"입고 싶어?" 라이너스가 물었다. "원하지 않으면 안 입어도 돼."

"알몸으로 있어도 괜찮다고요? 정말요?"

"어, 그게 아니라 꼭 벌거벗었다고 볼 수는 없으니 네 뜻대로 하렴."

"어때?" 조이가 한쪽 눈썹을 치켜들며 아서에게 물었다.

"잘 적응할 것 같아요. 다른 아이들은요? 예상대로라면…" 아서가 작게 말했다.

아이들은 모두 창문에 옹기종기 붙어 이쪽을 바라보고 있었다.

"데이비드가 부담스러워할 수 있으니 안에 있으라고 했어." 조이가 말했다. "오전 내내 잠시도 가만히 있지를 않았어. 루시가 중력을 실수로 뒤집어서 벽에 부딪히고 난리도 아니었지."

"과연 실수였을까요?" 아서가 말했다.

"아니지."

데이비드는 노출 허락에 신이 난 듯 두 팔을 치켜들고 발을 쿵쿵 구르며 으르렁거렸다. "설인이 새로운 장소를 맞이하는 방식이에요."

"정말?" 라이너스가 조이에게 눈인사하고 다시 데이비드를 바라보았다. "흥미롭네. 나도 시도해봐도 될까?"

갑자기 라이너스가 손을 갈퀴처럼 치켜들고 몸을 수그리며 치아가 다 드러나도록 입을 벌린 뒤 사납게 울부짖었다. 아서의 예상보다 더 그럴싸했다.

데이비드도 감명받은 눈치였다. "대박. 혹시 털 없는 설인도 있나요? 한 번도 본 적 없지만, 라이너스도 혹독한 겨울을 견딜 만한 보온성은 갖춘 것 같은데요."

라이너스는 불룩한 배를 두드렸다. "내 생각도 그래. 앞으로 더 나은 설인이 되는 법을 가르쳐주렴. 자, 데이비드, 이분은 조이 채플화이트 씨야. 이 섬의 수호자고 네가 여기 있는 것도 이분의 축복이지."

데이비드가 돌아서자 의기양양하던 설인은 사라지고 수줍은 소년이 등장했다. 눈을 내리깔고 손가락 관절을 뚝뚝거리며 어색한 미소를 지었다. 데이비드는 발톱으로 흙을 파며 중얼댔다. "안녕하세요."

"데이비드, 만나길 고대하고 있었다." 조이의 반투명한 날개가 햇빛을 받아 땅에 무지개를 드리웠다.

데이비드가 고개를 쳐들었다. "정말요?" 아이는 무심코 라이너스의 손을 찾아 쥐었다. 라이너스는 움찔했지만 손을 떼지 않았다.

"그래." 조이가 말했다. "우리에게 기회를 줘서 정말 기쁘다. 다른 아이들을 만나보겠니?"

데이비드는 망설였다. "라이너스랑 아서도 같이요? 물론 저 혼자도 괜찮지만…" 데이비드는 재빨리 덧붙였다. "같이 있으면 더 나을 것 같아요."

"물론이야." 라이너스가 말했다. "그렇지 않아도 네 손아귀에서 벗어날 수 없을 것 같아. 힘이 정말 세구나."

"알아요. 역대 최강이죠."

조이가 다시 집 안으로 들어가고 아이들이 창문에서 멀어지자 데이비드는 라이너스의 손을 아래로 잡아당겼다.

"왜 그러니?"

"그냥요." 데이비드가 긴장한 듯 굳은 채 말했다. "저 여기 있다고요."

"안 까먹었다." 아서가 말했다. "소음은 미리 사과하마."

그 말을 증명하듯 문이 열리자마자 천시를 선두로 아이들이 조잘거리며 쏟아져 나왔다.

집 소리. 아서는 생각했다.

천시는 계단에서 한 번에 뛰어내려 완벽히 착지한 뒤 꾸벅 인사했다. 더듬이에 달린 눈이 통통 튀었다.

시어도어를 어깨에 얹은 샐을 포함한 모든 아이들이 천시 주위로 모였다. 모두 이쪽으로 달려오지 않으려고 나름대로 최선을 다하고 있었다. 특히 시어도어가 꼬리로 루시의 팔을 감싸 저지했다.

"아, 제발." 루시가 끙 앓았다. "바로 저기 있잖아."

"계획대로 해야지." 샐이 말했다. "누가 가지고 있어?"

"내가." 피가 종이 뭉치를 든 손을 보이며 말했다.

샐과 함께 피가 들고 온 종이를 펼치자 아이들 앞으로 반짝이

는 글씨가 적힌 긴 플래카드가 모습을 드러냈다. 샐의 어깨 위 시어도어를 제외하고 아이들이 한 명도 빠짐없이 플래카드를 나눠 들었다. 시어도어는 데이비드를 빤히 보며 천천히 눈을 깜빡이더니 이상한 소리를 냈다. 부엉이 울음소리와 비슷한데 끝 음이 올라갔다.

"아니, 반짝이는 많을수록 좋아." 천시가 말했다. "먹을 때만 빼고."

 종이는 군데군데 찢어지고 시어도어의 의견대로 반짝이가 너무 많았지만 아서는 집 안이 난장판이 되었음을 직감했다―그런 건 아무래도 상관없었다. 지금 이 순간, 특별한 여섯 아이들이 '어서 와, 데이비드!'라고 적힌 플래카드를 들고 있었기 때문이다. 아이들이 번갈아 쓴 것처럼 각 글자의 모양새가 달랐다. 한 귀퉁이에는 뿔과 송곳니를 지닌 웃는 악마 얼굴이 그려져 있었다.

 라이너스 뒤에 몸을 숨기고 고개만 내민 데이비드는 모든 아이가 자신을 지켜보고 있는 모습을 발견하고 꼴깍 침을 삼키더니 다시 라이너스의 뒤로 얼굴을 감췄다.

 아서는 고민하다 입을 뗐다. "시어도어. 잠시 이리 와보겠니?"

 시어도어는 망설임 없이 날개를 활짝 펴고 샐의 어깨에서 날아올라 순식간에 아서의 어깨에 착지했다. 긴 목으로 아서를 감싸고 파충류 같은 눈을 천천히 깜빡이며 투덜거리듯 낮게 쩍쩍거렸다.

 "사고였잖아." 아서가 시어도어의 꼬리를 쓰다듬으며 말했다. "너도 재채기하다 식탁에 불이 붙을 줄은 몰랐으니까. 다친 사람 없지?" 시어도어가 고개를 끄덕이더니 짧고 날카롭게 쩍쩍거렸다.

라이너스는 너털웃음을 쳤다. "마침 천시가 잉크를 뿌려 불을 꺼 주었다니 다행이야."

데이비드는 눈을 흡뜨고 시어도어를 올려다보며 다시 한번 라이너스의 손을 잡아끌었다. "알아들을 수 있어요?"

"물론이야. 우리 모두 알아듣지." 라이너스가 말했다. "익숙해지려면 시간이 좀 걸리겠지만 내가 배웠으니 너도 배울 수 있어. 시어도어는 수용적 이중 언어 구사자야. 우리 말을 알아들어서 자기만의 언어로 말하지."

"이렇게요?" 데이비드가 라이너스 뒤에서 두 팔을 치켜들고 손톱을 약간 내민 다음 으르렁거리며 발을 쿵쿵 굴렀다. 그러자 시어도어가 발톱으로 아서의 어깨를 꽉 쥐고 흔들었다.

"오 이런." 라이너스가 심각하게 말했다. "데이비드, 네가 방금 한 말은 맥락에 따라 두 가지로 해석될 수 있어. 시어도어에게 친구가 되어달라고 했거나, 아니면 수요일 저녁에 바나나와 깃털 목도리만을 무기로 사용해 결투하자고 했거나."

"제가 뭘 했다고요?" 데이비드가 울부짖었다. "수요일은 오늘이잖아요, 곧 저녁이고요!"

"우리 주변에 바나나나 깃털 목도리는 안 보이는데." 아서가 고개를 절레절레하며 말했다. "하지만 시어도어는 누군가와 결투보다 친구를 하고 싶을 거야."

시어도어는 한 번도 결투를 해 본 적 없다며 이왕이면 둘 다 하고 싶다고 말했다. 아서가 아무래도 바나나가 없어서 안 되겠다고 하

자, 시어도어는 집 앞에 모여 있는 아이들을 향해 질문을 던졌다.

"바나나? 잠깐만." 루시는 두 손을 들고 얼굴을 찌푸리며 집중했다. 잠시 후 루시의 손안에 노란 과일 한 무더기가 생겼다. "만세, 내가 해냈어!"

탈리아가 들여다보았다. "그건 바나나가 아니라 질경이야."

"젠장." 루시가 꿍얼거렸다. "멍청한 질경이. 맨날 바나나인 척해." 루시가 과일을 휙 던지자 허공에서 뽕 사라졌다.

"뭐, 뭐야." 데이비드가 말했다. "바나나 마법이야?"

"맞아." 샐이 눈을 반짝이며 말했다. "루시는 바나나 마법을 부릴 줄 알아."

"바나나 마법사라고 할 수 있지." 피가 동의했다. "우리가 매일 섬유질을 섭취할 수 있게 해줘."

"그럼 변이 잘 나오거든." 천시가 덧붙였다.

루시의 눈이 불길한 붉은 빛으로 가득 찼다. "난 바나나 마법 소년이 아니야! 너희들 똥 따위 관심 없어! 이 몸은 루시퍼다." 소년의 눈이 점점 더 붉어졌고, 순식간에 하늘이 먹구름 낀 듯 어두워졌다. "나는 정원의 뱀이자 밤이며 어두운 유혹의 화신이다. 내 적들은 모두 내 앞에서 무릎을 꿇거나 죽을 것이다!" 루시는 사악하게 웃었지만 전혀 '사악'해 보이지는 않았다. 그냥 날카롭게 낄낄거리며 발을 구르는 일곱 살 아이일 뿐이었다.

"못 말려." 탈리아가 고개를 절레절레 흔들며 중얼거렸다.

구름이 걷히고 다시 햇볕이 쨍쨍 내리쬐자 모두 눈이 부셔 얼굴을 찡그렸다.

 아서가 루시에게-또다시-하늘을 어둡게 한 것에 대해 또다시 주의를 주려고 했을 때 데이비드가 불쑥 질문했다. "루시퍼! 정말 인류 최후의 전쟁에서 예수하고 맞짱 떠? 아니면 누군가가 지어낸 얘기야?"

 아서가 기억하는 이래, 어쩌면 사상 처음으로, 루시는 입을 벌린 채 할 말을 잃었다. 눈의 붉은 기는 희미해져서 녹색만 남았다. 아서는 루시가 회복하기 전에 개입해야 했다. 루시가 무슨 말을 하든 도움이….

 한발 늦었다.

 "그래, 아마도." 루시는 그게 세상에서 가장 쉬운 일이라는 듯이 태연하게 말했다. "난 무술에 능해서 정정당당한 싸움은 아닐 거야. 예수는 뭘 할 수 있지? 생선이랑 빵 더 만들기?" 루시는 두 뺨을 감싸고 눈을 크게 떴다. "오, 안 돼, 제발 그것만은… 헉! 물을 와인으로 바꾸겠다고? 빌어먹을 거리의 마술사 같으니!"

 "돌아온 지 10분 만에 신성모독이라니. 집에 오니 참 좋네요." 라이너스가 말하자 헬렌과 조이가 배를 그러안고 웃음을 터뜨렸다.

 "루시는 예수하고 못 싸울 걸." 탈리아가 말했다. "어제 문지방에 발가락을 찧어서 조이가 호 해줄 때까지 울었거든. 예수는 그냥 앉아서 기다리기만 하면 이기게 돼."

 "피가 솟구쳤다고!" 루시가 반박했다. "거의 절단해야 할 뻔했는데 조이가 이미 라이너스한테 우리 발가락이 모두 멀쩡하다고 약

속했다잖아. 영 재미를 볼 틈을 안 준다니까."

"루시는 예수와 싸우지 않아." 라이너스가 데이비드에게 말했다. "어떤 사람들은 다른 사람들을 겁주려고 이야기를 지어내. 공상의 나래에 불과하지."

"이제 제가 한마디 해도 될까요?" 천시가 물었다. "정중하게 제 차례를 기다리고 있었어요."

"그럼, 어서." 아서가 말했다.

"안녕!" 천시가 데이비드를 향해 촉수를 흔들었다. "이제 됐어요. 계속하세요."

"천시란다." 라이너스가 데이비드에게 소개했다. "최고의 호텔 직원이야."

"안녕, 천시." 데이비드가 웅얼거렸다.

"내 이름을 알아!" 천시가 흥분한 목소리로 속삭였다.

"그 옆은 탈리아." 아서가 말했다. "정원에 관해서는 모르는 게 없지."

탈리아가 손을 흔들었다. "나는 땅에 묻는 걸 좋아해. 씨앗, 혹은 날 건드리는 사람."

"그 옆은 피." 라이너스가 말했다. "네가 이 섬에서 본 많은 나무를 책임지는 숲 정령이야."

"안녕, 데이비드." 피가 햇빛에 날개를 반짝이며 말했다. "플래카드 마음에 들어?"

데이비드는 고개를 끄덕였다. "누가 날 위해 그런 걸 만들어준 건 처음이야."

"우린 자주 만들어." 피가 말했다. "네가 원한다면 다음에 도와줘도 돼."

"마지막으로, 샐." 아서가 말했다. "샐은 내가 접한 작가 가운데 손꼽히게 재능 있는 작가란다."

샐이 멋쩍게 웃었다. "아서는 우릴 추켜세우는 걸 좋아해. 너도 익숙해질 거야. 어서 와, 데이비드. 드디어 만나는구나."

데이비드는 라이너스의 손을 놓고 아이들을 향해 다가갔다. 시어도어가 아서의 어깨에서 날아올라 햇빛을 가르고 샐의 어깨에 착지했다.

"날 만나길 기다렸어?" 데이비드가 몇 발짝 떨어진 곳에서 물었다.

"응." 천시가 말했다. "우린 설인을 한 번도 본 적 없어. 역시 키가 크구나! 네 털도 정말 멋지다."

"고마워." 데이비드가 굵은 털 가닥을 잡아당기며 말했다. "관리 안 하면 무거워져."

"우리가 도와줄게." 샐이 말했다. "조이가 내 머리를 특별히 관리해주니 네 털도 좋은 방법을 찾을 수 있어."

탈리아가 수염을 쓰다듬었다. "원한다면 내 오일도 빌려줄게. 자, 이제 소개는 끝났으니 중요한 얘기로 넘어가죠. 선물이요."

"탈리아, 다시 해보겠니?" 아서가 말했다.

탈리아가 한숨을 쉬었다. "오셨어요."

"그래, 잘 왔다."

"기분은 어떠세요?"

"나아졌다."

"저도요. 이제, 선물 말인데요."

"아직 그 순서 아니다." 아서가 말했다. "손님이 왔는데, 무례하게 굴면 안 되지."

탈리아는 한쪽 눈썹을 세우고 수염 끝을 잡아당겼다. "데이비드를 데리고 들어가 집 구경을 시켜줘도 될까요? 어때요, 이 정도면 친절하고 정중한가요?"

"완벽해." 아서가 말했다. "데이비드만 괜찮다면 말이다. 다만 깜짝 공개는 모두 집 안에 있을 때까지 아껴두자."

"깜짝 공개요?" 데이비드가 사납게 두리번거렸다. "뭔데요?"

"나, 네 팔 잡아도 될까?" 천시가 물었다.

데이비드가 움찔했다. "뭐라고?"

"네 팔 잡고 안내해주고 싶어서." 천시가 설명했다. "그런데 이런 거 싫어하는 사람도 있거든."

"아… 좋아." 데이비드가 말했다.

연두색 촉수가 데이비드의 손목을 감쌌다. 천시는 데이비드를 데리고 현관 계단을 올랐다. 나머지 아이들도 뒤따랐다. "가자! 라이너스와 아서가 모르는 비밀 창고 알려줄게!"

"위층 복도 벽장 속 찬장이겠지?" 아이들이 집 안으로 사라진 뒤 라이너스가 아서에게 물었다.

"아니면 다락방에 꼭꼭 감추었다고 생각하는 그 상자겠지."

"꾀가 많은 애들은 아니야."

"새 손님에 집중하느라 포옹도 안 해주고 말이야. 당신 애들은 매너를 좀 배워야겠어."

"오, 포옹 좀 못 받았다고 '내' 애들이야? 그러는 당신은 그중 하나가 배를 가르겠다고 위협하면 몹시 즐거워하지."

"뭐라고 심각하게 아옹다옹 해?" 조이가 헬렌의 팔짱을 끼고 물었다.

그제서야 네 사람은 볼과 볼을 맞대고 인사했다.

대답을 기다리지 않고 조이가 이어서 물었다. "손가락에 그건 뭐야?"

"누구 손가락?" 헬렌이 되물었다. "어디 다쳤… 오!"

아서가 손을 들어 보였다. 반지의 묵직한 존재감이 여실했다. "아, 이거요? 있는 줄도 몰랐네요."

"거짓말." 라이너스가 얼굴을 붉히며 웅얼거렸다.

"설마!" 조이가 그답지 않게 꽥 소리를 지르더니 아서의 손을 낚아채 반지를 뚫어지게 들여다보았다. 다시 아서를 올려다보는 눈에 눈물이 맺혔다. 조이는 라이너스와 아서를 번갈아 보았다. "진짜야?"

"네." 라이너스가 대답한다. "좀 빠른 감이 있지만…."

"바보 같으니." 헬렌이 두 손을 깍지 끼고 활짝 웃으며 말했다. "옳은 일에 좀 빠른 감 따위는 없어." 그는 라이너스의 팔을 장난스럽게 때렸다. "이 내숭쟁이. 왜 미리…."

"저기, 문제가 생긴 것 같아요."

네 사람의 고개가 일제히 집 쪽으로 향했다. 피가 묘한 표정으로 현관 포치에 서 있었다.

아서가 한 걸음 다가갔다. "무슨 일이니?"

피가 어깨를 으쓱했다. "설인과 고양이가 천적 관계라는 사실 알고 계세요?"

칼리오페는 계단 맨 아래 칸에서 등을 구부리고 털과 꼬리를 빳빳이 세운 채 버티고 있었다. 눈을 가늘게 뜨고 설인을 노려보며 날카롭게 하악거렸다.

설인은 그에 화답하듯 그르렁거리며 손발톱을 내밀고 이리저리 서성였다. 한 번 으르렁댈 때마다 입술이 벌름거리며 무시무시한 송곳니를 드러냈다. 데이비드는 칼리오페에게서 눈을 떼지 않고 발톱으로 바닥을 긁으며 왔다 갔다 했다.

아이들은 옆으로 물러나 고양이와 설인을 번갈아 보았다. 루시는 가장 가까이에서 눈을 빛냈다.

"내가 너라면 절대 쓰다듬으려고 시도하지 않겠어." 루시가 잔뜩 신난 목소리로 말했다. "아마 네 목을 갈기갈기 찢어버릴 걸."

"도대체 무슨 일이야?" 라이너스가 묻자 아이들은 하나같이 움찔했다. 데이비드는 휙 돌아보며 손발톱을 움츠렸다. 딱 봐도 해서는 안 될 짓을 저지르다 들킨 태도였다.

칼리오페도 바로 꼬리를 내리고 라이너스를 향해 야옹 울었다. 계단에서 폴짝 뛰어내려 데이비드를 멀찍이 피해 라이너스에게 다가와 다리 사이를 요리조리 맴돌았다. 퍽 애교 있는 몸짓이었다.

"그래, 그래." 라이너스가 몸을 숙여 칼리오페의 귀 뒤를 긁으며 말했다. "나도 반가워." 그는 몸을 일으켰다. "데이비드?"

데이비드가 눈살을 찌푸렸다. "고양이가 있다는 말은 안 했잖아요."

"문제 있니?" 아서가 물었다. "알레르기가 있거나…."

"없어요! 설인에게 고양이는 먹이인걸요."

"고양이는 먹는 게 아니야." 라이너스가 단호하게 말했다. "특히 이 고양이는."

"라이너스는 우리가 칼리오페를 먹으려고 하면 화내." 탈리아가 설명했고 다들 고개를 끄덕였다.

아서가 헛기침했다.

"고양이를 먹는 건 옳지 않기도 해." 탈리아가 덧붙이자 다들 더 크게 고개를 끄덕였다.

"훨씬 낫구나." 아서가 말했다. "맞아, 데이비드. 칼리오페도 우리 가족이고, 우리는 가족을 먹지 않아."

"솔방울일 때만 빼고." 천시가 진지하게 말했다.

"그래." 라이너스가 말했다. "잠깐, 뭐라고?"

"먹으려던 건 아니었어요." 데이비드가 말했다. "그냥… 제 입 근처에 대보려고 했어요."

"이 집에 딱 맞는 아이일 줄 알았다니까." 헬렌이 조이에게 속삭였다.

"새로운 규칙이다." 아서가 발표했다. "구두 및 서면 허가 없이 아무도 누구를 먹을 수 없다. 칼리오페는 글을 쓸 수 없으니 안타깝게도 합의 대상이 아니다."

"데이비드, 이 규칙 지킬 수 있겠어?" 라이너스가 물었다.

데이비드는 칼리오페를 쏘아봤다. 칼리오페는 데이비드를 무시하기로 작정한 듯 돌아앉아 앞발을 핥고 있었다. "네, 알았어요. 고양이는 안 먹을게요."

"좋아." 아서가 손뼉을 치며 말했다. "자, 이쯤에서 깜짝 공개 어떨까?"

"뭐요?" 데이비드는 자신이 무시무시한 고양이와의 결투에서 거의 졌다는 사실은 잠시 잊은 채 물었다.

"보여줄게." 샐이 말했다. 어깨 위의 시어도어는 머리를 갸웃하고 지켜보았다. "먼저 눈을 감아야 해."

데이비드의 눈이 빠르게 모두를 훑었다. 아서가 너무 성급했나 싶었을 때 데이비드가 심호흡하고 눈을 감았다. "이렇게?"

신뢰는 종종 쉽게 도둑맞고 쉽게 깨지는 보물이었다. 하지만 지금 낯선 곳에서 낯선 사람들에게 둘러싸인 데이비드는 자신의 깨진 파편들을 주워 다시 그럴듯한 형태로 만들려고 애쓰고 있었다. 데이비드의 용기는 마법이 여러 형태로 존재한다는 아서의 믿음을 또 한 번 증명했다.

"완벽해." 피가 말했다. "이제 좀 걸을텐데 어디 부딪히는 일은 없을 거야. 약속할게."

"알았어." 속삭이듯 말한 데이비드는 탈리아가 손을 잡아끌자 움찔했다. 샐과 시어도어가 뒤따르며 장해물을 가리켰고 루시가 앞서 달려가 의자를 옮기며 길을 텄다.

"우린 저녁 식사 준비하러 갈게." 조이가 말했다.

소년에게 지내게 될 방을 소개하는 건 사소한 일이었지만 아서는 아이들만큼이나 흥분했다. 이 섬에 처음 왔을 때 모든 게 낯설고 두려웠던 기분이 떠올랐다. 누군가가 자신에게 적대감 대신 환영의 손길을 내밀었다면 상황이 달라졌을까? 자신이 지금 이 자리에 있을 수 있을까?

거실 옆 복도, 작년에는 없던 파란색 방문 앞에 아이들이 모여 있었다. 철제 문고리 위 한가운데 걸린 나무 명패에는 '데이비드'라고 새겨져 있었다.

"자." 탈리아가 데이비드의 손을 잡은 채 말했다. "이제 셋부터 거꾸로 세고 눈을 뜨면 돼. 준비됐어? 셋. 둘." 라이너스와 아서까지 모두 동참하자 칼리오페는 지루한지 꼬리를 씰룩이며 복도 모퉁이를 돌아 사라졌다.

"하나!"

데이비드는 눈을 깜빡이며 눈앞의 광경을 마주했다. "내 이름을 딴 문이야?"

"맞아." 샐이 엄숙하게 고개를 끄덕였다. "짜잔."

"오. 고마워. 누가 내 이름을 따서 문 이름을 지은 적은 처음이야." 데이비드는 미소 지었지만 곧 경계하는 눈빛으로 변했다.

"문을 열어볼래?" 아서가 제안했다. "문 너머를 봐야 할 것 같은 느낌이 드는데."

데이비드는 뺨 안쪽을 깨물며 고개를 끄덕였다. 소년은 천천히, 조심스럽게 문고리를 잡아 돌렸다. 소리 없이 문이 열리자 차가운 냉기가 뿜어져 나오며 어둠 속으로 내려가는 계단이 드러났다.

완전히 어둡지는 않았다. 천장은 초록색, 파란색, 금색, 보라색이 어우러져 물결치듯 빛났다. 많은 시간과 노력이 들어간 작품이었다.

과연 알아볼까 싶었는데 데이비드가 입을 열었다. "이거 북극광인가요?"

"맞아." 샐이 대답했다. 어깨 위의 시어도어도 함께 볼 수 있도록 몸을 수그린 채였다. "우리가 너를 위해 할 수 있는 일이 뭔지 물었더니 아서가 북극에 관한 책을 보여주었어. 그 책에 있는 사진을 참고해서 최대한 비슷하게 야광 페인트를 칠했어. 문도, 천장도, 계단도 다 새로. 지난 몇 주 동안 작업했지."

"계단은 어디로 이어지는데?" 데이비드가 물었다.

"알아보자." 라이너스가 말했다. "거기 어디 스위치가 있을 텐데 잠깐만." 뒤에 있던 라이너스가 문 안으로 손을 뻗자 아이들이 물러섰다. 잠시 후 따뜻한 빛이 계단을 비추며 오로라가 희미해졌다.

"시원해요." 데이비드가 계단으로 발을 디디며 속삭였다. "마치…"

"가자!" 루시가 소리를 지르며 데이비드의 손을 잡아끌고 계단을 내려갔다. 나머지도 우르르 뒤따랐다.

라이너스와 아서도 함께였다.

아서는 한때 이 집의 지하에 내려오지 못했다. 바꿀 수 없는 암울한 과거가 떠올라서였다. 섬으로 돌아온 이후(그리고 데이비드의 존재를 알기 전) 아서는 지하실에 딱 한 번 들어갔다. 라이너스가 아서의 가장 큰 비밀이자 진실을 발견했을 때. 그때도 아서는 공포가 목구멍을 틀어쥐는 느낌에 숨을 헐떡였다. 순전히 의지의 힘으로 공포를 밀어내고, 보기보다 많은 걸 지닌 남자를 따라 지하실로 들어섰다.

헬렌이 데이비드의 이야기를 꺼냈을 때, 아서는 곧장 지하실을 떠올렸다. 그곳을 악몽이 아닌 꿈의 공간으로 탈바꿈할 수 있을까 생각했다. 오래된 흔적에 새로움을 입힌다고 해서 과거를 지울 수는 없지만, 지하실을 데이비드의 방으로 개조한다는 생각에는 의외로 망설임이 끼어들지 않았다. 정확한 의미도 모른 채 귓전을 맴돌았던 '시간이 약이다'라는 말은 자명한 사실이 아니었다. 시간이 상처의 모서리를 무뎌지게 할 수는 있지만 완전히 아물게 해주지는 않았다. 그 이상이 필요했다.

바로 이런 것.

아서는 라이너스와 함께 문간에 서서 부르르 떨었다. 숨을 내쉴 때마다 입에서 김이 피어올랐다. 라이너스는 아서가 인간보다 뜨거워서 다행이라고 중얼거리며 그에게 밀착했다. 아이들도 옹기종기 모여 데이비드가 천천히 방 안을 둘러보는 모습을 지켜보았다.

아주 연한 청록빛이 감도는 벽은 마치 빙산 위에 서 있는 듯한 감각을 주었다. 아서가 그어놓은 빗금들은 모두 사포질하고 페인트

를 발라 흔적도 남지 않았다. 사방에 하나씩 달린 네 대의 산업용 에어컨에서 냉기가 뿜어져 나왔다. 추운 곳에서 자는 걸 선호하는 설인에게 맞춰 희망 온도는 영하로 설정되어 있었다.

오른쪽에는 거대한 침대가 있었다. 푹신한 베개와 한쪽 모서리를 젖힌 하얀 이불이 어서 누우라고 손짓하는 듯했다. 침대 왼쪽으로는 서랍장과 고풍스러운 참나무 옷장이 빈 채로 나란히 주인을 기다렸다.

맞은편 벽에는 집 뒷마당으로 이어지는 또 다른 계단이 있었다. 교체한 문의 원형 창문을 통해 늦은 오후의 햇빛이 들었다.

"여긴 어디야?" 데이비드는 방 한복판에서 헬렌이 가져온 타원형 러그에 발가락을 파묻고 속삭였다.

"여긴 네 방이야." 탈리아가 말했다. "우리 모두 자기 방이 있거든. 네 취향을 몰라서 일단 간단하게만 준비했어."

"바꾸고 싶은 게 있으면 바꿔도 괜찮아." 천시가 검은 이를 달달 떨며 말했다. "네 방이니 네 마음대로 해도 아무도 화내지 않아."

"다시 페인트칠하게만 하지 마. 그러면 몹시 화낼 거야." 루시가 말하며 한쪽으로 고개를 기울였다. "피를 칠하고 싶다면 고려해 볼게."

"이해가 안 돼." 데이비드가 다소 무력한 목소리로 말했다. "내 방이라고?"

피가 얼굴을 찡그렸다. "네 거라고. 이 공간."

데이비드는 고개를 떨궜다. 겨우 알아들을 만한 속삭임이 흘러나왔다. "난 내 방을 가져 본 적 없어." 소년이 어깨를 떨며 코를 훌쩍이자 아주 놀라운 일이 벌어졌다.

아서는 자신이 잘못 본 줄 알았다. 손가락 두 마디 길이의 얼음 조각이 바닥에 떨어지며 부서졌다. 한 조각, 또 한 조각, 또다시 한 조각. 설인이 울고 있었다. 눈에서 눈물이 아닌 얼음 조각을 파삭파삭 떨어뜨리며.

아서는 처음 안 사실에 적잖이 놀랐다. 책으로 얻는 지식은 아주 작은 부분에 불과하며 결코 전부가 아녔다.

라이너스가 놀라서 데이비드에게 다가갔지만 샐이 고개를 내저었다. "우리가 알아서 할게요." 샐이 얼음 조각이 점점 불어나는 모습을 보며 나지막이 덧붙였다. "우리가 하는 게 나아요." 뒷말은 꺼낼 필요 없었다.

그 기분은 우리가 더 잘 알거든요.

"물론이지." 라이너스가 진심으로 말했다. "전적으로 믿는다."

샐은 시어도어를 향해 고개를 돌렸다. "어때, 친구? 우리 할 수 있지?"

시어도어가 깍 하고 목을 울렸다.

샐은 다른 아이들을 향해 잠깐만 기다리라고 했다.

"난 누가 우는 게 싫어." 천시가 속삭였다.

시어도어가 두 번 짧게 쩍쩍거리고 세 번 길게 그르렁거렸다.

"시어도어 말이 맞아." 탈리아가 라이너스를 힐끗 보고 말했다. "보기엔 똑같아 보여도 행복의 눈물과 슬픔의 눈물은 달라."

샐과 시어도어는 소리 죽여 훌쩍이는 데이비드에게 다가갔다.

"데이비드." 샐이 가볍게 말을 걸었다. "정신없는 날이지?"

"맞아." 데이비드가 쉰 목소리로 답했다. "정신없는 날." 또 다른 얼음 조각이 바닥에 떨어졌다. "나 우는 거 아니야. 눈에 뭐가 들어갔어. 얼음 조각은 왜 떨어지는지 모르겠네."

샐이 어깨를 으쓱했다. 그 결에 시어도어가 들썩였다. "그래, 그치만 울어도 괜찮아. 나도 여기 처음 왔을 때 울었어."

데이비드가 팔로 눈가를 닦았다. "그랬어?"

"어. 너무 벅찼거든. 나쁜 의미는 아닌데, 그 상황에서는 뭐가 뭔지 모르겠더라고. 여긴 어디인지, 이 사람들은 누군지, 뻔한 약속대로 나한테 잘해줄지, 아니면 나한테…"

"상처 줄지." 데이비드가 속삭였다.

샐은 옅게 웃었다. "그래서 눈물이 났어. 첫날 밤도, 다음 날 밤도, 그다음 날 밤도, 긴장했나봐. 내가 다 망칠까봐. 내가 진짜 이런 곳에서 살아도 된다는 사실이 믿기지 않았어. 겁이 나기도 했고."

"겁이 났다고?" 데이비드가 젖은 눈으로 샐과 시어도어를 올려다보며 물었다. "너희는 무서울 게 없을 것 같은데."

시어도어가 혀를 내밀고 깍깍거렸다.

샐이 고개를 끄덕였다. "시어도어 말대로, 우리 모두 같은 경험을 했고 아무도 널 놀리지 않아." 샐이 잠시 머뭇거렸다. 얼굴에 익숙한 망설임이 스치며 어깨가 움츠러들었다. 아서가 끼어들려는 찰나 샐이 고개를 흔들며 어깨를 폈다. 시어도어가 날개를 펼쳤.

샐이 다시 입을 뗐다. "넌 아직 우리를 잘 모르고 우리도 널 잘 모르지만, 여긴 좋은 곳이야."

"전에도 그런 말 들어봤어."

"그래, 그랬겠지. 그런데 여긴 진짜야. 내 말이 안 믿기겠지만." 샐이 웃었다. "내가 너라도 못 믿어. 하지만 곧 믿게 될 거야."

데이비드는 샐과 시어도어를 쳐다봤다. 고개를 돌려 나머지도 바라보았다. 손을 흔드는 루시부터 미소 띤 아서까지. 늦은 오후 햇살이 물들인 바다, 깨끗한 벽과 침대, 옷장, 서랍장, 러그도.

"제 마음대로 꾸며도 된다고요?"

"얼마든지." 아서가 말했다. "여긴 네 공간이다. 원하는 대로 꾸미렴."

데이비드는 고개를 끄덕이고 새 방을 신기한 듯 둘러봤다.

자정을 조금 넘긴 시각, 아서와 라이너스의 침실 문이 삐걱 열렸다. 자그마한 정원 노움이 침대 위로 올라와 둘 사이에 자리 잡으며 쩝쩝 소리를 내자 라이너스가 투덜거렸다.

10분 뒤 문이 다시 열리더니 숲 정령이 들어와 아서의 베개를 나눠 베고 누웠다.

4분 뒤 벽장 문이 열리더니 악마 같은 목소리가 외쳤다. "감히 날 안 부르고 다 같이 자려 하다니? 정말 이러기야?" 소년이 무릎과 팔꿈치로 퍽퍽 누르며 올라오자 라이너스가 신음했다.

얼마 지나지 않아 녹색 덩어리가 나타났다. 몸을 이불처럼 납작하게 펼쳐 그들을 덮고 더듬이를 아서의 가슴에 얹었다. 아서는

끈적이지 않는 잼에 덮인 기분이 들었지만 불쾌하지는 않았다.

당연히 소외되고 싶지 않은 둘이 더 모습을 드러냈다. 하나는 러닝셔츠에 후줄근한 반바지 차림의 소년이고 다른 하나는 졸린 파충류의 눈을 끔뻑이는 와이번이었다. 소년이 침대 발치에 있는 고양이 옆에 가로로 눕자 와이번은 소년의 몸 위에 머리를 말고 자리 잡았다. 고양이는 소년의 뺨을 한 번 핥고 눈을 감았다.

아서가 따듯한 압박감에 은은히 미소 지으며 다시 잠들려는 찰나 탈리아가 벌떡 일어나 외쳤다. "우리 아직 선물 못 받았어요!"

라이너스가 베개에 얼굴을 파묻고 끙 앓았다. "푹 잘 시간이야."

"아서." 천시가 속삭였다. "아서, 자요?"

"안 잔다, 천시."

"와, 저도요. 저 뭐 하나 물어봐도 될까요?"

"그래, 천시."

"오, 고마워요. 그 손가락에 반지는 뭘까요?"

그 후로 아무도 푹 자지 못했다.

8장

 이틀 후인 금요일 아침 10시경, 아서는 책들이 위태롭게 쌓인 사무실에서 제이슨과 바이런이 건네준 데이비드의 서류를 들여다보고 있었다. 학업 기록(다행히 마르시아스 섬 진도에 크게 뒤처지지 않았다)과 관찰 의견(초반에 낯을 좀 가릴 뿐 호기심이 아주 왕성한 아이라는 내용이었다)이 거의 전부였다. 데이비드는 비밀리에 고아원을 옮겨 다녔기에 솔직히 아서도 그 이상을 기대하지 않았다.
 아서의 시선을 사로잡은 것은 오래된 신문 기사였다. 겁에 질린

데이비드의 흐릿한 사진이 첨부된 기사의 내용은 간략했다. 얼음의 땅 툰드라에서 며칠 동안 마법 생물 일가족을 뒤쫓던 세 명의 사냥꾼이 기소되었다는 내용이었다. 사냥꾼들은 성체 설인 둘을 죽였다. 20년 전 표결 끝에 통과된 마법생물보호법에 따라 '인간다운 사고'를 할 수 있는 존재를 사냥하는 행위는 불법이었다. 그들에게 최대 3년의 징역형과 총 천 파운드 벌금형이 선고될 가능성이 높았다.

아서는 서류철을 닫고 손가락으로 두드렸다.

"저에 대한 건가요?" 몇 분 후 제시간에 맞춰 아서의 사무실에 도착한 데이비드가 물었다. 책상 맞은편 의자에 기대앉아 가슴 앞에 팔짱을 낀 채였다. 굵은 털이 평소보다 매끄러워 보였다.

"맞아." 아서가 말했다. "오늘 널 여기 초대한 이유 중 하나야. 내가 읽은 내용으로 이것저것 추측할 수 있지만, 내 경험상 이런 서류는 늘 한계가 있어. 나는 본인에게 직접 듣고 싶다."

"저요." 데이비드는 못내 불편한 듯 말했다.

"그래." 아서가 의자에 기대앉으며 말했다. "어제는 네가 여기 와서 온전히 보낸 첫날이었지. 어땠니?"

데이비드는 어깨를 으쓱했다.

아서는 물러서지 않았다. "여기저기 구경했잖아. 궁금한 점 없었니?"

데이비드는 고개를 저었다.

"그래. 언제든 떠오르면 물어보렴."

데이비드는 의자 등받이에 뒤통수를 걸치고 몸을 축 늘어뜨렸다. 거의 흘러내릴 기세였다.

"똑바로 앉으렴." 아서는 아이를 살짝 시험해보기로 했다. "자세는 중요하단다. 그렇게 비뚤게 앉으면 못써."

데이비드는 구시렁거리며 똑바로 앉고서 아서를 노려봤다. "제가 의자에 어떻게 앉는지 아무도 신경 안 써요."

"나는 신경 쓴단다. 고맙다. 자, 이제…."

"전 멍청하지 않아요."

아서가 고개를 끄덕였다. "그렇게 생각한 적 없다."

데이비드는 아서의 책상 위에 놓인 서류를 경멸하듯 쏘아보았다. "거기 뭐라고 쓰여 있든 제 잘못이 아니에요. 공부를 열심히 하려고 했는데…." 눈빛이 사나워졌다. "아무튼요."

아하. 아서가 갈피를 잡았다. "현재 우리 진도보다 조금 뒤처지긴 했더구나." 아서는 데이비드가 입을 열자 바로 말을 이었다. "그럴 만도 해. 그간 우여곡절이 많았으니 당연히 학업에 신경 쓰기 어려웠을 거다."

"B가 많이 도와줬어요." 데이비드가 중얼거렸다. "정말 잘 가르쳐주었죠."

"그런 것 같구나. 바이런은 너에 대해 몇 가지 훌륭한 의견을 남겼다. 네가 아주 똑똑하지만, 가끔 숙제가 많으면 버거워한다고 하던데. 동의하니?"

데이비드는 다시 어깨를 으쓱했다.

아서는 전술을 바꿨다. "내일은 토요일이야. 우리가 토요일에 뭘 하는지 다른 아이들이 알려주었니? 반응이 너무 좋아서 별다른 일이 없는 한 매주 진행하기로 했는데."

데이비드는 고개를 번쩍 들었다가 퉁명스러운 낯을 했다. "아마도요."

"나도 기대하고 있단다. 특히 하루가 어떻게 펼쳐질지 예상할 수 없을 땐 더욱 기대되지. 놀라움은 모험의 일부란다. 말이 나왔으니 말인데." 아서는 데이비드의 강렬한 시선을 느끼며 서랍을 열어 탁상 달력을 꺼냈다. "나는 일정 기록을 중요하게 생각한단다. 일정이 정해져 있으면 우리가 무엇을 계획했는지 혹은 해야 하는지 명확히 확인할 수 있으니까. 너도 부엌에 비슷한 달력이 있는 걸 봤을 거야."

"아마도요."

"좋아." 아서가 말했다. "너도 그걸 보고 네가 매주 무엇을 기대하고 어디로 가야 하는지 알 수 있어. 현재는 공부를 잠깐 쉬고 있지만 다음 주부터 다시 시작할 예정이야. 또 이 일정표에는 그 주에 자기가 어떤 집안일을 담당하게 될지도 나와 있단다."

"집안일이요?" 데이비드가 끙 앓았다. "그래서 이 집에 아이가 이렇게 많나요? 공짜 노동력이 필요해서?"

"그렇게 볼 수도 있겠구나. 하지만 나는 집안일 분담이 우리 모두에게 장기적으로 이롭다고 믿는다. 이번 주에는 네게 집안일을 맡기지 않겠지만 그다음부터는 네 역할도 추가될 거다."

"오, 절 위해서요? 뭘 그렇게까지." 데이비드가 빈정거렸다.

아서가 웃었다. "규칙을 좋아하지 않는구나. 이해한다. 낯선 장소와 사람들에 대해 하나하나 배워야 하니까 부담스럽겠지. 적응하는 데 시간이 좀 걸릴 거다. 아무도 네가 완벽하길 기대하지 않아, 데이비드. 그건 너에게 불공평할 뿐 아니라 터무니없는 기대니까." 아서는 미소 지었다. "내가 궁금한 내용부터 물어볼까? 커서 뭐가 되고 싶니?"

"괴물이요." 데이비드가 즉시 답했다.

"흥미롭구나. 괜찮다면 더 자세히 듣고 싶은걸."

데이비드가 놀란 표정으로 쳐다봤다. "왜 놀라거나 화내지 않아요?"

"그럴 이유가 없으니까. 적어도 지금은 말이다. 상황이 바뀌면 알려주마. 계속하렴."

데이비드는 경계하는 눈빛으로 망설였다. "다들 괴물은 나쁘고 악몽 같은 거라고 말해요. 무서워 싫다면서요. 그런데 돈을 내고 괴물이 나오는 영화를 보거나 유령의 집에 가기도 해요. 일부러 겁을 먹으려고요. 왜 그러는 걸까요?"

"엄청난 수수께끼지." 아서는 동의했다.

"전 사람들이 무서운 걸 좋아하기 때문이라고 생각해요. 행복한 걸 좋아하듯이요. 누군가를 해치거나 잡아먹지만 않는다면 겁을 주어도 괜찮지 않나요?"

"좋은 질문이구나. 그건 의도와 동의 여부에 따라 다르겠지. 네가 사람들한테 겁을 주는 행동은 그들을 위한 일이니, 아니면 널

위한 일이니?"

"둘 다요. 사람들이 이미 저를 괴물이라고 생각하는데 제가 얼마나 괴물다운지 보여주면 안 되나요? 기대를 제대로 충족해줘야죠." 데이비드가 두 손을 비비며 눈을 빛냈다.

"꼭 그럴 필요는 없지. 네가 원하지 않는다면 말이다. 누군가는 괴물이라고 여기는 것이 다른 누군가에게는…"

데이비드가 의자에서 벌떡 몸을 일으켰다. 얼굴에 사나운 빛이 감돌았다. 손톱이 의자 팔걸이 가죽에 파고들었다. "그럴 줄 알았어요. 아서도 다른 사람들하고 똑같네요. 내가 되고 싶지 않은 모습으로 날 바꾸려고 하잖아요. 괴물이 되고 싶다는 게 뭐가 문제에요? 그게 바로 우리잖아요."

틀린 말은 아니었다. 아서가 다른 아이들에게 가르친 내용과는 상반되었지만 데이비드는 저 나름대로 옳았다. 적어도 아이는 자신의 진실을 말하고 있었다. 그 생각을 바꾸도록 하는 게 과연 최선일까? 그대로 둔다면 다른 아이들에게 어떤 영향을 미칠까?

"좋아하는 일을 하는 게 잘못된 건 아니야." 아서가 조심스럽게 말했다. "타인에게 해를 끼치지 않는다면 말이다. '괴물'이라는 단어에는 여러 의미가 있지. 너는 스스로 흥미로운 정의를 내린 것 같구나. 좋은 생각이 있어. 괴물의 자질에 대해 함께 알아보면 어떨까?"

데이비드는 약간 긴장을 풀었지만 여전히 불신하는 기색이었다. "무슨 뜻이에요?"

아서는 데이비드의 학업 기록을 훑었다. "내 경험상 두려움은 꼭

괴물이나 유령에게만 느끼는 건 아니란다. 예를 들어 회계사를 떠올려보렴. 회계사라는 직업을 가진 사람의 관점에서 가장 두려워할 만한 상황이 뭘까?"

데이비드는 아서를 의심스럽게 쳐다봤다. "이거 시험 아니죠? 제가 무슨 말 해도 화 안 낼 거죠?"

아서가 피식 웃었다. "약속하마."

데이비드가 끄덕이고는 고개를 뒤로 젖혀 천장을 바라봤다. "음, 제 생각엔… 아니, 그건 안 되겠네요. 아, 알겠어요! 스프레드시트 대신 마구 뒤섞인 영수증을 한 상자 주면서 네 시간 안에 정리하라고 하는 거요. 안 그러면 사무실이 흔들릴 만큼 큰 소리로 으르렁거릴 테니까!"

아서는 또 한 번 동심에 얻어맞았다. 이런 아이들이 누군가를 해칠 수 있다고 생각하는 사람들은 대체 뭘까? "멋지구나. 아주 잘 설명했어. 내가 대안을 제시해도 되겠니?"

데이비드는 얼굴을 찌푸렸다. "그에게 겁주는 것도 포함하나요?"

"맞다. 만약 네가 수학을 너무 잘해 모든 계산을 척척 해내서 그 회계사의 기술을 쓸모없게 만들면 어떨까? 쓸모없어지는 것만큼 두려운 일은 없지."

데이비드가 아서를 물끄러미 바라봤다.

"물론 요점을 확실히 전달하려면 무섭게 으르렁거려야겠지."

"그렇다면 할 수 있어요!"

물론이다. 아서는 데이비드를 안 지 얼마 안 됐지만 이 아이에게

도전 의식과 성취욕이 있다는 걸 알 수 있었다. 다만 시간이 필요했다. 데이비드가 편안함을 느끼는 것이 가장 중요했다.

"할 수 있다고? 훌륭하구나. 지식은 세상을 더 잘 이해하도록 돕는 도구지. 그게 바로 우리가 교육을 중시하는 이유란다. 미래를 잘 준비할수록 성공할 가능성이 커지거든. 넌 우리 학교에서 많은 걸 배울 수 있을 거야. 사람들을 더 효과적으로 겁주는 방법을 포함해서."

"학교가 그런 곳이라면 그렇게 나쁘지 않을 것 같네요." 데이비드가 살짝 이맛살을 구겼다. "잠깐만요. 지금 절 꼬드긴 거예요? 학교 수업을 듣게 하려고?"

"그랬지. 하지만 조금도 미안하지 않다."

데이비드가 뭉툭한 손가락으로 그를 가리켰다. "전 당신을 꿰뚫어 보고 있어요."

"기쁘구나. 나는 투명성을 추구하거든. 그리고 이제 사과하마."

"뭘요?"

"네 말을 제대로 듣지 않아서. 네가 괴물이 되고 싶다고 말한 게 이번이 두 번째인데, 난 네가 그토록 좋아하는 걸 될 필요가 없다고 말했지. 내가 너무했다. 미안해."

데이비드가 눈을 깜빡였다. "아… 괜찮은데."

아서는 고개를 저었다. "내가 네 말을 더 잘 들었어야 해. 데이비드, 이곳에서 너는 네가 원하는 무엇이든 될 수 있단다. 괴물이 되고 싶니? 모든 자질을 갖추도록 지원할게. 치즈가 너무 좋아서 치즈 명장이 되고 싶어? 시도해보자꾸나. 배우? 이미 일인극을 연출

하는 능력을 인정받았으니 내가 뭘 더 가르칠 수 있을지 모르겠지만, 네 모든 공연에 참석해 기립 박수를 주도하마."

"왜요?" 데이비드가 코를 훌쩍이며 물었다. 눈가에 작은 얼음 결정이 맺혔다. "왜 그렇게까지 하는데요?"

아서가 책상 위로 몸을 숙였다. "너는 자격이 있으니까, 데이비드. 그렇지만 네가 도와줘야 해."

"제가 뭘 하면 되는데요?"

"물어봐줘서 고맙다. 간단한 것부터 시작하면 어떠니? 나랑 이렇게 일주일에 세 번 만나자. 월요일, 수요일, 금요일. 오늘처럼 금요일에는 주말 동안 수행할 특별한 임무를 하나 줄게. 할 수 있겠니?"

"임무요?" 데이비드가 자세를 바로 세웠다. "제가 스파이라도 되는 거예요?"

"정확해. 스파이의 임무가 이 집 사람들에 대해 흥미로운 점을 하나씩 찾아내는 거라면 말이다. 주말 동안 그들이 지닌 재능이나 네가 매력적이라고 생각하는 점을 발견하면 잘 기억해두었다가 월요일에 나한테 알려주렴."

데이비드는 고개를 끄덕였다. "알았어요. 모두를 감시하라는 임무군요. 제가 그들의 비밀을 알아내서 보고하면 아서는 그 정보를 역이용할 수 있겠죠. 사악하네요."

"그런 뜻이 아니다. 기발한 발상이긴 하구나. 내 말은 함께 사는 사람들의 비밀이 아니라 좋은 점을 알아보자는 의미야. 둘은 사뭇 다르단다, 데이비드. 너도 알다시피 괴물이 되고 싶어도 누군가를

해치는 것과 겁주는 건 다르잖니."

"그럼… 그냥 말을 걸어 볼까요?"

아서가 활짝 웃었다. "그게 최고지. 쉬운 일은 아니지만 설인처럼 강하고 무시무시한 존재라면 해낼 수 있어. 어떻게 생각하니?"

"할 수 있어요." 데이비드가 단호하게 말했다.

"그럴 줄 알았다. 자, 내일 네가 참여하게 될 위대하거나 위험천만한 모험에 대해 간략하게 설명해주마. 너무 걱정하지 마렴. 이제껏 단 한 명의 아이도 잃지 않았으니 괜찮을 거다."

토요 모험은 아서가 거의 처음부터 계획했던 마르시아스 섬의 체험 행사였다. 처음에는 한 달에 한 번 진행했고, 아이들의 열화 같은 호응을 얻어 주말 행사로 바뀌었다. 토요일마다 한 아이가 대장이 되어 그날의 모험을 주도했다. 때로는 식인 곤충부터 거대한 뱀까지 온갖 위험이 도사린 미지의 영역으로 탐험을 떠났고(라이너스에게는 불행한 일이었다), 때로는 마을로 나들이를 갔다. 지난달에는 탈리아의 주도로 마을 주민들의 정원을 둘러보며 하루를 보냈다. 마지막에 탈리아가 농약을 잔뜩 친 화단을 발견해 집주인과 '잠깐 얘기 좀' 하겠다고 성화를 부린 일만 빼면, 좋은 모험이었다.

옅은 구름이 하늘의 한쪽 끝에서 다른 쪽 끝까지 뻗은 6월의 화창한 아침, 이 특별한 토요 모험의 주도권이 천시라는 소년의 어깨에 떨어졌다.

계단을 내려오며 모습을 드러낸 천시는 챙이 넓은 밀짚모자를

쓰고 있었다. 눈을 내놓기 위해 머리 중앙에 작은 구멍 두 개가 뚫리고 노란색과 하얀색 조화로 챙을 장식한 모자였다. 눈 위에는 테를 따라 큐빅이 박힌 선글라스를 비스듬히 걸쳤다. 천시는 계단을 날듯이 내려와 아주 점잖게 말했다. "여러분, 오늘 다들 정말 멋지네요. 요트 타기 딱 좋은 날 아닌가요?"

"나는 불만을 제기하고 싶다만." 라이너스는 천시가 입으라고 강요한 몸에 꽉 끼는 잠수복을 잡아당기며 얼굴을 찡그렸다. 조이의 도움으로 모두 각자에게 맞는 잠수복을 구할 수 있었다.

라이너스의 잠수복은 눈이 부실 만큼 밝은 노란색이었다. 루시는 빨간색, 탈리아는 흙색, 피는 연두색, 샐은 흰색이었는데 물방울무늬가 얼핏 단추처럼 보여 시어도어가 계속 쪼아대려 했다. 시어도어는 알몸이 더 좋다며 잠수복을 거부했다.

데이비드도 얼음처럼 푸른 잠수복을 입었다. 조이가 마지막에 급하게 주문한 것이었다. 몸에 딱 맞긴 했지만 굵은 털 때문에 덩치가 훨씬 커 보였다. 데이비드는 그저 신이 나서 방방 뛰었다.

아서의 잠수복은 금색이었다. 천시가 모두에게 필요하다고 주장한 스노클링 고글도 함께 제공되었다. 더없이 갑갑했지만 아서는 천시가 타협이 없는 성격이라는 사실을 오래전에 받아들였다.

천시는 선글라스를 내리고 라이너스를 위아래로 훑어봤다. "이실없는 사람, 얼마나 근사한데요. 딱 당신 그 자체네요. 태양처럼 멋지고 둥그런…."

"도움이 안 되는구나." 라이너스가 중얼거렸다.

"가자, 요트로!" 천시가 두 촉수를 내지르며 외쳤다.

"우린 요트 없잖아." 루시가 말했다. "있었다면 내가 진작 망가트렸을 테고."

"배를 망가뜨려도 돼?" 데이비드가 감탄하며 물었다. "아무도 우리가 기물을 파손해도 된다고 말해주지 않았는데."

"안 되기 때문이지." 라이너스가 말했다.

"되긴 돼." 탈리아가 데이비드에게 말했다. "혼나고 사과하고 다시는 그러지 않겠다고 약속하기만 한다면, 웬만하면 한 번은 용서받을 수 있어. 잘하면 두 번."

"탈리아." 라이너스가 엄하게 주의를 주었다.

탈리아는 눈을 크게 뜨고 라이너스를 돌아보았다. "죄송해요, 라이너스. 다시는 안 그럴게요. 실수를 바로잡아주셔서 감사해요."

라이너스가 눈을 깜빡였다. "뭐, 그래, 고맙다. 그렇게 말하니 기쁘구나."

"봤지? 이렇게 빠져나가면 돼." 탈리아가 데이비드에게 말했다. "눈을 크게 뜰수록 효과가 좋아."

"여러분." 천시가 다시 목소리를 높였다. "일생일대의 모험을 시작할까요? 이번에는 무엇이 우릴 기다리고 있을까요? 애틋한 로맨스? 누군가의 소중한 홀라후프가 도난당해 탐정이자 호텔 직원이자 우연히 선박을 소유하게 된 초록색 사람의 두뇌가 필요한 미스터리? 천시의 꿈의 요트에서는 어떤 일이든 일어날 수 있어요!"

"천시." 라이너스가 상냥하게 말했다. "어휘 공부를 좀 더 해야

겠어. 요트는 유람, 경주 또는 레저용으로 사용되는 보트를 의미한단다."

천시는 눈 윗부분만 보이게 선글라스를 살짝 내렸다. "틀렸어요. 요트에 대한 진정한 정의는 없어요. 하룻밤 묵을 선실만 있으면 요트죠. 저기 보세요! 선실이 있네요."

배는 동력선이 아니라 노 젓는 돛단배였다. 선실을 포함해 전원을 수용할 만큼 크긴 했지만, 군데군데 페인트가 벗겨지고 녹슬어서 바다보다는 쓰레기장에 더 어울릴 것 같았다. 배 안에는 앉을 수 있는 나무 벤치가 있고 중앙 돛대에 얇고 후줄근한 침대 시트가 달려 있었다. 두 개의 노 중 하나는 부러져서 손잡이 부분은 없다시피 하고 패들만 남았다. 배 앞쪽 천시의 몸집과 엇비슷한 종이 상자 안에는 침낭, 낡은 베개 하나, 천시가 별미로 여기는 해초 더미가 들어 있었다. 그래도 인원수대로 주황색 구명조끼를 갖췄고 맨 앞에 아이스박스와 선체에 기댄 커다란 야자수 잎이 보였다. 배는 물에 반쯤 떠워져 있어서 측면에 파도가 잔잔하게 부딪혔다.

모든 좋은 선박과 마찬가지로 배의 측면에는 칠이 살짝 흘러내린 이름이 적혀 있었다. 웃음바다.

"정말 멋지지 않나요?" 천시는 배를 빙 둘러보며 물었다. "일 년 동안 몇 번 안 탔다는 억만장자한테 푼돈에 샀어."

"얼마를 주었든 너무 많이 주었어." 피가 말했다.

천시는 그 말을 무시했다. "오늘은 내가 대장이니까, 루시와 탈리아가 야자수 잎으로 나에게 부채질해주고 아이스박스에서 포도를

217

꺼내 내 입에 넣어 주었으면 해. 칭찬도 잊지 말고."

루시는 고개를 저었다. "난 선장 할래."

탈리아가 손을 번쩍 들고 재촉하듯 손가락을 까딱거렸다.

"그래, 탈리아?" 천시가 물었다.

"나도 선장 하고 싶어."

데이비드를 제외한 모든 아이가 자신이 요트의 선장이 되어야 한다고 주장했다. 탈리아는 루시에게 독이 든 꽃다발을 보내겠다고 협박했고, 루시는 *그러면 너무 좋겠다* 외치며 맞받아쳤다.

천시의 생각은 달랐다. "오늘은 천시의 날이니 결정은 내가 해! 루시와 탈리아, 부채질과 포도, 피와 샐은 힘이 세니까 일등 항해사로서 노를 젓고, 시어도어는 우리 배의 길잡이야. 시어도어의 방향 감각이 없으면 우리는 바다에서 길을 잃을지도 몰라. 그러면 굶주리다 못해 제비뽑기해서 누구를 먹을지 골라야 해."

"그럼 누가 선장이야?" 루시가 입을 삐쭉이며 물었다. "라이너스? 라이너스는 선장이 되기 싫다고 했으니 내가 하게 해줘."

"거짓말쟁이." 라이너스가 꿍얼거렸다.

"요구하지 않은 사람이 선장을 할 거야." 천시가 선언했다. "데이비드."

데이비드가 주변을 두리번거렸다. "나 말이야?"

"그래!" 천시가 말했다. "네가 가장 중대한 임무를 맡았어. 네가 이 요트의 책임자라는 뜻이야. 배에서 일어나는 모든 일은 네 허락을 거쳐야 해."

"하지만 나는…." 데이비드가 움츠러들었다. "분명 다른 사람이 더 나아." 데이비드는 모래를 발로 차며 얕은 고랑을 팠다. "난 선장 안 해봤어."

"들었지?" 루시가 말했다. "그래서 나여야 해. 게다가 해저 비밀 동굴에서 용암 괴물이 솟아오르면 어떡하려고? 너희는 어쩔 줄 모를 걸!" 그러더니 루시는 두 손을 머리 위로 쳐들고 바다를 향해 꽥 소리를 질렀다. 영혼에 악마가 깃든 일곱 살 소년만이 이해할 수 있는 행동이었다.

"용암 괴물?" 데이비드가 엄숙하게 물었다. "바다에 용암 괴물이 산다고?"

"아마도." 탈리아가 배의 가장자리를 잡고 폴짝 뛰어올라 짧은 다리를 버둥거리며 올라탔다. 탈리아는 곧장 아이스박스를 뒤졌다. "바다의 80퍼센트가 미개척지인데, 무엇이 우리를 잡아먹으려고 기다리는지 누가 알겠어?"

"우리는 놈의 간식거리겠지." 루시가 환히 웃으며 말했다. "과자 한 봉지 정도. 와그작와그작."

"이게 뭐야?" 탈리아가 다시 배 밖으로 기어 나와 손에 든 물건을 머리 위로 들어 올렸다. 금색 술과 검은 챙이 달린 흰 모자였다. 앞면에는 닻 모양이 수놓여 있었다.

"공식 선장 모자." 천시가 말했다. "우리는 뭐든 이 모자를 쓴 사람이 시키는 대로 해야 해."

루시는 고개를 끄덕였다. "마법이 깃든 모자라서 사람들을 마음

대로 조종할 수 있지. 멋져."

천시가 입을 열었다. "뭐? 이건 그냥…."

"바로 그거야, 루시." 아서가 말했다.

루시가 눈을 깜빡였다. "그래요…?"

"써볼래?" 아서가 모자를 받아 들고 데이비드에게 다가갔다. 데이비드는 반쯤 들뜨고 반쯤 도망가고 싶은 표정이었다. "데이비드, 천시가 너에게 선물을 주었구나. 위대한 모험에는 리더가 필요하지. 우리는 지금 네가 필요하단다. 나서주겠니?" 아서가 모자를 내밀었다.

데이비드는 모자와 아서를 번갈아 보다가 떨리는 손을 뻗어 모자의 챙을 만지작거렸다. 아서는 데이비드가 스스로 결정할 수 있도록 재촉하지 않았다.

기쁘게도 데이비드가 모자를 가져가더니 한숨을 훅 내쉬고 머리에 푹 썼다. 모자가 조금 커 눈을 살짝 가리자 아서가 조금 뒤로 고쳐 씌워주었다.

"잘 어울리는구나." 아서는 허리를 꼿꼿이 펴고 거수경례를 해 보였다. "캡틴, 한 가지 제안해도 되겠습니까? 어디 어떤 느낌인지, 선장의 면모를 한번 보여주시죠."

"나한테 지시를 내려봐!" 루시가 요구했다. "정말 마법 모자인지 확인해볼래. 내가 쓰고 싶었는데…."

"음, 그렇다면…." 데이비드가 말했다. "재주넘기해봐."

루시는 넌더리를 쳤다. "지루하군. 좋아, 잘봐." 루시는 머리 위로

팔을 쳐들고 모래 위를 내달리다 휙 상체를 숙이며 두 손으로 모래를 짚고 다리를 공중으로 차올렸다. 하지만 그대로 얼굴이 모래에 푹 박혀 넘어지며 입에 모래가 한가득 들어갔다.

"되네!" 루시가 모래를 퉤 뱉어내고 외쳤다. "정말 마법의 모자야!"

"정말 평범하지 않은 애야." 탈리아가 중얼거렸다.

라이너스가 먼저 배에 올라타 아이들의 탑승을 도왔다. 선실에 들어앉은 천시는 눈이 상자에 닿아 쏠리지 않도록 더듬이를 구부렸다.

"아주 아늑하군요." 천시는 고상한 억양으로 말했다. "루시! 탈리아! 부채질과 포도! 가자!"

"엉덩이가 터질 정도로 포도를 먹여야겠어." 탈리아가 뒤뚱거리며 상자로 다가갔다.

라이너스는 아이들을 도와 모두 구명조끼를 입혔다. 시어도어는 특별히 분홍색 튜브를 목에 걸어주었다. 시어도어는 수영을 잘했지만 튜브가 썩 마음에 드는 눈치였다. 아서는 배 뒤쪽으로 다가가 물었다. "준비됐니?"

"준비 완료!" 천시가 외쳤다. "출발!"

아서는 모래에 발을 파묻으며 이를 악물고 힘껏 배를 밀었다. 조금씩 배가 물살을 가르기 시작했고, 돛이 바람을 맞아 펄럭였다. 낙오되기 직전에 아서는 라이너스의 손을 잡고 간신히 배에 올랐다. 루시는 야자수 잎으로 천시에게 부채질하고 탈리아는 천시의

얼굴에 포도알을 던지다시피 했다. 천시는 먹는 것보다 놓치는 게 더 많았다. 시어도어는 배 앞머리에 앉아 고개를 휙휙 두리번거렸다. 움직일 때마다 목에 걸린 튜브가 삐걱거렸다. 샐과 피는 노를 저었지만(피가 부러진 노 담당이었다) 배를 움직인 힘은 바람이었다. 침대 시트로 만든 돛이 한껏 부풀어 팽팽했다.

"캡틴." 라이너스가 부르자 배 중앙에서 좌우로 흔들리던 데이비드가 침을 꿀꺽 삼켰다. "출항했습니다. 지휘하시죠."

데이비드는 고개를 끄덕이며 배 안을 둘러봤다. 바닷바람에 털이 나부꼈다. 데이비드는 어깨를 쫙 펴고 가슴을 부풀렸다. 눈빛은 냉정하고 빈틈없었다. "샐은 좌현을, 피는 우현을 잘 살펴. 여긴 위험한 해역이라 조심해야 한다고 들었어."

"알겠습니다, 캡틴." 피가 격렬하게 노를 저으며 말했다. 노력에 비해 속도가 빠르지는 않았다.

"문제없습니다, 캡틴." 샐이 팔 근육에 힘을 주며 말했다.

데이비드는 자신감이 샘솟은 듯했다. "시어도어! 적의 함선이나 빙산, 용암 괴물이 없는지 잘 감시하도록. 뭐든 발견하면 보고해."

시어도어가 고개를 까딱거리며 쩍 하고 긍정의 답을 내뱉었다.

데이비드는 벤치 좌석을 하나 넘어 천시의 선실로 다가갔다. 탈리아는 이로 포도 껍질을 까서 알맹이를 천시에게 던졌다. 이에 질세라 루시도 야자수 잎을 힘껏 휘둘러 천시의 얼굴을 때렸다.

"선생님." 데이비드가 허리를 굽혀 상자 안을 들여다보며 말했다. "여행이 시작되었습니다. 특별히 염두에 두신 목적지가 있나요?"

"정중하셔라." 천시가 선글라스를 벗어 모자챙에 걸치며 실실 웃었다. "에두아르도가 레슬리라는 이름의 해삼을 찾아 떠난 뒤 제게 남은 건 이 요트와 드넓은 바다의 부름뿐이었어요."

"마음고생 심하셨군요." 데이비드는 상자 모서리를 두드리며 말했다. "오늘 선생님의 인생 2막이 열리도록 힘쓰겠습니다."

"감사해요, 캡틴." 천시가 말했다. "이 방향으로 계속 가시죠. 멈출 때가 되면 알려드릴 테니. 이제 실례가 안 된다면 소파에 누워서 에두아르도와 그 망할 해삼을 향한 복수를 계획해야겠어요."

"우린 정말 이상해." 피가 말했다. 파도가 배에 철썩 부딪히며 바닷물을 흩뿌렸다.

라이너스가 한숨을 쉬었다. "그건 과소평가야."

'요트'라고 하기엔 무리가 있는 배였지만 요트 놀이에 환상적인 날이었다. 해는 하늘 높이 떴고 바다는 잔잔했다. 공간이 비좁긴 했어도 아서는 달리 있고 싶은 곳이 떠오르지 않았다. 문젯거리가 여름 장마처럼 다가오고 있다는 사실을 모르지 않았으나 오늘만큼은 그 문제가 멀고 중요치 않게 느껴졌다. 아서는 자신이 몹시 아끼는 라이너스의 명언 하나를 떠올렸다.

나는 왜 항상 내일을 걱정해야 하지?

그들은 약 한 시간 동안 항해(노 젓기)했다. 천시는 선실에서 '섬을 항상 우현에 두라'는 모호한 지시를 내렸다.

데이비드는 선장 역할을 천직처럼 수행했다. 배 안을 쉼 없이 오

가며 선원들에게 칭찬을 아끼지 않았다. 천시가 아이스박스의 얼음이 벌써 녹았다고 불평하자 데이비드는 즉시 아이스박스 자체를 얼음덩어리로 얼려버렸다. 천시는 기쁨에 겨운 탄성을 질렀다.

 정오 직전, 천시가 상자에서 기어 나와 목적지에 도착했음을 알렸다. 샐과 피는 노를 거두고 라이너스와 아서는 돛을 정리했다. 그 후 천시는 모두 벤치 좌석에 앉히고 자신은 상자 위에 올라섰다. "여러분, 조용, 조용!"

 "아무도 말하지 않았는데." 피가 말했다.

 "우리가 왜 멈췄는지 궁금하실 겁니다." 천시가 선 채로 말했다. "그랬다면 아주 칭찬합니다. 제가 계획한 모험은 두 부분으로 나뉘거든요."

 "반전이군." 루시가 두 손을 비비며 중얼거렸다.

 "저는 최근에 저의 새로운 능력을 발견했습니다." 천시가 상자 위에서 서성거리며 말했다. "우리가 아는 세상의 모습을 바꿀 수 있는 능력이죠!"

 시어도어가 흥분해서 쩍쩍거렸다.

 "이제 제가 잉크를 만들 수 있다는 걸 모두 아시죠. 루시 말에 따르면 몽정 현상입니다."

 "우리는 정말 그렇게 부를지 매우 진지하게 논의해야 해." 라이너스가 엄격하게 말했다.

 천시는 굴하지 않았다. "지난주에 저는 잉크를 뿜어내는 일 말고도 새로운 능력이 있다는 사실을 알게 됐어요." 천시는 조심스럽게 밀짚모자를 벗어 가슴 앞에 움켜쥔 채 바다를 바라봤다. "저는… 물고기와 대화할 수 있답니다."

정적. 뱃전에 부딪히는 파도 소리와 위에서 지저귀는 바닷새 소리만 들렸다.

천시가 배시시 웃었다. "다들 말문이 막혔을까요? 와, 생각보다 짜릿한 경험이네요."

"천시." 라이너스가 힘없이 말했다. "미안한데, 내가 제대로 들었다면 네가…."

"물고기하고 대화할 수 있다고요!" 천시가 외쳤다. "아서와 라이너스가 떠난 뒤에 다 함께 조이를 따라 수영하러 갔거든요. 저는 혼자 바위에 붙은 따개비를 따 먹고 있었는데, 한 물고기가 저에게 다가와서 자기 이름을 말해주었어요. 온 바다의 물고기는 모두 이름이 있대요."

"말도 안 돼." 루시가 속삭였다. 눈에 붉은빛이 번득였다.

"그게 정말이라면 왜 이제야 말하니?" 아서가 물었다.

"모두를 놀라게 해주고 싶었어요." 천시가 촉수를 흔들었다. "제가 미치지 않았다는 걸 확인하고 싶기도 했고요."

"정말 친절하구나, 천시." 라이너스가 말했다. "넌 내가 아는 누구보다 제정신이야."

천시는 입을 쭉 내밀었다. "에이, 저는 좀 미치면 안 되나요?"

"물고기와 대화할 수 있다고?" 샐이 말했다. "그래, 못할 거 없지."

"검증을 원하시는군요." 천시가 말했다. "해드리죠!" 천시가 뱃머리로 다가가자 시어도어는 자리를 비켜주었다. 천시는 배 밖으로 몸을 쭉 내밀고 물을 향해 소리쳤다. "프랭크! 똑똑, 프랭크! 거기 있어? 올라와줘, 친구!"

"그 물고기 이름이 프랭크인가봐." 라이너스가 말했다.

"좋은 이름이네." 아서가 말했다. "'자유' 또는 프랑스 출신이라는 뜻이지."

"그래?"

"응."

"그럼 프랑스에서 온 물고기인가?"

"바다의 80퍼센트가 미개척지잖아." 아서가 일깨웠다. "프랑스 출신의 프랭크라는 물고기는 많을 수 있어."

"이제 우린 그중 하나를 만나게 되었네. 천시가 호출할 수 있으니까."

"프랭크!" 천시가 우렁차게 외쳤다. "거기 있을까? 프랭크!"

"아마 멀리 있을지도." 탈리아가 천시를 따라 배 밖을 살피면서 말했다. "바다는 꽤 크잖아."

"알아." 천시가 눈을 들어 탈리아를 바라봤다. "하지만 프랭크가 다니는 학교가 이 근처라서 그리 멀리 있지 않을 텐데. 프래애애애애애애앵크!"

그러자 다들 배 너머로 몸을 내밀고 목 놓아 프랭크를 불렀다. 아서는 처음으로 바다를 향해 소리를 질러보았다. 생각보다 훨씬 더 홀가분했다. 그때 다시 어색하게 뒷전에 물러나 있는 데이비드가 시야 끝에 들어왔다. 아서가 말을 걸기도 전에 피가 데이비드에게 손짓하며 자리를 만들어주었다. 데이비드는 조심스럽게 다가가 피와 탈리아 사이에 서서 물속을 들여다보았다. 탈리아는 데이비드에게 선장 목소리가 제일 커야 한다고 격려했다.

데이비드는 그 말에 꽂혔는지 고개를 쳐들고 송곳니가 드러날 만큼 입을 크게 벌리며 숨을 들이마신 뒤 무시무시하게 포효했다. 그 소리는 바다 멀리 쩌렁쩌렁 울려 퍼졌다. 마을까지 닿았다고 해도 놀랍지 않았다.

"어때?" 데이비드가 묻더니 이내 모두의 시선을 느끼고 움찔했다. "아니, 난 그냥…."

"끝내준다!" 천시가 소리 지르며 데이비드의 어깨를 잡고 흔들었다. "어떻게 했어?"

"소리 진짜 크다." 탈리아가 눈을 반짝이며 말했다. "라이너스가 샤워하며 흥얼거릴 때마다 그렇게 해줘!"

"유리잔을 늘어놓고 시도하면 와장창 깨질 듯?" 피가 말했다. "창문도!" 피는 고개를 젖혀 아서를 올려다봤다. "집에 가서 시도해봐도 돼요?"

"안 된다." 아서가 말했다. "창문은 소중하거든."

"프랭크!" 천시가 흥분한 목소리로 외쳤다. "올 줄 알았어!"

모두가 그쪽으로 달려드는 바람에 배가 위태롭게 기울었다. 수면 바로 아래 물고기 한 마리가 보였다. 썩 아름다운 물고기라고는 할 수 없었다. 넓적하고 평평하며 크기는 샐의 변신 형태보다 조금 더

컸다. 머리 양옆의 눈은 초롱초롱하고, 머리 쪽은 회색인데 꼬리 쪽으로 갈수록 하얘졌다. 물고기는 입을 뻐끔거리며 헤엄쳤다.

"여러분." 천시가 말했다. "이쪽은 프랭크야. 프랭크, 여긴 이전에 말했던 내 가족이야."

물고기가 물 밖으로 입을 내밀고 뻐끔거렸다. 아서는 아무 소리도 못 들었지만 천시는 진지하게 고개를 주억거렸다. "그래, 맞아. 오, 정말? 와, 설마. 그래, 전해줄게. 기다려." 천시가 돌아봤다. "프랭크가 아서를 보니 예전에 알고 지냈던 에스메랄다라는 해마가 떠오른대요."

"프랭크에게 고맙다고 전해주렴, 천시. 해마를 닮았다는 말은 처음 듣는데, 기대 이상으로 기분이 좋구나."

"앗!" 루시가 말했다. "그러면 에스메랄다랑 결혼하면 어때요?" 루시는 두 손으로 제 뺨을 찰싹 때렸다. "아! 이미 라이너스의 청혼을 받아들였으니 해마랑 이어질 수 없겠네요. 젠장! 하필이면."

"젠장." 아서가 맞장구쳤다. "꿈이 깨지는 게 이런 기분인가? 몹시 애석하구나."

"내가 양보할게." 라이너스가 구시렁거렸다.

바로 그때 시어도어가 다들 궁금해하는 질문을 천시에게 던졌다.

"나도 내가 어떻게 물고기 말을 알아듣는지 모르겠어." 천시는 얼굴을 물 가까이 내밀었다. 프랭크가 바로 그 아래서 헤엄쳤다. "내 잉크랑 비슷해. 그냥 갑자기 되더라고." 한쪽 눈이 물속에 들어가고 다른 눈은 배 위의 가족을 향했다. "나는 프랭크와 대화할 수

있으니 아마 다른 물고기들하고도 말이 통할 거야. 그러니까 앞으로 우리는 어떤 해산물도 먹을 수 없어."

"오, 다행이다." 피가 말했다. "생선은 역겨워."

"뭐?" 루시가 꽥 소리쳤다. "싫어! 난 게가 좋아! 새우도! 랍스터도! 그리고 그 통조림 정어리도! 라이너스 앞에서 손가락으로 집어 먹으면 라이너스가 구역질하는 게 재밌단 말이야!"

"너희는 말이 통하는 존재를 먹을 수 있어?" 천시가 물었다. "그건 나쁜 짓 아닐까? 프랭크는 해산물을 먹는 사람은 지옥에 간다고 했어."

"하." 라이너스가 말했다. "물고기가 지옥의 개념을 안다니 이제 모든 것에 의문이 생기네."

"그럼 다른 동물은?" 탈리아가 물었다. "네가 물고기와 대화할 수 있듯이 우리 중 한 명이 소나 돼지와 대화할 수 있다면? 그럼 소고기나 돼지고기를 먹는 것도 나쁜 거네?"

피는 눈을 부릅떴다. "베이컨을 못 먹게 한다면 누구든 나무로 만들어버리겠어. 좋은 나무가 아니라 콩배나무처럼 나쁜 나무로."

다들 피를 빤히 쳐다봤다.

피가 넌더리를 냈다. "내가 가르쳐주었잖아! 콩배나무는 가시가 있고 꽃에서 참치 냄새가 난다고! 누구도 그 냄새를 오래 맡고 싶지 않을걸!"

"채식을 고려할 수도 있겠구나." 아서가 말했다. "식단에서 고기를 빼고…."

"그러면 정말 지구 전체를 날려버리겠어요." 루시가 으르렁거렸

다. "고기가 나쁘다고요? 어디 우주로 날아가면서 숨 쉬어 보시죠."

"어쨌거나 오늘은 천시의 날이지." 라이너스가 말했다. "천시, 네 얘기를 좀 더 들어보자."

천시가 물속에 넣은 한쪽 촉수를 다시 꺼냈다. 얼굴에서 물이 뚝뚝 떨어졌다. 눈이 좌우로 휙휙 움직였다. "음, 얘기는 충분히 한 것 같은데, 이제 그냥 집에 가서….."

"천시." 샐이 말했다. "너 프랭크 먹었어?"

"뭐? 그럴 리가! 난 그런 사람 아니야! 난 절대….."

"네 배 속에 프랭크 보이는데." 피가 말했다.

정말 천시의 초록색 반투명 피부 너머로 프랭크가 작은 거품을 내며 살랑살랑 헤엄치고 있었다. "아, 이거? 프랭크가 위산에 관심이 아주 많아서 직접 보고 싶어 했어."

"와." 데이비드가 중얼거렸다. "여긴 미친 곳이야."

라이너스가 한숨을 내쉬었다. "당신이 처리할래, 아니면 내가?"

"정말 시원스럽게 말하네." 아서가 말했다. "당신에게 맡길게."

라이너스는 크게 손뼉을 치며 주의를 끌었다. "애들아, 애들아! 새 규칙이야. 이름을 가진 것은 먹지 않는다."

피는 새초롬하게 눈을 깜빡였다. "깜빡하고 말 안 했네요. 저는 콜리플라워랑 대화할 수 있고, 모두 '폐기'라고 이름 지었어요. 전 이제 콜리플라워를 못 먹겠네요."

"시도는 좋았어." 라이너스가 말했다. "네가 루시한테 네 콜리플라워를 모두 다른 차원으로 보내달라고 부탁하는 말 다 들었다.

지난번에 루시가 블랙홀을 불러냈을 때 말이야."

"네, 엉망이었죠." 샐은 보지도 않고 탈리아와 하이파이브했다.

그때 천시가 배 밖으로 몸을 내밀고 프랭크를 토해냈다. 프랭크가 꼬리지느러미를 반짝이며 바닷속으로 사라지자 모두 손을 흔들었다.

데이비드가 고개를 돌려 아서를 보았다. "우리가 원한다면 괴물이 될 수 있다고 한 게 빈말이 아니었군요."

"뭐라고?" 루시가 미간을 찌푸리며 물었다. "우리가 괴물이 될 수 있다니, 무슨 말이야? 아서가 안 된다고 했는데." 루시는 눈을 동그랗게 뜨고 데이비드와 아서를 번갈아 보았다. "아아, 그렇게 됐다 이거지." 루시는 아이스박스를 발로 차고 천시의 상자 안에 들어앉아 침낭을 뒤집어썼다. 아서를 노려보는 루시의 새빨간 눈만 선명하게 보였다.

"무슨 일이야?" 라이너스가 물었다.

"내 탓이야." 아서가 나지막이 말했다. "내가 똑바로 대처하지 못했어."

"당신도 배우고 있잖아." 라이너스가 아서의 팔을 다독이며 말했다. "당신이라고 해서 모든 걸 다 알 수는 없어."

그렇지만 아서는 마음이 좋지 않았다. 어떻게 한 아이에게는 괴물이 되어도 된다고 말하면서 다른 아이에게는 안 된다고 말할 수 있을까? 데이비드가 생각하는 괴물과 루시가 생각하는 괴물이 다르다는 이유는 아이들에게 오해와 혼란을 줄 수 있었다.

"얘들아!" 샐이 외쳤다. "문제가 생겼어." 샐은 축 늘어진 돛을 가리켰다.

시어도어가 뱃머리에서 날아와 발톱으로 기둥을 잡고 부리로 돛을 잡아당겼지만, 돛은 다시 축 늘어졌다.

"바람이 안 불어." 탈리아가 배 가장자리로 가서 멀리 내다봤다. "어떻게 섬으로 돌아가지?" 탈리아는 미끄러지듯 주저앉아 다리를 끌어안았다. "우리 이제 배에서 살아야 해? 여기선 아무것도 심을 수 없잖아!"

라이너스가 입을 열자 아서가 라이너스의 손목을 잡고 고개를 저었다.

"얘들아." 아서가 말했다. "너희에게 새로운 임무가 있다. 우리 도움 없이 섬으로 돌아갈 방법을 찾아내렴." 힐끔 곁눈질하니 루시가 붉은 눈을 가늘게 뜨고 있었다. "가장 좋은 방법을 생각해내는 사람에게 상을 주마."

다소 뻔한 수작으로 루시에게는 통하지 않았다. 아이는 여전히 상자 안에서 눈에 쌍심지를 켜고 있었다.

"노를 저으면 돼." 피가 말했다. "오래 걸리겠지만 언젠가는 도착할 거야."

시어도어는 날개를 펼치며 자기가 한 사람씩 태우고 섬에 실어다주겠다고 제안했다가, 그러면 자기가 메를과 다를 바 없다고 판단하고는 다시 자리에 앉아 갈라진 혀로 비늘을 핥았다.

아이들이 각자 의견을 제시하는 사이("난 날개가 있어서 그냥 너

희를 두고 떠날 수 있어." 피가 지적했다), 라이너스는 아서를 툭 치고 한쪽을 턱짓했다. 데이비드가 선장 모자를 가슴 앞에 들고 안절부절못하고 있었다.

"데이비드." 다들 아웅다웅하는 동안 아서가 불렀다. "좋은 생각 있니?"

데이비드는 움찔하며 떨어뜨린 모자를 모두가 지켜보는 가운데 집어 들며 말했다. "음, 제가… 물 위에 얼음덩어리들을 띄우면 모두 걸어서 돌아갈 수 있지 않을까요?"

"좋은 생각이네." 라이너스가 말했다. "다들 어떻게 생각해?"

샐이 피와 눈빛을 교환한 뒤 말했다. "이건 우리들 회의예요. 어른은 저리 가세요."

"어디로 가란 말이니?" 라이너스가 물었다. "여긴 바다 한가운데야."

"귀를 막고 라라라 하고 크게 외치세요." 탈리아가 조언했다. "어른들이 싫은 소리를 할 때 제가 자주 쓰는 방법이에요."

"잘 안다." 아서가 말했다. "대놓고 그렇게 하잖니. 회의 계속 진행하렴. 라이너스와 나는 실컷 라라라 하고 외칠게."

샐은 상자 안의 뿔난 소년을 넌지시 보고 말했다. "루시, 너도 우리의 일원이잖아. 어서 나와. 우린 네가 필요해."

구시렁거리며 상자에서 나온 루시가 쿵쿵 걸어와 가슴 앞에 팔짱을 낀 채 피 옆에 섰다.

아이들이 머리를 맞대고 회의를 진행하는 동안(루시는 점점 적

극적으로 변했다), 라이너스와 아서는 귀를 막고 크게 외쳤다. *"라 라 라 라."*

회의는 오래 걸리지 않았다. 데이비드를 포함해 모두 의견을 제시했다. 루시는 방금까지 속상했던 감정을 잠시 잊은 듯했지만, 다시 그 얘기를 꺼내는 건 시간문제였다. 아서는 그때 루시에게 뭐라고 말해야 할지 고민해야 했다.

아이들은 합의에 이르렀고, 샐의 주도로 모두 한가운데 손을 모았다. 데이비드가 맨 마지막에 흰 털북숭이 손을 얹자, 루시가 자기 손을 빼 그 위에 얹었다. 데이비드가 쳐다보자 루시는 거들먹거리는 표정을 지었다.

아서가 루시에게 주의를 주려는 찰나 데이비드가 예상치 못한 행동을 했다. 데이비드가 손을 뻗어 긴 손톱으로 루시의 코를 콕 눌렀다.

루시는 입을 떡 벌렸다. 라이너스와 아서는 웃음을 참으려고 애썼다.

"셋에 하는 거야." 샐이 말했다. "하나, 둘, 셋!"

"우린 죽지 않아!" 아이들이 손을 번쩍 쳐들며 외쳤다.

"알아냈어요." 샐이 입을 떼자 다른 아이들은 고개를 끄덕였다. "우리 모두 지루하지 않게 돌아갈 방법을요."

"그런 조건이 붙어야 했어?" 라이너스가 말했다.

"붙었어요." 피가 말했다. "그래서 루시의 아이디어를 채택했죠."

아서가 눈을 깜빡였다. "데이비드, 네 의견 잘 피력했니?"

데이비드가 씩 웃으며 아서의 어깨너머를 힐끗 보았다. 송곳니가 살짝 보이는 약간 뒤틀린 미소였다. "네. 그런데 루시가 더 흥미로운 제안을 했어요."

"그래? 뭔데?"

구름이 태양을 가린 것처럼 하늘이 어두워졌다. 아서가 고개를 들기도 전에 배는 마치 끌려가듯이 섬에서 조금씩 멀어지기 시작했다. 라이너스는 아서를 붙잡았다.

"대체 이게…." 라이너스가 손차양을 하고 태양을 올려다보며 중얼거렸다. "비구름이 아니었으면 좋겠는데, 루시?"

"네, 라이너스?" 루시는 순진무구하게 대꾸했다.

"우리를 향해 다가오는 거대한 해일에 대해 아는 바 있니?"

"거대한 뭐?" 아서가 물으며 뒤돌아보자 하늘 높이 솟아오른, 적어도 4층 높이의 거대한 파도가 보였다. 눈 덮인 산봉우리 같은 물마루가 굉음을 내며 그들에게 다가왔다. 배는 파도의 엄청난 힘에 점점 빠르게 끌려갔다.

"다들 꽉 잡아!" 루시는 죽음이 임박하자 신이 나서 비명을 질렀다. 라이너스가 아서보다 한 박자 빨리 움직였다. 탈리아와 루시를 양옆구리에 끼고 이미 앞머리가 떠오른 배의 중앙에 납작 엎드렸다. 피와 데이비드는 상자 안으로 뛰어들고, 샐은 시어도어를 끌어안고 라이너스 옆에 엎드려 초롱초롱한 눈빛으로 파도를 바라봤다.

"천시!" 아서는 천시를 향해 손을 뻗으며 외쳤다. 배가 점점 뒤로 기울며 아이스박스가 바닷속으로 떨어졌다.

"할 수 있어요!" 천시가 외쳤다. 놀랍게도 천시는 숨을 크게 들이마시며 가슴을 빵빵하게 부풀리더니 힘차게 숨을 내뿜었다. 그러자 눈을 제외한 몸 전체가 종잇장처럼 얇아졌다. 천시는 두 촉수를 각각 고무처럼 쭉 뻗어 배의 앞머리와 뒷머리를 붙들었다. 그때 강한 돌풍이 천시의 가슴을 강타했다. 천시는 날아갈 듯 붕 떠올랐고 공중에서 낄낄댔다. 다행히 촉수에 다닥다닥 붙은 빨판들이 선체를 단단히 잡고 있어 떠내려가지 않았다.

아서는 천시가 뭘 하고 있는지 깨달았다. 천시는 자신을 낙하산으로 만들어 배 안에 초록빛 그늘을 드리우고 있었다.

파도의 정점에 도달하며 배가 뒤집힐 것처럼 기울었다. 바닷물이 얼굴에 튀어 눈을 뜰 수 없었다. 루시는 기쁨의 비명을 지르며 두 손을 번쩍 들어 올렸다. 라이너스는 루시가 배 밖으로 떨어지지 않도록 애썼다.

갑자기 허리케인이 스위치가 꺼지듯 한순간에 멈췄다. 아서는 눈을 뜨고 배 밖을 바라보았다.

그들은 날고 있었다.

정말로 날고 있었다.

천시가 낙하산이 된 배는 바다에서 최소 15미터 뜬 채 순풍을 타고 섬을 향해 날았다. 엄청난 물보라를 일으키며 무너지는 파도를 보고 천시는 계속 낄낄거렸다. "우와, 세상에! 안 될 줄 알았는데!"

데이비드와 피가 상자 밖으로 고개를 내밀었다. "우리 아직 살아있어?" 데이비드가 물었다.

"한 번 더!" 루시가 라이너스의 무릎 위에서 엉덩이를 들썩였다. "한 번 더!"

"안 돼." 라이너스가 푸르죽죽한 안색으로 말했다. "두 번 살아남지는 못…"

배가 반쯤 훅 떨어지자 모두 비명을 질렀다. 아서는 위장이 목구멍까지 튀어나오는 감각을 느꼈다.

"어, 이런." 천시는 더듬이를 잔뜩 움츠리며 말했다. "바람이 다시 느려지고 있어. 미안, 우린 추락해서 끔찍하게 죽을 거야. 다들 사랑해."

시어도어가 고개를 까딱이며 쩍쩍대고 깍깍거렸다.

아서가 씩 웃었다. "네 말 맞다, 시어도어. 천시의 피부에는 작은 구멍들이 많지!"

"무례해요!" 배가 좀 더 바다를 향해 떨어지자 천시가 울부짖었다. "최선을 다하고 있다고요!"

시어도어가 샐의 품에서 나와 두리번거리더니 몸을 씰룩거리며 배 바닥에 낮게 웅크리고 꼬리를 휙휙 흔들었다. 주저 없이 천시를 향해 고개를 치켜들고는 비늘을 반짝이며 입을 쩍 벌려 송곳니를 드러냈다. 와이번이 녹색 불을 내뿜자 눈부신 화염이 천시를 덮쳤다. 초록 몸이 다시 한번 부풀어올랐다.

"아아." 천시가 키득거렸다. "간지럽잖아."

"잘했다, 시어도어." 아서는 계속 불을 뿜는 시어도어의 날개 사이를 쓰다듬었다.

라이너스는 결국 바다에 토를 내뿜었다. 탈리아가 등을 문질러 주

며 프랭크를 비롯한 물고기들에게 먹이를 주어서 고맙다고 말했다. 다시 자리에 앉은 그의 얼굴은 창백하고 땀과 바닷물이 뒤섞여 축축했다. "우리가 천시를 열기구 삼아 하늘을 날았다는 말은 조사관에게 비밀로 하자. 보고서에 어떻게 적힐지 생각만 해도 식은땀이 나."

"하지만 우리가 원하는 건 뭐든 될 수 있다고 했잖아요." 피가 일깨웠다. "이건 천시가 원하는 건데요."

라이너스는 한숨을 쉬었다. "그래, 내가 그렇게 말했지? 새 규칙 한 가지 더. 천시는 원하면 열기구가 될 수 있지만, 여기 있는 사람들 앞에서만이야. 조이 포함."

"헬렌도요." 데이비드가 덧붙였다.

"헬렌도." 라이너스가 동의했다.

"제이본도요." 루시가 말했다. "제가 다음에 마을 레코드 가게에 가서 이 얘기를 안 할 줄 안다면 라이너스는 노망 난 거예요."

라이너스는 눈을 감고 힘없이 웃었다. "그래, 내가 늘 스스로에게 하는 말이네."

해변에 이르러 시어도어가 화염을 거두자 천시는 곧바로 원래의 모습으로 돌아왔다. 배가 덜커덩 모래밭에 내려앉자 모두 휘청거렸다.

라이너스는 배에서 기어나가 땅에 드러누워 모래 더미를 끌어안았다. "오, 육지, 내 사랑하는 육지. 다시는 널 당연하게 여기지 않을게."

"얘들아." 다들 정신을 차리자 아서가 말했다. "오늘 모험에서 우리가 뭘 배웠니?"

"포도는 별로 포만감을 주지 않아요." 천시가 말했다. "배가 고파요."

"다음엔 샌드위치를 싸 가자꾸나. 피?"

"루시가 파도를 일으킬 수 있다는 걸 알게 됐어요." 피가 말했다. "못 할 줄 알았는데 제 생각이 짧았어요."

아서가 한쪽 눈썹을 치켜올렸다.

"아이참, 우리가 진짜 죽을 뻔한 건 아니잖아요."

"흠. 인정하마. 탈리아, 네 차례다."

탈리아는 수염을 쓰다듬으며 고민했다. "물고기도 사고할 수 있다는 걸 알게 됐어요. 그래도 저는 생선 먹을래요. 맛이 좋으니까요."

"솔직하게 말해줘서 고맙다. 시어도어?"

시어도어는 배 바닥에 드러누워 버둥거리고 있었다. 샐이 발목을 잡고 확 일으키자 와이번은 아서의 얼굴에 대고 쩍쩍거렸다.

"훌륭해. 불을 기발하게 이용해서 배가 추락하는 사고를 막았어. 우리 모두를 구했고, 깊은 감명을 받았다. 샐, 네 차례다."

"곤경에 처했을 때 우리끼리 문제를 해결했어요." 샐은 시어도어를 어깨에 얹고 눈을 빛내며 말했다.

"해일을 이용해서 말이지." 라이너스가 투덜거렸다. 계속 모래 더미에 몸을 치댄 탓에 다리와 엉덩이가 모래 범벅이었다. "나쁘지 않지만, 개인적으로 인생이 주마등처럼 스치는 경험은 한 번이면 족해."

"너희는 스스로 방법을 찾았어." 아서가 말했다. "계획을 실행에 옮기고 끝까지 해냈고. 더 좋은 방법이 없었을지 따지기보다는 그 자체로 칭찬받아 마땅하다. 데이비드, 무엇을 배웠니?"

"다들 너무 이상해요." 데이비드는 눈을 크게 뜨고 헐떡이며 말했다. "그래서 마음에 들어요."

"고맙다. 너도 우리만큼 이상하고, 우리도 네가 마음에 드니 우린 같은 편인 것 같구나. 루시? 뭘 배웠는지 궁금하다."

루시는 아서를 향해 오만상을 찌푸렸다. "왜요, 또 제가 뭘 하면 안 되는지 알려주려고요?"

뼈아픈 말이었지만 이해가 갔다. "단둘이 얘기 좀 해야겠구나."

"그러시겠죠." 루시가 투덜거렸다. "저는 라이너스의 구토를 유발할 또 다른 방법을 알아냈어요. 제 계산으로는 이제 열두 가지네요."

"열세 가지야." 탈리아가 말했다. "샐이 여드름 났을 때 부럽다며 네 얼굴 전체를 고름이 가득 찬 여드름으로 뒤덮었던 일 기억나?"

라이너스는 다시 몸져누웠다.

현관 포치에 나란히 앉아 그들을 기다리고 있는 조이와 헬렌을 본 순간, 아서는 알았다. 불길한 예감이 몰아쳤다. 조이와 헬렌의 경직된 표정 때문만은 아니었다. 뜻밖의 해일처럼 그를 덮친 불안감의 원흉은 따로 있었다.

둘 사이 현관 계단에 놓인 흰색 서류철이 눈에 들어왔다. 아서는 비슷한 서류철을 본 적 있었다. 라이너스가 DICOMY에서 기밀 지시를 받았을 때였다. 제닌 로더는 시간을 조금도 낭비하지 않았다.

"모험은 어땠어?" 조이가 설핏 웃으며 물었다. "혹시 섬을 덮칠 뻔한 거대한 파도에 대해 뭐 알아?"

"무슨 소린지 모르겠네요." 루시는 계단을 성큼성큼 올라가며 중얼거리더니 문을 쾅 닫고 집 안으로 들어갔다.

"어머머." 헬렌이 말했다.

"쟤 왜 저래?" 조이가 물었다.

데이비드가 털북숭이 발로 땅을 툭툭 찼다. "저한테 화가 났는데요, 왜냐면 저는 그냥…."

"데이비드." 샐이 말했다. "네 탓 아니야. 곧 풀릴 거고."

데이비드가 얼굴을 찡그렸다. "그건 모르잖아."

"난 안다." 아서가 말했다. "데이비드, 네 잘못이 조금이라도 있었다면 우리는 너하고 얘기했어. 쉽진 않겠지만 루시 걱정은 우리에게 맡기렴." 아서는 다른 아이들을 휙 둘러봤다. "모두 들어가서 옷을 갈아입는 게 좋겠다. 오늘 저녁은 일찍 먹자."

"프랭크만 아니면 돼요." 탈리아가 손가락으로 목을 긋는 시늉을 하며 다른 아이들을 따라 집 안으로 들어갔다.

아이들이 모두 사라지자 아서는 조이에게 다가갔다. "루시가 지금 좀 삐졌습니다. 그럴 만한 일이고, 제 책임이죠. 곧 해결할게요." 아서는 서류철을 내려다보았다. 두 개였다. "올 것이 왔군요."

"그래." 헬렌이 말했다. "나도 통지서를 받았어."

라이너스는 끙 앓았다. "도대체 무슨 속셈일까요?"

헬렌은 서류철 하나를 집어 들고 아서와 라이너스에게 앞면을 보여주었다. '마르시아스 시장 귀하'라고 적혀 있었다. 아이와 어른의 손이 만나 동그라미를 그린 형태의 DICOMY 공식 인장이 왼쪽 위에 찍혀 있었다. 헬렌은 서류철에서 종이 한 장을 꺼내 읽었다.

"친애하는 헬렌 웹 시장님, 6월 셋째 주부터 마르시아스 섬 고아원에서 마법아동관리부서의 공식 조사가 진행될 예정임을 알려드리고자 합니다. 해당 마을에서 정식 선출된 공무원으로서 이번 조사를 방해하지 말아주시길 바랍니다. DICOMY 조사관의 임무 완수를 방해하려는 모든 시도는 벌금과 징역형을 포함하여 엄벌로 다스리고자 합니다. 즐거운 하루 되시길! 마법아동관리부서 및 마법성인관리부서 임시 책임자 제닌 로더." 헬렌은 종이를 다시 서류철에 넣었다.

"문제를 예견하고 있는 것처럼 들리네요." 라이너스가 말했다.

"이럴 줄 알았어." 헬렌이 말했다. "마음의 안식을 찾아 마을에 방문하는 마법적 존재들이 많이 늘었거든. 그 소식이 정부의 귀에 들어가는 건 시간문제였지."

"다른 서류는 뭐죠?" 아서가 물었다.

조이는 어깨를 으쓱했다. "놀랍게도 더 짧아. 먼저 열어봐서 미안. 조사관이 다음 주 수요일에 온다는 내용이야." 조이가 눈살을 찌푸렸다. "그리고 조사관을 속이려고 시도하면 아이들을 즉시 퇴소시킬 거래."

"우리에게 무슨 선택지가 있죠?" 라이너스가 다소 무력한 목소리로 물었다. "저들이 누굴 보내든 우리 집에 쳐들어오게 놔둬야 하나요? 마을 사람들을 모두 믿어도 괜찮을까요?"

헬렌이 웃었다. "때때로 예상치 못한 도움을 받기도 하잖아." 그는 무릎에 팔꿈치를 얹고 눈을 반짝였다. "마을에 기자들이 몰려와서 섬을 취재하겠다고 극성인데, 메를은 그 일을 쉽게 만들어주지 않았지."

아서가 피식 웃었다. "또 뱃삯을 올렸군요? 얼마를 받으려고요?"

헬렌은 고개를 저었다. "그건 아니야, 아서. 메를은 배 운항 자체를 거부했어. 그의 말을 그대로 옮기자면, '도대체 기자들이 애들한테 무슨 질문을 하겠다는 거야? 망할 독수리들. 너희는 내 배에 발도 못 들여놔!'"

"설마요." 라이너스가 아서가 느낀 충격을 대변하며 말했다.

"진짜야." 헬렌이 유쾌하게 말했다. "나도 그 꼰대한테 그런 기개가 있는 줄 몰랐어. 기자들 표정을 봤어야 해. 거절을 처음 당해봤나봐."

"든든하네요." 아서가 확신에 찬 목소리로 말했다. "얼마든지 조사관을 보내라고 하세요. 누구든 이곳이 위험한 존재들이 사는 음지가 아니라 함께하고픈 사람들이 모인 집이라는 걸 알게 될 겁니다. 그 기자들도 언젠가 쓸모가 있을 테죠. 고려해야 할 사항이 많지만 지금은 배가 좀 고프네요. 가실까요?"

9장

월요일 오후, 조사관의 방문이 이틀 남은 시점에 아서 파르나서스는 침실의 등받이 높은 의자에 다리를 꼬고 두 손을 무릎 위에 포갠 채 앉아 있었다. 열린 창문 너머 탈리아가 정원 식물들에게 이러쿵저러쿵 말을 거는 소리가 들렸다. 노움의 조잘거림은 낮은 흥얼거림으로 바뀌었다. 멀리 파도가 부서지는 소리와 절벽 위 새들이 지저귀는 소리가 들렸다.

아서의 맞은편에는 루시가 자기 의자에 거꾸로 앉아 있었다. 다

리를 등받이에 올리고 머리는 의자 끝에서 바닥으로 향했다. 루시는 말없이 가슴 앞에 팔짱을 끼고 붉은 눈으로 아서를 노려보았다.

"내가 헤아리기로는 이번이 예순여섯 번째 면담이구나." 아서가 무거운 침묵을 깨며 말했다. "주의를 기울이지 않으면 시간은 참 금방 지나가지."

루시는 말없이 눈알을 굴렸다.

"똑바로 안 앉니?"

루시가 하품했다. 오늘은 아니라는 의미였다.

"머릿속 거미들은 어떠니?"

루시는 어깨를 으쓱했다.

"저런, 목소리를 잃었구나? 꼭 되찾았으면 좋겠다. 난 네 목소리가 참 좋거든."

루시는 혀로 이를 차며 무례한 소리를 냈다.

아서가 고개를 기울였다. "할 말 없니?"

루시는 한 바퀴 굴러 무릎을 꿇고 일어나더니 손가락으로 아서를 겨누고 으르렁거렸다. "나한테 거짓말했어요."

"아주 심각한 비난이구나."

"남들 생각대로 괴물이 될 필요는 없다고 했죠. 내가 원하는 건 모든 할 수 있다면서." 루시는 아서를 노려보며 다시 자리에 앉았다.

"내가 그렇게 말했지. 지금도 그 생각은 변함없다."

루시는 코웃음 쳤다. "그럼 왜 데이비드한테 원한다면 괴물이 될 수 있다고 말했어요? 왜 누구는 그래도 되고 누구는 그러면 안

돼요? 그게 어떻게 공평한데요?"

"네 말 맞다, 루시. 그 점에 대해 사과하마. 절대 그럴 생각은 아니었어." 아서는 자신의 말을 곱씹었다. "데이비드 잘못은 없으니 데이비드에게 화를 내지는…"

"사람들을 겁주려고 하는데 왜 잘못이 없어요? 제가 그러면 잘못했다고 하잖아요. 왜 데이비드만 봐주는데요?"

"좋아, 괜찮다면 이야기를 나눠보자." 아서가 신중하게 말했다.

"절 속이려고요?" 루시가 얼굴을 찌푸리며 말했다. "별일인데 별일 아니라고 생각하게 만들려고요?"

"내가 그런 적 있니?"

루시는 한참 동안 대답이 없었다. 결국 의자에 더 깊숙이 웅크린 채 중얼거렸다. "지금까지 없던 일이라고 해서 앞으로도 없으리란 법은 없죠."

"그렇게 느꼈다니 미안하다. 분명 그럴 의도는 전혀 없었지만 말이다." 아서는 책상 위에 두 손을 포갰다. "내 생각에 데이비드는 우리 중에 널 제일 우러러본단다."

"정말요? 왜요?"

"어떤 면에서 너희는 같은 부류니까. 혈연이나 형제애라는 의미는 아니야. 난 너희 둘을 동전의 양면으로 본다. 데이비드는 널 보고 무엇이 옳고 무엇이 그른지 배우게 되지."

"오." 루시가 얼굴을 찡그렸다. "이상하네요. 그래도 용서할 수 없어요."

"바라지도 않았다. 불합리하다고 생각하겠지. 네 말은 일리가 있어. 다시 동전 얘기로 돌아가서, 너희는 동전의 양면처럼 서로 닮았지만, 다르기도 해. 데이비드는 설인이고, 너는 아니잖니."

"저는 적그리스도예요." 루시가 말했다.

"그래." 아서는 걱정을 무릅쓰고 말했다. "그 이름을 고집하고 싶다면 그렇게 하렴. 단어가 가진 부정적인 의미를 고려해 그 말을 사용하지 말자고 했지만, 남들이 뭐라고 생각하든 널 정의할 권리는 너에게 있으니까."

"제가 남들 생각을 바꾸면 안 되나요?"

아서의 목덜미에 소름이 쭈뼛 돋았다. "자세히 말해보렴."

루시는 다시 꼿꼿이 앉아 조그만 두 팔을 사납게 휘둘렀다. "사람들은 우릴 무서워해요. 우리의 생김새와 능력 때문에 우리를 싫어하죠. 저는 마음만 먹으면 그 생각들을 한꺼번에 뒤집을 수 있어요." 루시가 톡 쏘듯이 말했다. "우리는 무섭지 않고 우리가 원하는 건 뭐든 할 수 있다고 믿도록요."

"정말 그렇게 할 수 있니?" 아서가 진지하게 물었다.

"아마도요." 루시가 턱을 두드리며 말했다. "엄청나게 집중하면 뭐든 할 수 있을 것 같아요. 바위나 바다소처럼 무거운 걸 순간이동 시켜볼까 생각한 적도 있고요."

"네가 정말 모든 사람의 마음을 순식간에 바꿀 수 있고, 남몰래 네 생각을 다른 사람에게 주입할 수 있다고 해보자. 네가 원하는 대의를 위해서 말이다. 그게 과연 옳은 일일까?"

루시는 신비로운 눈빛으로 아서를 바라봤다. "그러면 쉽잖아요."

"아마도. 하지만 그건 내 질문에 대한 답이 아니다. 순수한 의도라 해도 타인의 자유의지를 짓밟는 행동이 옳다고 할 수 있을까?"

루시는 망설였다. "음… 모르겠는데요."

"괜찮다." 아서가 말했다. "자, 도덕적 상대주의라는 개념 알지?"

루시는 끙 앓았다. 라이너스와 흡사한 소리에 아서는 손으로 미소를 가렸다.

"그래, 그래. 갑자기 철학을 꺼내서 미안하다. 앞으로는 더 배려하마. 지금은 좀 참아주렴. 도덕적 상대주의가 뭐지?"

"도덕적 판단이 특정 관점에 비추어서만 상대적으로 옳거나 그르다는 관점이요." 루시가 김빠진 목소리로 말했다.

"맞아. 그럼 그 반대 주장은?"

"도덕적 올바름을 판단하는 명확한 기준은 없다."

"정답이다." 아서는 꼬았던 다리를 풀고 자세를 고쳐 앉았다. "현재 널 위협적인 존재라고 생각하는 사람들이 있어. 그런가 하면 널 음악을 좋아하고 머릿속에 거미들이 있는 똑똑한 일곱 살 소년이라고 생각하는 사람들도 있지. 누가 맞니?"

"똑똑하다고 생각하는 사람들이요." 루시가 즉시 답했다.

"그럼 그 반대라고 생각하는 사람들은 모두 틀렸니?"

"아마도요?" 루시가 자신 없이 말했다.

"하지만 도덕적 상대주의를 적용하면 널 두려워하는 사람들의 믿음이 정당하다는 점을 인정해야 해. 여기서 딜레마가 발생하지.

도덕성이 개인적 신념에 좌우되면 보편적인 윤리 기준을 세울 수 없고, 준거 기준이 없다면 어떻게 누구나 진정 옳다고 확신할 만한 결정을 내리겠니?"

루시가 얼굴을 찌푸렸다. "그럼 누가 옳고 누가 틀린데요?"

"좋은 질문이다. 정답이 없는 질문이기도 하지. 언젠가 네가 나한테 인간은 참 이상하다고 말한 적이 있단다. 툭하면 울거나 웃고, 괴물이 자기를 잡아먹으려 한다며 꽁지 빠지게 도망친다고."

"심지어 진짜 괴물이 아니라 머릿속에서 만들어낸 괴물일 때도요."

"정확해. 하지만 널 두려워하는 사람들에게서 네 마음대로 그 괴물을 사라지게 하면 그들은 무엇을 배울 수 있을까?"

"아무것도 못 배우겠죠."

"맞아. 배울 기회가 주어지지 않았기 때문이지. 그렇기에 자유의지가 중요하단다. 우리에게 사람들의 신념을 바꿀 기회를 주니까."

"그게 왜 우리 책임이에요? 왜 우리가 너그럽게 가르쳐야 해요? 알아서 배워야 하지 않나요?"

"이상적인 세상이라면 그렇겠지. 모두 편견을 버리고 자신과 다른 이들을 포용하려고 노력하겠지. 하지만 우리는 그런 세상에 살지 않으니 주어진 것으로 할 수 있는 일을 해야 해." 아서는 몸을 앞으로 숙였다. "네 말대로, 우리가 위협적인 존재가 아니라고 스스로 증명해야 할 책임은 없다. 하지만 안타깝게도 우리는 그렇게 해야만 하는 위치에 놓여 있어. 다시 괴물 얘기로 돌아가게 되는데, 너와 데이비드는 비슷하면서도 달라. 내가 데이비드에게 원

하면 괴물이 될 수 있다고 한 건 데이비드는 괴물이 되어 사람들을 즐겁게 해주고 싶어 해서다. 사람을 해치고 싶어서가 아니라."

루시가 눈을 부릅떴다. "저도 사람들을 해치고 싶지 않거든요?" 그러더니 잠시 멈칫했다. "그래요, 어떤 사람들은 해치고 싶지만, 항상 그런 건 아니에요."

아서가 손을 들었다. "나도 네가 그보다 나은 사람인 걸 안다, 루시. 내가 제때 제대로 설명을 못 했으니 다시 말하마. 타인의 자유의지를 존중하는 한 너는 네가 원하는 누구든 될 수 있어."

루시가 눈을 흘겼다. "제가 아서의 기대를 저버리면요?"

예상했던 반응이었다. 모든 아이가 한 번쯤은 이렇게 나왔다. 허용선이 어디인지 알아내기 위해서였다. 안 되냐는 말에 왜 안 되느냐고 묻는 것처럼. "그래도 널 똑같이 사랑할 거다."

루시는 눈을 동그랗게 뜨고 깜빡였다. "정말요? 왜요?"

"나는 날마다 네 좋은 점을 발견하니까. 네 친절함, 네 장난기, 네가 주변 세상에 느끼는 경이로움. 우리가 의견이 다르다고 해서 널 향한 내 사랑이 변하지 않는단다."

루시는 고개를 뒤로 젖히고 천장을 바라봤다. "힘드네요."

"뭐가?"

"살아있는 그 자체가요."

"힘든 일이지." 아서가 동의했다. "어쩌면 그게 삶의 이유일지도 모른다. 인생의 시련은 우리를 짓누르지만, 우리는 그 짐을 덜어줄 동료들을 만나게 되지. 그래서 난 네가 데이비드에게 큰 힘이 되리라 믿는다. 지금 데이비드는 큰 짐을 짊어지고 있고, 내 생각엔 너만큼 잘 도와줄 사람이 없을 것 같거든."

한동안 루시는 창밖을 바라보며 침묵했다. 얼굴이 황금빛으로 물들었다. "아서."

"응?"

"저도 사랑해요."

아서는 가슴의 불꽃을 느끼며 미소 지었다. "안다. 자, 오늘은 여기까지 하자. 우리가 떠난 사이에 네가 제이본의 가게에서 새 레코드를 구했다는 소문이 있던데."

루시가 의자에서 벌떡 일어나 엉덩이를 씰룩거렸다. "패츠 도미노 앨범이요! 금방 가져올게요. 〈아임 워킹〉이라는 곡이 진짜 예술이에요!"

그렇게 둘은 함께 레코드를 들으며 남은 오후를 보냈다. 패츠 도미노는 애절하게 노래했다.

나 걷고 있어. 그래, 정말로. 너와 나에 대해 말하고 있어. 네가 내게 돌아오길 바라고 있어.

그날 밤, 아이들이 모두 잠자리에 든 뒤 루시는 데이비드의 방에서 하룻밤 같이 자기로 했다—아서는 저녁 일과를 마치고 침대 머리맡에 기대어 쉬는 라이너스에게 다가갔다. 그의 다리 사이에 자리 잡은 칼리오페가 아서의 일거수일투족을 지켜보고 있었다.

"루시에게 심경의 변화가 있는 것 같던데." 라이너스가 말하면서

부르르 떨었다. "그렇다고 해서 한밤중에 집이 무너져서 깨어나는 일은 없었으면 좋겠어."

아서는 침대에 올라가 칼리오페의 귀 뒤를 긁어준 뒤 라이너스의 뺨에 입 맞추고 그 옆에 기대어 누웠다. "내가 데이비드를 다르게 대한다고 느꼈나봐. 꼭 질투는 아니었지만."

"데이비드한테는 괴물이 되어도 된다고 말했다면서."

"그래." 아서가 침대 헤드에 뒤통수를 두드리며 말했다. "위선적이었지."

"인정하기 싫지만, 로더의 말도 일리가 있을지 몰라." 라이너스가 손으로 얼굴을 문지르며 말했다. "도덕적 의무에 대해서 말이야. 우리에게 어떤 책임이 있지?"

"모든 부모, 보호자와 똑같은 책임이 있지. 옳고 그름의 차이를 알려주고 좋은 선택을 하도록 이끄는 것."

"만약 데이비드가 잘못된 선택을 한다면? 그 선택이 다른 아이들에게 영향을 미치면? 정말 괴물이 되어도 된다고 말해도 될까? 본능적인 충동에 휘둘리지 않고 좋은 사람이 되는 법을 가르쳐야 하지 않을까? 우리가 루시에게 한 것처럼?"

아서는 울컥했다. 라이너스가 무슨 말을 하려는 건지 알지만 그래도 거북했다. "본능적인 충동? 라이너스, 그 애는 설인이야. 그건 그 애의 일부고, 당신이 이해 못 한다고 해서 그걸 빼앗을 권리는 없어." 다소 쏘아붙이듯 말했다는 걸 자각했지만 미안하다는 말이 나오지 않았다. 아서는 상황이 조금만 불편해져도 사과를 잘

못 했다. DICOMY의 통제를 받으며 몸에 밴 버릇이었다.
"당신? 지금 이거 우리 얘기 아니었어?" 라이너스가 발끈하자 칼리오페가 덩달아 아서를 노려봤다.
"그래, 당신과 나도 엄연한 우리야. 언제까지나. 하지만 당신은 아이들의, 우리의 기분을 결코 이해할 수 없어. 당신은 문제를 인식하고 돕고 싶을 수 있지만, 실제로 우리 입장이 되어 본 적은 없으니까."
"오, 이런. 그럴 의도는 아니었어. 사과할게."
"알아. 하지만 아이들을 생각하면 우린 누구보다 의도를 신중히 생각해야 해. 지옥으로 가는 길은 선의로 포장되어 있다고 하잖아."
라이너스는 한숨을 쉬었다. "그럼 내가 어떻게 좋은 아빠가 될 수 있지? 공감도 못 하는데 어떻게 아이들을 돕겠어?"
"곁에 있어 주고, 경청하면 돼. 당신은 둘 다 아주 능숙하잖아. 당신은 아이들이, 우리가 그동안 무얼 겪었는지 완전히 알 수 없어. 직접 경험하지 않았으니까. 다행스러운 일이야. 당신이 아이들을 보호하고 싶어 하는 마음이 나와 다른 것도 아니고. 언젠가 당신이 나한테 아이들을 섬에 고립시키면 아무 도움이 안 될 거라고 한 말 기억나?"
"응, 그랬지."
"그 당시에는 듣기 괴로웠지만 당신이 옳았어. 내가 아이들을 보호하는 방법은 득보다 실이 많다는 걸 알려주었지. 바깥세상을 믿지 못하더라도 아이들은 생각보다 훨씬 강하니까 아이들을 믿어야 한다고."

"그리고 부모라면 언젠가 한 발짝 물러서서 자녀가 스스로 결정하도록 해야 하지."

"바로 그거야." 아서가 라이너스의 손에 깍지를 끼며 말했다. "우리의 최선은 아이들이 성취할 때 축하해주고 좌절할 때 응원해주는 거야." 아서는 소리 없이 웃었다. "부모라면 누구나 이 문제로 고민하겠지. 언제 보조 바퀴를 떼어줘야 하는지 하는 문제 말이야."

"우리 같은 자녀들을 둔 부모는 흔치 않겠지만."

"맞아. 우린 운이 좋았어."

"그래도, 미안해."

아서는 라이너스의 따듯한 손을 들어 올려 입 맞췄다. "받아들일게. 옥신각신하기 싫어서가 아니라 당신도 나와 마찬가지로 아직 배우고 있는 중이니까. 우리는 루시를 믿어야 해. 다른 아이들을 믿듯이. 그리고 무진장 겁이 나지만, 한발 물러서서 지켜봐야겠지."

"할 수 있겠어?" 라이너스가 진심으로 물었다.

아서가 피식 웃었다. "시간이 말해주겠지. 할 수 있길 바라지만, 세상의 가혹함을 맞닥뜨릴 때마다 다시 원점으로 돌아가는 것 같아." 아서는 잠시 생각에 잠겼다. "비밀 하나 말해도 될까?"

라이너스는 칼리오페가 낮고 간헐적으로 골골거리는 소리를 들으며 맞잡은 손을 꽉 쥐었다. "언제든지."

"마음 한구석에서는 루시의 제안을 따르고 싶은 유혹이 들기도 해." 아서가 고백했다. "모든 사람의 자유의지를 짓밟고 생각을 고쳐 먹게 만들고 싶을 때가 있거든. 그러면 정말 일이 더 쉬워지겠지."

"그렇겠지. 하지만 그건 공허한 승리가 될 테고, 우리는 죽는 날까지 떳떳하지 못해."

"알아. 하지만 아무리 공허해도 승리는 승리니까. 더 큰 문제는 DICOMY가 바로 그런 시도를 하고 있다는 점이야. 사람들에게 슬그머니 자신들의 뜻을 따르도록 강요하고 있어."

"그럼 우리가 뭘 해야 해?"

"살아 나가야지."

"만약 우리 아이들을 빼앗아 가려고 하면?"

"싸워야지."

구름 한 점 없이 맑고 화창한 화요일 오후, 마르시아스 섬 주민들은 전쟁을 위해 소집되었다. 아니, 정확히 말하면 전쟁과 안타까운 인명 피해를 막기 위해서였다. 라이너스와 아서는 아이들에게 각자 방을 샅샅이 뒤져 무기로 오인될 만한 물건이나 조사관이 그들에게 불리한 증거로 사용할 만한 물건을 모두 찾아 가져오라고 지시했다.

위층에서 요란한 불협화음이 들려왔고 라이너스는 거실 벽난로 앞에서 이리저리 서성이며 헝클어진 머리를 자꾸 쓸어넘겼다. 그는 무릎에 두 손을 포개고 앉아 있는 아서를 힐끗 쳐다보았다. "어쩜 그렇게 침착할 수 있지?" 라이너스는 두 주먹을 허리춤에 얹고 물었다. "내가 도착하기 전날도 이랬어?"

"제정신이 아니었지. 오랜만에 두려움에 떨었어. 지금처럼."

라이너스는 눈을 깜빡였다. "전혀 그렇게 행동하지 않았잖아."

아서가 고개를 끄덕였다. "평정을 유지하려고 애썼으니까. 오래 가진 못했지. 당신이 탐험가 복장을 하고 숲에서 철학을 논하는 모습을 보고 제대로 흔들렸거든." 아서가 눈썹을 꿈틀거렸다. "그 갈색 반바지 차림에 어찌나 눈이 가던지."

라이너스가 헛웃음을 지었다. "내가 좀 잘 소화하긴 했지? 그래도 끝까지 나한테 수작을 걸지 않았다니 대단한걸."

"꽤 고전했지."

"나에게 희망이 있다면 누구에게나 희망이 있겠지." 라이너스가 한숨을 내쉬었다. "그렇다고 나한테 했던 것처럼 조사관에게 매력적으로 굴지는 마. 이번엔 나처럼 호락호락한 사람을 보내진 않을 것 같지만."

아서가 웃었다. "알았어. 특히 정부는 날 무슨 요사스러운 여우로 보는 것 같으니까. 앞으로는 자제할게."

"흠, 나한테는 자제하지 않아도 돼."

두 아이가 먼저 계단을 쿵쾅거리며 내려왔다.

"그래서 우리가 널 위해 이걸 만들었어." 피가 말했다. "당장 한꺼번에 외울 필요는 없어. 그건 아서도 무리였으니까. 시간이 좀 필요해."

"정말 이게 효과가 있을까?" 데이비드가 말했다.

"그럼." 계단을 다 내려온 피가 말했다. "소리만이 아니라 소리 뒤의 감정을 함께 익혀야 해서 조금 복잡하게 느낄 순 있어. 다행히 우리가 있잖아. 우리가 다양한 단어를 알려줄게. 나는 나무를 잘 알고, 탈리아는 정원 식물, 천시는 바다, 루시는 무서운 것들을…"

"무서운 것들이라면 어떤 거?" 데이비드가 색실로 묶인 종이 뭉치를 들고 거실에 들어서며 흥분한 목소리로 물었다.

피는 어깨에 멘 자루를 거실 입구에 내려놓았다.

"피와 내장 같은 거. 그게 루시의 전문 분야지." 피가 말했다. "그 외는 모두 샐이 도와줄 거야. 샐은 우리 중에 와이번어를 제일 잘해. 심지어 아서보다 더. 그래서 둘은 가장 친한 친구야. 샐은 여기 처음 왔을 때 말수가 별로 없었는데, 시어도어와는 곧장 가까워졌어. 알고 보니 어떤 와이번들은 공감을 먹고 자란대. 시어도어는 샐이 그 무엇보다 밝게 공감을 발산한다고 했어."

데이비드는 눈을 크게 떴다. "그럼 공감이… 먹이인가?"

피가 피식 웃었다. "그런 건 아니지만, 그렇게 생각하니 재밌네. 서로 먹여주는 시늉 해보라고 해야겠다. 그 둘은 서로의 더 좋은 부분을 끌어내. 샐은 그 덕분에 자기 목소리를 찾고 시어도어의 언어를 이해할 수 있었지." 피는 잠시 미간을 찌푸렸다. "그래서 시어도어가 지금 불을 뿜을 수 있는 게 아닐까 싶어."

흠잡을 수 없는 어여쁜 생각이었다. 샐과 시어도어는 어딜 가나 꼭 붙어 다녔다. 둘 다 섬에 와서 아름답게 피어났다. 아서를 비롯해 모두가 한몫했지만, 피의 말대로 서로의 공이 가장 컸다.

"손에 뭘 들었니?" 아서가 데이비드에게 물었다.

"저만의 와이번어 사전이요." 데이비드는 페이지를 획획 넘겨보았다. "욕설 부분은 어딨어?"

라이너스가 팔짱을 끼었다. "그런 걸 넣었을 리 없지."

"맨 뒤에. 마지막 세 페이지." 피가 말했다.

데이비드는 활짝 웃으며 책을 뒤적이더니 잠시 후 고개를 들고 입을 벌렸다. "쩍! 쩍! 어르르르르, 쩍저쩍쩍!"

라이너스가 목 아래 손을 얹었다. "이런, 이 집에서는 그런 말 쓰면 안 된다."

피가 코웃음 쳤다. "계속 그렇게 믿으세요."

"네가 만들었니?" 아서가 피에게 물었다.

피는 어깨를 으쓱하며 시선을 돌렸다. "아뇨. 다 같이 만들었어요. 도움이 될까 해서요. 별거 아니에요."

"별거 같은걸. 누가 제안했니?"

피는 눈알을 굴렸다. "저요."

"그럴 줄 알았어. 정말 친절하구나, 피."

피는 얼굴을 붉히며 날개를 파르르 떨었다.

데이비드는 책에 코를 박고 계속 읽었다. 피가 다가가 자기만의 요령을 알려주기 시작했다.

얼마 지나지 않아 나머지 아이들도 각자 가방을 들고 거실에 모였다. 아서가 의자에서 일어나자 다들 가만히 그의 말을 기다렸다. 뒷짐 지고 선 샐의 어깨 위에 시어도어가 날아와 앉았다.

"내일부터 무슨 일이 있을지 다 같이 얘기했지?" 아서가 말했다. "라이너스에게 그랬던 것처럼 우리는 손님에게 친절하고 예의 있게 굴어야 해. 상해 또는 사망 위협은 절대 금지야."

모두가 루시와 탈리아를 쳐다봤다.

"뭐? 난 노움이야. 위협적이어야 해. 그게 내 주특기라고."

"동감이야." 루시가 말했다. "난 악의 화신인걸."

"그렇다고 해서 부정적인 내용이 보고서에 포함될 위험을 감수할 수 없다." 아서가 말했다. "모두 신중히 생각하고 행동하길 바란다."

"데이비드가 발각되지 않도록 각자 노력해야 해." 라이너스가 말했다. "조사관은 데이비드가 여기 있는 걸 알면 안 돼."

데이비드가 손을 들었다.

"그래, 데이비드?" 아서가 미소 지으며 질문을 받았다.

"들키면 어떡해요? 루시와 탈리아가 조사관을 죽이고 정원에 묻어버리나요?"

"응." 루시와 탈리아가 이구동성으로 답했다.

"아니." 라이너스가 엄하게 말했다.

시어도어가 쩍쩍대고 끽끽거리며 날개를 펼쳤다.

"잠깐! 무슨 말인지 내가 혼자 알아낼게!" 데이비드는 다시 한번 책을 펼쳐 살펴보고는 눈을 가늘게 떴다. "흠. 내가 제대로 이해했다면 시어도어는 방금 걸리지만 않으면 살인은 합법이라고 말했어." 데이비드는 눈을 가늘게 뜨고 책을 다시 봤다. "잠깐, 그럴 리 없는데."

"살인은 무조건 안 돼." 라이너스가 단호하게 말했다. "데이비드, 설령 네가 발각된다고 하더라도 우린 네 편이란다. 가능하면 그런 일은 피하고 싶지만 만일의 사태에 대비해야 해." 그는 아이들과 차례대로 눈을 맞췄다. "그래서 너희에게 오해의 소지가 있는 물

건들을 가져오라고 했지."

"하나라도 버리기만 해봐요." 루시가 경고했다. "지구 끝까지 쫓아가서 응징할 테니까."

"점프 슈트 잠옷을 입고 말하지 않았다면 그 협박이 더 잘 먹혔을 텐데."

"엉덩이 덮개가 있어서 편하단 말이에요. 음악 다음으로 인류 최고의 발명품이죠. 제가 이다음에 커서 인류를 노예로 삼게 되면 모든 사람에게 이 잠옷을 의무적으로 입힐 생각이에요."

"그전까지는," 아서가 말했다. "각자 행동 조심하자꾸나. 가져온 걸 보여주렴. 시어도어, 너부터 시작하자."

시어도어가 샐의 어깨에서 사뿐히 내려와 자기 자루를 아서의 발치로 들이밀었다. 아서가 자루를 뒤집어 털자 바닥에 빈약한 내용물이 쏟아졌다. 어릴 적에 빠진 송곳니 몇 개, 화살촉처럼 생겨서 가운데 석영이 가늘게 박힌 녹색 돌, 그리고 잇자국이 난 익숙한 놋쇠 단추.

라이너스는 단추를 집어 들고 손 위에서 튕겼다. "이게 왜 위험한 물건이야?"

시어도어는 자신이 이 단추를 얼마나 좋아하는지 알면 조사관이 뺏으려 할지도 모른다고 답했다. (피가 데이비드를 위해 통역해주었다) 전에도 그런 일이 있었다고 했다. 결국 이 단추는 조사관이 아닌 시어도어에게 위험한 물건이었다. 빼앗길 위험이 있는 보물.

라이너스는 손을 뻗어 시어도어의 머리를 쓰다듬었다. 시어도어는 눈을 감고 그 손길을 느꼈다. "조사관이 네 단추를 가져갈 것 같진 않지만, 네가 원한다면 내가 지니고 다니다가 그가 떠나면 돌려줄게. 어때?"

좋아요. 시어도어가 목을 울렸다.

다음 차례인 천시는 모래사장에서 찾은 날카로운 조개껍질과 바다 유리를 꺼내 보였다. 솔방울도 한 움큼 있었다. 아서가 눈을 치켜뜨자 천시는 재빨리 말했다. "보이는 것과 달라요. 그냥… 모으는 거예요. 네, 수집하는 거라고요. 솔방울… 디오라마를 만들려고요."

"참 그럴듯하네." 피가 말했다.

천시가 끙 앓았다. "난 거짓말조차 제대로 못 해!" 천시는 두 촉수를 쳐들었다. "맞아요! 전 한밤중에 몰래 솔방울을 먹어요. 하지만 괜찮아요. 언제든 끊을 수 있으니까."

"물론이지." 라이너스가 말했다. "피?"

피가 자기 자루를 뒤집어 내용물을 쏟아냈다. 유목 몇 조각과 가시 돋친 나뭇잎, 그리고 칼자루에 보석이 박힌 단검이 나왔다.

"그 칼은 어디서 났니?" 아서가 물었다.

"카드놀이에서 땄어요."

"뭐라고?" 라이너스가 얼떨떨하게 물었다.

피는 어깨를 으쓱했다. "'고 피시' 게임 알죠? 저 그거 잘하거든요. 제가 한 번도 져본 적 없다고 하니까 제이본이 이 단검을 걸고 도전장을 내밀었어요. 결국 저한테 발렸고요."

"피." 라이너스가 엄한 목소리를 냈다.

시어도어가 그 단검을 발톱으로 움켜쥐고 칼날을 유심히 살펴보더니 칼자루에 박힌 보석을 혀로 날름거렸다. 곧 세 번 목을 울리자 피가 벌컥 성을 냈다. "가짜라니 무슨 말이야?"

"탈리아." 아서가 말했다. "네 차례다."

"제 원에 도구는 하나도 안 가져왔어요." 탈리아가 자루를 집어 들며 말했다. "무기가 아니니까요. 조사관이 그걸 문제 삼겠다면 알아서 하라고 해요."

"참고하마." 아서가 말했다.

탈리아는 자루를 뒤집었고, 아서는 뭐가 나오든 놀라고 싶지 않았지만 흠칫하고 말았다. 해골 무늬가 그려진 작은 유리병이 열댓 개가 나왔다. 각 병에는 액체가 담겨 있었다.

"설마 독이니?" 라이너스가 깜짝 놀라 물었다.

"맞아요." 탈리아가 말했다. "제가 직접 키운 재료들로 만들었어요. 독당근, 벨라도나, 등골나물로요. 맛을 위해 계피 한 자밤도 첨가했죠. 제 계산으로는 30초만 지나면 항문을 시작으로 여러 곳에서 누출이 발생해요."

"항문 누출?" 데이비드가 눈을 휘둥그레 뜨며 두 손으로 엉덩이를 감쌌다.

"밴드 이름으로 딱 좋겠다." 루시가 말했다. "안녕하세요, 여러분! 항문 누출입니다! 우리가 어떤 곡을 연주할까요?"

라이너스가 한숨을 쉬었다. "복음 성가."

"땡! 복음… 아, 네. 그거 맞아요."

"시간 끄니, 루시?" 아서가 태연하게 물었다. "이제 네 차례다."

"하! 저는 다 반납해도 상관없어요. 라이너스가 노력은 우리를 배반하지 않는다고 했거든요."

라이너스가 미소 지었다. "맞아, 루시. 기억해줘서 고맙…"

"충분히 노력하면 무엇이든 무기가 될 수 있어요." 루시가 손가락을 꼽았다. "숟가락, 계단, 하수구, 땅콩버터, 공기."

"루시." 라이너스가 경고했다.

"사실이에요!"

"그렇더라도 우리는 하수구나 땅콩버터를 무기로 사용하지 않는다. 그 문제에 관해 얘기한 적 있잖아. 두 번이나." 라이너스는 고개를 절레절레했다. "적어도 샐은 독이나 숟가락을 이용해 누굴 해칠 생각은 하지 않겠지."

샐은 머뭇거렸다.

아서는 날카롭게 헛기침했다.

샐은 인상을 쓰며 등 뒤에 숨긴 것을 꺼냈다. 충격으로 말을 더듬는 라이너스를 보고 아서는 웃음을 터뜨릴 뻔했다. "그게, 어디서… 왜… 그거 장검 아니니?"

그랬다. 붉은 천에 싸인 나무 칼자루에 길고 납작한 칼날이 달려 있었다. 무거워 보였지만 샐은 장검을 꼭 쥐고 있었다.

"어디서 났니?" 라이너스가 힘없이 물었다.

"제이본은 카드놀이에 젬병이에요." 샐이 목덜미를 긁적이며 말했다. "'올드메이드' 게임으로 절 이길 수 있다고 뻐겼는데 못 이겼죠."

"아서?"

"응?"

"왜 레코드 가게 주인이 우리 아이들에게 무기를 넘겨?"

"카드를 잘 못 치니까? 앞으로는 내기를 걸기 전에 연습을 좀 하라고 해야겠어. 루시, 네 차례다."

루시는 한숨을 크게 내쉬고 자루를 집어 들더니 라이너스를 빤히 보며 내용물을 쏟아냈다. 작은 도끼. 토치. 표창. 올가미. 그리고 검은 심지가 달린 빨간 원통형 물체 세 개.

"그거 다이너마이트니?" 아서가 물었다.

루시가 환하게 웃었다. "맞아요! 특별한 경우를 위해 보관하고 있었어요. 예를 들어 시체를 숨겨야 하는데 탈리아가 손을 다쳐서 무덤을 못 팔 때? 다이너마이트에 불을 붙이고 달아나기만 하면 펑! 더 이상 시체 처리를 걱정할 필요가 없죠."

"와." 탈리아가 감탄했다. "난 찬성."

"나도." 데이비드가 말했다.

"나도!" 천시가 펄쩍펄쩍 뛰며 말했다. "누군가의 몸을 날려버리고 싶어!"

"내장이 비처럼 쏟아지겠네!" 피가 말했다.

"봤죠?" 루시가 천진난만하게 말했다. "저만을 위한 일이 아니라고요."

"그렇다 해도 우리는 아무도 폭파하지 않아." 아서가 말했다.

"고마워, 아서." 라이너스가 루시를 향해 눈살을 찌푸리며 말했다.

"적어도 조사관이 떠나기 전까지는. 이게 얼마나 엄중한 사안인지 다들 알겠지. 불공평해 보일 수 있지만, 우리의 미래는 DICOMY에서 파견하는 조사관의 보고서에 달려 있어. 너희 각자 최선을 다해주길 바란다. 루시, 너도 포함이다."

"왜 그 절차를 신뢰하는 것처럼 들리죠?" 샐이 물었다.

아서는 깜짝 놀라 눈을 깜빡였다. "자세히 말해주겠니?"

샐은 어색하게 어깨를 으쓱했고, 시어도어가 그의 귀에 대고 뭐라고 속삭였다. 샐은 고개를 끄덕이고는 다시 아서와 눈을 맞췄다. "아서의 말은 우리가 DICOMY의 비위를 맞추려고 노력해야 한다는 뜻으로 들려요. 그러면 DICOMY가 이곳이 안전하고 우리가 머물고 싶은 곳이라는 말을 믿어줄 거라고요."

"다르게 생각하니?" 라이너스가 물었다.

"왜 우리가 그들을 위해 노력해야 하죠? 우리의 능력을 그렇게 두려워한다면 그들이 우리의 비위를 맞추려 애써야 하지 않나요? 왜 우리가 증명해야 하죠? 우리는 그저 아이들이잖아요."

"맞다." 아서가 아이들을 차례로 바라봤다. "더 좋은 대답이 있다면 좋았을 텐데. 내 선에서 해결할 수 있다면 그렇게 했을 거다."

"하지만 현실은 그렇지 않지." 라이너스가 말했다. "그래서 우리 모두에게 달렸어. DICOMY는 곧 엉뚱한 가족을 골랐다는 사실을 알겠지. 선 넘으면 큰코다칠 테고." 라이너스는 바닥에서 다이너마이트 한 조각을 들어 올렸다. "이걸 어디다 꽂아줄지 두고 봐."

"오, 방금 엄청 찌릿한 느낌 들었어요." 루시가 덥석 라이너스의

다리를 껴안고 고개를 젖혔다. "비록 제 아이디어였지만, 불을 붙일 기회를 양보할게요."

"엄청난 배려구나." 라이너스가 루시의 머리를 쓰다듬으며 말했다.

"자, 얘들아." 아서가 말했다. "그들은 정부의 힘을 등에 업고 있지만 우리에겐 서로가 있어. DICOMY는 우리를 찍어 누를 수 없다는 사실을 알게 될 거다. 자, 어서 이 난장판을 정리하고 내일을 대비하자."

남은 하루 동안 그들은 집 안을 샅샅이 뒤지며 불리하게 작용할 수 있는 부분들을 찾아냈다. 샐과 시어도어는 콘센트마다 플라스틱 마개를 끼워넣어 루시가 또 호기심에 포크를 꽂을 수 없게 했다. 데이비드, 천시, 루시는 모든 날카로운 모서리에 부드러운 커버를 씌우는 임무를 맡았다. 피와 탈리아는 외부 지하실 문 근처 꽃과 덩굴을 적당히 키우는 작업에 심혈을 기울였다. 오랫동안 문을 열지 않은 것처럼 보이되 비상시에 데이비드가 열고 탈출할 수 있는 정도로.

정오가 되자 헬렌의 가게에서 전화가 걸려왔다. 조이는 아서에게 내일 손님이 도착하기 전까지 섬에 돌아오겠다고 알렸다. "조사관은 헬렌이 데리고 올 예정이야."

"확실해요? 라이너스나 제가 해도 되는데요. 헬렌이 더 깊이 연루될 필요는 없어요."

조이는 웃었다. "그러기엔 너무 늦지 않았을까?"

"죄송…"

"또 사과하면 버럭 소리 지른다. 헬렌이 원했고 내가 그러라고 했어. 그냥 받아들여, 파르나서스. DICOMY는 한 가족이 어떤 모습이어야 하는지 결정할 권한이 없고, 그걸 똑똑히 알아야 할 때가 됐어. 우리가 그들을 두려워하지 않는다는 사실도 그렇고."

"그렇긴 해요."

"나 믿지?"

"알잖아요."

"그래야지. 왜냐면 나한테 한두 가지 비장의 무기가 있거든. 일이 잘못되었을 때를 대비한 최후의 수단이라고 생각해."

"무시무시하게 들리네요. 알겠습니다."

그날 밤, 차분하게 저녁 식사를 마친 라이너스는 결단을 내렸다. 그는 아서와 아이들에게 부엌 정리를 맡기고 곧 돌아오겠다며 식탁을 떠났다. 샐과 데이비드가 마지막 설거지를 마쳤을 때 라이너스는 다시 부엌에 고개를 내밀며 모두에게 잠옷으로 갈아입고 현관에서 만나자고 했다.

잠시 후 침실에서 아서가 물었다. "무슨 일이야?"

라이너스는 잠옷 단추를 반쯤 채우다 말고 고개를 들었다. "오늘 밤 애들이 딴생각 품지 않고 푹 자게 할 방법을 알아냈어."

아서는 칼리오페의 머리를 쓰다듬으며 코웃음 쳤다. 칼리오페는 침대에서 꼬리를 살랑살랑 흔들며 라이너스를 주시했다. "그런 방법이 있기는 할까?"

아래층으로 내려가자 시어도어만 빼고 모두 줄무늬 잠옷을 입은 아이들이 현관문 근처에 모여 있었다.

"준비들 됐어?" 라이너스가 아이들을 지나쳐 문으로 향하며 말했다.

"우리 숲에서 야영해요?" 루시가 라이너스의 바짓가랑이를 잡아당기며 물었다. "전 항상 밤 괴물이 있는지 궁금했어요. 분명 사람의 뼈에서 골수를 빨아먹을 때만 분노가 가라앉는 괴물일 거예요."

"기대도 하지 말아라." 라이너스가 엄하게 말했다.

루시는 고개를 떨구고 어깨를 축 늘어뜨렸다. "사람의 뼈로 할 수 없는 일이 또 하나 있다니. 뼈를 가지고 놀지도 못하면 뼈가 있어서 뭐해요?"

"우린 숲에 들어가지 않아." 라이너스가 말했다. "자, 한 줄로 서자! 너희는 모두 앞사람을 책임져야 한다. 목적지에 다다랐을 때 빠진 사람이 있다면 책임자는 나랑 단둘이서 아주 긴 이야기를 나누게 될… 이렇게 빨리 줄을 서는 건 처음 보는 것 같네."

"협박을 워낙 잘하셔서요." 샐이 말했다.

"노력하긴 하지. 따라오렴."

태양이 수평선을 빨강, 주황, 분홍빛으로 물들이고 귀뚜라미가 시끄럽게 울었다. 라이너스가 앞장서 걷자 별이 하나둘 반짝이고 서쪽 하늘에 달이 유령처럼 등장했다.

그들은 집터를 따라 탈리아의 정원으로 향했다. 친절한 노움은 몇 초에 한 번씩 그들을 멈춰 세우고 《월간 원예학》에서 읽은 최신

원예 동향을 설명했다. 노래를 불러주면 식물이 더 호의적으로 반응한다는 연구 결과 내용이었다.

정자를 가장 먼저 발견한 사람은 탈리아였다. 난간을 따라 꼬마전구의 불빛들이 드리워져 있었고, 정자 안 나무 바닥에는 베개와 담요가 열댓 개 깔려 있었다. 구석의 휴대용 턴테이블에서 버디 홀리의 〈페기 수〉가 흘러나왔다.

당신이 페기 수를 안다면 내가 왜 우울한지 이해할 거예요.
"우릴 위해 준비했어요?" 데이비드가 눈을 크게 뜨고 물었다.
"그래." 라이너스가 말했다. "오늘 밤은 함께 있어야 할 것 같아서. 앞으로 2주 동안 우리 모두 바쁠 텐데 오늘 밤만큼은 아무 근심과 걱정 없이 보내야 하지 않겠어? 천시의 야간 가스 걱정만 빼고."
"난 생물학적으로 독특해!" 천시가 외쳤다.

탈리아는 먼저 담요와 베개를 이리저리 옮겨 자신만의 완벽한 보금자리를 만들었다. 시어도어는 샐과 함께 잘 자리를 확보했다. 루시는 베개로 피의 두뇌를 자극해줄 계획이었다. 하지만 피가 한 박자 빨랐다. 루시 뒤로 날아가 베개를 낚아채더니 루시가 미처 돌아보기도 전 뒤통수에 휘둘렀고, 바닥에 쓰러뜨렸다.

"나도 해줘!" 데이비드가 외쳤다.

피는 기꺼이 그 청을 들어줬다.

결국 베개 싸움이 한바탕 열렸다. 시어도어가 베개를 루시의 목구멍에 밀어넣으려 하자 루시가 비명을 지르며 항복했고, 전투가 끝났을 무렵에는 솜털과 깃털이 주위에 둥둥 떠다녔다. 라이너스

는 바닥에 드러누워 이마의 땀을 닦으며 가쁜 숨을 몰아쉬었다.

"계획대로 됐네." 아서가 그를 내려다보며 말했다.

"몸이 예전 같지 않아…." 라이너스가 쌕쌕거렸다. 얼굴은 벌겋게 달아올랐고, 헝클어진 머리카락이 이마에 붙은 채였다.

"그런 것치고는 꽤 활약하던데. 아이에게 그렇게 힘껏 베개를 휘두르는 어른은 처음 봤어."

"조사관에게 보고해야겠어요." 루시가 어깨너머로 잠옷 엉덩이 덮개를 힐끗 확인하며 말했다. "우리가 불리해지는 일 없이 라이너스만 치졸한 어른이 될 테니까요."

"아니면 굳이 상황을 악화하지 않고 조금이라도 합리적으로 행동하려고 노력할 수 있지." 라이너스가 몸을 뒤집어 엎드리며 말했다. "얘들아, 이제 누울 시간이야. 각자… 데이비드? 무슨 문제 있니?"

데이비드는 정자 계단 옆에 서서 난간을 붙잡고 어색하게 웃었다. "그게 저는…" 데이비드는 아랫입술을 깨작이며 고개를 돌렸다. "추워야 잠이 잘 와서요. 얼음 좀 만들어도 될까요?"

"미리 손을 써두었지." 라이너스가 몸을 일으키며 말했다. "여기 보렴." 그는 데이비드를 데리고 루시와 탈리아가 앉아 있는 정자 오른쪽에 가서 담요 하나를 들어 올렸다. 그 아래 얼음팩이 가득 깔려 있었다.

데이비드는 손을 뻗어 아이스팩 모서리를 만졌다.

"네가 직접 얼음을 만들 수 있는 걸 알지만 혹시 능력을 써서 피곤할까봐 준비해보았어. 필요한 게 있으면 말만 해."

"전기톱은 빼고." 루시가 벌렁 드러누우며 말했다.

"얘들아, 이제 눕자." 아서가 말했다. "누가 이야기를 들려줄 차례지?"

"저요!" 천시가 파묻혀 있던 담요 더미 사이로 눈을 내밀며 외쳤다. "지난번에는 루시가 퇴마 의식을 너무 오래 재연하는 바람에 못 했어요."

아서는 고개를 저었다. "내가 알기로는 피 차례다, 천시. 지난번에 너는 슬프고 아름다운 사랑 이야기를 들려주었잖니. 네가 사랑한 대상이 사실 돌멩이여서 가슴 아프게도 그 사랑이 이뤄지지 못했다는 이야기."

"무정한 돌." 천시가 구슬프게 말했다.

"이제 우리를 꿈나라로 보내는 건 피의 몫이란다." 아서가 말했다. "자, 다들 잠자코 귀를 기울이자. 아무리 재밌는 말이 떠올라도 모두를 배려해서 참아주렴."

"너 들으라고 하는 말이야." 탈리아가 루시를 툭 치며 말했다.

루시가 반격했다. "아니거든. 누가 더 오래 입 다물고 있는지 내기해."

서 있는 피를 제외하고 모두 자리를 잡고 누웠다. 마침내 해가 수평선 아래 가라앉았다. 피의 날개는 어스름 속에서 반짝였고 붉은 머리카락은 어깨를 타고 흘러내렸다. 피는 모두 자신을 바라볼 때까지 기다렸다가 고개를 끄덕였다. "자." 피는 불길한 목소리로 손가락을 갈퀴처럼 구부리고 입을 열었다. "이제부터 아주 추악한

이야기를 들려주겠어. 자나 깨나 너희를 따라다니며 괴롭힐 이야기. 필멸을 거스르려 발악하는 인간의 어리석음에 관한 우화. 이 이야기는 백 퍼센트 실화야."

"오, 이런." 천시가 속삭였다. "진짜 있었던 일일까?"

"이상하리만치 쌀쌀한 4월의 아침, 우리의 주인공인 다재다능한 숲 정령은 평소와 다름없이 잠에서 깼어. 조만간 하늘이 무너지고 온갖 좋은 감정이 어둠에 삼켜지리란 사실을 꿈에도 모른 채로. 왜냐면 이 날은 라이너스 베이커가 콧수염을 기르기로 한 날이었기 때문이지."

"우!" 모든 아이가 야유했다.

"나쁘지 않았거든?" 라이너스가 반박했다. "내 눈엔 썩 멋져 보였어."

"네, 꼭 유괴범처럼요." 루시가 말했다.

라이너스는 그 말을 무시했다. "결국 나흘 만에 면도했지. 하지만 그건 내 선택이었어. 시어도어가 계속 내 얼굴에서 자라는 벌레를 채취해도 되는지 물어본 것과는 아무 상관 없어."

"피, 이야기는 거기서 끝이니?" 아서가 물었다.

"설마요. 아직 그 콧수염에 깃든 사악한 영혼이 세계 정복이라는 야욕을 품는 대목에도 도달하지 못했는걸요. 라이너스가 그 콧수염에 애착을 가지면서 악당으로 변하고, 우리는 무딘 면도날과 면도용 크림, 그리고 사랑으로 그를 구해내죠."

"계속해." 라이너스는 체념한 채 말했다. "왜 꼭 무딘 면도날이어야 하는지 모르겠지만 약간 흥미롭다는 점은 인정해야겠구나."

"폭발 장면이 있어야만 해." 탈리아가 피에게 경고했다.

"파괴적이면서 감정적인 폭발." 샐이 덧붙였다.

"장난해?" 피가 언짢은 표정으로 대꾸했다. "적어도 여섯 번은 폭발 예정이야."

"현실에서? 상상으로?" 데이비드가 물었다.

아이들은 일제히 아서와 라이너스를 향해 매우 애절한 표정을 지었다. 아서가 라이너스에게 눈으로 묻자 라이너스는 어깨를 으쓱했다.

"한 번만이다." 아서가 결단을 내렸다. "하지만 어떤 피해도 내면 안 돼."

"만세!" 루시는 환호성을 질렀다. "공중에서 터지게 할게요. 피, 그 대목에서 나한테 신호만 줘. 나머진 내가 알아서 할게. 데이비드, 너도 아주 마음에 들 거야. 아서와 라이너스는 아무것도 폭발하지 못하게 하거든."

"사람도." 아서가 말했다.

"사람도." 루시가 마지못해 덧붙였다.

"이곳이 진짜라는 게 믿기지 않아." 데이비드가 감탄하며 속삭였다.

피는 고개를 끄덕이며 목을 가다듬었다. "다시 이야기로 돌아갈게. 그때만 해도 나는 한 남자의 콧수염 때문에 모든 게 바뀔 줄은 몰랐어. 처음에는 먼지 얼룩처럼 보였는데 얼마 지나지 않아 징그러운 애벌레 크기로 자랐지." 피는 날개를 팔락거리며 몸을 앞으로 숙였다. "그러더니… 그것이 속삭이기 시작했어."

"오오." 아이들은 숨을 헐떡이며 피에게 집중했다.

"그렇게 나쁘진 않았지?" 라이너스가 아서에게 속삭이며 물었다.

아서는 킥킥 웃으며 라이너스의 머리에 자기 머리를 기댔다. "그래. 볼수록 마음에 들더라. 당신의 모든 게 그렇지."

라이너스는 다정하게 눈알을 굴렸다. "얼빠진 남자 같으니."

피가 이야기를 마쳤을 때 (하늘에서 금색, 초록색, 빨간색 불꽃이 비처럼 쏟아지는 한 번의 폭발과 함께) 아이들은 모두 담요를 덮었다. 루시는 깨어 있으려고 고개를 도리도리하더니 벌떡 일어나 앉았다. 다들 피에게 박수를 보냈고, 피는 고개 숙여 인사한 뒤 천시 옆자리에 누웠다. 소곤거리는 대화 소리가 간간이 이어졌다. 차가운 담요를 어깨까지 끌어올린 채 옆으로 누운 데이비드는 탈리아가 한 말에 웃음을 터뜨렸다.

아서는 정자 기둥에 기대어 앉아 정원 너머를 바라보았다. 달빛이 나무들의 그림자를 길게 늘어뜨렸다. 멀리서 절벽에 부딪히는 파도 소리가 들렸다. 하늘에는 구름 한 점 없이 별이 총총했다. 아서 옆에 누운 라이너스가 아서의 손을 자기 가슴 위에 얹었다. 평온한 심장 박동이 아서만 들을 수 있는 노래처럼 둥둥 박자를 따라 일정하게 뛰었다.

여러 생각에 잠겨 있던 아서는 자신을 부르는 목소리에 번쩍 정신이 들었다.

샐이 누운 채로 그를 바라보고 있었다. 시어도어는 샐의 오르락내리락하는 배 위에 머리를 얹고 잠든 채였다. 다른 아이도 모두 잠들고 라이너스도 코를 골기 시작했다.

"응?"

"우린 무사할 거예요."

아서는 목에 걸린 덩어리를 삼켰다. "그렇지?"

샐이 고개를 끄덕였다. "그들이 무슨 수를 쓰든, 어떤 일이 닥치든 우린 이겨낼 거예요. 겁나는 거 알아요." 샐은 옅게 웃었다. "저도 그래요."

"그러니?"

"네. 하지만…." 샐은 형제자매들을 둘러봤다. "가치 있어요. 전부다."

아서는 샐을 지그시 바라봤다. "그 어떤 일이 일어나도 말이니?"

"가치 있어요." 샐은 손끝으로 시어도어의 주둥이를 쓸어내리며 되풀이했다. "요즘 라이너스가 언젠가 한 말을 자주 떠올려요. 라이너스는 괜찮지 않아도 괜찮다고 했어요. 그 감정에 완전히 잠식당하지만 않는다면."

"맞는 말이구나."

"아서도 가끔 그 말을 떠올려봐요. 도움이 될지도 몰라요."

아서가 피식 웃었다. "그럴까?"

"네." 샐은 손목을 입에 대고 하품했다. "게다가 우린 정부에게 없는 게 있잖아요. 그게 모든 걸 바꾸죠."

"그게 뭐니?" 눈을 감는 샐에게 아서가 물었다.

샐은 잠들기 전 한 마디를 속삭였다.

"서로요."

10장

 수요일은 맑고 따뜻했다. 모험을 떠나거나 야자수에 매달린 해먹에서 낮잠을 청하기 딱 좋은 날이었다.
 아니, 다른 곳이었다면 그런 날이었을지도 모른다.
 마르시아스 섬에서 이번 수요일은 전혀 다른 의미를 지녔다. 전쟁 준비.
 "우린 전쟁을 준비하는 게 아니라니까!" 라이너스는 지난 30분 동안 백 번도 더 말한 것 같았다.

"그럼 제가 왜 전투모를 쓰고 있을까요?" 천시가 물었다.

"그건 네가 부엌에서 슬쩍한 소쿠리잖니."

아이들은 라이너스와 아서의 방을 작전 기지로 사용하기로 하고 다가올 나날을 위해 각자의 방식으로 전의를 다졌다. 데이비드는 피의 도움으로 망토를 두르고 피는 탈리아가 키운 꽃으로 만든 화관을 쓰고 있었다. 탈리아는 섈이 구해다준 크림으로 수염을 부드럽고 윤기 있게 가꾸었다. 시어도어는 천장에 박쥐처럼 매달려 5분마다 라이너스가 놋쇠 단추를 잘 지니고 있는지 확인했다. 칼리오페는 창가에 한가로이 앉아 초록색 눈을 반짝이며 시니컬하게 지켜봤다.

아서는 등받이 높은 의자에 앉아 루시가 벽장 문을 열고 나올 때마다 고개를 절레절레 저었다. 루시는 조사관에게 어떻게 첫인상을 남길지 고민 중이었다. 처음 나왔을 때는 키가 2미터가 넘었다. 얼굴과 몸은 어린아이인데 다리가 세 배나 길어진 모습이었다. 두 번째로 나왔을 때는 원래 크기로 돌아왔지만 빨간 글씨로 '아빠의 작은 악마'라고 적힌 티셔츠를 입고 있었다.

"딱이지?" 루시는 쩌렁쩌렁 물었다. "딱이지?"

"딱이야." 모두 말하자 루시가 활짝 웃었다.

세 번째로 벽장에서 나오면서 루시는 이렇게 물었다. "혹시 제 전갈 봤어요? 맹독을 품었는데 너무 작아서 눈에 잘 띄지는 않을 거예요."

아서는 의자에 꼿꼿이 앉은 채 복도를 향해 턱짓했다. 나가라는

뜻이었다.

잠시 후 조이가 어두운 표정으로 나타났다. 황갈색 바지에 소매가 손등을 덮는 풍성한 블라우스 차림이었다. 아서는 의자에서 일어나 조이에게 다가갔다. 라이너스는 시선으로 아서를 쫓았다.

"무슨 일이에요?" 아서가 답을 알고도 물었다.

주위의 아이들은 갑자기 조용해졌다.

"방금 기차에서 내렸대. 헬렌이 데리러 갔어. 마을을 구경시키며 시간을 좀 끌겠지만 오래 걸리지는 않을 거야."

"우린 준비됐어요." 아서는 말하면서도 확신이 들지 않았다. 다른 이들을 보호하고 싶을 때마다 쉽게 거짓말하는 자신이 싫었다. "우리는 그를 친절로 꼼짝 못 하게 할 겁니다."

"그 표현은 좀…" 라이너스가 무릎에서 뚝 소리를 내며 일어났다. "그 기세는 마음에 들어. 그래, 우린 준비됐어."

"난 이제 숨어야겠다." 데이비드는 어깨를 축 늘어뜨리며 피가 묶어 준 망토의 매듭을 풀려고 애썼다. "이 바보 같은 망토만 벗고 나면 아무도 모르게 숨어 있을게, 약속해."

"하나도 바보 같지 않아." 천시가 말했다. "내 눈에는 아주 멋져. 나도 한 번 망토를 두른 적 있는데 그냥 슈퍼 히어로 젤리처럼 보이더라."

데이비드는 웃었지만 금방 인상을 찌푸리며 매듭에 손톱을 박아 넣었다.

아서가 다가가 데이비드의 손을 잡고 그 앞에 쪼그려 앉았다. "왜

그래야 하는지 이해하겠니?"

데이비드는 시선을 발치에 고정하고 어깨를 으쓱했다. "네. 저는 등록이 안 되어있어서 조사관에게 발각되면 불리해질 테니까요."

아서는 데이비드의 얼굴 근처 털을 빗어 넘겼다. "맞아, 그게 유일한 이유다. 우린 네가 부끄럽지 않아. 넌 훌륭해, 데이비드. 널 만나는 사람은 누구나 알게 될 거다."

"아니요." 샐이 말했다.

아서는 데이비드 앞에 쭈그려 앉은 채로 샐을 돌아봤다. "뭐라고?"

샐은 결연한 표정으로 한 발짝 나섰다. "숨는다고 해결되는 건 아무것도 없어요." 샐의 어깨 위에서 시어도어가 고개를 끄덕였다. "숨는 데 익숙해지기만 할 뿐이죠. 그건 불공평해요."

"불공평하지." 아서가 일어나는 사이 라이너스가 진지하게 말했다. "하지만 이건 달라. 데이비드는 등록된 존재가 아니라 즉시 퇴출당할 위험이 있어. 그러면 너희에게도 부정적인 영향이 갈 수 있고."

"문제 일으키고 싶지 않아요." 데이비드가 당황한 목소리로 말했다. "저 잘 숨어요!" 데이비드는 한 발로 바닥을 긁으며 울상을 지었다. "이런 일이 처음도 아니고, 이제 익숙해요."

샐은 아서를 한 번 쏘아보고는 데이비드 앞에 서서 양어깨를 움켜쥐었다. "우린 네가 익숙해지길 원치 않아. 그래서 다 같이 의논해서 결정했어." 샐이 표정을 누그러뜨렸다. "미리 말하지 않아서 미안해. 널 불편하게 하고 싶지 않았어. 우린 돕고 싶었어."

"데이비드는 숨지 않아요." 피가 팔짱을 끼고 아서와 라이너스를 노려보며 말했다. "우리가 모든 걸 망칠 수도 있지만, 데이비드가 숨어야 한다면 우리도 숨을래요. 파업에 돌입합니다!"

천시가 두 촉수를 내질렀다. "파업! 파업! 파업!"

"조사관이 데이비드를 걸고넘어진다면, 거름으로 쓰겠어요."

루시는 주먹을 치켜들었다. "그리고 차원의 문을 열어 악마조차도 발을 들이기 두려워하는 곳으로 보내버릴 거예요. 그 사악한 장소가 어디냐고요? 좋은 질문이에요!" 루시는 연습한 쇼맨십을 발휘하듯 두 손을 활짝 벌렸다. "그곳은… 플로리다입니다."

아서는 아이들을 한 명씩 차례로 봤다. 대동단결이었다. 불안한 기운이 심장 쪽으로 스멀스멀 번졌지만, 활활 타오르는 자랑스러움에 비할 바는 아니었다. 아이들은 아서와 라이너스가 없는 상황에서 불합리하다고 여기는 사안에 맞서 스스로 자체 회의를 열고 결정을 내렸다.

"데이비드?" 아서가 부드럽게 물었다. "어떻게 하고 싶니?"

고개를 번쩍 든 데이비드가 눈가에 맺힌 얼음 결정을 닦아냈다. 안절부절못하며 두 손을 쥐어짜자 관절에서 뚝뚝 소리가 났다. 시어도어가 샐의 어깨에서 데이비드의 어깨로 날아가 앉았다. 그 틈에 칼리오페가 창가에서 폴짝 뛰어 내려와 샐의 다리를 툭툭 치며 크게 야옹거렸다. 샐이 안아 올리자 칼리오페는 시어도어 전용 자리에 앉아 꼬리로 샐의 목덜미를 감쌌다.

데이비드는 칼리오페를 향해 으르렁거리다가 시어도어가 자기 머리 위에 턱을 툭 얹자 멈췄다. 설인은 얼어붙은 채 눈을 치떴다. "어… 뭐야? 어떻게 해야 해? 그냥 있어? 맙소사, 누가 좀 알려줘!"

"널 신뢰한다는 뜻이야." 샐이 설명했다. "네 편이라고, 우리 모두와 마찬가지로." 칼리오페는 앞발로 샐의 뺨을 자기 쪽으로 밀었다. 샐이 코를 맞대자 가르릉 울었다. "우린 숨지 않아. 한때는 그랬을지 몰라도 더는 아니야. 우리는 등록했든 안 했든 존재할 권리가 있어. DICOMY가 그걸 문제 삼는다면, 뭐." 샐이 씩 웃었다. "이제 우리가 정부에 맞설 때겠지. 우리가 진짜 뭘 할 수 있는지 보여줄 때."

"무질서!" 루시의 눈에 빨간빛이 돌았다. "혼돈! 맥앤치즈가 끝없이 나오는 뷔페! 지옥 불!"

"데이비드." 라이너스가 말했다. "아서의 질문에 대답하지 않았구나. 어떻게 하고 싶어?"

데이비드는 다른 아이들을 바라봤다. 탈리아와 피는 엄지를 치켜세웠다. 데이비드는 망설이다 입을 뗐다. "숨기 싫어요. 문제 일으키지 않을게요. 약속해요."

"조사관이 떠날 때까지 나와 함께 지내도 돼." 조이가 제안했다. "내가 초대하지 않는 한 아무도 내 집을 못 찾아."

샐은 고개를 저었다. "그 생각도 해봤어요. 하지만 여기서 숨어 지내는 것과 다를 게 없잖아요." 샐은 숨을 깊이 들이마시고 천천히 내뱉었다. "과도한 부탁인 거 알지만 이건 중요한 일이에요. 충분히 생각해서 내린 결정이고요."

"우리에게 계획이 있어요." 루시가 손뼉 치며 말했다.
"오, 이런." 라이너스가 중얼거렸다. "말해줘."

정오를 조금 넘긴 시각, 연락선이 마르시아스 섬에 정박했다. 아서는 헬렌의 낡은 트럭이 흙길을 따라 다가오는 소리를 듣고 밖으로 나갔다. 예상보다 마음이 차분했다. 격한 감정은 모두 타버리고 고요함과 피할 수 없는 상황만 남은 것 같았다.

트럭이 언덕 위에 모습을 드러내자 아서는 현관 계단에서 내려와 뒷짐을 지고 섰다. 앞 유리창 너머로 헬렌이 동승자에게 뭐라고 말하며 크게 손짓하는 모습이 보였다.

트럭은 삐걱이며 멈췄다. 잠시 후 시동이 꺼지고 엔진이 시계처럼 똑딱거렸다. 운전석에서 내린 헬렌은 아서를 향해 눈알을 굴려 보인 뒤 트럭 뒤로 가서 가죽 손잡이가 달린 검은색 여행 가방을 낑낑거리며 내렸다.

조수석 쪽 문이 열리고, 조사관이 철제 서류 가방을 품에 안고 내렸다.

매우 마른 여자였다. 키는 라이너스보다 크고 아서보다 조금 작았다. 갈색 머리는 머리카락 한 올 흐트러짐 없이 정수리까지 올렸고, 귀와 손가락에서 화려한 액세서리가 빛났다. 가늘고 각지게 그린 눈썹, 오른 볼의 점, 새빨간 립스틱이 강하고 날카로운 인상을 주었다. 무릎을 가리는 회색 주름치마와 검은색 납작구두는 무난했지만, 허리를 단단히 조인 빨간 코트는 여름 날씨에 맞지 않았다.

양쪽에 금장 단추가 네 개씩 달렸고 빳빳하게 솟은 목깃의 안감은 모피였다. 아서는 그가 그런 단추를 와이번이 발견했을 때 일어날 일을 미리 경고하지 않았다. 정부 사람이 놀라운 경험을 할 기회를 뺏을 수 없었다.

조사관은 차 문을 닫고 눈을 찌푸리며 아서에게 다가갔다. 시선은 집을 향했지만 어떤 감정도 읽히지 않았다.

"안녕하세요, 파르나서스 씨." 목소리는 생각보다 깊었다. 마치 무거운 문이 천천히 열리는 소리 같았다. 작고 가는 먹색 눈으로 빤히 쳐다볼 뿐 악수는 청하지 않았다. 아서나 라이너스보다 몇 살쯤 어려 보였다. "마법아동관리부서의 해리엇 마블모입니다. 이 고아원을 조사하는 임무를 맡았습니다."

아서가 고개 숙여 인사했다. "마르시아스에 온 걸 환영합니다. 오시는 길이 수월했길 바랍니다. 아시다시피 저도 최근에 기차를 타봤거든요. 정말 매력적인 교통수단 아닌가요? 개인적으로는 버스가 더 즐거웠지만요."

마블모는 눈도 깜빡이지 않고 계속 그를 빤히 쳐다봤다. "제가 대중교통에 대해 논의하러 온 줄 몰랐습니다."

"물론 아닙니다. 고아원을 조사하러 오셨다고 하셨죠? 당황스럽지만, 여긴 고아원이 아니라 집입니다. 잘못된 정보를 가지고 여기까지 오셨다고 생각하긴 싫네요. 문제가 복잡해질 테니까요."

마블모는 피식 웃으며 서류 가방을 고쳐 안았다. "당신의 증언을 들었습니다." 그가 산뜻하게 말했다. "계몽적이더군요. 물론 그렇

게 끝나서 안타까웠지만요." 아서가 뭐라고 반응하기도 전에 마블모는 서류 가방을 열고 공문서로 보이는 종이를 꺼냈다. "제가 머무는 동안 섬과 아이들, 제가 필요한 모든 것에 접근할 수 있도록 DICOMY 임시 수장 제닌 로더가 서명한 허가서입니다." 그가 아서에게 종이를 내밀었다. "이제 당신도 그 뛰어난 언변만으로는 이 상황에서 빠져나갈 수 없다는 걸 알겠죠."

아서는 문서를 무시했다. "로더 씨는 잘 계십니까? 처음이자 마지막 만남이 끝나기도 전에 먼저 자리를 뜨셨죠. 제가 한 말 때문이 아니었으면 좋겠군요."

로더는 아서의 어깨너머를 흘깃했다. "아이들은 어딨죠?"

아서는 고개를 끄덕였다. "마음이 급하신가봅니다. 하긴, 저도 아이들을 처음 만날 때 너무 설레서 가슴이 터질 것 같았거든요. 그런 공통점이 있어 다행입니다."

"그럴 리가." 헬렌이 다가와 조사관의 발치에 여행 가방을 내려놓으며 웅얼거렸다. 마블모는 헬렌에게 고맙다는 인사도, 팁도 주지 않았다. 천시가 이 사실을 알면 뭐라고 할지 짐작이 갔다.

마블모는 새처럼 고개를 틀어 서류 가방에 문서를 넣고 잠갔다. "스스로 유머러스하다고 생각하십니까, 파르나서스 씨?"

"네. 하지만 유머는 주관적이기 때문에…."

"역시. 그렇게 보였습니다." 마블모는 어깨를 펴고 빙그레 웃었다. 어린아이를 대하는 듯한 미소였다. 상냥함으로 포장한 우월감과 오만함. 그래서 더욱 위험해 보였다. "파르나서스 씨, 저는 당신의 과거를 잘 알고 있습니다. 당신은 교묘한 방식으로 직권을 얻었죠. 최고위 경영진의 눈을 속이고…."

아서는 애써 분노를 억누르며 웃었다. 가슴 속에서 불사조가 고개를 들고 날개를 들썩였다. "제가 그랬습니까?"

"저는 당신의 꾀에 넘어가지 않습니다. 전 찰스 베르너가 아닙니다. 라이너스 베이커도 아니고요. 제가 여기 온 이유는 아이들의 안위를 살피고 당신이 아이들에게 선동적인 반정부 정서를 세뇌하지 않는지 확인하기 위해서입니다."

"말이 나와서 말인데." 헬렌이 상냥하게 말했다. "마을을 지날 때 DICOMY 포스터가 다 어디 갔냐고 물어보셨죠? 바보같이 이제 생각났네요."

마블모가 서류 가방을 한 손에 들고 다른 손으로 여행 가방을 집어 들었다. "협조 감사합니다. 어떻게 된 겁니까?"

"정부에서 제공한 접착제가 이곳 날씨와 맞지 않았나봐요. 공기 중 염분 때문에 접착력이 떨어지더라고요." 헬렌이 말했다. "별도의 접착제를 사용하지 말라는 정부 지침을 충실히 따랐더니 안타깝게도 포스터가 모두 바다로 날아갔어요."

마블모는 꼿꼿이 선 채 헬렌을 곁눈질했다. "알겠습니다. 관련 부서에 보고해서 즉시 바로잡도록 하죠. 임시로 테이프나 압정 사용을 허가하겠습니다."

"젠장! 마침 둘 다 재고가 떨어졌네요. 서둘러 주문할게요."

"지켜보겠습니다." 마블모가 콧방귀를 뀌며 말했다. "어쨌거나

마법적 존재들은 정부가 살뜰히 지켜보고 있다는 사실을 명심해야 합니다."

헬렌이 다가와 아서를 포옹하며 "조심해" 하고 속삭인 뒤 다시 트럭으로 향했다. "마을에 나올 일 생기면 알려주세요." 헬렌이 돌아보며 외쳤다. "연락선은 운임 변동이 심해서 우리가 건너올 때랑 같은 금액을 보장할 순 없지만요. 하긴, 정부가 나랏일에 돈을 아낄 리 없겠죠. 그럼 안녕히!"

"이제 아이들을 만나봐도 될까요?" 트럭에 시동이 걸리는 소리를 뒤로하고 마블모가 물었다. "그리고 여기 있는 동안 조이 채플화이트 씨와의 면담도 주선해주시죠. 그도 아이들과 밀접하게 교류하니 조사 대상에 포함됩니다. 미리 감사를 표하겠습니다."

여행 가방을 손에 든 마블모는 망설임 없이 아서를 지나쳐 현관으로 향했다.

"시작이군." 아서가 읊조리며 그의 뒤를 따랐다.

집 안은 불안할 정도로 고요했다. 아서가 문을 닫자, 마블모는 짐을 문 근처에 놓고 서류 가방을 다시 열더니 빨간 펜이 꽂힌 클립보드를 꺼내 들고서 벽을 살피기 시작했다. 걸레받이를 발로 툭툭 차 보고(작은 구둣발 자국이 남았다) 곁에 있는 작은 테이블을 손가락으로 쓱 쓸어 먼지가 묻어 나오는지 확인했다. "흠." 그러더니 콘센트 앞에 쭈그리고 앉아 플라스틱 마개를 뺐다가 끼우고 클립보드에 무언가를 표시했다.

아서가 목을 가다듬었다. 마블모는 놀란 기색 없이 고개를 돌려 그를 올려다보았다. "더 나아가기 전에 할 말이 있습니다."

"파르나서스 씨, 벌써 변명입니까? 좋은 징조가 아니군요."

아서가 손사래를 쳤다. "그런 거 아닙니다. 저는 사람이 무언가를 간절히 원하면 방법을 찾으리라 믿습니다. 그렇지 않으면 변명을 찾고요."

마블모의 눈썹이 이마까지 올라갔다. "저 들으라고 하는 소립니까?"

"아뇨. 하지만 당신은 모든 것을 의심스럽게 바라볼 모양이니 주의를 기울여달라고 당부하고 싶습니다."

"아, 그렇습니까?" 그는 천천히 몸을 일으키며 물었다. "의심스럽게 보면 왜 안 됩니까?"

"곳곳에 위험이 있다고 믿으면 두려움에 사로잡히게 되니까요. 특히 그 두려움이 특정 소문과 맞물려 있다면 말입니다."

"특정 소문이요? 강력한 마법적 존재인 당신이 잠재적으로 위험한 아이들을 소유하려 하고, 그중 일부는 세상의 종말을 부를 힘을 지니고 있다는 소문 말입니까?" 마블모는 유쾌하게 말했다. 마치 사냥감을 가지고 노는 칼리오페 같았다.

"맞습니다. 매우 우려스러운 소문이죠. 굳이 상기해드리자면, 어떤 힘을 지녔든 아이들은 여전히 아이들입니다. 만약 당신이 육체적, 심리적, 정서적으로 아이들에게 상처를 입힌다면 나는 보호자로서 마땅히 해야 할 일을 할 겁니다."

마블모는 엷게 웃었다. "파르나서스 씨, 저를 어떤 사람으로 봤는

지 모르겠지만 제가 어떤 식으로든 아이들을 해칠 거라는 발상 자체가 터무니없고 불쾌합니다. 사과하시면 흔쾌히 받아들이겠습니다."

"안 하겠습니다."

"그렇군요." 마블모는 클립보드에 무언가를 휘갈기더니 무덤덤한 얼굴을 들었다. "저는 이 사안의 심각성을 잘 알고 있습니다. 당신도 마찬가지이길 바랍니다. 저는 당신을 꽤 많이 알지만, 당신은 저를 잘 모릅니다. 낯선 사람일 뿐이죠. 저에 대해 조금 알려드리겠습니다." 그는 클립보드 상단에 펜을 끼워 넣었다. "저는 마법적 존재가 아닙니다. 그랬다면 이 자리에 있지도 못했겠죠. 나름대로 몇 가지 능력을 가졌습니다. 그중 하나는 당신도 흥미로워할 것 같은데."

"그게 뭡니까?"

"저는 두려움을 느끼지 못합니다. 초자연 현상, 독니를 지닌 뱀, 죽음, 벌레, 점액질, 자신이 처한 상황의 심각성을 자각 못 하는 남자의 위협, 그 어떤 것도 날 두렵게 할 수 없습니다. 제가 기억하는 한 평생 그랬습니다. 그 사실을 빨리 인지할수록 서로에게 이롭겠죠."

아서는 머릿속이 복잡해졌다. "명심하겠습니다. 솔직하게 말해주셨으니 저도 그렇게 하죠. 로더 씨의 지시로 오셨으니 아마 벌레를 달고 오셨겠지요."

마블모가 눈을 크게 떴다. "뭐요? 어떻게 감히…."

"도청기 말입니다. 공청회 전날 제 호텔 방에서 발견된 것과 같은 장치요. 만약 우리 집에서 도청기가 발견되면 조사의 완료 여부와

상관없이 즉시 섬에서 추방될 겁니다. 이건 협박이 아니라 그저 사실입니다."

"당신은 날 추방할 수 없습니다." 마블모가 받아쳤다.

아서는 어깨를 으쓱했다. "도청기 설치를 부정하는 게 아니라 그 점에 초점을 맞추다니 흥미롭군요. 당신 말이 맞습니다. 저는 당신을 추방할 수 없어요. 그런 힘은 제 능력 밖입니다. 이 섬은 조이 채플화이트의 섬이고, 그가 허락하지 않았다면 당신은 지금 이 자리에 없습니다. 이해하셨습니까?"

오만한 미소가 돌아왔다. "당신은 DICOMY의 누군가가 호텔 방에 도청기를 설치했다는 증거가 없습니다. 그러니 당신의 말은 비방에 해당하고요. 아시다시피 그런 일에 대한 법적 보호 조치가 마련되어 있습니다."

아서가 웃었다. "압니다. 도청기는 없는 것으로 알겠습니다. 아이들도 사생활이 있으니까요." 아서는 마블모를 지나쳐 가며 물었다. "가실까요? 수업이 끝나면 아이들을 만나실 수 있습니다."

한 발짝 뒤에서 마블모가 계속 펜을 휘갈기는 소리를 들으며 아서는 일 층 교실에 들어섰다. 하마터면 웃음을 터뜨릴 뻔했다. 루시는 옷을 갈아입은 상태였다. 정장 바지, 흰 셔츠에 넥타이까지 맨 루시는 마블모를 보자마자 의자에 올라서서 손을 번쩍 들었다. 다른 아이들은 긴장과 흥미가 섞인 표정으로 마블모를 힐긋거렸다.

수요일 오후는 문학 토론 시간이었다. 라이너스는 마블모를 한

번 쏘아본 뒤 루시를 바라보았다. "질문 있을까?"

"아니요." 루시가 큰 소리로 말했다. "저는 한여름에도 밖에서 노는 것보다 책상에 앉아 공부하는 게 더 좋다는 사실을 알려드리고 싶었어요."

라이너스는 눈을 깜빡였다. "물론 그렇겠지. 우리가 모두 알고 있는 사실을 말해줘서 고맙구나."

탈리아가 손을 들었다. "저도 공부가 정말 즐거워요. 사실, *베이커 선생님*에게 배우는 것보다 더 즐거운 일은 없어요."

"왜 저렇게 말하는 걸까?" 천시가 피에게 다 들리게 속삭이며 손님을 긴장된 눈으로 힐끔거렸다.

"아서 옆에 서 있는 허수아비 때문에." 피가 속삭였다.

마블모는 콧김을 내뿜으며 클립보드에 펜을 휘둘렀다.

"저 여자가 허수아비라고?" 천시가 외치듯 속삭였다. "맙소사, 대체 무슨 수작일까?"

"얘들아." 라이너스가 다시 아이들의 주의를 끌었다. "집중하자, 제발. 손님이 왔다고 해서 공부를 소홀히 하면 안 되지."

바로 그때, 한 설인이 얼음처럼 쿨하게 망토를 휘날리며 교실 안에 들어왔다. 그는 잠시 허리춤에 손을 얹고 당당한 자세를 취한 뒤 마블모를 올려다보고 송곳니를 드러내며 씩 웃었다.

마블모는 눈을 크게 뜨고 한 발짝 물러났다. 겁먹은 게 아니라 놀란 듯했다. "이건 뭡니까?"

데이비드는 허리를 꾸벅 숙이다가 고꾸라질 뻔한 몸을 가까스로 일으켰다. "안녕하십니까." 데이비드는 마블모가 미처 뿌리치기도 전에 손등을 붙잡고 입 맞췄다. "이 섬에 조사관이 도착했다는 소문은 들었는데 당신 같은 숙녀일 줄은 상상도 못 했어요. 원래 그렇게 아름다운가요, 아니면 절 위해 특별히 꾸몄나요?"

"제가 모르는 아이가 있었군요." 마블모가 눈을 부릅뜨고 속삭였다. "역시 그럴 줄…." 마블모는 자신이 열세인 걸 눈치채고 입을 딱 다물었다.

데이비드가 웃었다. "아이라뇨? 숙녀분, 저는 아이가 아닙니다. 마흔일곱 살이나 먹었는걸요."

라이너스가 교탁 뒤에서 한숨지었다. 반면 아서는 이 상황에 매우 흥미를 느꼈다. 아이들은 그저 데이비드를 위한 계획이 있다고만 했지 구체적인 내용은 말해주지 않았다. 데이비드의 연기력을 고려했을 때 다소 우스꽝스럽긴 해도 몹시 기발한 발상이었다.

마블모가 데이비드를 곁눈질했다. "뭐라고…요?"

"거의 반세기를 살았죠." 데이비드가 유쾌하게 말했다. "그 나이를 먹은 설인이 어떻게 이렇게 키가 작냐고요? 좋은 질문입니다! 어릴 때 저는 지나가던 차량에 의해 구조될 때까지 7년간 바위틈에 갇혀 살았어요. 그래서 제대로 크지 못했죠. 하지만 괜찮습니다. 어쨌거나 저는 어른이니까요."

마블모는 불쾌한 냄새를 맡은 것처럼 얼굴이 일그러졌다. "정말 그걸 믿으라고요? 당신이 아이가 아니면 왜 여기 있습니까?"

"아서와 저는 오랜 친구입니다." 데이비드가 천연덕스럽게 말했

다. "심지어 같은 동아리에 있었죠."

"아서 파르나서스는 어떤 동아리에도 가입한 적 없습니다. 다 조사했죠. 저는 그에 관해 거의 모든 걸 압니다."

"그래요?" 아서가 말했다. "맞습니다, 하지만 제가 대학 시절 동아리에 가입한 적 없는 이유는 오직 마법적 존재가 인간 단체에 가입하는 게 불법이었기 때문이에요. 제가 떠난 뒤에도 그 규정은 폐지되지 않았죠."

"제가 말한 동아리는 우리 둘만의 동아리였어요." 데이비드가 말했다. "달리기 동아리. 우리 둘 다 달리는 걸 좋아하니까. 안 그래, 친구?"

"그렇고말고." 아서는 나중에 데이비드와 선의의 거짓말에 관해 대화하기로 다짐하며 말했다. "와줘서 고마워, 데이비드. 자네가 있어서 당분간 아주 든든하겠어."

"나중에 아서랑 단둘이 맥주 한잔하려고요." 데이비드가 마블모에게 말했다. "옛날처럼 세상 돌아가는 얘기 좀 하면서요."

"그렇습니까?" 마블모가 말했다. "아무래도 어색한데. 당신, 이곳, 당신 생김새."

데이비드는 위축되기 시작했다. "저는 제가 원하면 여기 있어도 돼요." 데이비드는 웅얼거렸다. "저는 여기…."

"맞아요." 샐이 불쑥 말했다. "데이비드 삼촌은 얼마든지 여기 있어도 돼요." 그러더니 몸을 바로 하고 손을 들었다. 라이너스가 고개를 끄덕이자 샐이 말했다. "조금 전까지 우리는 전체주의 정부의 부정적인 영향에 대해 논의하고 있었어요. 특히 언어가 여론을 조작하는 무기로 사용될 때의 위험성에 대해서요."

"우리가…?" 라이너스가 떨떠름하게 말했다. "물론 그랬지. 맞아. 언어는 유용한 도구이지만 해롭게 쓰일 수도 있어."

"소외된 집단에 고통을 주기도 해요." 샐이 또박또박 말했다.

마블모는 눈을 가늘게 뜨고 샐을 바라보았다. 아서는 샐의 의도를 파악했다. 데이비드로부터 조사관의 주의를 돌리기 위함이었다.

"그래서 제 질문은 이거예요. 왜 정치인들은 일부 정책에 그렇게 해로운 언어를 사용하죠? 어떤 목적이 있는 걸까요, 아니면 그저 무관심한 걸까요?"

"멋지지 않습니까?" 아서가 마블모에게 속삭였다. "아이들이 자기 생각을 자유롭게 개진하고 의문을 제기하는 모습이."

"저라면 멋지다는 표현을 쓰지 않겠습니다." 마블모는 클립보드에 무언가를 표시했다.

"훌륭한 질문이야." 라이너스가 고개를 끄덕이며 인정했다. "먼저 의견을 제시하고 싶은 사람 있을까?"

"그들은 자기들이 무엇을 하고 있는지 정확히 알고 있어요." 피가 말했다. "그들은 공포가 강력한 원동력이고 많은 사람이 자기들의 말을 믿을 거라는 사실을 알아요."

"왜 그럴까?" 라이너스가 물었다.

책상 위에 앉은 시어도어가 날개를 활짝 펴고 흥분한 듯 쩍쩍거렸다.

"맞아, 시어도어." 라이너스가 말했다. "맹점을 짚었구나. '관심'이

란 복잡한 개념이야. 방금 샐이 그들, 다시 말해 권력자들이 무관심한 걸까 물었는데, 과연 그럴까? 난 그렇게 생각하지 않아."

"흥미롭군요." 마블모가 중얼거렸다. "당신의 베이커 씨는 당신이 바라는 수준보다 세뇌가 덜 된 것 같습니다."

"끝까지 들어보죠."

"오직 이 책의 맥락에서 말하자면, 난 그들이 관심을 두고 있기는 하지만 그 관심의 대상이 영향받는 집단이 아니라 자기들이라고 봐. 그래서 권력 유지와 통제를 위해 미디어와 여론을 조작하고 공포를 조장하지. 자기들의 말에 사람들이 안도를 느낄 뿐 아니라 기꺼이 순종할 때까지."

아서는 고개를 천천히 돌려 마블모를 바라봤다. 조사관의 얼굴은 분노를 참지 못해 어두워지고 있었다. "책 좋아하십니까?"

마블모의 한쪽 눈가가 경련했다. "아이들이 배우기에 적합한 내용을 논의해야겠습니다. 이번 주말까지 학생별 수업 계획서와 독서 목록을 전달해주시죠. 아무래도 제가 그 목록을 추려야 할 것 같습니다." 마블보는 펜으로 클립보드를 두드렸다. "물론 아이들을 보호하기 위해서요."

"오늘은 여기까지 하자." 라이너스가 말했다. "보다시피 새 손님이 오셨으니까. 이분은 DICOMY에서 온…"

"소개는 제가 알아서 하겠습니다, 감사합니다."

라이너스는 부루퉁한 얼굴로 고개를 끄덕였다. "얼마든지요."

마블모는 코트 자락을 휘날리며 교탁으로 향하더니 양해도 구하

지 않고 라이너스가 옆으로 물러설 때까지 몸을 들이밀었다. 그러고서 아이들을 바라보며 목을 가다듬었다.

"반갑다. 나는 해리엇 마블모라고 한다. '마블모 씨'라고 부르렴. '저기요'나 '그쪽' 말고. 이의 있다면 어른에게 정중하게 말하는 법을 배우는 시간을 마련하겠다."

루시의 손이 다시 한번 올라갔다. 아서는 개입하고 싶었지만, 처음으로 아이들과 대면하는 조사관이 어떻게 반응할지 지켜보기로 했다.

마블모는 선뜻 받아들였다. "그래? 질문 있니?"

"차 한잔하실래요?" 루시가 상냥하게 물었다. "신선한 꿀도 준비했어요."

"좋다." 마블모가 고개를 끄덕였다. "공무원을 친절하게 대하는 건 칭찬받아 마땅해. 예의 점수 1점을 주지. 50점을 받으면 너희가 제일 좋아하는 정치인이 서명한 표창장을 받을 수 있다."

"오, 와우." 루시가 책상에서 벌떡 일어나며 말했다. "제가 제일 좋아하는 정치인이요? 너무 많은데요!"

루시가 교실 한쪽에 마련된 다과 쟁반으로 가자 마블모는 엄숙하게 고개를 끄덕였다. "반가운 소리구나. 나는 아이들이 우러러봐야 할 대상이 유명 연예인이 아닌 정부에서 열심히 일하는 사람들이라고 생각한다."

"정말 흥미롭고 유익하네요!" 루시가 조심스럽게 차를 따르며 말했다. "여기까지 와서 좋은 말씀 감사해요. 설탕이나 우유 넣으실래요? 아니면 꿀만 넣어드릴까요?"

"꿀이면 된다. 자, 어디까지 했지? 아, 그래. 난 DICOMY에서 파견된 조사관이란다. 난 내 임무를 매우 진지하게 생각하지만 그렇다고 우리가 친구가 될 수 없다는 뜻은 아니다." 마블모는 얼굴을 일그러뜨렸다. 아서는 그가 미소를 지으려다 실패한 사실을 한 박자 늦게 깨달았다. "이 집이 정부의 모든 공식 기준을 충족하는지, 아니면 다른 방안을 고려해야 하는지 점검하러 온 친근한 이웃이라고 생각해주면 좋겠다."

"차 드세요." 루시가 고개를 꾸벅 숙이며 컵을 내밀었다.

마블모는 고개를 끄덕이며 컵을 받아 들고 한 모금 마셨다. "꿀이 꽤 많이 들어갔구나. 다음부터는 반만 넣어주렴."

"의견 감사합니다. 앞으로 참고하겠습니다." 루시가 진지하게 말하더니 턱을 두드리며 탈리아를 향해 돌아섰다. "꿀이 어떻게 만들어진다고 했지? 마블모 씨께 우리가 얼마나 많이 배웠는지 알려드리면 좋을 것 같아."

탈리아는 씩 웃으며 고개를 끄덕이더니 마블모가 차를 한 모금 더 길게 들이켤 때까지 기다렸다가 입을 열었다. "그래? 꿀이 벌의 토사물이란 걸 알면 싫어하시지 않을까?"

마블모는 루시의 기대대로 차를 뱉어내지 않고 차분히 삼켰다. "우리 할아버지가 꿀벌을 키우셨거든. 내가 뭘 먹고 있는지 잘 안다. 고맙구나."

루시는 얼굴을 찡그리며 한 발짝 물러났다. "어, 그게…."

마블모는 고개를 절레절레했다. "다른 반응을 기대한 모양이구

나, 알았다." 그는 코트 소매에서 검은색 손수건을 꺼내 입가를 두드리고 다시 소매에 집어넣었다. 컵을 내려다보며 차를 부드럽게 휘젓더니 이내 고개를 들고 환하게 웃었다. 아서는 등골이 오싹했다. "우리가 첫 단추를 잘못 끼운 것 같구나. 그 점에 대해서는 정말 유감이다. 아마 나로선 상상조차 못할 온갖 헛소리에 물든 탓이겠지. 이제 안심하렴. 이 순간부터 정부가 너희를 비롯해 모든 마법적 존재들에게 얼마나 관심을 기울이는지 보여주마. 우리는 너희가 모두 잘되어서 나름대로 평범한 삶을 영위하길 바란다."

"그렇게 말씀하신다면야." 피가 말했다.

"동의해줘서 기쁘다." 마블모는 완전히 잘못 짚은 채 말했다. "결국 난장판은 더 어질러지기 전에 치워야 하잖니. 말이 나와서 말인데." 그는 샐을 힐끗 보고 컵을 내밀었다. "거기, 너. 이거 다 마셨으니 치워주렴."

"제 이름은 샐이에요." 샐이 단호하게 말했다. "이 집에서는 적어도 정중하게 부탁하지 않는 한 다른 사람에게 뒷정리를 시키지 않아요."

"맞습니다." 라이너스가 말했다. "어른으로서 모범을 보여야 하지 않을까요?"

클립보드에 무언가를 휘갈기는 마블모의 귀에서 김이 피어오르는 것 같았다. "임무 할당은 책임감을 길러줍니다."

"스스로 뒷정리하는 것도요."

"샐이 옳은 말을 했습니다." 아서가 말하며 교실 앞으로 갔다. 마블모가 눈을 부릅뜨고 노려보았다. "누구나 자신의 행동에 책임을

297

저야 하고 그 아이에게는 이름이 있습니다. 흥미롭게도 모든 아이에게 이름이 있죠. 정식으로 소개하는 편이 나을 것 같군요."

"좋습니다." 마블모가 다시 가식적인 미소를 되찾고 말했다. "자, 이제부터 각자 이름, 나이, 종족 분류, 그리고 이 섬에 살아서 좋은 점 한 가지와 싫은 점 한 가지씩 말하렴. 한 치의 거짓도 없이 정직하게. 차례가 될 때까지는 입을 열지 말고."

라이너스가 눈살을 찌푸렸다. "그건…."

"쯧! 제가 방금 베이커 씨에게 발언을 요청했던가요? 그런 식이면 예의 점수는 없습니다."

"오오." 아이들이 술렁였다.

"종족 분류라고요?" 아서가 딱딱한 목소리로 물었다. "DICOMY에서 파일이라고 나도는 건 모두 읽어보지 않았습니까?"

"아이들에게 망상이 없는지 확인하려면 직접 듣는 것이 바람직합니다. 얘들아, 내 앞에 일렬로 서라."

아무도 움직이지 않았다.

"부탁 아니다." 마블모는 억지스러울 만큼 쾌활하게 말했다. "앞으로 내가 무언가를 요구하면 망설임 없이 응하길 바란다."

아서가 고개를 끄덕이자 아이들은 모두 책상에서 일어나 마블모 앞에 일렬로 섰다.

탈리아가 첫 번째였다. 고깔모자를 풀썩이며 한 발짝 성큼 나섰다. "제 이름은 탈리아예요. 나이는 264살이고요. 역사상 가장 재능 있는 정원 노움이죠."

"자화자찬은 숙녀답지 못하다." 마블모가 말했다. "특히 어른 앞에서는 겸손함을 보여야 해."

"하지만 정직하게 말하라면서요. 저는 최고의 정원 노움이에요. 제 정원 보셨나요?"

"난 꽃가루 알레르기가 있단다. 내 인생의 골칫거리지. 자, 어서 좋은 점, 싫은 점 하나씩 말하렴."

"저는 꽃가루가 좋아요." 탈리아가 수염을 쓰다듬으며 말했다. "성장을 인정하지 않는 사람은 싫고요."

"성장은 중요하지." 마블모는 노움 식 모욕을 이해하지 못한 채 말했다. "성장은 배움에 대한 보상이다. 자, 다음!"

시어도어가 휘청거리며 나서더니 고개를 갸웃거리며 큰 소리로 꺽꺽거렸다. 계속 목을 울리며 날개를 펼치자 아이들이-번역문을 확인한 데이비드를 포함해-웃음을 터뜨렸다. 라이너스는 눈을 크게 뜨고 손으로 입을 턱 막았다. 아서는 애써 무표정을 유지했다.

이 놀라운 아이들.

시어도어가 말을 마치자(마블모에게 자신의 보물창고를 구경시켜줄 생각은 추호도 없지만, 그의 두 눈이 빛나는 단추처럼 생겼으니 조만간 자신의 수집품에 추가할 생각이라고 했다) 마블모는 당황한 표정을 지었다. "뭐라고 했지?"

"자기는 와이번이래요." 샐이 태연하게 말했다. "나이는 잘 모르겠고요. 탈리아처럼 꽃가루를 좋아하고, 감언이설로 남들을 구워 삶으려 하고 뒤통수치는 사람이 싫대요."

"여기서 그런 일이 자주 일어나니?" 마블모가 클립보드에 격하게 메모하며 물었다.

시어도어가 다시 쩍쩍거렸다. *오늘까지는 아니었어요.*

"아뇨. 가설일 뿐이죠." 샐이 말했다.

"저는 천시예요." 덩어리 소년이 미끄러지듯 앞으로 나섰다. "열 살이에요. 저는 문어와 해삼, 다른 여러 가지 기적이 섞인 것 같아요. 하지만! 우리가 논의해야 할 훨씬 중요한 사안이 있어요."

마블모가 눈을 반짝이며 몸을 앞으로 기울였다. "그래? 솔직하게 말하렴. 내가 여기 있으니 걱정할 거 없단다. 내가 널 안전하게 지켜줄게."

"좋은 부동산 투자 기회를 제공해드릴까 해요." 천시는 두 촉수를 활짝 펼쳤다. "상상해보세요. 제가 해변에 세울 호텔은 육십 개 객실과 온갖 편의시설을 갖추고 있어요. 마사지! 고급 식사! 라이브 음악! 천시 인증 가운도 무료로 가질 수 있어요! 그뿐이냐고요? 설마요!" 천시가 눈을 부릅떴다. "16캐럿짜리 다이아몬드 목걸이를 객실에서 도둑맞았다고요? 겁내지 마세요! 저는 호텔 주인, 매니저, 직원일 뿐 아니라 탐정이기도 하니까요. 어떤 미스터리도 해결해 드리겠습니다! 2년 이내에 투자금을 3배로 돌려드리죠. 얼마를 투자하시겠습니까? 배포가 클수록 더 큰 찬사를 받습니다!"

"사양하마." 마블모가 말했다. "나는 허황한 희망을 품도록 부추기지 않겠다. 그건 잔인한 짓이지."

"흥미롭군요. 천시는 이미 우주 최고의 호텔 직원 중 한 명인데

말입니다." 아서가 천시를 향해 윙크했다. "어떤 위인이 말하길, 상상력 넘치는 이야기는 상상력 없는 이들의 심기를 불편하게 한다고 했지. 나도 그 호텔을 빨리 보고 싶구나. 조만간 투자 자문을 받아보마." 모두가 마블모의 날카로운 헛기침을 무시했다.

샐의 차례였다. 한 걸음 나선 샐은 마블모를 빤히 응시하며 입을 열었다가 멈칫했다. 그러더니 눈을 반짝이며 씩 웃었다.

아서가 그 이유를 알아차리는 데는 오래 걸리지 않았다. 마블모의 코트 목깃에 작은 황갈색 전갈 한 마리가 기어 다니고 있었다. 아서가 경고하려는 찰나 마블모가 샐에게 물었다. "말할 거야, 아니면 정신 나간 사람처럼 쳐다보고만 있을 거야? 난 시간이 많지 않단다."

샐은 눈썹을 치켜올렸다. "이곳에 2주나 머물 예정 아닌가요?"

마블모는 클립보드를 내려놓으며 목 아래 손을 얹고 일부러 놀란 표정을 지었다. 자신의 얼굴을 향해 스멀스멀 다가오는 존재는 인식하지 못했다. "너 지금… 날 말로 이겨 먹으려고?"

샐은 고개를 저었다. "사실을 말한 건데요."

"하긴 어린애가 뭘 알고…."

"이 악마!" 루시가 유쾌하게 외쳤다. "거기서 뭐해, 바보야!"

"신성모독." 마블모가 숨을 들이켰다. "어떤 악마를 소환했지? 역시 성수를 가져왔어야 하는데…."

전갈이 꼬리를 치켜들었다. 하지만 공격하기 직전, 마블모의 손이 잽싸게 움직였다. 다시 소매에서 손수건을 꺼내 전갈을 포박하

301

고 그대로 손을 들어 올렸다. 아서는 손수건 밖으로 전갈 다리가 파들거리는 모습을 보았다.

마블모가 주먹을 꽉 쥐자 콰직, 하고 전갈이 뭉개지는 소리가 났다.

정적.

"섬에 온 실감이 납니다." 마블모가 앞쪽 책상으로 걸어가 쓰레기통 위에서 손수건을 털었다. 전갈 사체가 그 안으로 소리 없이 떨어졌다. "문명에서 이렇게 멀리 떨어져 있으면 현지 야생동물과 마주칠 위험이 많습니다. 그만한 가치가 있겠죠? 신선한 공기를 마실 수 있으니까."

"그건 내 전갈이었어!" 루시가 분통을 터뜨렸다.

마블모가 차갑게 바라봤다. "네 전갈이었군. 이제 아니다. 네가 진정 그 전갈을 아꼈다면 최선을 다해 녀석의 안전을 보장했겠지. 인생이란 게 그렇단다. 다른 주제로 넘어가자. 네가 루시퍼구나."

루시는 붉은 눈을 번뜩이며 그를 노려봤다. "맞아요, 또 다른 이름으로 불리기도 하고요."

마블모가 웃었다. "잘 안다. 신기하군. 악마의 아들이 이렇게 작다니. 넌 내 허리에도 안 닿잖아! 자, 너도 이름, 나이, 좋아하는 것과 싫어하는 것 한 가지씩 말해라."

루시는 허리를 펴고 서서 씩 웃었다. "제 몸은 일곱 살이지만 제 영혼에 사는 악마는 그보다 훨씬 오래되었으니, 한 서른여섯 살이라고 치죠. 이상한 게 뭔지 알아요? 저도 꽃가루를 좋아해요! 우리가 뒹굴고 놀 만큼 꽃가루가 무더기로 쌓여 있지 않은 걸 싫어하죠."

마블모는 허리를 굽혀 루시에게 얼굴을 들이밀었다. 말도 하지 않고 눈도 깜빡이지 않았다. 루시는 한 발짝 뒤로 물러났지만 그의 눈을 피하지는 않았다. 그러자 마블모는 꼿꼿이 서서 클립보드에 메모한 뒤 말했다. "난 너한테 겁먹지 않는다. 하나님이 내 편에 계시니까."

루시는 넌더리를 냈다. "오, 당신도 그들 중 하나군요. 웩."

마블모는 루시를 무시했다. "앞으로는 상황이 달라질 거다. 너희 모두 최대한 행동을 조심하기 바란다. 어떤 이유로든 그럴 수 없다면 알려다오. 방문을 짧게 끝내고 보고서를 제출하게. 그 결과는 너희들 마음에 들지 않겠지. 질문?" 마블모는 대답을 기다리지 않고 말을 이었다. "좋아. 완벽하게 말이 통해서 다행이다."

라이너스가 먼저 정신을 추슬렀다. "얘들아, 이제 오후 간식 먹을 시간이야. 아서가 마블모 씨를 게스트하우스로 안내하는 동안 부엌으로 가자꾸나."

"그러죠." 마블모가 말했다. "지금까지 본 것보다 숙소 상태가 더 좋았으면 좋겠군요."

"침구를 새로 깔았습니다." 아서가 게스트하우스 문을 밀어 열며 말했다. 마블모와 아이들의 첫 만남에서 아직 헤어 나오지 못해 얼떨떨한 그는 머리를 비우고 당면한 일에 집중하려 노력했다. "여분의 침구는 복도 벽장에 수건과 함께 마련되어 있습니다. 침구 정리 서비스가 필요하면 천시가 기꺼이 도와줄 겁니다. 그 임

무를 좋아하거든요."

"그럴 필요는 없습니다." 마블모가 안으로 들어서며 답했다. "그 애는 좀… 끈적끈적해 보이던데요. 침구도 그런 느낌이 들지 않았으면 좋겠군요."

"의외로 끈적끈적하지 않습니다." 아서가 문을 닫으며 말했다. "그 애가 의도하지 않는다면 말입니다."

한발 앞서 작은 거실 입구에 다다른 마블모가 멈칫했다.

조이 채플화이트가 거실에 서 있었다. 등 뒤의 날개가 팔랑거렸다. 그는 아서를 힐끗 보고서 다시 조사관을 빤히 바라봤다. "섬에 온 걸 환영해요. 내 이름은 조이 채플화이트입니다. 머무는 동안 필요한 게 있으면 뭐든 얘기하세요."

"조이 채플화이트?" 마블모가 말했다. "우리 기록에 따르면 당신은 미등록 마법적 존재고, 이는 법에 저촉…."

조이가 손을 들자 마블모가 말을 멈췄다. 조이는 손을 내리고 말했다. "지금은 인사만 하죠. 적대감부터 쌓을 필요는 없으니까. 앞으로 시간이 많으니 궁금한 점 있으면 언제든 물어보세요." 조이는 아서를 힐끗 보고 애써 미소 지었다. "아이들은 첫 만남에 어떻게 반응하던가요?"

"처한 환경에서 예상 가능한 수준으로요." 마블모가 말했다.

"잘 받아들였어요." 아서가 말했다. "그리고 제 오랜 친구 데이비드가 머무르며 도와주기로 했어요. 데이비드 기억하시죠? 제 옛 친구?"

"물론이지." 조이가 태연하게 대답했다. "우릴 도와주러 오다니 정말 기뻐. 못 본 지 정말 오래되었는데."

"오, 헛소리." 마블모가 쏘아붙였다. "내가 그 말을 믿으리라 기대하는 건 아니겠죠?"

"물론 기대합니다." 조이가 말했다. "안 그러면 우릴 거짓말쟁이라고 부르는 셈이고, 섬 정령에게 그건 인간이 입 밖에 낼 수 있는 가장 심한 모욕이니까요."

마블모는 움찔하면서도 말을 이었다. "미등록 마법적 존재가 아이들과 접촉하는 것은 재앙의 지름길입니다. 하지만 우리, 정부도 많이 신경 쓰고 있으니 마법성인관리부서에 즉시 등록하는 조건으로 과거는 과거로 남겨두기로 하겠습니다."

조이는 코를 찡그리며 미소 지었다. "2주 동안 있기로 했죠?"

마블모가 눈을 깜빡였다. "네."

"그럼 말했듯이, 시간이 많네요. 우선 적응부터 하시죠. 우린 다음 계획을…."

"도망칠 생각은 말아요." 마블모가 말했다. "이 작은 땅덩어리 곳곳에 숨을 데가 많겠지만 제가 찾아다니게 만든다면 끝이 좋지 않습니다."

조이는 낭랑하게 웃었다. "작은 땅덩어리? 보이는 게 다가 아닙니다. 당신은 지금 내 허락 하에 밟고 서 있는 이 땅에 대해 아무것도 모릅니다. 당신보다 대단한 인간들이 섬 정령들로부터 이 땅을 빼앗으려 했죠. 나는 이 작은 땅덩어리의 마지막 수호자로서 내 모든 걸 바쳐 여길 지켜낼 겁니다." 햇빛을 받아 조이의 눈이 원래 색으로 돌아왔다. "마르시아스에 온 걸 환영해요! 머무는 동안 즐겁게 지내시길."

조이는 조사관을 툭 밀치며 아서의 뺨에 입 맞추고 자리를 떠났다.

"인사는 잘 마쳤네요." 아서가 나긋하게 말했다.

마블모는 동의하지 않았다.

그날 밤, 마블모가 게스트하우스에 자리를 잡자 아서는 저녁 식사 후 남은 접시를 치우는 라이너스를 두고 부엌을 나섰다. 집 안이 너무 고요했다.

아이들이 일곱이나 있는데 아무 소리가 안 나다니?

다른 날 같았으면 그리 걱정하지 않았을 텐데, 조사관이 온 이상 아서는 어떤 불길함도 그냥 지나칠 수 없었다.

아이들을 찾는 데는 오래 걸리지 않았다. 시어도어의 방인 다락에서 목소리가 들려왔다. 아서가 천장 해치에 달린 사다리에 오르며 막 기척을 내려고 할 때였다.

"…어떻게 아무것에도 겁을 안 먹을 수 있지? 그건 불공평해!" 피가 말했다.

"아직 제대로 된 상대를 못 만났을지도 몰라." 천시가 말했다. "그를 사랑하는 동시에 벌벌 떨 수 있게 하는 사람 말이야."

"자기는 무섭게 생겼던데." 데이비드가 말했다.

아서는 마블모의 존재가 달갑지 않았으나 데이비드가 그리 불안

해하지 않는 것 같아서 한시름 놓였다.

"이제 어쩌지?" 탈리아가 물었다. "그 인간이 우릴 무서워하지 않는다면 어떻게 막아?" 탈리아가 코를 훌쩍이자 아서는 목이 콱 멨다. 탈리아는 더 작게 덧붙였다. "우릴 잡아가면 어떡해?"

시어도어가 날카롭게 쩍쩍거렸다.

아서는 눈을 감았다.

"시어도어 말이 맞아." 샐이 말했다. "잡혀가더라도, 무슨 일이 있어도 우린 서로를 찾을 거야. 내가 장담할게. 하지만 그런 상황까지 오진 않아. 절대로."

"당연하지." 루시가 말했다. "슬퍼하지 마, 탈리아. 아무도 우릴 못 건드려. 마블모가 두려움을 못 느낀다고? 그럼 우리도 안 느끼면 돼. 어디 어떻게 나오나보자고."

"고마워, 루시."

아서는 탈리아의 목소리에 스민 미소를 느낄 수 있었다.

11장

그 후의 나날들은 인내심 훈련과 맞먹었다. 라이너스는 물론이고 인내심이 아주 강한 아서에게도.

아이들은 완전히 다른 문제였다.

목요일 아침이었다. 정확히 7시 반, 마블모는 시든 꽃 냄새와 거만함의 악취를 자욱하게 풍기며 집 안으로 들어섰다. 클립보드를 꼭 쥐고 부엌에 나타난 마블모가 마주한 광경은 2분 안에 삶은 달걀 일곱 개를 한꺼번에 삼켜 신기록을 세우려는 와이번과 이 도전

을 응원하는 아이들(과 마흔일곱 살의 설인)이었다.

그때 시어도어가 목구멍에 욱여넣었던 여섯 번째 달걀이 튀어나와 마블모의 이마를 가격했다. 달걀 부스러기가 바닥에 후두둑 떨어졌다. 시어도어가 쩍쩍거리며 사과했다.

"와우, 명중!" 루시가 말했다.

"10점!" 탈리아가 맞장구쳤다.

"달걀로 바위 치기!" 피가 거들었다.

"나도 달걀로 농담해볼래!" 천시가 말했다. "좋아. 잠깐만. 잠깐만." 천시는 집중하면서 얼굴을 찡그렸다.

"좋은 아침입니다." 아서가 얼빠져 있는 마블모의 어깨에서 달걀 잔해를 털어내며 말했다. "차 한잔하실래요?"

"음식으로… 장난치기." 마블모가 클립보드에 끄적이며 뇌까렸다. "가정 교육이 제대로 안 됐네요. 물론 놀랍지는 않습니다."

그 무렵 칼리오페는 마블모에게 정식으로 인사했다. 전날은 바빠서—어젯밤 라이너스는 즐겨 신는 로퍼 안에서 죽은 쥐를 발견했다—아직 새 손님과 안면을 트지 못했기 때문이다.

꼬리를 높이 치켜들고 부엌으로 들어선 칼리오페가 천천히 고개를 들어 마블모를 올려다보았다.

둘은 한참 동안 눈을 가늘게 뜨고 서로를 바라보았다.

마블모가 먼저 고개를 돌렸다. "다시 말하자면, 이런 곳에 산다고 해서 예의를 지킬 수 없는 건 아닙니다."

칼리오페가 부르르 떨면서 이상한 소리를 내기 시작했다.

"저 녀석은 왜 저럽니까?" 마블모가 찡그린 얼굴로 말했다. "병에 걸렸습니까? 혹시 광견병? 보고서에 좋게 기록되진 않을 겁니다. 아무래도…"

칼리오페가 마블모의 신발 위로 큼직한 헤어볼을 토해냈다. 시어도어의 단추보다 세 배 큰 그 헤어볼은 신발 위에 툭 떨어져 긴 점액을 남기며 바닥으로 미끄러졌다.

자기소개를 마친 칼리오페는 마블모를 뒤로한 채 샐의 다리에 몸을 비비며 야옹거렸다. 마블모는 길길이 날뛰며 역겨운 고양이에 대한 보복을 맹세했다.

"잘했어." 샐이 자기 무릎을 두드리며 속삭이자, 칼리오페는 펄쩍 뛰어올라 샐의 턱에 머리를 부딪친 뒤 무릎 위에 앉아 낮게 가르릉거렸다.

"떠올랐어!" 천시가 외쳤다. "가장 달걀다운 농담! 자, 잘 들어봐! 삶이 힘들고 지칠 땐 달걀을 드세요! 왜냐고? 삶은… 달걀이니까!" 천시가 옆구리를 움켜쥐고 웃음을 터뜨렸다.

"아아, 그래." 천시의 밀짚모자를 쓴 데이비드가 팬케이크를 우걱우걱 먹으며 말했다. "어른스러운 유머네. 인정할게. 난 어른이니까. 참, 아서, 이따가 스톡옵션에 대해 검토해보자."

"알았어. 기대되네."

"마블모 씨? 잠은 잘 주무셨나요?" 루시가 물었다.

마블모가 눈을 깜빡이며 고개를 들어 올렸다. 젖은 헤어볼이 근처에 나뒹굴었다. "매트리스가 지나치게 푹신했지만, 그러려니

했다."

"오, 그럼 한밤중에 침대 밑에서 기어 나와 당신의 목을 찢어발기고 영혼을 집어삼키려는 괴물의 악취 나는 입 냄새를 맡지는 않으셨나요?"

마블모가 코웃음 쳤다. "그런 게 얼씬거렸다면 주저 없이 목을 잡아 비틀었다. 방해꾼은 응당 그렇게 처리해야 하지."

루시가 놀란 눈을 깜빡였다. "그렇군요. 좋아요, 항상 다음 기회는 있는 법이니까. 자, 내가 시럽을 얼마나 많이 마실 수 있는지 내기할 사람? 저번에는 세 병까지 마시고 눈에서 단물이…"

"아이에게 시럽을 세 병이나 마시게 했다고?" 마블모가 불쑥 외쳤다.

"당연히 아닙니다." 아서가 말했다. 진실은 네 병이었다. "마블모 씨, 아침 식사 후에 뒷정리하고 라이너스가 오전 수업을 진행하는 동안 어제 요청한 수업 계획에 대해 논의하실까요? 우리가 이뤄낸 것들을 보면 아마 감탄하실 겁니다."

"그건 제가 판단하겠습니다." 마블모가 말하고는 빙글 돌아서서 부엌을 떠났다.

"왜 아침을 안 먹죠?" 천시가 한쪽 눈은 마블모가 서 있던 자리를 보고 다른 눈은 아서를 바라보며 물었다. "하루 중 아침 식사가 가장 중요하다는 걸 모르나봐요? 불쌍한 조사관. 팬케이크를 먹으면 기분이 좀 나아질 텐데."

"시작치고는 괜찮습니다." 마블모는 한 시간 후 마지못해 인정했다. "하지만 몇 가지 심각한 우려 사항을 짚고 넘어가야겠어요."

"그렇습니까?" 아서가 의자에 기대앉아 물었다. "뭐죠?"

"어디서부터 시작할까요?" 마블모는 표시가 빼곡한 클립보드의 종이를 휙휙 넘기며 말했다. "이 섬에 오기 전에 본 것부터 시작하죠. 마을에 기자들이 있는 사실 알았습니까?"

"알았습니다."

"그들과 얘기해보았습니까?"

"아니요."

"좋습니다. 충고 하나 하자면, 하지 마세요. 기자들은 말썽만 일으키니까."

"그렇습니까? 진실을 보도하는 게 그들의 일 아니었나요?"

마블모는 그 말을 무시했다. "마을 자체는 말할 것도 없고, 제가 보기엔 반정부 사상의 온상인 것 같았습니다. 아이들을 얼마나 자주 마을에 데려갑니까?"

"아이들이 원할 때면 언제든지요. 학업에 지장을 주지 않는다면요."

"그런데 문제가 안 보이던가요?"

"딱히요." 아서가 망설임 없이 말했다. "결국 섬에서 글로 배우는 내용만으론 한계가 있습니다. 실제 경험은 유익할 뿐 아니라 적응하는 데 도움이 되죠."

"무엇에 적응한다는 말입니까?" 마블모는 대답을 기다리지 않고 말을 이었다. "저는 당신이 이 아이들에게 헛바람을 넣고 있다고

생각하기 싫습니다. 현 시장 때문에 마을이 얼마나 퇴보했든, 아이들에게 계속 바람직하지 않은 것을 노출하면 안 됩니다."

"바람직하지 않은 것이 뭡니까? 희망? 공동체 의식? 마음껏 배우고 실수하며 성장할 수 있는 장소?"

"기만하지 마세요. 아이들도 그런 식으로 구슬립니까?"

"그건 심각한 비난입니다. 뒷받침할 증거를 제시하시죠."

마블모가 콧방귀를 뀌었다. "때가 되면요. 우선, DICOMY가 지정한 아동 독서 목록에 있는 책이 한 권도 안 보이네요."

"네. 목록이 좀 부실하더군요."

"필수 읽기 자료에 대한 당신의 의견이 그렇게 중요한지 몰랐습니다." 마블모는 종이 몇 장을 넘겼다. "안타깝게도 DICOMY는 당신에게 그런 재량을 부여한 적 없는 것으로 아는데."

"조만간 알게 되시겠지만 아이들은 《세상에서 자기 자리 파악하기: 법을 준수하는 법》이나 《순종의 기쁨을 발견한 사티로스》 같은 책을 읽지 않고도 훌륭하게 성장할 수 있습니다. 사실 두 책 모두 술술 읽히는 책은 아니죠."

"와, 문학 평론가로도 활동하는 줄은 몰랐습니다." 마블모가 또 다른 메모를 하며 말했다. "당신은 많은 역할을 떠맡은 것 같군요."

"부모는 보통 그렇죠." 아서가 두 손으로 턱을 괴고 말했다.

아서에게 부모는 몹시 단순하면서 설레도록 심오한 단어였다.

"글쎄요. 아직 부모는 아니잖습니까?" 마블모는 펜을 쥔 채로 클립보드 위에 두 손을 포갰다. "결국 입양은 승인되지 않았습니다.

당신은 현재 갈등을 빚고 있는 바로 그 기관에 고용된 고아원 원장일 뿐입니다." 펜이 클립보드를 딱, 딱, 딱 두드렸다.

아서는 어깨를 으쓱했다. "자신이 하는 일을 사랑한다면 단순한 작업이라고 느끼지 않는다고들 합니다."

"시대가 많이 변했습니다." 마블모가 경쾌하게 말했다. "10년 전만 해도 독신 남성이 아이를 입양한다고 하면 눈살을 찌푸렸죠."

"그렇습니까? 신기하네요. 저는 독신이 아니니 눈살은 그대로 있어야겠습니다." 아서는 미소 지었다. "사실, 좋은 소식이 있습니다. 라이너스가 청혼했고, 제가 승낙했죠."

아서가 손을 내밀었다. 반지가 빛에 반짝였다. 그는 사랑받고 있음을 끊임없이 일깨워주는 이 작고도 묵직한 물건에 경이로움을 느꼈다.

마블모가 놀란 눈을 깜빡였다. "정말입니까? 당신…" 그는 고개를 흔들더니 아서가 예상치 못한 말을 했다. "축하합니다."

거의 진심인 것처럼 들려서 아서는 잠시 말을 잃었다. "고맙습니다. 축하해줘서."

"결혼식은 언제입니까?"

아서가 웃었다. "아직 거기까진 계획하지 않았는데, 너무 늦지 않았으면 합니다."

마블모는 잠시 그를 바라보다 다시 클립보드를 내려다보며 목을 가다듬었다. "아이들은 필수 읽기 자료에서 벗어나 있습니다. 학생별 수업 계획서와 보고서를 보면 의문스럽게도 모두 우수하지만, DICOMY에서 승인한 커리큘럼을 준수하고 있지 않네요."

"제가 어렸을 때 이후로 한 번도 업데이트되지 않은 커리큘럼입니다. DICOMY가 제공하는 교과서에는 인간에게 복종하는 모범 사례가 실려 있어요. 아이들에게 단지 정체성을 이유로 다른 사람에게 복종하라고 가르치는 것이 왜 문제인지 모른다면, 그 자체로 문제가 있습니다."

마블모는 한숨을 쉬며 고개를 저었다. "우리가 서로 협조하지 않으면 진전이 있겠습니까? 전 제가 맡은 일을 하고 싶습니다. 돕는 일이요." 그는 아서를 향해 미소 지었다. "아이들에게 최선을 다하고 싶은 건 저도 마찬가지입니다. 결국 DICOMY도 그렇고요."

"자꾸 강조하지 않으셔도 됩니다." 아서가 책상 위에 손을 얹고 말했다. "DICOMY에 대한 제 경험을 고려할 때 그 말을 그대로 받아들이기 어렵다는 점 이해해주시죠."

마블모는 입술을 달싹였다. "물론 저는 직접 겪지 않았으니 함부로 말할 수 없습니다. 하지만 수년간 DICOMY에서 일한 경험을 토대로는 말할 수 있겠죠. 눈에 보이진 않아도 DICOMY는 그동안 마법 아동들의 삶을 크게 변화시켰습니다. 우리가 그동안 얼마나 많은 사람을 도왔는지 아이들에게 이해시키는 일이 왜 그렇게 어렵습니까?"

"세상은 기묘하고 근사한 곳입니다. 그런데 어째서 전부 설명하려 들죠?"

"분류하여 연구하고, 잠재적인 위협을 무력화할 수 있도록 하기

위해서죠."

아서는 의자에 기댔던 몸을 확 일으켰다. "무력화? 설마 제가 그냥 여기 앉아서 당신이…"

"제 말을 오해하셨군요, 파르나서스 씨. 제가 다소 강한 표현을 썼지만, 요점은 다르지 않습니다. 저는 가능한 한 많은 아이를 보호하고 싶습니다. 당신도 같은 마음이겠죠."

"네, 그렇습니다. 하지만 우리가 서로 다른 방향에서 접근하고 있다는 느낌이 듭니다."

"같은 목표를 향해 노력한다면 방식이 뭐가 그리 중요하겠습니까?"

아서는 한숨을 쉬었다. 잠시나마 마블모는 다를지도 모른다고 생각했다. 라이너스와 조금은 비슷한 존재일지도 모른다고. 아서는 속는 셈 치고 라이너스를 믿어보았고, 그들의 삶은 영원히 바뀌었다. 마블모도 그럴 수 있다고 생각한 건 지나친 기대였을까?

"저도 그렇게 믿고 싶지만 그 반대의 증거를 많이 보았습니다. DICOMY가 감시 대상의 안위를 신경 쓰지 않는 무자비한 증거들이요."

"그래서 저는 우리 모두 새롭게 출발할 수 있다고 생각합니다." 마블모가 활짝 웃으며 말했다. 그가 영리한 여자임을 잊어서는 안 되었다. "과거가 미래를 좌우할 필요는 없으니까요."

불사조가 고개를 들며 눈을 가늘게 떴다. 아서는 그 열기를 목소리에 실었다. "당신이 만나는 아이들의 과거는 무시할 수도 없고, 무시해서도 안 됩니다. 함부로 잊으라고 말하는 건 위험할 뿐 아

니라 잔인한 짓입니다. 당신은 아이들의 과거를 빼앗을 수 없습니다. 지난 일도 좋든 나쁘든 그들의 일부니까요."

마블모는 입술을 씰룩였다. "부모라면…."

아서는 고개를 갸우뚱했다. "2분 전까지만 해도 전 부모가 아니었는데 이젠 부모라고요? 마블모 씨, 일관성을 유지해주시죠."

"부모라면 가능한 모든 상황에 대비해야 합니다. 예를 들어 루시가 이 세상이 마음에 들지 않는다며 자기가 원하는 방식으로 바꾸겠다고 하면 어떻게 하시겠습니까?"

"루시는 일곱 살입니다." 아서가 끓어오르는 분노를 느끼며 쏘아붙였다.

"네로도 한때 일곱 살이었습니다. 칭기즈칸도, 공포의 이반 4세도요. 물론 루시가 폭군이 되리란 말은 아니지만, 어떻게 확신할 수 있습니까? 그 아이가 어떤 존재이고 어떤 능력을 지녔는지 알려진 바가 턱없이 적습니다. 당신이 어떤 노력을 얼마나 기울이든 그 아이가 어둠의 길로 향하지 않으리라 확신할 수 없죠."

"그 아이와 몇 분이나 얘기해보셨습니까? 객관적인 증거에 기반한 근거를 마련하기엔 턱없이 부족하죠. 본성이냐 양육이냐를 따지자는 거라면…"

"압니다. 잘못된 이분법이죠. 사실 본성과 양육은 별개의 요소가 아니라 서로 영향을 주고받는 긴밀한 요소입니다."

"하지만 연구에 따르면 학대 트라우마가 있는 사람은 사소한 스트레스 요인에도 과민하게 반응할 수 있습니다. 양육과 정반대의

행동은 트라우마를 유발하거나 악화시킬 위험이 있습니다."

"그래서 제가 여기 왔죠." 마블모는 자세를 고쳐 앉으며 말했다. "당신이 그런 책임을 감당할 수 있는지 판단하기 위해서요. 파르나서스 씨, 제 임무는 아이들의 안전 보장입니다."

"그렇게 주장하시는군요. 역시 객관적인 증거는 없이."

마블모는 실망한 듯 고개를 저었다. "저는 적이 아닙니다. 당신이 절 어떻게 생각하든 그걸 이해해주셨으면 합니다. 저는 아이들을 위해 여기 왔을 뿐입니다."

아서는 조용히 웃었다. "조금도 못 믿겠습니다. 당신은 스스로 그렇게 믿는지 몰라도요. 아무래도 합의에 도달하지 못할 것 같으니 당신이 적인지 친구인지 논쟁하는 건 의미가 없겠습니다."

"화났습니까, 파르나서스 씨?" 마블모는 클립보드를 꽉 쥐고 물었다. "옷깃 아래가 좀 더워 보이는데요."

아서는 그의 속셈을 깨닫고 헛웃음을 터뜨렸다. "마블모 씨, 제가 불사조를 불러오길 바라십니까? 궁금하면 그냥 부탁하세요. 흔쾌히 보여줄 테니."

마블모는 전략을 바꿨다. "데이비드. 그는 어른이 아니죠. 어떻게, 왜 속일 수 있다고 생각했는지 모르겠습니다. 저를 바보로 여겼거나 당신이 그리 똑똑하지 않은 거겠죠."

"둘 다일 수도 있고요."

"데이비드가 마흔 살이 넘었다는 증거가 있습니까?"

아서가 그럴듯한 변명-설인의 나이를 묻는 것은 크나큰 실수입

니다—을 하기 전에 손바닥 아래에서 온기가 솟구쳤다. 아서는 움 찔하지 않고 손을 살짝 옆으로 움직였다. 책상 표면에 익숙한 악 필의 붉은 글자가 떠올랐다. 뿔이 달린 악마가 웃고 있는 얼굴이 함께 그려져 있었다.

맨 위 서랍을 여시오!

아서는 목을 가다듬고 서랍을 열었다. 펜, 연필, 클립 따위가 놓 인 쟁반 위에 웬 사진 몇 장이 놓여 있었다.

총 네 장으로 모두 꿈결처럼 색이 바래고 귀퉁이가 닳아 있었다. 첫 번째 사진은 마을 부둣가에서 열 살의 아서가 고아원 친구들과 함께 서 있는 모습이었다. 아서는 그 당시가 떠올랐다. 정부에 편 지를 보내려다 들켜 지하실에 갇히기 석 달 전, 원장이 드물게 너 그러운 날이었다. 원장이 폴라로이드 카메라에서 미끄러져 나오 는 사진을 로니에게 주며 흔들어보라고 했다. 필름 위에 이미지가 나타나는 모습을 다 함께 지켜보았다. 꼭 마법 같다는 말은 입 밖 에 내지 않았다. 그랬다간 혼찌검이 날 테니.

첫 번째 사진엔 두 가지 이상한 점이 있었다. 우선, 이 사진들은 존재할 수 없었다. 한 친구가 무슨 말실수를 해서 원장이 화를 내 며 사진을 갈기갈기 찢어버렸기 때문이다. 그다음은 아서의 어깨 에 털북숭이 팔을 걸치고 활짝 웃고 있는 아이가 말이 안 되었다.

데이비드였다.

다음 사진에는 열다섯 살의 아서가 어느 구석진 창가에 앉아 웃 고 있었다. 무릎 위에 책을 두고 고개를 뒤로 젖힌 채였다. 이번

사진에도 데이비드가 있었다. 아서의 맞은편에 앉아 함박웃음을 지었다.

세 번째 사진은 서른 즈음의 아서였다. 한 번도 가 본 적 없는 펍에서 반쯤 빈 맥주잔을 앞에 놓고 앉아 있었고, 그 옆에는 어김없이 데이비드가 자리했다. 빈 잔 다섯 개를 앞에 놓고 고개를 뒤로 젖히며 웃고 있었다.

마지막 사진은 아서와 조이, 데이비드가 함께 보수가 거의 끝난 집 앞에 서 있는 모습이었다. 데이비드의 흰 털에는 위층 복도 벽의 색과 같은 파란색 페인트가 덕지덕지 묻어 있었다.

"보시겠습니까? 이거면 증거가 될까요?"

마블모는 사진들을 채 가더니 자기 눈으로 사진의 진위를 판단할 수 있다는 듯이 눈앞에 들고 요리조리 유심히 살폈다.

"어떻게 했습니까?" 마블모는 사진을 몇 번이나 넘기며 물었다.

"카메라로요."

마블모는 의자를 드르륵 밀며 벌떡 일어났다. "당장 처리해야 할 일이 있어 가봐야겠군요. 정확히 30분 뒤에 돌아와 아이들을 하나하나 개별적으로 만나보겠습니다."

예상치 못한 반응이었다. 정부 사람의 의중을 애써 헤아리는 건 부질없는 짓이지만, 그래도 이상했다. 공청회에서 로디는 아서를 도발해 불사조를 드러내게 했다. 특정 아이에 대해 길게 늘어놓은 뒤에.

"토요일." 아서가 불쑥 말했다. "모험에 초대하겠습니다. 매주 토요일마다 아이 중 하나가 어떤 모험을 할지 결정합니다."

"이번 주는 누구 차례입니까?"

아서는 빙그레 웃었다. 두려움을 느끼지 않는다는 마블모의 말이 사실일지 궁금했다. "루시요."

마블모는 어깨가 살짝 굳었지만 그뿐이었다. "알겠습니다. 물론 참석하겠습니다."

"네. 쉽게 잊을 수 없는 날이 될 겁니다."

약속대로 30분 뒤에 돌아온 마블모는 아서의 사무실에서 아이들과 개별 면담을 진행하겠다고 했다. 단둘이서. 아서가 반대하려 하자 탈리아가 그의 손을 도닥였다. "제가 알아서 할게요."

탈리아는 마블모를 따라 사무실로 들어간 지 10분 후에 나왔다. 사무실 안에서 격렬한 재채기가 연달아 터지고 휴지에 코를 푸는 소리가 이어졌다. "꽃가루 알레르기가 정말 심하네요." 탈리아가 말했다. "들어가기 전에 주머니를 비웠어야 했는데."

"저런." 아서가 중얼거리자 탈리아가 그의 다리를 껴안았다.

천시는 호텔 직원용 모자를 단단히 눌러쓴 채 마블모에게 세계 최고의 호텔 직원이 되기까지의 여정을 들려주고자 했다. 잠시 뒤 바람을 이룬 듯 만족스러운 얼굴로 사무실을 빠져나갔다.

다음은 시어도어였다. 아서가 통역을 자청했지만 마블모는 거절했다. 정확히 6분 뒤, 시어도어는 송곳니 사이에 금장 단추를 꽉 문 채 유유히 사무실을 떠났다. 마블모의 코트에 달린 단추와 수

상할 정도로 비슷해 보였다. 아서는 사무실 안으로 고개를 내밀어 피와 얘기할 준비가 되었는지 물었지만 마블모는 얼이 빠져 코트의 풀린 실밥만 내려다보고 있었다.

피의 면담은 장장 26분 동안 진행되었다.

"도둑 용이 어쩌고저쩌고 한참 구시렁거리더라고요." 사무실을 나오면서 피가 말했다.

"이상하구나. 우리 집에 용이 있는 줄 몰랐는데."

"제가 딱 그렇게 말했는데 듣지도 않았어요."

다음은 루시 차례였다. 면담은 3분 만에 끝났다. 루시는 어깨를 으쓱하며 사무실을 나섰다.

"제 시나몬 롤 얘기랑 지옥 얘기가 듣기 싫은가봐요. 정말 안타깝네요."

"그게 다니?" 아서가 물었다.

루시가 수상한 눈빛으로 아서를 올려다봤다. "그럼 또 뭐가 있겠어요?"

샐은 말 한마디 없이 아서를 향해 고개만 끄덕이고 사무실에 입장했다. 40분 후 문이 열렸다. 마블모는 웃고 있었다.

"고맙다, 샐. 정말 유익한 대화였어." 복도에 선 아서를 보고 마블모의 미소가 잠깐 흔들렸다. "진지하게 응해줘서 고맙다. 공식 예의 점수 1점 주마."

"고맙습니다. 도와주시려는 마음 알아요."

마블모가 다시 사무실로 사라진 뒤 아서가 복도를 걷는 샐을 뒤따랐다.

"괜찮니?"

"네. 친절로 꼼짝 못 하게 했죠."

"최고의 찌르기지."

"데이비드는요?"

"아직은 안전하다." 함께 계단에 다다르자 아서가 말했다. "혹시 내 책상 서랍 속 사진에 대해 아는 거 있니?"

샐이 멈칫하며 입술을 오므렸다. "그게 어쩌다 거기 갔지?"

"꼭 마법처럼 말이다. 그런데 난 무슨 사진인지는 말 안 했는데."

"도움이 되었나요?"

"그랬지."

"하, 잘됐네요." 샐이 휘파람을 불며 계단을 내려갔다.

모험의 날인 토요일 이른 아침. 마르시아스 섬 주민들은 흥분을 감추지 못한 채 적갈색 밴에 올랐다. 그들은 동심을 지닌 사람만이 지을 수 있는 반짝이는 표정이었다.

물론 마블모는 예외였다.

"저 여자 뭘 입은 거예요?" 피가 창문에 얼굴을 대고 물었다.

조사관이 게스트하우스에서 밴으로 다가오고 있었다.

아서는 드물게 말문이 막혔다. 마블모는 공작새와 격렬한 전투를 벌인 뒤 이제 막 승리를 거둔 사람처럼 보였다. 허리를 단단히 조인 검정 코트의 목깃에 화려한 깃털이 들쭉날쭉 달려 있었다.

특히 뒷덜미 쪽 깃털은 가장 길고 컸다.

"번식기라는 뜻일까요?" 천시가 물었다. "깃털이 완전히 펼쳐져 있어요."

"그럴 리가." 라이너스가 중얼거렸다.

"저 여자가 빛나는 돌을 선물하며 구애의 춤을 추기 시작하면 반대 방향으로 도망쳐요." 피가 말했다.

"누가 여름에 코트를 입죠?" 데이비드가 물었다. "비밀을 숨기고 있을까요?"

시어도어가 쩍쩍거리자 샐이 머리를 쓰다듬었다. "아니, 못 날걸."

"접근한다!" 루시가 속삭이듯 외쳤다. "모두 평소대로 굴어!"

"그래서 주님께 모든 걸 맡기기로 한 거야." 마블모가 밴의 미닫이문을 열고 머리를 들이밀자 탈리아가 말했다.

"와, 정말 멋진 이야기였어." 천시가 말했다. "마블모 씨! 어서 오세요! 새들이 공격해도 너무 놀라지 마세요! 번식기라서 그래요."

마블모가 밴에서 고개를 빼고 하늘을 살폈다. "새가 날 공격할 수도 있다고?"

"아마도요." 루시가 말했다. "강해 보이시니 문제없을 거예요. 그리고 보세요, 제가 자리 맡아두었어요. 잘했죠?" 루시는 옆자리를 두드리며 활짝 웃었다.

마블모는 못마땅한 표정으로 밴을 돌아봤다. "차는 이거 한 대뿐입니까?"

"네." 라이너스가 뾰족하게 말했다. "함께 가실 거면 타세요."

마블모는 루시가 기다리는 뒷좌석으로 향했다. 루시는 백미러에 비친 아서를 보고 윙크했다. "좋아요! 바로 제 옆에 앉으세요! 오, 우리 다리가 닿네요. 라이너스, 여행용 음악 좀 틀어주실래요?"

"신청곡 있어?"

"들으면 알아요."

라이너스가 라디오를 켜고 다이얼을 살짝 돌리자마자 익숙한 기타 선율이 밴 안을 가득 채웠다. 잠시 후 진 빈센트가 악한 삶을 살았으나 심판의 날에는 악마에게 들키지 않겠노라 노래했다.

"이거지!" 루시는 만족스럽게 외치며 자리에서 춤을 추기 시작했다. 팔꿈치가 누굴 찌르거나 말거나. 얼마 지나지 않아 마블모를 제외한 모두가 노래를 따라 부르며 몸을 들썩였다.

움직여, 핫로드, 날 움직여.

마을은 화려한 셔츠, 챙이 큰 모자, 간식거리가 담긴 가방을 갖추고 돌아다니는 휴가객들로 북적였다. 사람들은 조개껍질과 바다 유리로 만든 값비싼 장신구와 갓 만든 다양한 맛의 퍼지를 줄줄이 늘어놓은 상점 창문 앞을 지났다. 설탕 가루를 뿌린 퍼널 케이크, 꼬챙이에 끼운 저크 치킨 등 길거리 음식도 인기가 많았다. 한 젊은 여자는 길바닥에 카펫을 깔고 서서 연을 팔았다.

기자들은 보이지 않았다. 다행이었다. 공청회 이후 언론의 열기는 점차 식었지만, 몇몇 고집 센 기자들이 마르시아스 섬 주민들을 만날 기회를 노리며 남아 있었다. 다행히 북쪽으로 두 시간 떨

어진 곳에서 마법으로 인한 대격변이 벌어지고 있다는 익명의 제보(누구였을까?)가 들어와 기자들은 부리나케 차량에 몸을 싣고 마을을 떠났다. 제보 내용이 워낙 모호해 초저녁까지는 아무도 돌아오지 않을 듯했다.

아서는 헬렌의 철물점 뒤 주차장에 밴을 세웠다. 아이들은 서로 먼저 내리려고 옥신각신했다. 시어도어는 날개 달린 존재가 먼저 내려야 한다고 주장했고, 피도 동의했다. 루시는 자기가 먼저 내리지 않으면 종말을 가져오리라고 엄포를 놓았지만 그들은 수없이 들어온 말이라 전혀 개의치 않았다.

오직 마블모만 격렬하게 반응했다. 클립보드에 메모를 휘갈기며 물었다. "루시, 종말이라니, 무슨 뜻이지?"

"왜요?"

"나는 디테일을 중시하는 사람이거든. 모든 걸 정확히 파악하고 싶어서."

"그래요?" 루시는 마블모에게 자기 얼굴을 바짝 들이댔다. "악마는 디테일에 있다고들 하잖아요. 재밌지 않나요?" 그렇게 말하며 루시는 밴에서 뛰어내렸다.

"고된 하루가 되겠어." 라이너스가 문을 밀어 열며 말했다.

늘 그렇듯이, 루시는 모든 예상을 빗나갔다.

루시는 오늘 모험의 주도자로서 끔찍하거나 생명을 위협하는 일이 아니라 각자를 위한 특별한 활동을 계획했다며 자신감을 보였다.

피와 탈리아는 헬렌이 새로 들여온(결코 독이 없는) 식물을 볼 기회를 얻었다.

천시는 라이너스에게 호텔 직원의 일상을 보여줄 수 있게 되었다. 전자레인지와 냉장고를 갖추고 모자 쓴 염소 사진들로 가득한, 17년 전 벽걸이 달력이 걸린 직원 휴게실을 보여주고 싶다고 안달을 냈다.

샐과 시어도어는 도서관에서 희귀 장서들을 구경하고 골동품 가게를 방문할 생각에 들떴다. 가게 주인이 최근 창고에서 단추로 가득 찬 항아리를 발견하고 와이번이 보물찾기를 할 수 있도록 따로 보관해두었다고 귀띔했다.

"나는 데이비드랑 아서랑 놀래." 루시가 말했다. "위스키 칵테일을 마시며 이상형 얘기를 해야지." 그러다 갑자기 얼굴을 찌푸리며 라이너스에게 달려가 셔츠를 잡아당겼다. "라이너스. 제 이상형이 어떻게 되어요?"

"그거야 전적으로 내 마음에 달렸지." 라이너스가 루시의 머리를 쓰다듬으며 말했다.

루시는 안도한 표정으로 돌아왔다. "내 이상형은 아직 만나지 못했지만, 만나게 되면 너희에게 가장 먼저 알려줄게."

"우리 왜 아직 여기 서 있어?" 탈리아가 말했다. "이제 난 새 식물을 보러 가도 될까? 노움이 인내심을 잃으면 어떻게 되는지 보고 싶지 않지? 지난번에는 암흑시대로 이어졌잖아."

"정말이야?" 라이너스가 아서에게 속삭였다.

"어쩌면." 아서가 마주 속삭였다. "로마 멸망의 원인이 어느 노움을 열받게 해서라는 설이 있어."

"이제 마블모 씨만 남았네." 루시의 말에 아이들이 일제히 조사관을 바라봤다. 마블모는 주춤 물러섰다. 루시는 킥킥 웃으며 높낮이 없는 억양으로 말했다. "마블모 씨, 누구와 함께 가시겠어요? 어느 쪽이 끌리세요? 탈리아와 피와 함께 식물 구경? 시어도어와 샐과 함께 보물찾기? 라이너스와 천시와 함께 호텔 직원 체험? 아니면…" 루시가 조사관을 향해 한 걸음 더 다가서며 말했다. "경계심을 내던지고 절망의 구렁텅이로 절 따라오시겠어요?"

"절망!" 아이들이 부르짖었다. 데이비드의 목소리가 가장 컸다. "절망! 절망!"

마블모는 짜증 섞인 한숨을 내쉬며 아서와 라이너스를 노려봤다. "정말 아이들끼리 움직이도록 내버려둘 생각입니까?"

"그렇습니다." 라이너스가 말했다. "책임감과 시간 관리 능력, 사회성을 기를 수 있도록요."

"인간들과 어울리게 한다는 뜻이군." 마블모가 클립보드를 품에 꽉 안고 받아쳤다.

"그게 문제입니까?" 아서가 물었다. "격리해야 한다고 생각하십니까?"

"뗵!" 마블모가 꽥 외쳤다. "그런 부정적인 단어는 삼가시죠. DI-COMY는 여론조사 결과에 따라 '자발적 거리 두기'라는 단어를 권장합니다."

"세금이 열심히 쓰이고 있군요." 라이너스가 구시렁거렸다. "제안은 감사하지만, 둘 다 사용하지 않겠습니다. DICOMY 조사관으로서 당신의 역할은 그저 관찰하고 윗선에 보고하는 정도로 알고 있습니다. 그 이상은 직권 남용이죠."

마블모가 눈을 가늘게 떴다. 아이들의 고개가 둘 사이를 오갔다. "저는 혹시 아이들이 어른의 감독 없이 위험에 빠질까봐 걱정하는 겁니다."

"제대로 설명하죠." 아서가 말했다. "탈리아와 피는 헬렌, 조이와 함께합니다. 천시는 라이너스와 함께, 루시는 저와 데이비드와 같이 가고요. 샐과 시어도어는 보호자의 감독이 없어도 문제 없습니다. 샐은 열다섯 살이고 둘 다 충분히 혼자 다닐 만큼 책임감이 강하거든요."

"그럼 일단…." 마블모가 코웃음 치며 말했다. 그는 다리가 천 개나 달린 곤충을 발견한 것처럼 아이들을 바라봤다. 이미 결정을 내렸으면서 괜히 클립보드에 펜을 두드리며 침묵을 이어갔다. "파르나서스 씨와 동행하겠습니다."

"영광입니다. 애들아, 정확히 두 시간 후에 아이스크림 가게 앞에서 만나자. 부디 늦지 말도록. 우리가 뭐라고 했지? 시간 엄수는 단순히 시간을 지키는 것만이 아니라…"

"상대와의 약속을 존중하는 것입니다." 아이들이 합창했다.

"그래, 그거." 데이비드가 발꿈치를 들썩이며 말했다. "약속!"

"그럼, 출발!" 아서가 외쳤다.

당연히 루시는 그들을 제이본(본명이 아니며 제이본 자신도 본명을 기억 못 한다)이 운영하는 레코드 가게 〈록 앤드 솔〉로 안내했다. 가는 길에 루시는 데이비드에게 지난 방문들, 제이본과 함께한 음악적 발견, 전 직원이 가게 뒷방에서 자신을 퇴마시키려 했던 일화를 들려주었다.

"방금 뭐라고?" 마블모가 물었다.

루시가 활짝 웃었다. "운동시키려 했다고요. 런지랑 팔벌려뛰기."

마블모의 펜이 종이 위에서 날아다녔다.

"제이본이란 사람은, 좋은 사람이야?" 레코드 가게가 가까워지자 데이비드가 물었다. 주차장을 떠난 뒤 처음 한 말이었다.

데이비드의 불안을 감지한 아서가 개입하기도 전에 루시가 데이비드를 향해 손을 내밀었다. 데이비드는 잠시 망설이다가 털북숭이 손으로 루시의 손을 잡았다.

"아주 좋은 사람이에요. 못된 사람이면 제가 데이비드 삼촌을 데려가지 않겠죠. 복수하려는 게 아닌 이상."

데이비드는 안심한 표정으로 고개를 끄덕였다. "알았다. 고마워. 아직 이곳에 적응 중이라."

"제가 제이본에게 오늘 방문하겠다고 했더니 데이비드 삼촌이 너무 덥지 않게 에어컨을 빵빵하게 틀어주겠대요."

"왜?"

루시가 눈을 동그랗게 떴다. "삼촌이랑 같이 죽은 사람들의 음악을 듣고 싶어서요. 아, 그리고 가게에 들어가면 '끝내준다'라는 말을 많이 해야 해요. 제이본이 자주 하는 말인데 그는 세상의 쿨한 것들을 다 알고 있거든요."

"다 아는 건 아니지." 데이비드가 떨떠름한 목소리로 말했다. "그는 날 모르잖아. 내가 얼마나 얼음처럼 쿨한데."

루시가 입을 떡 벌렸다. "맙소사, 왜 내 삶에 이제야 나타났어요? 어서 제이본에게 소개해주고 싶네요. 정말 *끝내주는* 만남일 거예요." 루시는 데이비드를 잡아끌고 가게 문으로 향했다.

"참 이상하네." 마블모가 중얼거렸다.

"뭐가요?" 아서가 그를 힐끗 보며 물었다.

"데이비드 같은 어른이 새로운 사람을 만나는 데 그렇게 긴장한다는 게 말입니다. 누가 보면 어린애처럼 군다고 하겠어요."

"평생 괴물이란 말을 들으며 살다보면 그런 이상한 일이 생기기도 합니다. 아시다시피 트라우마는 다양한 방식으로 나타나고 한평생 영향을 미칠 수 있습니다. 그 영향을 사소하게 여긴다면 공감 능력이 부족함을 드러내는 것이겠죠. 먼저 실례하겠습니다. 어서 죽은 사람들의 음악을 듣고 싶네요."

아서는 뒤통수에 꽂힌 마블모의 시선을 느낄 수 있었다.

"참신해!" 제이본이 데이비드가 자유자재로 손발톱의 길이를 조절하는 걸 보고 감탄하며 말했다. "손에 달린 접이식 칼이잖아! 베이글 자를 칼을 찾아 헤맬 필요 없겠네. 정말 축복받은 삶이야."

키가 크고 깡마른 제이본이 카운터에 기댄 채 루시와 데이비드

를 내려다보며 환하게 웃었다. 금색 술이 달린 빨간 가운에 페이즐리 스카프를 두르고 흰머리가 성성한 긴 머리를 뒤로 묶어 한쪽 어깨에 늘어뜨렸다. 머리에 얹은 분홍색 플라스틱 선글라스는 렌즈 한 알이 빠져 있었다.

아서가 가게에 들어서자 제이본은 가운 자락을 들어 올려 주황색 양말을 드러냈다. 붉은 불꽃이 수놓인 양말이었다. "불새 형씨!" 그가 외쳤다. "내 양말 좀 봐요, 마음에 쏙 들죠?"

"그러네요." 아서가 화답하듯 발을 내밀어 자신의 양말을 드러냈다. 작은 레코드판이 새겨진 보라색 양말이었다.

"양말 친구!" 제이본이 외치며 아서를 끌어안았다. 아서도 그를 마주 안았다. 그때 딸랑, 하고 문 열리는 소리가 나자 제이본이 몸을 굳혔다. "저건 누구?" 그가 뒤로 물러나며 속삭였다.

"조사관이요." 루시가 말했다. "아서와 라이너스가 우리를 피의 제물로 바치지 않도록 감시하러 왔어요. 공무원이래요."

"그러냐?" 제이본이 턱을 긁적이며 말했다. "영장은 있대?"

"영장이요?" 마블모가 물었다. "영장이 왜 필요합니까?"

"어… 그냥요." 제이본의 눈동자가 좌우로 흔들렸다. "판매용 유리 제품은… 그저 담배용이지 다른 용도는 아니요." 그는 뒤로 손을 뻗어 강한 냄새가 나는 유리 파이프를 집어 주머니에 밀어 넣었다.

"그래요." 마블모가 말했다. "당신의 외모만 봐도 짐작됩니다."

"무슨 냄새야?" 데이비드가 루시에게 속삭였다.

"풀." 루시가 속삭였다. "라이너스가 제이본은 말린 풀을 좋아한

다고 했어."

"아아…, 그렇구나."

"이봐, 작은 악마 친구." 제이본이 허리를 굽혀 무릎에 손을 짚고 말했다. "내가 뭘 들여왔는지 상상도 못 할 거야."

루시가 눈을 크게 뜨고 발뒤꿈치를 들썩였다. "설마요."

"그래. 엘라 피츠제럴드와 빌리 홀리데이의 뉴포트 재즈 페스티벌 라이브."

"말도 안 돼. 엘라가 〈에어 메일〉을 부르고…."

"끝내주는 스캣으로 대미를 장식한 공연? 바로 그거다."

루시가 두 손을 번쩍 들었다. "대박! 드디어! 전 우주를 쓸어버리고 싶을 때마다 인간이 음악을 만들었다는 사실을 떠올려요. 그 괴짜들도 세상에 도움이 될 때가 있다고요."

"훌륭해! 나도 음악을 통해 우주를 구하는 일에 동참하고 싶구나. 맙소사, 내가 인류의 구세주가 된다니. 어떠세요, 아빠!"

"어떠세요, 제이본의 아버지!" 데이비드가 맞장구쳤다.

"이 칼 손을 지닌 털 친구, 참 마음에 드네. 레코드플레이어를 위하여!"

"레코드플레이어를 위하여!" 루시가 제이본처럼 다리를 건들거리며 외쳤다. 데이비드도 멋지게 따라 하려 했지만 결국 포기하고 제이본과 루시를 따라 왼쪽 벽에 마련된 청음 공간으로 향했다. 제이본이 캐비닛에서 황갈색 앨범을 꺼냈다. 커버 디자인은 엘라와 빌리가 마주 보는 옆모습 사진이었다.

"멋진 곡들이 많아." 제이본이 커버에서 레코드판을 꺼내며 말했다. "엘라는 거슈윈 형제와 듀크 엘링턴의 곡을 커버했고 빌리는 허비 니콜스의 피아노 연주와 함께 〈레이디 싱스 더 블루스〉를 불렀어. 너무 쿨해서 소름이 돋더라."

"저처럼요?" 데이비드가 말했다.

제이본이 눈을 깜빡였다. "그래, 칼 손을 지닌 털 친구. 딱 자네처럼. 아니, 자네는 그보다 쿨하지. 설인이니까. 아! 저번에 내가 웬 털 의자를 보고 설인이라고 착각한 거 알아? 하긴 그때 내가 한껏 취해 있었거든."

아서가 날카롭게 헛기침했다.

"…삶과 음악에." 제이본이 태연하게 말했다. "의도치 않은 실수였지."

"네, 그럴 수 있죠." 데이비드가 말했다. "그러니까, 끝내주네요."

제이본이 활짝 웃었다. "말이 통하는 친구네! 이제 재즈의 세계를 탐험할 준비됐나? 지금부터 자네의 삶은 결코 이전 같지 않으리라 장담하지."

제이본은 턴테이블에 레코드판을 올리고 바늘을 내렸다. 잠시 지직거리더니 곧 스피커에서 관객의 희미한 환호와 함께 엘라가 웃으며 '감사합니다!' 외치는 소리가 났다. 바로 피아노와 드럼 연주가 이어졌다.

엘라가 스캣을 시작했다. 신경은 가라앉히고 심장은 부풀게 하는 멋진 창법이었다. 루시와 제이본이 따라 흥얼거렸다.

눈과 입이 점점 벌어지던 데이비드가 루시와 제이본을 바라보며 조금씩 몸을 들썩이기 시작했다.

달이 커다란 피자처럼 보이면, 그건 사랑이지.

엘라가 노래하자 데이비드는 웃음을 터뜨리며 어설프게 엉덩이를 흔들었다. 희고 굵은 털이 나부꼈다.

"그거야!" 제이본이 부르짖었다. "느껴봐! 엘라는 여왕이야. 두비두비두밥바!"

"아서!" 루시가 외쳤다. "같이 흔들어요!"

아서는 마블모를 무시하고 기꺼이 동참했다. 한쪽 발을 앞으로 쭉 뻗고 손가락을 딱딱 튕기다가 엘라의 노래가 절정에 이르자 흥겹게 외쳤다. "다 다 디딜리 돕 두 밥!"

"이런! 그건 너무 귀엽잖아요." 루시가 투덜거렸다. "연습을 더 해야겠어요. 제이본, 한 번 더 틀어줘요!"

그 곡은 일곱 번이나 더 반복되었다.

데이비드는 한결 편안해진 모습이었다. 루시와 아서가 자신을 두고 갈까봐 힐끔거리면서도 제이본에게 이것저것 물어보며 가게를 구경했다. 루시와 아서는 함께 바닥에 앉아 숨겨진 보물을 찾았다.

마블모는 제이본의 뒤를 따라다니며 루시와 어떻게 친해졌는지, 혹시 생명의 위협을 느낀 적 있는지 물었다. 제이본은 정중하게 대답했다. "저는 밀고자가 아니고, 지금은 다른 고객을 응대하고

있습니다. 조금만 기다려 주십쇼!" 그러고는 한 앨범을 집어 든 데이비드에게 돌아섰다. "더 클로버스? 훌륭한 선택이야. 많은 사람이 〈러브 포션 넘버 나인〉에 열광하지만 〈원 민트 줄렙〉도 놓치지 마. 너무 부드러워서 토스트에 발라 먹는 느낌이 드니까."

아서는 안심하고 루시를 돌아봤다. 루시는 진흙 인간을 만들 때처럼 집중해서 앨범 재킷을 들여다보고 있었다.

"루시." 아서가 불렀다.

루시가 고개를 들었다. "이건 집에 없는 것 같아요. 오늘 몇 장이나 사도 돼요?"

"집에 아직 듣지 않은 앨범도 많지. 몇 장이나 더 필요할 것 같니?"

"음, 그렇게 따지면… 서른 장이면 충분할 것 같아요."

"세 장."

"스물아홉 장 반."

"두 장."

"세 장으로 하죠. 합의에 이르러서 다행이네요."

루시는 다른 앨범을 꺼냈다가 곧장 도로 집어넣고 또 다른 앨범을 꺼냈다.

"루시, 뭐 하나 물어봐도 되니?"

루시는 앨범에서 시선을 떼지 않은 채 어깨를 으쓱했다. "그럼요."

"오늘은 네가 모험을 선택하는 날이었지."

"와, 기억력이 어쩜 그리 좋으세요?"

"그런데 네가 하고 싶은 걸 하지 않고 다른 아이들을 위해 하루를

계획했구나."

"저 지금 제가 하고 싶은 거 하고 있는데요." 루시가 아서를 올려다보며 말했다. "레코드 가게에 있잖아요."

"그래, 하지만 난 다른 사람들을 배려한 이유가 궁금하단다."

"아아. 우리가 괴물이 되거나 좋은 사람이 되는 것에 대해 나눈 이야기 기억나죠?"

"그래. 나한테 꽤 화났었잖니."

"그랬죠." 루시가 다른 앨범을 집어 들고 말했다. "그런데 곰곰이 생각해보았어요. 제가 어떨 때 행복한지."

아서는 고개를 끄덕였다. "결론을 내렸니?"

"사람들이 기분 좋을 때 같이 기분 좋으면 행복한 것 같아요." 루시가 덧붙였다. "물론 모든 사람은 아니고 제가 좋아하는 사람들만이요. 왠지 모르게 머릿속 거미들이 잠잠해져요. 잠시나마."

"왜 그럴까?"

루시는 어깨를 으쓱했다. "글쎄요. 어쨌든 조용해서 좋아요."

"왜 데이비드를 초대했니?"

"그야 그 인간은 절 따라올 게 뻔하고, 데이비드가 우리와 함께 있으면 그 인간이 데이비드에게 못되게 굴지 않을 테니까요."

"데이비드를 보호하고 싶었구나."

"당연하죠. 모든 게 처음이라 무서울 텐데 그 인간 때문에 상황이 더 나빠질 수 있잖아요. 하지만 우리와 함께라면 아무 일도 일어나지 않을 거예요."

"데이비드한테 화난 건 다 풀렸니?"

루시는 잠시 생각하다 답했다. "아마도요. 안 풀렸다고 해도, 제 코를 쿡 눌렀잖아요. 그러면 화낼 수 없죠. 무슨 법칙 같은 거에요."

"넌 늘 나를 놀라게 하는구나. 세상 가장 멋진 방식으로."

"제가 대단한 사람이기 때문이죠." 루시가 아서에게 손가락을 겨누었다. "하지만 사람들을 기분 좋게 하고 싶다고 해서 제가 다른 일을 못 한다는 뜻은 아니에요."

"다른 일이라면?"

루시가 붉은 눈을 번득이며 몸을 가까이 기울이고 속삭였다. "괴물 같은 일이요. 나중에 그 인간에게 두뇌를 넘겨달라고 정중하게 부탁해도 될까요? 별로 안 쓰는 것 같아서요."

"생각해보마. 일단 우리 둘만 아는 비밀로 하면 어떨까?"

"어렵진 않죠." 루시가 능글맞게 웃으며 말했다. "제가 앨범을 네 장 사도 된다면요."

"다섯 장. 마지막 제안이다."

"끝내줘요! 하이파이브!"

아서는 거절할 수 없었다.

나중에 돌이켜보면 불가피한 일이 있다. 모든 건 결국 무언가로 이어지기 마련이다. 공청회, 데이비드, 마블모, 정부의 은밀한 위협. 이 모든 것이 한데 뒤섞여 대낮에 완벽한 폭풍을 일으켰다. 사무실에서 마블모가 인간미를 드러냈던 짧은 순간은 거짓이었다.

아서는 그가 라이너스처럼 조금이라도 다르길 바랐다.

헛된 기대였다. 마블모가 두려움을 못 느낀다고 할 때부터 알아보았어야 했다. 데이비드는 만난 지 며칠도 안 되어 아서에게 두려움이 꼭 나쁜 게 아니라는 걸 가르쳐주었다. 아무것도 두려워하지 않는 사람에게 인간미라니? 두려움은 인간의 조건 중 하나 아니던가?

아서는 어두운 생각을 떨칠 수 없었다. 인간 사회가 두려움 없는 사람들을 동물처럼 멸시하고 추적한다면 어떨까? 마블모는 분명 억울해하겠지. 아니면 세상으로부터 숨으려 할지도 모른다. 어쩌면 마법적 존재와 다를 바 없는데, 마블모는 최악의 방법으로 자신이 얼마나 다른지 증명하려 했다.

아서는 루시가 다섯 번째로 사고 싶은 앨범을 함께 고르고 있었다. 가게 안쪽에서는 데이비드가 끊임없이 무언가 물어보았고, 제이본은 지치지 않고 모든 질문에 답해주었다.

마블모는 한동안 눈에 띄지 않았고, 이 앨범은 끝내주고 이 앨범은 죽여주는데 둘은 뚜렷한 차이가 있다고 조잘거리는 루시 때문에 아서는 정신을 차릴 수 없었다.

"죽여주는 것과 끝내주는 것 중에 뭐가 더 좋은 거니?" 아서가 물었다.

그때였다. 목이 졸리는 듯한 비명과 쿵쿵거리는 발소리가 났다. 아서가 고개를 들어보니 가게 한복판에서 제이본이 꽥 비명을 지르며 허둥지둥 도망가고 그 뒤에서 데이비드가 사납게 으르렁거

리며 송곳니와 손발톱을 드러내고 쿵쾅거리고 있었다. 제이본은 곧 가게 문을 벌컥 열고 뛰어나갔다. 데이비드가 뒤따랐다.

"둘이 술래잡기해요?" 루시가 물었다. "저도 하고 싶어요!"

"아마 아닌 것…." 아서가 말을 마치기도 전에 마블모가 분노한 표정으로 코트 자락을 휘날리며 가게 문을 박차고 나갔다.

아서도 망설임 없이 루시를 한 품에 안아 들고 가게 밖으로 나갔다. 강렬한 햇빛에 눈을 감박이는 사이 아이의 뜨거운 숨이 아서의 귓가를 덮쳤다. 거리에 모여 있는 사람들이 먼저 눈에 들어왔고 뒤이어 그들이 무얼 보고 있는지 깨닫자 분노가 끓어올랐다.

마블모가 코트 자락을 휘날리며 데이비드의 손목을 꽉 쥐고 있었다. 데이비드는 몸부림쳤지만 마블모의 손아귀는 견고했다. "감히 인간을 위협해?" 마블모가 데이비드에게 악을 썼다. "넌 이 불쌍한 남자를 죽일 수도 있었어!"

"걱정 마요." 루시가 아서의 귓가에 속삭였다. "제가 연락했어요. 금방 올 거예요."

"뭐? 누구한테…."

"이봐!" 길 건너편에서 제이본이 외쳤다. "우린 장난친 거야! 그 빌어먹을 손 떼!"

마블모는 잠깐 머뭇거리다 다시 데이비드의 손목을 확 잡아당겼다. "상관없어." 데이비드는 눈을 왕방울만 하게 뜨고 낑낑거렸다. "이건 짐승이야! 당신이 달아나니까 사냥 본능이 발동해서…"

"그 손 떼요. 태워버리기 전에."

마블모는 머리카락 한 가닥을 이마에 붙인 채 아서를 향해 천천히 고개를 돌렸다. "또 협박입니까, 파르나서스 씨? 과연 그게 적절한 대응일까요? 이 많은 목격자 앞에서?"

"당신이 애를 겁주고 있잖소!" 제이본이 고함을 질렀다.

마블모는 자신에게서 벗어나려고 애쓰는 데이비드를 내려다보았다. "마흔이 넘었다는 사람이 어린애처럼 떨고 있다니." 그의 손아귀에 힘이 들어갔다.

아서는 루시를 내려놓고 한 발짝 앞으로 나섰다. 어깨와 팔, 손을 따라 화염이 번지기 시작하자 주변 사람들이 숨을 들이켰다. 불사조가 두 눈을 이글거리며 날개를 활짝 펼쳤다.

분노가 폭발하기 직전, 루시가 아서의 셔츠를 잡아당겨 자신을 바라보게 했다. "말려들지 말아요, 아빠."

아빠.

아서는 불꽃 속에서 되뇌었다.

순간 그림자가 태양을 가렸다. 와이번이 날개를 접고 마블모를 향해 날아왔다. 마블모가 비명을 지르며 몸을 낮추자 붙잡혀 있던 데이비드가 비틀거리더니 거리 한복판에 서 있는 샐을 향해 넘어졌다.

샐의 눈빛은 차가웠다. 어깨에 시어도어가 안착하는 사이 왼쪽에서 피와 탈리아가 달려왔다. 피는 눈에서 얼음 조각을 뚝뚝 떨구는 데이비드의 손을 잡았다. 탈리아는 마블모를 표독스럽게 노려보았다. 천시가 루시와 함께 샐의 오른쪽에 섰고, 그들 뒤에는 아서만큼이나 분노에 찬 라이너스가 있었다. 라이너스는 아서를 향해 고개를 끄덕인 뒤 다시 마블모에게 시선을 돌렸다.

마블모가 다시 똑바로 서자 탈리아가 그에게 다가갔다. 반도 못 미치는 키지만 탈리아는 마블모를 위아래로 훑어봤다. "DICOMY가 아무리 멍청해도 당신 같은 사람을 보내다니 믿을 수 없네요. 라이너스는 이 정도까진 아니었는데, 당신은 왜 그래요?"

"말버릇이 고약하구나." 마블모가 얼굴을 거의 보랏빛으로 일그러뜨리고 말했다. "연장자에 대한 예의를 지켜라."

"사실, 내가 당신보다 나이가 많아요. 그러니 내가 당신의 연장자죠. 충고 하나 할까요? 내가 당신이라면 조심하겠어요. 우리 중 일부는 보기보다 강하니까요."

마블모가 탈리아를 노려봤다. "적그리스도는…"

"오, 저요?" 루시가 씩 웃으며 말했다. "저보다 피를 먼저 조심하는 게 좋을 텐데요."

마블모가 눈을 깜빡였다. "숲 정령? 농담이지? 개가 뭘 할 수 있는데? 나무 키우기?"

"나무가 우스운가봐요?" 피가 탈리아 옆에 나서자 마블모는 주춤했다. "예전에 인간들이 내 가족을 해쳤을 때, 나는 그들을 모두 나무로 만들었어요. 살갗은 나무껍질이 되고, 피는 수액이 되고, 팔은 나뭇가지가 되고, 손가락과 발가락은 나뭇잎이 되었죠."

"넌 그럴 배짱이 없어." 마블모가 말했다.

"오 이런." 천시가 말했다. "그런 말은 속으로만 하셨어야죠."

피는 날개를 펄럭이며 날아올라 마블모를 코앞에서 대면했다.

붉은 머리가 불꽃처럼 일렁였다.

"한번 시험해봐요." 피가 나지막이 말했다. "우리 중 누구라도 한 번만 더 건드리면 당신을 공원에 심어서 개들 변소로 쓰게 할 테니까."

"DICOMY에 낱낱이 보고하겠다." 마블모의 왼쪽 눈 밑이 파르르 떨렸다. "위에서 이 모든 걸 알게 되면 아서 파르나서스도 책임을 면하지 못하겠지."

"잘됐네요." 라이너스가 차갑게 말했다. "그들도 당신이 허락 없이 누군가에게 손댔다는 사실을 알게 되니까요. 목격자 확인을 위해 멀리 갈 필요는 없겠네요."

주변에서 사람들이 고개를 끄덕였다. 그들은 아서에게서 멀찍이 거리를 두고 있었다. 여전히 불길이 아서의 팔과 손을 따라 흐르고 있었기 때문이다. 그때 누군가가 겁 없이 아서에게 다가왔다.

"쟤들은 알고 있었어." 헬렌이 아서에게 속삭였다. "탈리아하고 피 말이야. 어떻게 알았는지 몰라도 갑자기 가게에서 뛰어나가더라고."

마블모가 벌컥 성을 냈다. "저는 인간이 위험에 처한 줄 알고 한 행동입니다. 누구라도 그랬을 거예요."

"우린 안 그럽니다." 제이본이 말했다. "우린 그들을 잘 아니까." 그는 표정을 누그러뜨리고 데이비드를 힐끗 보았다. "칼 손을 지닌 털 친구 덕분에 설인에게 쫓겨보는 소원을 이루었네. 그런 무용담을 지닌 사람이 세상에 몇이나 되려나? 경험해보니 기대했던

것보다 훨씬 짜릿했지. 내 꿈을 이뤄줘서 고마워, 설인 데이비드!" 그는 큰 소리로 환호하며 박수를 보냈다.

다른 아이들도 동참했다. 헬렌과 조이와 라이너스도. 군중의 환호성은 점점 더 커졌고, 불길이 사그라지면서 아서도 자신의 목소리를 더했다.

마블모가 분노에 떨며 노려보았지만 데이비드는 비로소 웃음을 지었다.

집으로 돌아가는 길은 메를 덕분에 편했다. "나한테 맡기시죠, 파르나서스 씨." 메를은 마블모를 향해 눈을 흘기며 불평스레 말했다. "저 인간은 내가 데려다주겠습니다." 그들은 선착장에서 연락선을 등지고 서 있었다.

"피할 수 없는 지연이 발생하더라도 전적으로 이해합니다." 아서가 말했다.

"오, 맞아요." 메를이 고개를 끄덕였다. "그럴 수도 있죠. 바다는 변덕이 심하니까." 그가 바다에 침을 퉤 뱉으며 말했다. "뱃삯도 올랐어요. 알다시피 여름철이라." 메를은 아서 쪽으로 고개를 기울였다. 그에게서 양파와 담배 냄새가 희미하게 났다. "마을에서 말썽이 있었다고 들었는데."

"소문 참 빠르군요."

"워낙 작은 마을이라. 애들은 괜찮아요?"

"모르겠습니다." 아서가 인정했다. "괜찮길 바랍니다. 아이들은 가끔 놀랄 만큼 회복력이 좋거든요."

"왜 다시 섬에 들입니까?" 메를이 물었다. "그냥 쫓아내요. 그래야 아이들이 더 안전할 테니까."

메를은 신기한 사람이었다. 까칠하고, 잘 투덜거리고, 약간은 무뚝뚝했다. 그런데도 그는 섬에 데려다달라는 기자들의 요구를 거부했다. 평소에 눈엣가시처럼 여기던 아이들을 위해서.

변화가 시작됐다. 소수의 목소리가 모여 끝없는 함성으로 바뀌고 있다.

"친구는 가까이, 적은 더 가까이 두라는 말이 있죠." 아서가 말했다. "해리엇 마블모는 오늘 선을 넘었고, 나는 오늘 일을 오래 기억할 겁니다."

메를은 고개를 끄덕이고는 목소리를 낮게 깔았다. "시체를 숨기는 데 도움이 필요하면 말해요. 바다는 아주아주 넓으니까."

"고맙습니다, 메를. 위안이 되네요. 하지만 마음만 받겠습니다. 우리 애들은 시체 숨기는 법을 잘 알거든요."

데이비드의 굵은 털 아래 손목에는 손가락 자국 모양으로 보랏빛 멍이 들었다. 데이비드는 별로 아프지 않고, 이미 몸이 차가워 얼음찜질은 필요 없다고 말했다.

아서의 분노는 좀처럼 식지 않았다. 다행히 데이비드는 금방 회복한 것처럼 보였다. 섬에 돌아왔을 때 천시의 농담에 웃음을 터뜨리기도 했다. 아서는 아이들의 회복력을 믿었지만, 애초에 그

회복력을 시험할 필요가 없기를 바랐다. 트라우마는 예상치 못한 곳에서 나타날 수 있기에 아서와 라이너스는 당분간 데이비드를 유심히 지켜보기로 했다.

라이너스와 조이는 아이들에게 이른 저녁을 먹이고 아서는 현관에 서서 진입로를 바라보았다. 해가 뉘엿뉘엿 질 무렵, 마블모가 숨을 헐떡이며 언덕배기에 나타났다. 공작새 깃털이 땀에 젖어 축 늘어져 있었다.

마블모는 아서를 보자마자 우뚝 걸음을 멈췄다. 아서는 그를 부르지도, 손을 흔들지도 않았다. 그저 바라보기만 했다.

마블모는 턱을 치켜들고 게스트하우스로 가서 문을 쾅 닫고 들어갔다.

그는 남은 하루 동안 다시 나타나지 않았다.

그날 밤, 아서는 잠이 오지 않아 계속 뒤척였다.

아빠.

루시는 아무렇지 않게 말했지만, 아서에게는 잊지 못할 순간이었다.

나중에 데이비드가 위험에 처한 걸 어떻게 알았느냐고 물었을 때, 샐이 밴에서 내리며 말했다. "루시가 우릴 불렀어요."

라이너스와 아서는 놀란 눈빛을 주고받았다.

조이도 혼란스러운 표정이었다. "불렀다니 무슨 말이니?" 조이가 물었다.

"그냥 들렸어요. 머릿속에서요. 데이비드가 위험에 처했다고."

"루시, 정말이야?" 라이너스가 물었다.

"네. 제 가족이잖아요. 당연히 들었겠죠."

아서는 침대에서 일어나 앉아 코를 골며 자는 라이너스를 내려다보았다. "사랑스러운 남자."

고개를 든 칼리오페가 눈으로 그의 움직임을 좇았다. 아서가 귀 뒤를 긁어 주자 칼리오페는 그 손길에 몸을 맡겼다. 밀린 업무를 처리하려고 사무실로 향하려던 찰나, 창밖에서 희미한 불빛이 반짝였다. 아서는 창문으로 다가갔다. 시야가 좋지 않았지만 불빛은 정원의 정자에서 나온 것 같았다.

가운을 걸친 그는 먼저 루시의 방을 확인했다. 루시는 입술이 펄럭일 만큼 크게 코를 골고, 그 옆에는 데이비드가 직접 만든 얼음 침대 위에 잠들어 있었다. 입술 사이로 차가운 입김이 흘러나왔다. 아서는 문을 닫고 복도로 나섰다. 각자의 방 안으로 고개를 내밀어 아이들을 한 명 한 명 확인했다. 샐은 베개에 얼굴을 묻은 채 엎드려 잤고, 시어도어는 샐의 등 위에서 몸을 둥글게 말아 얼굴이 보이지 않았다. 천시는 촉수를 늘어뜨린 채 바닷물에 둥둥 떠 있었다. 탈리아는 나뭇잎 달린 굴 안에서 잠을 청했다. 새근새근 숨을 내쉴 때마다 나뭇잎이 펄럭였다.

피는 방에 없었다.

아서는 애써 침착하게 집 뒤편으로 향했다. 탈리아의 정원 길을 따라가보니, 피가 정자 벤치에 잠옷 차림으로 앉아 두 손을 내밀고

무언가에 집중하고 있었다. 자세히 보니 두 손안에 흙투성이 뿌리가 둥둥 떠 있었다. 피가 미간을 찌푸렸다. 또 한 번 새하얗고 부드러운 섬광이 번쩍였다. 빛이 사라지자 손 사이에서 뿌리는 작은 묘목이 되었다. 피는 뿌리를 늘어뜨리고 빙글빙글 도는 묘목을 낚아채서 오른쪽에 쌓인 비슷한 묘목 더미에 추가했다. 왼쪽에는 뿌리 더미가 있었다.

아서가 헛기침하자 피가 화들짝 놀라더니 누구인지 확인하고 긴장을 풀었다. "잠이 안 오니?" 아서가 정자 계단을 오르며 물었다.

피는 어깨를 으쓱하며 자신의 묘목들을 돌아봤다. "생각 좀 하느라요."

"정말? 심각하게 들리는구나." 여름답지 않게 쌀쌀한 공기에 아서는 가운을 벗어 피의 어깨에 둘러주었다. "무슨 생각을 하고 있었는지 물어도 되니?"

"나무요."

"그래서 한밤중에 만들어야 했어?"

"그러면 안 돼요?"

"전혀. 방해가 안 된다면 지켜봐도 되니?"

피는 고개를 끄덕이고 작업을 재개했다. 나무가 하나씩 탄생할 때마다 작게 펑, 하는 소리가 났을 뿐 두 사람은 아무 말도 없었다. 나무를 만들면 만들수록 피의 어깨는 점점 경직되고 입꼬리는 내려갔다. 괜찮은지 간절히 묻고 싶었지만 아서는 피가 말할 때까지 기다렸다.

10분 뒤, 피는 묘목을 내려놓고 아서를 바라보며 입을 열었다.

"전 또 그럴 거예요."

"뭘 말이니?"

"우릴 해치려고 하는 사람은 나무로 만들 거예요."

아서는 마른 침을 삼켰다. "그러니?"

"네." 피가 손을 내려다보며 말했다. "그러면 나쁜 사람이 될지도 모르지만…."

"넌 좋은 사람이야." 아서가 힘주어 말했다. "내가 아는 사람 중에 손꼽히게 훌륭한 사람. 널 괴롭히는 사람을 미워한다고 해서 네가 나쁜 사람이 되진 않아. 오히려 그게 널 인간답게 만든단다."

피가 인상을 찌푸렸다. "거기까진 됐어요. 인간보다는 정령이 나아요."

"듣던 중 반가운 소리구나. 나도 그렇게 생각한다. 하지만 화가 났다고 해서 다른 사람을 해쳐도 되는 건 아니란다."

"우리를 해치려고 해도요?" 아서는 신중하게 말을 골랐다. "난 너희가 스스로를 보호할 수 있기를 바란다. 가능하면 다른 사람도. 하지만 그 행동으로 인한 결과도 고려했으면 해." 아서는 한숨을 쉬었다. "그 문제에 있어서 내가 최선의 조언자는 아닐지도 모르겠다. 루시에게 장난으로라도 살인 협박은 안 된다고 하면 좋게 받아들이지 않을 것 같구나."

피가 콧방귀를 뀌었다. "그 대화가 어떻게 흘러갈지 궁금하네요." 피는 잠시 생각에 잠겼다. "아서는 과거로 되돌아가 무언가를 바꿀 수 있다면 바꿀 건가요?"

아서는 잠시 뜸을 들여 피의 질문에 마땅한 무게를 부여했다. "아니, 숱한 일을 보고 겪었지만 나는 지금과 다른 사람이 되고 싶지 않아. 지금 이 순간을 맞이하기 위해 모든 걸 다시 해야 한다면 그럴 거다. 몇 번이든 반복해서."

"우릴 사랑하기 때문이죠."

아빠.

루시의 목소리가 떠올랐다. "내 모든 걸 걸고."

피는 정원을 바라보며 고개를 끄덕였다. "우리 모두 알아요. 데이비드도 알기 시작했고요. 조만간 데이비드에게 계속 여기에서 지내는 게 어떠냐고 물어보세요."

"그 애가 받아들일 것 같니?"

"물어보기 전까진 모르죠. 저는 라이너스 생일 선물에 비어 있는 사진 한 자리가 자꾸 신경 쓰여요. 불완전해 보이거든요."

"어쩌면 두 가지를 동시에 해결할 수 있겠구나. 물론 조사관이 떠난 뒤에. 이제 데이비드 근처에 얼씬도 못 하게 해야지. 우리 가족만의 시간을 방해하는 것도 용납하지 않아."

"그 인간은 멈추지 않을 거예요. 아서도 이미 알고 있죠? 두려움을 못 느끼는 사람이라잖아요."

"그래, 안다. 하지만 난 내심 그가… 아니다. 넌 걱정할 필요…"

"아뇨, 이건 저에 관한 일이에요. 우리 모두에 관한 일이죠. 우리는 한배를 탔어요."

아서는 뭉클해져서 피의 어깨를 감싸 안았다. "원하는 게 있다면 뭐든 말해주렴. 이룰 수 있도록 최선을 다하마."

피는 발끈하며 아서의 품에서 벗어났다. "원하는 거 없어요. 진정으로 서로를 돕는 마음은 대가를 바라지 않잖아요?"

아서는 고개를 끄덕였다.

"저도 그래요. 누군가의 찬사나 인정을 받기 위해 하는 일이 아니에요."

"그러면?"

피는 얼굴을 붉히며 가운의 끈을 잡아당기더니 용기를 냈다. "마음을 받은 누군가가 다른 사람에게 똑같이 행동할지도 모르잖아요. 그러면 그 사람이 또 다른 사람을 도울 테고요." 피는 눈을 반짝이며 아서를 힐끗 보았다. "연못의 잔물결처럼요."

아서는 몸을 낮춰 피와 눈을 맞추고 손을 뻗어 피의 얼굴을 어루만졌다. "넌 정말 경이로운 아이야. 널 알고 난 뒤 나는 훨씬 더 나은 사람이 되었단다."

피는 고개를 틀어 아서의 손바닥에 입을 맞췄다. "실은, 원하는 게 하나 있어요."

아서는 피식 웃었다. "말씀하시죠."

피는 언뜻 긴장한 듯한 표정으로 그의 눈치를 살폈다. 드문 일인 만큼 아서는 잠자코 기다렸다. "별거 아니에요. 거절하고 싶으면 거절해도 돼요."

"일단 들어보마."

피는 숨을 크게 들이마셨다가 내쉬었다. "같이 날아도 돼요?"

아서는 놀라서 할 말을 잃었다. 상상도 못한 요청이었다.

피는 아서의 침묵을 거절로 받아들였다. "괜찮아요, 안 그래도 되어요." 피는 고개를 저었다. "죄송해요. 우리끼리 한번 얘기한 적 있거든요, 아서가 불사조인 걸 알고 난 뒤에요. 아서가 싫어할까봐…."

"왜 그렇게 생각했니?" 아서가 퉁명스럽게 물었다.

"아서는 불사조를 자주 내보내지 않으니까요. 그저 숨겨두죠. 비밀처럼. 왜 그런지 우리도 알아요. 어릴 때 여기서 겪은 일을 생각하면," 피는 움찔하며 서둘러 말했다. "불사조를 떠올리는 것조차 힘들었을 거예요. 그리고 공청회에서 그 못된 여자 때문에 원치 않게…."

아서는 일어서서 손을 뻗었다. 피는 망설임 없이 아서의 손을 잡고 일어났다. 아서는 딸의 손을 꼭 잡고 계단을 내려오며 말했다. "내게 더없는 영광이다."

불사조가 날카로운 울음소리와 함께 고개를 들었다. 불길이 아서를 휘감았지만 피에게 해를 끼치진 않았다. 끼칠 리 없었다. 아서는 피에게, 피는 아서에게 속해 있으니까. 아서는 자식을 다치게 하느니 차라리 죽음을 택할 것이다. 불사조와 하나가 되면서 골치 아픈 잡념은 사라지고 시야는 더없이 선명해졌다. 선홍색 날개와 꼬리 깃털이 자유를 만끽하며 장엄한 자태를 뽐냈다. 피 앞에 우뚝 솟은 그는 고개를 숙이고 장난스럽게 부리를 딱딱 부딪쳤다. 피는 숨을 들이켜며 아서의 두 눈 사이, 금빛이 도는 붉은 털을 쓰다듬었다.

"맙소사." 피가 숨을 헐떡였다. "엄청 크네요!"

그는 다시 부리를 부딪치며 껑충껑충 뛰다가 주위를 돌며 피의 등을 툭 밀었다.

"알았어요, 알았어요." 피가 웃었다. "섬 뒤편 모래톱까지 누가 먼저 도착하나 내기할까요? 셋에 가는 거예요, 준비됐죠? 셋!" 그러고는 날개를 활짝 펴고 공중으로 휙 날아올랐다.

아서는 몸을 낮게 웅크렸다가 날개를 펼치며 공중으로 날아올랐다. 상승기류를 타고 더 높이 솟았다. 아서는 훌쩍 멀어지는 피를 보며 인간이 아닌 불사조의 의식 속에서 생각했다.

내 딸. 나의 딸.

정령과 불새는 함께 밤하늘을 가로질렀다. 어느 순간 피가 다리를 꼬고 두 손으로 뒤통수를 받친 채 하품하는 척하며 말했다. "흠, 더 빠를 줄 알았는데, 역시 나이는 못 속이네요, 이거 봐요!"

피는 날개를 접고 검은 바다를 향해 떨어지기 시작했다. 아서도 뒤따랐다. 바람이 얼굴을 때리고 깃털이 나부꼈다. 피는 물에 닿기 직전, 날개를 펼치고 몸을 비틀어 앞으로 돌진했다. 아이가 지나간 자리를 따라 수면 위로 하얀 물결이 일어났다가 사라졌다.

이에 질세라 불사조는 주위의 공기를 불태우며 피를 빠르게 지나쳤다. 피가 뒤에서 불공평하다고 투덜거렸다. "로켓을 쓰는 건 반칙이에요!"

섬을 반 바퀴 돌자 길게 뻗은 모래톱이 시야에 들어왔다. 아서는 피의 윙윙거리는 날갯짓 소리를 듣고 살짝 속도를 줄였다. 피가

먼저 미끄러지듯 모래에 발을 박아 넣었다. 이어서 아서가 착지하자 피가 주먹을 공중에 휘두르며 폴짝폴짝 뛰었다. "이겼다! 이겼다! 이겼다!"

아서는 날개를 펴고 고개를 뒤로 젖혔다. 목구멍에서 포효가 터져 나왔다. 그의 딸과 모든 아이들에 대한 자부심에서 비롯된 환호성이었다. 피는 그 옆에서 젊음의 함성을 내질렀다.

얼마나 지났을까, 수평선 위로 해가 떠올랐다. 피는 한쪽 날개로 몸을 감싸고 아서에게 기대어 앉아 졸린 눈을 끔벅이며 하품했다. 햇살을 받은 피의 머리카락도 불타는 것처럼 보였다.

"더 자주 끌어내요." 피가 눈을 감으며 말했다. "불사조는 아서의 일부예요. 우리는 아서가 나는 모습을 더 많이 보고 싶어요."

그리고서 피는 이내 새근새근 잠들었다.

"날아." 불사조가 내뱉은 낮고 걸걸한 한마디는 바닷바람에 묻혀 사라졌다.

12장

 일요일 아침은 언제나 시끌벅적했다. 라이너스는 팬케이크를 만든 지 너무 오래되었다며 팔을 걷어붙였고, 한 겹 한 겹 위태롭게 쌓아 올린 팬케이크 위에 두꺼운 버터를 얹어 녹아내리게 했다. 레코드플레이어에서 서스톤 해리스가 흥얼거리듯 노래했다.

 작고 예쁜 사람, 이리 와 내게 말해, 달콤하고 사랑스러운 사람, 이리 와 내 무릎에 앉아.

 일요일이라 모두 잠옷 차림으로 자기 자리에 앉았다. 그때까지만 해도 아서는 평범한 주말 아침이라고, 모든 게 정상이라고 생각했다.

그 착각은 데이비드가 탈리아에게서 소시지 접시를 받다 움찔했을 때 깨졌다. 데이비드는 손목을 신경 쓰며 조심스레 접시를 받아 들었다.

"데이비드." 아서가 부르자 데이비드가 고개를 번쩍 들다 접시를 떨어뜨릴 뻔했다. "좀 어떠니?"

"멀쩡히 살아있네요. 루시랑 또 하룻밤 같이 잤는데도요."

"데이비드는 코를 안 골더라고요." 루시가 말했다. 팬케이크를 동글게 말아 빨대처럼 시럽을 빨아들이려다 실패한 참이었다. "그래서 살려두었어요."

"정말 기특하네." 라이너스가 말했다. "데이비드, 손목은 어때?"

일동 침묵.

데이비드는 팔을 들어 손목을 앞뒤로 구부렸다. "약간 욱신거려요." 데이비드가 눈을 내리깔며 인정했다. "그 사람 보기보다 힘이 세네요."

"나도야." 탈리아가 포크로 소시지를 찌르며 중얼거렸다. "내 허락 없이 나한테 손대는 걸 보고 싶네."

동감이다. 아서는 속으로 말했다.

"왜 그랬을까요?" 천시가 물었다. 촉수의 빨판에 팬케이크 한 장이 달라붙어 떨어지지 않았다. "데이비드는 그냥 제이본하고 놀고 있었는데."

"모르겠다." 아서가 말했다. "하지만 큰 잘못이었지. 데이비드, 그런 일을 겪게 해서 미안하다."

"왜 그래요?" 데이비드가 눈을 찌푸리고 물었다.

"뭘?"

"아서 잘못도 아닌데 왜 사과해요? 저한테 잘못한 게 없잖아요."

"누군가는 해야 하니까."

"그런데 왜 항상 아서가 해요?" 샐이 물었다. "아서는 데이비드에게 아무 짓도 안 했잖아요. 우리에게 집을 주고 행복하게 해주기만 했잖아요. 잘못한 건 그 인간인데 왜 아서가 사과해야 하죠?"

"맞아." 루시가 말했다. "당장 여기 와서 사과하면서 우리 아침 식사를 망쳐야지."

아서는 라이너스에게 눈짓으로 도움을 요청했지만, 라이너스는 못 본 척하며 말을 이었다. "내 생각도 그래. 데이비드와 샐이 중요한 점을 지적했어. 사과는 잘못이나 실수를 인정할 때 하는데, 당신은 둘 다 해당 안 되잖아."

"난 아이들의 세상살이를 도우려는 거야." 아서가 받아치자 모두 눈을 크게 뜨고 그를 쳐다봤다. "그들은 무자비하고 잔인해. 애초에 박해가 목적이니까. DICOMY나 DICOMA의 누구도 사과에 신경 쓰지 않아. 하지만 나라도 사과하면…"

"그럼 왜 공청회에서 사과를 받아내려고 했어요?" 피가 물었다.

아서는 한숨을 쉬었다. 우려스럽게도 분노를 다스리기가 점점 어려워지고 있었다. "나는…"

소시지 하나가 날아와 아서의 이마를 때리고 식탁 위로 떨어졌다. 루시에게 음식으로 장난치지 말라고 주의를 주려는데, 루시가 아니었다.

"그만 해요." 샐이었다. 시어도어가 옆에서 고개를 주억거렸다. "혼자 책임을 떠맡은 것처럼 굴지 말아요. 아서는 혼자가 아니에요. 우리가 있잖아요. 라이너스도 있고, 조이와 헬렌도 있죠. 그리고 마을의 거의 모든 사람도요."

아서는 다시 한숨을 쉬었다. 머리가 지끈거렸다.

"아서는 우리에게 실수를 인정하는 법을 가르쳤어요." 샐이 계속 말했다. "다른 사람의 실수를 자신의 실수로 받아들이지 말라고도 했고요. 우리가 존재하는 사실만으로도 사과하기를 바라는 사람이 너무 많다면서요. 그런데 왜 아서가 잘못하지도 않은 일로 사과해서 그들에게 만족감을 주나요?"

"그들이 내 말을 들을 수 있는 것도 아니잖니." 아서가 이상하게 방어적인 태도를 보이며 말했다.

"우리가 듣잖아요. 우리에겐 아서가 그들이 두려워서 그냥 피하는 것처럼 보여요."

"샐." 라이너스가 말했다. "의견은 고맙지만, 이 문제는 그보다 더 복잡해."

"샐의 말이 맞아. 너희 모두. 맞아. 나는…" 아서는 고개를 저었다. "솔직히 요즘 좀 신경이 곤두서 있는데, 그건 변명이 될 수 없지. 내가 너무 성급했던 것 같다. 그 점에 대해서는 사과하마."

"이렇게 일이 커질 줄 몰랐어요." 데이비드가 무릎에 손을 얹고 웅얼거렸다. "저 때문에 곤란하다면 제가… 떠날게요." 눈가에 얼음이 맺히며 데이비드가 쿵쿵거렸다.

"아니." 아서가 말했다. "내가 방금 다시 배웠는데 넌 사과하지 않아도 된다. 데이비드, 넌 잘못한 게 없어. 아무것도. 넌 똑똑하고 호기심 많은 아이야. 난 너만큼 무대 장악력이 뛰어난 아이는 다시 못 만날 거다. 떠날 생각은 하지 말렴. 넌 여기 남아야 해. 여기가 네가 있어야 할 곳이니까." 아서는 아이들을 한 명씩 바라보았다. "너희 모두 마찬가지야. 그리고 너희 말이 옳다. 마블모 씨는 어제 행동에 대해 데이비드에게 사과해야 해. 지금 당장."

"오, 소름 돋았어요." 탈리아가 말했다. "제가 행동대장이 되어도 될까요? 우리가 진지하다는 걸 알릴 수 있도록 세 가지 종류의 삽을 가져올게요."

시어도어가 삽으로 그의 뒤통수를 후려칠 거냐고 물었다.

"아니. 머리를 치면 죽을 수도 있어. 사과받으려면 무릎 뒤를 쳐서 무릎을 꿇리는 게 나아." 데이비드가 답했다.

라이너스와 아서만이 데이비드가 번역 없이 시어도어의 말을 알아들었다는 사실을 깨달았다.

"와." 루시가 감탄했다. "마음에 드는 전술이야."

"폭력보다 대화가 우선이야." 라이너스가 말했다. "탈리아, 내가 너에게 오늘 아침 두 시간 동안 잡초 뽑기를 빚진 것으로 아는데. 손님은 아서에게 맡기고 결과를 지켜보면 어떨까?"

"구슬리는 실력이 많이 늘었네요. 하나도 조종당하는 기분이 들지 않아요."

"고맙다…?"

"접시에 남은 시럽을 꼴찌로 핥아 없애는 사람은 우주 끝으로 보내겠다!" 루시가 우렁차게 외쳤다.

그 후의 일은 상상에 맡기는 편이 좋다. 그저 시어도어는 천장에 거꾸로 매달리고, 천시는 다른 이의 시럽을 핥고, 탈리아는 병에 든 시럽을 입에 직접 붓고, 피는 소시지 네 개를 무기로 휘두르고, 샐은 팬케이크로 얼굴을 방어하고, 데이비드는 의자에 올라서서 최고의 아침 식사라고 외치고, 루시는 라이너스가 부정행위를 했다고 비난하고(냅킨에 시럽이 의심스럽게 묻어 있었지만 라이너스는 딱 잡아뗐다), 아서는 (한 정원 노움 덕분에 눈썹에 오렌지 주스를 묻힌 채) 별보다 밝게 빛나는 마음으로 그 모든 광경을 눈에 담았다고만 하자.

샤워 후 아서는 검정 슬랙스에 드레스 셔츠를 입고 단추를 모두 채웠다. 양말은 작은 나무들이 수놓인 샛노란 색깔로 택했다. 전투를 앞둔 사람은 전투복을 갖춰야 했다.

그는 집을 나서자마자 싱긋 웃었다. 정원에서 탈리아가 라이너스에게 잡초는 저절로 뽑히지 않는다고, 힘을 좀 쓰라고 타박하는 소리가 들렸기 때문이다. 라이너스가 뭐라고 투덜대는지는 들리지 않아도 짐작이 갔다.

게스트하우스는 빈집처럼 보였다. 문은 닫혔고 앞쪽 창문에는 블라인드가 드리워져 있었다. 어제 혼자 메를의 연락선을 타고 섬에 돌아온 마블모는 그 뒤로 그림자조차 보이지 않았다. 아서는 내심 그사이 마블모가 빈약한 짐을 싸서 더 푸른 초원으로 떠났기를 바랐다. 물론 떠났다고 해도 그게 마지막 소식일 리는 없었다.

그는 자신이 무슨 말을 하든 마블모가 사과할 가능성이 희박하다는 걸 알았다. 그럴 경우를 대비해 분노를 잘 다스려야 했다. 공청회에서 로더가 그랬듯, 마블모가 원하는 건 그가 자제력을 잃고 모든 걸 불태워서 어떤 아이도 맡겨선 안 된다는 증거 확보였다.

"친절로 꼼짝 못 하게 하기." 아서는 게스트하우스에 다가가며 중얼거렸다.

옅은 미소를 머금고 문을 두드렸다.

응답이 없었다.

좀 더 힘주어 다시 두드렸다.

고요했다.

문고리를 잡아 돌려보니 역시 잠겨 있었다. 필요하면 문쯤이야 바로 딸 수 있었다. 아서는 사생활을 중시했지만, 마블모는 그런 존중을 가치 없게 만들었다. 다시 문을 두드려도 반응이 없자 그는 발걸음을 돌렸다. 마블모가 아직 섬에 있다면 조이에게 위치 파악을 부탁할 수도 있었다. 우선 아서는 게스트하우스를 한 바퀴 돌아보았다. 창문은 모두 블라인드로 가렸고, 건물 뒤쪽은 완만한 절벽이었다. 바윗길을 따라 숲으로 내려가면 곧 섬 북서쪽의 작은

해변이 나왔다. 모래보다 검은 바위가 많은 해변이라 거의 이용하지 않았지만, 다른 세상 같은 매력이 있었다. 아서는 결단을 내리고 능숙하게 절벽을 타고 내려가 단숨에 평지에 도착한 뒤 신발과 양말에 묻은 흙먼지를 털어냈다.

숲속 오솔길을 따라 10분쯤 걸으니 해변이 보였다. 새들이 지저귀고 곤충들이 윙윙거렸다. 강렬한 햇살이 무더운 오후를 예고하는 듯했다. 울창한 나무 사이로 햇살이 통과해 숲 바닥에 어룽거렸다. 아서는 숲에서 해변으로 막 나서려다 그 자리에 얼어붙었다. 섬에서 들려서는 안 될 목소리가 들려왔기 때문이다.

"그게 그렇게 어려운 요구였나, 해리엇?" 제닌 로더의 목소리였다. 아서는 굵은 야자나무 뒤에서 해변을 살폈다. "자네를 믿고 맡긴 내가 실수했나?"

마블모는 해변에 홀로 서 있었다. 그 앞 커다란 회색 바위 위에 그의 철제 서류 가방이 90도로 펼쳐져 있는데, 알고 보니 숨겨진 기능이 있었다. 뚜껑 안쪽의 화면에서 천시와 비슷한 초록색을 띤 로더의 얼굴이 보였다. 화면 위에 달린 작은 위성 수신 안테나가 몇 초마다 삑삑거리며 천천히 회전했다.

"노력 중입니다." 마블모가 조금은 애처로운 목소리로 대꾸했다. "장관님은 여기가 어떤 곳인지 모르십니다. 여긴 제가 듣고 예상한 곳과는 전혀 다릅니다. 이 아이들은…"

"노력 중이라." 화면에 물결 모양 선들이 지나갔다. "난 노력하라고 자넬 보낸 게 아니야, 해리엇. 다른 사람들이 못 한 일을 하라고

보냈지. 그런데 처음의 자신만만함은 어디 갔지? 벌써 나흘이 지났어. 시간이 얼마 남지 않았다고. 미행이 붙지 않은 건 확실하지?"

마블모가 주위를 두리번거리는 결에 아서는 얼른 나무 뒤로 몸을 숨겼다. "네. 왜 숙소에서 연락하면 안 되는지 모르겠습니다."

"알잖아. 불사조가 우리에게서 힌트를 얻어 도청기를 설치했을지 몰라. 나라면 그랬겠지. 듣기지도 않았을 테고."

마블모가 움찔했다. "전구 소켓을 확인할 줄 제가 어떻게 알았습니까? 애초에 거기 숨기라고 한 건 장관님이잖아요!"

"더 신중했어야지." 로더가 냉정하게 말했다. "과소평가하지 말라고 했잖아. 불사조는 영리해서 위험하다고. 그가 무기들을 보유하고 있는 이상 재앙을 막는 건 우리에게 달렸어."

"아이들 말이죠."

"그래. 우린 필요한 모든 수단을 동원해 적그리스도를 빼돌려야 해."

햇볕이 내리쬐고 있었지만 아서는 데이비드의 방에 들어선 것처럼 온몸이 차게 식었다. 찌릿한 감각이 등골을 오르내렸다.

"이게 최선이라고 확신하십니까?" 마블모의 말에 아서의 분노가 조금이나마 누그러졌다. 마블모는 확신이 서지 않는 눈치였다. 변화는 작은 균열에서 시작하곤 했다. 다소 시간이 걸리겠지만, 아서가 마블모를 설득할 수 있을지 몰랐다.

"확신해. 내 인생에서 그 어느 때보다. 나는 저들이 진정으로 무얼 할 수 있는지 내 눈으로 똑똑히 봤고, 우리 모두의 미래가 염려

돼. 인류는 벼랑 끝에 서 있어." 로더가 눈을 가늘게 떴다. "잊지 마. 자네에게 이런 과중한 임무를 맡긴 사람은 나야. 내가 아니었다면 자넨 여전히 우편물실에서 쳇바퀴 돌리듯 일하고 있겠지. 내가 자넬 믿고 이 자리까지 끌어올렸어. 그런 나에게 이런 식으로 보답하겠다고?" 로더는 고개를 저었다. "내가 사람을 잘못 봤나봐."

"아닙니다." 마블모가 다급히 반박했다. "못 하겠다는 게 아니에요, 할 수 있습니다. 전 그저⋯."

"말해, 해리엇. 귀중한 시간 낭비하지 말고."

"만약 장관님이 틀렸다면요?"

그래. 그래. 아서는 불 속에서 생각했다.

"그럴 리 없어. 자네도 공청회에 참석해서 들었잖아. 아서 파르나서스는 거짓말에 능해. 그 거짓말로 사람을 홀리지. 그가 무슨 말을 하든 믿어서는 안 돼. 궁지에 몰린 짐승은 살아남기 위해 무슨 짓이든 해. 그도 다르지 않아. 우리는 그가 아이들을 세뇌하지 못하게 막아야 해. 그가 병기들을 세상에 풀어놓았을 때 자네가 최선을 다했다고 말할 수 있겠어? 전쟁이 시작되기 전에 막을 기회가 있었는데도 두고 봤다는 사실을 알면서 발 뻗고 잘 수 있겠어?"

마블모는 머뭇거렸다.

아서는 숨을 크게 들이마셨다가 내쉬었다.

"아뇨, 그럴 수 없죠."

아서는 눈을 감았다.

"좋아. 이제 적그리스도에 대해서 말인데."

"그냥 밤에 몰래 데려가면 안 됩니까? 진정제를 놔서 모두가 잠든 사이에 빼돌리면 되잖아요."

"미쳤어? 그런 짓이 통할 것 같아? 그랬다간 자네는 그 섬에서 흔적도 없이 사라질 거야."

"하지만 진정제를 놓으면 그 애는 그냥…"

"적그리스도를 말하는 게 아니야, 이 멍청아! 아서 파르나서스는 네가 그 고아원에서 세 발짝도 떼기 전에 널 불태워버리겠지. 우린 규칙을 따라야 해. 보고서에 담을 수 있는 건 뭐든 담아, 해리엇. 사안이 심각한 만큼 최종 결정은 나 혼자 내릴 수 없어. 보고서는 법적으로 허점이 없어야 해."

"그럴게요. 하지만…"

"하지만 뭐?" 로더가 이를 갈았다. "온종일 자네 응석 들어줄 여유 없어, 해리엇. 계획은 차질 없이 진행되어야 해. 자네의 무능함 때문에 실패할 수 없어."

"전 그냥, 물어볼 게 있습니다. 우리가 파르나서스의 손에서 적그리스도를 빼돌린다 해도 그 애가 장관님 말을 들을까요? 우리 모두를 죽이고 섬으로 돌아가려 하지 않겠습니까?"

"바로 그래서 다른 아이들이 필요해. 그 녀석, 다른 아이들을 자신의 형제자매로 생각한다며? 마치 가족의 가치를 이해할 수 있는 것처럼 말이야." 로더는 야멸차게 웃었다. "녀석은 이해 못 해. 우리가 소중히 여기는 모든 걸 파괴하는 데 혈안이 된 악마니까. 그 썩어가는 영혼에 한 가닥 빛이 남아 있다면 다른 아이들을 지키기

위해 내가 하라는 대로 하겠지. 정부가 언제든 이용할 수 있는 마법의 저수지가 있다고 상상해봐. 악마에게 고삐를 채우고 손쉽게 세상을 쥐락펴락할 수 있는데 뭐하러 계속 분투하나? 모든 마법적 존재가 적그리스도를 통해 정부의 통제를 받는다면 아무도 우리 행동에 대해 의문을 제기하지 않을 거야."

로더의 말을 듣는 동안 아서의 손 아래 나무껍질이 검게 그을리고 연기가 피어올랐다. 루시도 같은 생각을 했다. 하지만 결론은 달랐다. 소년은 기쁨을, 행복을 선택했다. 원하는 건 뭐든 할 힘을 지녔지만 자신보다 다른 사람을 먼저 생각했다. 아이가 할 수 있는 일을 왜 어른들은 못 할까?

"모두가 그 의견에 동의하지는 않을 겁니다." 마블모가 불편한 기색이 역력한 목소리로 말했다. "일단 아서 파르나서스와 라이너스 베이커가요. 우리가 목격한 파르나서스의 능력은 빙산의 일각일지도 모릅니다."

맞아. 난 이제 겨우 내 능력을 보여주기 시작했을 뿐이야.

"그래서 자네에게 이 일을 맡겼잖아. 우선 아이들을 빼돌려야 해. 언론은 이미 네더위크에서 불사조가 맹위를 떨치는 사진을 전파하며 제 역할을 다하고 있어. 그 덕분에 일이 훨씬 수월해졌지. 이제 전 세계가 그의 정체를 알아. 조만간 우리가 아이들을 위험에서 구출했다고 발표하면 모두가 정부를 이해하고 인정하겠지. 이제 열흘 남았어, 해리엇. 날 실망시키지 마. 그러면 어떻게 될지 알지?"

화면이 깜깜해졌다. 마블모가 손을 뻗어 서류 가방을 닫았다.

아서는 그를 해변에 두고 먼저 떠났다.

아서는 숲속을 다시 걸어온 것도, 바윗길을 오르다 손바닥이 쓸린 것도, 게스트하우스를 지나친 것도 기억나지 않았다. 정원에서 라이너스와 탈리아가 수다를 떠는 소리도, 현관 계단이 삐걱거리는 소리도 듣지 못했다. 마룻바닥의 상큼한 레몬 광택제 냄새도 맡지 못했다. 그저 가쁜 숨을 몰아쉬며 좁고 어두운 터널을 통과하는 느낌이었다.

그는 간신히 침실에 도착해 문을 닫고 이마를 문에 기댔다. 가슴 속 불꽃이 채찍처럼 사납게 몰아쳤다. 분노. 혐오. 공포. 그 모든 감정이 검은 덩어리가 되어 일렁였다.

거의 넋이 나간 채 돌아섰을 때, 아서는 심장이 멎을 뻔했다.

그의 어머니가 창가에 서 있었다.

"희망엔 날개가 달려 있단다." 밀짚 색 머리카락을 뒤로 늘어뜨린 어머니가 창밖을 보며 말했다. 아서가 어렴풋이 기억하는, 주머니가 달린 연보라색 드레스 차림이었다. 어머니는 늘 주머니 달린 드레스가 좋은 드레스라고 이야기했다.

환상과 현실의 경계에서 어머니가 말을 이었다. "분노는 과거의 상처 위에 쌓이고 쌓여 결국 몸과 마음을 지배하게 돼."

그가 기억하는 몇 안 되는 대화 중 하나였다. 마음 가장 깊은 곳에 숨겨둔 소중한 보물이었다. 아서는 순식간에 어린아이로 돌아가 물었다. "어떻게 멈출 수 있죠?"

얼굴은 보이지 않았지만(보인다 해도 그가 알아볼 수 있을까?), 어머니는 웃고 있었다. 목소리에 웃음기가 묻어났다. "희망으로. 희망엔 날개가 달려 있으니까."

"저한테도 날개가 있어요." 아서가 들떠서 말했다. "어머니, 저는…"

순식간에 어머니는 사라졌다. 아니, 이미 오래전에, 몇십 년 전에 떠났다. 아서는 어머니와 아버지를, 그가 알던 유일한 삶을 잃고 밀려온 끝없는 슬픔을 견뎌야 했다. 웃음으로 가득했던 삶, 별들을 바라보며 하늘 높이 훨훨 날던 삶을 잃고 그는 오랫동안 실의에 빠졌다.

아서는 비틀거리며 의자에 주저앉았다. 가슴이 두근거리고 눈이 타오르는 듯했다. 그는 두 손에 얼굴을 묻었다. 어깨가 가늘게 떨리기 시작했다.

남은 하루 동안 날카로운 이명이 귓가를 떠나지 않았다. 마치 심해 속으로 끌려 내려가는 듯한 느낌이었다.

점점 커지는 이명에 아서는 굴복했다. 잠깐이나마 정신을 차렸던 순간들이 있긴 했다. 무릎과 손이 흙투성이가 된 채 점심을 먹으러 돌아온 탈리아와 라이너스를 맞이하며 미소 지은 순간. 천시가 데이비드, 루시와 함께 괴물 흉내를 내며 나무 블록으로 만든 건물들을 무너뜨렸다고 설명할 때 고개를 끄덕인 순간. 샐과 시어도어가 와이번의 보물마다 작은 라벨을 붙여 중요도를 표시한 것을 칭찬한 순간. 피가 헬렌을 본떠 만든 강인하고 풍부한 색채를 내뿜는 잎사귀를 보고 감탄한 순간.

마블모는 늦은 오후에 클립보드를 품에 안고 찾아왔다. 전날만큼 태연한 낯으로 아서에게 조이에 관해 묻더니 조만간 섬 정령과 면담할 예정이며 이를 막으려는 시도는 교란 행위로 간주한다고 지껄였다.

아서는 당장 그에게 불을 붙이면 어떤 반응이 나올지 상상했다. 비명을 지를까? 살려달라고 애원할까? 성대가 녹아내리고 입에서 연기를 뿜을 때까지 빌고 또 빌까?

애써 시체를 숨길 필요도 없겠지. 고작 한 줌 재가 될 테니.

"파르나서스 씨."

생각의 안개가 걷히자 눈을 부릅뜬 마블모가 보였다. 한 번 이상 부른 게 틀림없었다. 두 사람은 그의 사무실에 있었지만, 아서는 여기 온 기억이 없었다.

아서는 억지로 미소 지었다. "예?"

"듣고 있긴 했습니까? 제 말을 진지하게 들어주셨으면 합니다만."

"아, 그럼요. 조이를 만나고 싶다고요. 요청만 하시죠. 기꺼이 만나줄 겁니다."

"당연히 그래야죠." 마블모가 코웃음 치며 말했다. "이제 다른 문제로 넘어가죠. 제가 보기에 샐과 시어도어는…"

아서는 의자에서 일어났다. "실례합니다, 마블모 씨. 급한 일이 생겨서 먼저 일어나겠습니다."

머릿속이 말벌이 우글거리는 벌집처럼 윙윙거렸다. 아서는 마블

모를 지나쳐 문으로 향했다. 그때 마블모가 아서의 손목을 탁 잡았다. "지금 저랑 얘기 중이잖습니까. 마칠 때까지 앉아 계시죠."

아서는 마블모의 손을 내려다보았다. 데이비드가 떠올랐다. 코앞에서 고함을 지르는 여자의 손아귀를 떨쳐내려고 낑낑거리던 아이가.

아이를 때린 적 있나요?

없다.

서랍에 손가락을 끼우고 세게 닫는다든지…

그는 불사조와 함께 고개를 들었다. 마블모는 두 눈을 크게 떴다. 두려움이 아닌 그저 호기심이었다. 아서가 마블모를 향해 몸을 기울였다. 마블모의 두 눈에 분노한 아서의 표정이 비쳤다.

"손 떼요." 아서가 낮은 목소리로 말했다. "이 섬에서 한 번 더 허락 없이 누군가를 건드린다면 그땐 정말 가만두지 않습니다."

마블모는 손을 천천히 거두었다. "또 협박입니까, 파르나서스 씨?"

"네. 진심입니다."

마블모는 입을 다물었다.

아무리 억누르려 해도 분노는 점점 자라나 검은 망토처럼 그에게 달라붙어 어깨를 끈적하게 감쌌고, 아서를 이해하는 듯 속삭였다.

더 안전한 어둠 속으로 들어와. 그들은 이미 널 괴물이라고 생각해. 기대에 부응하지 그래?

언제부터 분노가 자신의 일부가 되었을까? 언제부터 쌓이기 시작했을까? 마블모가 도착했을 때? 아니, 그 전부터였다. 공청회? 호텔 방의 도청기? 애초 정부의 초청에 응했을 때?

 더 거슬러 올라가나? 라이너스가 시작이었나? 결국 라이너스도 그들 가운데 하나였다. 그는 과오를 뉘우쳤지만, 그때까지 얼마나 걸렸던가? 자그마치 17년이었다. 아서는 자격 미달 원장들이 운영하는 고아원에서 수많은 아이를 만났다. 왜 더 깊이 개입하지 않았을까? 왜 더 빨리 행동하지 않았을까?

 어떤 아이도 겪어서는 안 될 학대 경험과 트라우마가 이 집의 아이들에게는 선명하게 남았다. 아서는 최선을 다해 그 무게를 짊어지고 아이들이 치유하고 성장하며 살아갈 수 있도록 도왔다.

 그러면 다른 아이들은? 그가 오랜 세월에 걸쳐 도운 아이들과 제때 손을 내밀지 못했던 아이들은? 그게 그들 잘못이었나? 아니면 전임 원장에게 불리한 증언을 한 이후 그가 가게 된 고아원 원장들 때문이었나? 그들은 아서를 두려워했고, 그를 무시하는 게 모두를 위한 일이라 여겼다.

 더 거슬러 올라가나? 겁먹고 외로운 아이였던 그가 조사받으면서 그 끔찍한 하루를 되풀이해야 했던 때였나? 아니면 반년 만에 지하실에서 끌려 나와 눈을 깜빡이며 햇빛에 적응해야 했던 때? 어쩌면 지하실 벽에 빗금 표시를 하던 나날이었을지도 모른다. 주제넘게 말했다는 이유로 원장에게 손찌검당한 순간이었을 수도 있다. 부모님이 돌아가신 뒤 낯선 사람들이 자신을 데리러 왔을 때였을지도. 그들은 하나같이 두려워하지 말라고, 좋은 사람들이

돌봐줄 거라고 약속했더랬다.

　애초에 부모님의 죽음 때문이었을지도 모른다. 아버지에 이어서 어머니까지. 그 참사들은 상상치 못한 방식으로 그를 망가뜨렸다.

　맞다. 그때부터였을 수도 있었다.

　그렇다면 평생이었다. 평생을 함께한 분노였다.

　아서는 그게 무슨 뜻인지, 어떻게 다스려야 할지 몰랐다. 저녁 식사 때 그는 음식을 먹는 둥 마는 둥 했다. 아이들은 끊임없이 재잘거렸다. 식사 후 거실에서 데이비드가 일인극을 펼쳤다.

　야수를 쫓는 탐정 더크 대서. 바쁜 의상 교체. 제이슨의 역할을 맡은 라이너스. 숨을 들이켜는 소리. 웃음소리. 공연 후 쏟아지는 박수갈채. 데이비드의 얼떨떨한 표정.

　손목은 괜찮아 보였다. 데이비드는 이제 아픔을 느끼지 못하거나 이겨내려 애쓰고 있었다. 어쨌거나 그 기억은 마음속 깊이 남았을 터였고, 아서의 분노는 가라앉지 않았다.

　취침 시간. 아이들은 모두 포근한 잠자리에 누웠다. 아서가 천시의 입가에 남은 치약을 엄지로 닦아주고("아, 나중에 쓰려고 아껴둔 거예요!") 더듬이 사이 이마에 입 맞추고 돌아섰을 때였다.

"아서?"

　아서는 멈칫했다. 잠시나마 그는 분노의 불길에서 벗어나 자신으로 돌아왔다.

"응?" 아서는 뒤돌아보지 않고 물었다.

"괜찮아요? 오늘 말이 별로 없네요."

그는 아이들에게 절대 하지 않겠다고 약속했던 한 가지, 거짓말을 했다. "괜찮아. 그냥 생각 좀 하느라."

"좋은 생각이요, 나쁜 생각이요?"

예리했다. 아이들은 모두 그랬다.

"그냥 생각." 아서는 더 길게 거짓말을 할 수 없었다. "잘 자렴, 천시. 내일은 또 다른 날이니까."

그래, 또 다른 날. 나날이 정부가 나사를 조이며 그림자를 길게 뻗어왔다. 아서는 루시에게 가고 싶었다. 루시의 방문을, 벽장 문을 열고 말하고 싶었다. '네 말이 맞았어. 우린 이길 수 없어. 네가 해야 할 일을 해. 우릴 향한 막연한 두려움과 분노, 증오와 편견을 없애고 이 비뚤어진 세상의 각도를 바로잡아.'

그럴 뻔했다. 아슬아슬했다. 아서는 문고리를 잡고 있었다. 루시의 방 안에서 낮고 감미로운 음악이 흘러나왔다. 버디 홀리가 노래했다.

당신은 내게 떠난다고 했어요. 물론 거짓말이죠. 왜냐하면 바로 그날이 내가 죽는 날일 테니까.

"아서?"

아서는 홱 돌아섰다. 귓가의 이명이 마치 거대한 파쇄기가 모든 걸 집어삼키는 소리 같았다. 라이너스가 문간에서 걱정스러운 표정을 짓고 있었다. 너무 심각해 보여서 아서는 웃음을 터뜨릴 뻔했다.

"왜 그러고 있어?" 라이너스가 물었다.

"그 사람들." 아서의 목소리가 극적으로 오르내렸다. "그 인간들.

그들은 빼앗고, 빼앗고 또 빼앗을 거야. 아무도 그들을 막을 수 없어. 당신도, 나도 못 해. 어떤 말이나 행동으로도. 그들은 계속 오겠지. 우리가 할 수 있는 건 아무것도 없어."

당황한 라이너스는 위험한 동물을 달래듯 두 손을 보이며 그를 향해 한 걸음 다가섰다.

"그러지 마." 아서가 한 걸음 물러서며 고개를 저었다.

"알았어." 라이너스가 손을 거두며 말했다. "무슨 일인지 말해줘. 내가 어떻게 할까?"

아서는 낯설 만큼 거칠게 웃었다. "무슨 일이냐고? 여태 눈치 못 챘어? 그들이 내 아이들을 빼앗아 가려고 해!"

"그럴 수 없어. 우리가 그렇게 두지 않을 테니까."

아서는 날카롭게 코웃음을 쳤다. "그들이 시도하면 어쩔 건데? 무기를 들고 방어하게? 아이들이 편견 없는 세상을 누릴 수 있게 목숨을 바치게?"

"내가 그럴 거라는 걸 알잖아. 난 아이들을 위해, 당신을 위해 뭐든 다 해."

"왜? 왜 지금 여기서? 그동안 만난 다른 아이들을 위해서는 꼼짝도 안 했으면서?" 아서가 윽박질렀다. *"왜 그들을 구하지 않았어?"*

많은 일이 한꺼번에 일어났다.

가슴에 끝없는 압박감이 밀려들면서 손과 팔을 따라 불길이 피어올랐다.

그리고,

라이너스가 불빛을 담은 두 눈을 크게 뜬 채 두려움 없이 한 발짝 다가섰다.

그리고,

루시가 벽장 문을 밀어젖히면서 음악 소리가 커졌다.

모든 게 동시에 밀려와 감정이 북받쳤다.

불사조가 피와 뼈, 살갗과 기억을 뚫고 치솟았다. 라이너스와 루시 앞에서 불길처럼 솟구쳐 머리가 천장에 닿을 정도였다.

라이너스가 냉큼 루시 앞을 막아섰다.

나로부터 그 아이를 보호하려고.

아서와 불사조가 한마음으로 생각했다.

가슴속 압박이 심해지면서 심장과 폐가 녹아내린 쇳덩이로 칭칭 감긴 듯했다. 불사조는 길고 격렬하게 울부짖으며 몸을 돌려 창문을 부수고 날아갔다. 펄럭이는 날개 사이로 유리 파편들이 흩어지며 붉게 반짝였다.

그가 지나간 자리에는 불꽃이 긴 흔적을 남겼다. 근육에 힘을 실어 더 높이 날아오르자, 별들이 녹아내리듯 흐르며 검은 하늘을 가로질렀다. 다시 한번 울부짖으려 했지만, 포효 대신 뜨거운 불이 쏟아져나왔다. 높이, 더 높이, 어느새 지평선이 휘어지고 산소가 희박해졌다. 그는 숨을 헐떡였다.

더는 올라갈 수 없는 지점에 이르러서 그는 다시 한번 절규하며 거대한 폭음과 함께 폭발했다. 깃털과 불꽃이 사방으로 튀었다. 태양이 다시 떠오른 듯 밤하늘이 환하게 밝아졌다.

새로 날아오른 그는 인간의 모습으로 곤두박질쳤다. 불똥을 비처럼 뚝뚝 떨어뜨리며 광활하게 펼쳐진 검푸른 바다로 추락했다. 바다에서 소용돌이가 빠르게 휘몰아치더니 물기둥이 솟구쳐 그를 향해 돌진해왔다. 아서는 갈비뼈에 힘을 주며 숨을 크게 들이마셨다. 충격과 함께 물에 집어 삼켜진 그는 바다 깊은 곳으로 서서히 가라앉았다. 방향과 시간 감각을 완전히 잃었다.

그때 무언가가 코끝에 부딪혔다.

아서는 소금기에 따끔거리는 눈을 끔뻑거렸다.

눈앞에 물고기 한 마리가 있었다. 머리 양옆과 등에 지느러미가 있고, 크지도 작지도 않은 회색 물고기였는데, 희한하게도 그는 그 물고기를 알아볼 수 있었다.

프랭크.

바다를 향해 울부짖던 천시의 목소리가 떠올랐다.

프랭크가 아가미를 움직이며 뻐끔거리고는 아서의 코에 다시 콕 부딪히고 뒤로 물러났다. 그러더니 아서의 다리 사이로 쏜살같이 헤엄쳐가 빙글빙글 돌았다. 깊은 수심 어디선가 프랭크와 같은 종의 물고기들이 나타났다. 처음에는 몇 마리였는데 곧 수십 마리, 수백 마리로 불어났다. 회색 물고기 떼는 아서를 중심으로 원을 그리며 헤엄치기 시작했다. 속도가 점점 빨라지더니 어느새 소용돌이를 일으켰다. 회색 줄무늬 모양의 소용돌이는 그를 심해로 끌어들이는 대신 수면으로 밀어 올렸다.

느릿한 움직임은 점점 속도가 붙었다. 아서는 따가운 눈을 질끈 감았다. 숨을 쉬지 못해 폐가 타들어 가는 느낌이었지만 감은 눈꺼풀 너머로 번쩍이는 빛을 느꼈다. 수면 위로 불쑥 떠오르며 가쁜 숨을 몰아쉬려 하는 순간, 모래사장에 미끄러지듯 처박혔다.

그는 멍한 상태로 일어나 앉았다. 머릿속은 여전히 윙윙거렸으나 불사조는 가냘프게 울며 치유를 위해 잠들 준비를 했다.

한 물고기가 수면 위로 주둥이를 내밀고 빼꼼거렸다.

"고마워, 프랭크. 네 친절을 잊지 않을게." 아서가 쉰 목소리로 말했다.

프랭크는 달빛에 비늘을 반짝이며 폴짝 뛰어 물속으로 사라졌다.

아서는 웃기 시작했다. 두 팔로 몸을 감싸고 웃고 또 웃었다. 그러다 눈물이 한 방울, 또 한 방울 흐르더니 곧 주체할 수 없이 울음이 터졌다. 그는 아이들을 위해 울었다. 이 세상에서 소외된 모든 아이들을 위해. 부조리에 맞서 싸우는 이들을 위해. 씁쓸한 기쁨과 격렬한 비탄 속에, 헤아릴 수 없는 우주의 신비로움에 울었다.

이윽고 아서 프랭클린 파르나서스는 처음으로 스스로를 위해 울었다.

라이너스가 야자수 아래 무릎을 끌어안고 앉아 있는 그를 발견했다. 오른쪽으로 저 멀리 벼랑 위의 집이 어둠 속 등대처럼 은은히 빛나고 있었다.

"여기 있었네." 머리가 헝클어지고 얼굴이 붉게 달아오른 라이너스가 숨을 헐떡이며 말했다. "식겁했잖아!"

"나 때문에 다쳤어?" 아서가 둔탁한 목소리로 물었다.

라이너스는 한숨을 내쉬었다. "이 미련한 사람아. 당신 꼴을 좀 봐." 그는 아서 앞에 무릎 꿇고 물기를 최대한 닦아내주었다. 그러고는 자기 가운을 벗어 아서의 어깨에 둘렀다. "감기 걸리면 어쩌려고 그래." 라이너스가 그의 팔과 어깨를 맨손으로 문지르며 중얼거렸다.

"당신은 걱정이 너무 많아."

"알아. 누군가는 걱정해야지."

아서가 지레 찔려서 움찔했다.

"오, 제발." 라이너스가 눈알을 굴렸다. 순간적으로 피의 표정이 겹쳐 보였다. "당신 탓한 거 아니야. 당신도 충분히 우릴 걱정하잖아. 그리고 아무도 안 다쳤어. 창문도 이미 고쳤고."

"루시."

"그래." 라이너스가 끙 소리를 내며 아서 옆에 주저앉았다. 불을 품고 사는 사람답지 않게 아서는 지금 그 어느 때보다 추웠다. 라이너스가 아서의 어깨를 감싸 끌어당기자 아서의 젖은 머리카락이 라이너스의 뺨과 턱에 눌렸다.

머릿속이 뒤죽박죽이었다. 수많은 생각 중 하나가 끝없이 아서를 붙잡았다. 위로는 별이, 아래로는 물이 무한히 펼쳐진 풍경을 바라보며, 아서는 무엇보다 두려운 생각을 입 밖에 꺼냈다. "그들 말이 맞을지도 몰라. 난 아버지가 될 자격이 없는지도 몰라."

라이너스는 곧장 대답하지 않았다. 슬픈 눈빛으로 허공을 응시하며 좀 더 슬픈 미소를 지었다. "당신은 자기 자신으로 살 기회가 없었어."

"뭐?"

"늘 남을 돕고 있잖아. 어릴 때부터 항상 자신보다 다른 이를 생각하고 우선했지. 모두를 위해 구조 요청하는 편지를 썼고, 그 후에는 갈 곳 없는 사람들이 안전한 집을 찾을 수 있게 도왔어. 그뿐이야? 당신은 당연히 철거했어야 할 그 망할 집을 샀지. 지금도 이 특별한 아이들, 헬렌과 조이, 나와 함께하면서도, 전 세계가 매서운 눈초리로 당신을 바라보는 상황에서도 고집스럽게 책임을 떠안고 있지. 다른 사람들을 돌보는 게 당신의 본성이니까."

"하지만." 아서가 뒷말을 예상하며 속삭였다.

"하지만," 라이너스가 팔꿈치로 그를 살짝 찌르며 말했다. "자신은 언제 돌보게?"

두 눈이 화끈거렸다. 아서는 아무 말도 할 수 없었다.

라이너스가 그의 귓가에 입 맞췄다. "사람들이 당신에 대해 뭐라고 하는지 알아. 하지만 그들이 진정으로 당신을 이해하고 있을까? 물론 아니지. 당신이 자기 전에 꼭 차 한 잔을 마셔야 한다는 걸 그들이 알까? 가끔 내 베개 위에 꽃 한 송이를 올려놓는 자상함은? 당신이 그 폐가를 집처럼 만들려고 얼마나 피땀 흘려 고생했는지는? 당신이 이 섬 전체를 놀이터 삼아 아이들과 술래잡기 놀이를 하는건? 아이들에게 자기 자신을 존중하는 법을 알려주려는 노력은? 당신을 달과 별처럼 바라보는 루시의 눈빛은? 당신을 보자마자 환

해지는 피의 얼굴은? 당신에게 리더의 자질을 배우는 샐의 모습은? 당신이 시어도어가 소외되지 않게 시간을 들여 와이번어를 배우는 일은? 천시가 어떻게 계속해서 천시답게 햇살 덩어리로 존재할 수 있는지는? 탈리아가 피운 꽃에 늘 찬사를 퍼부어줄 사람이 있다는 건? 데이비드는 또 어떻고. 그 애는 툭하면 *아서가* 이랬고 *아서가* 저랬다며 조잘거려. 그들은 아무것도 몰라, 아서. 그들이 아무리 강해도 이 모든 걸 알 수는 없어. 하지만 난 알아."

아서는 라이너스를 꼭 붙잡았다. 어깨가 마구 떨렸다.

"당신은 평생 강인하게 살아왔어. 그래야만 했지. 불공평하게. 부당하게. 당신은 가끔 모든 걸 혼자서 감당해야 한다고 생각하지만, 아냐. 내가 있잖아. 내가 그 짐을 함께 나눌게. 내가 당신의 버팀목이 되어줄게. 나에게 특별한 능력이 있는 건 아니지만, 언젠가 루시가 말했어. 평범함 속에 마법이 있다고. 나에게도 마법이 있어. 고개만 돌리면 당신이 내 곁에 있으니까. 아버지가 될 자격? 난 살면서 당신보다 더 자격이 넘치는 사람을 만난 적 없어. 당신과 함께하는 아이는 누구든 행운아야. 딴지를 거는 사람은 나부터 상대해야 할 거야. 내가 겉보기엔 물렁해 보여도 꽤 괴팍할 수 있거든."

더는 참기 어려웠다. 아서는 온몸으로 흐느꼈다. 프랭크라는 물고기의 도움으로 뭍에 올라왔을 때와는 달랐다. 라이너스 베이커에게 둘러싸인 지금, 아서는 따뜻하고 안전하며 사랑받고 있다고 느꼈다. 라이너스가 다정한 말들을 속삭이는 동안 아서는 내면의 폭풍이 자신을 휩쓸어 가도록 내버려두었다.

수평선 위로 해가 떠오르며 구름을 붉게 물들였다. 갈매기가 바람을 타고 날며 끼룩거렸다. 파도가 낮게 부서지고 짠내가 물씬 풍겼다.

"폭발." 아서가 불쑥 말했다.

라이너스는 졸다가 깜짝 놀라 입술을 깨물었다. "뭐라고?"

"폭발. 봤어?"

"어." 라이너스가 부르르 떨며 말했다. "나만 본 건 아니야. 섬 전체가 흔들렸어. 혹시 불사조…," 라이너스는 침을 꼴깍 삼켰다. "사라졌어?"

"쉬고 있어." 아서가 그를 안심시켰다. "할 얘기가 더 있어."

아서는 마블모를 찾아 나섰다가 해변의 나무 뒤에서 엿들은 이야기를 들려주었다. 라이너스의 얼굴이 점점 구겨졌다. 이야기를 마쳤을 때 라이너스는 흥분해서 말도 제대로 못 했다.

"어떻게 감히… 감히, 왜… 절대… 아니." 라이너스는 크게 심호흡했다. "아니, 턱도 없지."

"전적으로 동의해. 아까 그 인간도 봤어?"

"응, 안타깝게도. 마침 게스트하우스 앞에 서 있더라고. 창문 깨지는 소리를 듣고 나왔나봐."

"좋아." 아서가 자리에서 일어났다. 무릎이 삐거덕거렸다. 그는 라이너스에게 손을 내밀고 한쪽 눈썹을 들어 올렸다. "따라올래?"

"어디 가는데?" 라이너스가 손을 잡고 몸을 일으키며 물었다. "아침 먹으러 가는 거면 좋겠는데. 당신은 어떤지 몰라도 나는 꽤 출출하거든."

"나도야." 아서가 새삼 허기를 깨닫고 말했다. "그렇지만 잠시 미루자. 할 일이 있어."

"미루자고? 제정신이 아니군. 안 되겠어! 반지 돌려줘. 아침 식사를 거르면 안 된다고 생각하는 사람을 찾아볼게."

아서는 라이너스의 얼굴을 붙들고 진하게 키스했다. "아니." 그가 라이너스의 입술에 대고 말했다. "이미 늦었어. 당신은 나랑 결혼할 거야."

"다행이네. 내 인생의 사랑을 두 번 다시 만날 수 있을 것 같지 않으니까."

두 사람은 손을 맞잡고 집으로 향했다.

13장

현관 포치에 아이들이 잠옷 차림으로 모여 있었다. 그들 뒤에 조이가 걱정스러운 표정으로 머리에 엮인 노란 꽃잎들을 펼쳤다 오므리며 서 있었다. 칼리오페는 난간에 앉아 눈을 반쯤 감고 꼬리를 살랑살랑 흔들었다.

천시가 손을 흔들며 외쳤다. "아서! 라이너스! 좋은 아침이에요! 그나저나 정말 끝내주는 폭발이었어요!"

"동감이야." 라이너스가 말했다. "일단 안으로 들어가서…."

"파르나서스 씨."

아서가 고개를 돌리자 해리엇 마블모가 그를 향해 걸어오고 있었다. 클립보드 없이 양 주먹을 허리춤에 단단히 짚은 채였다. 데이비드가 그를 향해 으르렁거렸다. 그때 칼리오페가 데이비드의 다리 사이를 오가며 맴돌았다. 데이비드가 우뚝 얼어붙어 시선을 내리깔자 칼리오페가 앞발로 데이비드의 엉덩이를 툭 짚었다. 마치 성난 짐승을 타이르는 듯했다.

"파르나서스 씨! 제 말 안 들리십니까?"

아서가 한 손을 들어 보였다. "마블모 씨. 조금만 기다리시죠. 제가 곧…"

"당신이었죠?" 마블모가 몇 발짝 앞에서 숨을 몰아쉬며 물었다. "그 불. 하늘의 폭발."

"맞습니다." 아서가 동요 없이 말했다. "불사조는 때때로 에너지를 방출해야 합니다. 물론 안전하게요. 아무도 다치지 않았고, 아무것도 손상되지 않았습니다."

"저 창문에 대고 그런 소릴 하십시오." 마블모가 2층을 가리키며 당당하게 말했다.

모두 고개를 들어 그가 가리키는 창문을 바라봤다. 유리는 그을린 자국 하나 없이 말짱했다.

"내가 봤습니다!" 마블모가 으르렁거렸다. "내 눈으로 똑똑히 봤어요! 잔디에 유리 파편들이 후드득 떨어졌습니다. 누구든 다칠 수 있는 흉기! 여기 증거도 있습니다." 마블모가 주머니에서 무언가를 꺼내 아서를 향해 내밀어 보였다. 손바닥 위에는 황갈색 달팽이 껍질 한 개가 있었다.

"그건 증거가 아니에요." 천시가 가르치듯 말했다. "달팽이 집이에요."

마블모는 달팽이 껍질을 내려다보다가 주먹을 꽉 쥐어 부숴버렸다.

"난 내가 뭘 봤는지 알아." 마블모가 손 사이로 부스러기를 흘리며 이를 갈았다. "당신이 얼마나 위험한 존재인지도, 영원히 숨길 수는 없어. 내가 이곳을 떠날 때쯤이면 당신은 절대…"

"아, 시끄러워." 조이가 말했다.

"오오." 아이들이 술렁였다.

마블모가 조이를 노려봤다. "그리고 당신도, 당신이 스스로 뭐라고 생각하는지 모르겠지만, 난 정부 대표로 여기 왔어. 이곳에 관한 모든 권한을 가지고 있다고. 미등록 존재가 나한테 이래라저래라할 수 없어. 체포되지 않은 걸 다행으로 여겨."

조이는 아이들을 지나쳐 계단을 미끄러지듯 내려갔다. 마블모가 어깨를 넓게 폈다. 조이의 두 눈이 불투명한 흰색으로 변했고, 날개는 이른 아침 햇살에 반짝였다. "시끄럽다고 했잖아. 이제 당신의 시답잖은 소리 더는 못 들어주겠어. 마을에서 한 짓을 고려하면 당신은 지금 내 땅에 두 발로 서 있는 것만으로도 감사히 여겨야 해."

"협박!" 마블모가 사납게 받아쳤다. "그뿐이지. 나한텐 안 통해! 당신은…"

"곧 상대해줄게. 게스트하우스에 돌아가 있어." 조이가 마블모를

향해 손을 들었다. 주변 공기가 거의 만져질 것처럼 빽빽해지는가 싶더니, 마블모가 대뜸 비명을 질렀다. 팔다리를 허우적거리며 게스트하우스 현관 쪽으로 끌려가고 있었다. 구둣발은 땅에 긴 자국을 남겼고, 몸은 뒤로 급격히 기울어져 게스트하우스 현관 계단과 거의 수평을 이뤘다. 부딪히기 직전 문이 벌컥 열렸다. 문턱을 넘자마자 마블모는 통제력을 되찾아 빠져 나오려 했지만, 문은 그의 얼굴 앞에서 쾅 닫혔다.

"당분간 가둬두자." 조이가 말했다.

"창문을 깨고 나올 수도 있어요." 라이너스가 말했다.

"저한테 맡겨요!" 루시는 잠시 미간을 찌푸렸다가 폈다. "됐어요! 모든 창문을 한 뼘 두께인 플라스틱으로 바꿨어요. 드디어 인질극을 해보다니! 석방 대가로 헬리콥터를 요구해도 될까요?"

"인질이라니." 아서가 말했다. "천시의 놀라운 침구 정리 서비스를 누리는 투숙객일 뿐이지."

"베개 위에 박하사탕을 남겨두었어." 천시가 말했다. "안 먹었으면 좋겠다. 내가 먹고 싶거든."

그때 조이가 아서의 팔, 옆구리, 어깨를 쓰다듬으며 살폈다. "괜찮구나." 안심한 듯 그의 눈이 원래 색으로 돌아왔다. "다친 데 없지?"

"네." 아서가 다정하게 말했다. "걱정 끼쳐서 미안해요." 아서는 자신을 끌어안은 조이의 이마에 입 맞췄다. "우리가 준비해온 시간이 다가온 것 같아요." 조이는 그저 그의 손을 꽉 움켜쥐었다.

"무슨 일이에요?" 샐이 물었다.

"얘들아." 아서가 말했다. "오늘 수업은 취소됐다."

열두 시간 만에 또다시 폭발이 일어났다. 이번에는 불과 깃털이 아닌 환희가 터졌다. 샐과 시어도어는 씩 웃고 천시는 행복에 겨워 울부짖었다. 피와 탈리아는 공중에 주먹을 내지르고 데이비드는 눈을 반짝이며 엉덩이를 흔들었다.

"물론, 나중에 두 배로 보충이다." 아서가 말했다.

탈리아는 두 팔을 머리 위에 띄운 채 물었다. "기뻐해야 해, 화를 내야 해?"

"글쎄…?" 피가 말했다.

"너희들의 넓은 마음." 아서가 말을 잇자 아이들은 조용해졌다. "그 덕분에 우리는 여기까지 왔고, 한 가족이 될 수 있었어. 난 너희와 함께 있을 때 가장 행복하다."

"갑자기 뭐예요?" 샐이 물었다. "무슨 일이에요?"

"조사관이 우리 집에 방문한 목적이 불순하다는 사실을 알았다." 아서가 말했다. "그는 너희가 안전한지 확인하러 온 게 아니야."

"참 충격적인 소식이네요." 탈리아가 말했다. "누가 상상이나 했겠어요?"

"난 못했어." 천시가 말했다. "그냥 포옹이 필요한 사람이라고 생각했는데."

"난 네가 참 좋아." 피가 천시의 어깨를 두드리며 말했다.

"안타깝게도 포옹으로는 해결이 어렵단다." 아서가 말했다. "그보다 심각한 문제야."

"오, 이런." 천시가 속삭였다. 더듬이가 쪼그라들어 두 눈이 머리 위에 붙었다. "우린 끝났어."

"그가 원하는 게 뭐죠?" 샐이 딱딱한 목소리로 물었다.

아서는 고개를 저었다. "너희들이 신경 쓸 일은…"

"또 그러시네요." 샐이 아이들 앞으로 나서며 말했다. "또 모든 걸 혼자 떠맡으려고요."

"샐." 라이너스가 중재했다. "그렇게 간단한 문제가 아니야. 우리도 이해하기 어려운 일들이 벌어지고 있어."

"상관없어요." 샐은 아서에게서 눈을 떼지 않고 말했다. "우리에 관한 일이면 우리도 알 권리가 있어요. 언제까지나 보호만 받을 순 없어요."

가장 약한 곳을 찔리자 아서는 샐에게 반박하고 싶었다.

너는 아직 열다섯 살이라고. 당연히 보호받아야 한다고.

그 말이 목구멍에서 거품을 일으키고 혀를 간지럽혔다. 그가 입을 떼기 전에 조이가 그의 손을 꽉 쥐고 나지막이 말했다. "믿고 들어줘."

아서는 이미 평정심이 흐트러졌다. "내가 너희를 평생 지켜줄 수 없다는 거 알아. 하지만 노력은 할 수 있잖니. 너희 중 누구도 부당한 기분을 느낄 필요…"

"쓸모없는 사람이 된 기분이요? 사랑받지 못하는 기분이요? 멸시받는 기분이요? 우리도 그 기분이 어떤지 알아요. 아서와 같은 일을 겪지는 않았지만 그렇다고 우리의 경험이 덜 중요하지는 않아요."

"그렇게 생각한 적 없다." 아서가 날카롭게 말했다. "단 한 번도."

샐은 고개를 끄덕이며 한 발짝 더 앞으로 나섰다. 다른 아이들은 지켜보며 기다렸다. "인정하세요. 아서는 우리의 전부를 알 수도 없고 전부가 될 수도 없어요. 우리가 원한다 해도."

아서는 고개를 틀고 샐을 향해 눈을 찌푸렸다. "설명해주겠니? 왜 내가 너희를 싸움터에 세워야 하는지."

"우리는 이미 싸움터에 있으니까요." 샐이 타고난 리더처럼 의연하게 말했다. "오래전부터요. 모두가 똑같은 상황은 아니지만 우리는 함께 이 싸움을 치르고 있어요. 때로는 각개 전투를 벌여야 하고요."

"어째서?" 라이너스가 물었다.

"결국 스스로 깨우쳐야 하는 것들이 있으니까요. 아서와 라이너스가 아무리 아는 게 많고 강해도 어떤 부분은 이해할 수 없어요. 저는 세 개의 세상을 살아가야 해요. 인간 세상, 마법적 존재의 세상, 흑인의 세상. 그중 두 가지는 두 분이 도와줄 수 있겠지만 마지막은 아니죠. 그건 제가 알아내야 해요. 다행히 혼자 알아낼 필요는 없지만요."

"없지." 조이가 맞장구쳤다.

"편견은 모든 형태로 나타나요." 샐이 말을 이었다. "마법적 존재에 대한 편견만이 아니에요. 얼마 전까지만 해도 아서와 라이너스는 결혼할 수 없었는데, 지금 두 사람을 봐요." 이어서 샐은 결정타를 날렸다. "우릴 믿어야 해요. 우린 비록 어리지만 아서의 아이들이에요, 아빠. 우리에게 뭐든 할 수 있다고 믿게 했잖아요. 이제 우리가 그렇게 할 수 있다고 믿어주세요."

이번에는 아서가 말의 갈피를 잃고 버벅거렸다. "나는… 너희는…

아니 그러니까… 오, 이런."

"너희 때문에 고장 나 버렸어." 라이너스가 말했다. "이런 날을 보게 될 거라곤…."

"아서는 아빠, 라이너스는 파파예요." 탈리아가 말했다. "결정 났으니 바꾸면 안 돼요."

"나는 파피가 좋은데 투표에서 밀렸어요." 루시 시무룩하게 말했다.

"오." 라이너스가 눈가의 물기를 닦으며 씩 웃었다. "알겠다."

"미안해." 아서가 갈라진 목소리로 샐에게 말했다. "내가 더 귀를 기울였어야 했다." 아서는 한숨을 쉬었다. "물론 네 말이 맞아. 너희가 나 없이 감당해야 할 일들이 있겠지. 그렇다고 걱정을 내려놓을 순 없어."

샐은 웃으며 고개를 절레절레 저었다. "그건 우리 아버지니까요." 샐의 미소가 희미해졌다. "어떤 일들은 스스로 해결해야 해요. 실수하면서 배워야 하고요. 저는 조만간 어른이 되어요." 샐은 아이들을 돌아보았다. "우리 모두 그렇죠. 이제 우리의 자질을 드러낼 때가 되지 않았나요?"

"최고의 자질." 라이너스가 코를 훌쩍이며 말했다. "너희 모두 지니고 있지."

"확신하니?" 아서가 물었다. "딱 한 번만 물을게. 너희 모두 확신해?"

샐은 망설이지 않았다. "확신해요." 다른 아이들도 뒤에서 끄덕였다.

아서는 조이와 라이너스를 봤다. 조이는 빙그레 웃고 라이너스

는 자랑스럽게 말했다. "우리 애들 말 들었지?"

기특함과 두려움이 내면에서 치열하게 싸웠다. 어느 쪽이 우세한지 몰라, 아서는 최대한 감정을 억눌렀다. "알다시피 해리엇 마블모는 공청회에 나온 제닌 로더의 수하야. 최근 그에게 흉계가 있다는 정보를 입수했다."

"흉계? 먹는 건가요?" 루시가 흥분했다.

라이너스가 눈물을 터뜨렸다. "어휘 수업 때 그렇게 집중했으면서!"

"집중해야죠." 루시가 말했다. "전 말 그대로 악마예요. 영혼을 거래할 땐 말로 협상해야 하니까요."

라이너스가 루시를 끌어안고 얼굴에 뽀뽀를 퍼부었다. 루시는 벗어나려 하지 않고 오히려 품에 달라붙었다. 라이너스가 고쳐 안자 루시는 그의 어깨에 작은 머리를 기댔다.

"우릴 데려갈 속셈이죠?" 피가 물었다.

"맞아. 하지만 그렇겐 못 해." 아서는 감히 덧붙였다. "약속할게."

"나도 약속하마." 조이가 말했다.

"나도." 라이너스가 말했다. 품에 안긴 루시는 졸린지 눈을 끔뻑끔뻑했다.

"목적이 뭔가요?" 샐이 물었다.

아서는 잠시 망설였다. "권력자들은 늘 더 많은 권력을 원한단다. 로더는 너희를 이용해 원하는 바를 이루려고 해. 세상을 재편해서 모두를 복종하게 만드는 거지."

탈리아는 한숨을 쉬었다. "인기가 너무 많으면 피곤하다니까요. 왜 그렇게 우리한테 집착하는지 몰라."

시어도어가 현관에서 날아올라 샐의 어깨에 착지하더니 고개를 기울이고 라이너스를 보며 질문을 던졌다.

"그래." 라이너스가 말했다. "네 단추 아직 내 주머니에 잘 있어. 목숨 걸고 지킬게."

시어도어가 고개를 끄덕이더니 반대편 아서를 향해 기울이고 쩍쩍, 깍깍, 그르렁 목을 울렸다.

그 질문에 아서는 가슴이 아렸다. "입양 증명서는 종이 한 장에 불과해. 넌 내 아들이고, 무엇으로도 그 사실을 바꿀 수 없어."

"파르나서스-베이커? 아니면 베이커-파르나서스?" 피가 물었다. "아빠를 먼저 만났지만 저는 개인적으로 피 베이커-파르나서스가 좋아요. 더 입에 잘 붙거든요."

"천시 베이커-파르나서스. 오, 나도 좋아!"

"모두 찬성해?" 샐이 물었다.

"찬성!" 아이들이 환호했다.

한 명만 빼고.

"데이비드?" 고개를 숙인 아이를 향해 아서가 물었다. "어떻게 생각하니?"

데이비드는 두 손을 비틀어 짜며 안절부절못했다. "전 여기 온 지 얼마 안 됐잖아요."

"그래." 아서가 동의했다. "하지만 네 의견도 중요하단다."

데이비드는 아랫입술을 갉작였다.

라이너스는 루시를 안은 채 데이비드를 향해 한 발짝 다가섰다. 바람이 그의 머리카락을 휩쓸고 지나갔다. 아서는 새삼 가슴이 벅찼다. 한때 낯선 존재였던 이 남자는 섬에 와서 우리와 가족이 되었다.

"너도 여기서 우리와 함께 계속 살고 싶은지 묻는 거야." 라이너스가 말했다.

"네가 다른 곳에서 미래를 펼치고 싶다면 그곳이 어디든 데려다주마." 아서가 덧붙였다. "거짓말은 안 할게, 데이비드. 앞으로의 여정이 순탄하지 않을 수 있단다. 하지만 네가 여기 남기로 한다면 우리는 네 가족이 될 거야."

데이비드는 조심스러운 눈빛으로 그를 올려다봤다. "저한테도 아빠가 되어주나요?"

"그래." 아서가 말했다. "말로 다 할 수 없는 기쁨이지. 부담 주려고 하는 말이 아니야. 우린 지금처럼 널 변함없이 사랑할 거야. 여긴 언제까지나 네 자신이 될 수 있는 곳이야."

데이비드가 다른 아이들을 곁눈질했다. 탈리아가 엄지를 세워 보였다. 데이비드는 아서를 돌아보고 얼굴을 찡그렸다. "아빠라고 못 부르겠어요, 아직은요." 아이는 코를 훌쩍였다. "싫지는 않은데…." 아이는 힘없이 어깨를 으쓱했다.

"마음의 준비가 안 됐을 뿐이야." 아서가 말했다. "끝내 안 돼도 괜찮아. 그렇다고 해서 널 다르게 대하지 않는단다. 난 네 아버지나 어머니를 대신할 수도 없고 대신하지도 않을 생각이야. 직접

뵙지는 못했지만, 난 그분들이 네 안에 살아계신다고 믿기로 했다. 그분들은 널 정말 자랑스러워하실 거야."

얼음 조각 하나가 바닥에 떨어졌다. "그럼 제이슨하고 B한테 언제든지 전화해도 되나요?"

"언제든지." 라이너스가 말했다. "사실, 그들이 시간을 좀 낼 수 있다면 섬으로 초대하려고. 아서나 내가 주말에 널 데리고 도시에 방문해도 좋고. 원한다면 말만 하렴."

"다 같이 가도 되나요?" 데이비드가 엄지로 어깨너머 아이들을 가리키며 물었다.

라이너스의 얼굴에 핏기가 가셨다. "어, 음, 그래. 왜 안 되겠니? 내가 너희 모두와 함께 시내버스를 타는 악몽을 꾸는 것도 아닌데."

루시가 라이너스의 어깨에 대고 얼굴을 찌푸러뜨렸다. "아이참, 파파가 우리 꿈을 꾸다니."

어느새 눈가가 마른 데이비드가 루시에게서 배운 게 틀림없는 영악한 미소를 지었다. "무대 하나 만들어주세요. 제가 가끔 공연할 수 있는 무대요."

"함께 만들자꾸나. 우리 모두 도울게." 라이너스가 말했다.

"마법 써도 돼요?" 루시가 물었다.

"그래." 아서가 말했다. "사실, 이제부터는 적극적으로 권장한다."

"오예!" 루시의 포효에 라이너스가 얼굴을 찡그렸다.

"데이비드, 어떻게 생각해?" 샐이 물었다.

기다림은 길지 않았다. 어느 마법 학교에 들어가려면 공연을 해야 한다고 생각했던 설인 소년 데이비드는 가슴을 부풀리며 주먹을 허리춤에 짚었다. "우리 왜 아직도 여기 서 있어? 할 일이 있잖아!"

탈리아가 먼저 데이비드에게 발을 걸어 벌러덩 자빠뜨렸다. 루시가 냉큼 라이너스의 품에서 벗어나 가세했다. 샐과 시어도어는 씩 웃으며 그들 옆에 털썩 앉았다. 피는 눈알을 굴리면서도 데이비드의 다리를 깔고 앉았다. 천시는 버릇대로 초록색 몸을 이불처럼 펼쳐 그들을 감쌌다.

아이들은 신나게 웃고 떠들었다. 데이비드의 목소리가 가장 컸다. 아서, 라이너스, 조이는 그 모습을 바라보았다.

"이제 어쩌지?" 조이가 물었다.

"우리 집을 지켜야죠." 라이너스가 말했다. "싸우고 싶으면 덤비라고 해요."

샐의 제안은 다른 여섯 아이들의 지지를 받았다. 아서, 라이너스, 조이는 힘없이 투표에서 밀렸다.

"우리는 그를 추방하지 않으려고요." 샐은 거실 한복판에 모여 앉은 가족들 앞에서 이리저리 서성이며 말했다. "적어도 아직은 아니에요. 그러면 DICOMY에서 당장 덤벼들 테니까요. 우리가 준비되기 전까지는 빌미를 주지 말자고요."

"나중에 우릴 잡으러 오면?" 천시가 물었다. "나 전투모 다시 사야 할까?"

"그건 내가 걱정하마." 조이는 샐이 뭐라고 대꾸하기 전에 손을

들어 저지했다. "뭘 숨기는 건 아니야. 흠, 일단 그냥 계획이 있다고만 해두자. 한번 실행하면 되돌릴 수 없으니 몇 가지 고려해야 하거든."

차가운 피아노 선율 같은 긴장감이 아서의 머리부터 발끝까지 훑었다. 조이는 아서가 한 번도 본 적 없는 강력한 마법을 언급한 적이 있다. 아서는 조이가 강하다는 사실을 짐작만 했다. 한때 이 세상을 집이라고 불렀던 요정의 후예인 정령의 힘에 관해 들어보기만 했을 뿐이었다. 진짜 요정들은 수 세기 전에 멸종했다고 알려져 있다. 마지막 한 명까지 살해되었다는 게 정설이고, 다른 세상, 다른 차원으로 갔다는 설도 있다. 피는 숲 정령으로서 이미 자신의 잠재력을 보여주었지만, 조이는 아서가 짐작하는 능력을 한 번도 드러낸 적 없었다. 이제 그 능력을 발휘할 때가 가까워진 것 같았다.

샐은 마지못해 고개를 끄덕였다. "전 조이를 믿어요. 우리 도움이 필요하면 뭐든 말씀하세요."

"참고할게. 뭐든 알게 되는 대로 알려주마. 약속해."

"샐." 라이너스가 말했다. "무슨 생각이야?"

샐이 다른 아이들을 바라보자 그들은 격려하듯 고개를 끄덕였다. "데이비드가 저한테 영감을 주었어요."

"내가?" 데이비드가 물었다.

"그래, 넌 괴물이 되는 게 좋다고 했지. 사람들을 해치지 않고 겁만 주고 싶다고."

"난 누구도 해치지 않아." 데이비드가 재빨리 말하며 손가락 마

디를 겪었다. "정말로."

"알아." 샐이 말했다. "하지만 정부는 공포를 이용해 사람들을 통제해왔어. 똑같이 되돌려줄 때가 되었어. 조사관은 두려움을 못 느낀다고 했지? 어디 한번 시험해보자. 우리가 괴물이라고? 우리가 얼마나 괴물 같은지 보여주자."

"죽이게?" 루시가 고개를 기울이고 물었다. 아서가 아니라고 답하기 전에 루시가 말을 이었다. "그러면 안 될 것 같은데."

아서와 라이너스는 놀란 눈빛을 주고받았다. 시나몬 롤을 만들 때만큼이나 신나게 죽음과 파괴를 옹호하던 루시였다. "그렇게 말하니 안심이긴 한데, 왜 그렇게 생각했는지 알려줄래?"

루시는 어깨를 으쓱했다. "우릴 미워하는 사람들에게 더 미워할 이유만 만들어줄 뿐이니까요. 게다가 전 친절을 베푸는 게 좋아요." 눈에 빨간빛이 돌고 목소리가 깊어졌다. "가끔은요." 붉은 기운이 걷히고 목소리가 정상으로 돌아왔다. "이타적으로 굴면 머릿속 거미들이 조용해요. 이러면 몇 주는 잠잠할 거예요."

"루시 말이 맞아." 라이너스가 말했다. "뭐가 최선인지는 아직 모르겠지만, 마블모 씨를 해치지 않고 돌려보내야 한다고 생각해. 동의하니?"

모두 고개를 끄덕였다.

"친절로 꼼짝 못 하게 하자!" 천시가 소리쳤다.

"모두 공유해주렴." 아서가 말했다. "하나도 빠짐없이."

14장

 그날 아침 늦게 해리엇 마블모는 게스트하우스에서 풀려났다. 창문은 플라스틱에서 다시 유리로 바뀌었다. 마블모가 몸을 던져 문에 부딪히려던 순간 현관문이 활짝 열렸고, 하마터면 그대로 현관 계단 아래로 굴러떨어질 뻔했다.
 "아." 아서가 그 앞에 서서 뒷짐을 진 채 말했다. "마블모 씨. 어디 가셨나 했네요."
 "당신들이 가뒀잖습니까." 마블모가 침을 튀기며 으르렁거렸다.

"그 정령은 내 허락도 없이 나한테 마법을 사용했어요. 처벌을 피할 수 없습니다."

조이가 아서 뒤에서 나타나자 마블모가 흠칫했다.

"진심으로 사과드립니다." 조이가 말했다. "우리가 첫 단추를 잘못 꿰운 것 같군요. 제가 실례를 만회하고자 한 가지를 준비했습니다."

"그 무엇으로도 당신의 위법행위를 만회할 순 없습니다."

"아이 중 한 명의 능력을 보여드릴까 했는데, 성에 안 차시면…"

"아니, 아니. 맞아요. 아이들의 능력치를 파악해야 합니다."

아서는 조사관에게서 눈을 떼지 않고 목소리를 높여 불렀다. "피! 잠시만 나와주겠니?"

피가 숲에서 걸어 나왔다. 손에 든 오렌지를 튕기며 마블모에게 차가운 눈빛을 던지고는 아서와 조이에게 다가갔다.

"아이들이 왜 수업에 안 들어갔습니까?" 마블모가 물었다.

"진도가 빨라서 하루 쉬어 가기로 했습니다." 아서가 말했다. "각자 관심사를 추구할 수 있도록요."

"저는 자연과 교감하고 있었어요." 피가 말했다. "나무의 이야기를 들으면서요."

마블모는 못 믿겠다는 표정이었지만 그냥 넘어갔다. "알겠다. 네 능력을 보여줄래?"

"네. 준비되셨나요?"

마블모가 코웃음을 쳤다. "준비까지야. 날 기다리게 하는 것도 공무 수행 방해다. 어서 나무든 뭐든 보여주렴."

피가 고개를 갸우뚱하며 싱긋 웃었다. "원하신다면요."

피는 볼링을 치듯 팔을 뒤로 보냈다가 앞으로 휘둘렀다. 오렌지가 통통 튀며 마블모를 향해 굴러갔다. 점점 오렌지의 껍질이 갈라지면서 녹색 잎이 달린 작은 갈색 줄기가 튀어나왔다. 그 줄기는 점점 자랐고, 마블모의 발치에 멈췄을 때 오렌지는 잎과 뿌리 다발이 되어 있었다.

마블모는 아래를 내려다보고 샐쭉한 표정을 짓더니 발로 잎과 뿌리를 툭 쳤다. "이게 다니? 네가 할 수 있는 게…."

오렌지가 펑 터지면서 발아래 땅이 흔들렸다. 천둥 같은 굉음과 함께 마블모 앞에 나무 한 그루가 불쑥 솟아났다. 줄기는 굵고 튼튼했으며 나뭇잎은 짙고 윤이 났다. 가지에는 오렌지가 주렁주렁 달렸다. 이 모든 게 3초도 걸리지 않았다. 마블모는 뒷걸음질 치다 현관 계단에 엉덩방아를 찧으며 주저앉았다.

"오, 이런!" 피가 두 손으로 얼굴을 찰싹 감싸며 외쳤다. "괜찮으세요?"

"괜찮다." 풍성한 나뭇가지 너머에서 몸을 일으킨 마블모는 나무를 위아래로 살펴보다가 굵은 오렌지 하나를 땄다. 엄지손톱으로 껍질을 찌르자 과즙이 튀어나왔다. 그대로 과일을 꽉 움켜쥐자 과육과 과즙이 후드득 떨어졌다. 마블모는 찌부러진 과일을 떨구고 옆구리에 손을 닦았다. "보여줘서 고맙다. 전국적으로 과일 부족에 시달리면 누가 상황을 바로잡을 수 있는지 증명해주었구나. 예의 점수 1점 주마."

"과일 수류탄을 사용했는데 예의 점수를 준다고요?"

"과일 뭐?"

"그게, 과일 마멀레이드요. 과일로 마멀레이드를 만들 수 있다는 것은 누구나 아는 상식이니까…"

"2점 주마. 군말은 필요 없다. 잘했다, 꼬마야. 다른 아이들에게도 네가 얼마나 잘하고 있는지 꼭 말해주렴. 다들 부러워할 거다."

"그럴게요." 피가 딱딱하게 말했다.

"옳지! 이제 다른 아이들이 무얼 하는지 봐야겠다. 어쨌든 이… 볼거리에 충분히 시간을 낭비했으니까." 마블모는 나무를 지나쳐 피나 조이, 아서에게 눈길도 주지 않고 집으로 향했다.

"꼭 우리 전략을 역이용하는 것 같네." 아서가 말했다. "방금 친절 비스름한 것에 공격당한 기분이 들거든."

"어림도 없어요." 피가 말했다.

그들의 기대와 달리, 해리엇 마블모는 역경에 쉬이 굴하지 않았다. 어쩌면 마르시아스 섬 주민들의 의도를 알아차리고, 일부러 더 원하는 대로 해주지 않았던 것일지 몰랐다.

월요일 오후만 봐도 그랬다. 마블모는 DICOMY 동료들이 와이번 문화를 더 잘 이해할 수 있도록 보물창고를 보여달라고 시어도어를 설득했다. 하지만 시어도어는 그에게 보물창고를 보여주느니 차라리 오후 내내 가시 돋친 성게 위에 앉아 쓰레기 더미를 뒤지겠다고 진저리를 쳤다.

마블모는 와이번어를 몰라 시어도어가 동의했다고 착각해 아이

를 졸졸 따라다녔다. 그러다 세 시간이 지나서야 시어도어가 보물 창고로 향하는 게 아니라 파리 한 마리를 쫓고 있었다는 사실을 깨달았다. 마블모가 분노에 찬 고함을 멈췄을 때쯤, 이미 파리를 잡아먹은 시어도어는 양지바른 곳에서 몸을 말고 낮잠을 청했다. 먼저 누워 있던 칼리오페가 시어도어의 귀를 핥으며 골골거렸다.

"예의 점수 3점!" 마블모는 머리가 헝클어진 채 날카롭게 외쳤다. "널리 자랑하렴!"

그날 저녁 식사 때 탈리아는 마블모가 자기 옆자리에 앉아야 한다고 주장했다.

"얘기 좀 나누고 싶어요." 탈리아가 자기 옆자리를 두드리며 말했다.

"오, 정말?" 마블모는 왠지 들뜬 목소리로 말했다. "그러고 보니 나도 물어보고 싶은 게 있다."

"어련하실까." 라이너스가 투덜거리며 샐에게 빵 바구니를 건넸다.

마블모는 자리에 앉아 탈리아를 바라봤다. "아주 예쁘게 생겼구나."

"당연한 말은 됐고요." 탈리아는 접시에 강낭콩을 퍼담으며 말했다.

"그렇다면 네가 모르는 조언 하나 해도 되겠지."

"과연 제가 모르는 게 있을까요?" 탈리아가 의심적은 듯 물었다.

"저번에도 말했지만, 자화자찬은 숙녀답지 못한 태도야."

"마블모 씨가 여기 계셔서 참 다행이에요." 피가 말했다. "아니면 우리가 그런 걸 어떻게 알겠어요?"

"맞아. 그래서 말인데, 탈리아는 수염을 깎는 게 좋겠다."

침묵이 흘렀다. 오직 천시만 속삭였다. "오 이런."

마블모 아무 문제 없다는 듯이 천연덕스럽게 말을 이었다. "여자는 얼굴이나 몸에 털이 없어야 보기 좋아. 시간과 노력이 들지만, 관리는 필수지. 안 그러면 나중에 어떻게 남편감을 찾겠니?"

탈리아가 마블모를 빤히 바라보았다. "저는 겨우 264살이에요. 적어도 400살은 되어야 누구랑 데이트하고 싶은지 생각해볼 건데요."

"관리는 빨리 시작할수록 좋아. 내가 도와줄 수 있어."

"아니면 그렇게 하지 않고 그쪽이 한 말이 불쾌하지 않은 척할 수도 있죠."

"불쾌해할 것 없다." 마블모가 콧방귀를 뀌며 말했다. "그게 오늘날 이 세상의 문제야. 사람들은 툭하면 기분 상할 준비가 되어 있지."

"우리가 무엇에 불쾌감을 느껴야 하는지는 당신이 판단할 일이 아니에요." 샐이 말했다. "노움이 왜 수염을 기르는지, 그 수염이 무엇을 상징하는지 알기는 하나요?"

마블모가 무시하듯 손을 내저었다. "여자애가 수염을 기르는 건 보는 사람을 불편하게 한다. 그 외 다른 의미가 있을 것 같지 않구나."

"그게 탈리아 잘못인가요?" 피가 물었다. "탈리아한테 뭐라고 하는 대신 불편하다는 사람들에게 신경 끄라고 말해야 할 것 같은데요."

"맞습니다." 아서가 고개를 끄덕이며 개입했다. "정원 노움의 수염은 정원의 번성과 직접적인 관련이 있습니다. 정원이 건강할수

록 수염이 굵고 길어지니까요. DICOMY 조사관으로서 그쯤은 우리가 설명하지 않아도 아시겠죠." 아서는 탈리아를 향해 미소 지었다. "요즘 네 수염이 얼마나 아름다운지 내가 말했던가?"

"그렇죠?" 탈리아가 말했다. "파파가 밤마다 백 번씩 빗겨주거든요. 빗질이 점점 능숙해지고 있어요."

"오늘 밤에는 이백 번 빗겨줄게." 라이너스가 말했다.

마블모가 날카롭게 웃었다. "그거참… 각별하군요. 하지만 탈리아는 정원에만 집중하기보다 자기 미래도 생각해야 합니다. 우선 네가 입을 예쁜 원피스를 찾아볼까? 분홍색 레이스가 달린 원피스를 입고 머리를 단정히 땋자. 그리고 수염을 말끔히 밀면 네 통통한 뺨을 모두가 볼 수 있지."

"재밌겠다!" 루시가 말했다. "더 재밌는 게 뭔지 알아요? 마블모 씨가 솔선수범해서 콧수염을 깎는 거예요!"

마블모가 눈살을 찌푸렸다. "난 콧수염따위…"

"플로라 보라 슬램!" 루시가 외치자 마블모의 코 아래 양 끝이 말린 긴 갈색 콧수염이 나타났다. "이제 마블모 씨도 수염을 기를 수 있어요!"

예상과 달리 마블모는 분통을 터뜨리지 않았다. 그저 의자에서 천천히 일어나 콧수염을 뻣뻣이 세운 채 노여운 미소를 띠었다. "제거하렴."

루시는 어깨를 으쓱했다. "그러죠, 뭐. 사탄아 날 달래라!"

콧수염은 살짝 꿈틀거릴 뿐 그대로였다.

"이런." 루시가 말했다. "그게, 저는 이제 겨우 일곱 살이고 아직 배우는 중이라…"

"그래서?" 마블모가 어깨를 굳히고 말했다.

"그래서…" 루시가 5초쯤 뜸을 들였다. "가끔 의도치 않은 실수를 해요. 그러니까, 아무리 면도를 해도 6시간 6분 6초 안에 수염이 다시 자라게 하는 것과 같은 실수요. 제가 잘못했어요!" 루시는 천사 같은 눈망울을 깜빡였다. "하지만 좋은 소식이 있어요! 눈을 가늘게 뜨고 고개를 기울인 채 딴 곳을 바라보면 썩 나쁘지 않다고 스스로를 설득할 수 있어요."

마블모는 창백해진 얼굴로 부엌에서 뛰쳐나갔다. 현관문이 덜컹거리는 소리가 잇따랐다.

"마음에 들었을까?" 루시가 말했다. "오, 그거 크림 옥수수야? 나 진짜 많이 먹을 수 있어."

"루시?" 탈리아가 불렀다.

"응?"

탈리아가 롤빵을 던져 루시의 머리를 맞혔다. "고마워."

"난 네 수염 마음에 들어. 개쩔어."

아이들은 아서나 라이너스가 꾸짖기를 기다렸다. 그런데 라이너스가 예상을 깨고 말했다. "맞아. 정말이지 개쩐다."

"헐." 천시가 숨을 들이켰다. "저도 비속어 하나 써도 될까요? 좋은 거 있는데!"

"한 번만이다." 아서가 말했다.

"이럴 수가. 허락하다니." 천시가 중얼거리더니 고개를 두리번거리다 불쑥 "마귀할멈!" 내뱉고는 두 촉수로 입을 턱 막았다.

루시가 의자에서 꽈당 넘어졌다. "맙소사, 천시!" 루시는 몸을 일으켜 세우며 말했다. "내가 이제껏 들어본 최악의 욕이었어."

"그냥 해본 말이야!" 천시가 울부짖었다. "취소할게!"

"천시." 데이비드가 말했다. "저번에 조사관이 호텔 직원은 세상에서 제일 편한 직업이라며 뇌가 반만 있으면 누구나 할 수 있다고 말하는 걸 들었어."

"그 빌어먹을 마귀할멈!" 천시가 씩씩거렸다.

"한 번만이라고 했잖니, 천시." 아서가 엄숙히 말했다. "더 이상은 내 심장이 남아나지 않을 것 같구나."

"알았어요." 천시는 촉수를 몸의 가장 아래쪽에 있는 자기 심장 부근에 대고 말했다. "다시는 안 할게요."

"아, 그리고 호텔 직원 모자는 누가 써도 안 어울린다고도 했어." 데이비드가 루시의 귓속말을 천시에게 전했다.

"아서?" 천시가 불렀다.

"응?"

"그 인간에게 잉크 뿌려도 될까요?"

"나는 절대 그런 행동을 권장하지 않는다. 하지만 반드시 해야 하는 일은 아무도 말릴 수 없지."

"잉크가 제 몽정임을 알아채면 까무러칠 거예요. 몹시 기대되네요."

라이너스는 한숨을 푹 쉬었다.

화요일에는 두 가지 괄목할 만한 일이 있었다.

먼저, 마블모가 오전 수업에 참관했다. 콧수염 주변이 붉게 달아오른 모습이었다. 루시 말대로 수염을 밀었으나 전날과 같은 모양과 길이로 자라난 듯했다. 탈리아가 아침 인사를 건네며 수염에 좋은 비누를 기꺼이 나눠주겠다고 했지만 그는 들은 척도 안 했다.

마블모는 클립보드를 들고 교실 뒤편에 자리 잡았다. "수업 진행하시죠."

"그 전에, 옥수수수염 차 한잔하실래요?" 루시가 물었다.

"됐다." 마블모는 다리를 꼬고 앉았다. "제자리에 앉으렴. 난 그저 베이커 씨에게 아이들을 교육할 만한 자질이 있는지 확인하고 싶을 뿐이야. 그리고 데이비드? 반백 살에 가까운 나이에도 아이들 수준의 지식에 관심이 있는 모양입니다. 아무쪼록 내가 여기 있는 건 잊으세요."

"배움에는 끝이 없죠. 제가 늘 하는 말입니다." 데이비드는 의자에 기대어 앉아 두 손으로 뒤통수를 받쳤다. 뒤로 자빠질 뻔했으나 태연한 척 몸을 가눴다. "조심해, 얘들아! 질문에 잘못된 답을 하면 마블모 씨가 나한테 했던 것처럼 너희를 폭행할지도 몰라."

"폭행이라니 당치도…"

"방금 당신이 여기 있는 건 잊으라고 하지 않았나요?" 샐이 물었다. "수업에 계속 끼어드시면 그렇게 하기 어려운데요. 자, 모두 정면 보고 마블모 씨의 존재를 잊어버리자."

"누구?" 피가 능청을 떨었다.

407

아서는 섬 생활이 그렇듯이 신경 써야 할 다른 일들이 많았지만 마블모가 자유롭게 활보하도록 내버려둘 수 없었다. 물론 라이너스 혼자 충분히 그를 상대할 수 있었다. 단지 마블모에게 감시 대상이 된 기분을 맛보게 하는 것도 나쁘지 않다고 생각했다.

수업은 차질 없이 진행됐으나 간간이 라이너스나 아이들이 무슨 말을 하면 마블모가 못마땅한 듯 날카롭게 헛기침을 했다. 수업이 수학에서 역사로 넘어가면서 마블모는 점점 더 수업에 방해가 되었다. 그는 수시로 클립보드에 펜을 휘갈기며 구시렁거렸다.

오전 수업이 끝나갈 무렵, 라이너스가 말했다. "역사는 사람들이 과거로부터 배우지 않고 같은 실수를 반복한다는 것을 보여준다. 악순환의 고리지. 예로부터 권력자들은 자신들의 허용선 안에서 다른 사람들의 삶의 방식을 통제하려고 해왔어. 도덕적 잣대가 자신들의 손에 있다고 믿으면서…"

"어떤 사람들은 자신들의 사소한 불만이 인종 전체의 안전보다 더 중요하다고 생각하죠." 마블모가 큰 소리로 끼어들었다.

"무슨 인종이요?" 샐이 물었다. "제가 알기로 우리 모두 인간은 아니지만 인류에 속하는데요. 인종이라고 하면 사회 문화적 정체성이나 피부색 따위에 따라 분류되는 집단 아닌가요?"

마블모의 얼굴이 확 달아올랐다. "그건 내가 의도한 게… 감히 날 보고 지금…" 마블모는 잠시 눈을 감고 심호흡하더니, 한결 정돈된 표정으로 눈을 떴다. "얘들아, 너희가 무슨 말을 들었든 세상은 일부 사람들의 생각만큼 어둡고 잔인하지 않단다. 우리에겐 박물관

과 미술, 음악이 있는데 어떻게 그럴 수 있겠니? 루시, 너 음악 좋아하지?"

"오, 그럼요. 특히 죽은 사람들의 음악이요."

"봤지?" 마블모의 왼쪽 눈가가 파르르 떨렸다. "루시와 내가 공통점을 찾은 것 같다. 사흘 전만 해도 누가 그런 일이 가능하리라고 생각했겠어? 그게 바로 이 모든 것의 의미야. 서로의 차이를 제쳐두고 하나가 되어… 어디 가지?"

아이들은 모두 책과 필기구를 챙겨 교실 뒷문으로 향했다. 데이비드가 먼저 덩실덩실 춤추듯 교실을 빠져나가며 마블모를 향해 손을 흔들어 보였다.

샐이 시어도어를 어깨에 얹고 마지막으로 교실을 나서면서 마블모를 돌아봤다. "수업 끝났거든요."

"라이너스." 아서가 부들부들 떠는 마블모를 두고 라이너스를 불렀다. "목말라 보이네. 정자에서 차 한잔할까?"

"좋아. 케이크 남은 게 있다면 곁들이자." 두 사람은 교실 뒤에서 만나 손을 잡고 문을 나섰다.

그때 마블모가 뒤에서 말했다. "상부에 낱낱이 보고하겠습니다."

아서가 문간에 멈춰 서서 그를 힐끗 돌아봤다. "로더에게 연락할 일 있으면 그 특별한 서류 가방을 들고 해변까지 가지 말고 그냥 부엌을 이용하세요. 방해하지 않겠습니다. 가자, 라이너스, 이럴 때를 대비해 숨겨둔 다과가 떠올랐어."

"시어도어가 진작 냄새를 맡지 않았을까 싶은데."

"그 녀석 후각은 못 속이지."

"내 말이."

둘은 마주 보고 웃으며 마블모를 뒤로하고 떠났다.

두 번째 괄목할 만한 사건은 얼마 안 되어서 일어났다. 라이너스와 아서는 정자에 앉아 구운 건포도 케이크와 함께 페퍼민트 차를 마시고 있었다. 숲에서는 피와 천시가 솔방울을 찾고 있었다("먹어도 괜찮다며! 내가 먹을 때마다 쳐다보지 마!"). 2층의 열린 창문으로 프랭키 발리의 흥겨운 노랫소리가 흘러나왔다.

여자친구에게 헤어져야겠다고 말했어. 나 보고 뻥 치지 말라고 할줄 알았는데 뭐라는 줄 알아? '다 큰 여자는 울지 않아.'

루시가 목청껏 따라부르자 데이비드가 호탕하게 웃었다. 두 아이는 창밖으로 샐과 시어도어를 향해 손을 흔들었다. 샐은 두꺼운 책을 들고 집 근처 나무 그늘로 걸어가고 있었다. 시어도어는 그 옆에서 날개를 펄럭이며 재잘거렸.

정원에 있던 탈리아는 한번씩 정자로 다가와 자기가 뽑은 잡초의 양을 자랑했다. 정자에 있는 사람은 누구든 정원 식물에게 수시로 칭찬해줘야 한다는 당부도 잊지 않았다.

"조이?" 라이너스가 차를 한 모금 마시고 조용히 물었다. 그러고는 목소리를 키워 외쳤다. "오늘 장미가 유난히 탐스럽네!"

"그래, 조이. 뭔가 계획 중이야. 비밀스럽게." 아서가 말했다. "저 피튜니아 꽃 좀 봐! 환상적이야!"

"때가 되면 알려주겠지. 그래도 궁금하긴 해." 라이너스가 말했다.

"나도. 어쨌거나 우리는 조이를 믿잖아. 늘 그래왔듯이."

"그들이 어떤 꼴을 당할지 먼발치에서 구경하고 싶다고 하면 나 너무 별론가?"

"전혀. 나도 동감이야. 내가 그들에게 경고 안 한 것도 아닌걸."

"아무렴." 라이너스가 다시 차를 홀짝였다. "아, 이 맛이야. 화창한 오후에 마시는 차만큼 좋은 건 없어. 오, 저기 우리 손님이네…" 라이너스는 한숨을 쉬었다. "오, 이런."

아서가 고개를 돌려보니 마블모가 정원 길을 걸어오고 있었다. 분홍색과 초록색이 섞인 스카프로 코와 입을 감싸고 이마와 눈만 드러낸 채였다. 그는 양옆의 꽃들을 노려보다가 노란 튤립이 감히 자신을 스치려 하자 질색하며 피했다.

정신이 산만한 통에 그는 정자에 있는 아서와 라이너스를 보지 못했고, 두 사람도 그가 지나쳐 갈 때 인사를 건네지 않았다. 아서는 찻잔을 들어 한 모금 길게 마신 뒤 내려놓고 말했다. "경고해야 할까?"

"탈리아에게? 굳이…."

"조사관에게 말이야."

"아. 아니. 자, 케이크 좀 먹어."

아서가 막 케이크를 한 입 먹을 때 탈리아의 목소리가 들렸다. "어머나! 꽃가루를 싫어하는 분이 꽃가루로 이뤄진 정원에 있네!"

"싫어하는 게 아니라 알레르기다." 마블모가 말했다. "가볍게 여

길 문제가 아니야."

"오, 미안해요." 탈리아가 말했다. 아서는 탈리아의 달콤하고 천진 난만한 미소를 떠올리며 킬킬 웃었다. "예쁜 존재들에 알레르기가 있다니 정말 안됐네요. 저한테도 알레르기가 있어도 이해해요."

"예쁜 존재들 얘기가 나와서 말인데." 마블모가 쿵쿵거리며 말했다. "우리가 얘기한 것에 대해 생각해보았니?"

"콕 집어 말해주셔야죠. 당신은 말이 너무 많아서 듣다보면 정신이 산만해지거든요."

"정말? 집중력에 문제가 있니?"

"아뇨. 그저 당신 얘기예요."

"네 수염 말이다." 마블모의 말은 이를 가는 것처럼 들렸다. "수염 깎는 거 고려해보았니? 난 그 털 아래 어여쁜 소녀가 숨어 있다는 사실 안다."

"거기 그 모종삽 좀 건네줄래요?" 탈리아가 말했다. "아뇨, 삽이요. 그건 가래잖아요. 그건 호스고요. 삽이 뭔지 몰라요? 모르는 게 많으시네. 제가 할게요. 조금만 물러서줄래요? 지금부터 땅을 팔 건데 흙이 사방으로 튈 테니까요."

정말로 삽이 흙을 파헤치는 소리가 경쾌하게 들렸다. 탈리아는 땅파기의 귀재였다. 10분 후 탈리아가 말했다. "자, 이 정도면 되겠어요."

"웬 구덩이니? 저쪽에도 이미 하나 있던데."

"그건 파파 거예요. 잡초 제거를 돕기로 한 약속을 어길까봐요."

"효과적인 위협이네." 아서가 말했다.

"상당히." 라이너스가 동의했다. "내가 어떻게든 다시 살아날 경우를 대비해 호흡용 튜브까지 챙겨뒀더라."

"참 세심한 아이야." 아서가 말했다.

"이 구덩이는 누구 건데?" 마블모가 물었다.

"물어봐줘서 고마워요!" 탈리아가 웃으며 말하더니 목소리를 확 내리깔았다. "한 번만 더 나한테 수염 깎으라고 해봐요, 그럼 여기 묻어버리겠어요."

"뭐라고?" 마블모가 날카롭게 물었다.

"그거 알아요?" 탈리아가 유쾌하게 말했다. "다른 사람의 외모에 대해 이래라저래라하는 건 무례한 일이에요. 당신의 취향이 정답은 아니니까요. 난 내 외모가 마음에 들어요. 이제 당신도 그 콧수염이 있으니 털 많은 여자에게 좀 더 공감할 수 있겠죠."

"그렇다고 네가 내 무덤을 팔 권리는 없다." 마블모가 쏘아붙였다.

"사실, 있어요. 자, 얌전히 들어가시죠. 제가 도와드릴게요."

잠시 후, 조사관은 머리가 헝클어지고 흙이 덕지덕지 묻은 꼴로 다시 나타났다.

"정원 구경은 즐거웠나요?" 마블모가 정자 옆을 지날 때 라이너스가 물었다.

우뚝 멈춘 마블모가 천천히 고개를 돌려 그들을 노려보았다. 콧수염이 굵은 면발처럼 축 늘어져 있었다.

"별로였나봐." 아서가 차를 홀짝이며 속삭였다.

"안타깝네. 케이크 하나 더 나눠 먹을까?"

"영광이지."

"좋아."

마블모가 우렁차게 외쳤다. "모두에게 예의 점수 1점씩!" 그러고는 씩씩거리며 정원을 빠져나갔다.

수요일 오후, 저녁 식사에 지각한 천시는 두 촉수로 허리를 짚고 부엌 문간에 서서 또다시-몽정과 물고기와의 소통에 이어-놀라운 발견을 했다고 외쳤다. 다들 고개를 돌려 천시를 바라보았.

마블모는 클립보드를 꼭 쥔 채 그림자 속에 숨어 있었다. 그는 기분이 좋지 않았다. 오늘 아침에 일어나보니 콧수염 부근이 누렇게 변해 심한 감염 증상처럼 보였기 때문이다.

"뭔데?" 샐이 물었다.

천시는 일부러 한 박자 쉬고 말했다. "나 남자가 됐어."

"대박." 데이비드가 말했다. "어떻게?"

"그게 말이지!" 천시가 식탁 주위를 어슬렁거리며 말했다. "좀 아까 내 방 거울 앞에 서서 내 몸을 구석구석 살폈는데 말이야."

"으으." 피가 얼굴을 구겼다. "어떤 것들은 비밀로 해야 해."

천시가 라이너스의 의자 뒤에 멈춰 섰다. "이건 반드시 공유해야 하는 정보야. 내가 '이걸' 발견했으니까." 천시는 오른 촉수를 머리 위로 들어 올렸다. 겨드랑이로 보이는 곳에 흰 털 한오라기가 끝이 말려 돋아 있었다.

루시가 식탁을 짚고 벌떡 일어났다. "겨드랑이 털이 났다고? 불공평해! 나도 갖고 싶어!"

"맞아!" 천시가 의기양양 외쳤다. "이제 난 남자라는 뜻이지! 이제 곧 내가 서류 가방을 들고 다니거나 중요한 전화 회담을 하는 모습을 보게 될 거야. 하지만 걱정 마! 마음만은 늙지 않았으니까."

"조심해." 탈리아가 경고했다. "분명 마블모 씨가 제거하라고 닦달할 테니까."

"안 돼!" 천시가 촉수를 내려 옆구리에 딱 붙였다. "그렇게는 안 돼. 이 털은 내가 길렀으니 내 거야."

"헐, 천시의 겨드랑이 털을 노리다니." 피가 말했다.

"난 절대…" 마블모가 입을 열었다.

"마블모 씨가 천시의 겨드랑이털로 뭘 하겠어?" 샐이 물었다.

베갯속으로 이용할지도 모른다고 시어도어가 말했다.

"싫어! 이상해!" 천시가 꽥 외쳤다.

마블모가 그림자 밖으로 모습을 드러냈다. "내 말을 끝까지 좀…"

천시가 꽥 비명을 지르며 식탁 주위를 뛰어다녔다. "날 쫓아오고 있어!"

사실 마블모가 천시를 쫓는 게 아니라 천시가 그가 서 있는 식탁 주위를 뱅뱅 돌고 있었다. 이런 일은 으레 그렇듯이 필요 이상 오래 이어졌다. 결국 마블모가 천시 앞을 가로막고 섰다. "내 말 좀 들어. 네 겨드랑이 털은…"

천시가 대뜸 우렁차게 재채기를 터뜨렸다. 마블모는 머리부터

발끝까지 검은 잉크를 뒤집어썼다. 부엌은 정적에 휩싸였다. 바닥에 검은 물이 뚝뚝 떨어지는 소리만 들렸다. 뒤쪽 벽면에는 그의 실루엣 모양으로 잉크가 튀었다. 마블모는 검은 입을 떡 벌린 채 굳어 있었다.

루시가 까르르 웃었다. "난생처음 내가 틀렸네. 천시 말대로 몽정이 늘 밤에만 일어나는 현상은 아닌가봐. 하나 배웠다!"

마블모는 길고 날카로운 신음을 내뱉었다.

"또 하나 가르쳐줄까?" 데이비드가 말했다. "저기, 벽에 잉크가 닿지 않은 부분이 인간의 형상을 띠고 있지? 저런 걸 네거티브 스페이스라고 해. 사립 탐정 훈련을 받을 때 배웠어. 혈흔을 조사하는 방법 중 하나야."

"덕분에 나도 하나 배웠구나." 아서가 말했다. "고맙다, 데이비드. 마블모 씨, 냅킨 좀 드릴까요?"

마블모는 대꾸도 없이 저벅저벅 부엌을 빠져나갔고, 현관문이 여닫히는 소리가 났다.

"얘들아." 라이너스가 말했다. "교훈의 순간인 것 같네. 우리가 또 뭘 배웠지?"

"천시의 겨드랑이 털을 훔치려고 해서는 절대 안 돼요." 탈리아가 말했다.

천시가 팔을 들어 털 한 오라기를 과시했다. "아직 있어!"

"여자아이에게 수염을 깎으라고 말해서는 안 돼요." 루시가 말했다. "특히 자기가 상관할 바 아닐 때는요." 루시는 라이너스를 힐끔

쳐다봤다. "콧수염 기를 때 놀려서 미안해요. 파파는 마블모 씨랑 달라요."

라이너스가 너털웃음을 지었다. "꽤 다르지. 고맙다, 루시. 친절하구나. 자, 디저트 먹을 사람? 복숭아 파이가 있다는 소문을 들었지."

"여기서 예의 점수를 받으려면 어떻게 해야 할까요?" 천시가 헛기침하며 말했다. "겨드랑이털 두 가닥 기르기? 그건 무리예요."

목요일 오후, 하늘에 구름이 잔뜩 끼고 바다가 먹빛을 잔잔하게 반사할 때, 샐의 차례가 왔다. 점심 식사 직후, 칼리오페가 큰 소리로 야옹거리며 샐의 다리에 집요하게 몸을 치댔다. 고양이에 대해 잘 모르는 사람이라도 칼리오페가 뭘 원하는지 알 수 있었다. 칼리오페는 사악하지만 자기 사람은 맹렬히 사랑했다. 일 순위가 라이너스, 그다음이 샐이었다.

샐이 처음 칼리오페 앞에서 포메라니안으로 변신했을 때, 칼리오페는 귀를 납작 눕히고 꼬리를 팽팽하게 세우며 하악거렸다. 하지만 그것도 잠시, 코를 씰룩거리며 목을 길게 뽑더니 눈을 두어 번 깜빡인 뒤 샐에게 달려들어 귀를 핥았다. 그러더니 샐을 현관문 쪽으로 툭 밀었고, 그 후 장장 세 시간 동안 샐에게 풀숲에서 몸을 웅크리고 새를 사냥하는 법을 가르쳤다. 끝내 새를 잡진 못했지만 칼리오페는 개의치 않아 보였다. 집으로 돌아오는 내내 샐에게 격려하듯 야옹거렸다.

그 후 칼리오페는 적어도 일주일에 한 번은 샐이 변신하길 원

했다. 샐의 인간 모습을 선호하면서도(무릎 위에 편히 앉을 수 있으니) 샐을 자기 자식처럼 여기는 듯했으며, 샐을 방해하는 사람에게는 모두 불행을 안겨주었다.

안타깝게도 마블모는 그 사실을 몸소 배워야 했다.

얼굴은 희고 몸은 황갈색인 아름다운 복슬강아지의 검은 눈이 반짝였다. 샐은 부엌에 옷가지를 허물처럼 버려두고 칼리오페를 쫓기 시작했다. 둘은 온 집 안을 뛰어다녔다. 두 네발 동물이 계단을 오르내리는 소리에 아서는 빙그레 웃었다. 샐은 신이 나서 컹컹 짖었다.

둘만의 술래잡기는 20분 동안 이어지다가 극적으로 끝났다.

아서가 식탁에서 마지막 접시를 치울 때였다.

마블모가 외쳤다. "거기 너, 그 가엾은 고양이 안 내버려둬!"

아서가 서둘러 부엌에서 나와보니 샐과 칼리오페는 계단 한가운데 앉아 있고 마블모는 그 앞에 노여운 얼굴로 서 있었다. 칼리오페는 고개를 갸웃하고 눈을 가늘게 떴다. 샐은 분홍색 혀를 내밀고 헐떡거렸다. 마블모가 칼리오페를 향해 손을 뻗자 그르렁거리며 날카로운 송곳니를 내보였고, 재빠르게 손을 거두자 다시 헐떡였다. 아서가 보기에 샐은 웃고 있었다.

마블모가 다시 천천히 손을 내밀었다.

샐이 으르렁거렸다.

마블모가 손을 거뒀다.

샐이 헐떡이며 웃었다.

그때 마블모가 치명적인 실수를 저질렀다. "이런 막돼먹은 개를

집 안에 들이다니! 더러운 짐승. 늘 오물이나 자기 똥을 킁킁거리고 다니지. 게다가 이 가엾고 순진한 고양이를 쫓으며 겁주다니? 안 되지, 안 되고 말고."

"저라면 그러지 않겠습니다." 아서가 끼어들었다.

너무 늦었다. 마블모가 샐을 향해 두 손을 뻗자마자 칼리오페가 네 발의 발톱을 전부 펼치고 마블모에게 달려들어 몸을 타고 머리까지 올라갔다. 칼리오페는 마블모와 얼굴을 마주하자마자 앞발을 휘둘러 뺨에 세 갈래 상처를 내고는, 송곳니를 드러내며 낮고도 불길하게 목을 울렸다. 마블모의 눈이 큼직하게 벌어졌다.

"마블모 씨." 아서가 나지막이 말했다. "절대 싸우려고 들지 마십시오."

마블모는 고개를 살짝 끄덕였다. 그러고는 입꼬리를 끌어올리며 말했다. "난 너와 싸울 생각 없단다. 난 그저 상식적으로…"

거기까지였다. 칼리오페는 보이지 않을 만큼 빠르게 앞발을 휘둘렀다. 마블모는 비명을 지르며 고양이를 떼어내려고 빙글빙글 돌았다. 최선을 다했지만, 제 식구를 건드려 분노한 고양이를 상대하기에는 역부족이었다.

샐은 눈치껏 현관문으로 가서 손잡이에 달린 천 조각을 잡아당겼다. 아들이 변신한 상태로 밖에 나가고 싶을 때를 위해 아서가 마련해둔 장치였다. 문이 열리자 칼리오페는 마블모를 문밖으로 내몰고 바닥에 완벽하게 착지한 뒤 다시 집 안으로 유유히 들어가 샐과 나란히 앉았다.

아서는 문간에 서서 마블모를 내다보았다. "벌써 가시게요? 우리가 불쾌하게 해드린 게 아니었으면 합니다."

긁힌 얼굴에 콧수염이 몇 가닥 뽑힌 채로 마블모가 씩씩거렸다. "저건 고양이가 아니에요! 네 발로 걷는 악마의 자식이에요!"

"누가 악마의 자식을 불렀나요?"

마블모가 휙 돌아보니 뒤에 루시가 서 있었다.

"언제부터 거기 있었니?" 마블모는 놀라서 가슴팍에 손을 대고 물었다.

"헐. 얼굴이 왜 그래요?" 루시는 마블모를 유심히 살폈다. "이런, 샐을 건드렸군요. 그러지 말았어야죠. 칼리오페가 보호 본능이 강하거든요."

"광견병!" 마블모가 이를 갈았다. "내가 알기로 저 고양이는 광견병에 걸렸어. 그리고 나는…"

"그렇다면 혹시 모르니 즉시 치료받으셔야 할 것 같습니다." 아서가 말했다. "다행히 이 마을에는 사람을 가리지 않고 치료하는 훌륭한 보건소가 있어요. 광견병 백신 주사는 후유증이 심하다고 들었으니 방문 일정을 단축해야 한다면 이해하겠습니다."

"나를 그렇게 쉽게 쫓아내진 못할 겁니다. 그러면 그들이 고양이를 잡으러 올 테니까요." 마블모는 씩 웃었다. 뺨에서 피 한 방울이 흘렀다. "광견병 검사를 어떻게 하는지 알아요? 머리를 댕강 잘라내죠."

"와." 루시가 감탄했다. "머리 없이 어떻게 다녀요? 여기저기 부딪힐 텐데. 굳이 대기실에 앉아 기다릴 필요 없도록 제가 잘라드릴까요? 자, 이리 와요. 제가…"

마블모는 게스트하우스로 달음질치며 어깨너머로 사납게 눈을 흘겼다. "끝난 일이라고 생각하면 오산입니다!"

아서의 뒤에서 칼리오페가 목청껏 가르랑거렸다.

처음부터 루시였다. 아서나 다른 아이들은 빌미였을 뿐이다. 루시가 궁극적 목표였다. 아무도 맞설 수 없는 병기. 그저 도구.

루시와 함께 시작했으니 끝도 함께여야 바람직했다.

금요일 오후, 한 주간의 수업이 끝나고 모험이 속삭이는 시간에 루시는 열망하던 꿈을 실현했다.

지각 있는 진흙 인간을 만들어낸 것이다.

아서는 사무실에서 조이와 나란히 앉아 맞은편에 마블모를 맞이했다. 마블모가 그토록 원하던 섬 정령과의 면담이 성사되었다. 하지만 입을 열자마자 DICOMA 등록 의무를 설파하는 것만 봐도 이 면담은 마블모가 원하는 방향으로 흘러갈 리 없었다.

아서는 마블모가 지껄이는 말에 도통 집중할 수 없었다. 자신의 탓은 아니었다. 조사관보다 먼저 도착한 조이는 아서에게 예상치 못한 폭탄을 떨어뜨렸다. 깜짝 놀랐다는 말로는 부족했다. 조이의 비밀-여러 번 암시한 계획-은 논리를 거스르지 않았다. 오히려 그 반대였다. 너무도 이치에 맞아 아서는 그때까지 상상도 못했다는 사실이 믿기지 않았다. 하지만 지금, 이 자리에서는 발작하듯 터지려는 헛웃음을 꾹 눌러 참아야 했다.

"아니요." 조이가 말했다. "앞으로 몇 번을 물어봐도 내 대답은 '아니요'입니다. 당신은 여기 관할권이 없어요."

"나는 DICOMY의 조사관입니다. 내 관할 구역이 생각보다 넓다는 걸 알게 될 거예요. 사소한 세부 사항에 얽매이지 맙시다. 질문이 있습니다. 첫째, 당신은 이 집에 살지 않고 아이들이 원할 때마다 방문한다고 들었습니다. 거주지는 따로 있고요, 맞습니까?"

"네."

마블모는 고개를 끄덕이며 메모했다. "그 집을 봐야겠습니다."

"거절합니다."

마블모가 조이를 노려보았다. 콧수염이 빳빳이 곤두섰다. "거절한다고요?"

조이는 어깨를 으쓱했다.

"당신은 거절할 수 없습니다."

"방금 했는데요."

마블모가 한숨을 쉬었다. "어른이면 어른답게 행동해달라는 게 그렇게 무리한 요구입니까? 유치하게 굴지 마세요, 채플화이트 씨."

아서가 끼어들었다. "어쩌면 당신처럼 거짓 약속을 해놓고 여기는 사람들을 수 세기 동안 봐왔기 때문일 수도 있죠."

마블모는 혀를 찼다. "안타깝군요, 말이 통할 줄 알았는데 내가 착각했나봅니다. 더 이상의 질문은 무의미할 것 같군요. 거짓말쟁이라며 돌팔매질이나 당할 테니."

조이가 날카롭게 웃었다. "당신이 여기 와서 한 말 중에 가장 분

별력 있는 말입니다."

"날 싫어하는 거 압니다. 다행히 난 조사 대상들의 호감을 얻을 필요가 없습니다. 친구를 사귀러 온 게 아니니까. 《규칙 및 규정집》에 나와 있듯 아이들이 보살핌을 잘 받고 있는지 확인하는 일이 내 임무입니다."

"진짜 저렇게 믿고 있어? 아니면 저렇게 말하라고 누가 시켰나?" 조이가 아서에게 물었다.

"저 사람은 라이너스 베이커가 아니에요." 아서가 손가락의 반지를 만지작거리며 말했다.

마블모가 발끈했을 때, 루시가 사무실 문을 박차고 뛰어 들어왔다. 머리부터 발끝까지 진흙을 뒤집어쓴 모습이었다. 마블모를 보고 입을 딱 다물더니, 눈을 이리저리 굴리며 말했다. "어, 저는 해서는 안 될 짓을 하지 않았고요. 제가 여기 온 유일한 이유는 제가 얼마나 빠른지 보고 싶어서…?" 루시가 씩 웃었다. "네, 그뿐이에요!"

"대체 뭘 하고 있었니?" 마블모가 기함했다. "그러고 온 집 안을 돌아다녔어?"

루시는 사무실로 이어진 진흙 발자국을 내려다보았다. "아, 그러게요. 티가 많이 나네요."

"루시." 아서가 타일렀다. "우리 회의 중이다. 얌전히 기다려주겠니?"

"아, 네. 그럴게요. 근데…"

아래층 어딘가에서 라이너스의 벼락같은 노성이 들려왔다. "루시퍼 베이커-파르나서스!"

"오, 이런. 그래도 제 정식 이름은 마음에 드네요."

"루시." 아서가 엄한 목소리를 냈다.

"네, 네." 루시가 꿍얼거렸다. "설명이 좀 필요해요." 그러더니 화색을 띠었다. "하지만! 제가 한 일을 보면 감탄할 거예요." 루시는 뺨에 마른 진흙이 갈라지도록 웃으며 마블모를 쳐다보았다. "마블모 씨도요, 당신을 위해 특별히 만들었어요."

"뭘 만들었는데?" 마블모가 개똥이라도 밟은 얼굴로 물었다.

"와서 보세요!" 루시는 질척이는 발소리와 함께 킥킥 웃으며 방을 빠져나갔다.

"가볼까요?" 아서가 물었다. "면담은 조만간 이어서 하시죠." 조이가 책상 아래로 그의 다리를 걷어찼지만 아서는 꿈쩍도 하지 않았다.

"내 주의를 돌리려는 시도가 아니길 바랍니다." 마블모가 경고했다. "당신은 이미 살얼음판을 걷고 있어요, 파르나서스 씨."

"내가 날 수 있어서 다행이네요." 아서는 조이에게 손을 내밀었다. 조이는 그 손을 잡고 몸을 일으키며 접었던 날개를 펼쳤다. 두 사람은 카펫에 남은 발자국을 보고 고개를 절레절레 흔들며 문으로 걸어갔다. 아서가 마블모를 힐끗 돌아봤다. "안 가십니까?"

마블모가 천천히 일어났다. "저 아이가 불법적인 일을 저지르지 않았길 바라겠습니다."

아서가 웃었다. "우릴 어떤 괴물로 생각합니까? 대답은 됐습니다. 이미 알고 있으니까요."

씩씩거리는 마블모를 뒤로 하고 조이가 아서에게 속삭였다. "네가 마음만 먹으면 얼마나 사람을 열받게 할 수 있는지 잊고 있었어."

아서가 조이의 이마에 입 맞췄다. "뿌듯한 말이네요."

밖으로 나간 아서는 진흙 인간들을 보고 딱히 놀라지 않았다. 예상 못 했던 일은 아니었다. 루시가 얼마 전에 시도하기도 했고, 방금 진흙을 뒤집어쓰고 사무실에 난입했으니, 진흙 인간의 존재 증거는 충분했던 셈이다.

나머지 아이들과 함께 선 라이너스는 두 손을 허리춤에 짚고 눈앞의 기이한 광경에 오만상을 찌푸리고 있었다. 손발을 동원해 장황한 설명을 늘어놓던 루시가 갑자기 말을 멈추고 180센티미터짜리 진흙 인간 중 한 명의 왼쪽 다리를 보강했다.

"자." 루시가 손을 떼고 말했다. "한동안은 괜찮을 거야."

"진흙 인간들을 만들었다고?" 라이너스가 눈을 찌푸린 채 물었다.

한 진흙 인간이 루시를 내려다보며 "ㅎㅇㅇㅇㅇㅇ읆?" 하자 마블 모는 거칠게 기침을 내뱉었다.

"바로 그거야, 재닛." 루시가 말했다. "파파, 재닛은 여자예요. 배리와 터닙은 남자고요."

"ㅎㅇㅇㅇㅇㅇ읆." 재닛이 굵고 축축한 목소리로 말했다.

"흙흙흙." 배리가 말했다.

"안녕." 터닙이 진흙을 뚝뚝 흘리며 말했다. "그러니까 나는, 그냥 지렁이랑 미생물들과 함께 늪에 누워 있었는데, 갑자기 키가 불쑥 커지고 설명하기 어려운 생각에 잠겼어. 행복이란 뭘까?" 머리 일

부가 땅에 툭 떨어졌다.

"사랑해, 터닙." 루시가 몸을 좌우로 흔들며 말했다.

"이건 도저히 용납할 수 없다." 마블모가 아이들을 밀치고 소리쳤다. "흙에 생명을 불어넣다니!"

"사실 흙에는 생명이 가득해요." 탈리아가 말했다. "전문가의 말이니 믿으세요."

"맞아요. 세상 만물에는 생명이 있죠." 말이 끝나기 무섭게 피가 재채기를 했다. 희한하게도 '공무원만 빼고요'라고 들렸다.

"궤변이야." 마블모가 사나운 눈빛으로 말했다. "내가 여기서 이성의 소리가 되어야 한다니. 이게 얼마나 불경스러운 일인지 모르겠어?"

"우리가 불경스럽다고 생각하는 일은 따로 있어요." 탈리아가 말했다.

"좋게 말해서요." 샐이 덧붙였다.

"그냥 진흙이잖아요." 천시가 진흙 손가락으로 자기 볼을 콕 찍은 배리를 사랑스럽게 올려다보며 말했다. "진흙은 아무 잘못 없어요."

"진흙에 지각을 부여한 게 잘못이지." 마블모가 쏘아붙이고는 아서를 노려봤다. "언제까지 거기 가만히 서 있으려 합니까? 아버지가 되고 싶다는 사람이 그와 정반대로 행동하고 있군요."

아서의 가슴 속 불덩이가 혹 덩치를 불렸지만, 며칠 전처럼 맹렬하게 타오르지는 않았다.

"마블모 씨, 저는 이미 아버지입니다. 아무리 당신 같은 사람이라

해도 그 사실을 부정할 순 없어요."

"거기, 친구!" 터닙이 데이비드를 보고 말했다. "좋은 친구 같은데, 나 좀 도와줄래? 어린 소는 송아지고 어린 개는 강아지인데 왜 어린 닭은 병아리지?"

"아마 아무도 모를걸." 데이비드가 대답하고는 숨죽여 속삭였다. "터닙이 나한테 말을 걸었어. 난 이곳이 너무 좋아."

"내가 개입 좀 하겠습니다. 그게 내 권한이니까요." 마블모는 진흙 인간들이 바라보는 가운데 허리를 꼿꼿이 폈다. "당신은 스스로 똑똑하다고 생각하죠, 파르나서스 씨? 그래요, 멍청한 사람은 아니에요, 인정합니다. 하지만 당신은 그 똑똑함에 취해 현실을 망각하고 있습니다. 이 아이들을 그저 보통 아이들로 보고 있죠. 이 아이들을 당신이 통제할 수 있다는 생각은 착각입니다. 이 아이들이 이렇게 감독 없이 날뛰면…"

"네, 전 날뛰기 선수예요!" 루시가 말했다.

"당신이 교육이랍시고 가르치는 내용은 또 어떻고요. 뜬구름 잡는 이야기들로 머릿속을 가득 채우는데 아이들이 어떻게 이 험한 세상을 헤쳐나가겠습니까? 당신과 베이커 씨, 채플화이트 씨는 이 아이들을 돕기는커녕 해를 끼치고 있습니다. 아무렇지도 않게 DICOMY 지침을 어기고 승인되지 않은 수업 자료를 계속 이용하죠. 당신은 이 아이들의 보호자이기 이전에 마법아동관리부서의 직원입니다. 아예 잊어버렸습니까?"

"안 잊었습니다." 아서가 말했다. 터닙이 하늘의 푸르름에 감탄하

는 소리가 들렸다. "안 그래도 말하려고 했는데, 먼저 얘기 꺼내줘서 고맙군요." 조이가 격려하듯 아서의 팔을 꽉 쥐었다. "저는 이 시간 이후로 마법아동관리부서 소속 고아원 원장직을 사임하겠습니다."

마블모가 그를 노려봤다. "뭐라고요?"

"그만둔답니다." 라이너스가 마블모를 지나쳐 아서 앞에 섰다. "잘했어, 내 사랑. 큰 결단 내린 걸 축하해." 아이들의 야유와 환호 속에서 라이너스가 아서에게 쪽 소리 내어 입 맞췄다.

"나 저 여자 마음에 안 들어." 터닙이 배리와 재닛에게 말했다. "툭하면 늪에 똥 싸는 너구리가 떠올라."

"흙흙흙?" 배리가 물었다.

"그래." 터닙이 말했다. "변장한 너구리일지도 몰라. 너구리가 인간 모습이 될 수 있는지 모르겠지만, 저 여자는 확실히 인간 행세하는 너구리처럼 생겼어."

"흐으으으흙." 재닛이 손바닥에 주먹을 쳤다.

"늪에 똥을 쌌어요?" 천시가 마블모에게 물었다. "사실 저도 바다에 똥 싸고 돌고래가 싼 것처럼 위장한 적 있어요. 그러니 너무 부끄러워하지 말아요."

"그럴 줄 알았어!" 피가 외쳤다.

"몰랐으면서!" 천시가 받아쳤다.

"당신은 그만둘 수 없습니다." 마블모가 쏘아붙였다.

"어쩌죠. 이미 그만두었습니다." 아서가 말했다. "나는 이제 DI-COMY 소속이 아닙니다. 우리 모두요."

"단단히 착각하고 있군요." 마블모가 고개를 절레절레 저었다. "충분히 봤습니다. 내가 이 섬에 발을 디딘 순간부터 당신은 그저 달콤한 말들로 진실을 감추려고 애쓰기만 했죠."

"파파?" 탈리아가 라이너스의 손을 잡아당기며 물었다. "왜 마블모 씨가 아빠한테 시시덕거려요? 아빠가 파파를 우리만큼 사랑하는 거 몰라서 저래요?"

"너희 아빠가 괜찮은 남자이긴 해. 보다시피 양말 때문이야."

마블모의 얼굴이 잘 익은 토마토처럼 변했다. "시시덕거리지 않았습니다. 난 그저… 됐어요. 다시는 그런 엉터리 말장난에 끌려다니지 않아요. 당신들은 날 속일 수 없습니다. 아무도요. 난 당신들의 해로운 영향력을 잘 압니다. 보호가 필요한 아이들의 마음과 정신을 더럽히고 머릿속에 터무니없는 환상만 가득 심고 있죠. 언제 아이들에게 진실을 말할 겁니까? 언제쯤 아이들에게 정직해질 겁니까?"

아서는 그와 같은 공간에서 숨 쉬는 것조차 싫었다. 불사조가 깨어날 뻔했지만 가까스로 머리를 식히며 입을 열었다.

누군가가 한 박자 빨랐다.

"정직?" 샐이 앞으로 나서며 말했다. 시어도어가 어깨 위에서 으르렁거렸다. "당신이 정직함을 따지고 들 자격이 있어?"

마블모가 천천히 샐을 향해 고개를 돌렸다. "뭐라고?"

"아서 파르나서스는 내가 인생에서 처음으로 믿은 사람이에요. 그 덕분에 처음으로 꿈을 품을 수 있게 되었어요."

"그래, 그게 다 거짓말이다." 마블모가 반박했다. "호텔 직원이

든 작가든, 너희들이 그 작은 거품 안에서 무슨 꿈을 꾸든, 바깥세상이 너희들을 받아줄 거라 믿으면 곤란해. 매우 불쾌한 깨달음만 얻게 되지. 너희는 진실을 알아야 한다. 너희는 결코…"

"저는 이미 호텔 직원인데요." 천시가 말했다.

마블모가 눈을 깜빡였다. "뭐?"

"저는 이미 꿈을 이뤘다고요." 천시가 참을성 있게 말했다. "저는 3성급 호텔의 직원이에요."

"맞아요." 샐이 말했다. 시어도어도 고개를 끄덕였다. "천시는 내가 아는 최고의 호텔 직원이에요. 피는 우리 모두를 합친 것보다 똑똑하고 강하고요. 탈리아의 정원은 여러 유명 잡지에 실렸죠. 시어도어는 아마 세계 최고의 단추 수집가일 거예요. 루시는 무려 진흙 인간을 만들었죠. 얼마나 멋진지 눈앞에서 보고도 모르겠나요?"

"별거 아니야." 루시가 주먹을 후 불고 가슴에 문지르며 말했다.

"그럼 데이비드는?" 마블모가 따져 물었다. "아 참, 데이비드는 아이가 아니라 어른이었지! 나이에 걸맞지 않게 행동하는 키 작은 설인!"

"왜 그렇게 나한테 집착해요?" 데이비드가 말했다. "물론 이해가 안 가는 건 아니에요. 난 복슬복슬한 데다가 초일류 배우니까요. 그래도, 당신은 좀 지나쳐요. 아무래도 내 매니저한테 연락해서 접근 금지 명령에 대해 알아봐야겠어요."

코웃음 치는 시어도어와 함께 샐은 마블모를 계속 노려봤다. "내가 고아원을 몇 군데나 거쳤는지 알아요?"

마블모는 얼굴을 붉히며 클립보드의 종이를 마구 넘겼다. "음…

그게…."

"다섯 군데요." 샐이 말했다. "루시가 세상에서 가장 좋아하는 건요?"

"아니, 그건…."

"이러기에요? 우리에게 최선이 뭔지 안다고 했으니 마땅히 우리에 관해 잘 알아야 하지 않나요? 방금 질문은 완전히 떠먹여주는 수준이었어요. 루시가 이미 말한 적 있잖아요. 알아요? 몰라요? 정답은 죽은 자들의 음악이에요. 그렇다면 노움은 자신들의 공동체를 뭐라고 부를까요?"

"이건 무의미한 문답이야."

"식은 죽 먹기죠." 샐이 싸늘하게 말했다. "시어도어가 알아들을 수 있는 언어는 몇 개인가요?" 샐은 대답을 기다리지 않았다. "네 개죠. 영어, 노움어, 와이번어, 스페인어. 천시에 대해서는 뭘 아나요?"

"난 무척 신비로운 사람인데." 천시가 말했다.

"천시가 호텔 직원이 되기 위해 관련 책을 몇 권이나 읽었을까요? 67권. 피가 가장 좋아하는 나무는 무슨 나무일까요? 용혈수."

"수액이 붉은 나무죠." 피가 말했다. "아라비아해 연안에서만 자라는데 여기서 한번 키워 보려고요. 소름 끼치게 생겨서 마음에 쏙 들어요."

"어느 날 갑자기 의식이 생긴 느낌 받은 적 있어?" 터닙이 배리와 재닛에게 속삭였다. 둘 다 고개를 끄덕였다.

"당신은 우릴 안다고 주장하면서 정작 중요한 내용은 하나도 모르네요." 샐이 말했다. "우릴 알려고 하기보다 정보를 캐내려 했

어요. 처음 만났을 때부터 우리에게 여기 살아서 싫은 점을 말하게 했죠. 첫판에 수가 뻔히 읽혔어요."

"이건 체스 게임이 아니다." 마블모가 말했다.

"그럼 우릴 체스판의 졸 취급하지 말아요." 샐이 받아쳤다. "당신은 애초에 우릴 여기서 빼돌릴 생각이었잖아요. 인정하세요. 당신은 정직의 '정' 자도 모르면서 정직을 운운하고 있어요."

"와." 루시가 말했다. "돌직구 쩐다."

"난 알 만큼 안다. 확실히 너보다는 많이 알아. 넌 아직 멋모르는 어린애니 그럴 만도 하지."

"그렇다 치고요." 피가 말했다. "왜 우리가 뭘 원하는지 한 번도 묻지 않았어요?"

마블모가 우월한 미소를 띠고 말했다. "그야 너희는 알 수가 없으니까. 너무 어려서 뭐가 학대인지 이해할 수…"

"뭐가 학대인데요?" 샐이 물었다. "먹을 것도 없고 화장실도 없는 곳에 갇히는 거요? 배고파서 몰래 나갔다가 들켜서 뺨을 맞는 거요? 겁이 나서 가해자를 물었다고 괴물이라 욕먹는 거요? 입마개를 쓰고 억지로 변신 상태에 머물러야 하는 거요? 마블모 씨, 제가 너무 어려서 놓치고 있는 게 뭔지 말해보세요. 제 눈에는 우리가 유일하게 안전하다고 느끼는 곳에서 우릴 내보내려고 혈안이 된 사람만 보이거든요."

"그야 넌 제대로 못 배워 먹었으니까!" 마블모가 외쳤다. "이곳, 이 웃기지도 않은 섬은 진짜 세상이 아니다. 이건 사적인 복수를

품은 남자가 만들어낸 환상에 불과해. 몇 살 더 먹어보렴. 네가 현실 세계에서 맞닥뜨릴 일들을 견뎌낼 수 있을까?"

샐은 어깨를 으쓱했다. "글쎄요. 어쨌거나 난 언제나 돌아갈 집이 있다는 사실을 분명히 알아요. 자, 어디 우릴 데려가봐요, 당장. 시도하면 어떻게 되는지 보자고요."

"가까운 시일 내에 꼭 그렇게 해주지. 기대하렴. 난 이 일에 혼자가 아니야. 너희가 어디 숨든 찾아낼 테니 허튼 생각은 하지 말아라."

"참을 만큼 참았다." 아서가 앞으로 나서며 말했다. "루시, 부탁 하나 하마. 게스트하우스에 있는 마블모 씨의 짐을 전부 가져와주겠니? 마블모 씨는 방문 일정을 단축해서 지금 당장 떠나야겠다."

"난 아무 데도 안 갑니다." 마블모가 으르렁거렸다. "당신이 좋든 싫든 난 수요일까지 여기 머물러요."

"엘라 피츠제럴드 스키디비 빕!" 루시가 외쳤다.

게스트하우스 문이 벌컥 열리고 마블모의 여행 가방과 철제 서류 가방이 흙먼지와 풀때기를 휘날리며 데굴데굴 굴러와 주인의 발치에 멈췄다.

마블모는 전혀 개의치 않고 아서에게 시선을 고정했다. "이 일은 결코 좋게 끝날 수 없습니다. 분명 각오했겠죠."

아서가 고개를 갸웃했다. "많이 들은 말이라 그런지 별로 타격이 없네요." 아서가 양팔을 펼쳤다. "내 것을 빼앗고 싶습니까? 어디 시도해보시죠. 나는 남자, 불사조, 체스판의 졸, 생존자, 남편이 될 사람, 전직 고아원 원장 등 여러 이름으로 불립니다. 나를 둘러싼 이 모든 것

들은 내가 가장 소중히 여기는 역할에 비하면 아무것도 아니고요."

"그게 뭡니까?" 마블모가 목소리에 불쾌함을 담아 물었다.

"아버지. 당신은 내 아이들에게 불안과 두려움, 고통을 안겼습니다. 아이들을 건드리면 가만있지 않겠다고 첫날 분명히 경고했는데 무시했죠. 이제 마땅한 대가를 치를 차례입니다."

"당신이 뭘 어쩌겠습니까?" 마블모가 차갑게 말했다. "그쪽이 어떻게든 날 마르시아스에서 내쫓는다고 해도 계속해서 나와 같은 사람들이 더 많이 찾아올 테고, 수단과 방법을 가리지 않고 당신의 꿈을 무참히 짓밟을 겁니다. 오래전에 고이 접었어야 할 꿈 말입니다."

"수단과 방법을 가리지 않고?" 라이너스가 말했다.

"자기 말이 안 들리나봐." 아서가 말을 받았다.

"우린 확실히 들었지?"

"들었고말고."

조이가 나섰다. "터닙, 좀 도와줄래? 내키지 않으면 거절해도 돼."

"지시하시죠, 폐하." 터닙이 고개를 조아리고 물었다. 배리와 재닛도 진흙을 뚝뚝 흘리며 똑같이 고개를 숙였다.

"폐하?" 마블모가 외쳤다. "정령에게 웬 폐하?"

"해리엇 마블모는 불순한 의도를 지니고 우리 집에 왔다." 조이가 말했다. "이제 떠날 때가 되었으니 선착장으로 데려가라. 배리, 재닛은 저 인간 짐 챙겨서 날 따라오고."

마블모는 도망칠 겨를도 없이 터닙에게 달랑 들어 올려졌다. 목청껏 악을 쓰며 버둥거렸지만 터닙은 끄떡도 하지 않았다. 재닛은 철제 서류 가방을, 배리는 여행 가방을 들었다.

"얘들아, 간식 먹으러 갈까?" 라이너스가 말했다. "모두 마블모 씨에게 손 흔들어 인사하렴."

"루시는 우릴 따라올래?" 아서가 말했다. "혹시 모르니까."

"네, 네." 루시가 한달음에 아서를 지나쳐 조이와 진흙 인간들에게 합류했다. 마블모는 진흙 인간에게 들린 상태로 온갖 위협을 해댔다. 아서가 고개를 끄덕여 보이자 라이너스는 여섯 아이들을 이끌고 집으로 향했다. 다들 신이 나서 종알거렸다.

진흙 인간들은 의외로 성큼성큼 걸었다. 그러면서도 루시가 아닌 조이와 보조를 맞추려고 속도를 조절했다.

폐하.

터닙은 알고 있었다. 섬 자체의 마법이든, 조이 채플화이트에게서 뿜어져 나오는 빛에 의해서든, 아서도 좀 전에 알게 된 사실을 터닙은 이미 알고 있었다.

구불구불한 흙길을 따라 내려가며 마블모는 계속 꽥꽥거렸다. 루시는 연신 자신의 작품에서 떨어진 진흙 덩이를 다시 주워 붙이느라 바빴다. 선착장에 도착했을 때는 이미 마을로 이어지는 소금 길이 형성되어 있었다. 3킬로미터 남짓한 단단한 땅이었다.

선착장 끝자락에 이르자 터닙은 마블모를 조심스럽게 내려놓았다.

마블모가 터닙의 뺨을 때리려고 손을 쳐들었다. 터닙은 재빠르게 팔목을 잡아채 선착장 너머로 떠밀며 말했다. "난 맞는 걸 좋아하지 않아요."

마블모는 휘청거리며 소금 길에 들어섰다. 발밑에서 소금이 자박거렸다.

배리와 재닛이 잇따라 가방들을 내던졌다. 서류 가방은 바다로 굴러떨어질 뻔했다.

"당신은 중대한 실수를 저질렀어." 마블모가 조이를 향해 떨리는 손가락을 겨누고 말했다. "이렇게 막돼먹게 군 대가로 사람들이 고통받게 될 거야."

루시는 마블모를 내려다보며 고개를 갸웃했다. "왜 그렇게 우릴 증오해요? 우리가 당신에게 무슨 짓을 했길래요?"

마블모가 헛웃음을 터뜨렸다. "증오? 증오? 이건 증오의 문제가 아니다. 네가 파괴할 인류의 미래를 지키기 위한 사명이지." 마블모가 루시를 향해 한 걸음 다가섰다. 루시는 눈도 깜빡하지 않았다. "너, 이미 알고 있겠지. 그 시들어가는 영혼의 껍데기 속에서 분명히. 네가 스스로 최고의 통치자가 되는 날이 멀지 않았다는 걸."

루시가 웃음을 터뜨렸다. "뭐하러 최고의 통치자가 돼요? 슈프림즈의 곡을 들을 수 있는데! *멈춰요! 사랑의 이름으로, 내 마음이 산산조각 나기 전에! 곰곰이 생각해봐요!*" 루시가 무대 인사를 하듯 허리를 굽혔다.

조이와 아서, 진흙 인간들이 박수를 보냈다.

마블모는 으르렁거리며 선착장으로 다시 올라오려 했지만, 조이가 가볍게 손을 휘두르자 다시 미끄러져 내려갔다. 조이는 터닙, 재닛, 배리와 나란히 섰다.

"해리엇 마블모." 조이가 깊은 목소리로 말했다. "당신은 두 번 다시 우리 섬에 발을 들일 수 없어." 그는 날개를 팔랑이며 터닙의 입 가까이 손을 가져갔다. "뱉어."

터닙이 순순히 조이의 손에 진흙 한 덩어리를 뱉었다. 조이가 손을 쥐었다가 펴니 손바닥에 주황빛이 도는 작은 조개껍데기가 나타났다. 조이가 거기에 대고 숨을 후 불자, 조개껍데기가 마블모를 향해 날아가 이마를 뚫고 사라졌다. 마블모는 눈을 느리게 세 번 깜빡였다. 뒤통수에서 다시 나타난 조개껍데기는 가루가 되어 바람에 흩날렸다.

"이걸로 당신은 이 섬에 접근 불가야. 이 길이 다시 바다가 될 때까지 45분 남았어. 수영에 자신이 없다면 그 시간을 잘 활용해야 할 거야."

마블모는 포기하지 않았다. 시간이 차고 넘치기라도 하듯 똑바로 서서 옷매무시를 가다듬고 선착장 옆으로 올라가려 했다. 하지만 지지대를 잡는 닿는 순간 소스라치게 놀라며 손을 뗐다. 화상이라도 입은 듯했다. 한 번 더 시도했지만 결과는 같았다.

조이가 나무 갑판 위에 쭈그리고 앉아 마블모를 내려다봤다. "영구 추방. 이 섬을 침범하면 상상 못할 고통을 겪도록 해줄게. 시도하려면 해봐. 장담하건대 내 모래밭을 밟기도 전에 죽을 걸."

"정부는 결코…"

"43분." 조이가 말했다. "째깍째깍."

마블모는 이를 갈며 짐을 챙겨 들고 소금 길을 걷기 시작했고, 손

을 흔드는 그들을 뒤로하고 마침내 얼룩처럼 작아졌다.

"루시." 조이가 불렀다. "이제 진흙 인간들은 보내줄 때가 되었어."

"안 보내면 안 돼요? 같이 있고 싶단 말이에요!"

"흐으으으." 재닛이 한 손으로 루시의 뺨을 쓰다듬었다.

"우리도 널 사랑해." 터닙이 말했다. "짧지만 다사다난했던 삶에서 나는 상상을 뛰어넘는 것들을 봤어. 이를테면, 왜 넌 흙빛이 아니라 분홍빛이고 질척하지 않고 보드랍지? 알려주지 마. 곰곰이 생각해서 답을 찾고 싶으니까." 그는 조이를 향해 고개를 숙였다. "폐하, 진흙은 충성심을 증명했습니다. 저희가 숲에서 살 수 있도록 허락해주십시오. 재닛과 배리, 저는 늪지대를 돌보며 세상에서 진흙이 가장 풍부한 숲을 만들겠습니다. 저희의 마음입니다."

조이가 미소 지었다. "기쁘게 받겠다. 이제 너와 배리, 재닛은 마르시아스 섬 대표 진흙으로 임명한다. 너희의 꿈을 이루기 위해 필요한 건 뭐든지 말만 하렴."

"네가 제일 그리울 거야, 배리." 루시가 훌쩍이며 말했다. "넌 항상 옳은 말만 하잖아."

"흙흙흙." 배리가 말했다.

"거봐."

터닙이 배리와 재닛의 손을 잡았다. "이제 우리가 할 일을 하러 가자. 진흙을 더 만드는 일. 가자! 모험이 우릴 기다리고 있어!"

진흙 인간들은 부둣가를 떠나 숲으로 향했다. 터닙은 힐끗 돌아보려다 그만 목이 완전히 돌아갔다.

"루시!" 터닙이 외쳤다. "포기하지 않아줘서 고마워! 진흙은 항상 네 편이야." 그 말을 끝으로 그들은 울창한 숲속으로 사라졌다.

"또 만나러 가도 돼요?" 루시가 눈물을 훔치며 물었다.

아서가 루시의 머리를 쓸어 넘겼다. "언제든지. 자, 가자. 나머지 식구들이 기다리고 있겠다."

루시는 언제 울었냐는 듯이 눈을 반짝였다. "집에 가면 비스킷 일곱 개, 아니다, 삼십 개 먹어도 돼요? 라이너스가 포크로 콕콕 찍어 구운 땅콩버터 맛 비스킷이요."

"그래, 그 정도는 먹을 자격 있다."

루시가 선착장을 따라 내달리다 돌연 우뚝 멈추고 뒤를 돌아보았다. "있잖아요, 전 항상 '원장'이라는 단어가 싫었어요. 이제 버리면 어때요?" 그렇게 루시는 다시 따뜻한 비스킷이 기다리는 집을 향해 뛰어갔다.

조이가 웃음을 터뜨렸다. "네 아이들."

아서가 빙그레 웃었다. "정말 멋지지 않나요?" 그는 조이를 향해 손을 내밀었다. "폐하."

조이가 주먹으로 아서의 팔뚝을 가볍게 쳤다. "닥쳐, 파르나서스. 한 번만 더 그렇게 부르면 너도 쫓겨날 줄 알아."

"한다면 하는 분이지요."

둘은 팔짱을 끼고 출발했다.

15장

 마르시아스 섬에서 DICOMY 조사관이 추방되었다는 소문이 빠르게 퍼져나갔다. 예상치 못한 일은 아니었다. 정부가 아무리 침묵의 장막을 짙게 드리워도 정보 유출 위험에서 자유로울 순 없었다. 아직은 거대한 돌댐의 작은 틈일 뿐이지만, 균열은 커지기 마련이었다. 아서는 그 출처가 혹시 도린 블로드웰이 아닐까 짐작했다. 그가 누구고 지금 어디에 있는지 몰라도.
 기자들은 이를 악물고 마을로 돌아와 섬 출입을 요구했다. 헬렌

의 말에 따르면 메를은 아이들이 충분히 시달렸다며 연락선 운항을 꿋꿋이 거부했다.

베이커-파르나서스 가족이 마블모를 상대로 거둔 승리는 일시적이었다. 제닌 로더는 루시를 손에 넣기 위해서라면 무슨 짓이든 할 인간이었다. 조사관의 추방에 굴할 리 없었다. 그의 마수에 아서는 섬의 분위기가 무겁고 우중충하리라 예상했다.

전혀 그렇지 않았다.

아이들은 그 어느 때보다 밝고 활기찬 모습을 보였다. 조사관이 떠난 후 며칠 동안 화창한 여름날이 이어졌고, 아이들은 힘찬 날갯짓으로 DICOMY에서 드리우는 먹구름을 멀리 쫓아버렸다. 웃고, 뛰고, 배우고, 놀고, 창조하고, 어떤 강심장도 덜덜 떨 만한 말을 쏟아냈다.

천시는 훈련 삼아 게스트하우스를 청소하겠다고 나섰다. 라이너스가 도움을 자청하니 자기를 해고하려는 것이냐고 따졌다. 라이너스는 그런 의도가 아니었기에 천시가 알아서 하도록 내버려두었다.

시어도어는 라이너스에게 놋쇠 단추를 돌려받고 거의 울 뻔했다. 발톱으로 단추를 조심스럽게 받아 든 와이번은 곧장 소파 밑에 기어들어가 꼬리를 밖에 내밀고 바닥을 쿵쿵 두드리며 혼자 기쁨을 만끽했다.

언제나 성실한 탈리아는 선착장 추방 장면을 관목 형태로 재현하기로 했고, 주말 내내 덤불을 키우고 모양을 잡으며 루시가 묘사

441

한 장면을 정확히 만들어냈다. 물론 루시의 이야기에만 의존해 완성작이 루시가 마블모를 집어삼키는 형태가 되긴 했지만, 아서는 딱히 놀라지 않았다. 마블모의 팔다리로 보이는 나뭇가지가 루시의 커다란 입 밖으로 튀어나와 있었다. 역대 최고의 정원 예술 작품이라는 데 모두 동의했다.

피와 아서는 함께 하늘로 날아올라 섬 위를 가로질렀다. 얼마 지나지 않아 시어도어가 합류해 불사조의 등에 올라타며 특유의 사랑스러운 웃음을 터뜨렸다. 시어도어가 고개를 뒤로 젖히고 녹색 불줄기를 내뿜자 피가 그 주위를 빙글빙글 돌았다. 반투명 날개가 햇빛에 반짝였다.

샐은 섬의 일상적인 운영에 대해 더 자세히 알고 싶어 했다. 아서의 사무실에서 샐은 서류와 장부를 샅샅이 살피며 아서가 그간 받은 보상금으로 얼마나 많은 투자를 했는지, 섬을 관리하는 데 무엇이 필요한지 배웠다. 샐은 날카로운 질문들로 아서를 계속 긴장시켰고, 밤늦도록 배움의 열기가 식지 않았다.

데이비드는 그 어느 때보다 여유로워 보였다. 조사관이 도착하기 전 며칠 동안 본 면모는 빙산의 일각이었다. 조사관이 떠난 뒤 데이비드는 명민하고 호기심 많은 소년으로 더욱더 활짝 피어났다. 데이비드는 무엇 하나 그냥 지나치는 법이 없었고, 어느 찬란한 오후에는 발톱만으로 얼음을 깎아 조각상을 만들어내기도 했다. 물론 데이비드가 직접 각본, 연출, 주연을 맡은 연극의 한 장면이었다. 마지막 한탕을 감행하는 은퇴한 도둑이자 얼음 조각가의 이야기였다. 연극 자체는 숨 막히는 반전으로 가득했고(진짜 악당은 탐욕이었다), 데이비드가 연기를 마치자 우레와 같은 박수가 터졌다.

루시는 의외로 평소보다 조용했다. 무슨 일이 있느냐고 물을 때마다 미소와 농담으로 얼렁뚱땅 넘어갔지만 루시를 가장 잘 아는 아서는 속지 않았다. 언제든 루시가 스스로 말할 준비가 됐을 때 귀 기울일 수 있도록 예의 주시했다.

어떤 면에서는 모두에게 치유와 같은 시간이었다. DICOMY가 포기했다고 생각할 만큼 어리석은 사람은 없었지만, 마블모가 추방된 후 섬에 지난 몇 주간 사라졌던 평화가 돌아왔다. 마블모의 존재가 준 숨 막히는 위압감은 달빛에 이끌려 물러나는 파도처럼 서서히 사라졌다.

아서와 라이너스는 경계를 늦추지 않고 수평선을 주시하며 폭풍의 조짐을 살폈다. 조이는 매일 온종일 섬의 해안선을 거닐었다.

어느 날 저녁 샐은 자신의 방을 방문한 조이에게 물었다. "요즘 어떻게 지내세요?"

"다시 배우고, 듣고, 계획하고 있어."

그때 아서는 차 쟁반을 들고 샐의 방문 밖에 서 있었다.

"터닙이 조이를 '폐하'라고 불렀다고 루시한테 들었어요."

조이가 짧게 망설였다. "그래, 그랬지."

이유를 묻는 대신 샐은 아서가 미처 예상치 못한 질문을 던졌다. "그게 조이가 원하는 바인가요?"

"나는…" 조이가 말을 골랐다. "수백 년 동안 나 자신을 숨겨왔어. 분노와 냉소주의에 스스로 갇혀서." 조이가 조용히 웃었다. "네 아빠가 돌아오고 나서야 그동안 내가 죽어 있었다는 걸, 얼어붙어 있었다는 걸 깨달았지."

"아서가 불을 가져왔죠." 샐이 중얼거렸다.

"맞아." 조이가 동의했다. "하지만 그 이상이었어. 아서는 너희 모두를 데려왔고, 그제야 나는 삶이 어떠해야 하는지 이해하게 됐지. 색채, 기쁨, 유대감. 가장 절망적일 때도 내 편이 있다는 믿음."

"아직 제 질문에 대답 안 하셨잖아요."

"맞아, 안 했다. 어제만 해도 내가 어떤 대답을 했을지 모르겠구나. 숨어야만 하는 상황은 이제 끝내려고 한다. 널 위해. 다른 아이들을 위해. 라이너스와 아서를 위해. 헬렌을 위해. 그리고 나 자신을 위해. 우리 모두 각기 다른 아픔이 있고, 나도 너희처럼 치유가 필요했어. 완전히 치유되었는지는 잘 모르겠다. 어쩌면 영원히 치유되지 않을 수도. 그래도 너희가 방법을 가르쳐주었으니 시도해서 노력하려 해."

"우리에겐 꽤 좋은 선생님이 있죠." 샐이 말하자 조이가 웃었다. 아서는 두 눈을 감고 미소 지었다.

6월 말 일요일의 이른 오후, 작은 해변 마을 마르시아스에 종말-달리 묘사할 표현이 없다-이 찾아왔다. 전날의 모험-탈리아가 대장이었고, 정원을 헤집고 다니는 포악한 요정들에게 집을 찾아주는 것이 과제였다-에서 살아남은 뒤, 마을에서 하루를 보내기로 한 아이들은 곧 탕진할 용돈을 두둑이 챙긴 채 우르르 밴에 올랐다.

베이커-파르나서스 부부의 밴이 소금 길을 벗어나 마을에 이르자 기자들이 곧장 몰려들었다. 카메라 셔터가 터지고 질문이 쏟아졌다. DICOMY와 척을 지기로 했다는 소문이 사실인지 묻는 말이 대부분이었다. 데이비드가 창문을 열고 고개를 내밀어 큰 소리로 포효했다. 기자들이 혼비백산 흩어지자 아이들은 웃음을 터뜨렸다.

"봤죠?" 데이비드가 말했다. "다치게 하지 않고 겁만 주었어요. 그렇게 어렵지 않아요."

"정말 잘했어." 라이너스가 말했다.

여기저기서 손을 뻗어 어깨를 두드려주자 데이비드는 뿌듯하게 웃었다.

아서와 라이너스는 지난 몇 주간의 일들을 고려해 평소처럼 아이들끼리 흩어지게 하지 않았다. 우선 헬렌의 가게 뒤에 밴을 주차하고(조이와 헬렌은 점심시간에 합류하기로 했다), 다 함께 이동했다.

기자들은 거리를 유지한 채 가족을 졸졸 따라다니며 사진을 찍었다(탈리아와 루시는 대놓고 포즈를 취했다). 때때로 던지는 질문은 무시당했다. 가게에 따라 들어가는 행동도 허용되지 않았다. 가게 직원들은 아이들이 여유롭게 구경할 수 있도록 문지기를 자처했다.

좋은 날, 평화로운 날, 모두에게 필요했던 날이었다. 햇살은 따사롭고 거리는 북적였다. 사람들은 쇼핑하거나 해변으로 향하며 웃고 손을 흔들었다.

제이본의 레코드 가게로 향하기 전(제이본이 엘비스 프레슬리의 희귀 음반을 입수했다고 연락했을 때 루시는 정신을 놓을 뻔했다), 아서는 연락선 선착장에 들렀다.

"안녕하세요, 메를!" 연락선 옆에 서서 아서가 외쳤다. 그의 뒤로 가족들이 모여들었다. 잠시 후 선박 난간 너머로 메를의 찡그린 얼굴이 나타났다.

"거절한다고 했잖… 오, 파르나서스 씨!"

아서가 미소 지었다. "선장님, 바다는 어때요?"

"잠잠합니다!" 메를이 위에서 외쳤다. "태워다줘요?" 그는 부둣가에 모여 있는 기자들을 향해 눈살을 찌푸렸다. "저 인간들이 괴롭힙니까? 내가 큰 소리 한번 내요?"

"그럴 필요 없습니다. 아직은 아니지만 이따가 돌아갈 때 배를 타고 싶군요, 시간 되신다면."

"시간이야 내면 되죠." 메를은 아이들을 내려다봤다. "애들은 무탈합니까?"

"저 진흙 인간 만들었어요!" 루시가 외쳤다. "이제 그들은 숲에 살아요!"

메를은 어깨를 으쓱했다. "잘 모르겠지만, 잘됐다." 그는 미간을 찌푸렸다. "태워다줄 필요도 없고 독수리들을 상대해줄 필요도 없다면, 내가 뭘 도울까요?"

"고맙다는 말을 전하고 싶었어요." 아서가 말했다. "더 일찍 찾아오지 못해 미안합니다."

메를이 난간을 잡고 몸을 뒤로 물렸다. "고맙다고요? 뭐가요?"

"배편이 없어 섬 방문이 어렵다고 들었습니다. 메를이 아니었다면 우린 이미 포위되었을지도 몰라요. 정말 고맙습니다."

메를이 바다에 침을 뱉었다. "뭐, 그 댁 아이들이 위협적이라고 생각하는 인간들이 멍청이죠. 난 한 번도 겁먹은 적 없어요."

"퍽이나 그러시겠죠." 라이너스가 꿍얼거렸다.

"압니다." 아서가 말했다. "그럼, 오후 늦게 돌아오겠습니다. 가자, 얘들아. 제이본은 기다리는 일을 좋아하는 사람이 아니야."

"제이본은 지금이 몇 시인지도 모를 것 같은데." 피가 샐에게 속삭였다. "우리 이번에 마체테 딸 수 있을까?"

"자기가 크레이지 에이트 선수라고 했어." 샐도 속삭였다. "우리한테 또 발리겠지."

시어도어가 날개를 활짝 펴고 마체테는 따 놓은 당상이라고 맞장구쳤다.

데이비드와 루시를 선두로 가족은 큰길을 따라 레코드 가게로 향했다. 횡단보도 앞에 이르자 같은 방향으로 가는 휴가객들과 한 무리가 되었다. 먼발치에서 기자들이 질문을 던지고 플래시를 터뜨리는 와중에도 사람들은 수군거리거나 눈살을 찌푸리지 않았다. 한 아이스크림 트럭이 경쾌한 음악 소리와 함께 그들 앞을 지나갔다.

"피!" 지나가는 차들 사이로 한 기자가 외쳤다. "오늘 입은 옷은 어디 건가요?"

피가 눈을 굴렸다. "아이한테 하기에 이상한 질문이네요. 당연히 제 옷장에 있던 옷이죠."

"유명해지면 피곤하다니까." 탈리아가 콧방귀를 뀌며 말했다. "유명인도 꿈과 감정을 지닌 사람인데, 왜 모르지?"

"예수도 십자가에 매달리기 전 이런 기분이었을까." 루시가 말했다. "파파라치와 성 노동자들에게 둘러싸여 있었지."

"뭐라고?" 라이너스가 미간을 찌푸리며 물었다.

루시가 고개를 젖혀 라이너스를 올려다보았다. "지어낸 말 아니에요! 성경에 나와요. 신의 가르침을 담은 책인데도 절 천사처럼 보이게 하는 내용이 많더라고요. 예를 들어! 롯의 딸은 아이를 갖고 싶어서 자기 아버지를 취하게 한 뒤에…"

라이너스가 손으로 루시의 입을 막았다. 주위 사람들이 키득거렸다. "그만하면 충분해. 내가 이런 말을 하게 될 줄은 몰랐지만, 당분간 섬에서 성경을 치워야겠어. 아이들이 보면 안 되는 내용이 너무 많아."

루시가 고개를 돌리며 빨간 눈을 번득였다. "옛날 방식으로 책을 불사르면 어때요?"

"고려해볼게." 라이너스가 말했다. "그 얘기는 집에 가서 하자. 신호 바뀌었네. 가자!"

데이비드가 먼저 횡단보도에 발을 내디딜 때였다. 루시가 데이비드의 팔을 덥석 붙잡았다.

데이비드는 갓돌에 발을 헛디뎌 넘어질 뻔했다. 휴가객들은 삼삼오오 그들을 지나쳐 갔다. "나 왜 잡았어?"

루시는 말없이 어딘가를 바라보며 한 걸음 내디뎠다. 아서는 루시의 시선을 따라 고개를 돌렸지만, 눈에 보이는 건 마을에서 기차역으로 향하는 길뿐이었다. 흰 모래 둔덕을 따라 갈대들이 해풍에 살랑거렸다. 이상한 점은 눈에 띄지 않았다.

그때 저 멀리서 금속이나 유리가 태양을 반사하듯 빛이 번쩍이더니, 지평선에 검은 얼룩이 잇따라 줄지어 나타났다. 적어도 열댓 개의 검은 얼룩이 흙먼지를 일으키며 폭풍우처럼 다가오고 있었다.

"아서?" 라이너스가 뒤에서 물었다. "무슨 일이야?"

"그들이 오고 있어요." 루시가 속삭였다.

지평선에 잠시 정신을 빼앗겼던 아서는 이내 루시를 번쩍 안아 들고 한 걸음 뒤로 물러서려다 누군가와 부딪혔다. 돌아보니 라이너스가 서 있었다.

"왜 그래? 유령이라도 본 것처럼."

"DICOMY야." 다가오는 엔진 소리가 점점 더 커졌다. "그들이 왔어."

라이너스는 지체하지 않고 돌아섰다. "얘들아, 계획이 바뀌었어! 밴으로 돌아가자. 마을엔 다른 날 다시 오자."

"왜요?" 피가 까치발을 들고 두리번거리며 물었다. "우리 레코드 가게 가는 거 아니었어요?"

라이너스가 부드럽지만 단호하게 아이들을 돌려세웠다. "급한 문제가 생겼어. 다음에 갈 테니까 지금은 일단…"

바로 그때, 금속 그릴 모양이 위압적인 검은색 세단들이 그들 앞에 끼익 멈췄다. 왼쪽에서 두 대, 오른쪽에서 두 대였다. 차 문이 잇따라 열리고, 검은 정장에 검은 선글라스를 낀 덩치 큰 남자들이 내렸다. 팔뚝에는 DICOMY라고 적힌 흰색 완장이 달려 있었다.

그들은 차 문을 열어둔 채 아서와 라이너스, 아이들 앞에 뒷짐을 지고 섰다. 누구도 말하지 않았다.

"뭐하는 걸까요?" 천시가 걱정스러운 목소리로 물었다. "우릴 데려가려는 걸까요?"

"어디 시도해보라고 해." 피가 나지막이 말했다.

"무슨 일이죠?" 라이너스가 아이들 앞에 나서며 물었다. "당신들 누굽니까?"

정적 속에 멀리서 엔진 소리만 사나운 말벌 떼처럼 다가왔다. 주변 상점들 안에서 사람들이 창밖을 내다보았다. 행인들과 기자들도 이쪽을 보고 있었다.

몇몇 기자가 접근하려 하자 덩치 두 명이 나서서 저지했다. 덩치들은 기자들의 질문에도 묵묵부답으로 일관했다.

"이봐요!" 라이너스가 가장 가까이 있는 남자에게 다가갔다. 아서는 남자의 반사식 선글라스에 볼록하게 비친 라이너스의 모습을 볼 수 있었다. "무슨 짓인지 설명해요!"

남자는 대답 대신 손을 잠시 한쪽 귀에 대고 누군가에게 상황을

보고했다. "예, 포위했습니다." 잠시 후 "알겠습니다." 덧붙이고는 손을 내리고 정면을 응시했다.

"이보세요." 라이너스가 딱딱하게 말했다. "이렇게 불쑥 나타나 시민들을 위협하는 일은 대단히 무례한 행위입니다. 당장 이 섬을 떠나길 바랍니다."

남자는 미동도 하지 않았다.

"망할 놈들." 라이너스가 투덜거리며 홱 돌아섰다. "하필 다 함께 나들이하는 날에. 됐어, 우린 잘못한 게 없으니 무시하자고." 라이너스는 여전히 루시를 안고 서있는 아서와 어깨를 스치며 목소리를 낮췄다. "때가 된 것 같아."

"알아." 아서는 남자들에게서 시선을 떼지 않고 속삭였다. 엔진 소리가 점점 가까워졌다. "그래도 겁이 나."

"나도 그래." 라이너스가 말했다. "하지만 우린 지지 않을 거야. 희망을 품어야 해."

"희망엔 날개가 달렸지." 아서가 속삭였다.

이어진 라이너스의 말이 아서를 놀라게 했다. "영혼에 걸터앉아 가사 없는 곡을 노래하며 멈출 줄 모르네. 에밀리 디킨슨. 그래, 아서. 우리의 희망은 멈출 줄 몰라." 말로 표현할 수 없이 사랑스러운 남자가 가슴을 부풀렸다. "들었나!" 라이너스가 주위의 남자들에게 외쳤다. "우린 멈출 줄 몰라!"

다른 차들이 다가오자 아이들은 더 가까이 모여들었다. 아서는 아이들을 끌어안고 불새가 되어 하늘로 날아오르고 싶은 충동을

간신히 눌렀다. 샐과 시어도어는 데이비드 앞에 서서 남자들을 노려보았다. 탈리아와 피는 천시의 촉수를 양옆에서 잡았다. 루시는 아서의 품에서 얼굴을 찌푸리며 물었다. "느껴져요?"

"뭐가?" 아서가 되물었다.

루시가 고개를 저었다. "모르겠어요. 왠지… 공허한 느낌이에요."

아서가 입을 떼기 전 다가오던 차들이 교차로에 줄줄이 섰다. 열두 대는 되어 보였다. 보닛 양쪽에 작은 깃발이 달린 검은색 세단들 가운데 단 한 대의 차만 흰색이고, 선팅이 유독 짙었다. 운전석에서 내린 정장 차림의 남자가 뒷좌석으로 가서 문을 열었다. 굽 낮은 구두를 신은 짧고 창백한 다리가 튀어나왔다.

제닌 로더가 밝은 햇살에 눈을 깜빡이며 똑바로 서자, 아서의 가슴 속 불사조가 눈을 가늘게 뜨고 고개를 들었다. 섬 위에서 폭발할 때만큼 격렬하진 않았지만, 눈앞의 여자를 까맣게 불사르고 싶은 마음이 아우성쳤다. 아서는 간신히 이성을 다잡았다. 로더는 연보라색 바지 정장에 흰색 블라우스 차림이었다. 운전자가 로더의 귀에 대고 뭐라고 속삭였다. 로더는 대답 없이 고개만 끄덕였다.

뒷좌석의 다른 문이 열리고, 해리엇 마블모가 내렸다. 루시가 선물한 콧수염을 어떻게든 떼어낸 것 같았다. 아서가 보기에 현명한 선택은 아니었다.

"우우!" 아이들이 마블모를 보자마자 야유했다.

마블모는 입꼬리를 비틀어 올리며 그들을 노려봤다.

로더가 이쪽으로 또각또각 걸어왔다. 자로 잰 듯 일정하면서도

여유로운 발걸음이었다.

자기 수하들에게 저지당한 기자들을 보고 로더는 고개를 저으며 한숨을 내쉬었다. "기자들이라고요, 파르나서스 씨? 정말요? 공청회 이후로는 기자들과 엮이고 싶지 않을 줄 알았는데요."

"나에게 언론의 자유를 막을 권리가 있습니까?" 아서가 태연하게 말했다. "내가 고위 공직자도 아닌데요."

사람들이 상점과 식당에서 나와 거리를 에워쌌다. 전부 정부의 수하들을 경계하는 눈빛으로 바라봤다. 부모들은 아이들을 끌어안고, 친구들은 입을 가리고 수군거렸다. 마을 주민과 휴가객, 인간과 마법적 존재가 모두 한데 모였다. 아는 얼굴도 많았다.

기름때 묻은 손을 더러운 작업복에 문질러 닦는 메를, 한때 루시를 뒷방에 가두고 퇴마 의식을 감행하려 했지만 지금은 공무원들의 뒷모습을 노려보고 있는 헬렌의 조카 마틴 스미스, 호텔 직원들을 전부 대동하고 나타난 천시의 상사이자 우상인 스완슨 씨, '유기농이니 안심해!'라는 문구가 적힌 홀치기 염색 티셔츠를 입고 있는 제이본. 아이스크림 가게, 식당, 점원, 도서관, 골동품 가게 직원들도 보였다. 얼마 전 탈리아가 엔진 내부에 꽃을 키워서 고장 난 밴을 수리해준 정비공도 있었다("행위 예술이었다고요!").

마법적 존재들도 눈에 띄었다. 죽음을 예고하는 요정 밴시 가족, 키가 작고 주름이 쪼글쪼글한 집 정령 브루니 둘, 몸통에 수건을 두른 물의 요정 나이아드 셋, 그리고 나무 덩굴 같은 머리를 지닌 호리호리한 나무 요정 드라이어드 하나. 그는 금속 탐지기를 들고

'해변은 금광'이라고 적힌 가방을 메고 있었다.

로더는 경멸을 숨기지 못한 눈으로 군중을 훑었다.

"해산하세요!" 그가 목청 높여 외쳤다. "공무집행 중입니다. 여러분과 관련 없으니 다들 일상으로 복귀하세요!"

"이게 우리 일상입니다!" 제이븐이 외쳤다. "원래 이 시간에 모두 밖에 나와 마을 분위기를 만끽하죠."

"맞습니다." 스완슨 씨가 팔짱을 끼고 말했다. 날카로운 눈매에 흰머리를 말끔하게 뒤로 넘긴 키 큰 남자가 수석 호텔리어다운 위엄을 뽐냈다. "우린 이렇게 한번씩 밖에 나와 마을에서 제공하는 것들을 즐기죠, 안 그런가요, 여러분?"

그의 동료들이 고개를 끄덕였다.

메를이 바닥에 침을 뱉었다. "우린 공공장소에서 평화롭게 집회할 법적 권리가 있소."

눈살이 구겨진 것도 잠시, 로더는 정치인 특유의 미소를 띠었다. "그렇다면 알겠습니다." 그는 군중이 모두 들을 수 있게 목소리를 높였다. "저는 마법아동관리부서와 마법성인관리부서의 임시 책임자, 제닌 로더입니다. 마르시아스 섬 고아원 조사를 마무리 짓기 위해 왔습니다. 제 임무를 방해하는 분은 누구든 공무집행 방해죄로 즉시 연행되며 엄중한 처벌을 받을 수 있음을 명심해주십시오."

정적 속에 바닷새의 울음소리만 들렸다.

"자, 그럼." 로더가 아서와 라이너스, 아이들을 향해 돌아섰다. "파르나서스 씨, 베이커 씨." 그가 예의를 표하듯 고개를 까딱였다.

"최대한 간단히 설명하겠습니다." 로더가 손을 튕기자 마블모가 부리나케 다가와 외투 안에서 폴더 하나를 꺼내 건넸다. 로더는 그것을 낚아챘다. "명령서입니다. 정식 조사관의 보고서에 근거하고 제가 서명했습니다. 즉시 DICOMY로 루시퍼, 탈리아, 천시, 피, 시어도어, 샐로 알려진 아이들의 송환을 명령합니다."

"거절할게요." 천시가 말했다.

"이 명령의 효력에 대한 이의 제기는 법원에 30일 이내 서면으로 제출하세요." 로더가 설명했다. "그동안 아이들은 영구 거주지가 마련될 때까지 위탁 보호 시설에서 지낼 예정입니다."

"꿈도 꾸지 마십시오." 아서가 말했다.

로더는 당황하지 않았다. "안타깝게도 그런 말은 효력이 없습니다, 파르나서스 씨. 조사관의 증언에 따르면 아이들은 당신의 보호 아래 안전하지 않습니다. 섬은 건전한 체계나 목적 없이 운영되고, 당신은 DICOMY의 지침을 계속 무시하고 있습니다."

"나는 이제 DICOMY에 고용된 사람이 아닙니다. 마블모 씨가 섬을 떠난 후 내가 보낸 사직서 못 봤습니까?"

"난 떠난 게 아닙니다." 마블모가 외쳤다. "협박받고 강제로 쫓겨났습니다!"

"사실, 당신은 우리 집에서 정한 규칙을 따르지 않아서 영구 추방되었습니다." 라이너스가 말했다. "내가 알기로 DICOMY 경영진은 정확한 표현을 매우 중시하죠."

"아서 파르나서스와 라이너스 베이커가 아이들을 해치거나 전쟁

병기로 이용하지 않는다는 우려가 완전히 사라질 때까지, 우리는 국민을 보호하기 위해 해야 할 일을 멈추지 않을 겁니다." 로더가 군중을 향해 말하고는 아이들을 내려다보며 미소 지었다. "겁낼 필요 없다. 우리는 도시로 기차 여행을 떠나려 한다. 재밌지 않겠니."

"우리는 낯선 사람하고 말 섞으면 안 돼요." 천시가 말했다. "사탕을 준다고 해도 따라가면 안 되고요. 그게 그들의 수법이라고 아빠랑 파파가 그랬어요."

로더의 왼쪽 눈 밑이 경련했다. "나는 낯선 사람이 아니란다. 내 이름은 제닌 로더고, 정부에서 일한단다. 너희의 친구가 되려고 왔어."

"무언가를 보면 말하라." 아서가 차갑게 말했다.

로더는 재빨리 평정심을 회복했지만 아서는 분노의 검은 섬광을 포착했다. 왠지 아서나 라이너스에게서 비롯한 분노는 아닌 듯했다.

로더가 다시 미소 짓자 아서는 자기도 모르게 주춤 물러났다. 로더는 배회하는 포식자처럼 보였다. "당신 입으로 들으니 묘하네요. 그 명언을 누가 떠올렸는지 아십니까?" 로더는 대답을 기다리지 않고 말을 이었다. "인턴이요. 심지어 무급 인턴이었습니다. 지금 그 얘기를 왜 꺼내느냐고요?" 그는 아이들과 아서, 라이너스를 차례로 훑었다. "왜 이 아이들인지 궁금한 적 없습니까? 그 많은 마법 아동 가운데 왜 이 여섯 아이들이 당신에게 주어졌는지?"

"집이 필요한 아이들이었으니까요." 아서는 공청회에서 같은 질문을 받았을 때와 같은 대답을 했다.

"실험이었습니다." 로더가 무미건조하게 말했다. "당신과 아이들 모두 피험자였던 실험이요. 적그리스도를 교화할 수 있는지 알아보기 위해서였죠. 지금 당신이 삶이라 부르는 모든 것? 당신이 작성한 고아원 운영 허가 신청서를 바탕으로 분기별 회의에서 어느 중간 간부가 고안해낸 일일 뿐이에요. 그 이상도 그 이하도 아니죠."

"내가 유명할 줄 알았어!" 루시가 환호했다.

"지겨워." 탈리아가 꿍얼거렸다.

아서는 잠시 고개를 갸웃하다가 입을 열었다. "오, 그렇다면 감사하네요."

로더가 그를 빤히 바라봤다. "뭐라고요?"

"그 실험에서 의도치 않은 결과가 나왔네요. 그 덕분에 우리는 한 가족이 되었거든요. 얘들아, 우리를 하나로 모아준 정부와 로더 씨에게 감사 인사를 하자."

"정부와 로더 씨, 감사합니다." 아이들이 한목소리로 말했다.

"또 논지를 흐리는군요, 파르나서스 씨?" 로더가 벌겋게 달아오른 얼굴로 물었다. "당신이 그럴 줄 알았어야 했는데…."

"왜 나를 원해요?" 루시가 로더를 쳐다보고 물었다.

로더는 움찔하며 양옆의 덩치 큰 남자들을 곁눈질했다. 마음이 놓였는지 로더는 루시를 향해 웃어 보였다. "넌 아주 특별하거든. 이 세상에 너 같은 아이는 없단다."

루시는 어깨를 으쓱했다. "이 세상에 탈리아 같은 아이도 없어요. 천시나 데이비드, 샐, 시어도어, 피도 그렇고요. 그런데 왜 나

만 신경 써요?"

"너는 다르단다."

"왜요?"

"네 정체성 때문이지."

"적그리스도?"

부하들이 움찔하자 마블모는 이를 악물었다. "그래."

루시는 얼굴을 찌푸리며 고개를 천천히 끄덕이더니, 로더를 향해 한 발짝 다가섰다. 아서는 아이를 막아서고 싶은 본능을 다잡았다. 거리에 수백 명이 모여 있는데 저 멀리 파도가 부서지는 소리가 들릴 만큼 고요했다.

로더는 겁먹은 기색을 내비치지 않으려 애썼지만 무리였다. 그는 떨리는 손을 허벅다리에 붙이고 입술을 깨물며 자신이 데려온 남자들을 힐끔거렸다. 명령만 내리면 아이들을 연행할 수 있었다.

하지만 로더는 눈만 굴렸고, 루시는 그런 그를 빤히 쳐다봤다. 침묵이 한참 이어졌다.

그때 예상치 못한 일이 벌어졌다. 루시가 고개를 떨구고 코를 훌쩍였다. 뺨에 한줄기 눈물이 흘렀다.

"난 남들이 못 보는 걸 볼 수 있어요." 루시가 갈라진 목소리로 말했다. 가식이 아니었다. "그냥… 보여요. 아빠가 불사조라고 말하기 전에 알았던 것처럼요. 섬에서 날 기다리는 모습을 보자마자 알았어요. 태양이 두 개 뜬 것 같았어요. 하나는 하늘에, 하나는 해변에."

루시는 손등으로 눈물을 닦았다. "가끔은 다른 것들도 보여요.

안 좋은 것. 태양이 아니라 어둠 또는 블랙홀. 언젠가 파파가 가르쳐주었죠. 아주 작은 어둠이 모든 빛을 빨아들일 수 있다고요." 루시가 다시 로더를 올려다보았다. "그게 내가 아줌마한테서 보는 거예요. 아줌마 안에는 빛이 없어요. 온통 어두워요."

로더는 웃음을 터뜨렸지만, 억지웃음처럼 들렸다. 빨갛게 칠한 손톱이 루시를 향했다. "이건 무슨 장난인지 모르겠지만…"

"아줌마 아빠한테 일어난 일은 유감이에요."

로더의 손가락에서 시작된 떨림이 팔, 어깨로 번졌다. 마치 근육이 오랜 잠에서 깨어나 덜컹거리는 것 같았다. 얼굴이 창백해지며 아랫입술이 파르르 떨렸다.

"일어나서는 안 되는 일이었어요." 루시가 말했다. "그를 다치게 한 사람은, 그 여자는… 머릿속에 거미가 있었어요. 잠재울 수 없는 거미요. 아줌마 아빠는 잘못한 게 없어요. 사고였어요. 그 여자가 마법을 가누지 못하고…." 루시는 바람처럼 긴 한숨을 쉬었다. "화내도 돼요. 슬퍼해도 돼요. 그게 인간이니까요."

아서는 제때 움직이지 못했다. 그가 아무리 비범한 능력을 지녔어도 다른 사람들과 마찬가지로 분초에 얽매인 존재였기 때문이다. 로더가 루시에게 손찌검하려고 팔을 홱 들어 휘둘렀다.

그 순간 루시가 사라졌다. 로더가 제힘에 못 이겨 빙글 돌았고, 갈 곳 잃은 손이 옆에 선 남자의 배를 쳤다. 루시는 아서 옆에 다시 나타났다. "대박. 내가 순간이동을 할 수 있다니!" 루시가 두 손을 들고 폴짝폴짝 뛰었다. "끝내준다! 아, 사춘기가 빨리 왔으면 좋겠

어요. 우주도 만들 수 있고, 부엌을 엉망으로 만들지 않고 맛있는 생일상도 차릴 수 있을 것 같아요!"

아서는 몸 안의 불덩이가 폭발하는 감각을 느꼈다. 불사조가 날개를 펼치며 풀어달라고 비명을 질렀다. 그는 로더에게 만족감을 주고 싶지 않아 안간힘을 다해 새를 막았다.

"진정해." 라이너스가 아서의 손등을 다독이며 속삭였다. "이제 거의 다 왔어."

"잘 들으십시오, 로더." 아서가 끓어오르는 분노를 억누르며 말했다. "방금 그 행동은 그냥 못 넘어갑니다. 이번으로 지난 일주일 사이 DICOMY 직원이 내 아이를 두 번이나 학대했습니다. 더는 참지 않겠습니다."

"데이비드는 역시 아이였군!" 마블모가 꽥 외쳤다. "그럴 줄 알았어! 7년 동안 바위에 갇혀 있느라 성장이 멈춘 마흔일곱 살이 아니었어!"

잠시 침묵이 흐르더니 군중이 일제히 웃음을 터뜨렸다. "당신 바보요?" 제이본이 외쳤다. "그런 말을 누가 믿소?"

"그렇죠?" 샐이 말했다. "마블모 씨, 대체 무슨 말이에요? 데이비드는 겨우 열 살이에요."

"오백 번쯤 말했잖아요." 피가 맞장구쳤다.

"제가 잉크 뿜은 일 기억할까요?" 천시가 끼어들었다. "그거 일부러 그랬어요, 하하! 그래요, 실은 아니에요. 하지만 달리 뭐라고 해야 할지 모르겠네요. 어… 엘라 피츠제럴드. 스캐디딜리 두 이피디 빕."

"와." 루시가 눈을 반짝이며 속삭였다. "지금 정말 끝내줬어. 네가 스캣을 구사하다니!"

"그만!" 로더가 고함을 질렀다. 이마의 핏대가 불끈거렸다.

"그만할 건 이쪽이 아니라 그쪽입니다." 아서가 말했다.

"아이들을 데려가겠습니다. 당신들에게는 더 볼일 없습니다." 로더가 받아쳤다.

"틀렸습니다. 아이들은 나와 내 남편 곁을 떠나지 않습니다." 아서가 말했다. "우린 이미 한 가족입니다. 베이커-파르나서스 일가."

"좀 길구먼." 메를이 쿵쿵거리며 말했다.

"제 제안은 이렇습니다. 바로 지금, 우리는 이 자리에서 진정한 변화를 만들 수 있습니다. 함께한다면요. 쉽지는 않겠지만, 변화에 대한 열망으로 모두 하나가 된다면 제가 가진 모든 영향력을 동원하겠습니다. 이미 부서진 것을 다시 부수는 것은 무의미합니다. 우리 모두 힘을 모아 바닥부터 재건해야 합니다." 아서는 군중을 둘러보았다. 마을 주민들, 외지인들, 마법과 비마법, 카메라를 든 기자들까지. "보다시피 전 세계가 지켜보고 있습니다. 어떻게 하시겠습니까?"

"처음부터 이럴 작정이었군." 로더가 중얼거렸다.

"내가요?" 아서가 물었다. "나는 그저 가족과 즐거운 하루를 보내고 있었습니다. 설령 내가 이 순간을 계획했다고 해도 당신은 놀라면 안 됩니다. 애초에 두뇌 싸움으로는 날 상대할 수 없을 거라고 경고했잖습니까. 자, 내 제안을 받아들이겠습니까?"

"아니." 로더가 침을 뱉듯이 말했다. "당신 역할은 여기까지야, 파르나서스. 당신이 그리는 환상적인 미래는 그저 꿈일 뿐이야. 우리는 현실 세계에 살고…"

아서가 라이너스를 힐끗 보았다. "난 최선을 다했어."

"인정해." 라이너스가 콧김을 내뿜으며 말했다. "아주 인상적인 연설이었어."

"과찬이야. 그렇지만 솔직히 더 잘 전달할 수 없었을 것 같아."

"역사상 가장 위대한 연설가도 흠잡을 수 없을 만큼 잘 전달했어. 나 역시 감동을…"

"끌고 가." 로더가 으르렁거리자 남자들이 움직였다.

그 순간 주변을 둘러싼 군중이 저지했다. 사람들은 매서운 눈으로 가슴 앞에 팔짱을 끼고 그들 앞을 막아섰다. 스완슨 씨, 제이본, 메를이 가장 앞에 나섰다. 헬렌이 마법처럼 아서의 옆에 나타났다.

"말만 해." 헬렌이 그의 귀에 속삭였다. "조이는 준비됐어."

아서는 고개를 끄덕였다.

스완슨 씨가 입을 열었다. "그들을 건드리려면 우리부터 거쳐야 합니다."

"그렇고말고!" 제이본이 맞장구치고 주변 사람들도 고개를 끄덕였다.

"모두 체포될 겁니다!" 로더가 외쳤다. "지금 당장 물러서지 않으면 괴물들을 싸고도는 이 마을이 다시는 평화를 누릴 수 없도록 내가…"

"우호의 손길을 굳이 뿌리치겠다면 왕의 권위에 무릎을 꿇어야 하겠죠." 아서가 말했다.

로더는 입을 떡 벌리더니 웃기 시작했다. 곧 부하들도 웃고 마블도 웃었다. "왕의 권위?" 로더가 가소롭다는 표정으로 되물었다. "파르나서스 씨, 당신이 불사조인 건 알겠는데, 종족의 마지막 개체랍시고 위엄에 대한 망상이 생긴 것 같군요."

"단단히 잘못 짚었어." 샐이 앞으로 한 발짝 나섰다. 샐은 아서의 어깨에 팔꿈치를 편안히 얹고 서서 로더를 쏘아봤다. "아빠는 자기 얘기를 한 게 아니야. 아빠가 마지막 기회를 줄 때 잡았어야지." 샐은 거칠고도 아름다운 미소를 지었다. 아서는 그 미소에서 장성한 남자의 모습을 엿보았다. "이제 그의 차례야."

그는 은은한 빛을 뿜으며 하늘에서 내려왔다. 날개가 세차게 팔락였다. 맨발이 포장도로에 닿자 땅이 갈라지고 푸릇한 풀이 솟아올랐다. 갈색 엄지발가락 옆으로 흰 데이지 한 송이가 피어났다.

조이 채플화이트는 환상적인 모습이었다. 그의 드레스는 마치 살아 있는 유화처럼 보였다. 푸른색과 노란색이 소용돌이치듯 천 위를 흐르며 유성처럼 번져나갔다. 팔과 다리는 얇은 금속으로 덮여 있었다. 마치 조이만을 위해 특별 제작된 듯 매우 섬세했고, 그 위에는 단추 크기의 알록달록한 조개껍데기 수십 개가 붙어 있었다. 아서는 뒤늦게 그것이 드레스가 아닌 갑옷이란 사실을 알아차렸다.

희고 풍성한 아프로 스타일 머리 위에는 은색 사슬을 늘어뜨린 왕관이 자리했다. 큼지막한 청록색 보석이 박힌 연분홍색 소라 껍데기를 중심으로 총 열 개의 진주 가시가 뾰족하게 솟아 있었다.

"세상에, 저것 좀 봐." 피가 숨을 헐떡이며 말했다.

이미 눈을 뗄 수 없었다. 아서는 어린 자신을 숲에 숨겨주곤 했던 섬 정령을 떠올렸다. 세월이 흘러 섬에 돌아왔을 때 그 정령은 무거운 죄책감을 안고 아서를 찾아왔다. 사포 한 장을 집어 들고 집을 재건하는 일에 동참했다. 계획이 실현되는 과정을 곁에서 지켜보았다. 그는 아서의 둘도 없는 친구이자 가족, 그리고 아이들을 두 팔 벌려 환영하고 아이들과 함께 웃고 울었던 이 섬의 국왕이었다. 지친 아이들을 일으켜 세우고 안아주며 처음으로 살아있음을 느끼게 해주었다.

그리고 지금, 그는 자신이 사랑하는 사람들과 스스로를 우월하다고 여기는 사람들 사이에 당당히 서 있었다. 로더를 향해 한 걸음 내딛자 발을 뗀 자리에 풀이 돋아났다. 조이가 단호한 목소리로 말했다. "당장 여기서 떠나."

애써 정신을 차린 로더가 좌우를 살피며 부하들이 도망가지 않았는지 확인하고는 목을 가다듬었다. "누구시죠?"

"조이 채플화이트." 마블모가 외쳤다. 몸을 사리듯 거리를 유지한 채였다. "미등록 섬 정령입니다."

로더는 코웃음을 쳤다. "아무렴 그러시겠죠. 채플화이트 씨, 마법성인관리부서의 규율에 따라 당신은 지금부터…"

"거부하지." 조이가 말했다.

"아!" 로더가 손뼉을 치며 말했다. "오해가 있나봅니다. 요청이 아니라 명령입니다. 후회할 짓 하지 말고 물러서세요."

"후회는 넘치게 했어." 조이의 드레스 색이 점점 빠르게 소용돌이치고 갑옷에 붙은 조개껍데기들이 웅웅 울었다. "그중에서도 유독 후회되는 일이 있어." 조이는 천천히 뒤를 돌아 주위에 선 사람들을 바라보았다. 그 수는 적어도 이백 명 이상이고, 점점 늘고 있었다. "우리는 행복했어. 여기서 친구들, 가족들과 함께 수천 년 동안. 그런데 어느 날 갑자기 위험한 존재로 낙인찍혔지."

기자들을 포함해 모두가 숨을 죽이고 지켜보았다.

"거짓말!" 로더가 외쳤다. "중상모략! 그게 사실이라면 문서화된 증거가 있을 텐데…"

조이는 고개를 저었다. "넌 내 앞에서 내 역사를, 내가 겪은 일을 부정할 수 없어."

"무슨 수작인지는 모르겠지만 안 통해!" 로더가 날카롭게 말했다. "당신 말이 사실이라면 어떻게 여기 우리 앞에 서 있지? 그 많은 정령 중에서 혼자 어떻게 무사히 살아남았고?"

"무사히?" 조이가 되물었다. "무사히? 난 내 할머니의 시신 아래 숨죽이고 숨어 있었어. 당신네 정부가 우리를 내려다보며 생명의 흔적이 있는지 확인하는 동안 말이야. 내 입술로 할머니의 피를 맛보았어. 그들이 한눈을 파는 틈에 숲의 가장 깊은 곳으로 도망쳐서 은둔했지. 그때 나는 굳게 다짐했어. 다시는 인간들의 잔혹 행위에 관여하지 않겠다고."

"들으셨습니까, 여러분?" 로더는 군중을 향해 목소리를 높였다. "저들이 우리를 그렇게 생각합니다. 까마득한 조상들이 벌인 일에

대해 우리가 대가를 치러야 한다고요? 허튼소리! 과거에 실수가 있었다고 해서 우리가 지금 옳지 않다는 뜻은 아닙니다."

"마디마디 제 무덤을 파고 있네." 라이너스가 중얼거렸다.

"하지만 삶은 다시 날 찾아왔어." 조이가 말했다. "내가 다시 삶 속으로 끌려 들어갔다고 할 수도 있지만, 숨어 지내던 시절은 끝났어. 그때 나는 새로이 다짐했지. 내 땅을 찾아온 마법적 존재들을 안전하게 지키기 위해 무슨 일이든 하겠다고. 날 위해 하지 못했던 일을 그들을 위해 하겠다고. 그들에게 살아갈 기회를 주겠다고."

"연설 잘 들었습니다." 로더가 말했다. "그렇다고 바뀌는 건 아무것도 없어요."

"아니, 많아. 네 상상 이상으로 말이야. 내 할머니? 내 할머니는 우리 종족의 군주였어. 내가 마지막 남은 후손이니 이제 그 칭호는 나에게 넘어왔지. 나는 조이 채플화이트 국왕이야." 조이는 로더를 빤히 바라보며 덧붙였다. "넌 내 허락 없이 내 땅 위에 서 있고."

로더가 눈을 크게 부라렸다. "당신 땅? 당신 땅이라고? 아, 그 왕관이 너무 꽉 껴서 망상을 일으키나? 자, 내가 분명히 말해주지. 여긴 마르시아스 마을이야. 당신은 마르시아스 섬 출신이고. 둘은 상당한 차이가 있지."

"네가 틀렸어. 왜 마을과 섬이 같은 이름으로 불리는지 궁금하지 않아?"

"쓸데없는 말로 시간을 끌고 계시군."

"마르시아스는 원래 섬이 아니라 반도였기 때문이야. 정령들이

집이라고 부르는 하나의 땅이었어. 강력한 정령인 내 할머니가 인간들의 진격을 막기 위한 최후의 수단으로 반도에 홍수를 일으켜 섬을 만들었지. 이 마을과 섬은 하나이자 같은 존재야."

"당신, 섬 정령이라며?" 로더가 받아쳤다.

조이가 머리를 치켜들자 왕관의 양 사슬이 흔들렸다. "거짓말이었어. 나는 바다의 정령이자 마르시아스의 국왕이야. 너희가 우리 집에 있는 걸 더는 못 참아주겠고."

"헛소리!" 마블모가 울부짖었다. "내가 섬에서 추방됐다면 나는…"

"이 마을에서도 추방이지, 맞아. 곧 그렇게 될 거야." 조이가 미소 지었다. "내가 땅을 깨우기만 하면 돼." 그가 갑자기 무릎을 꿇고 두 손을 바닥에 댔다. 숨을 들이쉬고 내쉬자 날개에 무지갯빛이 물결처럼 번졌다.

이윽고 아서는 거대한 마법의 쓰나미가 덮치는 것을 느꼈다. 팔에 오소소 소름이 돋았다. 발밑에서 땅이 진동했다. 국왕의 손 아래 아스팔트에 금이 가기 시작하자 사람들은 헉하고 숨을 집어삼켰다. 하지만 조이의 의도는 파괴가 아니었다. 도로는 무너지지 않고 노면에 나타난 선들이 빠르게 서로 얽히고설키더니 커다란 문양이 새겨졌다.

나선형 구조를 지닌 앵무조개의 문양이었다. 조이가 일어서자 노면의 균열 사이로 눈부신 흰빛이 차오르며, 푸른 빛 구슬들이 조이의 주위로 떠오르기 시작했다. 조이가 날개를 웡웡거리며 날아올랐다. 앵무조개 문양은 점점 밝아졌다.

"이제 숨지 않아." 조이의 목소리가 깊게 울려 퍼졌다. "우리가 어떻게 살아갈지 너희가 결정하게 내버려두지도 않겠어. 몇 번이나 경고했지만 너희는 듣지 않았지. 이 땅은 너희 것이 아니야. 이 땅의 힘을 유지하고 수호하는 자유민들의 것이야."

"당신은 그럴 권리가 없어." 로더가 외쳤다.

"있어." 조이가 말했다. "국왕으로서 말이야. 그쪽은 말귀를 못 알아듣는 것 같아." 조이는 두 손을 짝 맞부딪쳤다가 숨을 내쉬며 넓게 펼쳤다.

허공에 조개껍질로 묶인 두루마리가 나타났다. 조이는 두루마리를 낚아채 로더를 향해 던졌다. 두루마리가 날아가며 조개껍질이 부서지고 양피지가 펼쳐졌다. 로더는 눈을 가늘게 뜨고 코앞에 떠 있는 내용을 읽더니 얼굴이 창백해졌다. "이… 이건…."

조이가 웃었다. "그래, 맞아. 너희 전임 군주의 1332년 칙령. 마르시아스 땅의 모든 권리를 정령들에게 양도한다는 내용이야. 우리는 인간 통치자의 정통성이 필요 없지만, 너희는 필요하겠지. 수백 년 뒤에 인간들이 우리 일족을 침략한 일은 사실상 반역이었어. 나는 너희의 방종과 기만을 더는 참지 않겠다." 조이가 고개를 돌려 군중을 내려다보았다. "정부는 우리 중 한 명을 데려가려고 이곳에 왔습니다. 모든 아이를 보호한다는 명목을 내세우지만, 실은 한 아이를 필사적으로 손에 넣으려 합니다. 특히 여기 이 인간은 루시, 일곱 살짜리 아이를 수단으로 모든 사람을 통제하려는 저의를 품었고, 목적을 달성하기 위해 다른 아이들의 안전을 위협하고 있습니다."

 모두가 숨을 멈춘 듯 사방이 고요했다. 저 멀리 파도가 부서지는 소리만 들려왔다.

 "감히 손가락 하나라도 댈 수 있을 줄 알고."

 조이의 발아래, 바닥에 새겨진 앵무조개가 세 번 진동했다.

 "좋아. 마법이 깨어났군. 자, 어디 추방이 뭔지 보여줄까?" 팔다리를 감싼 조개껍데기들이 순식간에 조이의 손바닥 위에 모였다. 조이는 숨을 크게 들이마시고 빠르게 회전하면서 조개껍데기들을 크게 후 불었다.

 모두 명중이었다. 정장 차림의 남자들은 조개탄이 이마를 관통하고 사라지자 비틀거리며 뒷걸음질 쳤다. 마블모는 놀란 표정으로 얼어붙었다.

 작은 흰색 조개껍데기 하나가 로더의 이마 앞에 떠올랐다. 로더는 두 손으로 얼굴을 가리며 한 발짝 물러섰다. "감히 그러기만 해봐."

 "감히 그럴 건데." 조이가 눈을 가늘게 떴다. "네가 상처 준 모든 아이를 위해. 억압을 피해 자신의 정체성을 숨겨야 했던 모든 사람을 위해. 헬렌, 아서, 라이너스를 위해. 이 땅과 전 세계 모든 사람이 충분히 겪은 일을 위해. 제닌 로더, 넌 마법적 존재들과 내 가족을 적으로 돌렸어. 마르시아스의 군주로서 널 단두대로 보내는 건 내 권리야."

 "만세! 광견병에 걸렸는지 확인할 수 있겠네요!" 루시가 외쳤다.

 "아아, 그러면 나도 똑같은 수준이 되겠군." 조이는 무심하게 손을 튕겼다. 조개탄은 로더의 이마를 관통하고 가루가 되어 흩날렸다.

469

"루시?" 조이는 이마를 연신 두드리는 로더를 무시하고 말했다. "이리 와보렴."

"국왕님이 날 소환했어." 루시가 중얼거리더니 냉큼 조이와 로더에게 달려갔다. "부르셨습니까, 폐하! 저에게 뭔가 하사하시렵니까? 기사 작위? 시골 영지? 5분 동안 정부 사람들을 사냥할 기회? 뭐든 좋습니다!"

마블모는 도망칠 틈을 찾으려는 듯 주위를 휙휙 둘러보았다.

조이가 입꼬리를 올렸다. "기사? 하긴 우리 땅은 보호가 필요하지. 루시퍼 베이커-파르나서스, 그대를 마르시아스의 기사로 임명한다. 준비되었다면 첫 명령을 내리겠다."

루시가 눈을 번뜩였다. "하명하소서, 폐하!"

조이가 턱을 두드리며 고개를 끄덕였다. "이제 넌 순간이동을 할 수 있으니 다른 이들도 이동시킬 수 있지 않을까 싶구나. 진작 떠났어야 할 불청객들 말이야."

"할 수 있어요!" 루시가 잔뜩 흥분한 표정으로 말했다. "어디로 보낼까요? 달? 활화산? 아!" 루시가 지옥 불이 이글거리는 눈빛으로 씩 웃었다. 여느 일곱 살 아이보다 치아 개수가 많아 보였다. "제 진짜 아빠한테 보낼까요? 그는 두 팔 벌려 환영할지 몰라요." 머리카락 두 가닥이 뿔처럼 솟아올랐다. 루시는 킥킥 웃었다. "그의 진짜 얼굴을 보는 순간 영혼마저 사라지겠죠."

"아니면 현재 허먼 카마인 총리가 있는 곳으로 순간이동 시킬 수 있겠지." 조이가 말했다. "자신들의 패배와 마르시아스의 부흥을 직접 보고할 수 있도록."

"오, 이런. 아무도 지옥에 보낼 수 없다니 너무해요." 루시는 한숨을 크게 쉬었다. "좋아요, 국왕님의 뜻을 거역할 수 없죠."

"우린 돌아올 거야." 로더가 으르렁거렸다. "더 많은 숫자로. 이깟 마법으로 우릴 막을 수 있다고 생각해? 너희는 오늘 강력한 적을 만들었어. 내 삶이 다하는 날까지 너희의 삶을 비참하게 해주겠어. 명심하시죠, 폐하, 당신에게 기회가 있었다는 사실을. 앞으로 치를 피의 대가는 모두 당신 탓입니다."

조이는 한마디도 빠짐없이 경청하는 기자들을 향해 턱짓했다. "내일 헤드라인을 빨리 보고 싶군. 자, 루시."

"안 돼!" 로더가 울부짖었다. "하지 마! 감히…"

루시가 작은 손을 들었다. "한때 위대한 캡 캘러웨이가 그랬죠. 스키틀-앳-디-옵-디-데이!"

작은 폭발음이 연달아 났다. 정장 차림의 남자들이 한 명씩 푸른 연기구름 속으로 사라졌다. 마블모도 날카롭게 울부짖으며 펑, 하고 사라졌다.

혼자 남은 로더는 머리카락을 헝클어뜨린 채 입을 벌리고 숨을 헐떡였다. "이건 선전포고야." 로더가 으르렁거렸다.

아서 파르나서스가 자신의 아들과 군주 옆에 섰다. 국왕은 땅에 내려와 아서의 손을 잡았다. 루시도 아서의 다른 손을 잡았다. 아서는 그 어느 때보다 강한 힘을 느꼈다. 가슴 속 불사조가 고개를 들고 불꽃과 깃털을 휘날리며 부리를 맞부딪쳤다. "언제든 덤벼. 여기

서 더 무슨 일이 일어나든, 이 사실은 알고 가. 우리는 더 이상 숨지 않아. 물러서지 않아. 우리는 이 세상을 모두가 환영받는 곳으로 변화시킬 거야. 반대하는 이상 당신은 우리의 적이야. 자, 루시."

로더는 다시 입을 열었지만 뭐라고 대꾸하기도 전에 이마가 부풀어 오르더니 그 역시 펑, 하며 반짝이는 먼지구름 속으로 사라졌다.

뒤에서 환호성이 터져 나왔다. 아마도 스완슨 씨를 시작으로, 주체할 수 없는 기쁨이 빠르게 퍼져나가 난생처음 듣는 포효가 되었다. 아서는 얼떨떨한 얼굴로 천천히 뒤를 돌았다. 모든 사람이 서로 얼싸안고, 악수하고, 주먹을 불끈 쳐드는 모습에 가슴이 세차게 뛰었다. 마틴 스미스과 제이본이 하이파이브하며 뭐라고 신나게 떠들었다. 심지어 메를은 활짝 웃으며 탭 댄스를 추었다.

누군가 아서의 손을 찾아 쥐었다. 고개를 돌리니 라이너스가 웃고 있었다. "시작됐어." 라이너스가 경외심에 차서 속삭였.

"당신이 정말, 정말 자랑스러워. 봐, 당신이 노력해서 일궈온 모습이야. 당신과 조이, 아이들이 사람들의 마음을 움직였어."

라이너스 말이 옳았다. 비록 이 포효가 마르시아스 너머에 닿지 않더라도 그가 아이들에게 이야기했듯 세상을 바꾸는 데 아주 작은 용기 하나면 충분했다. 단 한 번이라도, 용기 내어보는 것. 라이너스의 우중충한 옛집에 아이들과 함께 심었던 씨앗과 다르지 않았다. 어둠과 그늘, 끝없이 내리는 비에도 불구하고 꽃은 색을 잃지 않고 쑥쑥 자랐다. 솟아오르고, 솟아올라 끝내 검은 하늘을 향해 뻗어갔다.

하지만 국왕에겐 아직 할 일이 남아 있었다. 아서가 바라보는 가운데 국왕은 군중에게 다가갔다. 사람들은 반으로 갈라져 길을 텄다. 일부는 경건하게 고개를 숙였다. 사이클롭스 아이가 한 발을 뒤로 빼고 절도 있게 절을 하자 조이가 기분 좋게 웃으며 아이의 어깨를 다정히 감싸고 지나갔다.

조이는 이내 기자들 앞에 섰다. 카메라 플래시가 터지고 마이크가 뻗어 나왔다. 조이는 손을 들어 쏟아지는 질문을 잠재웠다. 기자들은 입을 다물었다. 모두가 침묵했다.

"우리 집에 잘 오셨습니다. 보통 이렇게 소란스럽지는 않아요. 우리는 여러분에게 해주고 싶은 게 많습니다. 엠마 라자루스의 시를 인용하겠습니다. '지치고 가난한 이들을, 자유의 숨결을 갈망하며 웅크린 무리들을, 해안에 버려진 가련한 영혼들을 나에게 보내다오. 세파에 시달린, 고향 없는 이들을 나에게 보내다오. 황금의 문 곁에서 나의 램프를 들어올릴 터이니!" 조이는 날개를 폈다. 카메라 셔터 소리가 연달아 났다. "세상에 알립니다. 마르시아스는 쉴 곳이 필요한 모든 마법적 존재들을 위한 피난처입니다. 우리는 두 팔 벌려 여러분을 환영하며, 머무는 동안 성심껏 돕겠습니다. 하지만 누구든 고약한 저의를 품고 우리 집에 오려고 한다면…." 조이의 표정이 딱딱해졌다. "군주로서 내 왕국을 지키기 위해 무슨 일이든 다 하겠습니다." 조이가 눈을 깜빡였다. "오, 너무 불길하게 들렸나요? 내 연인 헬렌 웹이 시장직을 계속 맡기로 해서 다행이군요."

"두 사람은 최강 커플이야." 피가 눈을 반짝이며 속삭였다.

"땅은요?" 한 기자가 물었다. "면적이 충분하지 않은데 어떻게 수

많은 마법적 존재들을 수용할 수 있겠습니까?"

"말 잘하셨습니다." 조이가 말했다. "따라오시면 구상안을 보여 드리죠."

조이는 발길을 돌려 아서, 라이너스, 아이들에게 돌아갔다. 중간에 헬렌이 합류하며 조이의 손등에 쪽 소리 나게 입 맞췄다.

"기분이 어때?" 헬렌이 조이에게 물었다.

조이가 고개를 절레절레했다. "이상해. 비현실적이고 옳은 느낌이야."

"왕관 추가는 나쁘지 않은 선택이었어."

"너무 과하지 않았어?"

헬렌이 웃었다. "나중에 우리 둘만 있을 때 다시 물어봐. 왕관 쓴 채로."

"분부대로."

조이는 먼저 아이들에게 다가갔다. 아이들은 조이를 둘러싸고 한꺼번에 말을 걸었다. 조이는 혼자 조금 물러나 있는 샐에게 전했다. "너희 덕분이다."

샐은 이맛살을 구겼다. "무슨 말이에요?"

"너희의 신념." 조이가 아이들을 차례로 바라봤다. "너희는 우리가 데이비드를 숨기도록 내버려두지 않고 싸웠지. 불리한 상황이 닥쳤을 때 서로 도왔고. 너희들이야말로 진정한 힘을 지닌 존재들이다. 부디 잊지 말기를."

조이 채플화이트 국왕은 왕관의 사슬을 늘어뜨리며 고개를 숙였다.

그러자 라이너스가 한 손을 가슴에, 다른 손을 등에 대고 고개를 숙였다. 그를 따라 제이본, 메를, 헬렌, 스완슨 씨, 호텔 직원들, 연을 팔던 여자, 골동품 가게 사장, 새로 온 아이스크림 가게 주인, 도서관 사서들, 서점과 카페 안에 있던 손님들이 모두 고개를 숙였다. 아이들을 향해.

자신들에게 예를 표하는 사람들을 보고 아이들은 놀란 눈을 깜빡였다. 이 아이들이 바로 희망이었다. 그 무엇도 정해지지 않은 미래에 보내는 러브레터. 아서는 수줍게 웃는 샐을 바라보며 생각했다. 희망은 어떤 절망 속에서도 절대 포기하지 않는 사람들의 마음과 정신에 깃드는 마법이라고.

그래서 조이가 "너희 도움이 필요해"라고 말했을 때 아서는 바로 이해했다. 그들은 함께 여기까지 왔다. 끝까지 함께하는 것이 당연했다.

"이제 뭘 할까요?" 피가 조이의 손을 잡고 물었다.
"더 일찍 해야 했을 일. 우리는 세상을 바꿀 거야."

만약 지금 이 순간 마르시아스에 도착한 휴가객이 있다면 기차에서 내려 따뜻하고 짭짤한 공기를 들이마신 뒤 이내 신기한 광경을 목격했을지 모른다. 왕관을 쓰고 조개 갑옷을 입은 여성을 수백 명의 사람이 뒤따르는 광경. 여성의 양옆에는 쉴새 없이 조잘거리는 아이들과 약간 당황한 표정의 두 남자가 있었다. 군중 속에 섞인 기자들은 질문을 쏟아냈다.

그들이 돌아오면 어쩔 셈인가요? 정부와의 전쟁을 선포했다는 뜻인가요?

그 질문들은 일단 무시되었지만, 기자들은 이미 충분히 보았다. 그들이 얻은 정보를 가지고 무엇을 할지는 아서의 손을 떠났다. 그들이 진실을 보도하든 왜곡하든, 딱히 신경 쓰이지 않았다.

그들은 마을의 반달 모양 만에 있는 부둣가에 이르렀다. 좌우로 작은 수상 선박, 대여용 패들 보트, 쾌속정, 요트 몇 척이 정박해 있었다. 가장 긴 선착장 끝자락에 메를의 연락선이 물살에 흔들리고 있었다.

선착장에 올라서면서 조이는 뒤를 힐끗 보았다. "아서, 라이너스, 같이 가자. 메를, 당신도. 나머지는 여기 남아 있어. 그게 더 안전해."

아무도 국왕의 뜻을 거스르지 않았다. 사람들은 부둣가에 머물렀다. 몇몇 아이는 목말을 타고 몇몇 사람은 까치발을 들고 무슨 일이 일어날지 지켜보았다.

연락선을 향해 다가가면서 발밑의 널빤지가 삐걱거렸다.

아서와 라이너스는 지치고 약간 정신이 없었지만, 흥분을 감추지 못한 채 고개를 높이 들고 걸었다. 얼마 전 그의 계획을 들었을 때 아서는 최선을 다해 이해하려 했다. "백문이 불여일견이지." 조이가 눈을 반짝이며 말했었다.

선착장 끝에 이르자 조이가 무릎을 꿇고 두 손으로 바닷물을 떴다. "할머니는 바다를 이해했어. 바다는 자기만의 방식으로 할머니에게 말을 걸었지. 마치 천시와 프랭크처럼. 하지만 바다만이 아니었어. 이 땅을 고향이라 부르는 모든 생명체가 그랬어." 조이는 오른쪽 손을 뒤집었다. 물 한 방울이 검지 끝에 매달렸다가 다시 바다로 떨어졌다. 조이는 주먹을 쥐었다. "나는 그분의 자손이야. 그분이 기대했던 군주가 될 거야." 조이가 천천히 일어섰다. 저 멀리 섬이 보였다. 조이는 섬을 한참 바라보다 돌아서서 그들을 마주했다. "천시, 네 도움이 필요하다. 물고기, 성게, 상어, 네 말을 들을 수 있는 모든 해양 생물에게 알려줘. 곧 지각 변동이 올 테니 대비하라고. 산호초는 좀 이동하겠지만 해를 입히겐 안 해, 약속하마."

"저만 믿으세요!" 천시가 물가에 엎드린 채 크게 숨을 들이마셨다. "프래애애애애애애앵크! 거기 있어, 친구? 프래애애애애애앵크! 네가 필요해!"

"천시가 해양 생물하고…"

"프래애애애애애애애앵크!"

"…소통하는 사이, 메를, 할 말이 있어."

메를은 작업복에 손을 닦고 목을 가다듬은 뒤 앞으로 한 발짝 나섰다. "예, 폐하."

조이가 코웃음을 쳤다. "자네한테 난 그냥 조이야. 다른 호칭은 받아들이지 않겠어."

메를이 눈이 튀어나왔다. "아, 그러시다면야."

"좋아." 조이는 연락선을 향해 턱짓했다. "앞으로 정규직으로 고용될 생각 있나?"

메를이 눈살을 찌푸렸다. "이 소란의 요점은 당신이 섬을, 섬이

아니게 만드는 것으로 생각했는데요."

"그래, 맞아. 내 뜻대로 하면, 당신은 당분간 꽤 바빠질 거야. 그래서 자네에게 마르시아스의 공식 뱃사공 자리를 제안해. 연락선이든 무슨 수단이든 이용해서 피난처를 찾는 사람을 우리에게 데려다주는 직무야."

메를이 잠시 그 말을 곱씹더니 바다에 침을 뱉었다. "애들이요?"

"애든 어른이든. 나 좀 봐, 중요한 말을 깜빡했네. 보수는 넉넉히 줄게."

"진작 그렇게 말하시지. 좋습니다." 메를이 씩 웃었다.

"왔구나, 프랭크!" 천시가 말했다. 프랭크는 물 밖으로 폴짝 뛰어오르며 비늘을 반짝였다. "빨리 와줘서 고마워. 너한테 중요한 임무가 있어. 국왕이 돌아왔고, 엄청난 마법을 부린대. 이 마을과 섬 사이의 모두에게 알려줘. 그가 모든 걸 예전으로 되돌린다고."

"다 같이 해야 해. 나 혼자서는 할 수 없으니까." 조이가 덧붙였다.

프랭크가 물속 깊은 곳으로 사라졌다.

"무슨 뜻이에요?" 탈리아가 물었다.

"마법은 내면에서 우러나와." 조이가 데이비드와 피를 힐끗 보며 말했다. "우리의 능력보다는 마음이 중요하지. 우리가 무엇을 원하는지, 앞으로 무엇을 할 계획인지. 내 할머니는 항상 땅과 바다가 우리가 하는 모든 일에 귀 기울인다고 말씀하셨어. 자연은 악의와 이기심을 감지할 수 있다고. 나와 이 일을 함께 끝내면 너희는 자연의 수호자가 될 거야." 조이는 아이들을 향해 빙긋 웃었다. "먼

땅에 있는 사람들은 너희를 길잡이 삼아 찾아올 거야. 책임이 무겁 겠지만 너희는 혼자가 아니니 충분히 감당할 수 있으리라 믿는다."

"제가 왕의 기사이자 자연의 수호자가 될 수 있다고요?" 루시가 외쳤다. "오늘은 제 생일도 아닌데요!"

"우리가 어떻게 하면 될까요?" 샐이 물었다.

"정말 괜찮겠어?" 조이가 물었다. "조금이라도 꺼려진다면…."

"우리 아들 말 들었잖아요." 라이너스가 말했다. "우린 준비되었 어요. 그렇지?"

"준비되었어요!" 아이들이 한목소리로 외쳤다.

"아서?" 조이가 물었다.

아서는 마음속으로 생각했다. *엄마, 지금 날 봤으면 좋겠어요. 나는 혼자가 아니에요.*

"예, 폐하?" 아서 파르나서스가 말했다.

조이는 코를 쿵쿵하며 눈가를 닦았다. "그렇게 부르지 말라고 했 잖아."

"그랬죠." 아서가 동의했다. "하지만 제 마음입니다."

어느덧 해가 질 무렵이었다. 잔잔한 바다에 주황색과 빨간색 물 결이 이글거렸다. 부둣가에 모인 수많은 사람이 조용히 지켜보고 있었다.

선착장 위에 위풍당당 선 국왕을 중심으로 한 가족이 철새 무리 처럼 V자 대형을 만들었다. 국왕의 드레스 자락이 발목에서 휘날

리고 날개가 은은히 반짝였다. 조이의 왼쪽에는 루시, 탈리아, 데이비드, 라이너스, 오른쪽에는 피, 천시, 시어도어를 어깨에 얹은 샐, 아서가 서로서로 손을 잡았다.

　섬과 바다를 바라보며 조이가 입을 열었다. "끌어당기는 힘이 아주 강하니 맞서지 마. 모래사장에 서서 서핑한다고 생각하면 쉬워. 파도가 발 위로 부서질 때, 너희를 끌어당기는 파도의 힘을 느껴봐. 덮쳐오는 파도를 맞이하고, 자신을 있는 그대로 드러내. 바다는 우리의 의도가 순수하다는 사실을 알아 차릴 거야. 나머지는 내가 알아서 할게. 절대 *서로를 놓지만 마.*"

　해가 수평선에 닿는 순간 시작되었다. 조이의 눈이 새하얀 빛으로 가득 차고 날개가 윙윙거렸다. 소금기 섞인 바닷바람에 모두의 옷자락이 나부꼈다. 조이가 선착장에서 떠오르며 발아래 소용돌이가 일었다. 라이너스가 헛숨을 들이켰다. 조이가 점점 더 높이 떠오르자 아서는 그가 말한 끌어당기는 힘을 느꼈다. 불사조가 고개를 들어 길게 울부짖었다. 그 감각은 아서의 가슴에서, 팔로, 어깨로, 머리로, 한 군데도 빠짐없이 집요하게 번져갔다.

　아서는 그 힘을 받아들였다.

　루시는 몸이 떠오르자 웃음을 터뜨리며 발을 굴렀다. 피도 날개를 팔랑이지 않고 떠올랐다. 탈리아, 천시, 데이비드, 샐, 시어도어까지 모든 아이가 선착장에서 일 미터쯤 떠 올랐다.

　라이너스는 얼굴이 약간 파랗게 질렸다. "난 공중에 뜨는 것보다 땅에 단단히 발을 붙이고 있는 걸 선호… 으악!" 머리카락이 해초처럼 일렁이더니 라이너스도 아이들처럼 일 미터 위로 떠올랐다. 몸이 눕듯이 젖혀지자, 시어도어가 꼬리로 그의 목을 감싸 똑바로 세웠다. "뭐. 별거 아니네." 라이너스가 떨리는 목소리로 말했다. "난 그냥… 여기 이렇게 떠 있을게."

아서는 떠오르면서 고개를 젖히고 웃었다. 팔을 따라 불길이 피어올라 샐과 시어도어, 천시에게 번져 나갔다. 그리 뜨겁지 않은 불이 허리(가슴?)를 훌라후프처럼 감싸자 천시가 기쁨에 찬 고함을 지르며 온몸을 흔들었다. 불길이 춤추듯 조이에게 옮겨갔다. 주황색 불꽃이 드레스에 어우러지듯 섞였다. 불은 루시, 탈리아, 데이비드에게 옮겨갔다. 모두 간지러운 온기에 낄낄 웃었다.

불은 마지막으로 라이너스를 감싸며 새의 형상을 갖췄다. 이글거리는 화염과 함께 불사조는 라이너스의 머리 위로 고개를 숙이고 라이너스의 코에 부리 끝을 댔다.

라이너스는 숨을 크게 몰아쉬었다. 아서는 그의 감정을 낱낱이 느낄 수 있었다. 두려움. 걱정. 그보다 큰 희망과 용기. 사랑. 호기심. 그리고 엄청난 자부심.

아서는 불사조였고, 불사조는 아서였다. 불사조는 다시 한번 고개를 들고 날개를 활짝 펼치며 포효했다. 그 소리가 바다 멀리 울려 퍼졌다.

"지금이야!" 조이가 외쳤다.

불사조이자 아서인 그는 눈을 깜빡였다. 조이의 가슴에서 나온 흰빛이 조그마한 구체를 그렸다. 루시에게서는 지옥 불처럼 붉은

빛이, 피에게서는 미루나무 잎사귀처럼 노란빛이, 탈리아에게서는 베고니아처럼 진분홍빛이, 데이비드에게서는 눈처럼 하얀빛이, 천시에게서는 바다처럼 푸른빛이, 샐과 시어도어에게서는 와이번이 내뿜는 불처럼 초록빛이 나왔다. 그 빛에서 단어들이 삐뚤삐뚤 익숙한 필체로 나타났다. '연약한', '희미한', '날 봐', '나는 발견되었다'.

라이너스에게서 나오는 빛은 그 일곱 가지 색을 모두 품고 있었다. 라이너스와 그들은 서로를 품었으니까. 아서는 섬에 처음 돌아온 날 현관 계단에서 본 작은 노란 꽃을 떠올렸다. 라이너스가 섬에 오기 전 키웠던 해바라기도 같은 색이었다. 잿빛 세상의 유일한 빛깔.

마지막으로 아서에게서는 불사조의 날개와 같은 다홍빛이 나왔다. 각각의 빛이 조이 앞에서 반짝이는 구체가 되어 춤추듯 뒤섞였다. 이윽고 구체가 갈라지면서 앵무조개 형상으로 변했다. 다채로운 빛줄기를 내뿜는 사이로 조이는 몸을 기울여 그 중앙에 입 맞췄다.

조개껍데기와 불사조는 바다를 쏜살같이 가로질러 섬을 향해 날아갔다. 중간 지점에 이르러 불사조는 상승기류를 타고 하늘 높이 날아올랐다. 그 아래 조개껍데기는 바다와 수평으로 떠 있었다. 정점에 도달한 불사조는 뒤로 거꾸러지며 날개를 옆구리에 접어 넣고 앵무조개 문양을 향해 곤두박질쳤다.

"꽉 잡아!" 조이가 외쳤다. 선착장이 요동치고 파도가 점점 커졌다. 그들의 팔다리와 얼굴에 바닷물이 튀었다.

불사조가 조개껍데기를 내리칠 때 아서는 이를 꽉 깨물었다. 그

힘은 이전에 느껴본 어떤 힘보다 강했다. 껍데기가 산산조각 나면서 시간이 느려졌고, 그 부스러기가 불사조의 부리와 얼굴, 가슴과 날개를 뒤덮었다.

새가 수면을 때리자, 아서는 불사조에게서 깔끔하게 떨어져 나왔다. 두 존재가 가장 멀리 떨어진 순간이었고, 가능할 줄 몰랐던 분열이었다. 온몸의 모든 근육이 긴장했다. 그의 반쪽은 선착장 위에 떠 있고 반쪽은 어두운 물속으로 빠져들었다. 주위의 물이 지글지글 끓었다. 불사조는 어지럽고 혼란스러운 상태로 점점 더 깊이, 더 멀리 나아갔다. 해저에서는 해초들이 해류에 흔들리며 그를 맞이했다.

불사조의 부리가 바다의 밑바닥을 찍는 순간, 해저 평원에 커다란 균열이 생기며 조이의 눈처럼 흰빛을 뿜었다. 그 빛이 보글거리는 물거품에 휩쓸려 사라지기 전, 아서는 거대한 석상이 해저를 뚫고 나오는 것을 보았다고 맹세할 수 있었다.

선착장 위에서 아서는 소금기 때문에 따가운 눈을 떴다.

지축을 뒤흔드는 굉음과 함께 육지가 바다에서 솟아올랐다. 그들 주위의 반달 모양 만은 바위와 모래, 풀과 나무, 수천 종의 꽃으로 가득 찼다. 수위가 급격히 상승하면서 연락선을 포함한 모든 배를 들어 올렸다. 휘청이며 신음하던 배들은 곧 안정을 되찾았고, 연락선은 위태롭게 기울었다가 간신히 똑바로 섰다.

그들 앞에 검은 조개껍데기들이 조약돌처럼 박힌 하얀 둑길이 펼쳐졌다. 길 양옆에는 거대한 석상들이 늘어서 있었다. 각각 꽃, 묘목,

새, 두루마리를 들고 다양한 자세를 한 정령들의 형상이었다.

 돌과 암반이 착착 쌓이면서 계속 만들어진 둑길은 섬까지 이어져 그들의 집 주변을 둘렀다. 성난 파도가 흰 포말을 일으키며 해안에서 부서졌다. 아서는 섬이 바다에서 솟아오르는 줄 알았지만, 착각이었다. 섬은 솟아오르는 게 아니었다.

 섬은 자라나고 있었다.

 모두가 바라보는 가운데 마르시아스는 점점 더 커졌다. 마침내 해가 수평선 아래 가라앉고 그들의 발이 천천히 선착장에 내려앉았을 때, 그들이 알던 섬은 더 이상 존재하지 않았다.

 그 자리에는 익숙하면서도 경이로운 땅이 있었다. 겉모습은 이전과 거의 같지만 원래 면적보다 다섯 배는 컸다. 섬에서 한 번도 본 적 없는 나무들이 마치 수십 년은 자란 모습으로 해풍에 흔들리고 있었다. 나무줄기 끝 사이로 몇 시간 전만 해도 존재하지 않았던 작은 집들이 보였다.

 "집이야." 조이가 나지막이 말했다. 머리 위에서 갈매기 한 마리가 끼룩거렸다. "예전에도, 앞으로도." 조이는 원래 대로 돌아온 눈동자로 가족을 바라보았다. 미소 짓는 뺨 위로 눈물이 흘렀다.

 "우리 집이에요?" 피가 감탄하며 조이의 손을 잡고 물었다.

 "그래. 우리 모두의 집. 바다가 준 선물이야."

 "프랭크!" 천시가 물 위로 뛰어오른 친구를 보고 기쁨에 겨워 외쳤다. "진짜 대박이었지? 우리가 날아올라 마법을 부렸어! 아래는 괜찮아? 와, 정말?" 천시가 가족을 향해 고개를 돌렸다. "프랭크가

해양 생물들은 무사한 것 같대요. 불가사리들이 불쾌해하긴 했는데, 그들은 원래 까탈이 심하대요."

아서가 라이너스의 손을 잡았다. "애들아, 우리가 만든 걸 구경하러 가볼까?"

루시가 둘을 올려다봤다. "우리끼리는 아니죠?"

"무슨 뜻이야?" 라이너스가 물었다.

루시가 마을을 가리켰다. 가족들은 그쪽을 보았다. 많은 사람들이 여전히 그 자리에 서 있었다. 아니, 더 불어났다. 수백 명이 경외감에 사로잡혀 그들을 바라보고 있었다. 인파의 맨 앞에 선 헬렌은 제이본에게 기대어 눈물을 훔쳤다.

"우리 모두의 집이라고 하셨잖아요." 루시가 설명했다. "저들도 포함이죠."

"옳다." 조이가 말했다. 국왕은 목소리를 높였다. "마르시아스의 사람들이여! 여러분의 새 왕국을 보시겠습니까?"

사람들은 환호성을 질렀다. 앞장선 아이들을 따라, 그들은 새 보금자리로 향했다.

에필로그

청명한 가을 아침, 아서 파르나서스는 산책에 나섰다. 특별한 목적지는 없지만 죽음의 위협이 도사린 반도의 남쪽 끝은 피하는 게 나았다. 물론 그 위협은 다소 호전적인 노움에게서 비롯되었다. 이번이 처음도 마지막도 아니었지만, 아서는 오늘만큼은 노움을 시험하지 않기로 했다. 탈리아는 이날을 오래 고대해왔다.

게다가 오늘 아침에는 다른 신경 쓸 일들이 있었다.

지금의 마르시아스에 익숙해지는 데 상당한 시간이 걸렸다. 누구보다 섬을 잘 알던 조이와 아이들마저 계속 새로운 발견을 해나갔다.

얼마 전까지 섬이었던 이 반도는 여전히 나무가 울창했지만, 베이커-파르나서스 가족과 조이의 집 외에도 곳곳에 돌과 부서진 조개껍질로 지은 집들이 생겼다. 마을의 집들처럼 포근한 파스텔 색조였다. 일부는 과일나무가 무성한 숲에 자리했고 일부는 나무 위에 지어져 밧줄 사다리로 오르내리거나 나무다리로 집과 집 사이를 오갈 수 있었다. 그런가 하면 산비탈의 땅 밑에 지어진 집들은 내부가 축축하고 시원했다.

길들도 무척이나 새로워졌다. 구불구불한 흙길 대신 돌로 이뤄진 번듯한 산책로가 마르시아스 섬을 구석구석 연결했다. 길가에는 덩굴식물과 이끼로 뒤덮인 고대 정령들의 조각상이 줄지어 서 있었다.

반도 외곽을 따라 난 주요 도로는 차량이 오갈 수 있었다. 새로운 마르시아스를 구경하러 온 방문객들이 주로 그 길을 이용했다. 잠시 머물다 돈을 쓰고 돌아가는 완벽한 손님들이었다.

두 아이가 까르르 웃으며 아서의 곁을 스쳐 지나갔다. 아서가 미소 지으며 돌아보니 둘 중 하나가 사라졌다. 혼자 남은 친구, 보라색 눈과 검은 비늘을 지닌 소년이 두리번거렸다.

"투명 인간이 되는 건 반칙이야!" 소년은 아서를 올려다봤다. "파르나서스 씨, 앨리스한테 반칙하면 안 된다고 말해주세요."

몹시 피곤해 보이는 여자가 길에 나타나 눈알을 굴리며 한숨을 쉬었다. "빌리." 여자의 부름에 소년이 끙 앓았다. "규칙 알잖아. 앨

리스는 마법을 쓰고 싶으면 쓸 수 있어. 그리고 파르나서스 씨는 오늘 중요한 일이 있단다."

앨리스가 다시 나타났다. "미안해, 빌리. 안녕하세요, 파르나서스 씨!"

"안녕, 앨리스, 안녕, 빌리." 아서가 인사했다. "둘이서 탐험 중이었나봐. 뭐 흥미로운 거 찾았니?"

빌리가 화색을 띠더니 음모를 꾸미듯 속삭였다. "샐이 섬 어딘가에 보물이 숨겨져 있다고 했어요. 앨리스랑 제가 찾아내려고요."

"아." 아서가 말했다. "혹시 그 과정에서 쌓은 우정이 보물 아닐까?"

빌리가 웩 소리를 냈다. "아뇨. 우리는 금은보화를 찾아서…"

"제자리에 돌려놔야죠. 우리 것이 아니니까." 앨리스가 냉큼 말을 맺었다.

"네, 뭐." 빌리가 말했다. "하지만 보물을 찾은 공로는 우리 차지예요. 어서 가자! 일광욕하는 칼리오페처럼 생긴 바위를 찾아야 한다고 샐이 그랬어. 그러면 거의 다 온 거라고."

두 아이는 길을 따라 달려갔다.

빌리의 엄마, 게일이 고개를 절레절레했다. "죄송해요."

아서가 손을 들었다. "사과할 필요 전혀 없어요. 적응은 좀 했나요?"

"그럭저럭요." 게일이 말했다. 눈 밑이 칙칙했지만 도착했을 때보다는 안색이 밝았다. "우리 둘 다 어제 처음으로 통잠을 잤어요. 아침에 일어났는데 호흡이 평소보다 편안했어요. 그리고 빌리 방으로 갔더니…" 게일이 훌쩍거렸다. "애가 푹 자고 있더라고요. 아주 오랜만에 보는 모습이었어요."

"정말 기쁘네요." 아서가 다정하게 말했다. "진작 그랬어야 했습니다. 우리가 나눈 얘기는 생각해보았나요?"

게일이 결연한 표정으로 고개를 끄덕였다. "네. 늦지 않았다면 수락하고 싶어요." 그는 약간 머뭇거렸다. "국왕님만 괜찮으시다면요."

아서가 웃음을 터뜨렸다. "그분의 제안이었잖아요. 다재다능한 국왕님에게도 법률은 너무 복잡하고요. 게일 같은 전담 변호사가 있으면 큰 힘이 되죠."

"빌리가 태어난 뒤로 일을 쭉 쉬었어요. 적응하려면 시간이 좀 필요해요."

"물론이죠. 도움이 필요하면 언제든 말씀하세요."

"그럼 제가 할 수 있는 일을 할게요. 국왕님께 다음 주에 만나 뵙겠다고 전해주실래요?"

"기꺼이요. 곧 심리치료사 한 명이 올 예정이에요. 바다표범과 인간을 넘나드는 요정인 셀키라고 들었는데, 적응을 마치면 이곳에 진료실을 차릴 계획이라고 합니다. 당신이나 빌리에게 도움이 되지 않을까 기대해요. 저도 도움을 받아볼 생각이에요. 과거에 겪은 일들을 이해하고 싶거든요. 우리 애들도 마찬가지고요. 대화 상대가 필요한 사람은 누구나 도움을 받을 수 있습니다. 그는 마법 공동체를 치료한 경험이 있대요."

"혼자서는 극복할 수 없으니까요." 게일이 나지막이 말했다.

"없죠."

게일은 아서가 몇 번이고 들었던 질문, 모든 이가 품고 있는 질문을 던졌다. "그들이 다시 시도하면 어쩌죠?"

그들, 즉 DICOMY와 DICOMA는 현재 전례 없는 역풍을 겪고 있었다. 그날 이후 '마르시아스의 기적'이라 불리는 소식이 빠르게 퍼져나갔다. 정장 차림 남자들에게 둘러싸인 베이커-파르나서스 부부와 겁에 질린 표정의 아이들, 하늘에서 내려온 유일한 적통 후계 국왕, 침략자들의 추방, 과거의 영광을 되찾은 마르시아스가 신문, 라디오, 텔레비전을 가리지 않고 언론을 지배했다.

많은 정보 중 유독 대중의 뇌리에 깊이 박힌 하나는 그날 마을을 방문한 어느 탐조객이 찍은 사진이었다. 탐조객은 제닌 로더가 자기 키의 반밖에 안 되는 루시에게 손찌검을 휘두르려 손을 치켜든 모습을 포착했다. 이 사진은 마법적 존재의 권리 투쟁을 위한 상징적인 이미지가 되었다. 모든 지면과 화면, 마법 공동체 권리 신장 집회 포스터에 실렸다.

일부 전문가들은 이 이미지가 반정부 선전에 불과하다고 떠들어댔다. 진짜 문제는 적그리스도가 마을을 마음껏 돌아다니도록 방치한 것이라고 비판했다.

"그들의 저의가 보이지 않나요?" 한 떠버리가 라디오 뉴스 프로그램에서 열변을 토했다. "그들은 우리 아이들을 쫓아다니며 마법적 존재가 정상이라고 생각하도록 세뇌하겠죠. 이건 선택의 문제입니다. 우리 삶의 방식이 그 어느 때보다 위협받고 있는 지금, 우리는 아이들을 보호해야 합니다. 그 가엾은, 길 잃은 영혼들을 생각하면 밤에 잠도 잘 수 없어요. 무언가를 보면 말하세요!"

아서는 로더, 마블모, 정장 패거리가 총리 집무실에 난데없이 나타났을 때 어떤 진풍경이 펼쳐졌는지 직접 목격하지 못해 아쉬웠지만, 그다음에 이어진 일로 만족해야 했다.

예상대로 로더는 기자회견을 열어 '아이들이 학대당하고 있는지 점검하던 중 공격을 당했다'며 추방 사실을 무마하려 했다. 또한 마르시아스에서 일어난 일이 위험한 선례를 남겼다며, 오늘날 인류가 직면한 가장 중요한 질문은 '다른 강력한 마법적 존재가 똑같은 일을 저지른다면 어떻게 될까?'라며 목소리를 높였다.

안타깝게도 그 자리에 있던 기자 중 아무도 로더의 생각에 관심이 없었다. 그들은 오직 로더가 과거 DICOMY에 등록된 아이를 때린 적 있는지, 마블모가 길 한복판에서 설인 아이에게 폭력을 행사한 혐의로 처벌받았는지, 정부가 마르시아스를 국가로 인정할 예정인지, 침략 전쟁을 일으킬 계획이 있는지만 궁금했다.

"만약 그렇다면 바다의 정령이 침략자를 모두 추방하지 않겠습니까?" 한 기자가 이어서 물었다. "이미 추방된 당신이 군대를 이끌 수 있는 것도 아니잖습니까?"

로더는 연단을 꽉 잡고 몸을 숙여 마이크에 입을 바짝 댔다. "다시 한번 말씀드리지만, 그 소년은 적그리스도입니다. 악마의 아들이라고요. 어떻게 아무도 이 심각성을 이해하지 못합니까?"

기자회견은 아무런 결론 없이 끝났다.

2주 후, 허먼 카마인 총리는 총리 사저에서 단독 기자회견을 열었다. 평소 즐겨 입던 핀스트라이프 정장 대신 두꺼운 스웨터와 황갈색 바지를 입고 벽난로 앞 푹신한 의자에 앉은 카마인 총리는 기자들의 질문에 답했다. 그는 미소 짓고, 웃고, 기자들을 짓궂게 놀리기도 했다. 그러다 마치 스위치가 눌린 듯이 진지한 표정으로, 제닌 로더가 가족과 더 많은 시간을 보내기 위해 공직에서 사퇴하기로 했다고 발표했다. 그는 새로운 이웃 국가와의 관계가 원활해지길 바라는 마음으로 로더의 사임을 수락했다고 덧붙였다.

"또한, 마법 아동 및 성인 관리부서의 새 책임자가 내정되었다는 소식을 전하게 되어 기쁩니다." 총리가 말을 이었다. "아직 검증이 필요하지만, 저는 이 이상의 적임자가 없다고 생각합니다. 소개는 직접 하는 게 좋겠군요, 도린?"

밝은 노란색 바지 정장을 입은 도린 블로드웰이 고개를 꼿꼿이 들고 우아하게 걸어 들어와 총리의 의자 등받이에 손을 얹고 섰다. 카마인은 그를 향해 미소 지었다. 아서는 공청회 직전 엘리베이터에서 나눈 대화가 떠올랐다.

라이너스의 질문에 라르미나가 뭐라고 답했더라?

DICOMY가 어떻게 당신이나 도린의 배임을 발각하지 못했죠?

우린 남자들을 잘 압니다. 살짝 미소 짓고, 팔을 쓰다듬고, 말을 열심히 들어주면 남자는 자기가 신이 여자에게 내린 선물이라고 믿죠. 우리는 그저 지능 없는 인형들이고요.

"감사합니다, 카마인 총리님." 도린이 나긋한 목소리로 말했다. "총리님의 지지를 얻게 되어 영광입니다. 새해에 제가 DICOMY와 DICOMA의 책임자로 확정되면, 기존의 모든 규정을 재검토하려 합니다. 변화를 받아들이는 건 두려운 일이지만, 현행 방침을 유지하면 돌이킬 수 없는 결과를 초래할지도 모릅니다." 도리는 말을 멈추고 눈을 지그시 감았다가 떴다. "여러분은 제가 못 미더우실지도 모릅니다. 저도 전임자들과 똑같으리라고 생각하시겠죠. 우려를 조금 덜어드릴까요?"

도린은 양손을 머리로 가져가더니 익숙한 손짓으로 가발을 벗었다. 머리카락 한 올 없는 창백한 두피가 드러났다. 공식 석상에서 가발을 벗은 행동도 놀라웠지만 그의 정수리에 튀어나온 두 개의 작은 돌기를 보고 기자들은 크게 동요했다. 앞으로 몇 주, 몇 달간 사람들 입에 오르내릴 이야깃거리였.

카메라 플래시가 여러 번 터졌다. "저는 사티로스입니다. 혼혈이지만요. 네 살 때 뿔이 자라기 시작했어요. 어머니를 따라 병원에 갔을 때 의사는 뿔이 더 커질 뿐이라며 제거술을 권했죠." 도린의 시선이 딱딱해졌다. "가축의 뿔 제거와 동일한 방식으로 뜨거운 다리미를 이용해 세포들을 죽입니다. 고통과 공포를 동반하죠. 뿔은 더 이상 자라지 않고요." 도린은 카메라를 향해 가발을 들어 보였다. "이건 제 갑옷이자 방패였습니다." 그는 가발을 바닥에 던졌다. "이제 더는 필요 없습니다. 저는 숨길 게 없으니까요. 다행히 카마인 총리님은 그 무엇도 변화를 막을 수 없음을 인식하고 변화

를 주도하기로 하셨습니다." 그는 총리의 어깨에 손을 얹었다. "그렇지 않습니까, 총리님?"

"그럼요, 그럼요." 총리가 서둘러 말했다. "이번엔 제대로 할 수 있을 겁니다."

일주일 후, 베이커-파르나서스 부부의 주소로 편지 한 통이 도착했다. 풍선껌 같은 분홍색 손 글씨로 쓴 짧은 메시지였다.

이제 시작이니 시간을 좀 주세요.
'이곳에 있고 싶지 않나요?'
사랑을 담아.

그들은 도린을 믿고 싶었다. 그저 기다리면 되었다. 시간이 말해주니까. 모든 일이 그렇듯이.

게일이 답을 기다리고 있는 지금, 아서는 신중히 말을 골랐다. "만약 그들이 다시 찾아온다면, 그 모든 걸 목격하고도 여전히 우릴 괴롭히려 한다면, 인내심이 고갈된 국왕이 그 염병할 엉덩이들을 걷어차줄 겁니다."

게일이 입을 가리고 웃음을 터뜨렸다. "파르나서스 씨!"

아서가 윙크했다. "가끔 특정 단어가 우리의 기분을 잘 드러내주죠. 작은 귀가 엿듣지 않는 한, 가끔 내뱉는 것도 나쁘지 않다고 생각해요."

저 멀리 어딘가에서 빌리가 고함을 질렀다. 게일은 아서에게 인사하고 아들과 앨리스를 향해 달려갔다. 아서는 게일이 모퉁이를 돌아 사라지자 발걸음을 이었다.

국왕은 자신의 집 근처 공터에 있었다. 꽃나무에서 떨어진 하얀 꽃잎들이 눈처럼 땅에 내려앉았다. 그는 고목 그루터기에, 어른 셋과 아이 둘은 풀밭에 앉아 있었다. 이들은 모두 베터였다. 피와 탈리아, 조이가 닿지 못하는 자연과 더 깊은 교감을 했다. 하나같이 키가 작았는데 그들 중 가장 키가 큰 노인은 아서의 절반도 안 되었다. 아이들은 키가 한 뼘에 불과했고, 눈은 인간의 두 배로 컸다. 프리다라는 여자아이가 아서가 다가오는 걸 감지하고 땅에 손을 댔다. 여름처럼 따사로운 마법의 기운이 물씬 느껴졌다. 하얀 꽃잎들이 마치 느린 토네이도처럼 아서의 주위를 휘감았다.

조이가 일어서서 장로 베터의 손을 잡았다. "조언해줘서 고마워요. 이 땅이 행복하다는 걸 확인하니 정말 좋네요. 문제가 생기면 언제든 알려주세요. 함께 일을 바로잡도록 노력하겠습니다. 이제 이 길을 따라가시면 나무들이 제 보좌관에게 안내해줄 겁니다. 마틴이 여러분의 새집을 보여드릴 예정이에요. 필요한 건 뭐든 마틴에게 요청하세요."

장로는 국왕에게 고개 숙여 인사한 뒤 가족을 이끌고 섬의 중앙으로 이어지는 길로 향했다.

"잘 되어 가나요?" 아서가 조이에게 물었다. 조이가 손짓하자 그

루터기가 데구루루 굴러서 집의 열린 문 안으로 들어갔다.

"간신히. 인내심을 더 갈고 닦아야겠어. 군주는 섣불리 나서지 말고 주의 깊게 경청해야 한다고 내 할머니가 조언하신 적 있지." 조이는 짜증 섞인 한숨을 내쉬었다. "그런데 섣불리 나서지 않기가 어려워. 그들이 어떤 일들을 겪어왔는지 들을수록 말이야."

아서는 고개를 기울였다. "그저 경청과 공감이면 충분해요. 그들은 자신들의 이야기를 들어줄 사람이 필요했으니까요."

조이가 손을 휘휘 저었다. "알아, 그냥…" 조이는 한숨을 내쉬었다. "더 쉬워지진 않겠지?"

"아마도요. 그들은 우리를 믿고 비극과 희망이 섞인 개인적인 이야기를 들려주고 있어요. 우리는 겸허한 책임감을 지니고 그것들을 여기에 간직해야 해요." 아서가 자신의 심장 부근에 손을 얹었다. "그리고 여기." 그는 자신의 관자놀이를 두드렸다.

"지금까지 몇 명이지?" 조이가 숲을 바라보며 물었다. 머리 위로 하얀 꽃잎들이 내려앉았다.

"이주민들이요? 아이 서른두 명을 포함해 현재까지 여든네 명이요. 대부분 마법적 존재고요."

조이는 콧숨을 내쉬었다. "수업은 어때?"

"활기찹니다. 운 좋게도 이주민 중 세 명이 전직 교사죠. 라이너스와 협력해서 모든 아이가 제대로 된 교육을 받을 수 있도록 수업 계획을 세우는 중이에요."

"더 늘어나겠지. 이대로 가다가는 공간이 부족해지겠어."

"알아요. 그래도 오는 사람을 외면할 수 없죠. 방법을 찾아보겠습니다." 그러고 아서는 굳이 덧붙였다. "폐하."

조이가 인상을 썼다. "계속 그렇게 해, 파르나서스. 내가 바다의 정령으로서 되찾은 힘이 예사롭지 않거든. 까불지 않는 게 좋아."

아서가 웃었다. "알았어요. 이제 제가 여기 온 이유를 말씀드리죠. 반도 남쪽 끝에는 얼씬하지 말란 말을 들었어요. 거슬렀다가는 제 죽음이 유쾌하지도 빠르지도 않을 거라고 일곱 아이가 경고하더군요."

"루시가 한 말이지?"

"데이비드요. 그 경고를 듣고 흐뭇했어요. 잘 적응하고 있다는 뜻이니까요."

"지난주에 데이비드가 무심코 라이너스를 파파라고 불렀다고 들었어."

"그랬죠. 저녁 식사 중이었어요. 라이너스가 눈물을 흘리며 데이비드를 안아 올렸죠. 그 장면으로 라이너스의 마지막 생일 선물 조각이 완성되었어요. 다른 아이들이 사진을 하나 남은 빈 액자에 끼우고 데이비드가 직접 걸었죠. 그 후 사방에 얼음이 잔뜩 쌓였어요."

"좋네. 조만간 아빠든 파파든 자연스럽게 말이 나오겠어."

"가장 큰 선물이죠. 서두를 필요는 없어요. 적어도 오늘은 아니죠."

"오?" 조이가 순진한 척 눈을 깜빡였다. "오늘 내가 알아야 할 다른 일이 있나?" 조이는 턱을 두드렸다. "딱히 생각나는 게 없는데…."

아서는 조이를 꼭 껴안았다. 조이는 환하게 웃으며 그를 마주 안았다. "꿈은 아니겠죠?" 아서가 속삭였다.

"그럼." 조이가 단호하게 말했다. "모두 다. 전부 다. 오늘도, 내일도, 앞으로도 쭉."

"이런 날을 꿈꿔 왔어요." 아서가 말했다. 꽃잎들이 그들 주위에서 춤췄다. "이제 그날이 왔으니, 저는…" 아서가 웃음을 터뜨렸다. "솔직히 말하면 조금 긴장되네요."

조이가 아서의 팔뚝을 움켜쥐고 몸을 물렸다. "무서워?"

아서가 고개를 저었다. "이거요? 아니요."

"라이너스는 헬렌하고 같이 있지?"

"네. 식전에 그를 보는 건 불운이라고 분명히 말하더군요."

"그래서 제집에서 쫓겨났구먼." 조이가 싱글벙글 웃으며 말했다. "벌써 시작이야."

"맞아요. 저로선 더 기다릴 수 없네요."

"그럼 이제 아이들이 골라준 예복을 확인할 시간이야." 조이가 아서를 집 쪽으로 끌어당겼다. "애들은 내 의견을 원했지만 애들이 직접 고르는 게 더 의미 있을 듯했어. 어디… 직접 봐."

"불길하면서도, 더 궁금해지네요."

이날 마르시아스 마을을 찾은 휴가객은 유령 마을을 발견했을지 모른다. 모든 가게와 노점이 문을 닫아걸었기 때문이다. 심지어 하나뿐인 레코드 가게 〈록 앤드 솔〉도 문을 닫았다. 가게 주인인 제이본이 가게에서 살다시피 하는 사람이라 더 이상했다.

길거리에 드물게 오가는 사람들은 마을의 이례적인 고요함에 불안해하는 기색이었다. 곳곳의 창문과 문에 안내문이 나붙어 있었다.

'축하하러 갑니다! 내일 다시 오세요!'

"축하?" 안내문 앞에서 사람들은 중얼거렸다. "온 마을이 축하할 일이 뭐가 있을까?"

물론 올가을 최고의 잔치였다. 누구나 초대받길 원하는 축제이기도 했다. 원하는 사람은 누구나 초대받았지만, 천시와 탈리아는 굳이 메를에게 하객 명단 관리를 맡겼다. 핀스트라이프 정장을 멋지게 차려입은 메를은 나무숲 어귀에 서서 줄을 선 사람들에게 초대장을 제시하라고 외쳤다. 뇌물은 받지 않겠다는 말은 빈말처럼 들렸다.

아서는 조이와 팔짱을 낀 채 그쪽으로 다가갔다. 메를이 마지막 하객까지 나무 사이로 들여보내자, 아서는 헛기침으로 인기척을 냈다.

메를이 두 사람을 돌아보았다. "파르나서스 씨! 조이! 세상에, 꾸미니까 아주 근사한데요!"

정말 그랬다. 조이는 세련된 와인색 맞춤 정장을 입고 재킷을 어깨에 걸쳤다. 바지는 정강이 중간까지 내려오고 발은 맨발이었다. 풍성한 머리는 탈리아의 정원에서 갓 딴 하얀 치자꽃으로 장식했다. 오늘만큼은 왕관을 내려놓기로 했다.

아서의 예복은 맞춤 제작한 것처럼 꼭 맞았다. 스스로라면 선택

하지 않았을 색상이었지만 옅은 분홍색 재킷과 바지는 그의 마른 몸매를 잘 보완했다. 주름 하나 없는 흰색 드레스 셔츠도 한몫했지만, 스타일의 완성은 양말 덕이었다. 평소처럼 짧은 바짓단 아래로 아서와 라이너스가 이마를 맞댄 모습이 생생하게 수놓인 회색 양말(피의 선물이었다)이 드러났다. 아서는 모두에게 보여주고 싶어 견딜 수 없었다.

"당신도 멋지네요." 아서가 말했다.

메를은 자신의 차림을 내려다보았다. "이 낡은 옷이요? 생각보다 잘 맞네요. 마지막으로 입었을 때는 음식 없는 장례식이었는데. 오늘은 음식 있죠?"

"있고말고." 조이가 그를 안심시켰다. "음식도 준비하지 않고 손님들을 초대할 순 없지."

메를은 고개를 끄덕였다. "좋네요. 자, 파르나서스 씨. 아마 당신은 조언 따위 필요 없겠지만, 사랑에 대해 좀 아는 사람으로서 내가 몇 마디 해도 될까요?"

"어떤 조언이든 귀담아듣겠습니다." 아서가 말했다.

메를은 손을 들어 손가락을 하나씩 접었다. "거짓말하지 마라. 바람피우지 마라. 도둑질하지 마라."

아서와 조이는 나머지를 기다렸다.

"그게 답니다." 메를이 말했다.

"도대체 어떻게 아직도 싱글이야?" 조이가 물었다.

메를은 콧방귀를 뀌었다. "난 바다가 있잖아요. 그 이상은 필요

없습니다."

"세 가지 조언, 명심하겠습니다." 아서가 말했다.

메를이 무릎을 치며 웃었다. "그래요! 꼭 지켜요. 아이고, 나 좀 봐. 갈 곳 있는 사람을 붙잡고 떠들어 대고 있네. 하객들은 걱정하지 마요. 모두 쫓아내고 싶으면 연락선이 대기하고 있으니까."

"고마워요, 메를." 아서가 말했다.

"하객들한테 곧 입장한다고 알려주겠어?" 조이가 메를에게 물었다.

고개를 끄덕이고 돌아선 메를은 해변이 보이지 않도록 늘어뜨린 나뭇가지들을 헤치고 나아갔다. 나무들 너머로 예식을 기다리는 하객들의 흥분 섞인 재잘거림이 들려왔다.

"준비됐어?" 조이가 물었다.

아서는 망설이지 않았다. "제 마음은 벌써 그에게 달려가고 있는 걸요."

조이가 손을 뻗어 그의 뺨을 어루만졌다. "소년 시절의 네가 지금의 네 모습을 본다면 뭐라고 생각할까?"

아서는 고개를 돌려 조이의 손가락에 입 맞췄다. "사랑과 불꽃은 결국 하나라고요."

나무숲을 빠져나왔을 때, 아서는 심장이 목구멍에 틀어박힌 듯 울컥했다. 엘비스 프레슬리의 노래 때문은 아니었다.

강물이 바다로 흘러가듯이, 그대여 우리도 그런 거에요. 어떤 것들은 그렇게 될 운명이죠.

의자 등받이, 나무, 땅을 장식한 수천 송이의 꽃잎을 스치는 부드러운 바람 때문도 아니었다. 끝없이 펼쳐진 바다 때문도, 구름 한 점 없는 하늘 때문도 아니었다. 공기 중의 소금기나 저 멀리 들려오는 바닷새의 울음소리 때문도 아니었다.

사람들 때문이었다. 다양한 존재들이 뒤섞인, 오백 명이 넘는 축하객들. 마치 연습이라도 한 듯 아서와 조이가 나타나자마자 일제히 고개를 돌렸다.

진흙 인간들-재닛, 배리, 터닙-은 머리와 어깨에서 금어초가 자라고 있었다. 아서와 조이가 고갯짓으로 인사하자 재닛은 이끼 덩어리에 대고 코를 풀며 배리의 품에 안겼다. 터닙은 바닥에 가슴 일부를 뚝뚝 흘리며 환한 미소를 보냈다.

메를은 옆에 선 마틴 스미스가 자신의 어깨에 기대어 훌쩍이자 매우 당황했다. 그래도 마틴을 밀어내지 않고 눈알을 굴리며 투덜거릴 뿐이었다.

전날 밤 도착한 제이슨과 바이런은-곧장 데이비드의 격한 환영을 받았다-손을 맞잡고 서 있었다.

다른 사람들도 모두 한껏 차려입었다. 마을 주민들. 상상을 초월하는 일을 할 수 있고 일상 속에 마법이 있다고 믿는 사람들. 부모들. 조부모들. 삼촌과 사촌들. 친구들. 보호자들. 지지자들. 아서와 조이가 지나갈 때 몇몇은 눈물을 흘렸지만-결국 결혼식이었으니-대부분은 웃으며 고개를 끄덕였다.

거의 모든 아이들은 조금 지루한 표정으로 주변 어른들의 옷을

잡아당기며 예식이 언제 끝나는지, 언제 케이크를 먹을 수 있는지 물었다. 그러다 아서와 조이가 꽃잎으로 뒤덮인 통로를 따라 일곱 아이들을 향해 걸어가자 다들 입을 벌리고 쳐다보았다.

아치형 나무 격자 구조물 왼쪽에는 피와 샐이 서 있었다. 시어도어는 머리에 데이지꽃 화관을 비스듬히 쓰고 샐의 어깨에 앉았다. 피와 샐은 아서와 비슷한 옅은 분홍색 정장에 남색 넥타이를 맸다. 샐의 넥타이에는 물방울무늬가 있었다.

오른쪽에는 루시, 천시, 탈리아가 있었다. 루시의 의상은 샐과 피와 반대로 남색 정장에 분홍색 넥타이였다. 천시는 분홍색 카네이션으로 장식한 호텔 직원 모자를 썼다. 탈리아는 머리부터 발끝까지 최고급 노움 의상 차림이었다. 반짝이는 검은 부츠, 파란색 바지, 분홍색 정장 조끼, 끝이 살짝 기운 고깔모자까지.

아치 바로 아래 주례석에는 데이비드가 헬렌과 함께 서 있었다. 데이비드는 그 어느 때보다 늠름해 보였다. 검은색 턱시도가 풍성한 체격에 잘 맞았고, 얼굴 주위의 털은 비즈를 엮어 가닥가닥 땋았다. 바이런과 샐의 작품이었다. 헬렌은 가장 좋은 멜빵바지에 탈리아가 고른 새 부츠를 신었다. 연단에 올라앉은 칼리오페는 노란색 레이스를 목에 두른 채 지루한 표정으로 꼬리를 불길하게 살랑거렸다.

아서는 모든 이를 눈에 담았다. 마지막이자 최고의 한 사람을 남기고.

라이너스 앨런 베이커가 바람에 머리카락을 흩날리며 정면에 서

있었다. 아서는 평생 그보다 더 멋진 남자를 본 적 없었다. 재킷 단추를 하나 덜 잠그긴 했지만 라이너스의 예복은 그의 둥근 체형에 완벽히 맞아떨어졌다. 아서는 한 바퀴 돌아보라고 요청하고 싶은 마음을 꾹 눌러 참았다.

라이너스는 두 손을 쥐어짜거나 뜯지 않았다. 아서와 조이가 다가올 때 한 번도 '오 이런', 하고 중얼거리지 않았다. 긴장한 기색이 전혀 없었다. 그저 눈물을 살짝 머금고 온화하게 웃고 있었다.

그 순간 아서는 지금까지의 노력과 고투, 잠 못 이루던 밤과 길 위에서 보낸 시간, 좋은 일, 나쁜 일, 추한 일, 그 모든 것이 이 순간으로 이어졌다는 사실을 깨달았다.

아서는 경이로움에 벅차올랐다. *엄마, 우리 좀 봐요.*

아서와 조이가 하객들 앞에 서자 아이들은 아서에게 달려들었다. 아서가 노움과 정령을 안고 비틀거리며 뒷걸음질 치자 여기저기서 웃음이 터져 나왔다. 천시는 촉수로 아서의 오른쪽 다리를 감싸고 루시는 아서의 등을 타고 올라가 두 팔로 목을 껴안았다. 샐은 그의 옆구리를 파고들었다. 시어도어의 혀가 뺨을 길게 핥아 올리자 아서는 눈물 젖은 웃음을 터뜨렸다.

하객들이 착석하자 조이는 발뒤꿈치를 들고 아서의 양 뺨에 번갈아 입 맞췄다. "이건 시작에 불과해." 조이가 눈을 반짝이며 말했다.

"맞아요." 그가 동의했다.

조이가 아서를 떠나 라이너스에게 다가갔다. 무슨 말을 했는지 라이너스가 훌쩍이며 조이를 덥석 끌어안았다. 조이는 비명 섞인 웃음을 터뜨렸다. 라이너스는 그대로 조이를 한 바퀴 돌렸다가 내려놓고 옷매무시를 가다듬으며 기대에 찬 눈으로 아서를 바라봤다.

조이가 헬렌과 데이비드, 칼리오페와 합류하자 아서는 마지막 발걸음을 옮겼다. 마침내 사랑하는 사람 앞에 서자 세상이 고요에 휩싸였다.

우중충한 회색빛 도시에 살다가 고양이와 규정집, 어긋난 사명감을 지니고 신비로운 섬에 온 남자. 이곳에서 세상이 얼마나 신비로운지 깨달은 까다롭고 사랑스러운 남자. 벼랑 위의 집에서 자신의 자리를 일궈낸 남자. 이제는 아무도 침묵하지 않도록 애쓰는 남자.

"안녕, 라이너스." 아서가 나지막이 말했다. 더 크게 말하면 이 놀라운 꿈에서 깨어날 것만 같았다.

"안녕, 아서." 라이너스가 화답하자 아서의 가슴 속 불사조가 기뻐서 울부짖었다.

"이제 시작할까요?" 주례석에서 데이비드가 헬렌에게 속삭였다. 칼리오페가 데이비드의 비즈 달린 털 가닥들을 툭툭 쳤다.

"그게 좋겠어." 탈리아가 말했다. "안 그러면 저 둘은 영원히 서로 멍하니 쳐다보고만 있을 테니까."

"시작하렴." 헬렌이 데이비드에게 말했다. "연습한 대로만 해."

"그럴게요." 데이비드가 자기 앞에 놓인 종이를 내려다보며 말했

다. "제가 애드리브 하기로 한 부분만 빼고 말이죠."

"애드리브?" 헬렌이 미간을 좁혔다.

"파티에 오신 여러분, 환영합니다, 크와아앙!" 데이비드가 송곳니를 드러내고 우렁차게 포효하며 손톱을 길게 뺀 양손으로 연단을 움켜쥐었다. "저는 여러분의 진행자, 데이비드입니다! 시작하기 전에 한 말씀 드리겠습니다. 저는 여러분의 생일 파티, 장례식, 유령의 집, 독서 모임 등에 짜릿한 공포를 선사할 수 있습니다. 책을 읽고 토론하는 데 지치셨나요? 이제 책을 읽고 혼비백산 달아날 수 있습니다! 저렴한 비용으로 섭외 가능합니다!"

"결혼식에 광고가 포함되는 줄 몰랐어." 루시가 말했다.

"다음에는 협찬을 받아야겠어." 탈리아가 말했다.

"다음에는?" 라이너스가 기가 차서 되물었다.

탈리아가 그의 다리를 두드렸다. "그건 제가 걱정할게요. 일단 더 큰 일에 집중하세요."

라이너스가 한숨을 쉬었다. 데이비드는 주례를 맡은 사람에게 독점 발언권이 있다고 주장했고, 약간의 토론 끝에 부업 홍보는 예식 진행을 마치고 나서 하는 게 좋겠다고 의견이 모였다.

"몇 마디 더 해도 될까요?" 데이비드가 고개를 들어 헬렌과 조이에게 물었다. "하고 싶은 말이 있어요."

"그러렴, 데이비드." 조이가 말했다. "우리 모두 듣고 있단다."

데이비드는 신이 나서 두 손을 마주 비볐다. 손가락 사이로 찬 공기가 피어올랐다. 데이비드는 목을 가다듬고 정적 속에서 입을 열

었다. "처음엔 여기 오고 싶지 않았어요. 낯선 어른들이 하는 뻔한 약속에 질렸거든요." 데이비드는 잠시 멈춰 숨을 골랐다. "하지만 헬렌은 저에게 친절했고, 제가 저답게 지낼 수 있는 곳이 있다고 했어요. 숨을 필요가 없는 곳이요." 데이비드는 고개를 들어 하객석을 살폈다. 아서가 그 시선을 따라가보니 제이슨과 바이런이 손을 흔들고 있었다. 데이비드는 환하게 웃었다.

"저는 설인이에요. 털을 잘 관리하지 않으면 쉽게 지저분해져요. 손발톱을 길게 뽑을 수 있고요. 가끔은 남을 겁주기도 해요. 사람들을 해치려는 게 아니라 즐겁게 하기 위해서요. 두려움은 즐거움이 될 수 있으니까요. 그게 바로 제가 새 보금자리에서 깨달은 사실이에요. 우리가 어떻게 생겼는지, 어디에서 왔는지, 무엇을 할 수 있는지는 중요하지 않아요. 우리가 여기 함께 있고, 뭐든 될 수 있다는 점이 가장 중요해요." 데이비드는 기대에 찬 표정으로 군중을 바라봤다.

아서는 마법이 밀려오는 감각을 느꼈다. 데이비드 뒤에서 빨간 네온사인이 솟아올라 문구를 깜빡였다.

손을 잃기 전에 지금 박수 치세요

박수갈채가 쏟아졌다. 제이슨과 바이런은 벌떡 일어나 환호성을 질렀다.

루시가 고개를 까딱하자 네온사인이 사라졌다.

데이비드가 환히 웃었다. "고마워요! 훌륭한 청중들이군요! 그러니까 제 결론은, 이곳은 달라요. 오늘이나 내일은 아니더라도 언젠가는 모두 동의할 거예요. 저는 알아요."

아서는 그 말을 믿었다.

"좋아요!" 데이비드가 손뼉을 짝 치고 말했다. "조이의 도움으로 저는 마르시아스 법에 따라 주례 자격을 얻었습니다. 너무 힘들어서 목숨을 잃을 뻔했지만, 끝까지 인내했습니다."

조이가 헛웃음을 터뜨리며 고개를 절레절레했다.

"따라서 제 허락 없이는 아무도 결혼할 수 없습니다." 데이비드는 매서운 눈으로 아서와 라이너스를 번갈아 보았다. "그 말인즉, 만약 둘이 아직 마음의 준비가 안 되었다면 제가 기획한 혼전 상담 프로그램을 거친 뒤 향후 5년 안에 날짜를 다시 잡을 수 있다는 뜻입니다. 첫 고객인 만큼 비용은 아주 저렴하게…"

"데이비드." 헬렌이 말했다. "얘기했지? 주례의 권한 안에 축복의 대상을 상대로 한 재정적 갈취는 포함되지 않는단다."

"에이." 루시가 말했다. "솔직히 그게 종교의 가장 큰 돈벌이 아닌가요?"

"내가 생각했던 대로 진행되고 있어." 탈리아가 수염 끝을 잡아당기며 말했다. "마음에 들어."

천시가 라이너스의 바지를 잡아당겼다. "이제 서약하실까요?" 더듬이가 쪼그라들면서 눈이 커졌다.

라이너스가 고개를 들고 어색하게 미소 지으며 아서를 바라보

자 모두 조용해졌다. 아서가 떨리는 손을 들어 라이너스의 두 손을 꽉 잡았다. 멀리서 파도가 부서지고 새들이 지저귀는 소리가 들렸다.

"당신은 나에게 감동을 주는 사람이야." 아서가 말했다. "어떤 사람들은 당신을 평범한 남자로만 보겠지만 난 아니야. 당신은 그 이상의 존재니까. 당신은 비구름을 쫓아내는 햇살이고, 정원에서 가장 화사한 꽃이야. 당신은 생명을 틔우는 존재야. 우리 집에 온 후로 당신은 나에게 많은 걸 가르쳐주었지. 평범함 속에도 마법이 있다는 것, 세상을 바꿀 힘이 있다는 것. 당신은 친절과 공감으로 직접 보여주었어. 우리 아이들뿐 아니라 우리 곁에 있는 모든 사람이 자신의 삶을 살아가길 바라는 마음을. 당신은 내가 필요할 때마다 내게 힘과 희망이 되어주겠다고 약속했지. 내 사랑, 당신은 이미 내 힘과 희망이야. 나뿐 아니라 우리 모두에게 말이야. 우리를 선택해줘서 고마워. 우리를 사랑해줘서 고마워. 우리를 알아봐줘서 고마워." 아서는 라이너스의 손을 들어 올려 손등에 입 맞췄다. "당신을 알게 되어 영광이고, 당신의 마음을 얻게 되어 영광이야. 내 전부를 걸고 약속할게. 당신이 나에게, 그리고 우리에게 얼마나 소중한 존재인지 매일 알려주겠다고."

메를은 손수건을 꺼내 코를 거하게 풀었다. 다른 사람들도 콧물이나 눈물을 닦느라 여념이 없었다. 터닙은 가슴에서 이끼 덩어리를 뽑아 재닛에게 건넸다. 재닛은 그것을 받아 더 질척해진 눈가를 닦았다. 배리는 재닛의 어깨에 고개를 묻었다.

라이너스는 입을 달싹거릴 뿐 말을 뱉지 못했다. 그는 눈을 빠르게 깜빡이며 하객들과 아이들을 천천히 훑어보았다. 그가 다시 아서를 마주 보았을 때, 아서는 그의 두 눈 안에서 태양처럼 밝게 빛나는 불꽃을 볼 수 있었다.

라이너스가 입을 열었다. "나는 삶이 어떤 의미인지 몰랐어. 안다고 생각했지. 끝없이 내리는 빗속에서 해바라기와 음악만을 곁에 두고 사는 것인 줄 알았어."

칼리오페가 큰 소리로 야옹거렸다.

"그래, 그래." 라이너스가 칼리오페를 보고 말했다. "물론 너도. 한동안 너랑 나 둘뿐이었지. 이제 우리는 진정한 집을 찾았어. 찾으려고 한 적도 없었는데 말이야." 라이너스는 아서를 돌아봤다. "당신 덕분이야, 아서. 당신 덕분에 이곳 사람들은 내일 일을 걱정하며 밤잠을 설치지 않아도 돼. 당신 덕분에 샐과 피, 천시, 탈리아, 데이비드, 루시, 시어도어가 자기답게 존재할 수 있어. 당신 덕분에 세상은 조금 더 밝아졌어. 당신 덕분에 나는 어떤 역경이 닥쳐도 우리가 행복하고 자유로워질 수 있다는 희망과 믿음이 생겼어. 당신 덕분에 우리는 세상이 변하고 있다는 걸 알 수 있어. 당신 곁에 있을 수 있어서 정말 영광이야." 라이너스는 눈물을 흘리며 미소 지었다. "아서, 당신은 정말 돌이킬 수 없는 일을 저질렀어. 난 말로 표현할 수 없을 만큼 우리 아이들을 사랑해. 우리 집을 사랑해. 당신이 만들어준 삶을 사랑해. 내 전부를 다 바쳐 당신을 사랑해. 내 모든 호흡과 심장 박동, 내게 남은 날이 다할 때까지 당신

곁에 있을게."

"데이비드." 아서가 라이너스에게서 눈을 떼지 않고 말했다. "미래의 남편과 키스하고 싶은 마음이 굴뚝 같은데, 허락해주시겠습니까?"

데이비드는 두 손에 턱을 얹고 씩 웃으며 눈을 천천히 깜빡였다. "내게 부여된 권한으로 두 사람이 하나가 되었음을 엄숙히 선언합니다. 아빠, 파파에게 진하게 키스하세요!"

조이와 헬렌은 숨을 들이켜고 제이슨과 바이런이 환호성을 질렀다.

아서와 라이너스는 3초간 무언의 대화를 나눈 뒤 고개를 끄덕이고 키스했다. 그러고는 누가 시키지도 않았는데 두 사람은 동시에 주례석을 덮쳐 데이비드를 안아 올렸다.

"뭐, 뭐예요!" 라이너스가 데이비드의 정수리에 연거푸 입 맞추자 데이비드는 꽥 비명을 질렀다. "신혼부부가 설인을 공격한다!"

"저도요! 저도요!" 천시가 울부짖었다.

다른 아이들도 가세했다. 군중의 함성이 그들을 덮쳤다. 베이커-파르나서스 부부는 두 팔을 벌렸다. 아이들이 눈물을 그렁그렁 매달고 달려들었다. 푸른 바다로 내려앉는 태양을 바라보며, 불사조는 생각했다.

희망은 날개 달린 것. 희망은 불을 품은 것.

아서와 라이너스,
그리고 선택된 아이들의 첫 만남을 그린 이야기

전 세계
100만 부 판매

미국 아마존
판타지 분야 1위

2021년
알렉스 어워드 위너

뉴욕타임스,
USA투데이,
워싱턴포스트
베스트셀러

자신만의 집을 찾아가는 가장 사랑스러운 여정
이 시대의 모든 어른 아이를 위한 러블리 판타지

《벼랑 위의 집》
TJ 클룬 장편소설
송섬별 옮김

"집이란 그 어디보다도 자기 자신이 될 수 있는 곳이어야 해."